朱晓进学术文集

第二卷

历史转换期文化启示录
鲁迅文学观综论

Revelations of Culture during the Historical Transition Period
A Comprehensive Discussion on Lu Xun's Literary View

朱晓进 著

译林出版社

图书在版编目（CIP）数据

朱晓进学术文集. 第二卷, 历史转换期文化启示录 鲁迅文学观综论 / 朱晓进著. -- 南京 : 译林出版社, 2025. 8. -- ISBN 978-7-5753-0482-5

Ⅰ. I206.7-53；I210-53

中国国家版本馆 CIP 数据核字第 2025BV5036 号

朱晓进学术文集（第二卷） 历史转换期文化启示录
鲁迅文学观综论　朱晓进／著

责任编辑　侯擎昊
装帧设计　韦　枫
校　　对　戴小娥　蒋　燕
责任印制　闻媛媛

出版发行　译林出版社
地　　址　南京市湖南路 1 号 A 楼
邮　　箱　yilin@yilin.com
网　　址　www.yilin.com
市场热线　025-86633278
排　　版　南京新华丰制版有限公司
印　　刷　江苏凤凰新华印务集团有限公司
开　　本　652 毫米 ×960 毫米　1/16
印　　张　34.75
版　　次　2025 年 8 月第 1 版
印　　次　2025 年 8 月第 1 次印刷
书　　号　ISBN 978-7-5753-0482-5
定　　价　95.00 元

朱晓进

男，汉族，1956年12月生，江苏泰州人。文学博士，二级教授，博士生导师。曾任南京师范大学文学院院长、南京师范大学副校长。曾兼任教育部中文教学指导委员会委员、全国鲁迅研究会副会长、全国叶圣陶研究会副会长等。

全国首届高校国家级教学名师（2003年）、全国模范教师（2004年）、全国高校优秀青年教师（2002年）、全国教育战线师德先进个人（2001年）、享受国务院政府特殊津贴专家（1998年）、江苏省首届优秀社会科学工作者（1998年）、有突出贡献中青年专家（2001年）、江苏省高校教学名师（2003年）、江苏省“六大人才高峰”专家（2007年）、江苏省333工程科技领军人才（2007年）、江苏省333工程第一层次人才（2013年）等。

曾先后主持“中国现当代文学”国家级重点学科（2007年）、首批国家级精品课程“中国现当代文学”（2004年）、国家级教学创新团队（2007年）、国家级人才培养模式创新实验区（2009年）、江苏省非物质文化遗产研究基地（2014年）、江苏省当代作家研究中心（2014年）。

曾先后主持国家社科基金重点项目和国家社科基金项目多项，主编全国性教材多部。主要学术著作有《历史转换期文化启示录——文化视角与鲁迅研究》（辽宁教育出版社 1992 年出版）、《中国现代文学现象研究》（百花文艺出版社 1994 年出版）、《“山药蛋派”与三晋文化》（湖南教育出版社 1995 年出版）、《鲁迅文学观综论》（陕西人民教育出版社 1996 年出版）、《找寻中国现代文学史研究的独特角度》（中国文联出版社 2003 年出版）、《非文学的世纪：20 世纪中国文学与政治文化关系史论》（主编，南京师范大学出版社 2004 年出版）、《政治文化与中国二十世纪三十年代文学》（人民出版社 2006 年出版）、《中国现代文学史研究的视阈》（人民文学出版社 2008 年出版）、《鲁迅研究》（主编，中华书局 2011 年出版）、《作为语言艺术的中国现代文学史》（主编，人民出版社 2015 年出版）等；在《中国社会科学》《文学评论》《中国现代文学研究丛刊》等重要学术刊物发表学术论文 200 余篇。

学术研究成果获得国家教育部人文社会科学优秀成果一等奖、二等奖、三等奖（2013 年、2009 年、1998 年），江苏省哲学社会科学优秀成果一等奖 3 次（1997 年、2007 年、2011 年），江苏省哲学社会科学优秀成果二等奖（2005 年）；教学成果获得教育部全国高校优秀教学成果二等奖（2009 年），教育部全国高校优秀教材二等奖 2 次（2002 年、2023 年），江苏省高等教育优秀教学成果特等奖 2 次（2004 年、2009 年），江苏省高等教育优秀教学成果一等奖（2001 年），国务院学位委员会和教育部全国优秀博士学位论文指导教师奖（2014 年），等等。

《朱晓进学术文集》出版说明

《朱晓进学术文集》分5卷收录朱晓进个人的学术专著和学术论文。第一卷为《中国现代文学史研究论文选》，分“文学史观与文学史研究的思路”“文化视角与中国现代文学研究”“文学语言与中国现代文学文体研究”三个栏目，共收录学术论文29篇。第二卷收录专著《历史转换期文化启示录——文化视角与鲁迅研究》（辽宁教育出版社1992年出版）和《鲁迅文学观综论》（陕西人民教育出版社1996年出版）。第三卷收录专著《“山药蛋派”与三晋文化》（湖南教育出版社1995年出版），并附录3篇与该著内容有关的学术论文。第四卷收录专著《政治文化与中国二十世纪三十年代文学》（人民出版社2006年出版），并附录4篇与该著内容有关的学术论文。第五卷为《文学评论文选》，分“文学理论批评”“作家作品评论”“书评与述评”三个栏目，共收录评论文章40篇，并附录有关文字5篇。

文化自觉与文学研究
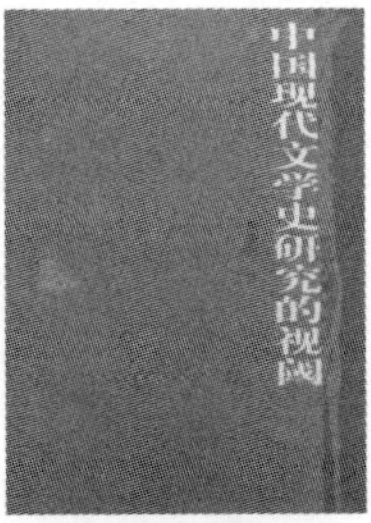
中国现代文学史研究的视阈

中国现代文学发展史

历史转换期文化启示录

鲁迅文学观综论

鲁迅研究教程

「山药蛋派」与三晋文化

中国二十世纪三十年代文学

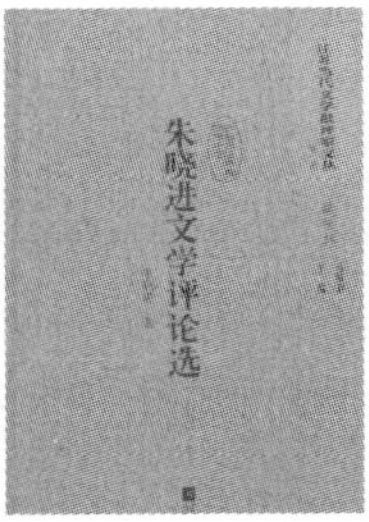
朱晓进文学评论选

找寻中国现代文学史研究的
独特角度

青年学者丛书
中国现代文学现象研究

目录

历史转换期文化启示录——文化视角与鲁迅研究

鲁迅文学观综论

历史转换期文化启示录
——文化视角与鲁迅研究

导言　文化视角与鲁迅研究

20 世纪初的中国，曾面临着伟大的历史性转变。在这伟大的历史性转变中，文化先驱们留下的历史的反思，是值得后辈几代人慢慢咀嚼和回味的，这是因为，以五四新文化运动为发端的这场 20 世纪初以来的中国文化的历史性转换的过程，至今尚在继续；先驱者们当时所提出的种种文化命题对于现今的中国社会来说依然有着极其重要的意义。我们现在同样处在一个重要的文化转换期。为此，我们选取了五四文化转换期伟大的代表人物——鲁迅，将他作为处于五四文化转换期的一个重要文化现象，进行一种文化史的个案研究，其目的正在于从中汲取我们当今时代所需要的文化精神。

一

涉及“文化视角”的研究，势必难以躲避开“文化”概念的含义问题。据说，现今学界对“文化”一词的定义已不下二百多种。这里，无意于对各种“文化”定义作烦琐的考证和评价，只是想按照自己的理解来使用这一概念。我认为，既然是具有一定实际内涵的概念，它就必定有相对稳定的对于某些实体的覆盖面，所以，虽然“文化”这一概念在具体领域中被运用时，其含义会有许多差异，但从广义和狭义两个方面还是可以基本把握“文化”这一概念的内涵的。广义的“文化”，几乎囊括了人类所创造的全部物质文明与精神文明；而狭义的“文化”，则主要是指精神文化。在通常的情况下，文化是在狭义上被采用的。当我们要具体地探讨一个民族的历史文化特征时，主要是从精神形态入手的。一个民族的传统文化，往往集中体现在这个民族在长期的历史文化进程中所形成的思维方式和民族心态方面，而思维方式和民族心态又常常是最直接地贯穿于精神形态之中的。精神文化是民族文化中相对稳定的因素，随着时代的迁移，非精神形态的文化现象会以最快的速度消失，以至于后人难以追踪，而精神形态的相对稳定性，就为把握民族文化的本质特征提供了重要的依据。我们似乎可以对“文化”的基本层次作如下大致的表述：

第一层次，文化的本质：主要指该种文化养育而成并又反过来对文化发展起制约作用的价值观念、思维方式和心理结构的特点；

第二层次，精神文化形态：主要指哲学、宗教、伦理道德、社会风俗、文学艺术、科学思想、法律思想等具体的精神形态，从这些精神形态的各个具体门类中，往往能最直接地透视出文化的本质特点；

第三层次，制度文化形态：包括政体、社会制度、社会组织结构方式、法制形式等等；

第四层次，物质文化形态：包括经济结构、科学技术水平、生产方式、物质水平和其他社会性物质现象等等。

广义的“文化”包括全部四个层次的内容，而狭义的“文化”仅仅是指精神形态的内容。而“文化研究”，当然也有着广义和狭义之分：广义的“文化研究”包含着对各种文化现象的研究，即无论是物质文化、制度文化还是精神文化，均在其范围之内，但作为一门相对独立的学科来说，“文化研究”则主要是狭义的，即主要是指通过对精神文化形态的考察揭示出文化的本质。当然，进行精神形态的文化研究，离不开对各种非精神形态的文化的考察，诚如黑格尔所指出的，“民族的宗教、民族的政体、民族的伦理、民族的方法、民族的风俗，甚至民族的科学、艺术……都具有民族精神的标记”。[1]因此，在进行精神文化研究时，仍不能忽视非

1 ［德］黑格尔：《历史哲学》，王造时译，商务印书馆，1963 年版，第 104—105 页。

精神形态的文化现象所具有的资料作用。

“文化研究”既可以作为一个独立的领域而实现其研究目的，即进行文化学理论的探讨；同时，“文化研究”又可以是一种研究视角，即在面对一个研究对象时，注重从“文化”的角度加以审视，或是从中挖掘出具有文化意义的内容，或是依据其与文化的关系（与文化本质的关系、在文化发展过程中的地位和作用等等）作出价值评判。文化视角在人文学科的研究中有着独特的功能，这并不仅是因为任何一种人文现象都可归结为“文化”现象，更在于，它一方面便于把研究对象置于更为广阔的背景中加以考察，在纷繁的文化关系中加以解释，另一方面又可以把对现象的研究引入更深的层面，用以揭示隐于现象背后的深层意识、深刻的文化根源和精神实质，从而在更为本质、更为真实的基础上对研究对象作出评价。以最普遍的“语言”现象为例，通常的角度是从语词、语义、语言结构、语言逻辑等方面加以分析，但如果试图变换一下角度，从“文化视角”来看“语言”，我们看到的也许是另外一番景象：我们看到的将不再仅仅是语言自身的东西，还会看到语言所包蕴的使用该语言的人的文化心态、该语言中历史文化的积淀、该语言所折射出的语言使用者特有的思维方式，以及该语言与形成该语言的文化的关系，等等。因此，文化视角理应成为人文科学研究的一个比较重要的观照角度。当然，文化视角并不能取代对研究对象采用其他视角进行的多侧面研究，这要求在使用“文化视角”时要持特别审慎的态度。但有一点是应该肯定的，即对于那些文化特征特别明显，舍弃文化研究、文化视角，就很难准确地加以解释和把握的研究对象，“文化视角”就成了接近研究对象本质的至关重要的途径。本书将鲁迅作为一种文化现象，从“文化视角”来加以审视，正是基于鲁迅的明显的文化特征的考虑。

二

在鲁迅研究界，曾有一个口号喊了许多年，即“让研究回到鲁迅自身去”。这个口号是基于研究中对鲁迅自身特征的偏离倾向而提出来的，但要将这个口号变为实践，那么首先遇到的就是这样一个问题：鲁迅自身最有意义、最有价值、最本质的特征是什么？美国人史沫特莱在《论鲁迅》一文中认为：“在所有中国的作家中，他恐怕是最和中国历史、文学和文化错综复杂地联络在一起的人了。”这一评价，是比较符合实际的。中国 20 世纪初这一特定历史阶段的时代特征，决定了鲁迅这一代文人学者在从事任何事业时都在实际上与时代赋予他们的文化思想启蒙的历史任务难以分离。他们学习、研究、思考、探索的领域常常是超越于某一个具体的部门或领域的范围，显示出博大精深的特点。他们目光所及，几乎渗透了诸如哲学、历史学、伦理学、宗教学、经济学、社会学、人类学、民俗学、语言学、心理学等一切的精神文化领域，而且各个方面的交相渗透，在一个人身上常常是难以剥离开来的。因此，仅从任何一个具体领域出发，都无法揭示他们真正的全部的意义和价值。所以，超越于具体领域之上的“文化视角”，也许能帮助我们在研究中真正“回到鲁迅自身去”。

鲁迅的真正意义、鲁迅遗产的真正价值，正越来越深刻地为人们所认识。随着时代的迁移，鲁迅在中国历史上，作为文化思想家的地位正在取代作为单一的文学家的地位。虽然毛泽东早在1940年的《新民主主义论》中就指出“鲁迅不但是伟大的文学家，而且是伟大的思想家和伟大的革命家”，但人们对这三个“家”的理解，多是从鲁迅在这三个具体领域中的贡献出发，分而论之，缺少对这三个“家”的内在统一性的把握。其实，在鲁迅那儿，最初的出发点和最终的目的，都是在于促进中国文化顺利完成20世纪初的伟大的历史性转换，而至于他涉猎较多的三个领域，只是他为完成最终的文化目的而选择的具体的渠道。忽略了这一点，即使将鲁迅作为革命家、思想家、文学家的具体特点拼接在一起，也还是难以从更深刻的方面把握鲁迅的本质特征。鲁迅之为革命家，不同于人们通常所理解的从事革命理论的研究、阐述或从事实际的革命运动的那些所谓“政治革命”家，而是一个致力于文化战线上的斗争的“文化革命”家。由于文化问题与中国20

世纪以来的社会变革关系异常密切，所以鲁迅的“文化革命”斗争与实际的社会革命斗争是相辅相成的；但如果用一般政治革命家、社会革命家的特征来解释鲁迅，则难以把握鲁迅之为“革命家”的独特价值。同样，鲁迅之为思想家，也不是人们通常所理解的那些专门从事思辨的哲学研究的思想家。如果以“深邃的哲学”“抽象的思辨”等作为衡量思想家的标准的话，鲁迅绝不是一个典型意义上的思想家。鲁迅比较执着于现实人生，注重于社会文明批判，注重于伦理道德的探索，而这一切正体现出一个文化思想家的特点。至于文学，鲁迅更不是一个纯粹的文学家。他的文学创作的价值并非止于文学自身领域，鲁迅从根本上就是带着一种鲜明的文化目的去从事文学活动的。在鲁迅那里，文学艺术绝不是一个孤立的存在，如果仅把鲁迅的文学艺术活动当作一个封闭的系统来研究，事实上是不可能把握其文学艺术活动的全部意义和价值的。这一点不仅正在得到国内学者越来越充分的肯定，而且在国外，人们也早已这样认为。早在鲁迅逝世时，埃德加·斯诺就曾说过：“我总觉得，鲁迅之于中国，其历史上的重要性更甚于文学上的。”[1] 其实，鲁迅在国外受到关注，常常就是超越纯文学的界限的，外国学者常常是通过鲁迅来了解和分析中国社会和中国文化。例如：“一个日本人，他可能不了解中国的文学、历史和

1 ［美］埃德加·斯诺：《中国的伏尔泰——一个异邦人的赞辞》，《鲁迅先生纪念集·悼文二集》，“鲁迅先生纪念委员会”1937 年编印，上海书店出版社 1979 年复印出版，第 63 页。

哲学，可是，他却知道鲁迅的名字。他常常饶有趣味地阅读鲁迅的作品，通过这些作品，他懂得了中国近代文明与文化的意义。”[1]对于一个中国人来说，当然也是如此，诚如一位学者所说的，“不懂得鲁迅，就不懂得中国”。而从鲁迅研究的角度来说，如果不从鲁迅所包蕴的整体性中国文化内涵出发，也许我们就难以理解鲁迅的真正价值。

在中国近现代文化发展史上，也许再也找不到一个像鲁迅这样具有代表性的人物了。这不仅是因为鲁迅的文化思想道路，较为典型地反映了 20 世纪初一代文化人所必然经历的充满了苦闷与追求，彷徨与抉择，前进与倒退，不断走向真理、走向进步的苦难的心理历程；还因为作为文化现象的鲁迅，其本身就带有新旧文化转换的标记性特征，这对后人研究一个时代的文化思想特点是有着极其重要的意义的。

三

如果我们注意从“文化视角”去考察鲁迅，注意将其作为一个具体的文化现象来看待，也许我们看到的就不仅仅是一个已经

1　严绍璗:《日本鲁迅研究名家名作述评》(一),《中国现代文学研究丛刊》，1981 年第 3 期。

屹立在我们面前的伟人，我们还将会看到鲁迅之为伟人的文化根源。也就是说，“文化视角”不仅会帮助我们去理解鲁迅作为文化伟人的种种业绩，还会引导我们将其作为一个也有着过程的现象，从而也能注意探讨鲁迅作为文化伟人的成因，这样，我们获得的教益将会更为广泛而深厚。固然是伟大的文化转折时代造就了鲁迅，但历史选择了鲁迅作为自己时代的代表而不是选择其他人，此中所包涵的文化内容，难道不发人深思吗？鲁迅是在思维能力、心理结构、热情和性格以及多才多艺和学识渊博等方面，以最优秀的条件，使自己成为一个文化转换期的文化伟人的；那么，鲁迅的思维方式、心理结构、性格特征和知识结构等过去向来很少被人注意的方面，势必会进入人们的研究视野。这不仅具有拓宽鲁迅研究范围的意义，而且具有帮助我们的研究真正切近鲁迅自身的作用。同时，在我们把鲁迅真正作为一个文化现象来看待时，我们不忽略各种过程，便会既看到鲁迅作为文化伟人这一最终的事实，也看到过程中的矛盾、复杂的状态，这样，也许会有效地真正将鲁迅作为一个人来看待，而不是将之高度纯化，以至于使鲁迅成为一些崇高而抽象的观念的代名词。

过去，研究界对鲁迅生平、传记研究曾给予过较多的关注，但常常有“为史料而史料”的倾向。为了一些无关紧要的枝节问题而在学界引起不休的争执是常有的事，而所谓生平、传记研究也无非是满足于列出简历，写出人物一般活动事件，对于最能体现人物“文化特征”的思维方式、个性气质、心理结构等方面的特点却常常有所忽略。这样，我们从一些生平、传记研究中看到的只是经过过滤的人物活动的事件，而看不到有血有肉的人的主体精神方面的状况。其实，人是具有复杂性的，而这种复杂性常常并不直接显现在他所做的一些明显看得见的事情上，而是从隐于事件背后的人物的精神状态中体现出来。以把握人物真实面目为指归的生平、传记研究，如果只注意外部事件的罗列，而不深入到人物的主体精神世界中去，显然是不可能真正揭示研究对象的真实面目和全部价值的。既然“文化视角”有助于把握研究对象的“文化特征”，有助于将研究者的视野引向研究对象的主体精神方面，那么，在对鲁迅的生平、传记研究中，“文化视角”就理应受到重视。

在鲁迅思想研究方面，情况也一样。人们曾痛感于鲁迅思想研究方面的种种锢弊。锢弊之一，所谓分而论之，即把鲁迅思想分割成无数个小的领域来论述，并且研究者常常各守一摊子，画地为牢，这在有意无意之间肢解了鲁迅思想的整体性。鲁迅的思想是一个整体，如果就外部各种具体现象分而论之，常常难以体现鲁迅思想的博大精深。而且，在局部范围内获得的结论，有时未必能说明全局性问题。锢弊之二，是“微言大义”，即忽略鲁迅言论的具体环境，对只言片语任加发挥，将鲁迅思想作庸俗社会学的解释。锢弊之三，某一方面的权威性论点一经确立，研究界一拥而上，纷纷作注，以至于使整个研究徘徊不前。这方面最明显的例子是，瞿秋白讲过鲁迅思想是“由进化论而阶级论”之后，鲁迅思想研究便在这一结论的范围内踏步不前。诚如一外国学者所指出的，多数文章“几乎都不过是建立在瞿秋白所提出的若干主题基础上的变奏曲”。[1]以上种种弊端的产生，其原因是很复杂的，但一个重要的原因是，以往研究的角度过于狭窄，研究者难以摆脱实用主义的态度，而缺少全局性的整体的眼光，缺少超越表面现象的深层思考，从而最终未能发掘出鲁迅思想更为深刻、更为宏大的文化意义。“文化视角”也许能在一定程度上使我们从以上的困境中摆脱出来：如果我们能始终围绕着鲁迅的整体文化思想来看待鲁迅各方面的具体见解，我们也许在研究中能避免割裂、肢解鲁迅思想整体性的弊病；如果我们着眼于鲁迅思想整体的文化意义，我们也许不会津津乐道于在只言片语中做微言大义的游戏；如果我们研究的着眼点是挖掘鲁迅思想的深层文化结构，我们也许不会满足于以一种表面现象的排列来代替评判结论，而会尝试多种途径，去找寻到现象背后的统一性。

过去，我们在鲁迅研究中，常常会遇到价值评判的“二难”现象。所谓价值评判的“二难”现象，主要是指对同一事物或现象，从两个不同的论述基点出发，常常会得出两个不同的结论，

1　参见［日］今村与志雄：《鲁迅与传统》，日本劲草书店，1967年版。

这种不同的结论从各自的立论基点看都是正确的，但不同结论之间却又常常是相互否定的。面对这种情况，在作价值评判时，既不能两全，又不能简单肯定某一方面，因为肯定了这一方面的结论常常就意味着要否定另一方面的结论，而另一方面的结论就其立论基点和论证程序又是无懈可击的。对这样的事物或现象，要作出价值评判，就易使评价者陷入"二难"境地。在鲁迅研究的实践中，就有不少这样的情况出现。例如，在对待传统文化的问题上，一方面鲁迅以决绝的态度对待传统文化，另一方面，鲁迅又确实是中国传统文化的优秀继承者。在这个问题上评价鲁迅时，往往容易陷入一种二律背反的悖论之中：肯定了鲁迅对中国传统文化的继承，实际上也就肯定了鲁迅所反对的（鲁迅对传统文化的坚决的否定态度）；我们赞扬鲁迅对传统文化的全面否定，同时也就有可能否定了鲁迅对传统文化继承的意义。事实上，在学术界就常常有人持一方面的观点而否定另一方面的观点；而在更多的场合，我们看到的是分而论之：或专论鲁迅对传统文化的继承问题，或专论鲁迅的反传统问题，至于二者之间的关系及内在的统一性，则不去管它。对于这样一个问题，如果我们不是急于下简单的结论，而是以"文化视角"来看待，将之摆到当时的文化背景中去考察，注意将鲁迅作为一个文化转换期所特有的充满丰富的内在矛盾的文化现象来研究，也许可以使价值评判从"二难"的尴尬境地中解脱出来。中国的文化转换，是发生在西方文明的优势对东方文明的弱势这一背景上被动展开的，当中国的有识之士意识到变革中国文化的必要性时，他们已不得不在理智上承认西方文化的优越，并试图去接受这种完全相异于中国文化体系的另一种文化。但是，这里本身就必然存在着两个深刻的矛盾：一方面，人们不得不以西方文化为参照系，对中国传统文化进行批判，另一方面，由于批判者自身是在中国传统文化中养育出来的，其在实质上并不能真正完全抛弃传统文化，尤其是在精神深处对之怀着自觉的或不自觉的依恋；一方面，当时面临的历史任务是尽快实行文化的转换，为防止传统文化对外来文化的销蚀作用，必须在整体上反传统，另一方面，从文化价值来说，中国传统文化中又确有优秀的值得肯定的东西。这是宏观文化调节的历史任务与微观的具体文化门类的实际价值之间的矛盾，在文化剧变期必然会出现以牺牲后者的某些方面来保证前者的顺利完成的现象。了解了这一文化背景，我们也许可以对鲁迅作出符合实际的评价。鲁迅从文化转换的历史要求出发，提出了全面反传统的主张，但又从实际的文化有效价值出发，在实际上继承了传统文化中有益的东西。为完成历史的使命，他理智地、自觉地公开提出反传统，而至于对传统文化中有益因素的继承则是不加声明地悄悄完成的。这二者在“文化史”的意义上达到了统一：反传统是为了尽快实现文化的历史性转换，悄然地继承传统文化中的有益因素同样是助益于新文化的建设。（当然，问题并不这么单纯，还需进行充分论证，这些论证，是本书的内容之一。）鲁迅研究中，这种价值评判的“二难”现象是很多的。譬如，鲁迅曾一方面肯定他的《呐喊》是遵命之作，另一方面他又认为《呐喊》不免空泛；一方面他称《野草》是真正的艺术品，另一方面又表示以后不再写这样的东西。又譬如鲁迅“后期现象”：鲁迅后期思想进步了，但在文学创作中却对“艺术性”有所“忽略”，他在严格意义上的文学创作减少了，从思想上看是进步了，而从艺术上看似乎又“退步”了。对这些现象，应如何作出价值评判？再如鲁迅与“第三种人”的论争，鲁迅与“整理国故”主张的论争，等等，在评价时都可能陷入“二难”境地。如果在评价这些问题时，能将之尽可能摆到文化发展的历史长河中来考察，注意到鲁迅自身也是文化转换期特有的文化现象，注意到文化发展过程中，微观的文化价值与宏观的文化调节的历史任务之间的对立统一关系，也许有利于我们在价值评判的“二难”状态中尽可能地找寻到有效的答案。

四

当然，把鲁迅作为一种文化现象，采用“文化视角”来研究鲁迅，还不仅仅是出于深化鲁迅研究这个领域的学科目的，最根本的目的还在于从鲁迅那里真正汲取文化思想的养料，获取文化的启示，以助益今天的文化建设。由于我们现在也处于文化变革的历史性转换时期，因此，我们也面临着与五四时期相类似的历史任务，虽然这种类似并非等同，而是在更高意义上的重复。时代特点和历史任务的某种同构性，使五四时期文化伟人们对于民族文化的反省，以及由此留下的思想资料，对于今天来说显得格外宝贵；而作为五四新文化运动重要代表者的鲁迅对中国文化的深刻反思，尤应引起我们的重视。鲁迅对民族文化的反省和思考，几乎涉及了中国精神文化的一切领域，这种反省和思考为今天的文化革新提供了诸多有益的可供借鉴的东西。当然，这种借鉴既包括对鲁迅思想成果的“拿来”，也包括在对鲁迅思想成果的评价中引发出的新的启示。

当代人曾困惑于“反省民族文化的价值依据是什么”的问题，其实，这个问题也曾困扰过 19 世纪末 20 世纪初的整整一代文化人。促成中国古老民族的文化从封闭的僵硬的传统中向现代化方向转换，这是人们共同的愿望，但这种转换首先应从哪儿开始呢？民族的真正觉醒，其重要的标尺又是什么呢？在“洋务运动”倡导者和“实业救国”论者们纷纷碰壁，在“共和政治”实施后不尽如人意等等之后，鲁迅认为，民族觉醒，首先应该是人的觉醒，因此，鲁迅紧紧抓住了人自身的精神文化建设这个文化的根柢，并以此来确立自己对民族文化进行反省的价值依据。在这一价值依据之下，鲁迅得出了中国文化落后的一个本质性原因是对人的价值的否定。这种文化反省的价值依据，对于当前的文化反省，难道没有一点启示?

在文化发展的表象背后找寻文化发展的原动力时，鲁迅曾依据“文化的发展说到底是人自身的发展”这一思想，确认人的内心要求和人的各种欲求以及人的能力的发展，是文化发展的内在动力；即当人们对于物质生活条件有需求时，才会有物质文化的发展，而当人们在物质生活上有了“余裕”并从而生发了精神追求时，也才会有精神文化的发展。这种现象，对于我们在今天的文化革新中进一步明确其革新的归趋等，不正是有着积极的启迪意义?

鲁迅曾阐述过文化影响的“流动势”理论，他认为，两种不同系统的文化之间，高位文化对低位文化的影响力、作用力要远远超过低位文化对高位文化的影响力和作用力。这一理论的阐释，对于转变中国人向来一厢情愿地只想文化输出、不想文化输入的心态曾起了很好的作用。这对于当前的现实来说，依然有意义，这不仅因为我们曾经历了一个把中国视作世界红色革命的心脏的时代，而且因为在当前改革开放形势之下人们还依然存在着对于输入世界先进文化的种种疑虑。“排外则易倾于慕古，慕古必不免于退婴”，[1]鲁迅在六十多年前敲响的警钟，在当前依然具有强

1　鲁迅:《集外集拾遗·〈新俄画选〉小引》,《鲁迅全集》(第七卷)，人民文学出版社，1981年版，第343页。

烈的警策作用。

至于鲁迅在各个具体的精神文化领域中对民族文化所作的深刻反省，则更是直接为当今的精神文化建设提供了诸多思想资料。鲁迅对中国伦理文化所作的深入而系统的批判以及提出的新的伦理道德的设想，鲁迅对宗教文化的深刻分析，鲁迅对民俗文化的探讨，鲁迅对语言文化的透视，等等，其观点不但精辟、振聋发聩，而且分析透彻、发人深思。这些都无不从思想观念到思想方法等多个方面给今人以启示。

把鲁迅作为文化现象来研究，用“文化视角”来重新审视鲁迅，这仅仅是一种研究途径，而通过鲁迅这一具体现象来透视一个历史时代的文化特征，从鲁迅这一新文化运动的思想代表者那里挖掘今天所需要的文化精神，这才是研究的真正目的。

· 上编 ·

鲁迅的文化观
及其
对传统文化的反省

第一章　鲁迅的文化哲学思想和文化反省的方法特性

鲁迅的文化意义首先突出地体现在他的文化观和对传统文化的反省方面。

鲁迅对民族文化的反省几乎涉及了中国精神文化的一切领域。从表面上看，鲁迅常常是就某个具体的文化现象发表见解，但在这些看似零散的见解背后却隐藏着一个形而上的评判标准的体系，我们把这个标准体系称为鲁迅的“文化哲学思想”。

所谓的“文化哲学”，并不等同于一般的世界观或一般的社会历史观，它是指栖于哲学领域，与一般世界观、社会历史观有着密切关系，而又明确以文化为对象的“文化哲学”思想。它与一般哲学有重叠之处，但主要是一种以文化探讨为指归的哲学性文化思索。

在哲学思想上，鲁迅曾受过若干哲学派别的思想影响。但他从来就没有依附于哪一个哲学派别，他自己也从不以哲学家的身份标榜自己，他更没有进行过任何一种纯哲学的研究。鲁迅不是一个典型意义上的哲学家，他只是对文化问题进行了哲学性探讨，而这种“哲学性”也只是隐于现象研究背后的，他自己在自觉不自觉中遵循着的，而又从未明确宣布出来的一种思想。这种思想主要包括：鲁迅文化反省的价值依据、鲁迅的文化发展观，以及属于方法论范畴的文化反省的方法特性这三方面的内容。

一　鲁迅文化反省的价值依据

民族文化的觉醒，首先应该是人的觉醒，而作为民族文化进步准则的，也只能是对人的价值的认识。鲁迅从一开始就紧紧抓住了“重视人”这个根本，并以此来确立自己对民族文化进行反省的价值依据。鲁迅认为，作为中国传统哲学重要组成部分的“天人合一”的命题，虽然似乎也涉及人，但这一命题的导向是在于“人和于天”；是要人“矫治”自身、“修养”自身，以“唯天”“唯上”“唯他”作为行为尺度，而不鼓励人张扬人性、不主张人“与天争胜”。这种思想影响了中国文化，使中国文化在很大程度上表现为一种丧失了主体性、缺少创造性、少有生气的文化。鲁迅认为，对于人的独立价值的否定，恰恰是中国文化落后的一个本质性原因。要使中国文化有一个根本性的改变，能够真正由旧向新转换，这将取决于整个民族对人的价值的重视程度。

鲁迅曾考察了两种当时比较流行的关于“人的价值”的观念，一种是鲁迅称之为“社会民主之倾向”的观念，即把人首先看作是社会的一分子，从而将人的社会责任放在第一位，把社会平等与民主的要求置于人的个性解放之前。另一种是鲁迅称之为“极端之个人主义”的倾向，即“以己为中枢，亦以己为终极”，“立我性为绝对之自由者也”，以“发挥个性，为最高之道德”，以个性解放为社会进步之前提。[1] 鲁迅的思考并未停留在哪一个方面，在他看来，从爱国主义、民族主义的角度看，应重视人的社会责任，但从人性解放的角度看，则应把人性解放看作社会解放的前提，这二者看似矛盾，实为一种辩证关系，在理论上简单地肯定哪一方面而否定另一方面都是片面的。为此，鲁迅从文化发展的历史要求来看待二者，他认识到在不同的文化发展阶段，面对不同的文化历史任务，对这二者的选择应有不同的侧重面。五四时期，是一个文化反省时期，对传统文化中忽视人的价值的“物反于极”，鲁迅认为在当时首先应强调人的个性解放。几千年的封建文化“灭人之自我，使之混然不敢自别异，泯于大群”，[2] 打着“国家”“社会”的旗号来贬抑个人价值。作为对此的反拨，强调个人超越于

1　鲁迅：《坟·文化偏至论》，《鲁迅全集》（第一卷），第5页。
2　鲁迅：《集外集拾遗补编·破恶声论》，《鲁迅全集》（第八卷），第26页。

社会的“无上价值”，无疑具有着历史的必要性和文化的进步性。而当时代发展到 20 世纪 30 年代，普遍的社会革命的高涨，使社会革命成为压倒一切的文化发展的关键，在这个时期，强调个性解放服从于社会解放的要求，又是十分恰当的。因此，在 30 年代，鲁迅将个性解放与社会解放辩证统一起来，从而能依据时代的需要作出正确的选择。但这并不意味着鲁迅在后期对人的重视有所减弱。虽然，在不同的历史任务面前，要求有不同的个人与社会的关系，但能否重视人，却始终是任何时代衡量文化进步的准则。个体的人也好，群体“人”也好，作为文化的主体，都必须“使自己的生命活动本身变成自己的意志和意识的对象”。[1] 因此，鲁迅在对待“个性主义”的态度上虽在前后期有所差异，但他始终把对人的价值的肯定，对人性的张扬看作衡量和评价文化现象的价值依据。鲁迅曾指出，“保存我们，的确是第一义。只要问他有无保存我们的力量，不管它是否是国粹”。[2] 他还讲过：“一要生存，二要温饱，三要发展。苟有阻碍这前途者，无论是古是今，是人是鬼，是《三坟》，《五典》，百宋千元，天球河图，金人玉佛，祖传丸散，秘制膏丹，全都踏倒他。”[3] 在鲁迅这里，人的意义高于一切，即如他所谓的“其首在立人，人立而凡事举”。[4] 可以说，

1 ［德］马克思：《1844 年经济学哲学手稿》，《马克思恩格斯全集》（第四十二卷），人民出版社，1979 年版，第 96 页。

2 鲁迅：《热风 · 随感录三十五》，《鲁迅全集》（第一卷），第 206 页。

3 鲁迅：《华盖集 · 忽然想到（六）》，《鲁迅全集》（第三卷），第 45 页。

4 鲁迅：《坟 · 文化偏至论》，《鲁迅全集》（第一卷），第 57 页。

以人为本位，是鲁迅的文化哲学思想的最本质的特征。

鲁迅常为中国人的生存状态感到悲凉。他指出，中国人从来就没有争得过做人的地位，几千年中国人的生存历史仅仅是“想做奴隶而不得”和“暂时做稳了奴隶”这两种状况的交叉更替。这正是“非人”的文化缺陷所造成的。更可悲的是，在这种文化的长期浸染下，中国人对自己的生存状态已经麻木，他们几乎失去了对痛苦的感觉。鲁迅曾把整个中国比作一个“铁屋子”，这个屋子“是绝无窗户而万难破毁的，里面有许多熟睡的人们，不久都要闷死了，然而是从昏睡入死灭，并不感到就死的悲哀”。[1]鲁迅对中国人这种带有荒谬性的生存形式极为愤慨，他殷切希望人们能醒悟过来，捣毁这铁屋子，去创造一种全新的生存环境，即“创造第三样时代”。

但要人们能醒悟，以至于能自觉地去改造自己的生存环境，首先就必须使他们懂得人的价值和尊严，恢复对痛苦的感觉，这样由痛苦而激发出一种伟大的主观能动力量。为了恢复中国人对痛苦的感觉，鲁迅提出了“人间苦”这一多少带有形而上意味的人生哲学的命题。鲁迅认为，在中国这样的文化氛围中，人间充满了痛苦，苦痛是总与人生连带的，而唯有“熟睡”时才会感觉不到。鲁迅曾对许广平说过，“我是诅咒‘人间苦’而不

1　鲁迅:《呐喊·自序》,《鲁迅全集》(第一卷)，第419页。

嫌恶'死'的，因为'苦'可以设法减轻而'死'是必然的事，虽曰'尽头'，也不足悲哀"。[1]在《朝花夕拾·无常》里，他又说过，"想到生的乐趣固然可以留恋，想到生的苦趣，无常也不一定是恶客"。

鲁迅提出的"人间苦"的命题是与中国传统文化教会人们的人生观针锋相对的。中国古训中教人苟活的格言太多，诸如"知足常乐""人生如梦""好死不如赖活"等等，实在都是要人们知天乐命，"麻木到不想'将来'也不知'现在'"，中国文化的无进步，也正由此而造成。因此，鲁迅认为，知"苦痛"是人的觉醒的第一步，因为"人若一经走出麻木境界，便即增加苦痛"。[2]鲁迅的文化反省，在好多情况下就是从人生的残缺中生发出来的。这里，我们似乎也多少可以理解，为什么鲁迅总是那么毫不留情地揭示淋漓的鲜血和人间的种种丑恶。鲁迅的目的正在于唤起人们的痛苦感，以引起疗救的注意。可以说，对人的思考，重视人的价值，使人真正成为人，是鲁迅进行文化反省的出发点，也是最终的目的，而且还是他反省中国传统文化的根本性价值依据。

1　鲁迅：《两地书·二四》，《鲁迅全集》（第十一卷），第79页。
2　鲁迅：《两地书·六》，《鲁迅全集》（第十一卷），第25页。

二　鲁迅的文化发展观

鲁迅认为，文化的核心问题是“人”的问题，因此，所谓文化的发展也必然是人自身的发展，即人的内心要求和人的能力的发展。这是鲁迅文化发展观的核心。

鲁迅认为，人对于自身发展的各种欲求，是文化发展的内在动力：当人们对于物质生活条件有需求时，才会有物质文化的发展；而当人们在物质生活上有了“余裕”，增长了对精神生活的要求时，也才有精神文化的发展。鲁迅曾这样分析“赛会”文化发达的原因：“农人耕稼，岁几无休时，递得余闲，则有报赛，举酒自劳，洁牲酬神，精神体质，两愉悦也。”[1]鲁迅把人有了“余裕”，从而追求精神生活，看作是文化发展的动力，这在某种程度上是符合马克思主义关于文化发展的观点的。马克思认为，剥削阶级正是剥夺了劳动人民的一切“余裕”，陷他们于终年劳役之中，从而也就垄断了精神文化的生产。而新的社会制度应在发展物质生产的基础上，把人们从单纯谋生的劳作中解脱出来，给他们更多的余裕，使他们有更多的精神要求，从而刺激文化的进一步发达。鲁迅从自己的独特角度（对人的把握）出发，在文化发展观上取得了与马克思主义的文化发展观相接近的结论。

1　鲁迅:《集外集拾遗补编·破恶声论》,《鲁迅全集》（第八卷），第29页。

当然，鲁迅对人与文化发展的关系的考察并不是单向的。鲁迅认为，人的欲求刺激了文化的发展，没有这种欲求，也就没有文化的发展，但文化发展到一定阶段又会反作用于人，当文化形成某种相对稳定的状态时，它又限制、改变人们可能增长的欲求，它以僵化的形式将人的欲求固定在一定水平上，这就是文化的停滞。要推动这种“停滞”的文化继续发展，固然要依赖人的愿望、欲求的张扬；但要使人的愿望、欲求得以张扬，又必须首先打破束缚人的欲求发展的停滞着的文化系统。这样，鲁迅在考察整体文化发展时，又发现了一种文化发展的外在动力：当一种文化已处于停滞状态，它靠自身内部动力已难以前进，那么借助于外力推动就变得很有必要。鲁迅认为，尤其像中国文化这样，历史长久、背景深远、积累丰厚，正处于一种极端稳定性状态，甚至是处于衰落的情势之中，这就更需要从一些健康、向上而具有蓬勃生机的文化中摄取有益成分。

为了引起人们对这个问题的重视，鲁迅对文化影响力的“流向”作了阐述。他认为，两种不同系统的文化之间，高位文化对低位文化的影响力、作用力要远远超过后者之于前者。鲁迅以此来解释一些文化现象。鲁迅首先对中国文化史上常常出现，而又为当今的守旧派们所津津乐道的“文化同化”现象进行过分析。鲁迅指出，在中国历史上，汉族虽常常是受侵略的，但在文化上却始终未被异民族所同化，反而同化了侵略过来的异民族，“我们为什么能够同化蒙古人和满洲人呢？是因为他们的文化比我们的低得多”。[1]在鲁迅看来，“同化”，就是一民族的文化将另一民族的文化“化”掉，使其原有的文化解体和消亡。这种“同化”是必须具备特定条件的，即“同化”别人者的文化比别人的文化高。这个观点，马克思很早就有过阐述，他说，“野蛮的征服者总是被那些他们所征服的民族的较高文明所征服，这是一条永恒的规律”。[2]而鲁迅在当时阐述这一问题，直接针对的却是中国历史和中国的现实。当时流行着两种情绪：一种是害怕中国文化被外国文化所同化，产生了对外来文化的排斥心理；一种是笃信中国文化有着很强的同化力，因而认为国势强弱并无关系，受外国侵略也无所谓，只要死抱住中国的文化，国家虽破犹存，我们将会同化一切侵略而来的国家，中国亦因中国文化的永存而永存。鲁迅批驳了这两种观点，他指出，历史上我们能“同化”异民族，那说明我们的文化处于高的地位，但“倘使别人的文化和我们的相敌和进步，那结果便要大不相同了。他们倘比我们更聪明，这时候，我们不但不能同化他们，反要被他们利用了我们的腐败文化，来治理我们这腐败的民族”；而现在的事实是，“外国人……他们的文化并不在我们之下”。[3]陶醉于遥远的古代中国文化的“同化”力，

1　鲁迅：《集外集拾遗 · 老调子已经唱完》，《鲁迅全集》（第七卷），第 310 页。
2　［德］马克思：《不列颠在印度统治的未来结果》，《马克思恩格斯选集》（第二卷），人民出版社，1972 年版，第 70 页。
3　鲁迅：《集外集拾遗 · 老调子已经唱完》，《鲁迅全集》（第七卷），第 311 页。

以至于麻木不仁，对民族危机满不在乎，误认为中国文化会永世长存，这简直是糊涂至极。同时，鲁迅又指出，担心被外国文化“同化”，而排斥外来文化的影响，则也是缺少民族自信心的表现。鲁迅认为，我们应以宽广的胸怀汲取外来文化中有益的东西，不是等别人来同化我们，而是我们自觉地拿来有益的东西用于改造我们自己的文化，使中国文化向更高的方向发展，“中国既然是世界上的一国，则受点别国的影响，即自然难免”。[1] 拒绝这种外来文化的影响，实际上也就是自觉放弃了能促使自身文化发展的重要外部动力。所以鲁迅认为，“排外则易倾于慕古，慕古必不免于退婴”。所谓文化的“退婴”，就是文化的倒退和衰落。

鲁迅的这种注重人与文化的辩证关系的文化发展观，在他的文化反省中是始终被贯彻着的。

三　鲁迅文化反省的方法特性

鲁迅从自己的文化哲学思想出发，形成了一些独特的文化反省的方法特性。概其要，主要表现为如下几个方面：

第一，鲁迅文化反省的多元性和多层次性特征。鲁迅处于中

1　鲁迅：《集外集·〈奔流〉编校后记》，《鲁迅全集》（第七卷），第 162 页。

西文化交流碰撞、中国文化面临新旧转换的时期，鲁迅是立于文化的十字路口来谈论文化问题的；新、旧，东、西各种文化因素的影响，以及鲁迅对新、旧，东、西文化的自觉思考，批判与吸收，就构成了鲁迅文化反省的多元性。因此，鲁迅在看待一切文化现象时，总是立足于把问题摆到促进中西文化交流、加快文化由旧向新转换这个立场上来看待。我们在分析鲁迅对民族传统文化的反省时应看到，在鲁迅的文化分析的任何一个质点上，其文化意识的内涵都绝不是单一的，而是表现为各种文化因素的相互作用，而这种相互作用又是在一种动态的互相交流、互相搏斗和互相印证的过程中显示出来的。如果不注意这种多元性特征，就很难理解鲁迅文化意识的丰富性内容。在鲁迅的文化意识世界里，密集着从历史到现代、从四面八方集拢而来的文化意识内容。试图从某个单一的文化角度去理解鲁迅的文化反思，是不可能真正把握其精髓的。鲁迅的文化分析不仅是多元的，而且是多层次性的，既有形而上的层次，也有实体性的层次；有自觉意识的层次，也有非自觉意识的层次。当然，在每个层次中都必然地参与着鲁迅的整个精神活动，但我们在把握鲁迅文化反省的深刻内涵时，如果仅仅停留在某一固定层次上，则势必会陷入不可避免的片面性。

第二，鲁迅文化反省的批判性特征。鲁迅处于东西两种文化交流、中国文化由旧向新转换的时代，他首先面临的任务是以批判为武器，通过文化批判来达到文化革新的目的。因此，鲁迅文化反思的一个重要特点就是强烈的批判性。这种批判性特征，是贯穿鲁迅一生的文化事业中的。在前期，鲁迅置身于文化批判的战斗之中，以极其坚决的态度否定封建旧文化，抓住了反封建的大题目，对旧文化进行猛烈的批判，这些是比较明显的。到了后期，鲁迅仍没有放下文化批判的武器，只是用以依据的指导思想略有变化，增加了马克思主义的内容，但他批判的目标，仍是封建旧文化。鲁迅常常能在一切现实的丑恶中看到活着的文化传统，因而在批判现实时，也批判着封建旧文化。在后期，鲁迅文化批判的锋芒有增无减，因为批判性正是马克思主义的一个重要特征，所以鲁迅对马克思主义思想武器的运用更增加了这种批判性。

在理解鲁迅文化反思中的批判性特征时，应从较为广阔的文化发展背景和文化发展前途着眼，否则会产生理解上的狭隘性。鲁迅那样激烈地攻击中国固有的精神文明，当年就曾受到一些以“爱国者”自居的人的谴责，要鲁迅“搬出中国去”。这就涉及什么是真正的“爱国”的问题。

“爱国”不是一个空泛的概念，也不是一种情绪，它的实质性内容应该是促使民族的进步和富强，不管从什么角度，以什么方式，只要是有利于民族的进步与富强的，就是“爱国”的；反之，仅有情绪，空喊口号，而于实际的民族进步无益，甚至适得其反，则根本谈不上爱国。鲁迅在批判中国固有的精神文明时所使用的语言的确异常激烈，甚至十分偏激，如，将中国的文明比作“人肉的筵宴”，中国则是“安排这人肉的筵宴的厨房”，[1]认为中国整个历史只能划分为两个时代：“想做奴隶而不得的时代”和“暂时做稳了奴隶的时代”；[2]认为“中国文化”是“侍奉主子的文化”，是杀掉自己的“软刀子”；[3]等等。对这些过激之论，离开了当时的文化背景，离开了中国文化发展的历史任务和发展方向，当然很难理解。在一个特定的批判时代中，只要是立志献身于时代的人，就不可能仅仅满足于说出一些温吞水似的话。因为对于这种批判时代来说，唯一重要的武器，就是批判。正是在这种看似过激的批判中，才能体现出一种对于中国前途的真正的思考。列宁曾经这样评价过车尔尼雪夫斯基：“我们记得，献身于革命事业的大俄罗斯民主主义者车尔尼雪夫斯基在半个世纪以前说过：‘可怜的民族，奴隶的民族，上上下下都是奴隶。’公开和不公开的奴隶——大俄罗斯人（沙皇专制制度的奴隶）是不喜欢回顾这些话的。而我们却认为这是真正热爱祖国的话。”[4]这个评价也适用于鲁迅。

鉴于鲁迅文化反思的批判性特征，我们在把握和理解鲁迅对各种具体文化现象的分析时，必须从这一特征出发，善于从批判过程和批判时的价值标准去发现鲁迅文化思想的本质。鲁迅一系

1 鲁迅：《坟·灯下漫笔》，《鲁迅全集》（第一卷），第217页。
2 鲁迅：《坟·灯下漫笔》，《鲁迅全集》（第一卷），第213页。
3 鲁迅：《集外集拾遗·老调子已经唱完》，《鲁迅全集》（第七卷），第311页。
4 ［苏联］列宁：《论大俄罗斯人的民族自豪感》，《列宁文选》（第一卷），人民出版社，1976年版，第897页。

列有关文化问题的见解，常常是以文化批判的形式呈现出来的。他很少专门地正面论述文化应该是如何的，而多数情况下是在“不应该如何”的批判性评价中透露出理应如何的思想。批判本身就是一种价值观念的显现。因此切不可认为，鲁迅只有批判，他的提倡正是隐含于批判之中的。

第三，鲁迅文化反省的辩证性特征。鲁迅的文化观常常显示出形式上的偏激。但在其根本上，在对实质性问题的论述中，却显示出一种辩证的科学性。鲁迅认为，作为文化发展的阶段性特点，“偏至”是一个必然的现象：“人间教育诸科，每不即于中道，甲张则乙弛，乙盛则甲衰，迭代往来，无有纪极。”[1]不仅在文化的各科目中，不同时代会有所侧重；而且在文化转换期，新起的文化又因为欲“抗往代之大潮”，而“不能无偏至”。新文明的产生一方面是“根旧迹而演来”，但另一方面又因为其“新”就势必“以矫往事而生偏至”。[2]没有这种“偏至”，没有对旧文明、旧文化的偏激态度，就难以生发出新的文化来，这是文化发展的规律性现象。鲁迅深刻认识这一点，因而以一种全异于旧文化的偏激态度来谈论文化；但鲁迅在其根本上并未真正割断新文化与旧文化的联系，他的偏激仅仅是一种战略的考虑，在对新文化构成进行科学分析时，鲁迅总是能以辩证的态度加以思考。

1 鲁迅:《坟·科学史教篇》,《鲁迅全集》(第一卷)，第 28 页。
2 鲁迅:《坟·文化偏至论》,《鲁迅全集》(第一卷)，第 46 页。

鲁迅以反传统的精神对传统文化进行矫枉过正的反省，主张从外国文化中“拿来”，“别求新声于异邦”，[1]甚至提出“屈尊学学枪击我们的洋鬼子”，这样才能使“中国的精神文明”“可望有新的希望的萌芽”。[2]但这种全面的彻底的反传统，大胆地从外国“拿来”，在鲁迅那里都还只是一种促进文化变革的手段，而不是目的。真正的目的是在于再造中国新文化，这种新文化既不同于传统的文化，也绝不是模仿建立某种西方的翻版文化，而是传统文化和外来文化在一个较高层次上综合而成全新的文化。

因此，在文化建设上，鲁迅采取的是辩证的态度，即“去其偏颇”，“不必问西洋风或中国风，只要看观者能否看懂，而采用其合宜者”。[3]鲁迅指出：“因为新的阶级及其文化，并非突然从天而降，大抵是发达于对于旧支配者及其文化的反抗中，亦即发达于和旧者的对立中，所以新文化仍然有所承传，于旧文化也仍然有所择取。”[4]这说明，鲁迅在事实上并未割断新文化与旧文化的联系，不过，这种联系仍是一种对抗性的联系，而不是简单的因果承袭性的联系。新文化对于旧文化的“承传”和“择取”，是在对总体结构进行否定、破坏的基础上进行的。吸收固有文化中的优秀因素的目的不是使旧文化的生命延续下去，而是出于建设

1 鲁迅:《坟 · 摩罗诗力说》,《鲁迅全集》(第一卷)，第 65 页。
2 鲁迅:《华盖集 · 忽然想到（十至十一）》,《鲁迅全集》(第三卷)，第 96 页。
3 鲁迅:《书信 · 340328 致陈烟桥》,《鲁迅全集》(第十二卷)，第 365 页。
4 鲁迅:《集外集拾遗 ·〈浮士德与城〉后记》,《鲁迅全集》(第七卷)，第 355 页。

新文化的需要。

有时，我们会发现鲁迅文化观中有不少矛盾的现象，这种矛盾现象也许只有从其辩证性特征来加以考察才能获得理解。因为鲁迅常常以辩证的眼光去看问题，因而他所看到的就绝不是事物的某一单个的侧面，而是多侧面的。同一事物的不同侧面相互矛盾的情况是普遍存在的，因而，鲁迅的一些评价上的矛盾恰恰是他多角度、多侧面辩证地看问题的结果。关键的问题是要把握鲁迅发表文化见解的不同场合、时机和不同的战略考虑。不了解鲁迅文化反省的辩证性特征，就会带来对鲁迅文化观的误解。

第四，鲁迅文化反省的过渡性特征。这种过渡性主要是由于时代的过渡性特点所决定的。鲁迅始终站在新的历史时代的制高点上，得以对以往的文化进行高瞻远瞩的观照；但由于毕竟是处在一个转折的时代，它与未来时代相比，毕竟是一个不成熟的，仍充满了历史局限的时代。鲁迅固然有不少方面能超越自己的时代，但作为这个时代产物的鲁迅，依然不可能不在自己的文化观中牢牢地打上时代的烙印。因此，鲁迅的文化反省，一方面显示出代表未来方向的先进性，同时也仍有不少不成熟性。尤其是在特定时代要求之下所发表的见解，就不可能不带有某些时代的局限。

我们在理解鲁迅的具体文化思想时，既要把它摆到特定历史背景中加以考察，以便认清它的价值，把握它对推动文化发展所能起到的作用；但同时，我们又要尽可能站在今天的思想高度，在找出鲁迅文化观中对今天的文化发展具有积极意义的成分的同时，也应指出它们的不足之处。对此，我们也应有一个辩证的态度。任何故意贬损鲁迅的文化思想或任意拔高鲁迅的文化思想的做法都是不可取的。关于这种时代局限，鲁迅自己也并不否认。他始终认为自己作为历史的“中间物”，他的一切观点也“至多不过是桥梁中的一木一石，并非什么前途的目标、范本”，[1]这的确是一种真实而清醒的认识。

1　鲁迅：《坟·写在〈坟〉后面》，《鲁迅全集》（第一卷），第286页。

第二章　鲁迅的语言文化观

一

自新文化运动发生到20世纪30年代，鲁迅对中国语言文字的改革问题发表了相当多的见解，涉及面较广，概括起来，主要有这样几个方面：

第一，鲁迅从历史唯物主义的观点出发，阐述了语言文字的起源和发展，并指出了汉字改革的必然性。

鲁迅指出："文字成就，所当绵历岁时，且由众手，全群共喻，乃得流行，谁为作者，殊难确指，归功一圣，亦凭臆之说也。"[1]他批判了"仓颉造字"的唯心史观，肯定了人民群众创造文字的

1　鲁迅：《汉文学史纲要》，《鲁迅全集》（第九卷），第344页。

历史功绩。鲁迅对文字的起源作了科学的考察，认为真正的文字是源于图画的，而原始人之图画，则与劳动相关，例如他们画一头牛，“为的是关于野牛，或者是猎取野牛，禁咒野牛的事”。[1]这就揭示了文字起源于劳动的道理。鲁迅还分析了汉字从象形、指事、会意到谐声（形声）的变化过程，揭示了汉字由象形到表音、由繁到简的发展趋向，并进而指出由于汉字发展到现在，“成了不象形的象形字，不十分谐声的谐声字”，因此文字的改革势在必行。

第二，鲁迅分析了汉字的繁难，以及形成汉字繁难的原因，并从“将文字交给大众”的目的出发，指出了汉字改革的必要性。

鲁迅说：“文字在人民间萌芽，后来却一定为特权者收揽。”这些统治阶级的特权者们为了垄断文字，又“竭力的要使文字更加繁难起来”，[2]其结果是“我们的最大多数人，已经几千年做了文盲来殉难了”。正是在这个意义上，鲁迅将汉字称为“方块的带病的遗产”。[3]他从人民群众的利益出发，提出了“将汉字交给大众”的口号，而要真正将汉字交给人民大众，就必须对汉字作彻底的改革。

第三，鲁迅总结了汉字改革的历史经验，一方面提倡简化文

1　鲁迅：《且介亭杂文·门外文谈》，《鲁迅全集》（第六卷），第87页。
2　鲁迅：《且介亭杂文·门外文谈》，《鲁迅全集》（第六卷），第92页。
3　鲁迅：《花边文学·汉字和拉丁化》，《鲁迅全集》（第五卷），第556页。

字，另一方面又提出了根本改革汉字的拉丁化方向。

他认真分析了清末以来文字改革的利弊，指出汉字改革的第一步可以先从简化汉字开始，要打破传统的“正字”观念。[1]同时他又指出，简化汉字“不过是治标之法”，“待到拉丁化的提议出现，这才抓住了解决问题的紧要关键”。这里的“拉丁化”，是指“拉丁化新文字”，其重要特点是摆脱方块汉字的影响，走拼音化的道路。当然，鲁迅是把“拉丁化”作为汉字改革的最终方向提出来的，所以他同时又提出以“汉字夹用拼音”的方法，作为从方块字向拉丁化过渡的一种途径。

第四，鲁迅从纯洁和统一祖国语言的目的出发，坚决主张发展普通话和提倡实现汉语规范化。

鲁迅认为，在人们的语言交流中，“确实已有着一种好像普通话模样的东西”，它“既非国语，又不是京话，各各带着乡音、乡调，却又不是方言”，它使不同地区的人们得以在语言上相互沟通。如果将这种普通话“加以整理，帮它发达”，是可以使之发展成为一种通行的语言的。鲁迅指出了中国有实行普通话的基础和必要性，同时还进一步预见到“北方话”将会成为普通话的主力。[2]对于汉语规范化的问题，鲁迅虽未直接用“规范化”这一术语，但在许多论述中都讲到应提炼语言，尤其是书面语较之

---

1 鲁迅:《且介亭杂文二集·从“别字”说开去》,《鲁迅全集》(第六卷), 第283页。
2 鲁迅:《且介亭杂文·门外文谈》,《鲁迅全集》(第六卷), 第96页。

口语应“简洁明了”，勿使用“太僻的土语”[1]和已经“僵死的语言”，等等。[2]

二

我们不能孤立地看待鲁迅对语言文字改革问题的这些论述。鲁迅对语言问题的态度和见解，标示了鲁迅的文化观。

语言属于文化的范畴。20 世纪以来，西方学术界一直把语言学、人类学、民族学作为文化研究的三个重要组成部分，而语言现象又常常成为研究人类学、民族学的一把钥匙。语言现象与文化可以说是共生的，语言随着文化的发展而发展，同时又在一定程度上反过来制约着文化的发展。在特定的历史时期，它甚至有可能成为文化发展的关键，起着促使文化发生历史性转换的杠杆的作用。因此，从某种意义上说，语言现象标志着文化的某些本质特征和进步程度。由于语言在文化现象中所处的特殊地位，从语言现象的角度更能透视文化的变异。

近代中国文化发展史上所发生的巨大变革，都曾引起语言现象（包括文字）的“异常”。19 世纪末 20 世纪初，人们对语言

1　鲁迅：《且介亭杂文・答曹聚仁先生信》，《鲁迅全集》（第六卷），第 77 页。
2　鲁迅：《热风・随感录五十七》，《鲁迅全集》（第一卷），第 350 页。

问题表现出的前所未有的热情，其意义绝不仅仅限于语言文字这独特的领域自身，而是在于整个文化形态——是整个文化形态发展到了一个面临巨大转折的历史阶段的必然现象。以往学术界对于发生在中国二三十年代的语言革命（包括文白之争、欧化问题和汉字拉丁化问题等）的评价，大多是从名实相符、形式与内容统一，以及从一般文字改革的角度来肯定其意义，很少把它与先驱者们对传统文化的全面反省联系起来进行考察，这就很难比较全面地把握这场语言革命更为深远的文化史的意义。

鲁迅作为五四文化转换期的巨人，曾以极大的精力投入一系列语言革命，其目的就在于能运用语言这一杠杆，来推动文化转换的进程。因此，如果不以现代中国特定历史时代和这个时代的总体文化任务为出发点，就很难理解鲁迅对中国语言文字问题发表的诸多见解。例如，鲁迅一直主张废除汉字。早在五四时期，鲁迅就提出，“汉文终当废去，盖人存则文必废，文存则人当亡，在此时代，已无幸存之道。但我辈以及孺子生当此时，须以若干精力牺牲于此，实为可惜”。[1] 30年代中期，鲁迅仍然认为汉字“倘不首先除去它，结果只有自己死”。[2] 直至逝世前不久，他仍在大声疾呼：“汉字不灭，中国必亡！”[3]这些今天看来很有些偏激的观

1 鲁迅：《书信·191901116致许寿裳》，《鲁迅全集》（第十一卷），第367页。
2 鲁迅：《且介亭杂文·关于新文学》，《鲁迅全集》（第六卷），第106页。
3 转引自芬君（陆诒）：《前进思想家——鲁迅访问记》，《救亡情报》第4期，1936年5月30日。

点，只有与鲁迅对中国传统文化的深沉思考联系起来，才能给以正确的评价。

一个民族的传统文化，往往集中体现在这个民族在长期的历史文化进程中所形成的思维方式、民族心理等方面。这些精神形态是众多文化现象的升华，但又常常是文化现象的根源。语言文字作为一种文化现象，它与整体文化的深层关系，也恰恰系结在这方面。鲁迅对于语言问题的见解，最精彩、最深刻之处，正在于他透过表面现象，对语言的深层结构中所包蕴的中国民族的思维方式、中国民族的心理特征所作的揭示。

三

语言与思维的关系是非常密切的。每一种语言都具有自身的概念系统，而每一个概念系统又都体现着某种文化养育成的思维方式。也就是说，一种语言常常代表着使用这种语言的人们的文明程度、智力程度和思维发展水平。鲁迅对语言问题的许多论述，都是从这一思考中生发的。在提倡白话文、反对文言文的新文化运动中，发难者们都曾对文言文大张挞伐，但真正从历史文化的深层透视文言文的惰性——对民族思维方式发展和民族智力水平提高的巨大阻滞作用的，鲁迅却是古今第一人。

鲁迅认为，作为中国传统语言文字的文言文，具有不确定、不精确的毛病，有许多“含混的地方”。鲁迅举了一个很典型的例子，如白话文中“这一个学生或是那一个学生”这句话的意思，有人认为用文言文只需“此生或彼生”五个字就能表达，而且明了、省力。鲁迅却指出，“此生或彼生”这五个字如果不作注释，就很含糊。“因为这五个字，至少还可以有两种解释：一、这一个秀才或是那一个秀才（生员）；二、这一世或是未来的别一世。”鲁迅由此看出了“文言的不中用”：“文言比起白话来，有时的确字数少，然而那意义也比较的含糊。我们看文言文，往往不但不能增益我们的智识，并且须仗我们已有的智识，给它注解，补足。待到翻成精密的白话之后，这才算是懂得了。如果一径就用白话，即使多写了几个字，但对于读者，‘其省力为何如’？”[1]鲁迅揭示了文言文的不精确，指出了文言文必然带来思维的模糊。

曾有中外语言学者论及中国语言所标示的中国民族思维方式的特点。不少学者认为，汉语没有冠词，缺少性别及动词时态的变化，名词不分单复数，所以倾向于具体性和感情化，具有模糊性；而欧洲民族的语言可以附加很长的状语、定语，区分时态、单复数等等，因此倾向于精确性和理性化，不同的语言代表着东西方民族不同的思维方式。中国式的思维常常是注重事物关系的陈述，

1　鲁迅：《花边文学·“此生或彼生”》，《鲁迅全集》（第五卷），第500页。

不重演绎推论。中国语言本身的不精确性，一方面是由本民族长期的文化历史进程中形成的思维方式所决定的，另一方面它又确实成了思维进步的障碍。在近代被看作是科学发展重要精神动力的演绎推论，是以概念的精确为前提的。对于这种科学的思维方式，文言文所代表的中国语文显然是一种不完善的媒介。鲁迅也正是从文化的进步、从中国传统语言所标示的思维方式与现代科学发展不相适应的角度来看待中国语言的弱点的。

鲁迅曾向中国人推荐了瑞典学者高本汉（Bernhard Karlgren）的著作《中国语和中国文》，鲁迅认为“他的确对于中国语文学有很大的贡献”，但“他对于中国人似乎更有研究”，他看到了中国文言文与中国人的思维习惯之间的关系，认为中国文的“含混的地方，中国人不但不因之感受了困难，反而愿意养成它”。高本汉认为中国人离不开文言文，因为文言文代表了上流社会的文明。他对中国文字与外国文字的不同特点作了形象的比喻：“中国文字好像一个美丽的贵妇，西洋文字好像一个有用而不美的贱婢。”鲁迅不仅赞成高本汉的看法和比喻，而且由此进而明确指出中国语言文字的弊端：“美丽可爱而无用的贵妇的‘绝艺’，就在于‘插诨’的含混。”而为了保存这种“高妙文雅”的语言文字，只好以牺牲文化的进步和思维的精确化发展为代价。[1]

1　鲁迅：《准风月谈 · 中国文与中国人》，《鲁迅全集》（第五卷），第 363—364 页。

这种认识使得鲁迅对改变中国语言文字现状的见解高出当时一般的语言学专家。鲁迅既注意到了文言的不够达意，提出“我们要说现在的，自己的话；用活着的白话，将自己的思想，感情直白地说出来”。[1]但鲁迅又没有仅仅停留在“达意”这一层次上，而是同时注意到语言作为思维的符号系统，对于民族思维方式发展和智力水平提高的促进作用。“思维的进步取决于符号系统的效能”，[2]换言之，当符号系统陈旧、效能低下，以至于阻碍思维的发展时，打破这种语言符号系统，创造新的语言系统，就成了关系到思维发展、文化进步的历史大任务。如果从这个角度去评价鲁迅反对文言文、提倡白话文的有关见解，乃至评价整个五四时期反对文言文、提倡白话文的历史功绩，我们就不会仅仅把它们看成是一种语言形式的革命，我们会发现，这实际上正是一种文化的觉醒。

循着对民族的思维方式的反省这一思路，鲁迅对此后的“语言欧化”问题的讨论、翻译的“信”和“顺”的论争，也发表了诸多深刻而独特的见解。

1　鲁迅:《三闲集 · 无声的中国》,《鲁迅全集》(第四卷)，第15页。
2　［英］L.R. 帕默尔:《语言学概论》，吕叔湘译，商务印书馆，1983年版，第142页。

四

对于现代汉语的“欧化”问题，历来有不同的评价。在30年代展开的有关大众化问题的讨论中，文学语言的改革继白话文运动之后再度引起重视。当时曾有人认为，“五四”以来形成的白话文存在“欧化”倾向。因此，白话文是非大众化的，应在被取缔之列。在这场讨论中，鲁迅显然也是拥护大众化的，他认为应该“将文字交给一切人”，[1]但在“欧化”问题上，鲁迅却表示了迥异于当时一般左翼作家（包括他的挚友瞿秋白在内）的见解。他认为大众语固然应该力求浅豁，但也需要吸收外国语文的字汇和语法，使之丰富和精密。针对“欧化的白话文烦难，语法结构复杂”的观点，鲁迅指出：“凡文字，倘若容易学，容易写，常常是未必精密的。烦难的文字，固然不见得就一定精密，但要精密，却总不免比较的烦难。”[2] 欧化的白话文，在句式结构上固然是烦难复杂了些，但又的确弥补了汉语句法的不精密。欧化句式有严密、细致的修辞，不再是“多乎哉？不多也”式的简单肯定或否定，而是在句式的复杂结构中包含着分析的内蕴和严格的界定性。正是从力求思维的严密性出发，鲁迅在一片反对欧化的声浪中明确提出了“仍要支持欧化文法”的主张，他认为，“精密的所谓‘欧

1　鲁迅：《且介亭杂文·门外文谈》，《鲁迅全集》（第六卷），第95页。
2　鲁迅：《且介亭杂文二集·论新文字》，《鲁迅全集》（第六卷），第442页。

化’语文，仍应支持，因为讲话倘要精密，中国原有的语法是不够的，而中国的大众语文，也决不会永久含糊下去。譬如罢，反对欧化者所说的欧化，就不是中国固有的字，有些新字眼，新语法，是会有非用不可的时候的”。[1]

鲁迅还分析了欧化文法产生于新的中国语言中的历史必然性。他认为，“欧化文法的侵入中国白话中的大原因，并非因为好奇，乃是为了必要”。科学的高度发展是以思维的严密为前提的，当中国人意识到这一问题，有意识地去追求一种严密的思维语言时，“固有的白话不够用，便只得采些外国的句法。比较的难懂，不像茶淘饭似的可以一口吞下去是真的，但补这缺点的是精密”。[2]对于这一点，鲁迅应该说是深有体会的。早年他曾写过《中国地质略论》《科学史教篇》等科学论文，为了传达西方的科学思想，甘冒生硬、晦涩的风险而不得不采用了许多外国的句法。在建立大众语的讨论中，一般人的眼光仅仅是停留在让群众容易学这一层次上，而鲁迅的思考却是深远的，他指出，建立大众语，实行“中国语的拉丁化”，“到大众中去学习，采用方言，以至要大众自己来写作”都不失为很好的方法，但仍然“要支持欧化式的文章”，只要不是“故意胡闹”，而是“为了立论的精密”。[3]鲁迅认为，“中

1　鲁迅:《且介亭杂文·答曹聚仁先生信》,《鲁迅全集》(第六卷)，第 77 页。
2　鲁迅:《花边文学·玩笑只当它玩笑》,《鲁迅全集》(第五卷)，第 520 页。
3　鲁迅:《书信·340729 致曹聚仁》,《鲁迅全集》(第十二卷)，第 496 页。

国语法的欧化并不就是学外国话”，而只是“主张中国语法上有加些欧化的必要”。[1]因此，提倡欧化与提倡大众语并不矛盾。鲁迅是把使大众能看懂、学会语言文字，与同时培养中国大众严密的思维联系起来考虑的，因此，鲁迅的见解显示出了远远超出一般认识的历史深度。

鲁迅始终是站在思想家的高度来观察语言文化问题的。他既热切地期望民众能迅速掌握语言文字，以便于启蒙教化，但更深切地关注的，却是整个民族文化的兴衰存亡。如果不尽快改变中国民族文化结构，以便顺利解决中国文化面临的裂变，则中国将可能再次失去与整体的世界先进科学文化合流的机会。鲁迅的观念是“治本”的。不从根本上改变中国人的思维方式，就很难将民众的思想彻底引向先进的科学文化潮流，而所谓思想文化启蒙也将成为一句空话：越是思维简单、混沌、模糊的人，越趋向于执拗任性，也越难于启蒙教化。因为对于永远生活于感性世界中的人来说，既然缺乏理性素养、逻辑能力和理论兴趣，那么一切理性的教化即使再深刻，再具有真理性，也难以被接受、被理解。诚如黑格尔所说过的，一个民族，如果沉溺于感性的泥污中而不能自拔，那是绝对没有希望的。中国语言文字作为思维系统符号，如果不对感性化、不精确性等加以改善，将会对科学思维发展产

1　鲁迅:《花边文学·玩笑只当它玩笑》,《鲁迅全集》(第五卷)，第522页。

生巨大阻碍，以至于妨害民族的进步。正是在这个意义上，鲁迅才提出“汉字不灭，中国必亡”的主张，因为正是汉字“使全中国大多数的人民，永远和前进的文化隔绝，中国的人民，决不会聪明起来”。[1]也正是基于这一高瞻远瞩的考虑，鲁迅才不遗余力地提倡中国文的“欧化”。忽视这一深刻的历史文化背景，简单地否定“欧化”，显然是短视和浅薄的。所以鲁迅殷切地希望，那些“嘲笑欧化式白话的人，除嘲笑外，再去试一试介绍外国的精密的论著，又不随意改变、删削，我想，他一定还能够给我们更好的箴规”。[2]

五

鲁迅赞同欧化，其重要目的就在于借外国语的精密文法来改进中国语；同时，通过“欧化”途径大量引进欧人的概念系统，以助益严密国人的思维。这一目的同样表现在他对于翻译的有关主张上。在关于翻译的“信”和“顺”的争论中，鲁迅“也是主张容忍‘不顺’的一个”，他主张“宁信而不顺”。他认为，这样的翻译“不但输入新的内容，也输入新的表现法。中国的文和

1　转引自芬君（陆诒）:《前进思想家——鲁迅访问记》。
2　鲁迅:《花边文学・玩笑只当它玩笑》,《鲁迅全集》（第五卷），第520页。

话，法子实在太不精密了，……这语法的不精密，就在证明思路的不精密，换一句话，就是脑筋有一些糊涂。倘若永远用着糊涂话，即使读的时候，滔滔而下，但归根结蒂，所得的还是一个糊涂的影子。要医这病，我以为只好陆续吃一点苦，装进异样的句法去，……后来便可以据为己有”。[1]显然，鲁迅主张直译，主张“宁信而不顺”，其关键是在于输入更多的新的概念和新的表现法，以便改变中国人思维的不精密。如果离开这一基本把握，恐怕难以对“信”和“顺”的争论作出正确的评价。

虽然鲁迅在中国语文的欧化问题以及翻译的“信”“顺”问题上的观点，有时不免失之片面，但这种力排众议的主张中所包含的对于中国民族的思维方式的反省却是非常深刻的。“五四”以后发展起来的现代汉语，实际上正是欧化了的白话文，这种语言不仅在一定程度上接近了口语，更主要的是它经过欧化文法、概念的吸收，形成了一个规范的语法系统，从而大大加强了语言思维的逻辑力量和表达的准确、严密，淡化了中国传统语言固有的含混、感性化、不严密等缺点，使之能够在较大程度上适应科学的思维。这不能不说是一个文化上的巨大进步。由此来考察鲁迅从思维方式的角度对中国语言文字的深沉思考，其进步性是显而易见的。

1　鲁迅:《二心集·关于翻译的通信》,《鲁迅全集》(第四卷)，第332页。

六

各民族文化形态的不同特点，常常表现为不同文化中的不同心理素质。而语言“从本质上应该看成是心理现象”，“民族语言正是民族心理的积淀”，“脱离了心理的制约就不能有效地进行语言分析”。[1]鲁迅对中国语言文字的考察，同样显示了他对中国语言与中国民族心理关系的深刻理解。

鲁迅曾从中国语言的贫乏中看到了落后的民族心理素质。例如，鲁迅曾多次分析中国语言中的“国骂”——“他妈的”。鲁迅认为，在这“国骂”的背后隐藏着的是一种“精神胜利”和自欺欺人的心态。对“依赖门第”以及“倚仗祖宗”的不满，发泄为“他妈的”，其攻击矛头自然是指向“高门大族的坚固的堡垒”，然而这种战略却“真可谓奇谲”——“瞄准他的血统”，于是精神上便做了“高门大族”的“祖宗”。鲁迅一方面指出“国骂”中反映的这种病态的心理，称最先发明这句“国骂”的，真可以“算一个天才，——然而是一个卑劣的天才”；另一方面也揭示了“国骂”产生和流行的社会心理根源。鲁迅还指出，“国骂”的盛行，实际上也说明了中国语言的贫乏。因为“国骂”不仅用于攻击“高门大族”，还可以出现在几乎是一切场合。鲁迅就“曾在家乡看

---

1 ［美］威廉·J. 贝克:《从“信息结构”的观点来看语言》，陈平译，《外国语言学》，1985年第2期。

见乡农父子一同用午饭，儿子指一碗菜向他父亲说：‘这不坏，妈的你尝尝看！’那父亲回答道：‘我不要吃。妈的你吃去罢！’”，“简直已经醇化为现在时行的‘我的亲爱的’的意思了”。[1]这一个词被普遍运用着，“有时骂骂，有时佩服，有时赞叹，因为他说不出别样的话来”。[2]这种贫乏的语言本身也多少反映了中国人的“笼统”的惰性心理：凡事不求精确表述。语言学家 L.R. 帕默尔曾经说过：“每个民族都有一套自己特有的无法翻译的道德用语”，“例如英语中 fair-play（‘费厄泼赖’）这个短语表现的就是其他国家没有的一套复杂的行为准则。……Da Kann man halt ni Chts machen（‘这我看一点办法也没有’）这样的口头禅很容易带来所谓奥地利式的‘心安理得’”。[3]鲁迅则指出了“他妈的”所表现出的中国人的落后的民族心理素质。鲁迅指出，“他妈的”确实无法译成外文，在德文中只能译作“我使用过你的妈”，日文中只能译作“你的妈是我的母狗”，纵然“俄国也有这类骂法”，但“究竟没有中国似的精博”。[4]鲁迅由语言透视民族心理，进而指出，“先驱者的任务”是“支持欧化文法，当作一种后备”，以丰富群众语言，“给他们许多话说，可以发表更明白的意思，同时也可以明白更精确的意义”；[5]另一方面，鲁迅又指出，这种贫

1　鲁迅：《坟·论“他妈的！”》，《鲁迅全集》（第一卷），第 234 页。
2　鲁迅：《且介亭杂文·答曹聚仁先生信》，《鲁迅全集》（第六卷），第 77 页。
3　［英］L.R. 帕默尔：《语言学概论》，第 145 页。
4　鲁迅：《坟·论“他妈的！”》，《鲁迅全集》（第一卷），第 232 页。
5　鲁迅：《且介亭杂文·答曹聚仁先生信》，《鲁迅全集》（第六卷），第 77 页。

乏的语言的根除，还有赖于社会的根本变革和落后心态的彻底去除。[1]

鲁迅还从中国语言文字改革的艰难中，深入剖析了我们民族的某种惰性心理。任何一种改革创新都不会比语言的改革与创新更艰难。索绪尔就曾讲到过“集体惰性对一切语言创新的抗拒”，他认为“在一切社会制度中，语言是最不适宜于创制的。它同社会大众的生活结成一体，而后者在本质上是惰性的，看来首先就是一种保守的因素”。[2]说得更明确一些：对于语言创新的抗拒，源于一种传统的惰性心理。对此，鲁迅是有深刻认识的。例如，鲁迅就曾抨击过这样一种现象：“以摆脱传统思想的束缚而来介绍世界文学的文人，却偏喜欢使外国人姓中国姓。”他慨叹道，“我万料不到，一本《百家姓》，到现在还有这般伟力”。[3]“翻译外国人的姓名用音译，原是一件极正当、极平常的事”，“但于外国人的氏姓上定要加一个《百家姓》里所有的字”，“附合成中国的人名模样”，以至于使人弄不清是中国人还是外国人，这正说明“凡有一件事，总是永远缠夹不清的，大约莫过于在我们中国了”。反映在这种“不懂的音译”中的，正是一种不求精确的笼统心理。不仅如此，就是这样已经中国化了的不准确的音译仍受到国学家

1　鲁迅：《坟·论“他妈的！”》，《鲁迅全集》（第一卷），第234页。
2　［瑞士］费尔迪南·德·索绪尔：《普通语言学教程》，高名凯译，商务印书馆，1980年版，第110—111页。
3　鲁迅：《华盖集·咬文嚼字》，《鲁迅全集》（第三卷），第9页。

们的攻击，认为这种翻译仍是“使人不懂的字样”，按他们的意思，无非是要么“凡有外国的事物都不谈”，要么“凡有外国人都称之为假洋鬼子”，要么就“将外国人名改为王羲之唐伯虎黄三太之类”。[1]这里所反映的，是一种顽固守旧的惰性心理。中国字音的记忆是与词义联系在一起的，没有词义的音的记忆是比较困难的。这种“不懂的字样”确实与那种不求精确的惰性心理不合拍，无怪乎会遭来守旧派的反对。以挣脱传统思想束缚为目的来介绍世界文学的新文学作家们，竟也未能摆脱外国人名的中国化，更见民族惰性心理的根深蒂固。

类似的情况还表现在化学名词的“创造”上，“中国的化学家多能兼作新仓颉”，“几个字拼合起来”作为元素符号，害得学生在记住这复杂的拼合字的同时，“仍须另外记住拉丁字”。[2]对此，鲁迅指出：“现在最会造字的是中国化学家，许多原质和化合物的名目，很不容易认得，连音也难以读出来了。老实说，我是一看见就头痛的，觉得远不如就用万国通用的拉丁名来得爽快，如果二十来个字母都认不得，请恕我直说：那么，化学也大抵学不好的。”[3]“倘若就用原文，省下造字的功夫来，一定于本职的化学上更其大有成绩，因为中国人的聪明是决不在白种人之下的。”[4]鲁

1 鲁迅：《热风·不懂的音译》，《鲁迅全集》（第一卷），第398页。
2 鲁迅：《华盖集·咬文嚼字》，《鲁迅全集》（第三卷），第10页。
3 鲁迅：《且介亭杂文·门外文谈》，《鲁迅全集》（第六卷），第88页。
4 鲁迅：《华盖集·咬文嚼字》，《鲁迅全集》（第三卷），第10页。

迅正是从一些常常为人们所忽视的方面发现一些实质性的问题。这些细小的问题中反映出的，是一种“集体惰性”对于语言创新的阻碍力量。这种惰性植根于一种落后守旧的民族心理。无论是外国人名的中国化，还是化学名词的中国拼合式，实质上都体现了在文化问题上早已有之的“用夏变夷”的思想。这种思想以不变应万变，外来的新思想、新科学一经与这种肤浅的“中国化”的惰性心理相结合，就会大大削弱其生气和力量。在特定的文化转换时期，语言的变革是至关重要的。鲁迅带着一种历史的焦虑感来看待语言的革命，因而对于在语言问题上表现出的“集体惰性”无疑是深恶痛绝的。正因为如此，他把那些“吸着现代空气，却偏要勒派朽腐的名教，僵死的语言，侮蔑尽现在”的人称为“现在的屠杀者”，并指出，他们“杀了‘现在’，也便杀了‘将来’”。[1]

正是出于对某种落后的民族惰性心理的洞察，因此在提倡大众语的声浪中，鲁迅能清醒地看到，“有些猛将趁势出现”，虽“来路是并不一样的，可是都是向白话、翻译、欧化语法、新字眼进攻。他们都打着‘大众’的旗，说这些东西，都为大众所不懂，所以要不得”。这里除了“有的是原是文言余孽，借此先来打击当面的白话和翻译的，就是祖传的‘远交近攻’的老法术”外，更多的人是作为一种惰性心理体现者的“懒惰分子”，他们对大众语

1 鲁迅：《热风・现在的屠杀者》，《鲁迅全集》（第一卷），第350页。

“未尝用功”，目的只是“要大众语未成，白话先倒，让他在这空场上夸海口”。更有甚者，一些读书人“以为较新，较难的字句，自己能懂，大众却不能懂”，于是故意“迎合大众”，这是无意中向“集体惰性”的妥协。殊不知，大众也需要“摄取新词汇和语法”，他们需要“前进”。以为“迎合”就等于大众化者，对于社会的进步，文化的发展，实际上是“尽了拖住的任务”。[1]

对于这种“集体惰性”，鲁迅的感触和认识是颇为深切的。他说：“由历史所指示，凡有改革，最初，总是觉悟的智识者的任务。但这些智识者，却必须有研究，能思索，有决断，而且有毅力。”[2]这种“毅力”实在是非常重要的，因为“中国人的性情是总喜欢调和、折中的。譬如你说，这屋子太暗，须在这里开一个窗，大家一定不允许的；但如果你主张拆掉屋顶，他们就会来调和，愿意开窗了。没有更激烈的主张，他们总连平和的改革也不肯行。那时白话文之得以通行，就因为有废掉中国字而用罗马字母的议论的缘故”。[3]也许，只有从对于“集体惰性”深恶痛绝、彻底反叛的意义上，才能真正全面、准确地理解鲁迅在语言问题上的一系列远见卓识，包括诸如“废除汉字”之类“偏激”之论的实质意义。

1　鲁迅：《且介亭杂文·门外文谈》，《鲁迅全集》（第六卷），第101页。
2　鲁迅：《且介亭杂文·门外文谈》，《鲁迅全集》（第六卷），第102页。
3　鲁迅：《三闲集·无声的中国》，《鲁迅全集》（第四卷），第13—14页。

七

语言是人类文化的一部分，它随着文化的发展而逐步进化。但这种进化的结果之一，是很可能向着“特化”即“专化”迈进，这样，它一方面因高度适应某种文化系统而得以存在，但另一方面，它又因过于“专化”而失去了发展的弹性，成为僵死的东西，构成了文化进一步发展的反背力量。诚如鲁迅所说，“专化又有专化的危险”，“看生物，是一到专化，往往要灭亡的。未有人类以前的许多动植物，就因为太专化了，失其可变性，环境一改，无法应付，只好灭亡”。[1] 对于这种语言与文化的背离现象，鲁迅作了深入的揭示和分析。

在几千年的文明发展史中，中国有着光辉灿烂的古老文化。中国的语言文字就是伴随着这种文化发展起来的。作为传达思想感情的工具的语言，在长期的发展过程中也逐步与它的这种基本作用相脱离而变得“专化”起来，正如鲁迅所说的，“我们的古人”“造出了一种难到可怕的一块一块的文字”，这使得“许多人都不能借此说话了”。[2]“文明人和野蛮人的分别，其一，是文明人有文字，能够把他们的思想、感情，借此传达给大众，传给将来。

1　鲁迅:《且介亭杂文 · 门外文谈》,《鲁迅全集》(第六卷)，第 98 页。

2　鲁迅:《集外集 · 俄文译本〈阿 Q 正传〉序及著者自叙传略》,《鲁迅全集》(第七卷)，第 81 页。

中国虽有文字，现在却已经和大家不相干……所以大家不能互相了解，正像一大盘散沙。”[1]这就是语言文字与文化发展的“背离”。

中国语言文字与文化的“背离”，最突出地体现在它已逐步失去了对于中国全部文化的代表作用。鲁迅指出：“我们中国的文字，对于大众，除了身分，经济这些限制之外，却还要加上一条高门槛：难。单是这条门槛，倘不费他十来年功夫，就不容易跨过。”[2]因此，“在我们中国，识字的却大概只占全国人口的十分之二，能作文的当然还要少”。“也许有人要说，这十分之二的特别国民，是怀抱着中国文化，代表着大众的”，那显然不对，因为中国现有的语言文字，“已经不是中国大家的东西了”。[3]这种语言文字因此也不能代表整个中国的文化，因为在大众中显然还存在着另一种文化，它们被冷落于繁难的中国固有的语言文字之外，“是一向受着难文字、难文章的封锁，和现代思潮隔绝”。[4]

不仅如此，这种“背离”现象还表现在对于大众文化的进步的阻碍上。鲁迅指出，语言文字本来是用来“达意”的，但“现在一般的中国人还做不到”，“我们的祖先留传给我们的可怕的遗产”，“人们费了许多年的功夫还是难于运用。因为难，许多人便不理它了……又因为难，有些人便当作宝贝，像玩把戏似的，之

1 鲁迅：《三闲集·无声的中国》，《鲁迅全集》（第四卷），第11—12页。
2 鲁迅：《且介亭杂文·门外文谈》，《鲁迅全集》（第六卷），第92页。
3 鲁迅：《且介亭杂文·中国语文的新生》，《鲁迅全集》（第六卷），第114页。
4 鲁迅：《且介亭杂文·门外文谈》，《鲁迅全集》（第六卷），第100页。

乎者也，只有几个人懂——其实不知道可真懂，而大多数人却不懂得”。[1]这样一来，“因为汉字的艰深，使全国大多数人民，永远和前进的文化隔离”，“中国的人民”因此也“决不会聪明起来”。[2]鲁迅对此深有体会。他说，“我是自身受汉字苦痛很深的一个人，因此我坚决主张，用新文字来代替这种障碍大众进步的汉字”。[3]倘要中国的文化一同向上”，就必须改革现有的语言文字。[4]

语言文字的盛衰，取决于它对文化发展的作用。中国语言文字的繁难和“专化”，使它因逐渐失去应有的生气和弹性而日趋僵硬，正在丧失其对于文化发展的积极作用。这种积极作用的丧失体现在两个方面：一方面因为中国文字的繁难，掌握的人只是少数，大多数人没有文字能力，因而文字实际上已失去了对大多数人的精神生活和物质生活等感性实践的真实记录和理性概括作用。另一方面，中国文字又因为繁难，使其神秘性不断增加，而这种神秘性又与日趋复杂的社会活动及人的心理活动相脱离。“美丽可爱而又无用的贵妇”的比喻，实在是既生动，又确切的。中国字的难就像一个龙门，很不容易跨过。正如鲁迅所说：“跨过了的，就是士大夫，而这些士大夫，又竭力的要使文字更加难起来，因为这可以使他特别的尊严。”[5]久而久之，中国的文字就带上了

1　鲁迅：《三闲集・无声的中国》，《鲁迅全集》（第四卷），第 11 页。
2　转引自芬君（陆诒）：《前进思想家——鲁迅访问记》。
3　转引自芬君（陆诒）：《前进思想家——鲁迅访问记》。
4　鲁迅：《且介亭杂文・门外文谈》，《鲁迅全集》（第六卷），第 100 页。
5　鲁迅：《且介亭杂文・门外文谈》，《鲁迅全集》（第六卷），第 92 页。

一种远离实用的“尊严性”和“神秘性”，中国人的“敬惜字纸”，以至于靠写了字的符咒“驱邪治病”等，都是靠了这种文字的神秘性。[1]在这种“尊严性”与“神秘性”之下，中国的百姓就只能“默默的生长，萎黄，枯死了”。[2]（小说《风波》中，七斤等人对赵七爷的敬畏，就因为他识几个字。而七斤一家的恐惧也来自赵七爷的一句话：“没有辫子，该当何罪，书上都一条一条明明白白写着的。”）当语言文字失去了对于文化发展的积极促进作用时，对于这种语言文字的改革，就成了振兴民族文化的重要之举。

鲁迅看到了中国语言文字与人民大众的不相干，它已经不能代表全部的中国文化，也必将失去中国固有文化的精华；它还阻碍着对世界进步的科学文化的接受，阻碍着大众文化的进步。“因为我们说着古代的话，说着大家不明白，不听见的话，已经弄得像一盘散沙，痛痒不相关了。我们要活过来，首先就须由青年们不再说孔子孟子和韩愈柳宗元们的话，时代不同，情形也两样”，所以“我们此后实在只有两条路，一是抱着古文而死掉，一是舍掉古文而生存”。[3]对于语言文字与文化相背离现象的深刻认识，往往成为改革语言文字的巨大动力。鲁迅正是站在历史的高度，怀着一种推动民族文化发展的紧迫的使命感来思考语言文字问题

1 鲁迅：《且介亭杂文·门外文谈》，《鲁迅全集》（第六卷），第92页。
2 鲁迅：《集外集·俄文译本〈阿Q正传〉序及著者自叙传略》，《鲁迅全集》（第七卷），第82页。
3 鲁迅：《三闲集·无声的中国》，《鲁迅全集》（第四卷），第15页。

的，因此，他以极大的热情投身到语言文字改革中，并且以最坚决、最彻底的态度主张“将文字交给大众”。[1]

八

发生在20世纪二三十年代中国的这场语言（包括文字）革命，反映了普及文化的要求。但这种普及文化的要求是建立在对传统文化反叛、对外来先进文化吸收的基础上的。因此，在提倡普及文字教育，“将文字交给大众”的同时，又不能不顾及中国固有的语言文字所蕴含的落后文化的因素，以及对于新的文化的潜在销蚀力量。

如何解决这个矛盾呢？鲁迅认为，中国语的拉丁化，是一条可行的道路。

鲁迅首先是从文字难易方面来肯定文字拉丁化的。鲁迅认为，中国文字起源于象形，“但在成了不象形的象形字，不十分谐声的谐声字的现在”，它既然已失去了象形、谐声的优点，而剩下的就只有一个难写的外形了。这种方块字的难，“不但劳苦大众没有学习和学会的可能，就是有钱有势的特权阶级，费时一二十

1　鲁迅：《且介亭杂文·门外文谈》，《鲁迅全集》（第六卷），第95页。

年，终于学不会的也多得很”，所以“方块汉字真是愚民政策的利器”。[1]尤其是在将汉字和拉丁文字比较后，更见出其难易优劣，“比较，是最好的事情。当没有知道拼音字之前，就不会想到象形字的难”，[2]何况还是“不象形的象形字”。鲁迅觉得，“为了这方块的带病的遗产，我们的最大多数人，已经几千年做文盲来殉难了，中国也弄到这模样。……如果大家还要活下去，我想：是只好请汉字来做我们的牺牲了”。[3]正是基于对这“方块的带病的遗产”的繁难程度的深刻认识，鲁迅才提出走中国语拉丁化的道路的。

鲁迅认为，拉丁化问题的提出，解决了中国语言文字改革的一个至关重要的问题。改革中国的语言文字，必须有一个认识前提，这就是“以大多数人为根据”。从这个角度看，“中国现在等于并没有文字”。只有认识到这一点，才能明确改革文字的方向。而“清末办白话报，五四时期的‘文学革命’”甚至于“大众语文的提倡”，都“没有碰到根本的问题：中国等于没有文字”。因而所提出的种种改革文字的方案都未能注意到方块字终究是难以掌握的，它仍然会与大众不相干。“待到拉丁化的提议出现，这才抓住了解决问题的紧要关键。”[4]因为拉丁语写法比较容易。这

1 鲁迅：《且介亭杂文·关于新文字》，《鲁迅全集》（第六卷），第160页。
2 鲁迅：《且介亭杂文·关于新文字》，《鲁迅全集》（第六卷），第160页。
3 鲁迅：《花边文学·汉字和拉丁化》，《鲁迅全集》（第五卷），第556页。
4 鲁迅：《且介亭杂文·中国语文的新生》，《鲁迅全集》（第六卷），第115页。

种拉丁语写法，对于已经掌握方块汉字的人来说，也许不得不再花费时间去重新学习，这不免麻烦，但对于大多数在“未用拉丁写法之前”，尚“不识字的人们”来说，“原没有用汉字互通着声气，所以新添的坏处是一点也没有的，倒有新的益处”。[1]

以上这些见解如果孤立地看待，也许并不足以显示鲁迅的深刻之处。在鲁迅之前就有人提出过拉丁化的问题，30 年代初又曾兴起过大众语和文字拉丁化的讨论，鲁迅之外发表过这类意见的不乏其人，讨论涉及的面也很广，大多数人都能够从文字改革、普及文化教育等方面来论述问题。但鲁迅的见解，显然把问题说得更集中、更透彻了。不仅如此，鲁迅关于汉字拉丁化主张的真正独特之处和深刻之处，是他从文化角度所阐述的新鲜、明晰的见解。

正是出于对中国语言落后方面的深切了解，以及对于中国语与中国文化发展的“背离”现象的深刻认识，鲁迅才坚决主张废除汉字。作为新思想、新文化的启蒙者，虽然首先要完成“将文字交给大众”的任务，但这绝不意味着将固有的文字传播给大众就算了事，因为这样不但完不成新思想新文化的启蒙这一根本任务，反而会给大众头脑中再增加一些陈腐的东西，用鲁迅的话来说，就是“汉字也是中国劳苦大众身上的一个结核，病菌都潜伏

1　鲁迅：《且介亭杂文·门外文谈》，《鲁迅全集》（第六卷），第 97 页。

在里面，倘不首先除去它，结果只有自己死”。[1]一方面要让大众掌握文字以便成为文化的主人，另一方面又要废除属于落后文化范畴的文字，鲁迅赞同中国文字的拉丁化，正是出于这方面的考虑。在这个问题上，鲁迅的观点有时甚至显得比较偏激。

鲁迅坚决否定汉字而力倡文字的拉丁化，体现了鲁迅对旧的文化传统的彻底否定。这跟鲁迅提出的“要少——或者竟不——看中国书，多看外国书”[2]的激烈态度是一致的。在一个民族文化处于巨大变革的时代，鲁迅认为，要使这种变革完全彻底，首先必须与旧的文化遗产实行最彻底的决裂。这反映在语言问题上，也就是与旧的语言文字彻底决绝。但语言文字的深层潜在的惰性力，要远远超过其他方面。与旧语言文字的告别远较“不读中国书”难得多。鲁迅对此也深有痛感：“别人我不论，若是自己，则曾经看过许多旧书，是明确的。为了教书，至今也还在看。因此耳濡目染，影响到所做的白话上，常不免流露出它的字句体格来。但自己却正苦于背了这些古老的鬼魂，摆脱不开，时常感到一种使人气闷的沉重。”[3]越往后，鲁迅越多地考虑这样的问题：只要还使用中国字，尽管用白话作文而不用文言作文，但仍难以摆脱旧语言文字这个“古老鬼魂”的影响。而只有提倡文字的拉丁化，

1 鲁迅：《且介亭杂文·关于新文字》，《鲁迅全集》（第六卷），第160页。
2 鲁迅：《华盖集·青年必读书》，《鲁迅全集》（第三卷），第12页。
3 鲁迅：《坟·写在〈坟〉后面》，《鲁迅全集》（第一卷），第285页。

即换一套语言符号，才能摆脱旧语言文字的影响。

更重要的是，一种语言本身就带有某种文化的机质。获得一种语言就意味着接受某一套概念和价值，意味着接受在这种语言形成过程中所积淀的特有文化意识。文化常常就是借助属于自己的语言文字，以最精细微妙的方式向人们施加力量，这种与特定的思维内容、民族心理相关联的符号系统有着难以抗拒的武断性。只有彻底改造以至抛弃这种符号系统，才有可能与落后的文化传统彻底决裂。西人帕默尔说过："汉字是中国通用的唯一交际工具，唯其如此，它是中国文化的脊梁……中国人抛弃汉字之日，就是他们放弃自己文化基础之时。"[1] 鲁迅主张废除汉字，采用拉丁化文字，也正有这层意思在内，鲁迅所说的"要中国好，或者倒不如不识字吧，一识字，就有近乎读经的病根了"，[2] 就是从这个意义上讲的。鲁迅曾针对一些人"如果都用白话文，人们便不能看古书，中国的文化就灭亡了"的担心，发表了这样的看法："其实呢，现在的人们大可不必看古书，即使古书里真有好东西，也可以用白话来译出的，用不着那么心惊胆战。"[3] 可以看出，鲁迅提倡白话文也好，后来提倡拉丁化文字也好，其实都是要中国人与旧文化决裂。而在这一点上，拉丁化文字的提出，远较白话文的

1 ［英］L.R. 帕默尔：《语言学概论》，第 99 页。
2 鲁迅：《华盖集·十四年的"读经"》，《鲁迅全集》（第三卷），第 127 页。
3 鲁迅：《三闲集·无声的中国》，《鲁迅全集》（第四卷），第 14 页。

提倡要彻底得多，它显示了一种以新符号系统代替旧符号系统的尝试。正是出于这样的原因，鲁迅对提倡拉丁化文字倾注了极大的热情。鲁迅是这样论到拉丁化文字的优越性的：“拉丁化却没有这空谈的弊病，说得出，就写得来，它和民众是有联系的，不是研究室或书斋里的清玩，是街头巷尾的东西；它和旧文字关系轻，但和人民的联系密，倘要大家能够发表自己的意见，收获切要的知识，除它以外，确没有更简易的文字了。”“而且由只识拉丁化字的人们写起创作来，才是中国文学的新生，才是现代中国的新文学，因为他们是没有中一点什么《庄子》和《文选》之类的毒的。”[1]

鲁迅提出文字拉丁化的方向，还包含着让中国语言文字适应新的文化节奏的考虑。鲁迅认为，“就文字而论，中国的这方块字便决非‘一劳永逸’的符号”，[2]它除了以上所述的种种弊病之外，还有一个很大的不足，即因繁难而不能适应新的文化节奏，所以文言文也好，白话文也好，甚至就是所谓“大众语”也好，这都是一个无法克服的短处。“大众语文的音数比文言和白话繁，如果还是用方块字来写，不但费脑力，也很费工夫，连纸墨都不经济。”[3]“很费工夫”就很不符合现代精神，也不能适应现代的文化

1　鲁迅：《且介亭杂文二集 · 论新文字》《鲁迅全集》(第六卷)，第 444 页。
2　鲁迅：《花边文学 · 再论重译》，《鲁迅全集》(第五卷)，第 507 页。
3　鲁迅：《花边文学 · 汉字和拉丁化》，《鲁迅全集》(第五卷)，第 556 页。

节奏。“美国人说，时间就是金钱；但我想：时间就是性命。无端的空耗别人的时间，其实是无异于谋财害命的。”[1] 而实行文字的拉丁化则可以解决这个问题。对于拉丁化文字，“只要认识二十八个字母，学一点拼法和写法，除懒虫和低能外，就谁都能够写得出，看得懂了。况且它还有一个好处，是写得快”。[2] 由此可以看出，鲁迅赞同文字的拉丁化，是经过多方面的思考的，这绝不是一时的新奇之论，而是植根于对中国文化的深谋远虑。

至于中国文字拉丁化这一方案本身是否切实可行，值得商榷，作为人类思维工具的语言的发展，与人的思维发展规律是一致的。它可以通过逐渐变革而发展，但很难一下子进行彻底的变换。因此，中国文字拉丁化也许很难在短时间内全面实行，但可以作为中国语言文字现代化的一种发展方向来探讨。“五四”以来很多有识之士纷纷指陈方块字的弊端，直至新时期，还有一些当代作家议起这个话题。他们怀着中国文字难以“被世界全面理解”的焦灼心情，认识到“问题就是我们的方块字”。从这里我们不难看到，鲁迅提倡的中国文字拉丁化，包含着他对于改变中国民族思维方式和传统民族心理，融入世界进步文化潮流，适应现代文化节奏的迫切愿望。

总之，鲁迅关于语言文字改革的一系列论述，其意义远远超

1　鲁迅:《且介亭杂文·门外文谈》,《鲁迅全集》(第六卷)，第97页。
2　鲁迅:《且介亭杂文·门外文谈》,《鲁迅全集》(第六卷)，第96—97页。

出语言文字学本身。我们在了解鲁迅就语言文字改革本身提出的具体意见、方案的同时，还应深入理解这些论述中所包含的对中国传统文化的反省和批判。鲁迅将语言文字改革问题置于文化发展这一更为广阔的历史背景上提出来并加以充分的强调，其中蕴含着他对于中国文化的深沉思考。鲁迅的语言文化观无疑是他整体文化观的重要而具体的体现。

第三章　鲁迅的伦理文化观

一

五四新文化运动是以反对旧思想、旧道德和提倡新思想、新道德为主要内容的。鲁迅作为这场运动的后起者[1]而终于成为这场运动的主将，是与他紧紧抓住“反对封建伦常的大题目”分不开的。正是鲁迅在批判封建伦理文化方面所取得的突出的成就，奠定了他在中国新文化史上的地位。

在某种意义上可以说，中国的文化是一种政治化了的伦理文化，因此，抓住了伦理道德问题，也就是抓住了牵一发而动全身的文化关键。也正是出于这一角度的思考，在五四时期，伦理革

1　如果以 1915 年《新青年》的创刊为新文化运动发端的标志，那么，鲁迅是直到 1918 年 8 月才发表文章投入新文化运动的。

命的呼声最高。当新文化运动的倡导者们试图发动一场深刻而彻底的思想革命时，最初几乎都是不约而同地将抨击目标定在中国的伦理文化这一核心点上。例如，陈独秀在《吾人最后觉悟之觉悟》一文中就声称:“吾敢断言，伦理之觉悟，为最后觉悟之觉悟。”李大钊在《由经济上解释中国近代思想变动的原因》《自然的伦理观与孔子》等文中，也把反对封建正统文化观念归结为对封建伦理文化的批判。在李大钊看来，中国的“一切政治、法度、伦理、道德、学术、思想、风俗、习惯都建筑在大家族制度上”，“纲常、名教、道德、礼义”无一不是“本着大家族制度下子弟对于亲长的精神”，正是这种封建的伦理精神在支配着中国人的物质和精神生活的方方面面，因此打倒这种以家族制度为基础的封建伦理秩序，是新文化运动的重要任务。对中国文化中封建伦理道德弊害的认识程度，事实上也能标示出文化觉醒的程度。中国文化发展到“五四”，正是有一大批文化人对封建伦理文化进行清醒的揭露和尖锐的批判，才使中国文化在整体上开始了由旧向新的本质性变化。在这场伦理革命中，鲁迅的功绩是很显著的。

鲁迅曾在比较中西社会对于人伦关系和对于家庭的不同观念之后指出:“欧美的家庭，专制不及中国。”[1]这是因为，中国的家庭结构形态是一种“人伦”格局。在中国人的观念中，“伦”是

1 鲁迅:《坟 · 我们现在怎样做父亲》,《鲁迅全集》(第一卷)，第136页。

不可违逆的。因此，中国的家庭特别注重以辈分、年龄区分亲疏贵贱。这养成了中国人文化心态中的名分思想和等级观念。既然“伦”有差序，划分等级就特别使中国人感兴趣。用鲁迅的话说是：“天有十日，人有十等”，“有贵贱，有大小，有上下，一级一级的制驭着”。[1]这种伦常秩序延伸到整个社会，就使中国的社会成了一张由人伦关系编织的网络，家庭的专制也扩大成为社会的专制。因此，在中国封建社会中，向来缺少一种全社会共同遵守的平等的道德，道德评价的价值标准也是随着被评价对象在人伦关系中的地位而加以相当程度的伸缩，所谓“下不责上”“为亲者讳”等等，都是其具体表现。鲁迅在《二十四孝图》一文中曾举“老莱娱亲”“郭巨埋儿”这两件事来抨击中国封建道德的虚伪性。中国封建社会的道德规范中，向来有要求人们克制自己、为人端庄的一面，由此看老莱子“常着斑斓之衣”“手拿‘摇咕咚’”“僵仆为婴儿啼”的矫作行为，当属违背正常行为规范的“老不正经”。但由于老莱子这一切所作所为都是为了“娱亲”，为了“遵上”，于是“便也被人们肉麻当有趣”地称颂赞扬了。“仁”原本是中国封建道德中的一个重要内容，由此看“郭巨埋儿”当属不仁。但郭巨乃为了不使儿子“分母之食”，便也被认为“埋”得有理。由此可见，在一个由人伦关系构成网络的社会中，社会道德也只

1　鲁迅：《坟·灯下漫笔》，《鲁迅全集》（第一卷），第215页。

有在人伦关系中才发生意义，而所有的道德观念都无不具体地体现在某一种人身依附关系中。君臣、父子、夫妻、长幼之间所谓理想的道德关系是忠、孝、节、悌，这里没有平等可言，只有依据一定的人伦关系而必须单向遵循的礼教。对此，鲁迅给予了猛烈的抨击和批判。

二

鲁迅首先解剖了家族制度的弊端。鲁迅指出，“历朝大抵‘以孝治天下’”，[1]所以形成了以家族为本位的伦理文化特征。这种家族制度对人们各方面的发展都起着严重的束缚作用。鲁迅曾以切肤之痛发过这样的感慨：“中国的家族制度，真是麻烦，就是一个人关系太多，许多时间都不是自己的”，甚至连生命也不是自己的。[2]鲁迅认为，中国人并非没有一点想改变现状、想有所进步的愿望，问题是受家族制度的牵累，“对于老家，却总是死也不肯放”，这不仅限制了人们改变现状的愿望的实现，而且把仅有的才智也无端地耗散于家族中无聊的事情上。外国人可以用火药发展工业、制造利器，可以用指南针发展航海业，促进文明的发展；而中国，

1 鲁迅：《华盖集 · 补白》，《鲁迅全集》（第三卷），第 103 页。
2 鲁迅：《书信 · 19350319 致萧军》，《鲁迅全集》（第十三卷），第 86 页。

“火药只做爆竹，指南针只看坟山”，中国文化之所以发展缓慢，“恐怕原因就在此”。[1]

鲁迅对以家族制为本位的伦理中心主义文化有着深刻的认识，他曾就这种文化氛围必然产生的社会后果作过精到的分析。鲁迅指出，以差等的人伦关系为基础的社会结构形态中，必然产生封建专制主义和封建性的奴隶主义。因为人伦关系的无法超越，使尊卑、上下、贵贱成为不可逾越的等级秩序，于是这样“一级一级的制驭着，不能动弹”，“有敢非议者，其罪名曰不安分”。[2]这种秩序给上对下以绝对的专制权，而下对上只有绝对服从的义务。这是一条等级的长链，顺向看，是一级驱使一级，每人都有施行专制的对象，因而每人身上均有一种“专制性”；而逆向看是一级顺从一级，每人都必须无条件地做顺民，因而每人身上又均具“奴性”。因此，专制性和奴性这两种对立的性格特点常常紧密地统一于一人身上，成为深藏于中国人身上的某种根性。用鲁迅的话说，“古人的良法美意”，是“王臣公，公臣大夫，大夫臣士，士臣皂，皂臣舆，舆臣隶，隶臣僚，僚臣仆，仆臣台”，“但是‘台’没有臣，不是太苦了么？无须担心的，有比他更卑的妻，更弱的子在。而且其子也很有希望，他日长大，升而为‘台’，便又有更卑更弱的妻子，供他驱使了”。至于“妻”，也还有“希

1 鲁迅：《南腔北调集 · 家庭为中国之基本》，《鲁迅全集》（第四卷），第620页。
2 鲁迅：《坟 · 灯下漫笔》，《鲁迅全集》（第一卷），第215—216页。

望”，这就是苦媳妇熬成婆，可以驱使儿媳妇、孙媳妇等等。[1]我们由此来看鲁迅塑造的阿Q形象，有些方面就可以理解得更为深切：为什么阿Q遭赵太爷打，显出一种无可奈何的奴性，而遇上更弱小的小D，则又加以欺压，显示出一种理所当然的专制性？鲁迅塑造这一形象，正是要揭示在封建伦理文化氛围下所养育的集奴性与专制性为一体的国民精神病态。在鲁迅看来，正是这种伦理中心主义文化的长期浸染，使得中国人的文化观念中因而特别缺乏两样东西：一是与专制主义相对立的民主意识；一是与奴隶主义相对立的自主意识。鲁迅的分析，从中国文化特性中所缺乏的因素方面，为在中国提倡民主科学的迫切性提供了有力的论证。

三

正因为中国封建社会的伦理道德是建立在差等的人伦关系上的，因此，在五四新文化运动中，先驱者们“反对旧道德，提倡新道德”的主要内容实际上就是集中批判和反对建立在这种人伦关系之上的差等的道德规范；提倡人与人相互平等的新的人伦关

1　鲁迅：《坟 · 灯下漫笔》，《鲁迅全集》（第一卷），第215—216页。

系和人际关系，提倡在此基础上建立起大家都能执行的平等的社会道德规范。为了使这种反对和提倡不流于浮泛化和表面化，鲁迅对一些具体的“伦常”关系进行了认真的剖析，从而使伦理文化批判建立在更为坚实的基础之上。

鲁迅首先从“父子”关系入手，分析了封建伦理道德观念中的“孝道”。他在写《我们现在怎样做父亲》一文时，就曾开宗明义，说明自己的本意“其实是想研究怎样改革家庭”，“因为中国亲权重，父权更重，所以尤想对于从来认为神圣不可侵犯的父子问题，发表一点意见。总而言之：只是革命要革到老子身上罢了”。所谓革老子的命，意思即是指革“孝道”的命。

鲁迅认为，“孝道”是一种以长者为本位的“古传的谬误思想”。其谬误之处在于它是本末倒置的，它违背了生物进化的规律：“本位应在幼者，却反在长者；置重应在将来，却反在过去。前者做了更前者的牺牲，自己无力生存，却苛责后者又来专做他的牺牲，毁灭了一切发展的能力。”[1] 因此，鲁迅斥孝道为“一味收拾弱者的方法”，是培养“弯腰曲背，低眉顺眼”，“老成的子弟，驯良的百姓”的方法。[2]

为了从根本上批倒所谓“孝道”，鲁迅对“孝道”赖以成立的所谓“依据”进行了彻底清算。鲁迅指出，中国的旧见解认为

1　鲁迅：《坟 · 我们现在怎样做父亲》，《鲁迅全集》（第一卷），第 132 页。
2　鲁迅：《坟 · 论睁了眼看》，《鲁迅全集》（第一卷），第 237 页。

父亲对儿子有恩，“以为父子关系，只须‘父兮生我’一件事，幼者的全部，便应为长者所有”。[1] 对此，鲁迅提出了截然相反的惊世骇俗的见解。他说，生育是一种人类“继续”自身生命的“本能”，“因性欲”而“性交”，“发生苗裔，继续了生命”，这与因“食欲”而“饮食”，保存个体生命是一样的。父与子的“生命的价值和生命价值的高下可以不论”，但就其个体来说，都只是人类生命发展过程中的一个环节，“仅有先后的不同，分不出谁受谁的恩典”。那么，有人不禁要问，就算父子之间不存在生育这种恩，那么父亲将儿子抚养成人，这总有一种养育之恩吧？鲁迅的回答仍然是否定的，他认为，自然界赋予生物一种结合长幼的“天性”，这种天性不是“施恩”与“报恩”，而是一种“爱”，“不但绝无利益心情，甚或至于牺牲了自己，让他的将来的生命，去上那发展的长途”。生物如此，“人类也不例外”，“只要心思纯白，未曾经过‘圣人之徒’作践的人，也都自然而然地能发现这一天性。例如一个村妇哺乳婴儿的时候，决不想到自己在施恩；一个农夫娶妻的时候，也决不以为将要放债。只是有了子女，即天然相爱，愿他生存；更进一步的，便还要愿他比自己更好，就是进化”。所以父子之间正确的关系，鲁迅“心以为然的，便只是爱”，是“离绝了交换关系、利害关系的爱”，如果“抹煞了爱，一味

1　鲁迅:《坟·我们现在怎样做父亲》,《鲁迅全集》(第一卷)，第132页。

说‘恩’，又因此责望报偿”，那就“大反于做父母的实际的真情”，这“在人伦道德上丝毫没有价值”。而所谓“孝道”，恰恰是建立在“一味说恩”，认为长者对幼者有一种天然的权力的观念之上的。因此“孝道”从自然界进化的角度看，是“逆天行事”的。这种“逆天行事”的结果是，使“人的能力，十分萎缩，社会的进步也跟着停顿”。[1]鲁迅对“孝道”的批判，十分合乎逻辑地上升到了社会进化和文化发展的高度，因而是雄辩有力的。

四

有一个很值得注意的问题，即在鲁迅的小说和其他一些作品中，对妇女命运的关注占了相当的比重。其实，这是与他在新文化运动中对中国伦理文化问题的思考是紧密相联的。

在中国封建的“伦常”关系中，妇女的地位是最低的。中国传统的人伦关系遵循的是“父系原则”，家庭结构也是按父系亲属的原则组成的。这种家庭，其发展的主轴是纵向的，即在父子、子孙之间传承；而夫妻之间是配轴关系。因此，在家庭关系中，夫妇之间缺少凝聚力，夫妇之间的感情问题也向来不受重视。

1　鲁迅：《坟·我们现在怎样做父亲》，《鲁迅全集》（第一卷），第132页。

中国人在感情上，尤其是在两性间，显得特别矜持和保留。鲁迅曾指出，在中国的夫妇间，“性交本是常事，却以为不净”，“人人对于婚姻，大抵先夹带不净的思想”，因此每遇这类事，“亲戚朋友有许多戏谑，自己也有许多羞涩，直到生了孩子，还是躲躲闪闪，怕敢声明”。[1] 中国的伦理文化，特别强调“男女有别”，这种“有别”，并不是指生理上的差异，而是指一种“隔离原则”。这不仅是在生活上加以隔离，而且是以所谓“男女授受不亲”的观念，造成一种心理上的隔离。这种“隔离”原则施行的结果是一种普遍的社会性心理障碍，不仅每个人自觉压抑自己对异性的感情，不敢在这方面有自由的表达和追求，而且对于胆敢在这方面有自由表达和追求的人施以舆论的谴责。由于中国家庭的父系亲属组织原则，又由于中国人在家庭中不重视夫妇间的感情，中国妇女的家庭地位也就特别低下。所谓“三从四德”，正是将妇女低下的地位加以伦理道德化的结果。正是从中国妇女社会地位的角度，鲁迅指出中国封建伦理道德是专门“收拾弱者”的道德。鲁迅深刻地指出，“中国的妇女所有的桎梏太多”，这正说明中国的“家族制度未经改革”；而只要这种状况依旧，中国女子的痛苦便是“永远不会消灭的”。[2]

在强加于妇女身上的诸多“桎梏”中，最野蛮、最不人道的，

1　鲁迅:《坟·我们现在怎样做父亲》,《鲁迅全集》(第一卷)，第131页。
2　鲁迅:《南腔北调集·关于妇女解放》,《鲁迅全集》(第四卷)，第598页。

就是要求女子单方面地保持“贞操”、单方面地讲“节烈”。因此，在鲁迅的伦理文化批判中，有很大一部分是针对封建的“贞操”和“节烈”观念的。

鲁迅曾以嘲讽的口吻述说了所谓“节烈”的内容：“节是丈夫死了，决不再嫁，也不私奔，丈夫死得愈早，家里愈穷，他便节得愈好。烈可是有两种：一种是无论已嫁未嫁，只要丈夫死了，他也跟着自尽；一种是有强暴来污辱他的时候，设法自戕，或者抗拒被杀，都无不可。这也是死得愈惨愈苦，他便烈得愈好，倘若不及抵御，竟受了污辱，然后自戕，便免不了议论。”“如此畸形的道德”之所以日见其“发达”，“日见其精密残酷”，正因为它迎合了向来的差等的人伦关系。鲁迅指出，“即如失节一事，岂不知道必须是男女两性，才能实现”，“专责女性，至于破人节操的男子，以及造成不烈的暴徒，便都含糊过去”，这便是中国封建伦理道德的卑鄙之处。为此，鲁迅愤然地说道：这样的事，“只要平心一想，便觉不像人间应有的事情，何况是道德！”。[1] 鲁迅还进而指出，由于男子们对女子抱有一种完全占有的欲望，所以他们常常是以对待自己的私有财产的心理来对待女子的：“女子既是男子所有”，男子自己如果活着，“自然更不许被夺”，而即使“自己死了”，也像不甘心自己的私有财产流失一样，决“不希望女

1　鲁迅：《坟 · 我之节烈观》，《鲁迅全集》（第一卷），第 120 页。

子重新嫁人”，于是就起劲地鼓吹起“节烈”来。出于同样的心理，当遇到暴力时，男子“没有勇气反抗”，又“没有力量保护”女子，于是便像对待将要被剥夺的财产一样，宁可毁掉，也不让别人占有，这样，“只好别出心裁，鼓吹女人自杀”。这种畸形的男性心理的形成，根源还在中国封建社会差等的人伦关系，在这种差等的人伦关系中，男子根本不可能把女子当作有平等地位的人来看待。所以，鲁迅认为，要消除这种不人道的、要求女子单方面遵循的所谓道德，关键还在于求得男女平等。“既然平等，男女便都有一律应守的契约。男子决不能将自己不守的事，向女子特别要求。”[1]

鲁迅批判的锋芒并未止于封建的“节烈”观念。他认为，中国封建社会不仅以道德的形式规范女子，让其单方面“节烈”，而且这种道德心理在很大程度上延伸到了其他方面，不仅“失节”之事全归罪于女子，而且“别的事情也是如此。所以历史上亡国败家的原因，每每归咎女子”。就这样，由女子来“糊糊涂涂的代担全体的罪恶，已经三千多年了”。[2]在中国历史上，凡涉及亡国和动乱，都要找出几个女性做替罪羊。“譬如罢，关于杨妃，禄山之乱以后的文人就都撒着大谎，玄宗逍遥事外，倒说是许多坏事情都由她”；“就是妲己，褒姒，也还不是一样的事？女人的

1　鲁迅:《坟·我之节烈观》,《鲁迅全集》(第一卷)，第120页。
2　鲁迅:《坟·我之节烈观》,《鲁迅全集》(第一卷)，第123页。

替自己的男人伏罪，真是太长远了”。[1]更有甚者，把女子的一些言行，看成是不祥之兆。例如“西汉末年，女人的‘堕马髻’，‘愁眉啼妆’，也说成是亡国之兆。其实亡汉的何尝是女人！”。[2]鲁迅指出，这种把一切罪责转嫁到女人头上的做法，实际上是差等的人伦关系下形成的一种“罪责转嫁”心理的体现。大凡在等级性专制制度中，下不能责上，而上则可以任意将任何过错归罪于下。而女性在中国封建社会所处的低下的地位，则使受“罪责转嫁”心理支配者几乎是出于习惯地“把种种罪名加在她头上”。鲁迅幽默地说：“只要看有人出来唉声叹气的不满意于女人的妆束，我们就知道当时统治阶级的情形，大概有些不妙了。”[3]因为当人们看到社会动乱在即，既不敢责上，又无勇气自责时，自然要找出替罪的弱者来出出气；责骂一下女子，“男人们的责任似乎也尽了”。鲁迅尖锐地讽刺了这种转嫁罪责行为的荒谬性，他说，“政界军界学界商界等等里面，全是男人，并无不节烈的女子夹杂在内”，那么“女子何以害了国家”呢？[4]鲁迅曾引述一首“为某女子鸣不平”的古诗：“君王城上竖降旗，妾在深宫那得知？二十万人齐解甲，更无一个是男儿！”[5]鲁迅对这首诗给予“罪责转嫁”的社会心理的辛辣嘲讽颇为激赏。有时，“罪责转嫁”的社会心

1 鲁迅：《花边文学·女人未必多说谎》，《鲁迅全集》（第五卷），第425页。
2 鲁迅：《南腔北调集·关于女人》，《鲁迅全集》（第四卷），第516页。
3 鲁迅：《南腔北调集·关于女人》，《鲁迅全集》（第四卷），第516页。
4 鲁迅：《坟·我之节烈观》，《鲁迅全集》（第一卷），第118页。
5 鲁迅：《花边文学·女人未必多说谎》，《鲁迅全集》（第五卷），第426页。

理还会以“责任推诿”的形式表现出来：每有困难，男人们无法，于是总忽发奇想，希望能出几个神奇女子来替代男子，挽救大厦之将倾的危局。鲁迅指出，这“并不是说，‘女士’们都得在绣房里关起来”，而在于文人们、男子们这种寄希望于女士挽救危局的心理所显示出的怯懦和不负责任：“练了多年的军人，一声鼓响，突然都变了无抵抗主义者。于是远路的文人学士，便大谈什么‘乞丐杀敌’，‘屠夫成仁’，‘奇女子救国’一类的传奇式古典，想一声锣响，出人意料之外来‘为国争光’。”中国人向来喜欢在关键时刻“以下激上”，“以贱激尊”，而颂扬“奇女子救国”，看似歌颂了女人，实际上仍是在普遍的潜意识中将女性摆在“下”与“贱”的位置上。正是出于这一角度的分析和思考，鲁迅对抗战前夕“占据舞台”的、被“看客称之为‘女将’”的剧目以及画有“白长衫看护服或托枪的戎装的女士们”的传奇的插画等等很不以为然。他讽刺道：“雄兵解甲而密斯托枪，是富于戏剧性的。”[1]

中国女性深受封建伦理道德的戕害，鲁迅对此认识是非常深刻的。他曾揭示出一个更为残酷的事实：封建伦理道德不仅使中国妇女在身体上深受其害，而且在精神上也深受其毒化。她们虽然承受着不公正的道德规范，但她们本身却“毫无异言”，因为

1 鲁迅：《二心集·新的“女将”》，《鲁迅全集》（第四卷），第 336 页。

她们的精神“也同他体质一样，成了畸形。所以对于这畸形道德，实在无甚意见”，[1]这是更为深刻而残酷的悲剧。鲁迅的小说名篇《祝福》就揭示了这样一个悲剧：祥林嫂之死因，远非仅止于贫穷和肉体的折磨，她是死于作为社会舆论的道德谴责和她自己内心对于因不由自主地违反了封建伦理道德（未能从一而终）而产生的一种恐惧感和怀罪感。这说明，封建伦理道德观念对于社会、对于人的意识施加影响的力量是很大的。

封建伦理道德要求女子守贞操，讲节烈，这在道德家们看来也确非易事，因为生存的困窘是可以想象的，女性在“精神上的惨苦”也是可以料到的；为此，提倡禁欲，就成了封建的女性道德的补充。这种禁欲的要求也是单方面的，男子一方面要对她们胡作非为，另一方面又要她们能守住节操，于是想出一种两全的办法，即要求她们当身体在满足着男人的欲望时，心里则勿动“邪念”；“即使‘只在心里动了恶念，也要算犯奸淫’的”。鲁迅指出，这种手段“巧妙而严厉”，使女人无法可想，只能或是“跳井”或是“当节妇，贞女，烈女去”。“男人会用‘最科学的’学说，使得女人虽无礼教”，但仍一方面“深信”应克制性欲，另一方面“也能心甘情愿地从一而终”。[2]这种灭人欲的教化，使得女性只能处处压抑自己，以便修成正果，成为一个被社会承认的

1　鲁迅：《坟·我之节烈观》，《鲁迅全集》（第一卷），第122页。
2　鲁迅：《准风月谈·男人的进化》，《鲁迅全集》（第五卷），第284页。

好女人。结果是，年轻女子缺乏“朝气”，精神“萎缩”，“眼光呆滞，面肌固定”，“失去了青春的本来面目，成为精神上的‘未字先寡’”；[1]而结了婚的女子，也只是一味服从，“嫁鸡随鸡，嫁犬随犬”，夫妇间缺少一种凝聚力，缺少真正的乐趣；至于一旦不幸，失去丈夫的寡妇，则更得处处小心，不仅要在内心时时压抑克制自己可能萌动的春情，还要在行为举止上处处防备可能遭到的非议。鲁迅认为，这种单方面要求妇女禁欲的做法，最集中地体现了封建伦理道德的虚伪性，因为社会道德一方面要求女子单方面禁欲，讲“贞操”“节烈”，另一方面又毫不谴责男性对女子的胡作非为；一方面“把女人看做一种不吉利的动物，威吓她，使她奴隶般的服从，同时又要她做高等阶级的玩具。正像现在的正人君子，他们骂女人奢侈，板起面孔维持风化，而同时正在偷偷地欣赏着肉感的大腿文化”。[2]这就使女子实在难以做人：又要禁欲、要讲节操，而又要对作为丈夫的男人服从，要面对社会所怂恿的“破人节操的男子”，“所以女子身旁，几乎布满了危险”，“除却他自己的父兄丈夫外，便都带点诱惑的鬼气”。[3]由此可见，所谓的“女德”实际上仅仅是对于女性的“苛酷”。鲁迅认为，中国封建社会的一切强加于女性的、要求女性单方面遵循的道德规

---

1 鲁迅：《坟·寡妇主义》，《鲁迅全集》（第一卷），第266页。
2 鲁迅：《南腔北调集·关于女人》，《鲁迅全集》（第四卷），第516页。
3 鲁迅：《坟·我之节烈观》，《鲁迅全集》（第一卷），第123页。

范，都是极不人道的，这正是中国伦理文化畸形的体现。

五

鲁迅在猛烈抨击这些畸形道德的同时，提出了建立新型道德观念的主张。他认为，新的道德观念应是建立在人格独立、相互间地位平等的基础之上的。必须首先去除“孝道”观的毒害，“此后觉醒的人，应该先洗净了东方古传的谬误思想，对于子女，义务思想须加多，而权利思想却大可切实核减，以准备改作幼者本位的道德”。在鲁迅看来，长者对幼者主要是尽义务的问题，因为这是一个必然的过程，“幼者受了权利”，“并非永久占有，将来还要对于他们的幼者仍尽义务”。对于义务和权利，每个人都只是“前前后后”“过付的经手人”而已。正因为如此，父母和子女赖以结合在一起的，绝不是长者对幼者施恩，再由幼者报恩的关系，而应是一种出于天性的爱，并且还要“将这天性的爱，更加扩张，更加醇化；用无我的爱，自己牺牲于后起新人”。[1]这就是鲁迅所倡导的新型的“爱”的道德。这种爱的道德，鲁迅将它具体化为三个方面的内容。“开宗第一，便是理解。”鲁迅认为，

1　鲁迅:《坟 · 我们现在怎样做父亲》,《鲁迅全集》(第一卷)，第 135 页。

科学的研究证明,“孩子的世界,与成人截然不同;倘不先行理解,一味蛮做,更大碍于孩子的发达。所以一切设施,都应该以孩子为本位”。[1]中国人过去有许多“误解”,把孩子看成是“缩小的成人”,以成人的要求来对待孩子,这是扼杀孩子的天性。对此,鲁迅曾深有痛感,他在《风筝》《五猖会》《从百草园到三味书屋》等作品中都有描写。鲁迅最反对“少年老成”,而这种“少年老成”正是长者以成人要求来束缚孩子的结果。鲁迅认为,幼稚,是孩子的必经阶段,完全是一种必然,所以“幼稚对于老成”,不应“有什么耻辱”。[2]处处刁难幼者,动辄责罚,只能使孩子过早地“萎缩”。“第二,便是指导。”鲁迅认为,“时势既有改变,生活也必须进化”,“后起的人”应超越于前辈,因此对人的发展“决不能用同一模型,无理嵌定”。长者决不能将自己既成的生活模式强加于后辈身上,他们的任务是对幼者“除了养育保护以外,再教他们生存上必需的本领”。但这种“教”必须以“指导者协商者”的身份来进行,而“不该是命令者”。这种“指导”,必须是无私的,不是教会幼者如何“供奉自己”,而是“专为他们自己,养成他们有耐劳作的体力,纯洁高尚的道德,广博自由能容纳新潮流的精神,也就是能在世界新潮流中游泳,不被淹没的力量”。“第三,便是解放。”因为父母对子女有着挚爱,所以父母应“尽教育的义务,交给他

1　鲁迅:《坟 · 我们现在怎样做父亲》,《鲁迅全集》(第一卷),第135页。
2　鲁迅:《坟 · 未有天才之前》,《鲁迅全集》(第一卷),第168页。

们自立的能力”。又因为父母与子女之间关系的连接仅凭着爱，因此同时也应将子女看成“是人类中的人”，承认他们有独立的人格，“完全的解放”他们，使他们的一切权利“全部为他们自己所有”。总之，在父母与子女之间，鲁迅认为，合理的伦理关系“便是父母对于子女，应该健全的产生，尽力的教育，完全的解放”。只有这样，才是顺应了“世界文化潮流的”。从文化发展和社会进步的角度看，“这样做的可以生存，不然的便都衰落”。[1]

鲁迅在提出以上新的父子间的伦理关系和新的道德主张的同时，还进一步告诉人们：这种新伦理道德的真正实行，“是一件极伟大而紧要的事，也是一件极困苦艰难的事”，因为这种新的伦理道德的本质是“利他的，牺牲的”，所以“很不易做，而在中国尤不易做”。必须有一批真正“觉醒”的中国人，“觉醒的父母”，勇于“尽义务”，勇于作“牺牲”，为实现“长者解放幼者”，“一面清结旧账，一面开辟新路”，即“自己背着因袭的重担，肩住了黑暗的闸门，放他们到宽阔光明的地方去；此后幸福的度日，合理的做人”。[2]鲁迅不仅这样讲了，而且自己是身体力行的。例如鲁迅与海婴的关系，就可以称得上是一种新型的父子关系。

针对畸形的女性道德，鲁迅指出，“此后觉醒的人，应该先洗尽了东方固有的不净的思想，再纯洁明白一些，了解夫妇是伴

1 鲁迅：《坟·我们现在怎样做父亲》，《鲁迅全集》（第一卷），第136页。
2 鲁迅：《坟·我们现在怎样做父亲》，《鲁迅全集》（第一卷），第140页。

侣，是共同劳动者，又是新生命创造者的意义”。[1] 唯其如此，夫妇间才会产生真正的情感，才有真正使之凝结在一起的聚合力，也只有这样的夫妇关系才是真正道德的。鲁迅在与许广平结合后，的确也是努力实践着他所提倡的新道德。鲁迅与许广平共同生活的日子，是在“随时随地、略尽其分忧、慰藉之忱”，或“共话喜悦，相与一笑”的互相鼓舞中度过的。[2] 鲁迅直到临逝世前，首先想到的也是许广平的幸福，他有一条遗嘱是这样写的：“忘记我，管自己生活。——倘不，那就真是胡涂虫。”[3] 这是鲁迅对许广平的最深切的关怀，也是鲁迅思想彻底解放、最为开明的体现。鲁迅以自己的行动，实施了自己所提倡的夫妇间“完全的平等”“相互的关怀”“深切的爱”的新道德。

综上所述，鲁迅的伦理文化观中，具有特别丰厚的内容。这里面既有对中国封建伦理文化的深刻认识，又有对具体伦常关系及其相应的封建道德观念的精到分析和尖锐批判；既有针对封建伦理道德“畸形”“野蛮”的特征所提出的建立新的伦理道德的主张，又有鲁迅对新道德的亲自实践。鲁迅的伦理文化批判与对新伦理道德的提倡，在五四新文化运动中起了巨大的作用，为推动新文化运动的发展作出了杰出的贡献。

1 鲁迅：《坟·我们现在怎样做父亲》，《鲁迅全集》（第一卷），第 131 页。
2 转引自黄中海、张能耿：《鲁迅书话》，福建人民出版社，1982 年版，第 218 页。
3 鲁迅：《且介亭杂文末编·死》，《鲁迅全集》（第六卷），第 612 页。

第四章　鲁迅的宗教文化观

在一个对传统文化进行全面反省的历史时期，是无法回避对宗教文化作出评判的。虽然，宗教在中国政治、思想、文化中所占的地位远不像在西方社会中那样重要，宗教思想也并未像在西方国家那样曾成为在整体上占统治地位的思想，但它毕竟是中国传统文化的一个重要组成部分。作为一种“在野”文化，它一方面起着经典文化、正统文化与“俗”文化之间的连接、整合的作用，另一方面它本身也有许多与经典文化和“俗”文化相重叠的地方；况且，宗教对于社会生活的影响具有一种广泛性和渗透性的特点，因此常常以特有的方式，在一定程度上广泛地反映出尊奉这种宗教的民族的思想方式和民族心理结构。一个民族对于不同宗教的选择，一个时代对于不同宗教的不同评价，这都与民族文化和时代风尚有着内在的联系。中国近代以来的文化人对宗教文化所表现出的极大的“兴趣”，正是与近代以来先驱者们所进行的文化反省联系在一起的。鲁迅作为历史转折期文化的重要代表人物，他的宗教文化观具有典型的意义。鲁迅对宗教文化的反省也是他对整体中国文化进行反省的重要方面。

一　鲁迅对宗教文化的总体认识

鲁迅对世界上主要的几大宗教进行研究之后，首先在理论上形成了对宗教文化的独特看法。虽然鲁迅对各种不同宗教的具体评价是不一样的，但他也看到了宗教作为一种文化形态，它们有着一些共有的特征和规律。宗教的产生，源于人们认知世界的探索精神和征服世界的美好愿望；当人们自身能力的发展尚难以与自然力抗争时，便用想象把愿望加以“外化”，并对自然力“施以人化”的想象，这就产生了“神话”和原始宗教。人类从没有宗教到有宗教，是文化的一大进步。宗教的产生是人类认识能力发展中的一个重要环节，但宗教一旦被以一种教义和仪式固定下来，便把处于原始状态的人们观照世界的方式也神圣化了；这样，随着文化的发展，尤其是科学的发展，宗教与科学之间便产生了矛盾和对立。同时，一种宗教一旦形成，它们会对文化发生反作用力，即以其特有的方式影响人心、影响社会，乃至在一定程度上制约着文化的进步和发展。鲁迅认为，宗教是特定历史阶段文化发展的产物，因此，它很可能随着文化的进一步发展而成为过去，例如“佛教”，就“已死亡，永不会复活了”。[1]

鲁迅认为社会发展到一定的水平，宗教的蒙昧主义的特征就显示出来了。宣扬蒙昧主义，几乎是一切宗教所共有的内容。例如中世纪的罗马教会，就曾用蒙昧主义“梏亡人心”，使“思想自由几绝，聪明英特之士，虽摘发新理，怀抱新见，而束于教令，胥缄口结舌而不敢言”；“其有毅然表白于众者，每每获囚戮之祸”。[2]鲁迅指出，宗教宣扬的蒙昧主义，是科学发展的大敌，西方国家在中世纪，因“宗教暴起，压抑科学”，致使“科学之光，遂以黯淡”。[3]而近代以来，西方社会由于科学战胜了宗教，才最终完成了文化由中世纪的落后向近代的先进的转化。由此来观照中国的社会，鲁迅也深切希望能去除宗教蒙昧，去除迷信，张扬科学，使“和尚，道士，巫师，星相家，风水先生……的宝座，就都让给了科学家”，[4]中国的文化因此才能够完成由旧向新的转换。

正是在这个意义上，鲁迅对宗教整体是持反对态度的。在新文化运动中，鲁迅文化批判的内容有相当一部分是针对那些作为

---

1 转引自许寿裳:《亡友鲁迅印象记》，人民文学出版社，1953年版，第44页。
2 鲁迅:《坟·文化偏至论》,《鲁迅全集》(第一卷)，第47—48页。
3 鲁迅:《坟·科学史教篇》,《鲁迅全集》(第一卷)，第28页。
4 鲁迅:《且介亭杂文·运命》,《鲁迅全集》(第六卷)，第131页。

佛教、道教的宗教仪式的东西，如巫祝术、神仙术、扶乩打拳、鬼画符等迷信行为。鲁迅明确认识到，历史发展到了今天，作为具有整体功能的完整的宗教应成为过去的东西，它们的继续存在，对科学的发展是不利的。

但是，鲁迅对待宗教的态度又是十分审慎的，他并没有停留在简单地提出反宗教的口号，或简单地将之视为“已成为过去”的东西而不再理会它。鲁迅看到了宗教文化的复杂性：它与任何一种精神文化一样，有着与人们的精神生活难以剥离的因素。任何一种具体的宗教，随着文化的发展，必然会成为过去的东西，但宗教文化中所包含的一些精神内容，也许仍会深藏于人们的精神生活之中。因此，所谓“成为过去”，只是指宗教之整体功能上的失却；如果在打破了宗教的结构格局，去除了它的整体功能之后，宗教文化中不乏可以汲取、借鉴的具体有益因素。

鲁迅曾指出宗教文化具有“足充人心向上之需要”的精神吸引力，[1]这种精神吸引力可以起净化人心的作用，可以使人们从物质利欲的蝇营狗苟中解脱出来。如果利用得好，即不是以这种精神吸引力把人们从现实世界引向虚幻的“天国”，引向蒙昧，而是以这种精神吸引力使人“一扬其精神”，避免“沦溺嗜欲”，则是有意义的。[2]宗教以特有的方式对人们施加影响，只要去除了

1　鲁迅：《集外集拾遗补编·破恶声论》，《鲁迅全集》（第八卷），第28页。
2　鲁迅：《集外集拾遗补编·破恶声论》，《鲁迅全集》（第八卷），第30页。

这影响的内容而借鉴这种影响方式，宗教对于新文化运动中的思想启蒙还是很有用的。

宗教文化即使在内容方面，也不全是荒谬和消极的东西，诚如黑格尔所说，“不论宗教是如何地荒谬，它到底含有真理在内，就算这个真理是残缺破碎的真理”。[1] 鲁迅很注意从宗教文化中挖掘这种真理性因素。例如，鲁迅就曾高度评价过佛教教义中的平等观念。佛教提出：“虽复上同如来，不以为尊，下为六师，不以为卑。”[2] 鲁迅认为这是对建立在封建伦常观念基础上的等级制度的反叛，正是因为这种反叛性的内容，导致了“自六朝至唐宋，凡攻击佛教的人，往往说他不拜君父，近乎造反”。[3] 又如，鲁迅对基督教宣扬的博爱精神也曾加以首肯，他在《复仇（二）》中，对体现在耶稣身上的那种拯救世人、牺牲自我的博爱精神给予了肯定性的审美评价。

鲁迅认为，宗教文化作为精神文化的一种，它与其他精神文化有着密切的联系，研究宗教文化，不仅可以通过揭示宗教文化与其他精神文化的关系了解其他精神文化的一些内容和特点，而且也可以以宗教文化为“窗口”，把握作为宗教文化氛围的整体中国文化的诸多特点。

1　[德] 黑格尔：《历史哲学》，第 104—105 页。
2　参见《维摩诘经 · 弟子品第三》。
3　鲁迅：《热风 · 随感录三十三》，《鲁迅全集》（第一卷），第 300 页。

马克思曾经指出，对于产生宗教的世界来说，“宗教是这个世界的总的理论，是它包罗万象的纲领，它的通俗逻辑，它的唯灵论的荣誉问题，它的热情，它的道德上的核准，它的庄严补充，它借以安慰和辩护的普遍根据”。[1]马克思这段话从方法论上给人的启示是：既然对于造成宗教的这个世界来说，宗教在这个世界中具有“总的理论”的意义，那么研究宗教，实际上也是把握和理解这个世界的一个重要途径和方法。鲁迅之所以对宗教文化感兴趣，其中很重要的原因也正是通过宗教文化来把握产生这种宗教文化的整个文化传统，以及加深了解与之相关联的其他精神文化。

鲁迅在分析中国的艺术文化时，非常注意宗教文化的影响和作用。他认为，宗教与神话是同源的，原始宗教有时就是与神话传说纠结在一起的：由“初民”解释“变异无常”的自然现象而产生神话，又由于对神的“信仰敬畏”，“于是歌颂其威灵，致美于坛庙，久而愈进”，所以，神话“为宗教之萌芽”。[2]不仅如此，而且宗教对文学艺术的发展有着直接影响，这种情况各国都普遍存在。欧洲文学的源头常常可以追溯到《圣经》，印度的佛教也多有寓言，“他国艺文，往往蒙其影响”。[3]不仅如此，鲁迅还认为，

1 ［德］马克思：《黑格尔法哲学批判导言》，《马克思恩格斯选集》（第一卷），第1页。
2 鲁迅：《中国小说史略》，《鲁迅全集》（第九卷），第17页。
3 鲁迅：《集外集·〈痴华鬘〉题记》，《鲁迅全集》（第七卷），第101页。

宗教在其发展中，产生了特有的宗教艺术，如“著名之建筑，伽蓝宫殿”“壁画及造像”等等。[1]由于宗教的目的是劝善，而枯燥的教义是难以被人接受的，因此就产生了以“娱心”为手段的宗教文学。

鲁迅在其著作中曾多处直接分析了宗教对中国艺术文化的发展所产生的巨大影响。例如，唐代佛教在中国流传日广，致使产生了“灿烂”的“佛画”和精美的石雕。[2]鲁迅在分析六朝志怪小说盛行这一文学现象时又曾指出：“中国本来信鬼神的，而鬼神与人乃是隔离的，因欲人与鬼神相交通，于是乎就有巫出来。巫到后来分为两派：一为方士；一仍为巫。巫多说鬼，方士多谈炼金及求仙，秦汉以来，其风日盛，到六朝并没有息，所以志怪之书特多。”[3]加以“印度佛教之输入”，伴随佛教而来的“鬼神奇异之谈也杂出”，“所以当时合中、印两国底鬼怪到小说里，使它更加发达起来”。鲁迅在分析明代神魔小说的盛行时也曾指出：“此思潮之起来，也受了当时宗教，方士之影响的。”[4]

总之，鲁迅对待宗教文化的态度是特别谨慎的，其否定性态度远不如对待其他领域的封建文化那么强烈、决绝、干脆。这也许与宗教文化在中国所具有的特殊地位有关。在中国，正因为宗

1 鲁迅:《集外集拾遗补编·拟播布美术意见书》,《鲁迅全集》(第八卷)，第48—49页。
2 鲁迅:《且介亭杂文·论“旧形式的采用”》,《鲁迅全集》(第六卷)，第23页。
3 鲁迅:《中国小说的历史的变迁》,《鲁迅全集》(第九卷)，第307页。
4 鲁迅:《中国小说的历史的变迁》,《鲁迅全集》(第九卷)，第327页。

教从来未成为能行使统治权力的国教，它对于中国人各方面的影响与中国经典的传统文化如儒家思想等相比要小得多。所以，鲁迅在整体格局上对宗教文化进行批判的同时，在有些场合是对宗教文化中的积极因素持肯定和“拿来”的态度。掌握了鲁迅这一总的态度，我们再来分析鲁迅与作为中国主要宗教的佛教、道教的关系，就能够有一个基本的出发点。鲁迅的宗教文化观，在很大程度上是具体体现在他对佛教和道教的评价上的。

二　鲁迅与佛教文化的关系

鲁迅在《我的第一个师父》一文中曾讲到自己与佛教的结缘：“我生在周氏是长男，‘物以稀为贵’，父亲怕我有出息，因此养不大，不到一岁，便领到长庆寺里去，拜了一个和尚为师了。……由此得了一个法名叫作‘长庚’，后来我也偶尔用作笔名……”[1]因为拜和尚师父，鲁迅从小就能较多地接触僧侣，了解和尚的生活、地位，并对中国的寺庙、佛事等有了较多的感性认识，这些认识对他后来在谈论佛教与和尚等问题时，能够得心应手地举出实例是有很大帮助的。

1　鲁迅：《且介亭杂文末编·我的第一个师父》，《鲁迅全集》（第六卷），第576—581页。

但鲁迅真正开始接触佛教，是在日本留学时。当时他师从章太炎，因而受其影响，开始重视佛学研究。从1912年以后的《鲁迅日记》中，就可以看出他每天购买佛典书籍的情况：如1912年购《观无量寿佛经图赞》，并受赠《佛教丛报》；1913年购《法苑珠林》四十八册，《劝发菩提心文》一册，《等不等观杂录》一册，《释迦谱》四册，受许寿裳赠送《大唐西域记》四册。鲁迅购买这些书的最初出发点，是在于从这些佛教文化书籍中抽出研究古代文学的资料，和寻觅《古小说钩沉》的材料。1914年，鲁迅对佛典本身正式开始研究。他研究的对象不仅是大乘佛典，而且涉及原始佛教的经典、阿含部等。如《鲁迅日记》1914年4月18日载："下午往有正书局买《选佛谱》一部，《三教平心论》、《法句经》、《释迦如来应化事迹》、《阅藏知津》各一部。"4月19日载："午后往有正书局买《华严经合论》三十册，《决疑论》二册，《维摩诘所说经注》二册，《宝藏论》一册。"如不是集中进行研究的需要，绝不会在短短两天中连续大量购买这么多佛典书籍。许寿裳曾回忆说，"民国三年以后，鲁迅开始看佛经，用功很猛，别人赶不上"。[1]在此之后，情况更甚，仅《甲寅书帐》一项所记载，鲁迅这一年买进的佛教书籍就不下八十种，其中包括了《长阿含经》《中阿含经》这些原始佛教的经典，还包括了唐代编撰的集

1　许寿裳：《亡友鲁迅印象记》，第44页。

中国佛教史上各种议论的《广弘明集》等许多珍本。这个时期，可以说是鲁迅研究佛教最盛的时期。

五四时期及“五四”以后，鲁迅虽不再专门从事佛学研究，但对佛教问题仍发表了不少见解。

鲁迅对佛学发生兴趣，原因是复杂的和多方面的。有人认为鲁迅看到辛亥革命失败之后，心境较为苦闷，因而借研究佛经作为一种排解；也有人认为是鲁迅不幸的家庭生活和个人的坎坷遭遇使他想借研究佛经以“代醇酒妇人”。[1]也许这两种情况都存在：内外夹击，把鲁迅一时追逼到了佛教的边缘，以至于鲁迅对以“苦”来认识人世的存在，以“渴爱”来创导解脱苦恼的“释迦”的教义，在内心深处产生了某些共鸣。鲁迅就曾说过：“释迦牟尼确实是一位伟大的哲人，我平时抱有的对人生难解的许多问题，令人吃惊的是，他早就大部分启示清楚了，的确是伟大的哲人。”[2]这说明鲁迅研究佛教文化，是想从中汲取点儿什么——或是人生哲理的启悟，或是其他什么。同时，作为一个对中国文化特别关切的人，当他真正深入佛教研究中去时，他实际上已不可能不把它当作一种文化研究的对象来加以对待了。

鲁迅关注佛教文化，一方面借此来研讨中国文化，另一方面也从中寻找再造中国文化的有效而又有益的因素。在这个方面，

1　鲁迅：《书信 · 101115 致许寿裳》，《鲁迅全集》（第十一卷），第 327 页。
2　许寿裳：《亡友鲁迅印象记》，第 44 页。

鲁迅还自觉或不自觉地继承和发展了清末以来文化先驱们所从事的一项重要的文化工作。

梁启超说过:“晚清思想家有一伏流,曰:佛学。”他认为在晚清思想界,佛学的兴起是对清代沉溺于文字、音韵、训诂之学的“汉学”的反动,从龚自珍、魏源到康有为、梁启超等诸“今文”学家,“多兼治佛学”,“故晚清所谓新学家者,殆无一不与佛学有关系,而凡有真信仰者率皈依文会”。[1]从19世纪中叶开始,崇信佛教似乎成了一种时代风尚,社会上逐渐形成了复兴佛学的运动。在维新思潮中,许多维新者都试图以佛法解释孔孟,谈西学则取证佛经。近代以来,佛学者就有两类人,一类是佛教徒,很迷信佛教。这些人除僧侣外就是所谓居士(在家修行),或者就是一些沉醉于佛教以求精神解脱的人。如龚自珍,就是晚年沉醉于佛学之中,他声称,“烈士暮年宜学道”,“才人老去例逃禅”,并笃信因果报应、生死轮回等说法。龚自珍曾以一种天才的敏感,觉出文化转换的期前证候,他将这种敏感写出,产生了开创时代的诗篇;但由于他先时代而产生,环境与他的个性极不协调,他转而产生了一种失落感;因此,他从佛教中找寻巨大精神苦痛的解脱方法。皈依佛教,是他找寻精神庇护的途径。又如,以擅长经世学而知名的魏源,暮年也潜心佛典,成了虔诚的佛门弟子。

1 梁启超:《清代学术概论》,商务印书馆,1921年版,第55页。

而另一类则主要是佛学派，即通过研究佛学，从中汲取某种哲学思想，如许多维新派人物就是如此，谭嗣同、梁启超、严复、章太炎等人都属于这类情况。康有为“潜心佛典、深有所悟”；梁启超也曾由衷地叹服:“佛学广矣！大矣！深矣！微矣！”严复在翻译《天演论》《法意》等著作时，在所加的按语中亦流露出对佛学的赞叹。而谭嗣同和章太炎对于佛学的研究则更深、更广、更系统。这些维新者研究佛学有一个共同点，即比较关注佛教中“法相唯识宗”和“华严宗”的哲理。

中国佛教自隋唐以来，主要有十大宗派，如天台宗、禅宗、华严宗、净土宗和法相唯识宗等。自隋唐以后，禅宗、天台宗影响最大，而法相唯识宗虽曾风靡一时，但影响所及区域不广，流行的时间不长。天台宗提出“无情有性”的学说，认为连没有生命的东西，如草木砖石都有佛性，至于人就更是如此，因而人人都可以进入天国；而禅宗，教义简单，在形式上反对繁文缛节，宣扬“顿悟”说，认为人们只要能够在内心“觉悟”，便是已经得到了“解脱”，只要“顿悟”“自觉”，就可成佛。这两个教派的共同特点是具有普遍性，人人能做，简单易行，且人人可以成佛，所以在唐以后，主要盛行是这两派，尤其是禅宗。而华严宗、法相唯识宗则不同。华严宗宣扬“一真法界”(“法界”：存在)，认为没有独立于意识之外的客观世界，只有纯精神性的、主观化了客观世界。法相唯识宗又称法相宗、唯识宗，所谓法相，即分析世间（心的和物的）现象，而且分析到最后把世界的存在，一切现象、变化归结为“识”（精神、观念）的作用，故为“唯识”。所谓“三界唯心，万法唯识”。由于这两派都趋向于思辨，教义烦琐，具有经院气，故不太盛行。但这二者在哲学上都具有一种“相对论”的色彩，即认为通过主观精神的张扬，可以摆脱现实世界的苦难。到了近代，华严宗、法相宗又一度兴起，尤其是法相宗从清末到民国时代，几乎代表了中国佛教，有点像唐末以来，禅宗几乎代表了佛教的样子。[1]

近代一些思想家，他们不是为了成佛，故对天台宗、禅宗不感兴趣，而对华严宗和法相宗则主要是取“唯识”的精神。谭嗣同就是“治佛教之唯识宗、华严宗，用以为思想之基础，而通之科学”。[2]他认为社会的罪恶，统治者的卑鄙、自私，都是由于其“人心”的后天的不善；由于人类万物的“心力”受阻而不能交通融会，从而也就“不通”“不仁”。既然罪恶“由心造”，“自可以心解之”。[3]因此通过人们“心力”精神的相通，来实现灵魂的交流，这就自然可以从法相唯识宗的理论中找寻“以心度一切众生苦恼”的思想武器。章太炎对于法相唯识宗理论的吸收则更具积极意义。章太炎在“外侮益亟，民气益衰”的情况下，主张“用宗教发起信

1　蔡尚思：《论清末佛学思想的特点》，《学术月刊》，1981 年第 3 期。
2　梁启超：《清代学术概论》，第 55 页。
3　谭嗣同：《北游访学记》，《独立评论》，1934 年第 102 期。

心，增进国民的道德”。又因为“佛教的理论，使上智人不能不信，佛教的戒律，使下愚人不能不信，通彻上下，这是最可用的”。[1]所以，章太炎确信，借用佛教，可以启悟人心。而法相唯识宗的理论受到特别重视，是因为章太炎认为："这法相宗所说，就是万法唯心。一切有形的色相，无形的法尘，总是幻见幻觉，并非实在真有”，如果大家都能“有这种信仰”，便“能勇猛无畏，众志成城，方可干得事来”。[2]“非说无生则不能去畏死之心，非破我所则不能去拜金心，非谈平等则不能去奴隶心，非示众生皆佛则不能去屈退心，非举三轮清净则不能去德色心。”[3]而一旦能“排除生死，旁若无人，布衣麻鞋，径行独往”，“上无政党猥贱之操，下作懦夫奄矜之气，以此揭橥，庶中国前途有益”。[4]章太炎正是想以宗教来养成一种“自贵其心，不援鬼神”的勇往直前的主观战斗精神。

可以认为，佛教研究在近代是一个不可忽略的文化“热”点。这种对于佛教的重视，反映了文化先驱们寻找思想武器的一种趋向：先觉者们是极少数，面对大多数“庸众”，他们负有启蒙的任务，同时他们所处的生存环境又是如此黑暗，因此他们极需在精神上能千百倍地自我振作，无论是在精神上的启悟民众，还是

1　章太炎:《演说录》,《民报》第 6 号。
2　章太炎:《演说录》,《民报》第 6 号。
3　章太炎:《建立宗教论》,《民报》第 9 号。
4　章太炎:《答铁铮》,《民报》第 10 号。

自我振作精神，他们都需要一种精神的武器；凡与这两种需要相近的，他们便借鉴过来，取作思想武器。因此，不管对佛教的整体文化功能应作如何的评价，但它在为文化先驱们所用时，的确是在起着积极的作用；最起码，先驱者们的主观意图是如此。

到了五四时期，又曾有过一场科学与宗教的争论。1920 年底至 1921 年初，“少年中国学会”分别在北京、南京召开宗教问题讲演会，出版“宗教问题”专号。当时的人们，对宗教作用的看法，有着很大的分歧，但有一点是一致的，即基本上能从现代的科学理论出发，摈弃宗教创世说等迷信色彩较浓的内容。恽代英就曾在《我的宗教观》一文中说：“我们既经学了点宇宙的进化，自然不能相信宗教创造世界的传说；我们既经学了点生物的进化，自然不能相信宗教创造人类的传说。”[1] 可以说，在五四时期，无论是信奉宗教或是研究宗教的，均不相信创世说、天堂地狱说等等。但对于宗教的精神，许多人却产生了某种共鸣。与近代有所不同，近代思想家多数取宗教（尤其是佛教）的方法论内容，即重视精神的作用和以精神启悟、打通人心的施行影响的方式；而五四时期的文化人，则大多从宗教教义中汲取有价值的伦理内容，这与五四新文化运动的任务是有关的。

当建立新的伦理道德的口号提出时，宗教中有些具有伦理意

1　恽代英：《我的宗教观》，《少年中国》第 2 卷第 8 期。

义的内容，理所当然地受到了重视。人们抛弃创世说，抛弃各种灵异和天堂地狱说，但对宗教教义中平等博爱的伦理思想则给予了肯定。佛教教人慈悲，基督教教人博爱，这样一些思想与五四时期反对专制制度、强调人的平等权利等目标有一致之处。因此，五四时期“宗教与科学”的讨论，最后几乎转而成为伦理体系的讨论。当时陈独秀就曾认为，如果清除掉基督教的创世说和其他怪论，那么基督教所提倡的崇高的牺牲精神、伟大的宽恕精神和平等博爱的精神则大可以拿来加以发扬：“把耶稣崇高、伟大的人格，和热烈深厚的感情，培养在我们的血里，将我们从坠落在冷酷、黑暗、污浊坑中救起。”[1] 在五四时期，有许多作家或从宗教中汲取着“爱的哲学”，或从宗教中找寻自己的生活态度和生活方式，或从宗教中找寻使精神平静而充实的理性。但是，它们都有一个共同的特点，即提倡宗教（主要是佛教）的目的，不是通过神秘的宗教体验，获得与佛或上帝同在的最高幸福，不是通过信仰宗教来解脱不幸和苦难，而是借用宗教净化感情，增强与苦难作斗争的勇气；同时，从宗教教义中汲取有益的伦理内容，为反对封建专制、提倡“平等”和“爱人”等新的伦理道德服务。

鲁迅关注佛教，有其独特之处：他兼具近代和“五四”这两代文化人的特点，但又不完全等同于这二者。他受章太炎的影响，

1　陈独秀：《基督教与中国人》，《新青年》第 7 卷第 3 号。

尤其是在偏爱法相唯识宗，以激发自己的主观战斗精神等方面与章太炎很相像，但出发点又与章太炎并不完全相同。鲁迅后期不太赞同章太炎过分夸大佛法的作用，他曾表示，对章太炎的“以佛法救中国”的观点“未敢苟同”。[1] 在从佛教中汲取有益的伦理内容方面，鲁迅与“五四”文化人有共同之处；但鲁迅关注佛教也并非像五四时期一些作家那样仅仅从宗教中吸取诸如“平等”“爱人”等一般的伦理内容。鲁迅的目的是推动整个中国文化的变革，因此，他是扣紧反封建旧文化这个大问题来分析问题的，凡能促进中国文化变革的，他都毫不犹豫地拿来。这样，在鲁迅身上几乎集中体现了从戊戌变法到五四时期，先觉的文化人张扬佛教的一切积极的方面。

鲁迅继承了近代思想家（如康有为、梁启超、谭嗣同、章太炎等人）“扬佛墨而抑儒道”的做法，将佛墨作为思想理论依据，作为用来反对儒家学说的武器。鲁迅也像其他一些“五四”作家（如许地山、朱自清、叶圣陶、夏丏尊、刘大白、丰子恺等）一样，关注佛教教义中有益的伦理内容。但鲁迅不仅关注佛教文化中蕴含的爱的哲学和精神平静的生活态度，而且还注重从中汲取自身人格修炼的精神养料，培养起自己的憎爱情感、舍生取义的牺牲精神和苦海慈航的道德感。这一切，与鲁迅在新文化运动中所持

1　鲁迅：《书信・360926 致许寿裳》，《鲁迅全集》（第十三卷），第 431 页。

的总体文化意识是相一致的。

从反对以儒家思想为主要精神支柱的专制制度和非人的伦理道德出发，鲁迅强调佛教中的平等观念；为呼吁反封建的勇猛的精神界战士，鲁迅希望佛教中所张扬的“普度众生”“唯识无境”等观点能够强化先觉者们对外界压力的承受心理和主观战斗精神；而从改造国民性的愿望出发，鲁迅则又看到了佛教的“足充人心向上之需要”的一面。[1]鲁迅认为，中国国民性的一大弱点是“无特操”，无专一信仰，苟苟营营；“中国人自然有迷信，也有‘信’，但好像很少‘坚信’”。[2]而“佛教崇高”，对于纯净人们的道德,使人清净专一等有积极的作用。鲁迅指出佛教比起那“志操特卑下，所希仅在科名”的品性来，“其清净远矣”。[3]针对“佛教与民无用，应加毁弃”的观点，鲁迅认为，佛教“无功于民，则当先自省民德之堕落；欲与挽救，方昌大之不暇，胡毁裂也”。[4]

鲁迅不仅以佛教思想中有益的东西为武器，用来批判封建儒家文化，也不仅是试图通过运用佛教净化人心的道德的方法、方式，来为完成改造国民性的任务服务；在鲁迅那儿，更具意义的是，他还从佛教中汲取了许多有益的精神养料，这种汲取对鲁迅的人格形成是很重要的。我们从鲁迅那种勇于探索、坚韧不拔、

1　鲁迅:《集外集拾遗补编·破恶声论》,《鲁迅全集》(第八卷)，第28页。
2　鲁迅:《集外集拾遗补编·破恶声论》,《鲁迅全集》(第八卷)，第29页。
3　鲁迅:《且介亭杂文·运命》,《鲁迅全集》(第六卷)，第131页。
4　鲁迅:《集外集拾遗补编·破恶声论》,《鲁迅全集》(第八卷)，第29页。

牺牲自己以拯救民众等精神人格中，可以看到佛教精神的有益影响。

鲁迅就曾高度称赞唐代僧人、法相唯识宗的创始人之一的玄奘所体现的宗教精神：对信仰的忠贞，为实现理想而艰苦奋斗的献身精神。鲁迅曾将玄奘列为“中国的脊梁”[1]之列，并打算写一部类似英国嘉勒尔《英雄及英雄崇拜》和美国爱默生《伟人论》那样的性质的“人史”，其中就包括了“舍生求法的玄奘”。[2]鲁迅人格中的勇于探索、坚韧不拔与这“舍生求法”有着一种精神上的联系。鲁迅曾多次以称赞的口吻提及释迦牟尼“投身饲虎”的故事；鲁迅人格中牺牲自我而利他人的殉道精神（“自己肩住黑暗闸门，让别人到更广阔的地方去生存”），与释迦牟尼牺牲自我普度众生的精神亦有相近之处。在鲁迅人格中，对自己信仰的忠贞，反对朝令夕改的“无特操”，等等，都可以看出佛教的积极影响。

在人生观上，我们亦可看出鲁迅所受佛教思想影响。许寿裳曾说过，鲁迅研究佛教，其目的之一是“借以研究其人生观”。[3]例如鲁迅“人间苦”的思想结论，多少运用了佛教参悟人生的思想方法和受“现世苦难”的佛教观世态度的影响。这种思想方法

1　鲁迅：《且介亭杂文·中国人失掉自信力了吗》，《鲁迅全集》（第六卷），第118页。
2　鲁迅：《准风月谈·晨凉漫记》，《鲁迅全集》（第五卷），第235页。
3　许寿裳：《亡友鲁迅印象记》，第44页。

和观世态度，对鲁迅的心理结构的形成起了不小的作用。鲁迅对于人生苦难的大彻大悟，对于人类生存状况的绝望反抗，对于生死的豁达大度等方面，都明显有着佛教思想影响的痕迹。

佛教思想的影响，还带来了鲁迅作为文学家的某种深刻性。这种深刻性不仅体现在鲁迅的文学创作上，也体现在他对文学现象的认识和分析上。关于这一点，许寿裳曾作过评论，他说："鲁迅读佛经，当然是章先生的影响。……先生和鲁迅师弟二人，对于佛教的思想，归结是不同的：先生主张以佛法救中国，鲁迅则以战斗精神的新文艺救中国。"[1]这里多少指出了鲁迅与章太炎的不同之处。章太炎试图把佛教作为拯救国民的理论归宿，即所谓"非说无生则不能去畏死心，非破我所则不能去拜金心，非谈平等则不能去奴隶心，非示众生皆佛则不能去退屈心，非举三轮清净则不能去德色心"。在这里，章太炎几乎把佛教作为拯救中国的唯一思想武器。而鲁迅则是看到了佛教影响人们精神的作用，试图以此为途径之一，去改换人心。而在影响人心这一点上，佛教的作用与文学相同，它们都不是拯救国民的最后理论归宿，而仅是手段之一。正是从这一目的出发，鲁迅认为佛教"顾瞻百昌，审谛万物"的充满"灵觉妙义"的观照事物和影响人心的方式与"诗歌"有着同样的"美妙"之处。[2]

---

1 许寿裳:《亡友鲁迅印象记》，第46页。

2 鲁迅:《集外集拾遗补编·破恶声论》,《鲁迅全集》(第八卷)，第28页。

佛教文化与鲁迅的文学创作，仅就最为明显的诸多作品中所运用的佛学典故、思想材料等，便可看出二者之间的联系。正是对佛教典故、词汇、寓言等的运用，增强了鲁迅作品的寓意、思想深度和艺术感染力。诸如刹那、涅槃、轮回、华盖、摩罗等佛教用语，鲁迅在作品中均可随手拈来。佛教典故、寓言的运用也随处可见，例如用“狮子身中的害虫”比喻混入革命阵营中的投机分子；[1]用“故鬼、新鬼、游魂、牛首阿旁、畜生、化生、大叫唤、无叫唤”“重迭的黑云”等来形容地狱一般的华夏；[2]用“释迦出世，一手指天，一手指地曰：‘天上地下，惟我独尊’”来形容国民党反动派的独裁统治；[3]用“布袋和尚”的举动来鼓励人们勇于解剖自己；[4]等等。

佛教对于作为文学家的鲁迅的影响，不仅体现在具体的文学创作上，而且体现在他对各种历史和现实的文学现象的分析眼光上。在写作《中国小说史略》《汉文学史纲要》等文学研究论著时，鲁迅都曾分析了佛教与中国文学艺术的关系。鲁迅对六朝志怪小说、明清神魔小说等文学现象的精到分析，正是得力于对佛教的精通。他论述宋人说话的产生与讲述佛经故事的变文的流行这二者之间的关系、《红楼梦》的主题思想与佛家“色空”观念的关

1　鲁迅:《伪自由书·后记》,《鲁迅全集》(第五卷)，第182页。
2　鲁迅:《华盖集·“碰壁”之后》,《鲁迅全集》(第三卷)，第68页。
3　鲁迅:《伪自由书·天上地下》,《鲁迅全集》(第五卷)，第138页。
4　鲁迅:《书信·230612致孙伏园》,《鲁迅全集》(第十一卷)，第417页。

系等，都具有特别的精到之处。佛学知识对鲁迅考证历史作品的真伪亦有很大帮助，如他曾经考证出六朝六种小说（《神异经》《十洲记》《汉武故事》《汉武帝内传》《洞冥记》《西京杂记》）系后人所作而谬托汉人，其依据就在于一是与汉人“笔调不类”，再则“中间夹有佛家语——彼时佛教尚不盛行。且汉人从来不喜说佛语——可知也是假的”。[1]鲁迅的这种判断力，正是来自他对中国佛学不同时期特点的精到研究和准确把握。

毫无疑问，鲁迅关注佛教，研究佛学，这是有着积极意义的，这种意义不仅仅属于鲁迅，而且属于自近代到“五四”整整两代的文化先驱。在近代到“五四”这段历史时期佛教文化受到推重，无论从哪方面来说，都只能是文化转折时期的必然现象：在文化转折中产生的失落感，一些人从佛教中寻找精神依托；从反对旧文化传统的需要出发，一些人从佛教中找寻思想武器；出于建立新的伦理文化的要求，一些人从佛教中找寻有益的可供借鉴的道德内容；为了适应文化转换的需要，为了对付作为文化先驱所必然面临的环境压力，一些人试图从佛教中汲取一些精神力量，以强化自己的心态，修炼自己的人格。而在鲁迅身上，这几个方面都有所体现，同时又不仅仅是这些。这也正是鲁迅的博大精深之处。

在鲁迅那里，在很多的情况下，他对佛教问题的评价，其目

1　鲁迅：《中国小说的历史的变迁》，《鲁迅全集》（第九卷），第 305 页。

的其实往往与佛教自身无关，而只是以佛教为窗口，作文化的延伸，以达到文化批判的目的。例如鲁迅对“大乘、小乘”“居士、佛子”的有关论述就是这样的。鲁迅认为，大乘使佛教变得浮滑，失去了自己的本来面目，而小乘主张自行解脱，要求苦行修炼，在很大程度上保持了早期佛教的精神；大乘佛教则主张“普度众生”，强调尽人皆能成佛，一切修行以简便、见效快为主，戒律比较松弛。由于大乘佛教简便易行，又宣扬尽人皆能成佛，故在我国流行和产生影响的是大乘佛教。鲁迅对小乘向大乘的发展，谈了自己的看法：“我对于佛教先有一种偏见，以为艰苦的小乘教倒是佛教，待到饮酒食肉的阔人富翁，只要吃餐素，便可以称为居士，算作信徒，虽美其名曰大乘，流播也更广远，然而这教却因为容易信奉，因而变为浮滑，或者竟等于零了。”[1] 当然，鲁迅分析佛教的这种变迁，其目的并非止于佛教史的研究本身，而是通过这种宗教现象，分析中国“文化－心理”的特点：要想成正果，又不愿付出代价；缺少奋斗与牺牲精神，而又偏偏想获取非艰苦不能获得的超度；于是便想方设法投机取巧，走捷径。在鲁迅看来，大乘佛教之所以在中国流行并产生巨大影响，就是因为大乘佛教教义迎合了中国人的这种“文化－心理”。大乘佛教不要人艰苦修行，把小乘佛教中具体的苦行变为大乘中大而无当、无所

1　鲁迅：《集外集拾遗补编·庆祝沪宁克复的那一边》，《鲁迅全集》（第八卷），第163页。

不可以成佛的教义，迎合了中国“文化－心理”中不求实干、不求力行、不认真、万事笼而统之、自欺欺人等特点。透过佛教现象，看到中国文化的特征和根源；以宗教现象为引子，作文化延伸，进行文化批判，这正是鲁迅的深刻而独特的地方。

鲁迅对“居士”和“佛子”的分析也带有同样的意思。居士，是佛教用以称呼在家的受过“三皈”（对佛、法、僧的归顺依附）和“五戒”（不杀生，不偷盗，不邪淫，不妄语，不饮酒等五项戒条）的佛教徒。佛教发展到大乘阶段，承认在家修行也是成佛途径。鲁迅认为，出现居士这种现象，“有如大乘佛教一般，待到居士也算佛子的时候，往往戒律荡然，不知道是佛教的弘通，还是佛教的败坏？”。[1] 鲁迅认为，居士者，乃并不真心向佛，心中并无信仰，也就不想为信仰作任何牺牲，只是又不肯放弃那向佛的一点点“好处”，即通往佛道、成仙的诱惑，于是采取了一种变通的方法，既不受苦，又能享受那可能的好处。鲁迅对中国“文化－心理”中的这种投机性和见利忘义的特点是有充分认识的，在《庆祝沪宁克复的那一边》一文中，就曾借用佛教大、小乘及居士和佛子的议论，告诫人们在革命不断胜利的情况下，要防止投机分子钻进革命队伍：中国国民性中向来有“见胜利纷纷而上，见失败纷纷逃亡”的习性，这是投机意识的表现，因为“见胜利”时，

1　鲁迅：《三闲集·在钟楼上》，《鲁迅全集》（第四卷），第 33 页。

已不必冒风险，而又可分享胜利果实，这与“大乘、小乘”“居士、佛子”的宗教现象所反映出的中国“文化－心理”是一致的。此外，鲁迅还指出，在近代以来的中国，居士又曾一度成为时髦，其中一个重要原因是一些做居士者另有图谋，以此作韬晦之计，这些人与真正的佛教就相去更远了。鲁迅在一首诗中对此作过讽刺：“一阔脸就变，所砍头渐多，忽而又下野，南无阿弥陀。”[1]鲁迅指出，“民国以来，有过许多总统和阔官了，下野之后，都是面团团的，或赋诗，或看戏，或念佛”。[2]军阀、政客时常内讧，上台下野走马灯似的，“即使弄到这地步，也没什么难解决的：外洋养病，名山拜佛，这就完结了”。[3]“军人自称佛子，高官忽挂念珠，而佛法就要涅槃。”[4]鲁迅还指出，有些人干脆就是“吃教”的。所谓“吃教”，即内心并不信教，而又摆出对“教”的热心和“用力”来，目的仅在以此作为谋取私利的手段，这更是一种堕落。这种“吃教”现象“也可以移用于许多‘吃革命饭’的老英雄”，[5]他们其实并不真信他们所从事的事业，只是为了获取利益而已。这就是中国国民性中“势利”的一面。

再如，鲁迅对理学与佛教关系的分析，对三教合流现象的分析，均是超越探讨佛教自身问题的文化延伸。鲁迅曾指出，“宋

1　鲁迅：《集外集拾遗·赠邬其山》，《鲁迅全集》（第七卷），第 427 页。
2　鲁迅：《准风月谈·外国也有》，《鲁迅全集》（第五卷），第 345 页。
3　鲁迅：《伪自由书·天上地下》，《鲁迅全集》（第五卷），第 139 页。
4　鲁迅：《准风月谈·“滑稽”例解》，《鲁迅全集》（第五卷），第 342 页。
5　鲁迅：《准风月谈·吃教》，《鲁迅全集》（第五卷），第 310 页。

儒道貌岸然，而窃取禅师的语录”。[1]鲁迅从研究佛教出发，找到了理学思想体系的或一思想渊源，这一方面揭示了理学家们“辟佛”的虚假性，另一方面也便于更好地研究理学、把握理学，从而有利于批判理学。鲁迅还通过研究儒道释的合流这一中国宗教发展的特异现象，批判了中国文化性格中的中庸调和思想和“无特操”的国民性。鲁迅指出，“佛教初来时便大被排斥，一到理学先生谈禅，和尚做诗的时候，‘三教同源’的机运就成熟了”。[2]“况且历来三教之争，都无解决，大抵是互相调和，互相容受，终于名为‘同源’而后已。”[3]鲁迅从“三教”合流这一现象中看到了中国文化性格中的调和折中的弱点，并进而对之进行了批判。鲁迅指出：“其实是中国自南北朝以来，凡有文人学士，道士和尚，大抵以‘无特操’为特色的。晋以来的名流，每一个人总有三种小玩意，一是《论语》和《孝经》，二是《老子》，三是《维摩诘经》，不但采作谈资，并且常常做一点注解。”[4]所以在中国“宗教的战争是向来没有的，从北魏到唐末的佛道二教的此仆彼起，是只靠几个人在皇帝耳朵边的甜言蜜语”。[5]“中国人所擅长的是所谓‘中庸’，于是终于佛有释藏，道有道藏，不论是非，一齐存在。”[6]所以，

1　鲁迅：《准风月谈·吃教》，《鲁迅全集》（第五卷），第310页。
2　鲁迅：《华盖集·补白》，《鲁迅全集》（第三卷），第102页。
3　鲁迅：《中国小说的历史的变迁》，《鲁迅全集》（第九卷），第327页。
4　鲁迅：《准风月谈·吃教》，《鲁迅全集》（第五卷），第310页。
5　鲁迅：《且介亭杂文·运命》，《鲁迅全集》（第六卷），第131页。
6　鲁迅：《集外集拾遗补编·关于〈小说世界〉》，《鲁迅全集》（第八卷），第111页。

在中国产生了一特有的现象:“悟善社里的神主已经有了五块：孔子，老子，释迦牟尼，耶稣基督，谟哈默德。”[1]

总之，鲁迅与佛教文化的关系中，有着特别丰富的“文化”内容，这不仅是我们了解鲁迅整体文化观的一个不可缺少的方面，而且，从鲁迅对佛教文化的种种分析中，我们可以得到诸多文化启示；同时，透过鲁迅的宗教文化观，我们还可以从一个侧面了解到近现代思想文化发展的状况。

三　鲁迅与道教文化的关系

与对待佛教的态度不同，关于道教，无论就其思想，还是仪式和方法等各个方面，鲁迅都是坚决反对的。鲁迅对道教文化问题非常重视，早在 1918 年，五四新文化运动正处于高潮中时，他就在给许寿裳的信中说:“前曾言中国根柢全在道教，此说近颇广行。以此读史，有多种问题可以迎刃而解。”[2]此后，鲁迅曾在多处表示这种看法，直到 1927 年，鲁迅还说过:“人往往憎和尚，憎尼姑，憎回教徒，憎耶教徒，而不憎道士。懂得此理者，懂得

1　鲁迅:《华盖集 · 补白》,《鲁迅全集》(第三卷)，第 102 页。
2　鲁迅:《书信 · 180820 致许寿裳》,《鲁迅全集》(第十一卷)，第 353 页。

中国大半。”[1]很明显，鲁迅是把道教文化作为理解中国文化的一个重要方面来认识的，而且确认，在这一方面较多地包蕴了中国文化的内容。要理解中国文化，道教无疑是一个重要窗口。不仅是道教本身，而且从人们对待道士的态度中，也可以观出中国人普遍的“文化－心态”。在新文化运动中，鲁迅致力于对中国封建文化的批判和对中国国民性（包括“文化－心态”）的揭示，因此，对道教文化的批判也成了鲁迅文化批判的重要内容之一。

“中国根柢”何以“全在道教”呢？道教在形成过程中吸取了一些道家（老庄）的思想，但绝不止于道家思想。作为一种成熟的宗教体系，它形成于公元 4 世纪之后。它的来源是多元的：它吸收了古代中国从老子、庄子、邹衍、《吕氏春秋》到《淮南子》，以及星相家、医方家、谶纬家等对于自然、社会与人的思维的成果，此中以道家思想为主干；同时，它也较多地结合了流传于楚文化圈的种种神话，从而构筑成为一个宗教体系。因此，所谓道教，一方面由于它对道家始祖老庄的攀附和事实上对老庄思想某些方面的汲取，它与道家在思想上有诸多相通之处；但另一方面，它作为一种宗教，并不能停留在老庄那种精神超越的境界，而必须回答一些现世的实际问题，必须具备一整套宗教仪式，因此，在其整体上就不能用“道家”来对“道教”作概括。事实上，对

1　鲁迅：《而已集 · 小杂感》，《鲁迅全集》（第三卷），第 532 页。

道教来说，正是它满足了现实世界人们的心理欲望，乃至解决现世的种种实际问题，因此它在中国较广泛的阶层、较广泛的生活中渗透着较大的影响。在道教中有一个对楚文化圈的神话加以改造、排次，从而形成的等级森严、名目众多的神祇谱系；有着多方吸收拼凑起来的宗教仪式：将古代中国尤其是楚文化圈内盛行的山川日月星辰鬼神祭祀，发展为斋醮仪式；将巫医的青唾、祝咒、民间的臂著五彩、悬苇画鸡、桃印桃符、治邪驱鬼等发展为禁咒、符篆、印镜等法术；此外吸收了一些自然科学（主要是化学及医药学）的成果，如导引等健身术和化丹炼药等术，形成了道教中的“方术”，以满足人的生存欲望与享乐欲望。[1]所以，“道教”不等同于“道家”，道教是中国土生土长的宗教，它杂糅中国文化诸方面成果汇合而成，同时也就必然在很大程度上反映了中国传统文化若干方面的特征。正是在这个意义上，鲁迅把“道教”看作“中国根柢”。

鲁迅对道教内在的不同层次加以深入剖析，从而揭示并批判了道教所体现的中国传统文化。鲁迅论道教文化，通常是将它分为两个层次：一是指“道士思想”，主要指道教形式部分，如科仪和方术等所体现的文化思想；一是指作为道教形而上思想的核心的“道家（老庄）思想”。

1　参见葛兆光《道教与中国文化》，上海人民出版社，1987年版。

关于“道士思想”，鲁迅曾经指出，中国人研究自己，可从多方面入手，可研究的东西也很多，其中之一就是“道士思想（不是道教，是方士）与历史上大事件的关系，在现今社会上的势力”。[1]鲁迅这里所谓的道士思想，不是指整体的“道教”思想，它不包括道教中形而上的思想理论，而主要是指道教中形而下的“方士”思想。

鲁迅曾分析过方士思想对历代君王及因此对历代邦国大事的影响。中国道教虽攀附老庄，但其一整套得以形成完整宗教体系的内涵却集中了众多粗陋鄙俗的巫觋方术。由于这个原因，在影响方面，道教势力在最初远不如儒、佛两家。儒学在中国源远流长，积蓄已久，佛教声势浩大，花样百出；而道教能与这二者抗衡，最终争得与儒、释相对应的鼎足之地位，是因为道教采用了特殊的方法：一方面靠道士们走上层路线，道教徒们常常找些统治者（直至皇帝）吹喇叭抬轿子，并使出中国巫师方士早已惯熟的一套鬼把戏，如献符命、谶言之类来讨好卖乖，投机政治，这使得道教有时借助政治力量与佛教分庭抗礼，道士们自己也一下子飞黄腾达；另一方面，道教徒们抓住人的欲望大做文章，使道教宗旨具有诱惑力——这与社会心理相契合，使道教渗透到各个阶层。道教利用方术对统治者施以影响，常常在很大程度上左右了中国的政治和文化。此外，道士思想在历史的某些阶段对一些

1　鲁迅：《华盖集续编·马上支日记》，《鲁迅全集》（第三卷），第 333 页。

著名文人及作品也产生过很大影响。鲁迅在《魏晋风度及文章与药及酒之关系》中就谈到了魏晋文人的服药；在《中国小说史略》中谈到《封神演义》产生于“方士之见”。

鲁迅认为，这种“道士思想”的影响不仅存在于中国历史上，也存在于现实中。鲁迅之所以把“道士思想”专门提出来，并特地说明它“不是道教，是方士”，就是为了提醒人们，作为“道教”，在明清之后基本走向衰落，但那一套方士思想仍然很有市场。例如鲁迅指出的一些现象：社会上散布着“妖气”，充斥着“鬼话”，许多人还幻想着“成仙”；“扶乩”“降坛”者有之，“迎尸拜蛇”者有之，卖“推背图”者有之，声称“张天师传言自山东来”者有之；甚至有人“把科学东扯西拉，羼进鬼话，弄得是非不明，连科学也带了妖气”。[1] 这些显然是道士思想在起着作用。由于这种道士方术有欺骗作用，因此它向来是统治者愚弄人民的工具。且不说被道教徒称为“张天师”，奉为道教创始人（东汉五斗米道的创立者）的张道陵曾被历代君王多次授予各种封号，并封其子孙以“天师”“真人”之称；直到 1934 年，统治者当局仍在尊奉“张天师”的妖法（灾区几及全国，旱灾有十四省之多，当局为平民愤，请道士作法求雨）。鲁迅在这年 8 月给友人的信中对此加以讽刺道：“张天师作法无效，西湖之水已干。”[2]

1　鲁迅：《热风 · 随感录三十三》，《鲁迅全集》（第一卷），第 298 页。
2　鲁迅：《书信 · 340831 致姚克》，《鲁迅全集》（第十二卷），第 511 页。

鲁迅不仅指出了道士思想在历史和现实社会中所具有的影响，而且就这种影响加以分析，从而达到了文化批判的目的。鲁迅指出:“方士的最高理想是仙道。”[1]这个“仙道”，实质上是极端的享乐主义、利己主义的体现：既要求“飞升”之后的享乐（得道升天），又不放弃俗世的享乐（以种种供其享乐的方术，充分放纵他们的享乐欲望）。道教作为一个宗教，它与其他宗教诸如“回教、耶稣教、佛教”等在教义上最大的不同点，就在于道教特别注重现世的享乐，并且要把这种享乐无限地延续下去，因而有了种种炼丹服药的方士之术，以求“长生不老”。从这个方面来看，道士思想几乎可说是代表了道教的思想。葛洪在《抱朴子·内篇》中这样描述道教鼓吹的理想:“登虚蹑景，云舆霓盖，餐朝霞之沆瀣，吸玄黄之醇精，饮则玉醴金浆，食则翠芝朱英，居则瑶堂瑰室，行则逍遥太清。”有人曾指出中国文化属于“乐感文化”(即重现世、来世享乐，重圆满，而缺少悲剧意识等），那么道教文化就最集中最充分地显示了这一文化特征。道教在最大限度上顺应了人的要求享乐的欲望:“孰不乐生而畏死？”那么，道教这里就有的是长生不死的丹药与方术。谁不想过上能超越现实的神仙日子？于是道教就提供了导引吐纳、食气、辟谷、升仙、羽化的方法。人们不是都害怕病疟、鬼魅、水旱之灾吗？那也好办，道教这里有

1　鲁迅:《且介亭杂文·关于中国的两三件事》,《鲁迅全集》(第六卷)，第 11 页。

的是斋醮、祈禳、禁咒、符箓供你挑选。总之，道教是“主生”“主乐”的门径，会让你其乐无比：要钱用，它能点石成金，化铜成金；要女人，它能教你房中御女合气之术。这些，本来都是很荒唐的，诚如鲁迅所说，“卖仙药的道士，将来都与白骨是‘一丘之貉’”，向他们“求上升的真传，岂不可笑？”。[1]但由于它顺应了人们的享乐心理，故全然没有人去考虑它的可笑之处。

相比之下，其他宗教却正好相反。道教是以生为乐，以长寿为大乐，以不死成仙为极乐；而佛教却以生为苦。佛教也注意到现世人的生活欲念，但却不是顺应这种欲念（更不像道教把这种欲念加以张扬以至于发展到变态的地步，即如鲁迅所说的“纯粹兽性方面的欲望的满足——威福、子女、玉帛……”[2]），而是要人抛弃这种欲念。除了道教以外，大多数宗教都主张克制现世的欲望去追求彼岸世界，而彼岸世界的获得又总以现世的克制、修行为代价。诸如“和尚、尼姑、回教徒、耶教徒”的修行，总会给人以一种克制自己到了特别“过分”的地步的感觉，尤与一般人的享乐欲望相违逆，他们甘愿“入地狱”，背十字架，弃俗出家，或终身做修女、修士，剃发易服，戒荤腥，绝婚配，等等。而道教教旨是让人享乐，而且永远地享乐，且不需付出很大代价。对于世俗人来说，它是事实上存在的种种人生缺憾的心理补偿。因

1　鲁迅：《华盖集 · 导师》，《鲁迅全集》（第三卷），第 55 页。
2　鲁迅：《热风 · 随感录五十九“圣武”》，《鲁迅全集》（第一卷），第 355 页。

此，在世俗人的心目中，较之“和尚、尼姑、回教徒、耶教徒”，道士似乎更能受到乐感文化氛围中的世俗人的青睐。这就是人们“往往憎和尚、憎尼姑、憎回教徒、憎耶教徒，而不憎道士”的由来。所以，鲁迅说：“懂得此理者，懂得中国大半。”

鲁迅还从伦理道德的角度出发揭示了道教（主要是道士思想）所体现的中国文化特征。鲁迅曾讽刺过一些中国人的“奇想”：“一见短袖子，立刻想到白臂膊，立刻想到全裸体，立刻想到生殖器，立刻想到性交，立刻想到杂交，立刻想到私生子。中国人的想象惟在这一层能够如此跃进。”[1]道教的许多东西虽然极度荒谬，但人们却宁愿信其有而不愿信其无，这就是因为道士们的“奇想”和荒谬的鬼话，在其思想方式和内容导向上与鲁迅所说的一些“中国人的奇想”是合拍的。鲁迅曾指出：“无论古今，谁都知道，一个男人有许多女人，一味纵欲，后来是不但天天喝三鞭酒也无效，简直是非‘寿（？）终正寝’不可的。可是我们古人有一个大奇想，是靠了‘御女’，反可以成仙，例子是彭祖有多少女人而活到几百岁。这方法和炼金术一同流行过，古代书目上还剩着各种的书名。”[2]“富户豪家，也一向以童女为侍奉，纵欲，鸣高，寻仙，采补的材料。”[3]“纵欲反而能成仙”，这本是十分荒唐的事，但它却

1　鲁迅：《而已集·小杂感》，《鲁迅全集》（第三卷），第533页。
2　鲁迅：《准风月谈·中国的奇想》，《鲁迅全集》（第五卷），第239页。
3　鲁迅：《南腔北调集·上海的少女》，《鲁迅全集》（第四卷），第564页。

能为人们所接受，就是因为它能迎合世俗人的享乐欲望，同时也是顺应了封建伦理文化熏陶之下形成的社会心理。这些荒谬的“道士思想”其实也正是封建伦理道德中利己主义、损弱者利益以满足自己、不把女人当人的种种意识的体现。道教还在许多情况下公然鼓吹封建的纲常名教，如葛洪在《抱朴子》中就提出以神仙养生为内，儒术应世为外，要道教以封建伦理道德为本。这也可以从一个侧面看出“道士思想”与封建伦理文化的一致性。正因为如此，所以鲁迅对葛洪的“溺于神仙”很不以为然。[1]

此外，鲁迅还指出了道教所体现的中国“文化－心态”中的惰性、“无特操”等特点。鲁迅在谈到中国“文化－心态”中的排外性时，曾举过这样的例子：“佛教东来时有几个佛教徒译经传道，则道士们一面乱偷了佛经造道经，而这道经就来骂佛经，而一面又用了下流不堪的方法害和尚，闹得乌烟瘴气，乱七八糟。”[2]道教的形成过程以及道士的这种所作所为，正体现了深藏于中国人性格中的守旧、排外的文化心态以及“无特操”的人性弱点。中国人的“憎和尚、憎尼姑、憎回教徒、憎耶教徒，而不憎道士”，也包含了这样一个原因，即唯有道教是“国粹”，是土生土长的，而其他都是外来户。几乎出于一种本能的排外和守旧，他们对一切外来的东西都抱着一种厌恶。

1　鲁迅：《中国小说史略》，《鲁迅全集》（第九卷），第39页。
2　鲁迅：《集外集拾遗补编·关于〈小说世界〉》，《鲁迅全集》（第八卷），第111页。

总之，鲁迅通过对“道士思想”的批判，一方面揭示了道教所体现的中国文化的特征，另一方面也通过批判道士思想来达到批判中国落后传统文化的目的。

关于“道家思想”，由于老庄被道教当作偶像，道家思想为道教所攀附，且在道教的形而上的理论中占有重要的位置，因此，要全面分析和理解道教，当然不能避开对道家思想的评判。道教之受历代统治者的青睐，一方面是它以其方术让统治者们极享现世之快乐，另一方面则是由于道教为统治者提供了所谓“君王南面之术”，即耍权术、搞阴谋的统御之术。而后者则主要是从道家思想中汲取来的。

在长期的封建社会中，政权的更替主要体现于统治阶级内部。不同的政治集团之间的权力斗争，君王、皇储、外戚、宦官之间的争权夺利，此起彼伏，从未停歇。儒家的“德治”思想，只有在治世方能施行，在一系列的争权斗争中则显得“迂阔”；而道家思想很浓的“君王南面之术”反而可以收到更好的效果，即老子所谓“将欲歙之，必固张之；将欲弱之，必固强之；将欲废之，必固兴之；将欲夺之，必固与之”，还有“知其雄，守其雌”“知其白，守其黑”“知其荣，守其辱”等等。简言之，就是在权谋之中，欲擒故纵，不示人以真相，搞“骗术”。这种“君王南面之术”，不仅在统治者的争权夺利中被运用，而且作为统治者统治广大人民的“统御”之术被运用。鲁迅指出：“中国之治，理想在不撄……，有人撄人，或有人得撄者，为帝大禁，其意在保位，使子孙王千万世，无有底止。”[1]而老子的言论，恰恰是顺应帝王统御人民的需要的。鲁迅认为：“老子书五千语，要在不撄人心；以不撄人心故，则必先自致槁木之心，立无为之治；以无为之为化社会，而世即于太平，其术善也。”[2]正因为老子学说符合历代帝王之需要，所以在实际上对历代统治者起着很大的影响作用。因此，要理解中国封建统治的“政治文化”，以老子为代表的道家思想也是一个重要的渠道。不仅如此，老子的这种“不撄人心”的思想，也在很大程度上体现了比较普遍的中国人的“文化 – 心态”。鲁迅指出：“有人撄我，或有能撄人者，为民大禁，其意在安生，宁蜷伏堕落而恶进取，故性解（Cenius）之出，亦必竭全力死之。”[3]鲁迅从中国政治文化的特点和中国人普遍“文化 – 心态”的特点来分析道家“不撄人心”的思想，从而再次揭示出中国文化根柢全在道教。

鲁迅还曾指出，老庄道家思想深深影响了中国人的生活态度，或者说是体现了中国人的生活态度。首先，在生活理想上，中国人身上那种“知足常乐”“不求进取”“勿抗命”“勿抗天”“不争”等文化心态，均可以在老庄那里找到源头。例如道家竭力提倡所

---

1 鲁迅：《坟 · 摩罗诗力说》，《鲁迅全集》（第一卷），第 68 页。
2 鲁迅：《坟 · 摩罗诗力说》，《鲁迅全集》（第一卷），第 67 页。
3 鲁迅：《坟 · 摩罗诗力说》，《鲁迅全集》（第一卷），第 68 页。

谓“知足常乐，终身不辱”“祸莫大于不知足”“知足之足常足矣”，用自我的知足来代替对各种精神和物质方面的追求，同时也就形成了不求进取的文化心态。其次，在处世态度上，中国人那种“少交往”“无是非”等传统观念，亦可在老庄那里找到源头，例如老子所崇尚的“小国寡民”：“甘其食，美其服，安其居，乐其俗，邻国相望，鸡犬之声相闻，老死不相往来。”中国人的守旧、排外心态，正与这种生活理想有关。庄子所鼓吹的处世哲学，则是“彼亦一是非，此亦一是非”，混淆真与假之间、正直与虚伪之间、高尚与卑鄙之间的界限，不讲德操，不讲信仰，等等，与中国国民性中的巧滑、虚无等特征有着血缘关系。所以鲁迅指出，中国人正是从“孔二先生的先生老聃的大著作里”，以及“此后的书本里”，悟出了“怎样敷衍、偷生、献媚、弄权、自私，然而能够假借大义，窃取美名”，并且还学会“无论怎样言行不符，名实不副，前后矛盾，撒诳造谣，蝇营狗苟，都不要紧”，均可以“健忘”处之，只要有“目下的实利”就行。[1]鲁迅曾引用美国人斯密斯《支那人气质》一书中的话：“支那人是颇有点做戏气味的民族，精神略有亢奋，就成了戏子样，一字一句，一举手一投足，都装模装样。”鲁迅进而指出，因为“大家本来看得一切事不过是一出戏，有谁认真的就是蠢物”，所以这一套处世态度和人生哲学在有些中国

1　鲁迅：《华盖集·十四年的“读经”》，《鲁迅全集》（第三卷），第129页。

人那儿就发展到了极致，简直可以称为“做戏的虚无党”。[1]因此，鲁迅认为，中国文化主要受儒家思想影响，但在许多方面，我们却不能忽视道家思想的影响。鲁迅说:“我们虽挂孔子的门徒招牌，却是庄生的私淑弟子。‘彼亦一是非，此亦一是非’，是与非不想辨。”[2]越是到后期，鲁迅越加重视对道家思想的批判，这是因为他对“中国根柢全在道教”的认识越来越明确。鲁迅写《出关》和《起死》这两篇小说,其目的就是想要挖一挖一切坏种的“祖坟”。当然，鲁迅对老庄这两个被道教奉为“太上老君”和“南华真人”的“祖师爷”的批判和讽刺，其目的仍在挖掘中国封建文化及其现在的承续者的根柢。

从以上分析中可以看到，鲁迅将文化批判的火力从对正统儒家思想的批判延伸到对道教思想的批判上来，这绝不是偶然的现象。这不仅显示了鲁迅文化批判视野的扩大，也体现了文化批判的深度。而这一切又与鲁迅对国民性问题探讨的深入发展有关。当鲁迅深入分析中国国民性中文化积淀的构成时，他发现，除正统的儒家思想外，道教与中国人的普遍的“文化－心态”亦有着不可忽略的血缘关系。在与封建旧文化的决战中，很少有人像鲁迅这样，能如此多角度、多侧面、全方位地对旧文化发起攻击。也许，这就是鲁迅作为文化巨人的伟大之处。

1　鲁迅:《华盖集续编·马上支日记》,《鲁迅全集》(第三卷)，第326—328页。
2　鲁迅:《南腔北调集·“论语一年”》,《鲁迅全集》(第四卷)，第570页。

第五章　鲁迅的民俗文化观

一

当鲁迅进行最广泛的文化反省时，首先关注的是封建正统文化，但同时，他也没有忽略“俗”文化这一领域。鲁迅曾很明确地指出过：“真正的革命者，自有独到的见解，例如乌略诺夫先生（即列宁。——引者注），他是将‘风俗’和‘习惯’，都包括在‘文化’之内的，并且以为改革这些，很为困难。我想，但倘不将这些改革，则这革命即等于无成，如沙上建塔，顷刻倒坏。”[1]鲁迅很同意列宁将“风俗”和“习惯”归入“文化”范畴的观点，并认为这些方面同属于文化革新的范围。归入“文化”范畴的“风俗”“习

1　鲁迅：《二心集·习惯与改革》，《鲁迅全集》（第四卷），第223—224页。

惯”，实际上就是文化人类学家称之为“民俗文化”的部分内容。民俗文化是指与一个民族的正统的经典文化相对应的，普遍存在于民间的，存在于基层人民生活中间的“俗”文化。它包括风俗、习惯、民间礼仪、民间信仰乃至民间艺术、民间文学等等。当鲁迅从全面反省中国传统文化这个大目标出发，并深入到各具体文化领域中进行研究、思考时，自然不可能忽略这一并非不重要的方面。鲁迅文化反省的广泛性，由此可见一斑。

民俗文化在中国受到文化研究者的重视，是从20世纪才开始的，这与20世纪初中国文化所面临的历史转换这一伟大任务有着密切的关系。鲁迅曾说过:“旧文学衰颓时，因为摄取民间文学或外国文学而起一个新的转换,这例子是常见于文学史上的。”[1]其实，不仅限于文学，其他文化领域的发展也有类似情况。当传统的“经典文化”已经走向衰颓，文化的变革已不可能在“经典文化”自身中完成之时，对民俗文化的汲取也能有助于文化由旧向新的转换。显然，从20世纪初开始的对民俗文化研究的兴趣是包含着当时的文化人的这种考虑的。但更为重要的是，在长期的封建社会形态中，正统文化与民俗文化的相互渗透，使得民俗文化基本上也只能是属于封建文化范畴的东西。虽然其中不乏民主性的精华，但这种精华是裹挟在大量的封建尘垢中的。因此，

1　鲁迅:《且介亭杂文·门外文谈》,《鲁迅全集》(第六卷)，第95页。

近代以来，中国文化人重视民俗文化，其目的一是把它从整体上作为文化反省的对象，二是想从中摄取新文化建设需要的有益因素。鲁迅对待民俗文化的态度也正是如此。

早在19世纪末，“民俗”问题就已有人提出来了。例如黄遵宪就曾说过这样一段话：“天下万国之人、之心，之理，既已无不同，而稽其节文，而乃南辕北辙，乖隔歧异，不可合并，至于如此；盖各因其所习以为之故也。礼也者，非从天降，非从地出，因人情而为之者也。人情者何？习惯也。川岳分区，风气间阻，此因其所习，彼亦因其所习，日增月异，各行其道。习惯既久，至于一成而不可易，而礼与俗皆出于其中。……风俗之端，始于至微，搏之而无物，察之而无形，听之而无声；然一二人倡之，千百人和之，人与人相接，人与人相续，又踵而行之；及其既成，虽其极陋甚弊者，举国之人，习以为常；上智所不能察，大力所不能挽，严刑峻法所不能变。夫事有是有非，有美有恶；旁观者或一览而知之。而彼国称之为礼，沿之为俗；乃至举国之人，辗转沈锢于其中，而莫能少越，则习之囿人也大矣！”[1] 从这段话中可以看出，近代思想家们已开始注意民俗文化问题，并能初步对民俗文化的成因及民俗文化对于人们的制约作出一定的分析。但这种分析大多还是印象式的、感性化的，尚未上升到理性的高度。把

1　参见黄遵宪：《日本国志》（下），台湾文海出版社，1981年版。

民俗文化真正作为文化研究的对象，对之进行科学的研究，是从“五四”以后开始的。在五四新文化运动的激励下，为配合新文化运动中的历史任务，由鲁迅、周作人、蔡元培等人倡导，从征集、整理民间歌谣入手，开展了对民俗文化的研究。1920 年北京大学成立“歌谣研究会”，1927 年广州中山大学成立“民俗学会”，1929 年杭州成立“中国民俗学会”，涌现出了一大批民俗文化的研究者。

正如我国现代众多文化研究领域的开创总是与鲁迅的名字连在一起一样，我国民俗文化研究的开端与鲁迅的倡导也是分不开的。据当时北大歌谣研究会会刊《歌谣周刊》主编之一的常惠先生的回忆，“北大征集歌谣就实在是响应鲁迅先生的号召而来的”。[1] 1922 年，鲁迅还专为《歌谣周刊》纪念北大二十五周年校庆增刊设计封面。此后，鲁迅还曾写信给《歌谣周刊》，就歌谣的有关问题发表见解。[2]《歌谣周刊》第七十一期（1924 年 12 月 7 日出版）出民俗征题《雷峰塔与白蛇娘娘》，曾拿鲁迅已发表的杂文《论雷峰塔的倒掉》作为范例。当然，鲁迅对民俗文化研究的重视，绝不仅仅表现为一般的加以提倡，还表现为他自己对民俗文化的研究。

早在 1912 年，鲁迅在《拟播布美术意见书》一文中就曾明

1　常惠：《鲁迅与〈歌谣〉二三事》，《民间文学》，1961 年 9 月号。
2　常惠：《鲁迅与〈歌谣〉二三事》，《民间文学》，1961 年 9 月号。

确提出:“国民文术，当立国民文术研究会，以理各地歌谣、俚谚、传说、童话等；详其意谊，辨其特性，又发挥而光大之，并以辅翼教育。”[1]鲁迅所列的“国民文术”的内容，就是属于民俗文化的内容。鲁迅的这篇文章，曾被许多民俗学家认为是中国现代最早涉及“民俗学”（Folk-lore）的文章。当然，严格地说来，鲁迅这里还只是涉及了民俗文化中的“民间文艺”部分，但这毕竟体现出鲁迅对于民俗文化的重视。鲁迅对民俗文化研究一直保持着浓厚的兴趣。1925 年，鲁迅在写给一名有志于搞民俗文化研究的学生的信中，就神话的整理、分类和研究的方法等问题给予指导；[2]1926 年，鲁迅创作的《朝花夕拾》中，有多篇是记述生动有趣的民俗的；1927 年 10 月，鲁迅在上海，曾给一些从事民俗文化研究的学者，诸如江绍原、赵景深等给予不少指导，为他们提供了一些民俗文化研究的资料，[3]与他们共同探讨有关民俗文化的问题。[4]到了 30 年代，鲁迅则更自觉地把民俗文化研究与社会改革紧密结合起来，对民俗文化中的诸如“风俗”“习惯”等给予关注，把它们视为社会改革和文化革新的重要工作；并告诫人们，不改革风俗习惯，则“革命即等于无成”。[5]

---

1 鲁迅:《集外集拾遗补编 · 拟播布美术意见书》,《鲁迅全集》(第八卷)，第 49 页。
2 鲁迅:《书信 · 250315 致梁绳祎》,《鲁迅全集》(第十一卷)，第 438 页。
3 鲁迅:《书信 · 270727 致江绍原》,《鲁迅全集》(第十一卷)，第 561 页。
4 鲁迅:《书信 · 280131 致赵景深》,《鲁迅全集》(第十一卷)，第 640 页。
5 鲁迅:《二心集 · 习惯与改革》,《鲁迅全集》(第四卷)，第 224 页。

二

如果客观地来看，鲁迅的生平和创作最能体现他和民俗文化的关系。就生平经历而言，鲁迅自出生之后，就与绍兴的地方民俗结下了缘分。例如，出生后，“按绍兴的习惯，家人依次给他尝了五种东西：醋、盐、黄连、钩藤、糖，象征他在未来的生活道路上要先备尝酸辛、经历苦痛和磨难，最终才能品味到人生的甘甜”。[1] 又如，鲁迅不到一岁，“便被领到长庆寺里去，拜一个和尚为师”，这也是一种民俗：中国民间认为，鬼神“专喜欢杀害有出息的人，尤其是孩子；要下贱，他们才放手，安心”，所以拜和尚为师实为使孩子“变得”贱一些，以便容易长大。[2] 再如，鲁迅曾说起过他小时候家人给做的一件“衲衣”（“百家衣”）以及小时佩戴的“避邪物”等，这些也都是民间信仰的物化。[3] 鲁迅直到很久以后，仍保存着那只“银筛”似的“避邪物”，并在1934 年将这种“银筛”作为礼物赠给增田涉。[4]

当然，鲁迅与民俗文化的关系，更为重要的是他在文学创作上所受绍兴地方民俗文化的影响。这种影响，首先体现在创作素材上：在鲁迅的文学作品中，大量运用了民俗文化的资料。鲁迅

1 陈漱渝：《民族魂》，《中国青年报》，1981 年 8 月 27 日。
2 鲁迅：《且介亭杂文末编 · 我的第一个师父》，《鲁迅全集》（第六卷），第 575 页。
3 鲁迅：《且介亭杂文末编 · 我的第一个师父》，《鲁迅全集》（第六卷），第 576 页。
4 鲁迅：《书信 · 340227 致增田涉》，《鲁迅全集》（第十三卷），第 563—564 页。

的小说创作，有许多细节均取自民俗，比较明显的如《药》中的以人血馒头治痨病，《风波》中的以出生的重量取人名，《故乡》中的大祭祀，《阿Q正传》中阿Q所唱的地方戏文，《社戏》中的社戏，《祝福》中的祝福场景，《长明灯》中的燃长明灯，《离婚》中的娘家人闹事、拆人家炉灶，等等。可以说，鲁迅在大部分小说中都运用了民俗资料。难以设想，如果抽掉了民俗文化方面的细节和描写，这些作品是否依然不减其魅力。例如《祝福》中几次写到的祝福，作品将这一风俗作为背景，对作品表达主题、刻画人物以及渲染气氛等起了重要的烘托作用。《阿Q正传》中阿Q挂在嘴边的戏文“手执钢鞭将你打”，取自绍兴戏《龙虎斗》，这句唱词对塑造阿Q形象亦有重要作用：一是阿Q性格中欺侮弱小者的特点在此可以见出；二是阿Q精神上的亢奋、自我强化的特点由此得到显现；三是从一个侧面向人们昭示了阿Q身上封建意识的来源——民俗文化与封建正统文化在深层意识上有着相通之处。因此，像阿Q这样不识字、不知礼，其全部教养仅从民俗文化中获得的无业游民，也就会存在着正统的圣君贤相及“不孝有三，无后为大”等观念意识。再如《离婚》中的“解放脚”（勾刀式的脚）则是民俗变化的一种迹象，通过这一变化中的民俗现象的描写，较好地揭示了爱姑的反抗性所具有的时代特征和反抗性格中必然会出现的历史局限（处于新旧之间的过渡性时代和性格）。如此等等，不一而足。至于散文创作，鲁迅直接以民俗文化内容为素材写成的作品则更不在少数。例如《送灶日漫笔》中写到的送灶神，《论雷峰塔的倒掉》中写到的白蛇娘子的民间故事；《风筝》中的放风筝，《五猖会》中的迎神赛会，《无常》中写到的迎神赛会以及由乡下人扮演的无常鬼，《女吊》中的女吊神，等等，都是属于民俗文化范畴的内容。如果说，前述有关小说中，若删除有关民俗资料，会使作品在主题表达、人物塑造、气氛渲染上有所削弱的话，那么，在这些散文中若舍去民俗内容，则作品就根本不存在了。1928 年，《文学周报》曾登出一则消息说："鲁迅近来搜集了许多中国的民间故事来看，预备按照它们的大意，自己创作一些童话来。我们焦急地，诚恳地盼望他能够早日写出，使我们欣赏他的艺术。现在先把这个中国文坛的好消息告诉给爱读鲁迅作品的读者。"[1] 这条消息也从一个侧面说明了鲁迅当时对民间艺术的重视。从上述事实中可以看出民俗文化对鲁迅创作的影响，尤其是在创作素材上的影响。

鲁迅的文学创作之于民俗文化，还体现在创作技巧上所受民间文学、民间艺术的影响。鲁迅最初关注民俗，是从注意民间文学艺术开始的，其目的在于让"衰颓"的"旧文学""因为摄取民间文学或外国文学而起一个新的转换"。[2] 从鲁迅的创作中，我们可以明显地看到，他在艺术技巧上除受外国文学和中国优秀古

1 《文坛近讯》，《文学周报》，第 7—17 期合订本，第 337—338 页。
2 鲁迅：《且介亭杂文·门外文谈》，《鲁迅全集》（第六卷），第 95 页。

典文学的影响外，受民间文学的影响也相当大。例如鲁迅创作中最善用的白描手法，就来源于民间艺术。他自己就曾讲过：“我力避行文的唠叨，只要觉得够将意思传给别人了，就宁可什么陪衬拖带也没有。中国旧戏上，没有背景，新年卖给孩子看的花纸上，只有主要的几个人……我深信对于我的目的，这方法是适宜的……”[1]鲁迅所接触的中国旧戏主要是绍兴地方戏，而所谓过新年卖的花纸，也是一种民间艺术。鲁迅是深得民间艺术之精髓的，因为白描手法恰恰在最大限度上体现了民间文艺的一个重要的审美特征以及民间的审美习惯。关于这一点，鲁迅曾说过：“我所遇见的农民，十之八九不赞成西洋画及照像，他们说：人脸那有两边颜色不同的呢？”[2]这里多少指出了民间艺术没有陪衬拖带的简捷的艺术特点与民间传统审美习惯之间的关系。鲁迅受民间文艺审美特征影响，形成了自己独特的白描技巧。再如，鲁迅在《故事新编》创作中所采用的“油滑”的写法与鲁迅汲取绍兴戏中的“二丑艺术”有很大关系，《故事新编》的许多穿插性喜剧人物身上有着绍兴戏中“二丑”角色的特点。又如，吸收民间歌谣、打油诗的表现手法用来写新诗等等，在鲁迅也是常有的事。总之，在分析鲁迅艺术渊源的构成时，绝然离不开他对民间艺术养分的吸收。

1　鲁迅：《南腔北调集·我怎么做起小说来》，《鲁迅全集》（第四卷），第512页。
2　鲁迅：《且介亭杂文·连环图画琐谈》，《鲁迅全集》（第六卷），第27页。

鲁迅如此热心于在文学作品中表现民俗，并在技巧中吸收民间艺术养分，这多少也有着鲁迅对地域文化与世界文化关系的某种思考。鲁迅曾多次谈到文学作品的地方色彩问题:“现在的世界，环境不同，艺术上也必须有地方色彩，庶不至于千篇一律。”[1]而作品中以民俗为素材或汲取地方民间艺术技巧，是使之“有地方色彩”的途径之一。有地方色彩，不仅可以增添作品的魅力:“自己生长其地，看惯了，或者不觉得什么，但在别地方人，看起来是觉得非常开拓眼界，增加知识的”；[2]而且有利于促进中国与世界的文化交流:“现在的文学也一样，有地方色彩的，倒容易成为世界的,即为别国所注意。打出世界上去,即于中国之活动有利。”[3]鲁迅主张木刻艺术要“杂人静物”，因为“风景，各地方的风俗，街头风景，就是为此”。[4]由此可见，在鲁迅的文学创作与民俗文化的联系中，正包含着鲁迅深远的文化考虑。

三

当然，鲁迅与民俗文化的关系远不止于上述举证，更为深刻

1　鲁迅:《书信 · 340108 致何白涛》,《鲁迅全集》(第十二卷)，第 317 页。
2　鲁迅:《书信 · 331226 致罗清桢》,《鲁迅全集》(第十二卷)，第 308 页。
3　鲁迅:《书信 · 340419 致陈烟桥》,《鲁迅全集》(第十二卷)，第 391 页。
4　鲁迅:《书信 · 340419 致陈烟桥》,《鲁迅全集》(第十二卷)，第 391 页。

的、更具文化意义的是鲁迅对各种民俗文化现象的分析。

民俗文化在形成过程中，始终交织着两条源流：一条是生于斯长于斯的人民，在长期的历史过程中逐步积累和形成的生存方式和生活方式；一条是处于统治地位的文化，以其理论和观念的形态对土生土长的固有的传统性生存、生活方式所作的调整。因此，在民俗文化中常常会出现这样的现象：在许多看似与正统的文化观念相矛盾、相偏移的现象中，却又总能找到其与正统文化观念在深层意识上的同一性。就拿浙东地区的民俗来说，许多浙东作家都曾写到一个民俗现象——典妻（如：许杰，浙东天台人，作品《赌徒吉顺》；柔石，浙东宁海县人，作品《为奴隶的母亲》）。从正统的儒家伦理道德观念看来，典妻无疑是与封建贞操、节烈观念相违背的；但典妻的目的是为了子嗣，而子嗣观念恰恰又是与封建的正统观念——“不孝有三，无后为大”之类——具有同一性。所以，对民俗现象的分析，事实上有利于挖掘出封建文化思想意识在更广大的层面上所施加的影响。鲁迅正是敏锐地看到了占统治地位的文化思想对民俗文化所起的调整作用，以及二者在深层意识上的大幅度重合，从而令人信服地揭示像阿Q、柳妈等这样一些不知不识、无缘直接接受封建文化正规教育的下层国民，其头脑中也会有着根深蒂固的封建思想意识。因而，文化革新者的任务绝不能止于批倒正统的儒家文化这单一的文化范式，还应深入到更广阔的范围中去进行更为彻底的革命。

鲁迅对民俗文化的思考，正是他对整个中国文化思考的一个组成部分。尤其是在“五四”反封建浪潮过去之后，儒家封建思想在名分上已从统治地位上跌落下来，但中国的改革依然艰难，而阻力似乎已主要不再来自那些封建主义的卫道者了。鲁迅终于发现，由民俗文化所养育成的“风俗”和“习惯”，造成了最广大阶层的民众对改革的抗拒性心理。“体质和精神都已硬化了的人民，对于极小的一点改革，也无不加以阻碍”，其根源就在于“有风俗和习惯的后援”，使“较新的改革，就著著失败，改革一两，反动十斤”。鲁迅终于得出结论：风俗和习惯的改革，将是更深层次的、更加艰难的改革。鉴于风俗和习惯的惰性力量，鲁迅指出：“倘不深入民众的大层中，于他们的风俗习惯，加以研究，解剖，分别好坏，立存废的标准，而于存于废，都慎选施行的方法，则无论怎样的改革，都将为习惯的岩石所压碎，或者只在表面上浮游一些时。”[1]鲁迅的这种认识，应该说是他对文化问题理解的深化。如果说，在五四时期他集中力量批判封建儒道文化，是为了彻底推倒封建传统文化的理论支柱，那么，这个目的似乎是达到了；但封建文化意识已在长期的潜移默化过程中融入民俗文化，因此对封建文化的纯粹理论批判，并不能中止它在广泛的民众阶层中对人们行为方式和生活方式的继续规范和制约。鲁迅的这种

1 鲁迅：《二心集·习惯与改革》，《鲁迅全集》（第四卷），第224页。

认识，应该说是他在文化反省过程中的思想的深化。正是基于这样的认识，鲁迅将改革民俗文化的意义提到相当的高度，他呼吁有志于社会改革的人们："必须先知道习惯和风俗，而且有正视这些黑暗面的勇猛和毅力。因为倘不看清，就无从改革。仅大叫未来的光明，其实是欺骗怠慢的自己和怠慢的听众的。"[1]当然，鲁迅明确地把民俗中的风俗和习惯等摆进自己文化批判的范围内，并强调其与改革的关系，是在30年代，但是，他对这一问题的认识却在更早些时候便开始了。在20年代中后期，鲁迅对一批致力于用文学作品表现自己故乡风俗习惯的乡土文学作家悉心扶持，鲁迅称赞蹇先艾的作品"展示了'老远贵州'的乡间习俗的冷酷"，赞扬台静农"将乡间的生死，泥土的气息移在纸上"，等等，正包含了鲁迅对以文学来"研究，解剖，正视……风俗习惯"的做法的支持。

在鲁迅的有关论述中，对于作为民俗文化重要内容的"风俗和习惯"，主要从文化批判的角度去加以认识，即主要是抓住其"黑暗面"进行剖析的。例如，对民间的"迎神赛会"，鲁迅曾发表过自己的看法。早年，在《破恶声论》中，鲁迅曾论及这种民俗："农人耕稼，岁几无休时，递得余闲，则有报赛，举酒自劳，洁牲酬神，精神体质，两愉悦也。"[2]在《五猖会》这篇作品中，鲁迅也曾

1 鲁迅：《二心集·习惯与改革》，《鲁迅全集》（第四卷），第224页。
2 鲁迅：《集外集拾遗补编·破恶声论》，《鲁迅全集》（第八卷），第29页。

饶有兴趣地记述了故乡迎神赛会的盛况。但鲁迅对迎神赛会这种民俗现象并未止于对其作一般的表层结构的展示，而是深入到民俗文化的深层结构中去看问题，即挖掘风俗习惯中所潜藏的民族性格、思维方式与价值观念。在迎神、祭祀、赛会等活动中，中国普通人民身上的潜隐性格欲望都明显表现出来了，例如人们那种对于鬼神虔信的狂热，是与中国人身上似乎非常明显的善良、老实、本分、知足等性格大不一致的，由此可见出中国人性格的二重性。一方面，中国人在生活中是那样善良、老实、谦让、本分，如牛负重似的在土地上耕耘，欲望很少，性格温和，内向克制；但另一方面，却在狂热的虔信之中表现出一种极其迷醉的冲动，甚至表现出一种由潜藏极深的欲望的驱力而导致的刻毒、自私和攻击性。鲁迅对这点是看得很清楚的，因此，他认为，赛会的确是中国下层人民潜隐性格欲望发泄的一种方式，不能随意禁止，否则普遍存在于人们身上的这种潜隐性格欲望“必别有所发泄者矣”。[1]鲁迅曾在《迎神与咬人》一文中，透过“迎神”这一民俗现象，挖掘了中国人性格中愚昧、野蛮、迷信、落后的一面，并且指出，这些落后面恰恰又总是与封建正统文化有着重叠之处。文中写道:“报载余姚的某乡，农民们因为旱荒，迎神求雨，看客有带帽的,便用刀棒乱打他一通。”[2]（1934年8月19日《大晚报·社

1　鲁迅:《集外集拾遗补编·破恶声论》,《鲁迅全集》（第八卷），第30页。
2　鲁迅:《花边文学·迎神与咬人》,《鲁迅全集》（第五卷），第547页。

会一周间》载:“余姚各乡，近因大旱，该区陡亹镇农民五百余，吾客乡农民千余，联合举办迎神赛会祈雨。路经各处，均不准乡民戴帽，否则即用刀枪猛砍！”）鲁迅对此深有感慨。他首先指出，这种民间迷信由来已久，与儒家文化也不无关系:“汉先儒董仲舒先生就有祈雨法，什么用寡妇，关城门，乌烟瘴气……而未尝为今儒所订正。”[1]一方面，鲁迅通过分析迎神求雨这一民俗现象的渊源来批判封建儒家思想中的落后愚昧因素，另一方面也通过对这一民俗现象的分析来挖掘民众之中的落后意识和愚昧思想。鲁迅认为，在迎神求雨赛会中的“打帽”，正是一种虔信的狂热和从众心理使然:“因为恐怕神看见还很有人悠然自得，不垂哀怜。”出于对神的虔诚，出于对要实现的欲望的迫切心理，因而要严惩那些对神不太恭敬的人；同时，“则也憎恶他的不与大家共患难”，别人在求神，他却不与大家心情一致，故要受到严惩。[2]为此，鲁迅哀叹道:“迎神，农民的本意是在救死的——但可惜是迷信，——但除此之外，他们也不知道别一样。”而正是这只知如此的迷信，最大限度地张扬了民众的落后和愚昧的一面，即潜隐欲望的无节制地释放所导致的理性的丧失和进而引发的刻毒的攻击性。鲁迅还曾引证另一条报载的消息:“有一个六十多岁的老党员，出而劝阻迎神，被大家一顿打，终于咬断了喉管，死掉了。”

1　鲁迅:《花边文学 · 迎神与咬人》,《鲁迅全集》(第五卷)，第 547 页。
2　鲁迅:《花边文学 · 迎神与咬人》,《鲁迅全集》(第五卷)，第 547 页。

对此，鲁迅又哀叹道：“咬人，农民们的本意是在逃死的——但可惜是妄信，——但除此之外，他们也不知道别一样。”“想救死，想逃死，适所以自速其死，哀哉！”[1]鲁迅确实是未止于对一般民俗现象的评价，而是透过现象挖掘其文化深层意识，揭示出深藏于民众身上的野蛮、愚昧和落后的因素，以呼吁人们对改革民俗文化的重视。鲁迅认为：“自从由帝国成为民国以来，上层的改变是不少了，无教育的农民，却还未得到一点什么新的有益的东西，依然是旧日的迷信，旧日的讹传，在拼命的救死和逃死中自速其死。”只要一天不彻底改革影响民众生活方式和思维方式的民俗文化，这种状况就依然会存在，“依然是迎神，咬人”，“这悲剧”就依然不会“完结”。[2]

当然，鲁迅对民俗文化的论述和分析，与他对其他文化领域的研究和阐释相比，尚欠系统性。鲁迅虽然在理论上认清了“研究”“解剖”民俗文化的重要性，并且在理论上论证了它与社会改革、文化革新的关系，但由于特定历史条件的限制，鲁迅自己尚未能真正着手对民俗进行深入的调查，他只能通过自己经历中所接触到的民俗现象以及报载的民俗现象，加以分析和解剖。尽管如此，这也已给我们留下了诸多精辟的见解，尤其是鲁迅对民俗文化的重视，对民俗与文化革新关系的论述，对民俗文化深层

1　鲁迅：《花边文学·迎神与咬人》，《鲁迅全集》（第五卷），第547—548页。
2　鲁迅：《花边文学·迎神与咬人》，《鲁迅全集》（第五卷），第548页。

意识进行剖析的尝试，给人以深刻的启示。甚至鲁迅的创作与民间文艺之间的关系，也能给人以启发。

我们往往注重那些文化的显性方面的东西，而忽略隐性方面的东西；我们常常过多地重视那些可以用现成理论来分类、界定的思想意识，而忽略更为众多的、以民俗文化的方式（风俗、习惯等）影响着人们的思想意识。因此，我们也时常会感到，虽然我们一再明确地提倡过不少东西，也明确地批判过不少东西，但一种无形的改革阻力依然很大。从这个角度来看，鲁迅对民俗文化的论述，对我们今天的文化革新乃至文化研究，理应是有借鉴意义的。

第六章　鲁迅的文艺文化观

一

在历史的发展和对历史的不断的重新评价中，鲁迅作为文化思想家的地位，正在取代作为文学家的地位。鲁迅一生的道路和事业，都与中国文化的革新分不开，鲁迅对各种问题的思考常常与他自觉反省中国文化，以促使中国文化由旧向新转换这一总主题联系在一起，他的文学艺术活动也不例外。离开了他的整体的文化意识，就很难理解他的文艺活动。

鲁迅是从找寻思想启蒙的工具而走上文艺道路的。鲁迅认为，在中国文化的转换中，中国人主体精神文化的变更是最主要的方面："所以我们的第一要著，是在改变他们的精神，而善于改变精神的是，我那时以为当然要推文艺，于是想提倡文艺运动了。”[1]很明显，鲁迅从事文艺活动的最初目的是在于将文艺作为社会改革和主体精神文化建设的一种途径。

鲁迅一生的文学艺术观念，都可以看作是他的整体文化观的一个组成部分。鲁迅在《我怎么做起小说来》中就曾明确说起过自己从事创作的动机和追求，他说：“……当我留心文学的时候，情形和现在很不同：在中国，小说不算文学，做小说的也决不能称为文学家，所以……也并没有要将小说抬进‘文苑’里的意思，不过想利用他的力量，来改良社会。”“说到‘为什么’做小说罢，我仍抱着十多年前的‘启蒙主义’，以为必须是‘为人生’，而且要改良这人生。我深恶先前的称小说为‘闲书’，而且将‘为艺术的艺术’，看作不过是‘消闲’的新式的别号。所以我的取材，多采自病态社会的不幸的人们中，意思是在揭出病苦，引起疗救的注意。”[2]很显然，鲁迅从事文学创作活动就是把文学作为“改革社会的器械”。也许只有从这一基本点出发，我们在理解鲁迅作品时才能更为贴近鲁迅自身，更能理解鲁迅创作中的种种“非文学”现象。

鲁迅的这种文学观念是一以贯之的，在“五四”后期，鲁迅从事文学活动的出发点仍在文化批判，他曾这样说过：“中国现今

1　鲁迅：《呐喊·自序》，《鲁迅全集》（第一卷），第417页。

2　鲁迅：《南腔北调集·我怎么做起小说来》，《鲁迅全集》（第四卷），第511页。

文坛（？）的状况，实在不佳，但究竟做诗及小说者尚有人。最缺少的是‘文明批评’和‘社会批判’，我之以《莽原》起哄，大半也就为了想由此引些新的这一种批评者来，虽在割去敝舌之后，也还有人说话，继续撕去旧社会的假面。”[1]到了 30 年代，鲁迅利用文学进行社会批判和文明批评的目的则更为强化。鲁迅很称赞那些不管什么“‘文学概论’的规定”，也不希图文学史上的位置的作家，“他以为非这样写不可，他就这样写，因为他只知道这样的写起来，于大家有益”。[2]

不仅创作方面是如此，在对外国文学的翻译介绍方面也是如此。鲁迅曾谈起过，他最初从事文学译介的目的“不过要传播被虐待者的苦痛的呼声和激发国人对于强权者的憎恶和愤怒而已，并不是从什么‘艺术之宫’里伸出手来，拔了海外的奇花瑶草，来移植在华国的艺苑”。[3]为此，他非常注重介绍被压迫民族的文学作品，“因为所求的作品是叫喊和反抗，势必至于倾向了东欧，因此所看的俄国、波兰以及巴尔干诸小国家的东西就特别多”。[4]

非常清楚，鲁迅是带着整体文化革新的目的从事文艺活动的，因此，在鲁迅那里，文学艺术绝不是一个孤立的存在，而且鲁迅也确实没有把文学艺术看得比他从事的其他一些文化工作更

1　鲁迅：《两地书 · 十七》，《鲁迅全集》（第十一卷），第 63 页。
2　鲁迅：《且介亭杂文二集 · 徐懋庸作〈打杂集〉序》，《鲁迅全集》（第六卷），第 291 页。
3　鲁迅：《坟 · 杂忆》，《鲁迅全集》（第一卷），第 224 页。
4　鲁迅：《南腔北调集 · 我怎么做起小说来》，《鲁迅全集》（第四卷），第 511 页。

为迫切和重要。鲁迅的文艺活动主要是以“助革命更加深化、展开”为目的的，而对那些“借革命来推销他自己的‘文学’”的人，则非常反感。[1]可见鲁迅是自觉将文艺摆在整个文化革新和社会革命的从属地位的，文学艺术活动只是他所从事的诸多文化工作中的一个组成部分。因此，如果仅把鲁迅的文学艺术活动当作一个封闭的系统来研究，就不可能把握鲁迅文学艺术活动的全部意义和价值。

二

这种明确的文化目的，直接左右了鲁迅的艺术选择。当鲁迅跨入文学艺术这个具体的领域时，他面对众说纷纭、五花八门的文艺观念，必须作出自己的选择。这种选择，在鲁迅那里也有一个过程。早在“五四”之前，他对各种文艺观念尚处于单向吸收的阶段。又由于其吸收面较宽，所以在鲁迅早期文艺观中，似乎显示出一种全面性：一方面，他赞同文艺的社会功利性，认为文艺可以“涵养人之神思”，人们从优秀的文艺作品中可以受到极大的教育，从而增强“自觉勇猛发扬精进”的精神；[2]另一方面，

1　鲁迅:《伪自由书 · 后记》,《鲁迅全集》(第五卷)，第 187 页。
2　鲁迅:《坟 · 摩罗诗力说》,《鲁迅全集》(第一卷)，第 71 页。

他又赞同把文艺的愉悦性看得高于一切的观点，认为“由纯文学上言之，则以一切美术之本质，皆在使观听之人，为之兴感怡悦。……与个人暨邦国之存，无所系属，实利离尽，究理弗存”。[1]同时，他又特别注意文艺区别于其他精神领域的自身独立性，认为文艺有着与科学所不同的特质，它的“直语其事实之法则”的直观性与科学的“缕判条分”式地揭示道理有所不同。[2]从这些方面看来，鲁迅最早文艺观念显示出一种“全面性”。但这种“全面性”尚属一种粗浅的“全面性”，因为鲁迅并没有能够就各种观念之间的关系作出合理的解释和论证。从这些观念中，至多能使人们看到些文学领域中普遍的一般观念，而体现不出鲁迅的独特性。文艺观念的独特性在于对各种观念的选择、融合、创新，在于选择、融合、创新所依据的理论支柱。这一过程，鲁迅是在五四运动之后才逐步完成的。在“五四”之后，鲁迅依据文化革新的需要，从文化变革的总的历史要求出发，突出发展了他“五四”之前对文艺的社会功利的一些看法，并且在理论上对之加以深刻的阐发、论述，形成了作为鲁迅文艺观念核心的“革命功利性的文艺观”。鲁迅从自己独特的文化目的出发，作了一种具有他的个性特征的选择。这种选择所依据的，就是他对文化革新的思考。

五四时期，鲁迅从新文化运动反帝反封建斗争的要求出发，

1　鲁迅：《坟·摩罗诗力说》，《鲁迅全集》（第一卷），第72页。
2　鲁迅：《坟·摩罗诗力说》，《鲁迅全集》（第一卷），第72页。

主张文艺创作应当“遵奉前驱者的将令”。因此，在鲁迅那里，新文化运动的需要是第一性的，而文学自身独特的规律、要求是第二性的。正因为如此，鲁迅才在《药》的结尾平添了花环，在《故乡》的结尾加上了一段关于“路”的议论。从文化启蒙的目的出发，鲁迅重视文艺首先是由于看重它“是国民精神所发的火光，同时也是引导国民精神的前途的灯火”。[1]在30年代，鲁迅更是呼唤文艺对现实作出及时的反响和抗争。他曾指出：“在一切人类所以为美的东西，就是于他有用——于为了生存而和自然以及别的社会人生的斗争上有着意义的东西。”[2]可见，鲁迅从来也没有从纯粹的艺术美的角度去看待文艺。在鲁迅的文艺观念中，功利性始终占主导地位。

这样的文艺观念，在今天看来，不免失之偏颇，尤其是从文艺本体性的角度来看，这种文艺观念似乎是“非艺术”的。但这在特定的文化转换的历史过程中，恰恰是一种顺应时代要求和历史潮流的正确选择。这是一个文艺发展的特殊历史阶段，在这个阶段，文化的、思想的、政治的要求压倒了艺术的内涵，文化的整体性的历史转换，必须以牺牲局部的文艺的本体特性为其代价。用鲁迅的话来说，“现在是多么迫切的时候，作者的任务，是在对于有害的事物，立刻给以反响或抗争，是感应的神经，是攻守

1　鲁迅：《坟·论睁了眼看》，《鲁迅全集》（第一卷），第240页。
2　鲁迅：《二心集·〈艺术论〉译本序》，《鲁迅全集》（第四卷），第263页。

的手足。潜心于他的鸿篇巨制，为未来的文化设想，固然是很好的，但为现在抗争，却也正是为现在和未来的战斗的作者，因为失掉了现在，也就没有了未来。”[1]死抱住“文艺”不放，咬定纯艺术的追求，这从文艺单个领域的局部来看，是合理的，但放到特定历史条件下，却又具有某种局限性、不合理性乃至荒谬性。这就是鲁迅作为文化伟人，与那些“为艺术而艺术”的作家的区别。

三

鲁迅依据文化转换时期的历史要求所作的选择，不仅体现在整个文艺观念上，而且还体现在对具体的艺术美的形态的偏好上。例如在对待“壮美”和“优美”这两种艺术品貌时，鲁迅显然更偏向于壮美。鲁迅认为，艺术品貌应顺应时代的要求，应与社会的文化时尚相和谐。在“五四”之后的中国社会中，始终交织着新与旧、革命与反动、人性解放的要求与扼杀人性的暴行、反对旧文化与旧文化向新文化的反攻等的激烈斗争。对于这样一种斗争的时代来说，鲁迅认为最需要的是能够“呼唤血与火”的文艺，是鼓舞人心的“力之美”的艺术。鲁迅有一段著名的论断：“在风

1　鲁迅：《且介亭杂文 · 序言》，《鲁迅全集》（第六卷），第3页。

沙扑面，狼虎成群的时候，谁还有这许多闲工夫，来赏玩琥珀扇坠，翡翠戒指呢。他们即使要悦目，所要的也是耸立于风沙中的大建筑，要坚固而伟大，不必怎样精；即使要满意，所要的也是匕首和投枪，要锋利而切实，用不着什么雅。”[1]因此，鲁迅在评价二三十年代的文学作品时，常常就是从这种审美偏好出发的。他高度肯定萧红的《生死场》，是因为它显示出“力之美”，能将“北方人民的对于生的坚强，对于死的挣扎”，“力透纸背”“明丽和新鲜”地展现在读者眼前。[2]鲁迅对白莽的诗歌的称道，其依据也是如此，鲁迅用“东方的微光”“林中的响箭”“冬末的萌芽”等富有生命和躁动之力的意象来形容白莽的诗作。虽然白莽的诗在艺术上不免粗疏，但却由于它是“对于前驱者的爱的大纛”“对于摧残者的憎的丰碑”，因此，鲁迅认为，在这样的诗作面前，“一切所谓圆熟简练、静穆幽远之作，都无须来作比方，因为这诗属于别一世界”。[3]正是出于对顺应文化变革时代审美要求的“力之美”的呼唤，鲁迅曾大力向国人推荐那些带有“力度”的木刻和版画艺术；鲁迅赞赏德国木刻的“豪放”，推崇苏联早期版画的“真挚”“有力”；[4]鲁迅给予德国女艺术家凯绥·珂勒惠支很高评价，也着重是在肯定她具有“丈夫气概”，在版画中“集中了强

---

1 鲁迅：《南腔北调集·小品文的危机》，《鲁迅全集》（第四卷），第 575 页。
2 鲁迅：《且介亭杂文二集·萧红作〈生死场〉序》，《鲁迅全集》（第六卷），第 408 页。
3 鲁迅：《且介亭杂文末编·白莽作〈孩儿塔〉序》，《鲁迅全集》（第六卷），第 494 页。
4 鲁迅：《且介亭杂文末编·记苏联版画展览会》，《鲁迅全集》（第六卷），第 483 页。

韧的力量”，[1]使人愈看“愈觉得有动人之力”。[2]相反，鲁迅对于优美，即阴柔之美这种艺术美的形态，虽不否认其存在的意义和价值，但出于转变社会风尚、顺应文化转换的时代要求，和以艺术激发人民，特别是青年一代的奋发昂扬的精神状态的目的，鲁迅在自觉倡导壮美艺术的同时，对纤巧柔美的艺术是采取贬抑态度的。鲁迅不大满意于纤巧的艺术，他曾说过这样的话：“在方寸的象牙版上刻一篇《兰亭序》，至今还有‘艺术品’之称，但倘将这挂在万里长城的墙头，或供在云冈的丈八佛像的足下，它就渺小得看不见了。”[3]鲁迅还曾对“多是削肩的美人，枯瘦的佛子”的流行装饰画表示不满，[4]对法国木刻的“多为纤美”也似有微词。[5]以这种对“纤巧”艺术的不满来论及作家及艺术家时，鲁迅曾经说过，“我最讨厌江南才子，扭扭捏捏，没有人气”，[6]而唯有“精力弥满的作家和观者，才会生出‘力’的艺术来”。[7]

鲁迅在“壮美”与“优美”这两种艺术美的形态的选择中，选择了前者而放弃了后者，这是从促进文化变革，促使中国人精神的强固，引导国民从怯弱、病态的心境中走出等方面来考虑的。

1　鲁迅：《且介亭杂文末编·〈凯绥·珂勒惠支版画选集〉序目》，《鲁迅全集》（第六卷），第471页。
2　鲁迅：《且介亭杂文末编·写于深夜里》，《鲁迅全集》（第六卷），第501页。
3　鲁迅：《南腔北调集·小品文的危机》，《鲁迅全集》（第四卷），第575页。
4　鲁迅：《集外集拾遗·〈近代木刻选集〉（2）小引》，《鲁迅全集》（第七卷），第333页。
5　鲁迅：《且介亭杂文末编·记苏联版画展览会》，《鲁迅全集》（第六卷），第483页。
6　鲁迅：《书信·341226致萧军、萧红》，《鲁迅全集》（第十二卷），第620页。
7　鲁迅：《集外集拾遗·〈近代木刻选集〉（2）小引》，《鲁迅全集》（第七卷），第333页。

鲁迅认为，对“优美”这种艺术形态的欣赏，是必须有余裕的，“花呀月呀”不出啼饥号寒者之口，那种心地晶莹的雅致，是必须有相应的好境遇的，身处黑暗社会的压榨之下，哪里还会有欣赏纤美艺术的兴趣？况且，这种柔美纤巧的艺术，对于本来就多有柔弱、退让等弊病的国民性格来说，会起到一种产生共鸣之后的消沉的文化心态。因此，鲁迅从特定时代要求出发，认为当务之急首先是要使国民奋发昂扬起来，进行坚忍的斗争，去战取新的健康、豪迈的文化新时代。由此可见，鲁迅的这种选择，根源还在于他的整体的文化构想。

鲁迅还从主体精神文化建设的总体目标出发去看待文艺的本体。他认为，文艺的作用和目的是在改变人的精神。因此文艺首先就必须是作者的一种主体精神的投入。因而，所谓文艺者，是“由于现在生活的感受，亲身所感到的，便影印到文艺中去”。[1]如果没有这种主体精神的投入，即缺乏真实的感受，也就难以从情感上打动别人，从而达到精神感化的作用。鲁迅特别强调：“只有真的声音，才能感动中国的人和世界的人。”[2]因而，对一个作品是否可称为“艺术”，首先就看它有没有作家的主体精神的投入。鲁迅认为“新闻上的记事，拙劣的小说，那事件，是也有可以写

1 鲁迅：《集外集·文艺与政治的歧途》，《鲁迅全集》（第七卷），第115页。
2 鲁迅：《三闲集·无声的中国》，《鲁迅全集》（第四卷），第15页。

成一部文艺作品的，不过那记事，那小说，却并非文艺”。[1]同样的事件，可以写成艺术品，也可能成不了艺术品，其区分并不在于是否采用了艺术的形式，而在于其中有没有倾注作家艺术家的真情实感。也有一些作品，由于其中表达了一种透过一般事物形象所表现出的作者的主观情感，因此即使它没有艺术形式，但仍可作艺术品看待。鲁迅曾把《史记》称作“不失为史家之绝唱，无韵之《离骚》”，[2]其原因就在于《史记》乃作者之“郁愤”之作，其中包蕴着作者明显的主体精神的投入。又譬如，在艺术品类的选择中，鲁迅偏爱杂文，尤其是后期，几乎主要从事杂文写作，其原因也是如此。鲁迅反复强调，杂文“从高超的学者看来，是渺小，污秽，甚而至于可恶的，但在劳作者自己，却也是一种‘严肃的工作’，和人生有关，并且也不十分容易做”。[3]鲁迅认为，在对整个文化发展和社会进步所能起的作用这一方面，与杂文相比，“所谓‘为艺术而艺术’的作品，在相形之下，立刻显出不死不活相”。[4]如果不从鲁迅的整体文化思考出发，也就很难理解，为什么鲁迅在诸多艺术品类中，独独喜爱杂文。

1　鲁迅：《且介亭杂文二集·不应该那么写》，《鲁迅全集》（第六卷），第312页。
2　鲁迅：《汉文学史纲要》，《鲁迅全集》（第九卷），第420页。
3　鲁迅：《集外集拾遗补编·做“杂文”也不易》，《鲁迅全集》（第八卷），第376页。
4　鲁迅：《且介亭杂文二集·徐懋庸作〈打杂集〉序》，《鲁迅全集》（第六卷），第293页。

四

鲁迅的艺术观，在某种意义上亦可被称为艺术文化观，这是因为，一方面他从事文艺的出发点是在于文化目的，是为了让文艺为文化的变革服务；另一方面，鲁迅在艺术观念、审美情趣等多方面，都是依据其对总体文化的目标来进行选择的。离开了鲁迅的文化目的和文化思考，就很难理解鲁迅在艺术问题上的一些“偏颇”或“非艺术化”的倾向；而仅满足于指责这种“偏颇”和“非艺术化”倾向，则又容易失之浅陋。

与任何一个过渡时期一样，在这个时期所产生的一切思想和观念，势必被打上过渡时期所特有的烙印，也势必充满了复杂的矛盾。在鲁迅身上，作为文化革新者的高度的时代责任感，与作为艺术家的审美追求，常常处于一种不和谐的共处之中。例如，鲁迅一方面认为自己的《野草》最具“艺术性”，另一方面又表示以后不再写这样的东西；一方面乐意地称《呐喊》是“遵将令之作”，另一方面又每每觉着其中的作品“不免空泛”。这与其说是鲁迅文艺观的矛盾，还不如说是特定的文化发展时期所面临的历史任务与具体文化领域的文化价值之间的矛盾。历史的总体发展，常常是以个别领域的牺牲为代价的。难能可贵的是，鲁迅能正视这种矛盾，并能顺应历史的要求作出选择。同时，又尽可能地让那些即使是注定被作为时代牺牲的具体文化领域也能在最大限度上发挥自己的功能，以贡献力量于整体文化的进步。因此，鲁迅一方面强调文艺应顺应时代要求，“凡有文学，都是宣传”，[1] 文艺可以“用于革命，作为工具的一种”；[2] 另一方面也注意提醒人们:“万不要忘记它是艺术。”[3] 在鲁迅看来，文艺作为文化革新的器具之一，即使有时可能要使“艺术”受到损失，也应在所不惜；但这里也还有一个把器具掌握好，运用好，使之发挥最大的独特功能的问题。鲁迅指出:“一切文艺固是宣传，而一切宣传却并非全是文艺。”“革命之所以于口号，标语，布告，电报，教科书……之外，要用文艺者，就因为它是文艺。”[4] 鲁迅这里是要人们认清文艺之作为“宣传工具”“武器”时区别于其他工具武器的独特功能：通过“具象化”地再现丰富多彩的社会生活，使人们“不但欢喜赏玩，尤能发生感动，造成精神上的影响”。[5]

这里需要特别指出的是，鲁迅的这些见解的出发点，仍在使文艺更好地为整体文化革新、历史进步、时代革命服务。鲁迅的目的在于发挥文艺作为“工具”的作用——为了使这种“工具”更能发挥独特的有效的功能，才特别强调一下“艺术”。尽管如此，鲁迅有时仍不得不在必要时，以牺牲艺术的完整性来达到文化批判的目的。这就是鲁迅的许多作品常免不了要发些非形象性的“议

1 鲁迅:《书信 · 350920 致蔡斐君》,《鲁迅全集》(第十三卷)，第 220 页。
2 鲁迅:《三闲集 · 文艺与革命》,《鲁迅全集》(第四卷)，第 84 页。
3 鲁迅:《书信 · 350616 致李桦》,《鲁迅全集》(第十三卷)，第 151 页。
4 鲁迅:《三闲集，文艺与革命》,《鲁迅全集》(第四卷)，第 84 页。
5 鲁迅:《热风 · 随感录四十三》,《鲁迅全集》(第一卷)，第 330 页。

论”的原因。鲁迅这样做并非没有痛苦，他又何尝不想使自己的创作更艺术性一些，更具有永久的生命力？冯雪峰就曾指出，当鲁迅说着“现在，不会再写那样的东西（《野草》）了”的时候，他是在“为自己不能再写那样的作品而感到可惜”，[1]鲁迅是用“他的艺术的天才在要求发展而又未能尽量发展”的自我克制，来顺应整体文化发展的历史要求。这是一种自觉的牺牲，这对鲁迅艺术天才的发挥来说，也许是一种损失，然而对整个民族，对中国新文化的发展来说，却是一件幸事。

可以说，鲁迅文艺活动的文化目的，决定了鲁迅文艺观念和文艺创作的独特意义和价值。对鲁迅的文学观，我将另作更深入的专题研究。

1 冯雪峰:《回忆鲁迅》，人民文学出版社，1957 年版，第 15 页。

第七章　鲁迅学术研究的文化建树

鲁迅以其巨大的思想深度和博学多才而无愧于伟大转折时代赋予他文化革新的历史任务。与任何一个伟大时代的开创者一样，鲁迅所涉及的领域必然也是十分广阔的。鲁迅的知识和兴趣是多方面的，这从他的藏书中就可略窥一斑。仅就北京鲁迅博物馆现在所收集到的鲁迅藏书来看，这些书籍约计四千余种，一万三千多册，其中除了较多数量的文学艺术书刊外，还有许多社会科学（其中涉及历史、哲学、美学、经济学、教育学、法学、逻辑学、伦理学、心理学、宗教学等学科），自然科学（其中涉及医学、农学、生物学、数学、化学、物理学、地质矿物学、天文学、地理学等学科）的书籍，还有许多难得的善本古籍、名著和珍贵的金石拓片等。卷帙浩繁的鲁迅藏书，说明了鲁迅知识海洋的浩瀚深广，也揭示了鲁迅的勤奋苦学和潜心治学的历程。他不仅是伟大的文学家、思想家、革命家，而且是了不起的学问家。从鲁迅在有关学术研究领域取得的实绩也可以看出他通过学术研究助力文化革新的艰辛努力。

五四新文化运动作为一次伟大的思想解放运动，使我国学术文化的发展也进入了一个崭新的历史阶段，许多学术研究领域都取得了划时代的突破。鲁迅在文学史研究、古籍整理和文学翻译等方面劳绩甚大，建树颇多，他学术研究上的成就无疑是他文化建树的重要组成部分。同时，鲁迅学术研究的方方面面，也无不融入了他的文化观及其对传统文化的反省。

一

鲁迅出版和发表了一系列文学史研究的专著和文章。鲁迅最先从事的是中国小说史的研究。约从 1920 年起，他就多方搜集中国小说史料，以便编写中国小说史讲义。该年 11 月，他开始在北京大学讲授小说史，每周一小时。1921 年始，鲁迅先后在北京高等师范学校、北京女子师范大学、北京世界语专门学校、北京中国大学文科等院校（系）讲授“中国小说史”，时间达五年之久。1923 年 12 月，新潮社出版了鲁迅根据自己的教课讲义编写的《中国小说史略（上）》，1924 年 6 月出版了《中国小说史略（下）》。

《中国小说史略》初版后，很受读者欢迎。1925 年 9 月，经过鲁迅修订，北京书局将上下两卷合成一册出版，到 1936 年 10 月，共印刷十一版。这部著作是第一部系统地论述我国两千年小说发展历史的专著，是中国小说史研究的奠基之作。它的诞生，结束了中国小说研究长期止于零散评点或评论的状况，改变了“中国之小说自来无史”的局面。

1924 年 7 月，鲁迅应西北大学邀请，在该校开《中国小说的历史的变迁》的讲座。9 月间，应西北大学出版部的要求，将《中国小说的历史的变迁》记录稿修改订正，寄往西北大学出版部出版。该著使用白话文（《中国小说史略》是文言文），它提取了《中国小说史略》的精华，并进一步加以发挥，个别论点、例证的阐释比《中国小说史略》有所充实和丰富。

1926 年 9 月间，鲁迅为厦门大学讲中国文学史课，开始准备编写一部“中国文学史”，最初定名为《中国文学史略》，一共完成了十篇，作为在厦大和广州中山大学讲授中国文学史课的讲义。由于鲁迅不久就辞去了厦大和中大的教职，所以《中国文学史略》只编写到自先秦至西汉前期部分而中辍下来（已编就的部分，就成了鲁迅逝世后编入《鲁迅三十年集》的《汉文学史纲要》）。此后，鲁迅仍一直想完成这部“中国文学史”的编写工作，在 1932 年 6 月间，他还专门和瞿秋白讨论了对中国古典文学的评价问题、士族文学和平民文学的关系问题，以及关于编写“中国文学史”的方法、体例、分期等问题。[1]这部“文学史”的具体编写提纲，鲁迅曾和他的好友许寿裳谈过，也曾和1936年特地从日本前来探望自己的增田涉说过。他曾向增田涉表示，虽然自己的身体很不好，但仍想把唐以前的部分写出。根据许寿裳的回忆和增田涉的笔记，这部“中国文学史”的大纲是：

第一章　从文字到文章

第二章　“思无邪”(《诗经》)

第三章　诸子

第四章　从《离骚》到“反离骚”

第五章　酒、药、女人、佛（六朝）

第六章　廊庙与山林（唐）[2]

从这个大纲看，鲁迅只设想到唐代。第一章主要是想阐述文字和文学的起源，这可从《汉文学史纲要》第一篇《自文字至文章》中见其雏形；此外，鲁迅写于1934年8月的《门外文谈》中的《字是什么人造的》《字是怎么来的》《写字就是画画》《古时候文言一致么》《于是文章成为奇货了》《不识字的作家》等节亦可视作一种补充。第二章《“思无邪”》，主要论述我国第一部诗歌总集《诗经》，这也可从《汉文学史纲要》第二篇《书与诗》中知其概

1　瞿秋白：《关于整理中国文学史的问题》，《瞿秋白文集》（二），人民文学出版社，1953年版，第968—977页。

2　许寿裳：《亡友鲁迅印象记》，第50页。

略。第三章《从〈离骚〉到“反离骚”》，主要论述从楚辞到汉赋这段文学史发展过程，这在《汉文学史纲要》第四篇《屈原与宋玉》中已见雏形。1929 年 12 月 4 日，鲁迅在上海暨南大学作了《〈离骚〉与“反离骚”》的专题讲演，讲演稿于 1930 年发表于《暨南校刊》时，虽因未经鲁迅审阅而不免有所脱误，但其基本内容和观点还是能反映鲁迅关于“中国文学史”第四章的总体构思的。第五章，主要论述魏晋南北朝文学。1927 年 7 月，鲁迅在广州市夏期学术讲演会上作的《魏晋风度及文章与药及酒之关系》的讲演，就是“中国文学史”这一章所要写的内容。第六章，鲁迅想要论述的是他所概括的唐代文学的两大倾向，即廊庙文学和山林文学。这一方面的观点，鲁迅 1932 年 11 月在北京大学第二院所作的题为《帮忙文学和帮闲文学》的讲演中曾约略提到过。总之，鲁迅对中国文学史是作过系统研究的，虽然“中国文学史”未能如愿终篇，但留下了《汉文学史纲要》以及其他有关文章，其内容也已经相当丰富了。

鲁迅对中国文学史的研究并不局限于古代，他还曾在一系列文章中论及中国近现代文学的发展，较为突出的是写于 1931 年的《上海文艺之一瞥》。该文大体勾勒了近现代文学发展的线索。此外，鲁迅为《中国新文学大系 · 小说二集》所作的序，以及他为许多现代作家、作品所作的小传、序跋等，也可以看作他对中国现代文学的研究成果。

值得注意的是，鲁迅的文学史研究也是他的文化观及其对传统文化反省的生动体现。

在鲁迅的文学史研究中充满了革命的批判精神。这主要表现在他敢于冲破以儒家正统观念为准绳的条条框框，广泛而深刻地批判了封建道统思想。鲁迅的文学史研究最初是从小说史研究开始的。写一部前所未有的中国小说史，这本身就是对传统文艺观和文艺道统的挑战，是对儒家视小说为“小道”“末流”“闲书”“邪书”等观念的批判。在鲁迅的文学史研究著述中，其批判的锋芒涉及哲学、宗教、伦理、文艺等许多方面，其中有对孔孟之道、封建礼教、宋明理学的批判；有对佛家因果报应和对道教、方士迷信的批判；也有对形式主义创作方法和艺术教条主义的批判。例如，在《汉文学史纲要》中，鲁迅以鲜明的态度批判了儒家的“思无邪”说和“诗教”说。他认为“思无邪”说是束缚文学发展，禁锢诗人思想情感的教条，并通过对《诗经》的分析告诉人们：从《诗经》起，其主要倾向就不是“无邪”不是“温柔敦厚”的，其中不乏“怨愤责数”“甚激切者”。鲁迅还对“诗教”进行了批判，他嘲笑了东汉班彪、班固因为“局蹐于诗教”而贬抑《离骚》《史记》的陈腐论调，并抨击了宋元理学家“提挈经训，诛锄美辞”的扼杀文学生机的主张。在《汉文学史纲要》中，鲁迅的批判锋芒所向不限于儒家，而是针对整个封建文化的，因此在《老庄》一篇中，对老庄的出世哲学及其对文学的影响也有较深刻的剖析和批判。又如在《中国小说史略》中，鲁迅发扬批判精神，高度赞扬了那些敢于抨击封建礼教习俗和因果迷信等思想的作品。鲁迅之所以给《儒林外史》以较高的赞誉，就因为它“指摘时弊”，“抨击习俗”，“且洞见所谓儒者之心肝”；作者“虽然束身名教之内”，但能突破传统思想的限制，有独立的是非见解。在《中国小说史略》中，鲁迅对于那些“盛陈祸福”“专主惩劝”的作品，则给予坚决的贬斥，认为它们“已不足以称小说”。对于一些侠义公案小说，鲁迅一针见血地指出了它们所表现的奴才思想，认为那些所谓英雄，无非是以“为王前驱”为乐，以甘为隶卒为荣的“心悦诚服”的奴才。在鲁迅的文学研究中，正因为以批判精神贯穿始终，才使得这种研究呈现出一种全新的面貌。

在鲁迅的文学史研究中充满了现代意识。鲁迅是为了当时新文化运动的需要而从事中国文学史的研究的。鲁迅意在通过研究文学史，一方面批判封建主义文化，另一方面能从对旧文化的批判中继承一些有利于新文化发展的因素。所以，鲁迅研究的虽然是历史，其中却到处闪烁着五四时代精神。例如，在《汉文学史纲要》中，鲁迅评论《诗经》时，强调的是“激楚之言，奔放之词”，“怨愤责数”的“呐喊”之声。评价屈原时，强调的是屈原的“呵而问之”的“愤懑”，是他“睠怀宗国，终又宁死而不忍去”的爱国热忱和“九死未悔”的高尚气节。评论李斯，鲁迅着重的是“斯虽出荀卿之门，而不师儒者之道”，有吾爱吾师但更爱真理的反潮流勇气。评论两司马时，鲁迅特别指出司马相如不甘居于弄臣地位，“不慕官爵，亦往往托辞讽谏”，其志向不凡；强调司马迁“恨为弄臣，寄心楮墨”“发愤著书，意旨自激”的进取精神。鲁迅认为，文学史上凡有“个人主张，偏激的文字”者，其文章乃可流传，而鼓吹“温柔敦厚”“禀承意旨，草檄作颂”的文章，“流传至今者偏偏少得很”。从这里，我们基本可以清楚地看出鲁迅是怎样通过文学史的研究，努力发掘着现代所需要的精神传统的；同时，也可以看到反抗一切、重新估价一切、追求真理、敢于反潮流、爱国进取、个性主义等的五四时代精神、现代意识，在他的古典文学史研究中起着核心和灵魂的作用。这在《中国小说史略》以及《魏晋风度及文章与药及酒之关系》等论著中也有较突出的体现。如在后一篇中，鲁迅就是一方面从建安文学中发掘着五四时代所特别需要的敢于面对现实、敢于同情下层人民疾苦、敢于解放思想等文学传统，另一方面又从这些方面给建安文学以较高的评价。鲁迅以现代意识去研究中国文学史，这就使他站在一个前人所无从企及的历史高度，从而避免了这种研究沦为食古不化。

就鲁迅已经完成的一系列文学史研究著述来看，他不仅为文学史研究提供了丰富翔实的材料和精彩独到的观点、见解，而且开辟了中国文学史研究的新途径，为后人的文学史研究提供了一些可资借鉴的原则和方法。

鲁迅在文学史的研究中，特别注重文学发展规律的探讨，即充分显示其“史”的特点。鲁迅曾在《中国小说的历史的变迁》中讲到，他在研究中国文学的发展时，总是要尽可能地“从倒行的杂乱的作品里寻出一条进行的线索来”。也就是说，他在研究中不仅注意对具体作家作品的分析，而且注意对文学起源、文学派别、文学变迁以及种种文学现象作历史的考察，注重历史的“演进之迹”。例如，在《中国小说史略》中，鲁迅特别注重从纷纭复杂的小说历史中，从历代形形色色的小说创作中，总结小说发展的规律。他深刻而具体地向人们说明了中国小说发展过程的全貌：从神话传说、志怪小说，到唐代传奇、宋元话本，再到明清小说，其间所经历的漫长的发生、发展、成熟、兴盛的过程，以及该过程所显示的中国小说自身发生、发展的特殊规律。鲁迅一方面从一个个作家、作品、流派、现象的纵横联系里去概括小说历史的发展规律，另一方面又注重从整个文学历史发展规律的高度，去观察、评价一个个具体的作家、作品和流派。这使他的小说史研究显得特别深刻，也特别鲜明地具有“史”的特点。鲁迅曾说，“讲文学的著作，如果是所谓‘史’的，当然该以时代来区分，‘什么是文学’之类，那是文学概论的范围，万不能牵进去”。[1]这里提供了一种文学史研究的原则。《中国小说史略》的“史”

1　鲁迅：《书信 · 351105 致王冶秋》，《鲁迅全集》（第十三卷），第 243 页。

的体系是很突出的。这部著作就是首先以时代的发展为顺序，即从汉、六朝、唐、宋、宋元、元明、明清等时代一一写来，“史”的线索很分明。为了突出不同时代小说的不同特征，鲁迅特别注意选取最能代表或一时代的作品来加以论述，而不是面面俱到。例如六朝，主要讲志怪小说和《世说新语》（志人小说）等；唐突出了传奇、杂俎；宋则分为志怪、传奇、话本，其中以话本为主；宋元讲拟话本；元明着重讲“讲史”；明代讲神魔小说、人情小说；等等。鲁迅既注意到了大的时代顺序，又从时代发展中概括出小说性质的变化和小说形式及内容的演变，从而达到了揭示小说发展规律和历史“演进之迹”的目的。又如在《汉文学史纲要》中，鲁迅也是在理出从先秦到西汉文学发展的脉络的基础上，尽可能地揭示文学起源、发展、演变的历史原因和轨迹，从而对文学的起源、文字的产生、各种文体的兴衰等作出了令人信服的解释。总之，鲁迅注重探讨规律和揭示“史”的线索，使文学研究在方法上摆脱了中国传统的评点式研究和清末以来的考据式研究的窠臼，从而结束了中国文学研究的零星分散局面，使之进入有完整学科体系的系统研究的时期。鲁迅为中国文学研究开辟了一条新的广阔的道路。

鲁迅在研究中国文学时，特别注意把作家作品和文学现象摆到特定的历史背景之下去考察，从影响文学发展的诸多时代因素中去揭示文学现象和文学作品特点形成的原因。鲁迅曾提出“我们想研究某一时代的文学，至少要知道作者的环境、经历和著作”的主张。[1]所谓环境，即时代背景，主要指当时对作者的生平、思想和创作产生过影响，以及对或一文学流派、文学现象的出现产生过影响的政治、经济、文化、思想、社会心理和风土习俗等状况。通过对这些社会状况与当时文学的关系以及它们影响文学的途径、方式等的考察，可以发现一些在纯文学研究中难以发现的关乎文学的深刻根源和规律。例如，在《中国小说史略》中，鲁迅指出六朝小说多志鬼怪，其原因在于“中国本信巫，秦汉以来，神仙之说盛行，汉末又大畅巫风，而鬼道愈炽；会小乘佛教亦入中土，渐见流传，凡此，皆张皇鬼神，称道灵异，故自晋讫隋，特多鬼神志怪之书”。魏晋小说中的清谈，除了与老庄思想有关外，还由于魏晋时期是四海骚然的篡夺时代，名士议论政事，往往遭到执政者的杀害，遂一变而谈玄理，于是有《世说新语》一类作品。宋之小说则与崇儒、并容释道、信仰巫鬼的社会风气有关，加之宋代文人害怕触犯忌讳，便设法回避，所以宋人传奇不敢触及时事。明代小说与归佛、崇道、重视方士之术的社会风气分不开，明代的几个皇帝皆重用方士，这类人物常聚致通显，因而“小说多神魔之谈，且每叙床笫之事”。清代游民常以从军而得功名，为人们所慕，所以有侠义小说的产生和兴盛。清嘉庆以来，中国

1　鲁迅：《而已集·魏晋风度及文章与药及酒之关系》，《鲁迅全集》（第三卷），第501页。

“屡挫于外敌”，有识者幡然思改革，于是有谴责小说。以上见解，至今看来仍是非常精到而深刻的。在《汉文学史纲要》和《魏晋风度及文章与药及酒之关系》中也是如此。例如在《汉文学史纲要》中，鲁迅在分析东周诗亡而散文发达的原因时指出，这与周室衰落，《诗》失去了政治上的作用有很大关系：“周室既衰，聘问歌咏，不行于列国”，于是“风人辍采”。而在当时国家分裂、社会动荡、战乱频繁、民心不定的情况下，“志士欲救世弊，则空竭神虑，举其知闻。而诸侯又方并争，厚招游学之士；或将取合世主，起行其害，乃复力斥异家，以自所执者为要道，骋辩腾说，著作云起矣”。这使春秋战国时百家争鸣，文章代替诗歌而盛行这一现象的形成，得到了令人信服的合理解释。这样精彩的分析，举不胜举。正因为鲁迅注重把文学作为一种社会存在，并将之摆到各种社会存在的关系中来加以考察，所以他的分析和得出的结论常常较一般人深刻，而且也更接近历史的真实，从而使他的文学史研究真正具有了“史”的价值。

鲁迅在中国文学史的研究中，能以其卓越的史识，正确区分中国文学的精华与糟粕，并对文学现象作出实事求是的价值评判。鲁迅曾对郑振铎所作《中国文学史》中的小说部分作过这样的评价：“郑君所作《中国文学史》，顷已在上海预约出版，我曾于《小说月报》上见其关于小说者数章，诚哉滔滔不已，然此乃文学史资料长编，非‘史’也。但倘有具史识者，资以为史，亦可用耳。”[1] 这里，鲁迅提出了文学史研究必须以史识来统帅史料的问题。所谓史识，是史家对“史”的独到的真知灼见，这在文学史研究中是至关重要的。鲁迅在其一系列文学史研究著述中，不囿于传统的偏见，也不受时兴理论的左右，以科学的分析的态度去区分中国古代文学中的精华与糟粕，显示了卓越的史识。我们在这些著述中所看到的，不仅是大量丰富翔实的史料，而且是鲁迅基于对史料的科学分析所形成的种种深刻的价值评判和精到的结论。例如，在《魏晋风度及文章与药及酒之关系》中，鲁迅一反“史家成见”，肯定了曹操“至少是一个英雄”。又如在《中国小说的历史的变迁》中，鲁迅对《红楼梦》所作的价值评判，也是一个突出的例子。以《红楼梦》为“诲淫”之作，这是多少年的定论。钱玄同虽然否定了这种论调，但是缺乏令人信服的具体说明。鲁迅推翻了“诲淫”的历史旧案，通过对作品的具体分析作出了独具史识的评价：“《红楼梦》的价值，可是在中国底小说中实在是不可多得的。其要点在敢于如实描写，并无讳饰，和从前的小说叙好人完全好，坏人完全坏的，大不相同，所以其中所叙的人物，都是真的人物。总之自有《红楼梦》出来以后，传统的思想和写法都打破了。”又如《中国小说史略》中对《儒林外史》的评价等等，

1　鲁迅：《书信·320815 致台静农》，《鲁迅全集》（第十二卷），第 103 页。

此类例子俯拾即是，不胜枚举。总之，正是由于鲁迅以他所掌握的翔实“史料”和过人的“史识”来治文学史，才使他的中国文学史研究著述至今仍不减其独特的学术价值。

鲁迅在文学史研究的实践中所提供的许多原则和精神，对于今天的文学史研究者来说，仍是值得学习和借鉴的。

二

与鲁迅文学史研究相关联的，是他的一生中还做了大量的整理辑录古籍的工作。整理辑录古籍主要是他为进行文学史研究所作的准备，但又不限于此。鲁迅辑录过古代史、地著述，古典小说，类书等佚书，考证过文物，校录过古代文集、小说集，摘编过小说评论方面的资料，其整理古籍的面不可谓之不广。早在1909年，鲁迅在杭州、绍兴任中学教员期间，就辑录过亡佚的古小说和会稽的历史、地理佚书。1911年辑录唐刘恂的《岭表录异》；1912年辑成《古小说钩沉》；1913年辑录三国吴谢承《后汉书》、晋代谢沈《后汉书》、晋代虞预《晋书》，并开始校勘《嵇康集》；1914年辑成《会稽郡故书杂集》，整理了《云谷杂记》《范子计然》《魏子》《任子》《志林》《广林》；1916年整理了《寰宇贞石图》；1920年起陆续摘编《小说旧闻钞》，编校《唐宋传奇集》；1924

年编成《俟堂专文杂集》。此外，鲁迅还编有《汉碑帖》《汉画像》《六朝造像目录》《六朝墓志目录》，作过许多碑记、墓志的考证。在 1981 年版《鲁迅全集》中收入的《古籍序跋集》，就有三十多篇。

鲁迅不仅在辑录古籍方面取得了诸多实际成绩，而且他在古籍整理实践中所积累的理论和经验，也有着非常重要的学术价值。

鲁迅辑录整理古籍的基本途径是以正史为主，兼采杂书。鲁迅辑录古籍，往往首先在正史中搜寻、摘引，正史中无记载或注有“散佚”者，再从“三通”及其他类书、杂记、笔记，甚至《文选》及其注文中辑录。在鲁迅的许多篇为所辑古籍而写的序跋中，列出的辑录出处常常是自正史到种种杂书的一长串书目。鲁迅重视正史，又不唯正史是求，而是广搜博采。

鲁迅辑录整理古籍的基本原则是“考而后信”。古代史书繁缛而且菁芜丛杂，因此鲁迅在辑录古籍时，审慎地遵奉着“考而后信”的原则，言必有据，落笔必实，常常为了一个问题，要校比几十种书籍。因此，他的辑文比较翔实、可靠、完善。

鲁迅辑录整理古籍的主要方法是钩沉辑佚，细密拼补。鲁迅辑录的古籍，大多数正是已经散佚的历史篇目。他常常为钩稽残文，找寻散佚的篇目，甚至是为了一个片段，而翻找大量的古籍，有时还要做一些拼补的工作。例如在辑录《古小说钩沉》时，有时一则小说以片断的形式散见于不同的书中，支离破碎，不易窥见全貌，鲁迅在辑校时便尽可能将它们找齐，并把这些碎片拼补起来，以恢复其原貌。正因为鲁迅下了很大的力气，所以他对古小说的辑佚规模超过了以往任何人，而且空前完备。

鲁迅辑录整理古籍时的考订工作很注重文、物互证。既重文献，又重实物，以二者互为补证。鲁迅早年拟编一部以古物（主要是古砖甓）为贯穿线的家乡文物录——《越中专录》，并曾收集到散佚于家乡的古砖甓多件。在鲁迅所辑的古砖甓拓本集《俟堂专文杂集》中，收有汉魏六朝文物达一百七十件，隋两件，唐一件。[1]可见，鲁迅在重视古籍的同时，也很重视古物的收集和收藏。他所写的《〈吕超墓志铭〉跋》《吕超墓出土吴郡郑蔓镜考》（均见《集外集拾遗补编》）等文字，都是文、物互证的杰出成果。

鲁迅辑录整理古籍的成就深得同时代及其后的学者们的高度评价。周作人《关于鲁迅》、赵景深《中国小说史家的鲁迅》都强调过鲁迅在辑佚稽考方面的深厚功力和突出成就；台静农在《鲁迅先生整理中国古文学之成绩》中对鲁迅辑录整理文学古籍方面的成就有较充分的肯定；郑振铎在《鲁迅先生的治学精神》《鲁迅的辑佚工作》中对鲁迅辑录整理古籍方面的成绩和考据的功力等都给予了较高评价。

鲁迅辑录、整理古籍，作为一种文化积累，其取得的成就无

1　鲁迅：《古籍序跋集·〈俟堂专文杂集〉题记》，《鲁迅全集》（第十卷），第63页。

疑是他文化建树的重要组成部分。

三

五四时期是一个新旧文化转换的伟大时代，中西文化的撞击是这种转换得以完成的必不可少的动力。鲁迅作为一个开创新文化时代的巨人，他必须站在中西文化的交汇点上，因此他也必然面临对两种文化的利弊的选择和批判。鲁迅与五四文化先驱们一道，努力将西方先进的思想文化介绍给国人；鲁迅一生中做了大量的翻译介绍工作。要全面了解鲁迅的文化建树，不能忽略他在翻译外国文学方面所取得的实际成就，而从学术研究的角度来看，他在翻译实践中所积累的理论和经验，同样具有非常重要的学术价值。

在鲁迅一生的文学活动中，翻译、介绍外国文学始终占有十分重要的地位。早在日本求学时期，他便翻译了大量文学作品，并出版了与周作人合译的两本《域外小说集》。可以说，鲁迅的文学生涯是从译介外国文学开始的。鲁迅非常热心于翻译介绍被压迫人民和被压迫民族的文学，“五四”以后，其重点则是俄罗斯文学及十月革命后的苏联文学。他曾译过果戈理的《死魂灵》，法捷耶夫的《毁灭》，爱罗先珂的《童话集》，普列汉诺夫的早期著作《艺术论》，卢那察尔斯基的《艺术论》《文艺与批评》《文艺政策》等大量文学作品和理论著作。他的译作总计达三百多万字。

鲁迅翻译、介绍外国文学的指导思想是很明确的，他怀着普罗米修斯"偷火给人类"类似的目的，企望通过翻译的作品来唤醒和激发中国人民的斗争意识。鲁迅曾经说过，他翻译介绍外国文学作品，"并不是从什么'艺术之宫'里伸出手来，拔了海外的奇花瑶草，来移植在华国的艺苑"，而是为了"要传播被虐待者的苦痛的呼声和激发国人对于强权者的憎恶和愤怒"，[1]为了"从外国药房贩来一帖泻药"，[2]用以狙击"中国病痛的要害"。[3]另一方面，鲁迅还希望通过翻译介绍外国文学的精品，来为中国新文学的发展提供借鉴。他认为，中国文学如果"没有拿来的，文艺不能自成为新文艺"，"所以我们要运用脑髓，放出眼光自己来拿！"。[4]鲁迅的大量翻译实绩，就是在这样的思想指导下取得的。

值得重视的是，鲁迅在大量翻译实践的同时，还写下了不少有关翻译理论的文章，较为详尽地阐述了自己对翻译的见解。这些文章主要有《"硬译"与"文学的阶级性"》《几条"顺"的翻译》《风马牛》《再来一条"顺"的翻译》《关于翻译的通信》《"题未定"

1　鲁迅:《坟·杂忆》,《鲁迅全集》(第一卷)，第224页。
2　鲁迅:《译文序跋集·〈从灵向肉和从肉向灵〉译后记》,《鲁迅全集》(第十卷)，第251页。
3　鲁迅:《译文序跋集·〈观照享乐的生活〉译后记》,《鲁迅全集》(第十卷)，第250页。
4　鲁迅:《且介亭杂文·拿来主义》,《鲁迅全集》(第六卷)，第39页。

草（一至三）》《关于翻译》《拿来主义》等等。

鲁迅翻译理论的核心是“宁信而不顺”的翻译原则。对于这一原则，在翻译界至今仍存在着争议。要对之作出较为公允的评价，我们首先必须弄清鲁迅为什么要提出这一原则，他是基于什么样的思考来确立这一原则的。

鲁迅“宁信而不顺”的翻译原则，是针对30年代翻译界出现的“宁错而务顺”的观点提出来的。30年代初，翻译界出现过一番“信”“顺”的争论。梁实秋于《新月》月刊发表了一篇题为《论鲁迅先生的“硬译”》的文章，对鲁迅进行攻击，把鲁迅的译作说成是“硬译”“死译”，实质上是企图以此来对翻译和传播马克思主义文艺理论及革命文学提出非议。梁实秋在该文中抛出了他们这派人的有代表性的“宁错而务顺”的主张，他说：“一部书断不会完全曲译……部分的曲译即使是错误的，究竟也还给你一个错误，这个错识也许真是害人无穷的，而你读的时候究竟还落个爽快。”所以，他主张翻译不妨“宁错而务顺，毋拗而仅信”，“与其信而不顺，不如顺而不信”。面对挑战，鲁迅写了《“硬译”与“文学的阶级性”》及一系列相关的文章，对梁实秋等人的主张加以驳斥，并针锋相对地提出了“宁信而不顺”的翻译主张，以“宁信”来击他们“宁错”的要害。

鲁迅是本着对读者负责的认真严肃态度而提出“宁信而不顺”的翻译主张的。他认为“宁错而务顺”的主张，是翻译界的一股“胡译乱译”的歪风邪气，是对读者不负责任的做法。这种翻译固然可能使人读起来感到“爽快”，但读者恰恰会在这种“爽快”中不知不觉地被愚弄和被欺骗，因为“倘不对照原文，就连那‘不信’在什么地方都不知道。然而能用原文来对照的读者在中国有几个呢？”，于是“就只好胡里胡涂地装进脑子里去了”。[1]鲁迅列举了大量“错”而“顺”的译例来说明这一问题。他认为，如果从读者的角度来考虑，不同的翻译原则孰是孰非将是很明确的，“译得‘信而不顺’的至多不过是看不懂，想一想也许能懂，译得‘顺而不信’的却令人迷误，怎样想也不会懂，如果好像已经懂得，那么你正是入了迷途了”。[2]

鲁迅在翻译理论上把“信”放在首位，是为了强调忠实于原著的思想内容和忠实地传达原著的精髓。在“信”与“顺”的关系上，如果二者一时还不可兼得，必须有所取舍的话，鲁迅认为理所当然应选择“宁信而不顺”，这样做，起码能保证不改变原著的基本意思。从忠实于原著考虑，鲁迅始终坚持“直译”，即不加变通地传达出原文的意思。他说：“我自己的译法，是譬如‘山背后太阳落下去了’，虽然不顺，也决不改作‘日落山阴’，因为原意以山为主，改了就变成太阳为主了。”[3]当然，鲁迅主张的“直

1　鲁迅：《二心集·几条“顺”的翻译》，《鲁迅全集》（第四卷），第342页。
2　鲁迅：《二心集·几条“顺”的翻译》，《鲁迅全集》（第四卷），第344页。
3　鲁迅：《二心集·关于翻译的通信》，《鲁迅全集》（第四卷），第383页。

译”并不是“死译”,“宁信而不顺”之“不顺”,“决不是说‘跪下’要译作‘跪在膝上’,‘天河’要译作‘牛奶路’的意思”,[1] 而是为了忠实原著,宁可容忍一些“不顺”。鲁迅自己的翻译一向是很忠实的。许寿裳称赞鲁迅“实为译界开辟一个新时代的纪念碑”。[2] 瞿秋白在给鲁迅的《论翻译》的信中,也称赞鲁迅道:“你的译文,的确是非常忠实的。”[3] 应该看到,鲁迅主张“宁信而不顺”,首先考虑到的是忠实于原著。

鲁迅主张“宁信而不顺”,还包含着他希望在译文中尽可能保存外国文学风格的目的。鲁迅认为,“凡是翻译,必须兼顾着两面,一则当然力求易解,一则保存原作的丰姿”,“但这保存,却又常常和易懂相矛盾:看不惯了”,这正如看不惯长着高鼻子和蓝眼睛的“洋人”一样。翻译绝不能因为有人“看不惯”,而去“削鼻剜眼”,以求“归化”,即将之完全中国化。也就是说,要保存洋气,因为那是出自外国人手笔的作品,而外国之为外国,就是因为有那么一些与中国不尽相同的地方,为了保存外国作品中的异国情调和风格特色,“有些地方,仍然宁可译得不顺口”。[4]

鲁迅主张“宁信而不顺”的直译,也是为了向外国学习语言文法,以便丰富现代中国语言。他认为,翻译外国文学作品,其

1 鲁迅:《二心集·关于翻译的通信》,《鲁迅全集》(第四卷),第 383 页。
2 许寿裳:《亡友鲁迅印象记》,第 54 页。
3 鲁迅:《二心集·关于翻译的通信》,《鲁迅全集》(第四卷),第 370 页。
4 鲁迅:《且介亭杂文二集·“题未定”草(一至三)》,《鲁迅全集》(第六卷),第 353 页。

目的“不但在输入新的内容，也输入新的表现法”，中国传统语言的语法有不够严密之处，“要医这病，我以为只好陆续吃一点苦，装进异样的句法去，……后来便可以据为己有”。[1] 这就要求在翻译中尽可能“直译”，尽可能多保存些外国语言文法的原样，以便使读者有可供学习、借鉴的东西，进而使现代汉语在词汇、文法等方面得到丰富和发展。

鲁迅正是基于以上种种考虑，才提出了“宁信而不顺”的翻译原则。应该看到，这是鲁迅在 30 年代特定历史条件下，针对“宁错而务顺”的观点而提出的带有矫枉过正性质的主张，这在当时是起了积极的作用的，而且鲁迅对这一原则所作的种种解释，至今看来仍是基本正确的。当然，我们也应看到，鲁迅为了论战的需要，有时不免有些偏激。虽然“信”与“顺”是在翻译中常常遇到的一对矛盾，有时确实难以两全，但作为理想的好的译文，无疑是应该，也可以达到两全其美的。但我们更要看到，在鲁迅的这一翻译原则中所蕴含着的文化目的：盗得圣火、取得真经，以助推中国新文化的建设。

1　鲁迅：《二心集·关于翻译的通信》，《鲁迅全集》（第四卷），第 382 页。

· 下编 ·

作为文化现象的鲁迅

第八章　鲁迅作为文化伟人的成因

一

鲁迅以他的文化业绩，卓然自立于中国现代文化史上优秀人物的最前列。研究鲁迅成为文化伟人的原因，这是一个很有价值的“文化史研究”课题。

鲁迅生活的时代，适逢中国处于翻天覆地变化之时，这是一个文化面临着历史性转变的，可以同欧洲文艺复兴媲美的伟大时代。按照恩格斯的说法，一个“人类从来没有经历过的最伟大的、进步的变革时代”，必然是一个“需要巨人而且产生了巨人”的时代。鲁迅正是应时代的要求而产生的这样的巨人。可以设想，如果时代尚未发展到这样一个历史转折的关头，那么，鲁迅这样一个士大夫家庭的子弟，也许会沿着历史的古道，或者是走所谓

“读书应试”的“正路”，或者是走“衰落了的读书人家子弟常走的”“学作幕友和商人”这条路。然而，时代的风云毕竟已经激荡起来了，时代为文人学子们已经或正在提供有异于这两条路的别样的路（例如“新学”勃兴，近代科学已经开始惠顾中国，新式学堂也在陆续建立，等等），这使鲁迅有可能“走异路，逃异地，去寻求别样的人们”。[1]正是由于这样一个历史的机遇，鲁迅能够不断在接受新思想的过程中丰富自己，不断使自己走向成熟，终于成为一个文化伟人。斯诺曾把鲁迅称作“法国革命时的伏尔泰”和“苏俄的高尔基”，[2]这个评价很有见地，而且也很能说明问题——伏尔泰和高尔基都是在本民族的文化转换期成为文化伟人的。历史的机遇是产生文化伟人的前提和先决条件，正是时代造就了鲁迅。

如果从鲁迅开始上私塾感受中国文化算起，直至他逝世，时间的跨度大约是半个世纪。这半个世纪经历了我国近代历史上的三次思想大解放：“戊戌变法运动是思想的第一次解放”；辛亥革命是第二次，“辛亥革命通过临时约法，建立起旧民主主义的观念来，知识分子受到影响，广大人民群众也受到影响，在思想解放运动中，这是较广泛较深刻的一次解放”；而从第三次即五四

---

1 鲁迅：《集外集·俄文译本〈阿Q正传〉序及著者自叙传略》，《鲁迅全集》（第七卷），第83页。
2 ［美］埃德加·斯诺：《中国的伏尔泰——一个异邦人的赞辞》，《鲁迅先生纪念集·悼文二集》，第63页。

新文化革命起步，中国开始进入了伟大的新民主主义革命阶段，“中国人民群众的思想得到根本性的划时代的大解放”。[1]这三次思想大解放正反映着鲁迅所生活的年代的基本历史主题和时代精神。没有这种历史主题和时代精神，也就没有作为文化伟人的鲁迅。如果不是戊戌变法，鲁迅就不可能接触西方科学文化，不可能接受到对他思想有重大影响的进化论；也不可能决意到日本去，把眼光延伸到中国人过去看不到的另外一种世界。如果没有辛亥革命，鲁迅就不会从这一革命的过程和结果中生发出对中国社会的认识，产生对思想启蒙、启发民智重要性的认识。如果不是五四新文化运动的逐步崛起，鲁迅大约也还会在旧教育部里继续他寂寞的岁月，完全致力于古籍的整理等等。但事实是，这一切都发生了，时代首先为鲁迅的发展准备了成熟的外部条件。

时代的机遇固然是鲁迅成为文化伟人的重要的决定性因素，但绝不是唯一的因素。时代在每个人面前都平等地提供了条件，但并不是每个人都能成为文化伟人。因此，同样作为重要因素之一的，是个人的天才条件。这里所说的个人天才条件，并不是一般意义上的，而是特指能适应当时社会的需要的天才条件。普列汉诺夫曾就类似的问题发表过见解，他认为历史伟人所具备的天才条件应该比别人所具备的天才条件更适合于当时社会的需要：

1　参见范文澜：《戊戌变法的历史意义》，《范文澜历史论文选》，中国社会科学出版社，1979年版。

“如果拿破仑所具备的不是他那种军事才能，而是贝多芬那样的音乐才能，那他当然就会做不成皇帝。”[1]当然，即使具备了这种天才条件，也还要同时具有一种将天才条件用于完成时代所赋予的使命的自觉性。每一个时代都有自己特定的历史任务与要求，能够在多大程度上满足历史提出的客观要求，决定着历史人物的价值。只有在最大限度上满足这种要求的人，才能成为历史上的伟人。鲁迅所具备的天才条件恰恰是包含了所有这些内容的。

那么，什么是文化转换期所需要的天才条件呢？恩格斯曾经指出，一个历史变革的时代，需要的是“在思维能力、热情和性格方面，在多才多艺和学识渊博方面的”巨人。换一个角度来说，谁在以上几方面富有最优秀的条件，谁就具有了成为伟人的可能。以这样的要求来考察鲁迅，我们会惊奇地发现，在鲁迅身上，恰恰是具备了以上几个方面条件的，而这些个人的天才条件也恰恰构成了鲁迅人格魅力的主要方面。

二

人们常常惊叹“五四”以后的中国第一代文化人在众多领域

1 ［俄］普列汉诺夫：《论个人在历史上的作用问题》，《普列汉诺夫哲学著作选集》（第二卷），生活·读书·新知三联书店，1961年版，第366—367页。

所取得的许多成就，诸如在文学创作、语言学研究、古典文学研究、历史研究等领域，居然在很长一段时间内，甚至直到目前，仍然无人能够企及。在考察这种现象时，我们首先而且明显地能够见到的，是在以后年代的文化人中，很少能够有人在中西文化的素养方面超越“五四”一代文化人。

鲁迅这一代文化人从青年时代开始，就遭逢中西文化汇流的“大好时机”，这使他们同时拥有旧学的根柢和新学的根柢，从而能在思想结构、知识结构等方面成为一种全新的类型。这不仅使他们学识的深度、广度能够超越前人，而且使他们有丰厚的实力在五四新文化运动中冲破传统，创立新说。这种学贯中西的机遇，以及自觉地融中西学说于一身的主观努力，并不是任何时代都能具有的。第二代文化人在五四运动中成长起来而主要成熟于 20 世纪 30 年代，这批文化人大多数在五四新文化运动的浪潮中开始接触中西文化，他们中虽有不少人或留洋攻西学，或在国内攻旧学，但常常比较单一，很少在两方面都特别用心；而更多的人则主要是从五四文化传统中间接地接触中西方文化的。加之，30 年代以后的政治风云，使历史的长期的文化改革任务，不时地因一些实际的政治革命而中断，第二代文化人大多数被卷入政治斗争的旋涡。因此，无论是就中西文化素养还是就文化各领域创造的业绩来说，第二代文化人均不如第一代。第三代主要是指成熟于抗战时期的包括国统区和解放区的文化人。他们之中虽不乏佼佼者，但是总体的文化素养，未能超越前两代人。新中国成立以后，学科分工过于细密，使五四时期那种学贯中西的“通才”难以产生——虽然在某些具体的单个的方面，取得较大成就的人是那么多。

不同时代对人才的要求是不同的，我们不应苛求其他的时代；但在“五四”这样一个处于文化转换期的历史时代，要能担当起历史所赋予的任务，恩格斯所说的“多才多艺和学识渊博”是绝对不可或缺的。作为第一代文化人的优秀代表，鲁迅的确具备了深厚的中西文化的素养。从鲁迅一生的经历来看，他最早是从事自然科学学科的学习的，并写有自然科学方面的论文，后来又从事文学和社会科学方面的研究。他所涉猎的领域几乎包容了精神文化的各个方面，他在文学创作、文艺研究、文学史研究、宗教研究、民俗研究、历史研究、古籍整理、语言研究、翻译等众多的领域中都取得过丰硕的成果。鲁迅的知识兴趣是极其广泛的，这从他的藏书和阅读中便可略窥一斑：他的藏书和日常阅读的书籍涉及文学、艺术、历史、哲学、美学、经济学、教育学、法律学、逻辑学、伦理学、心理学、宗教、民俗、医学、农学、生物学、数学、化学、物理学、地质矿物学、天文学、地理学等众多方面。鲁迅在文化素养上不断充实自己，从而为自己创造了担当起文化巨人的历史重任的条件。

当然，这种“多才多艺和学识渊博”，不但是指文化素养，而且是指文化识见。在第一代文化人中，也有许多似乎具备了一些成为文化巨人的条件和特点，如胡适、周作人等，但他们最终却未能成为文化巨人。就恩格斯所说的“思维能力”和“多才多艺”等方面的条件而言，胡适、周作人等的确也具备了。尤其是周作人，在当时以及其后都有人将他与鲁迅并称为中国近代“深刻的思想家和战士”。[1]但我们将他们加以比较之后就会发现，在热情和性格方面（这一点将在后面论及），尤其是在文化识见即对“传统文化”和“活着的文化传统”的认识方面，周作人均欠深刻。所以，在周氏兄弟中，历史选择了鲁迅。

反对封建文化传统，这是20世纪初文化转换的极其根本而又艰巨的任务，人们经常因为对传统文化的危害认识不足，对反对封建文化这一历史任务的艰巨性认识不足，因而受到历史的嘲弄。周作人作为一个资产阶级人道主义、自由主义的启蒙思想家，曾经与封建旧文化进行过英勇的奋战，曾对促进中华民族的文化觉醒起过积极的作用；但由于对传统文化的巨大惰力以及对很大程度上仍由传统文化起着支配作用的现实社会缺乏清醒的认识，他虽以反封建旧文化开始，却终于因摆不脱的灵魂深处的封建阴魂和由此导致的文化人格的堕落而告结束。鲁迅则不同，鲁迅作为中国封建社会最后的知识分子，他与封建传统文化实行了最彻底的决裂。这恰恰得力于他对“传统文化”以及“活着的文化传统”

1　康嗣群：《周作人先生》，《现代》第4卷第1期。

有着最深刻、最充分、最清醒的认识。在这个方面，无论是与鲁迅同时代的著名文化人，还是后代的著名文化人，都曾在极其钦佩之余给予高度评价。例如，郭沫若就曾经说过：“从事新文化运动的，在五四前后，大抵都是青年，对于国内的现实未能有丰富的经验，其中有部分人是在外国受教育的，更远远地离开了本国的现实。……但如鲁迅则完全不同，在五四以前早已把留学生活结束了，二十年中都在国内和现实保持着密切的联系。而且以他的年龄而论，对于生活的经验与批判都比我们充裕而确实，他之所以能够成功决不是偶然的。”[1] 郭沫若的话可说是由衷之言。以郭沫若为代表的前期和后期创造社成员均与鲁迅发生过争论，但使创造社的同人们佩服的是，鲁迅对于中国现实社会有着深刻认识，因而他能十分敏锐地挖掘出现实社会中落后文化意识的病根。周扬也曾经说过：“鲁迅除了天才以外，主要的在于他对中国社会的深刻了解。我们‘左联’之中包括很多很好的同志，很有名的人，在这一点上是不如他的。”又说：“我们谈鲁迅的功劳，一是对社会的了解确实深刻，一是丰富的历史知识；这两条非常厉害。”[2] 鲁迅对包括中国历史在内的中国传统文化和对造成现实弊端的落后文化意识根源的深刻认识，是他在历次论战、论争中常

1 参见郭沫若：《今昔蒲剑》，重庆文学书店，1942 年版。
2 赵浩生：《周扬笑谈历史功过》，《新文学史料》（第二辑），人民文学出版社，1979 年版，第 235 页。

常立于不败之地的重要原因。而对这些，往往连他的论争对手也十分佩服。

由于鲁迅对“中国传统文化”和“活着的文化传统”有着深刻的认识，因此带来了鲁迅一系列的重大而著名的“文化发现”。其中最有代表性的是对中国传统文化“吃人”本质的发现和对活着的文化传统所培育出的“阿Q现象”的发现。鲁迅曾对许寿裳讲过，他是“偶阅《通鉴》，乃悟中国尚是食人民族”，因此写成《狂人日记》这篇作品的，并且指出：“此种发现，关系亦甚大，而知者尚寥寥也。”[1]鲁迅在一系列文学作品中均反映了这一发现，如小说《孔乙己》《白光》《明天》《祝福》等等，以及他的诸多杂文。如果不是对中国传统文化有着非常深刻的认识，很难想象鲁迅会写出这么成功的作品。“阿Q现象”的发现也是如此，如果鲁迅没有超拔的、对于“活着的文化传统”的深刻认识，在中国文学史上也就不会有“阿Q”形象的产生。“阿Q现象”所包含的社会思想内涵是极其广阔的，从这一现象中我们看到了现实生活中仍然起着潜在支配作用的落后文化意识。阿Q的精神胜利法所反映的文化传统的落后面，阿Q的恨“假洋鬼子”等所反映出的盲目排外的文化心态，阿Q的恨尼姑、恨和尚等所反映出的中国人的人生哲学的潜隐意识，还有阿Q的“革命理想”所反映的中国

1　鲁迅：《书信·180820致许寿裳》，《鲁迅全集》（第十一卷），第353页。

传统文化中的“帝王情结”，等等，这些发现都显示出了鲁迅的真知灼见。毫无疑问，鲁迅的文学创作中如果缺少了这一系列的“文化发现”，也就没有鲁迅作为“深刻的文学家”的地位。正是因为鲁迅对“中国传统文化”和“活着的文化传统”有着超出同时代人的深刻的认识，他才取得了超越时人的文化业绩。

三

恩格斯在谈“巨人”特征时，把“热情和性格”也作为内容之一，这是值得注意的。作为文化先驱，要在特殊的新旧转换的环境中坚持战斗，没有超常的“热情和性格”是不行的。在鲁迅身上，这种超常的“热情和性格”是非常明显的。毛泽东称“鲁迅是在文化战线上，代表全民族的大多数，向着敌人冲锋陷阵的最正确、最勇敢、最坚决、最忠实、最热忱的空前的民族英雄”。[1]这可以说是对鲁迅超常的“热情和性格”的最好概括。在鲁迅身上，这种超常的“热情和性格”通常凝聚在一起，集中体现为韧性的战斗精神和雄伟的人格力量。

鲁迅的韧性战斗精神有多种表现形态，但最富有特色的是他

1　毛泽东:《新民主主义论》,《毛泽东选集》(第二卷)，人民出版社，1991年版，第698页。着重号为笔者所加。

那敢于在无路之中找寻出路的信念、勇气和毅力。鲁迅一生坚信这样一条真理：世界上本没有路，而走的人多了，便成了路。因此，鲁迅从不幻想走一条由别人铺平的舒坦的大道，而是在艰难的跋涉中自寻出路，甚至在绝望之中也仍不停步。鲁迅在《两地书》中曾经讲到，人生有两大难关，一个是歧路（十字路口），一个是穷途（穷途末路）。鲁迅恰恰是在冲破这两大难关而不屈不挠地前进时，显示了一种超常的韧性精神。墨子说过，遇歧路，则"恸哭而返"。鲁迅却不然，他说他自己是既不哭也不返的，不知如何走的时候，就先休息、思考一下，然后选一条似乎可走的路再走下去。在穷途面前，他也决不绝望，决不后退，而是要在没有路的地方硬踏出路来，用他自己的话说，如果碰上穷途，就偏要在穷途中走一走。正是这种坚韧不拔的精神，才使鲁迅在那样一种社会环境中创造出前所未有的辉煌业绩。

鲁迅一生最恨那种"见胜利纷纷而上，见失败纷纷逃亡""作鸟兽散"的投机心理，曾将此作为国民性弱点的重要方面来批判。直到 30 年代，他还这样说过："不是正因为黑暗，正因为没有出路，所以要革命的么？倘必须前面贴着'光明'和'出路'的包票，这才雄赳赳地去革命，那就不但不是革命者，简直连投机家都不如了。"[1] 固然，看到了某种"光明"的目标，并以此作为自己的

1 鲁迅：《三闲集·铲共大观》，《鲁迅全集》（第四卷），第 106 页。

精神支柱，从而为接近那个目标而奋斗，这也是一种奋斗精神；但是，鲁迅的奋斗精神却高居于这种精神之上——他是在看不到目标时仍在奋斗，在几乎无望的环境中找寻和创造出希望，这更加需要一种超群的毅力，而所谓“韧”的含义也正在于此。

鲁迅的散文诗《过客》中所表现的，正是鲁迅自己的精神写照，在那“瓦砾”和“荒凉破败的丛葬”中，展现在过客面前的只是黄昏中的一条似路非路的痕迹，连过客自己也不知道要到哪儿去，他只是凭借着心灵的召唤前行着，尽管前面可能是荒凉的坟场，他自己也已负了伤，但他仍奋然地“向野地里踉跟地闯进去”。当然，鲁迅并非盲目奋斗，鲁迅的韧性还体现在他的奋斗中总是包含着坚实而深沉的理性精神。鲁迅认为，成就任何业绩，均需有“坚实的工作”，必须有一种坚实而深沉的理性精神。鲁迅反对“匹夫之勇”，他认为面对强敌，如果“没有智，没有勇，而单凭一股‘气’，实在是非常危险的”。所以，他提出了“打壕堑战”的战略战术，这正是鲁迅智勇结合的、坚实而深沉的理性精神的体现。

至于鲁迅的雄伟人格，则基本可以用毛泽东的一句话来概括，即“没有丝毫的奴颜和媚骨”。[1]鲁迅曾尖锐地批判过部分中国人身上染成的流氓气与奴才气，并且指出，这种人毫无“特操”，

1 毛泽东：《新民民主主义论》，《毛泽东选集》（第二卷），第698页。

缺乏起码的人格水平。在许多杂文中，鲁迅都曾讥嘲、抨击过诸如“革命小贩”“捐班派文人学士”“文坛登龙术士”“帮闲文人”等“无特操的各类文人学士”。这种批判本身也多少折射出了鲁迅自身的伟大人格。鲁迅的人格有时还体现在他的蔑视一切名号、名声和桂冠，摆脱一切名利束缚的言行中。他曾说过这样的话：“我不觉得我有名，即使有也毫不想因此做人更加郑重，来维持自己的名声以及别人的信誉。”人格的力量常常是成就伟大事业的重要因素之一，尤其是文化事业。勃兰兑斯在《十九世纪文学主流》一书中就曾指出，在文化事业的竞争中，首先被淘汰的是缺乏才能而且为名利所诱的人；其次是缺乏人生所必须的“特殊综合品质”的人。这都与人格有关。鲁迅也讲过类似意思的话，他说：“美术家固然须有精熟的技工，但尤须有进步的思想与高尚的人格。”[1]正因为鲁迅对“人格”看重，所以他能在任何情况下保持尊严与纯洁的品性，由无私而无畏。没有这种雄伟的人格的力量，也很难想象鲁迅会成为中国现代史上的文化伟人。

1　鲁迅：《热风·随感录四十三》，《鲁迅全集》（第一卷），第330页。

第九章　“鲁迅式思维”的文化特征

独特的思维方式是鲁迅作为文化伟人的重要特征之一。探讨和研究鲁迅思维方式的文化特征，有助于我们从文化的深层意识来加深对鲁迅的理解。

鲁迅作为一个中国人，他的整体思维方式与中国文化精神有着必然的联系，但由于他在自身思维能力的锻炼方面有着高度的自觉，这使他常常能避免中国人传统思维方式中的非科学性成分。鲁迅充分继承了中国人传统思维方式中有利于思想、判断的因素；同时，他又非常注意吸收一些外来的思维方式和方法，从而形成了被称为“鲁迅式思维”的特点。

一

“鲁迅式思维”的特点首先体现为思维的开放性。鲁迅善于打破常人固有的习以为常的思维秩序，以一种全新的时空观念来思考问题。人们似乎不难发现，鲁迅写文章（尤其是杂文）善于联想，善于发现处于不同时间与空间的极不相同的事物之间的内在联系，而这种具有广阔性的联想，正是鲁迅的开放性思维特点的显现。

开放性思维是一种建立在现代科学进步基础之上的现代思维，鲁迅也正是在接受近代西方科学思想后才形成这一思维的。早在 1907 年写作《人之历史》一文时，鲁迅就从西方一系列重大科学成就中得到一种启示：“有生无生二界，且日益近接，终不能分，无生物之转有生，是成不易之真理。”[1] 也就是说，近代科学的发展，如细胞学说、生物进化论、关于太阳系起源的星云假说等等，在较大程度上发现了万物之间的内在联系，因而在打破人们封闭的生存空间的同时，也要求着人们思维空间的拓展。开放性思维是伴随着科学的发展而产生的。鲁迅这一思维的形成，是与他自觉地接受近代科学思想分不开的。

这种在思维中对固有的单一时空范围的自觉超越，带来了鲁

1　鲁迅：《坟·人之历史》，《鲁迅全集》（第一卷），第 17 页。

迅思考问题的深刻性。例如，鲁迅特别注意“现在”与“过去”、“现实”与“历史”之间所存在的时间的交叉、渗透、转化等联系，他认为“人多是‘生命之川’之中的一滴，承着过去，向着未来”。[1]历史虽已成为过去，但它又总是“指示着将来”。[2]由于特别注重从历史与现实的联系来看问题，鲁迅在思考时常常带有一种深沉的历史感和鲜活的、充满生气的当代性，即对于现实问题的思考、探索常常显示出一种历史的深度，而研究历史问题时又总是紧密地联系着现实。又如，鲁迅特别注意处于不同空间的事物之间的联系：现实世界与非现实世界、生存空间与精神空间、明意识与潜意识、看似相关的与看似不相关的。

特别值得提起的，是鲁迅的“两极相合”式的联想。鲁迅思考问题时常把两个对立的事物或对立的方面联系起来分析，使对问题的思考每每能达到惊人的深刻之处。例如，在批判极左派时，鲁迅指出：“连续的向左转，结果碰见了向右转的朋友，那时候彼此点头会意，脸上会要辣辣的。”[3]这种“两极相合”的联想，显示出一种强烈的反差，使事物的本质特点更为真实地显露出来。诸如“才子”与“流氓”的相合，“革命”与“小贩”的相合，等等，均已成为人们口口相传的“妙语”。在鲁迅的联想的两端，

1 鲁迅：《集外集拾遗·〈十二个〉后记》，《鲁迅全集》（第七卷），第300页。
2 鲁迅：《华盖集·忽然想到（四）》，《鲁迅全集》（第三卷），第17页。
3 鲁迅：《伪自由书·透底》，《鲁迅全集》（第五卷），第103页。

一端是高贵者及其神圣殿堂，一端却是地上“最不干净的地方”，而二者经他的牵连，便以一种最新颖的组合，形成最意想不到的效果：文人雅士的小品文“遍满小报的摊子上”，“烟花女子，已经不能在弄堂里拉扯她的生意，只好涂脂抹粉，在夜里躄到马路上来了”；“民族主义文学”的“发扬踔厉”，或“慷慨悲歌”的文章在“落葬的行列里”，“用热闹来掩过了这‘死’”的“悲哀的哭声”和“壮大的军乐”。[1]如此等等，不一而足。

二

“鲁迅式思维”最具特点的，是反叛性思维。鲁迅的思维方法是一种比较典型的反传统性思维、反习惯性思维。这种思维的最重要的表现形式就是“怀疑”。在中国文化人的思维定式中，有一种崇尚经典、崇尚“古已有之”的传统习性，例如只许“我注六经”，不许“六经注我”，就是这种习性的集中体现。凡经典的东西不允许怀疑，在任何场合均可直接拿来作为不允驳难的可以代替论点的论据。长此以往，很难产生真正伟大的思想家。因此，对于一个真正的思想家来说，不囿于古人，不轻信表面现象，

1　鲁迅:《二心集·“民族主义文学”的任务和运命》,《鲁迅全集》(第四卷)，第320页。

敢于大胆地怀疑，这是非常重要的。反叛性的“怀疑”方法，在鲁迅的思维方式中具有至关重要的意义。

鲁迅曾多次谈到自己的“多疑”。他说，“我看事情太仔细，一仔细，即多疑虑”。[1]“我的习性不大好，每不肯相信表面上的事情”，常有“疑心”。[2]鲁迅还指出，关于多疑，“无论那一国人，都指这为可笑的缺点。然而怀疑并不是缺点”。[3]当然，鲁迅这里所说的“多疑”“怀疑”是作为一种思维方式提出来的，而不是作为一种哲学观、世界观提出来的，因此，这与虚无的、悲观绝望的怀疑主义有着本质的区别。在鲁迅这里，“多疑”“怀疑”所表明的是思维的周密性，即不肯相信表面观察得出的简单化结论，不肯顺从于“早已有之”的“古训”，而努力于对事物矛盾的各个侧面的观察与思考，以求真正把握事物的本质。

鲁迅曾称赞屈原“怀疑自遂古之初，直至百物之琐末，放言无惮，为前人所不敢言”的胆量，[4]褒扬笛卡尔“尝屹然扇尊疑之大潮，信真理之存在”的精神，[5]甚至将易卜生作品的深刻之处概括为“伟大的疑问号”。[6]显然，鲁迅在诸多成功的中外文化名人身上似乎发现了一种共同的“怀疑”的品格。虽然，这些文化名

1 鲁迅:《两地书·八》,《鲁迅全集》(第十一卷)，第32页。
2 鲁迅:《两地书·十》,《鲁迅全集》(第十一卷)，第39页。
3 鲁迅:《且介亭杂文末编·我要骗人》,《鲁迅全集》(第六卷)，第486页。
4 鲁迅:《坟·摩罗诗力说》,《鲁迅全集》(第一卷)，第69页。
5 鲁迅:《坟·科学史教篇》,《鲁迅全集》(第一卷)，第40页。
6 鲁迅:《南腔北调集·“论语一年”》,《鲁迅全集》(第四卷)，第568页。

人的“怀疑”是就某一具体学科而言的，但此中却包含了人类思维发展过程中的积极成果。鲁迅对之进行了富有个性的继承和吸收，他把“怀疑”作为一种重要的思维方式，运用到了一切思维的领域之中，形成了“鲁迅式思维”的“怀疑性”特征。

“怀疑”方法受到鲁迅的重视和被自觉地运用，这绝不是一个偶然的现象。五四时期是一个对传统进行全面的文化反省的时期，而反省与“怀疑”是必然地联系在一起的。怀疑一切，重新估价一切，曾经是五四时代精神的一个十分重要的内容。五四时期“问题文学”的出现，就是“怀疑”精神的体现。“问题文学”之所以在五四时期兴盛，原因倒不是在于五四时期“问题”本身骤然变多，而是在于五四时期人们在反省和思考中才得以提出问题。这似乎成为一种规律：社会觉醒、文化自觉的幅度越大，文学上的“问题”作品就产生得越多。作为这个时代产物的鲁迅，带有较强烈的“怀疑”精神，这是不足奇怪的。但鲁迅较同时代人更为深刻的是他并没有仅仅把“怀疑”作为某一时期的精神特点来接受，而是把“怀疑”作为一种较为长久的方式贯穿到了自己的思维之中。一些在五四时期热衷于提问题的作家，在“反思”热潮过去之后，往往也开始与“怀疑”精神疏远；只有鲁迅，在其一生之中坚持着这种“怀疑”性思维方式。

鲁迅独特的生活经历，是他坚持“怀疑”性思维方式的重要原因。也就是说，鲁迅的“多疑”不是一种消极的病态，而是来自他自己的生活经验，来自他从血的代价中汲取的教训，来自他对社会事物的最清醒的认识。鲁迅说过，他之所以比别人多疑，是因为事实的教训，他说由于自己“见过辛亥革命，见过二次革命，见过袁世凯称帝，张勋复辟，看来看去，就看得怀疑起来”。[1]有时，他也曾设想，自己是不是太疑心了，是不是把人和事物看得太坏了，但事实如何呢？当他看到“三一八惨案”中，段祺瑞政府对赤手空拳的学生进行镇压时，他终于确信，对有些人和事，你怎么怀疑也不过头。他说：“我向来是不惮以最坏的恶意，来推测中国人的，然而我还不料，也不信竟会下劣凶残到这地步。”[2]所以鲁迅一再声称，对任何人和事，“在未有更确的证明之前，我的‘疑’是存在的”。[3]

“怀疑”性思维的运用，使鲁迅对事物的思考达到了惊人的深度。正是从这种怀疑性出发，鲁迅又常常能从人们习以为常、习焉不察的事物中发现问题。他凡事都喜欢问个为什么，他常用的思维表达方式是：“从来如此，便对么？”“何尝如此？”“也未必然？”“为何……？”“何以……？”等等。鲁迅的“怀疑”性思维不光是表现在凡事问个为什么，更为绝妙的是，他常常采用“正面文章反看法”，从反面来推测事物，即鲁迅称之为“推背图”

1　鲁迅：《南腔北调集·〈自选集〉自序》，《鲁迅全集》（第四卷），第455页。
2　鲁迅：《华盖集续编·记念刘和珍君》，《鲁迅全集》（第三卷），第275页。
3　鲁迅：《华盖集续编·关于〈三藏取经记〉等》，《鲁迅全集》（第三卷），第388页。

式的思考方法。这种方法在鲁迅那儿的表述方式常常是：传统谈是的，倒可能非，公认的好，倒也许正是坏。鲁迅曾多次谈道："自称盗贼的无须防，得其反倒是好人；自称正人君子的必须防，得其反则是盗贼。"[1]又说，看见显着正人君子模样的人物，竟会觉得他也许正是蜘蛛精了。鲁迅说他自己"对于正面的记载，是不大相信的，往往用一种另外的看法"。[2]例如，北平沦陷前夕，虽然国民党一再声称抗战到底，但鲁迅就是不信，他说："报上说，北平正在设备防空，我见了并不觉得可靠；但一看见载着古物的南运，却立刻感到古城的危机。"[3]这种从反面得出的推测，常常被鲁迅"不幸而言中"。这种"正面文章反看法"的方式，正说明鲁迅特别善于窥探、洞察表面现象背后的本质特征，这确有其独特的功效。例如，鲁迅在《由中国女人的脚，推定中国人之非中庸，又由此推定孔夫子有胃病》这篇文章中，就是以这种"正面文章反看法"的"怀疑"性思维方式来说明"中国人之不中庸"的。他认为，由于中国的"圣人"们大呼"中庸"之道两千年，一般人就据此认为中国人在"古训"之下均有了"中庸"之风，其实不然，"人必有所缺，这才想起他所需"；"圣人"们之所以大呼"中庸"，"正因为大家并不中庸的缘故"。这一见解是很深刻的。

1　鲁迅：《而已集·小杂感》，《鲁迅全集》（第三卷），第531页。
2　鲁迅：《伪自由书·中国人的生命圈》，《鲁迅全集》（第五卷），第98页。
3　鲁迅：《伪自由书·中国人的生命圈》，《鲁迅全集》（第五卷），第98页。

“正面文章反看法”，对揭示伪君子，其效果尤佳。鲁迅在与“正人君子”们的论战中常能一击而致敌于死地，就是因为常采用这种方法。例如鲁迅在批判假道学们反对模特儿一事时曾这样说：“要证明中国人的不正经，倒在自以为正经地禁止男女同学、禁止模特儿这件事上。”[1]因为这恰恰证明了那些自以为正经的假道学的神经兴奋点的所在，这些看见女人赤足也会感奋起来的道学家，自然对模特儿一事更为感奋。这类例子在鲁迅的作品里，真是举不胜举。

总之，无情地怀疑，大胆地重新思考，这确实是鲁迅最为重要的思维特点之一，也是鲁迅在认识和思考问题时达到惊人的深刻之处的重要原因。

三

鲁迅式思维的特点还表现为在思维中采用的简括、明快的判断方式。在鲁迅的思维判断中，很注重对事物的整体特征和本质特征作直截了当的揭示，常常是快刀斩乱麻式地排除偶然性和个别性，以最简括、明快的表达方式作判断式表述。如果说，前面

1 鲁迅：《华盖集续编·马上支日记》，《鲁迅全集》（第三卷），第331页。

讲的反叛性思维特点是以“疑”为特征的，那么，这里则主要是以“断”为特征。鲁迅在思维方式上是自觉追求“疑”与“断”互相结合的。他指出：“怀疑并不是缺点。总是疑，而并不下断语，这才是缺点。”[1] 鲁迅思维中的判断，常常是简洁明快的，决不拖泥带水，也决不纠缠于具体现象的细微末节，而是尽快地舍弃次要的东西，直逼本质——突出而集中、迅速而明确地发现并抓住事物的要害。尤其是我们在读鲁迅的论战文章时，常常会发现，鲁迅在面对对手洋洋洒洒的宏文大论时，一般并不还以长篇大论，而仅仅用短论杂感、三言两语便击中要害，使对手再无招架之功、还手之力，甚至找不到申辩的余地。这正是鲁迅简括、明快的思维判断所特有的威力。鲁迅曾说过，在论战中，“历举对手之语，从头至尾，逐一驳去，虽然犀利，而不沉重”；最好的方式是“正对‘论敌’之要害，仅以一击给与致命的重伤者”。[2]

鲁迅的简括、明快的判断方式在他的文章中随处可见，例子俯拾皆是，由于这种判断过于赤裸，过于直截了当，以至于有人称鲁迅“尖刻”“刻毒”，甚至骂鲁迅为“刑名师爷”。鲁迅的思维方式与他故乡绍兴的“师爷传统”，确实存在着某种继承关系。鲁迅曾谈到，绍兴是出“师爷”的地方，有着师爷传统。基于这一事实，可以推断该地区人们的思维中确有适宜于当师爷的地方。

1　鲁迅：《且介亭杂文末编 · 我要骗人》，《鲁迅全集》（第六卷），第486页。
2　鲁迅：《两地书 · 十》，《鲁迅全集》（第十一卷），第40页。

鲁迅曾把“刑名师爷”的判断方式称为“简括”，常用极少的语言就能将事物“形容得痛快淋漓”。[1] 鲁迅生在出“师爷”的绍兴，自然不可能不受这种思维方式的影响。而且，鲁迅还确实研究过“刑名师爷”的一些判断方式。例如，鲁迅常用的“取诨名”，就是从那儿学来的。值得注意的是，鲁迅把“取诨名”作为一种判断的方式来看待，并借此来丰富自己的思维判断能力。“取诨名”所表现的“简括”的思维，实质上也就是一种善于透过纷繁复杂的现象，迅速地切入本质，作出简括明确的判断的能力。鲁迅很看重这种判断能力，他说，“假使有谁能起颠扑不破的诨名的罢，那么，他如作评论，一定也是严肃正确的批评家，倘弄创作，一定也是深刻博大的作者”。[2] 鲁迅自己，不仅经常在文章中不时为一些人和事“取诨名”，而且他也十分重视这种“诨名”的效果，并且断言，他创造的许多诨名（诸如“叭儿狗”“洋场恶少”“奴隶总管”“革命小贩”等）将会永久“流传”下去。

四

鲁迅在思维过程中，还常常采用一种由果溯因的反向分析方

1　鲁迅:《华盖集续编·不是信》,《鲁迅全集》(第三卷)，第 222 页。
2　鲁迅:《且介亭杂文二集·五论“文人相轻”——明术》,《鲁迅全集》(第六卷)，第 384 页。

法。“由果溯因”是一种实践性很强的分析思维方式。在对事物的原因与结果二者的关系进行分析思考时，可以有两条途径，一条是考其因推其果，即先分析事物的原因，并根据原因来步步推导出结果，这是通常的逻辑演绎的分析方法；另一条途径是由其果溯其因，即首先认真考察现已成为事实的结果，然后反观结果形成的过程，考其因由。在这两种途径中，鲁迅更常采用的是后者。尤其是鲁迅在对中国传统文化进行价值评估时，经常采用由果溯因的分析方法。鲁迅以中国文化的落后状况这个“果”作为基本出发点，然后去思考形成这种现状的原因。这种“结果”，在鲁迅看来，并不是一个理论问题，而是一个实践问题，是一个现实存在的无须验证的事实：20 世纪初，中国在各个方面落后于世界。立足于这一“结果”，鲁迅再去找寻其形成“原因”，这样的分析过程就必然地表现为一果多因的形式。也就是说，当鲁迅批判造成中国民族落后的文化根源时，就不可能停留于某一具体文化领域，而是涉及几乎所有的领域。正是由果溯因的分析思维方法，鲁迅才提出必须全面反传统的结论。相反，如果采用“由因推果”的方法来分析，也许会得出相反的结论。由某一原因出发，可能推出一种结果，也可能推出几种结果。无论是“一因一果”或“一因多果”，都难以对传统文化作出准确的价值评估。例如，从儒家思想这“因”，我们可以推出它导致中国文化封闭落后这一“果”，即使如此，这也只是找出了落后现状的某一方面的根源，而不是全部。而且，从儒家思想这“因”也还可能推出多种“果”——它有导致文化落后封闭的一面，但从某种角度也可推导出它能引导人与人之间达到亲善和睦等的结论，如现在流行的“新儒学”就是如此。由因推果，从逻辑关系来说是可以言之成理的，但在面对有些事物时，却会失去实际意义，它无法找到现实结果的全部的根源，从而也就无助于改变现实状况。由果溯因是鲁迅反思传统文化的重要分析方法，这在鲁迅那里非常重要，这是鲁迅在评估中国传统文化时比同时代人更深刻、更系统、更整体化的重要思维根源。

第十章　鲁迅心理结构的文化内容

鲁迅的心理结构是具有丰富的时代内容的独特的文化现象。研究这一文化现象，对于把握鲁迅极其丰富的内心世界，从“主体方面”深刻理解鲁迅，并进而感悟那个特定的时代，都具有非常重要的意义和价值。

一

最早试图从心理状况来研究鲁迅的是李长之的《鲁迅批判》(1935 年 8 月)。在该书第五章《诗人和战士的鲁迅：鲁迅之本质及其批判》中，作者从作为战士的鲁迅的心理特征和作为诗人的鲁迅的情绪特征来分析鲁迅。作者列举了鲁迅许多独特的心理状态，如鲁迅有“浓烈的情绪”；“鲁迅在性格上是内倾的”，“宁愿孤独，而不欢喜‘群’”；“情绪远胜于理智”，有时“过度发挥其情感的结果，令人不禁想到他的为人在某一方面颇有病态”；“非常善良而直率”，有着一个“荒凉而枯燥的灵魂”；时常显示出“脆弱”的一面；“鲁迅善怒”；鲁迅“情感上的病态”，使之“看社会、文化、国家过于坏，然而也使之特别敏锐”；等等。作者虽然列举出这些心理现象，并以此作为解释鲁迅作品的依据，但也仅止于此，而未能对这种种“心理现象”所包蕴的深刻文化内涵，以及形成这种“心理现象”的原因作出分析，因此为许多人所不能接受。尤其是当人们难以将这些“心理病态”与被称为伟人的鲁迅联系起来时，更不愿接受这一事实。但这种研究的确为后人提供了一种重要的思路。

鲁迅是一个伟人，一个天才，又是一个普通人，他有着普通人所有的情感和心理特征。如果我们只看到鲁迅完美崇高的一面，而完全忽略鲁迅的一些作为普通人的特征，那么，我们所了解的就只是高度纯化了的“神”，而不是具体的活生生的鲁迅这个人。问题还不仅如此，人们常常忽略了这样一个事实：有些看似好像是弱点的东西，它所揭示的内涵和能说明的问题，有时同样是丰富而具深刻意义的。尤其是那些与优点纠结在一起的弱点，更是把握人的内心世界复杂性的不容忽略的方面。

无须讳言，李长之所列举的鲁迅的心理特征，在鲁迅身上的确存在。但这些特征并非孤立存在，重要的是如何全面认识鲁迅各种心理特点之间的内在联系。同时，还应该结合 20 世纪初中国文化大变革、大转折这个特殊的历史时期来理解和把握鲁迅的整体心理特点及其生成的过程和原因。

在中外历史上，几乎任何一个处在文化转换期的、承担着推动历史文化转换任务的文化伟人，都有远较一般人更为丰富、矛盾、复杂的心灵历程。他们承受着远远超出常人的环境压迫和内心痛苦，虽然他们也有着超出常人的对于痛苦的承受力，但在巨大痛苦的挤压下，相对形成某种心理变态也不足奇怪。正因为如此，即使是心理变态，也会包蕴深刻的文化内容。文化伟人心灵世界特有的深刻性常常是与巨大的心灵痛苦相联系的，正是在这个意义上,可以将文化转换期的伟人们称为“伟大的心灵痛苦者”。例如被恩格斯称作“欧洲中世纪最后一位也是新时期第一位诗人”的但丁，就是一个心灵充满了矛盾和痛苦的人物，有人认为，他的《神曲》正是他痛苦心灵的具象化。又如高尔基这位被列宁称为“第一位无产阶级作家”的伟人，也同样经受过巨大的心灵痛苦和心理矛盾，高尔基之所以叫“高尔基”，就因为这个词在俄语中就是“痛苦”的意思。20 世纪初中国的这场文化转换，远较欧洲各国来得艰难曲折，鲁迅身处这样的时代和环境，产生巨大的心灵痛苦以及矛盾的内心世界，是理所当然的事情。理解了这个前提，我们将不会再忌讳谈论鲁迅的心理矛盾。

当我们开始深入到鲁迅的内心世界中去时，我们显然会看到鲁迅的各种心理矛盾。正是一系列的内心矛盾的各个侧面相互作用、组合，从而构成了鲁迅所特有的“心理结构”。这种心理结构包蕴着的深刻的文化内容，正是我们所感兴趣的。也就是说，我们注重从鲁迅的心理矛盾入手，去分析他的心理结构的特点，但目的并不在于列出种种“心理现象”，而是在于挖掘出它们所包蕴的文化内容。

二

鲁迅的心理矛盾首先突出表现为个性自由的心灵呼唤与理性的自我牺牲之间的冲突。

鲁迅很早就在《文化偏至论》中提出：“惟发挥个性，为最高之道德。”在鲁迅身上，有着自觉的个人意识和“发展自我”的强烈要求。这表现在两个方面：一方面是在其主观上对于个性独立、自由发展、人格尊严的自觉追求；另一方面是为维护这一切，而对侵犯个人自由、个人权益和尊严的言行，总是以敏感的反应、强烈的反击对待。例如，鲁迅在著名的“女师大风潮”前前后后的表现，就很能说明问题。在女师大兼课期间，他耳闻目睹女师大校长杨荫榆的所作所为，对之非常反感。他特别反对杨荫榆对学生的思想控制，以及对学生个性自由的扼杀，于是专门写了一篇文章《寡妇主义》，谴责杨荫榆等对学生实行的“寡妇主义”的禁锢，使学生们“失了青春的本来面目，成为精神上的‘未字先寡’的人物”。此后在学生驱逐杨荫榆的风潮中，又大力支持学生，并参加了师生共同成立的校务维持会。杨荫榆勾结教育总长章士钊，以鲁迅担任校务维持会委员为由，呈请政府免除鲁迅教育部佥事职务。为了维护自由的人格尊严，他毫不犹豫地向最高法院上诉，控告当时身居要职的教育总长章士钊，并最终取得了胜利。

当然，顺应“个性自由”的心灵呼唤，为维护个人的利益与尊严而勇于作战，这在鲁迅还只是问题的一个方面。如果仅仅追求“发展自我”“个性自由”，也许鲁迅就不会有太多的心灵痛苦和内心矛盾。问题在于，鲁迅在追求个性自由的同时，又常常在理性上给自己规定了一条“牺牲自我”的路。“发展自我”与“牺牲自我”这二者矛盾地交织在一起，常常构成了鲁迅的深刻的内心痛苦。例如，鲁迅的个性才能充分张扬时，曾写出了《野草》这样的奇特作品,但很快他就声明以后“不会再写那样的东西了”。冯雪峰认为，在这样的作品中，他的个性、性灵得以舒展，但他为了顺应新的时代的要求，为了不让自己的晦暗心境影响青年，所以宁可作某些牺牲，也不再写这样的作品。鲁迅“为自己不能再写那样的作品而感到可惜”，他为自己的“艺术的天才在要求发展而又未能尽量发展”感到“深刻的苦闷”。[1]这里，明显昭示了鲁迅身上“发展自我”与“牺牲自我”的心理冲突以及由之而形成的内心痛苦。

鲁迅这种心理矛盾、冲突体现得较为突出，还可举出他的婚姻生活来加以说明。鲁迅的婚姻生活是一个影响其一生的重大生活经历。要了解鲁迅的伦理思想和他的品性以及心理特征，几乎都不能不涉及他在婚姻问题上所作的牺牲。在与许广平结合之前，鲁迅有过一桩不幸的婚姻，这是由鲁迅母亲安排的旧式婚姻。据许寿裳回忆：“朱夫人是旧式的女子，结婚系出于太夫人的主张，鲁迅曾对我说过：‘这是母亲给我的一件礼物，我只能好好地供养它，爱情是我所不知道的。’”[2]1919年1月，鲁迅突然接到一名不相识的少年寄来的一首题为《爱情》的新诗，这首诗中写道：“我是一个可怜的中国人，……我年十九岁，父母给我讨老婆，……可是这婚姻，是全凭别人主谋、别人撮合：把他们一日戏言，当我们百年的盟约。仿佛两个牲口听着主人的命令：‘咄，你们好好地住在一块儿罢！’……爱情！可怜我不知道你是什么！”这首小诗，使鲁迅激动不已。他深感“这是血的蒸汽，醒过来的人的真声音”，“对于我有意义”。鲁迅从心底里发出强烈的共鸣，他说道：“爱情是什么东西？我也不知道……但从前没有听到苦闷的

---

1 冯雪峰：《回忆鲁迅》，第15页。
2 许寿裳：《亡友鲁迅印象记》，第60页。

叫声。即使苦闷，一叫便错，少的老的一齐摇头，一齐痛骂。然而无爱情结婚的恶结果，却连续不断地进行。形式上的夫妇，既然都全不相关……”鲁迅认为，应该“叫出没有爱的悲哀，叫出无所可爱的悲哀”。尽管如此，鲁迅同时又表现了一种理性克制和牺牲自己的态度。他认为，在这种不幸婚姻中，“在女性一方面，本来也没有罪，现在是做了旧习惯的牺牲。我们既然自觉着人类的道德，良心上不肯犯他们少的老的罪，又不能责备异性，也只好陪着做一世牺牲，完结了四千年的旧账”。“做一世牺牲，是万分可怕的事；但血液究竟干净，声音究竟醒而且真。”[1] 鲁迅明明知道这与自己的生存和发展（个性上的发展）毫无益处，但为了对方的勉强可以生存，而“陪着做一世的牺牲”。这种理性的“牺牲自我”和对于个性自由的压抑，带有某种悲壮性，用鲁迅的话说，是“自己背负着因袭的重担，肩住了黑暗的闸门，放他们到宽阔光明的地方去……”。

鲁迅的这种理性的自我牺牲精神与个性自由的心灵呼唤之间的冲突，有着深刻的文化内蕴。鲁迅清楚地意识到，自我的发展，个性的实现，要受到一定的社会历史条件的制约。他不同意胡适的“先救出自己来”的主张，他认为，在社会尚未普遍具有个性解放意识时，单求自己一个人的解脱，无意中会伤害了别人。鲁

1　鲁迅:《热风 · 随感录四十》,《鲁迅全集》(第一卷), 第 322 页。

迅虽然在情感上、思想上可能是站在时代的最前列，但在伦理关系上，尤其是涉及他人幸福的事情上，也只能以“牺牲自己”来作“了结”。况且，时代尚处于新旧文化、新旧意识的过渡时期，作为先驱者要在追求个性自由上走得太远，势必可能引起一种普遍的非难，从而分散了自己的战斗精力。在鲁迅，这种“牺牲”是一种理性的克制，这对于一个最先觉醒的，有着充分个性要求的人来说，无疑是非常痛苦的。这种充满了痛苦的牺牲意识，在鲁迅那里有时竟到了自我作践的地步。诚如许广平曾指出的，“周先生对家庭早已十多年徒具形式，实同离异”，[1]过着“寂寞如古寺僧人的生活”。[2]鲁迅自己也曾说过：“有时竟因为希望生命从速消磨，所以故意拼命的做。”[3]这“拼命的做”“从速消磨生命”，是以“自我牺牲”来压抑“个性自由”、抑止自我发展的极端表现，这里多少带有病态的“自虐”倾向。而这一点，正带有文化转换期的时代特征。

在那个时代，在陷入时代苦闷中的知识分子中，产生某种“自虐”的心理，绝不是很偶然的现象。虽然各人的具体情况不同，但新旧转换期觉醒的知识分子的内心冲突及其生成的内心痛苦却是普遍存在的。鲁迅的由“自我牺牲”、压抑“个性自由”而产

1　鲁迅、许广平：《鲁迅景宋通信集》，湖南人民出版社，1984 年版，第 322 页。
2　许广平：《鲁迅和青年们》，《欣慰的纪念》，人民文学出版社，1981 年版，第 44 页。
3　鲁迅：《两地书 · 二四》，《鲁迅全集》（第十一卷），第 79 页。

生的心灵痛苦乃至心灵的扭曲是特定时代的产物，有着新旧转换期的投影在内。身处过渡性时代，虽然自觉到个性解放的价值，但就其道德观念而言，却无法超越于时代和环境。（用鲁迅的话说：“我正因为生活在东方，而且生在中国，所以‘中庸’‘稳妥’的余毒，还沦肌浃髓……使我自惭究竟不及白人之毒辣勇猛。”[1]）尤其是对一个以文化革新、民族振兴、民众启蒙为己任的人来说，他更无法脱离时代环境中尚未脱离旧道德、旧习惯束缚的大多数群众而一任自己在个性自由上走得太远。这样，我们从鲁迅的“牺牲自我”中所能体味到的，当是一种深沉的悲壮性和崇高的道德感。

三

在鲁迅身上常常呈现出“一往无前”与“时时反顾”的矛盾的心理状态。鲁迅曾说过：“人多是‘生命之川’之中的一滴，承着过去，向着未来，倘不是真的特出到异乎寻常的，便都不免并含着向前和反顾。”[2]这就是说，在人的生命的流程中，存在着倾向未来、一往无前和倾向传统、时时反顾这两个方面的心理和情

1　鲁迅：《华盖集·我还不能“带住”》，《鲁迅全集》（第三卷），第243页。
2　鲁迅：《集外集拾遗·〈十二个〉后记》，《鲁迅全集》（第七卷），第300页。

感因素。对鲁迅来说，这两个方面的矛盾冲突、消长起伏，并构成鲁迅心理矛盾的一个重要内容。就其主流看，鲁迅是一个从心理到情感，尤其是在理智上都倾向于未来的革新者。他认为，一个人要获得“超然独往”的内心与行动的自由，就必须自觉地压抑自己心理、情感中的“过去”因素，只有在奋斗的路途上一往无前，义无反顾地与传统决裂，才能成为一个真正的叛逆与猛士。他曾告诫人们(包括他自己)，应时时警惕内心深处的“反顾”情绪。鲁迅所谓的“反顾”，是指人们常在不自觉的情感中保留着对过去的依恋，即“所谓回忆者”，“使精神的丝缕还牵着已逝的寂寞的时光”。[1]要杜绝这种“反顾-回忆”的情绪，需要一种强韧的毅力。在写作《野草》中的作品时，鲁迅竭力张扬一种义无反顾的精神。如《过客》中的过客形象，他不肯停息地向前走去，他应着属于未来的呼唤之声，而“决不回转去”，他时时警惕一切“反顾”的诱惑，甚至拒绝接受布施与爱的温情。鲁迅曾在一封信中这样说到《过客》:“我以为绝望而反抗者难，比因希望而战斗者更勇猛，更悲壮。但这种反抗，每容易蹉跌在‘爱’——感激也在内——里。所以那过客得了小女孩一块破布的布施也几乎不能前进了。”[2]鲁迅清醒地意识到了“反顾”情绪对自己继续前进所构成的威胁；他拼命地挣脱着那种不自觉的对于传统的依恋。在

1 鲁迅:《呐喊·自序》,《鲁迅全集》(第一卷)，第415页。
2 鲁迅:《书信·250411致赵其文》,《鲁迅全集》(第十一卷)，第442页。

《影的告别》《墓碣文》等作品中都表现了一种对于依恋传统的心态的搏战。正因为“反顾”“依恋”因素的难以挣脱，对此所作的一切努力也才更具悲壮性。在评价《野草》时，我们不应该忽略它那雄强悲壮的基调，正是那种一往无前的追求、超然独往的愿望、对怀旧情绪的摆脱，与“反顾”因素的诱惑所进行的搏战，混然构成了《野草》的主旋律，从中我看到了鲁迅是如何强烈地渴求着与自己身上的历史阴影决裂！

鲁迅在摆脱“反顾–回忆”方面有高度自觉的意识，但又常常无法彻底干净地摆脱“旧时”回忆的“蛊惑”。作为战士进行战斗所要求的“一往无前”，与作为普通人的“温情”与“反顾”是同时并存在鲁迅身上的。鲁迅曾以“旧事重提”为题在报刊上发表了后来收入《朝花夕拾》中的作品，这似乎明确地标明了是在“反顾”——重提过去的事。鲁迅还曾不只一次地说过：“我自己早知道毕竟不是什么战士了，而且也不能算前驱，就有这么多的顾忌和回忆。”[1]鲁迅的这种“反顾”“顾忌”“回忆”，在他的心情特别苦闷时会变得多起来，如在写作《朝花夕拾》的1926年间，当时鲁迅正处于战斗的间隙，已习惯于战斗生涯的鲁迅，忽而“无所战斗”，便产生了一种失落感：“目前是这么离奇，心里是这么芜杂”，“只剩了回忆的时候”。[2]又如1936年，鲁迅处于敌人的

1　鲁迅：《坟·写在〈坟〉后面》，《鲁迅全集》（第一卷），第284页。
2　鲁迅：《朝花夕拾·小引》，《鲁迅全集》（第二卷），第229页。

围剿和战友的误解中，特别是又面临着疾病与死亡的威胁，这使渴望战斗的鲁迅又一次产生了失落感，于是，回顾过去，成了他获取心境平衡的一种手段。上述两个时期，鲁迅都是处于心境芜杂，欲战斗而不能的情况，这时，趋向于过去的“反顾”因素升浮起来，借助于对过去的回忆，获得一种温馨的情感，从而使心灵得到抚慰。因而在这两个时期，鲁迅的“回忆”性文章写得相对多一些。

其实，鲁迅身上的“反顾”因素，还不仅仅是指“回忆”“怀旧”，而是包含了更丰富的内容。鲁迅就曾这样谈到自己除“怀旧”之外的某些“顾忌”:“这些顾忌，大部分自然是为生活，几分也为地位，所谓地位者，就是指我历来的一点小小的工作而言，怕因我的行为的剧变而失去力量。这些瞻前顾后，其实也是很可笑的，这样下去，更将不能动弹。”[1]很清楚，鲁迅一方面在理智、情感上要求变异，渴望前进，另一方面对既成的生命及生存方式又要求相对稳定，这二者之间的矛盾冲突，是“一往无前”与“时时反顾”的心理矛盾的另一种表现形式。

在令鲁迅时时“反顾”的诸多原因中，有一点是不能忽视的，这就是他自己的亲属和朋友给他带来的“后顾之忧”。鲁迅曾发感慨:“中国的家族制度，真是麻烦，就是一个人关系太多，许多

1　鲁迅:《两地书·八三》,《鲁迅全集》(第十一卷)，第221页。

时间都不是自己的。”[1]其实，牵制的还不仅仅是时间，而是多方面精力，有时搞得人难以动弹，因此，亲属、朋友，常常成为一往无前的奋斗者身上的包袱。如果说，鲁迅可以抑制对“过去”的反顾，可以抛开已经取得的生存条件和地位而无所顾忌，但在亲属关系上他却无法超越。这里反映了中国整个民族的文化心理结构的特点——伦理关系常常是高居于一切之上的无法冲决的锁链。曾有人指出，鲁迅与自己的母亲在许多事情上观点相去甚远，但他“对于母亲，亦是百依百从”，家里的事多半是依了母亲，尽管他心里并不赞同。[2]鲁迅对《礼拜六》等鸳鸯蝴蝶派杂志很反感，可因母亲喜欢，鲁迅便不得不常常买一些这类杂志给母亲看。从《在酒楼上》中的吕纬甫形象身上，似乎也多少可以看到一点鲁迅的影子：为了不违背母亲，只能躬行先前自己所反对过的东西。这种精神负担，对一个想一往无前的战斗者来说，无异是一种心灵上的巨大压力。鲁迅为减少这种亲属所带来的“后顾之忧”，曾计划不要小孩，他曾这样说起过，“生今之世，而多孩子，诚为累赘之事，然生产之费，问题尚轻，大者乃在将来之教育，国无常经，个人更无所措手，我本以绝后顾之忧为目的，然偶失注意，遂有婴儿，念其将来，亦常惆怅，然事已如此，亦无奈何，长吉诗云：己生须己养，荷担出门去，只得加倍服劳，为孺子牛耳，

1　鲁迅：《书信 · 350319 致李秉中》，《鲁迅全集》（第十三卷），第 86 页。
2　荆有麟：《回忆鲁迅》，上海杂志公司，1947 年版，第 8 页。

尚何言哉”。[1]事实上，“人伦关系”是无法跨越的，但唯有在中国特有的文化心理中，这才成为一个重要的令人“反顾”的因素，因此，鲁迅为绝后顾之忧，以便轻装上阵，故连小孩也不想要，这里充分体现出鲁迅对杜绝“反顾”而作的努力。人们似乎可以指责鲁迅的不近人情，但如果注意到鲁迅所自觉承担的伟大历史使命，我们便能理解鲁迅的这种伟大的理性精神。况且，人们通常所谓的“人之常情”，难道不正是在很大程度上出自中国伦理文化心理？当然，鲁迅毕竟是中国人，他还必须承担中国文化心理的后果，正因为如此，他才会有那么多的“反顾”“顾忌”；也正因为他一方面想不“反顾”，另一方面又无法根本摆脱“反顾”，这才形成了鲁迅那包蕴着巨大文化内容的深刻的心理矛盾。

四

在鲁迅的内心深处，还存在着“迎战的热望”与“解脱”的潜隐欲念之间的冲突，这种冲突也常常使他陷入痛苦的心理矛盾之中。作为斗士的鲁迅，常常处于一种迎战的冲动之中。当他面逢对手，展开搏战时，他心里就感到充实，而一旦暂时遇不见对手，

1　鲁迅：《书信 · 310415 致李秉中》，《鲁迅全集》（第十二卷），第 42 页。

或一时弄不清真正的对手是谁，以及敌手被击败之后，他又常常有一种失落感，陷入一种躁动不安的心境之中。

鲁迅内心时时充斥着一种“迎战的热望”，这在他 1930 年致章廷谦的信中可见一斑：“这两年来，水战火战，日战夜战，敌手都消灭了，实在无聊；所以想再来闹他一下，顺便打几下无端咬我的家伙……”[1]对鲁迅来说，他甚至渴求敌人的迎面而来，认为“这还有点像活在人间”。但“如果收得的乃是相反的布施”，例如“捧”之类，就会觉得无端地受到了“冷嘲”，“对于自己也要大加侮蔑”，产生无聊的心境，甚至“感到将要呕哕似的恶心”。[2]这是一种非常奇特的心态：从敌人对自己的厌恶和仇恨中反而意识到一种自我的力量。他曾这样说过，“说到有人厌恶，比起毫无动静来，这是一种幸福”。甚至宣称，自己活着“大半乃是为了敌人”，为给“他们的好世界上多留一些缺陷”。[3]这种将自我的存在价值系属在敌对力量存在上的心态，可以说是与鲁迅的斗士生涯分不开的。鲁迅这种强烈的迎战的热望，一方面来自斗士的本能，另一方面也是来自对黑暗社会的清醒认识。他非常明确地意识到，在中国这样一个有几千年封建文化传统的国度里，如果要进行改革，那么将会遇到无比强大的敌对势力，而且这种敌

---

1 鲁迅：《书信 · 300222 致章廷谦》，《鲁迅全集》（第十二卷），第 5 页。
2 鲁迅：《华盖集 · 我的“籍”和“系”》，《鲁迅全集》（第三卷），第 83 页。
3 鲁迅：《坟 · 题记》，《鲁迅全集》（第一卷），第 3—4 页。

对势力因封建文化影响的无孔不入而无所不在。因此，对于一个反叛者来说，他必须始终处于精神高度紧张的状态中，时时警惕着不知将从何而来的迫害。鲁迅对于这种迫害有着特别的敏感，用他自己的话来说，在他身上“感情的高涨和收缩，也比平常的人迅速，这是受过迫害的人，大抵如此的”。[1] 正因为如此，在鲁迅身上养成了一种无休止的迎战的冲动，这种冲动使他常常陷入精神的紧张与疲惫不堪之中。

无休止的高度精神紧张、兴奋所带来的精神的疲倦感，使鲁迅在充满着迎战欲望的同时，也常常在内心升腾起“解脱”的潜隐欲念。他曾在给朋友的信中袒露自己的内心：“我常常当冲，至今没有打倒，也可以说是每一战斗，在表面上大抵是胜利的。然而，老兄，老实说罢，我实在很吃力，笔和舌，没有停时，想休息一下也做不到，恐怕要算是很苦的了。”[2]“我并不笑你的‘懦怯和没出息’，想望休息之心，我亦时时有之，不过一近旋涡，自然愈卷愈紧，或者且能卷入中心，握笔十年，所得的是疲劳与可笑的胜利与无进步，而又下台不得，殊可慨也。”[3] 这些话是鲁迅在给朋友的私人信件中讲的，这多少真切朴实地表达了他的内心世界。鲁迅没有因取得一次次搏战的胜利而感到轻松，反而只是感到“可

1　鲁迅：《书信·360406 致曹白》，《鲁迅全集》（第十三卷），第 361 页。
2　鲁迅：《书信·300321 致章廷谦》，《鲁迅全集》（第十二卷），第 7 页。
3　鲁迅：《书信·300327 致章廷谦》，《鲁迅全集》（第十二卷），第 9 页。

笑”和“吃力”，并因身心的极度劳累而产生胜利者的悲凉，渴望着休息。鲁迅就是在“解脱”的欲念与“迎战”的热望所构成的心理困境中挣扎着。

在鲁迅身上“解脱”的欲念，有时显得很强烈。鲁迅曾不止一次地对许广平说：“我们还是隐姓埋名，到什么小村子里去，一声不响，大家玩玩吧。”他还说：“你大概早知道我有两种思想矛盾，一是要给社会上做点事，一是要自己玩玩。”[1]这里所谓“玩玩”，无非是“解脱”的代名词。在鲁迅的作品中，我们时常能看到两种句型，一是“但也没有竟”怎么样；二是“由他去罢”。譬如，鲁迅不赞成“以生而失母为不幸”的观点，想写文章，“但也没有竟写”。又如，鲁迅曾想写一尖刻的文章讽刺一下某学者的“霸道”，然而，终于还是以“由他去罢”作了结。鲁迅常常想到如此，而竟又没有如此；想干一件事，忽而又“由他去罢”。这里的“妥协”性并非仅是性格上的忍让，还出自心理上“解脱”的潜隐欲念，即有时并不想事事顶真，一种精神的疲倦带来的无可奈何，使他对有些事只能以不了而了之。

其实，在鲁迅那一代知识分子的心理结构中，几乎都存在着“迎战”与“解脱”这两种因素的冲突，即既有置身于激战的热望，也有追求宁静解脱的欲念，而在不同的时期，在不同的人身

1　鲁迅、许广平：《鲁迅景宋通信集》，第232页。

上，这两方面所占的比重是不一样的，这也形成了不同人的不同心理结构的特征。鲁迅的支配性心理是热望迎战和勇猛搏斗，这是主流，人们通常看到的也是作为斗士的鲁迅，但是全面理解鲁迅，也不能忽视想“解脱”这一方面的因素，因为只有从两个方面着眼，我们才不仅看到勇猛战斗的鲁迅，还看到在心理困境中挣扎前进，在战胜敌手的同时，也在不断战胜自己，实现自我超越的鲁迅。周作人曾经也是斗士，但他心理中“解脱”与追求宁静的一面逐渐占主导地位，他未能超越自己，因而在他身上，就看不到鲁迅那种在心理困境中挣扎的伟大而悲凉的痛苦，看不到由之而体现出的丰富而崇高的精神人格。心理因素构成的差异，也许是我们理解周氏二兄弟差异的重要方面之一。

五

鲁迅的心理矛盾有时还表现为一种“忽而爱人，忽而憎人”的情绪流露。鲁迅曾明确对许广平说起过自己“忽而爱人，忽而憎人”的态度。[1] 所谓“爱人”即“为了别人”。鲁迅认为，“一切稍为大家着想，为将来着想，这大约总不会是错了路的”。[2] 只

1　鲁迅:《两地书 · 二四》,《鲁迅全集》(第十一卷)，第 79 页。
2　鲁迅:《书信 · 340424 致杨霁云》,《鲁迅全集》(第十二卷)，第 394 页。

要“随时为大家想想，谋点利益就好”。[1]鲁迅在其内心深处充满了对人类的爱。但这种“爱人”不是无原则的，当鲁迅发现有人在利用他的爱时，他便会对此产生强烈的憎恶。这体现在心理情绪上，就是忽喜忽怒，忽爱忽憎。许广平就曾这样说过鲁迅的性情：“对有些人过于深恶痛绝，简直不愿同在一地呼吸，而对有些人又期望太殷，不惜赴汤蹈火，一旦觉得不副所望，你便悲哀起来了。”[2]因为这个缘故，鲁迅的心情一直是不轻松的。

根据同时代人的记载和回忆，“鲁迅虽然多疑，然而他的心肠是好的，他是一个再善良也没有的人”。[3]“大家看起来，或者连鲁迅他自己，都觉得他的文章中有凶狠的态度，然而，知道他的生平的人中，谁能指出他的凶狠的行为呢？他实在极其平和的，想实行人道主义而不得，因此守己愈严是有的，怎肯待人凶狠呢？”[4]在待人方面，鲁迅总是从善以待之的愿望出发，但他“为了别人”“爱人”的秉性时常被人利用，这给鲁迅带来极大的精神刺激。鲁迅曾这样说起过自己的一段经历：“我在静夜中，回忆先前的经历，觉得现在的社会，大抵是可以利用时则竭力利用，可打击时则竭力打击，只要于他有利。我在北京这么忙，来客不绝，但一受段祺瑞、章士钊们的压迫，有些人就立刻来索还原稿，不

---

1 鲁迅：《书信 · 351214 致周剑英》，《鲁迅全集》（第十三卷），第 269 页。
2 鲁迅：《两地书 · 七八》，《鲁迅全集》（第十一卷），第 210 页。
3 参见李长之：《鲁迅批判》，北新书局，1935 年版。
4 孙福熙：《我所见于〈示众〉者》，《京报副刊》第 145 号。

要我选定、作序了。其甚者还要乘机下石，连我请他吃过饭也是罪状了，这是我在运动他；请他喝过茶也是罪状了，这是我奢侈的证据。”[1]鲁迅曾多次想集合一批他以为有希望的青年，一道前进，他相信“青年必胜过老年”，愿意为青年人作牺牲；但所遇到的青年中，堕落者有之，反过来攻击他的有之，结果常常剩下一个遍体麟伤的他自己。当他察觉自己的“爱人”“为别人”被一些人所利用时，他便被激怒了。这种被利用、被控制感，不仅使他感到上当受骗，而且使他感到人格尊严的受辱。这便引起了他的“复仇”情绪。由此可见，鲁迅的忽爱忽憎，并非气质性的喜怒无常，而是有着深刻根源的。欲“爱人”而不得，由“爱人”转为“憎人”，忽喜忽怒的心理情绪的变化，其原因正在于此。

可以举出许多例子来说明鲁迅的这种由“爱人”转为“憎人”的心态变化。例如，鲁迅曾在《我和〈语丝〉的始终》一文中讲到自己与《语丝》的关系。有一天，在《晨报副刊》任编辑的孙伏园来访，说自己辞职了，原因是为鲁迅的一篇稿件被新来的编辑抽掉了，于是引起争执，愤而辞职（真实的原因是，新来的编辑和晨报馆深有关系，不满于副刊，要作改革，孙伏园的位置不稳固）。鲁迅为此很抱歉，“心上似乎压了一块沉重的石头”，于是出力支持孙伏园创办《语丝》。《语丝》产生了影响，使《晨报》“似

1　鲁迅:《两地书·七三》,《鲁迅全集》（第十一卷），第200页。

乎也颇受打击”，《晨报》为此“曾经和伏园说和，伏园得意之余，忘其所以，曾以胜利者的笑容”对鲁迅说：“真好，他们竟不料踏在炸药上了！”鲁迅听到此话，忽然有一种上当感，意识到自己“意外地被利用了”，自己被人当作炸药“埋在地下了”，“使自己为别人的一个小纠葛而粉身碎骨”。为此，他“耿耿了好几天”。又如，鲁迅曾这样说起过与《莽原》杂志中一些青年人的关系：“我这几年来，常想给别人出一点力，所以在北京时，拼命地做，忘记吃饭，减少睡眠，吃了药来编辑校对，作文。谁料结出来的，都是苦果子。有些人将我做广告来自利，不必说了，便是小小的《莽原》，我一走也就闹架。长虹因为社里压下（压下而已）了投稿，和我理论，而社里则时时来信，说没有稿子，催我作文。我才知道牺牲一部分给人，是不够的，总非将你磨消完结，不肯放手。我实在有些愤怒了。”[1] 出于好心支持青年人，未想到反被别人利用，这怎能不引起愤慨呢？在鲁迅一生中，对他刺激较大，以至于由“爱人”转为“憎人”的事件，莫过于他与高长虹和他与周作人的关系破裂。鲁迅对高长虹曾加以精心扶植，但所得到的却是高长虹的种种攻击。鲁迅终于愤怒，由“爱”而转为“反击”，写了《新的世故》等文，对之加以抨击，并在小说《奔月》中将高长虹的影子融在逄蒙这个卑鄙小人的形象中。至于鲁迅与

1　鲁迅：《两地书·六二》，《鲁迅全集》（第十一卷），第 176 页。其中“我才知道……不肯放手”几句，是引者根据鲁迅手稿加上的。

周作人的“兄弟失和”，在鲁迅生活经历中更是一件令他痛心疾首的事件。据许寿裳回忆，鲁迅“对于作人的事，比自己的还要重要，不惜牺牲自己的名利统统来让给他”。但周作人“心地糊涂，轻听妇人之言，不加体察”，“从此两人不和”。[1] 此事使鲁迅内心深受创伤，以至于在较长时间内影响着他的心境，影响着他对人的本性的观照态度。

鲁迅由“爱人”转而“憎人”的心态，在他的《复仇（二）》《颓败线的颤动》等作品中得到充分体现。在《复仇（二）》中，耶稣为同胞们而死，为了爱人类而死，但这些得到恩惠的同胞却用辱骂戏弄来鉴赏他的痛苦。于是耶稣对这些忘恩负义者给以悲悯与诅咒。《颓败线的颤动》中，贫穷的母亲为了养育自己的女儿，不惜在极度痛苦与羞辱中出卖着自己“瘦弱渺小”的肉体，但得到的却是来自自己所爱的女儿的羞辱、鄙夷和怨恨。这位母亲终于弃家出走，奔向旷野，以“无词的言语”表达了自己的愤怒，愤怒里交织着“眷念与决绝，爱抚与复仇，养育与歼除，祝福与诅咒”。这些作品，都可以看作是鲁迅“忽而爱人”“忽而憎人”心态的艺术体现。鲁迅是“爱人”的，但得来的却是恶报，于是转而憎之，以为复仇。然而，在他心灵的最深处却总是奔泻着爱的激流的。唯有能爱，才能产生憎恨。而这种憎恨却又实在是根

1　许寿裳：《亡友鲁迅印象记》，第 69 页。

源于爱。当爱遭到毁灭，又依然执着于这种爱，才会转而为憎。这里，我们也就会理解，为什么在鲁迅的心理上会产生“爱”与“憎”的如此大的反差，就会理解鲁迅何以“善怒”，何以“性情太特别”。而这又有助于我们进一步理解鲁迅许多作品中的情绪潜流。

六

鲁迅的心境常常是很特别的，这表现为时而明朗，时而黯淡。据冯雪峰回忆，鲁迅的心绪常处于极度的不平衡之中，心境有时“相当阴暗和颓唐”，有时“又非常明朗”。[1]鲁迅阴暗颓唐心境的产生，主要是在他感受到周围环境的强大压迫时，以及处于疾病的折磨之中时。鲁迅从少年时代就染上肺病，身体健康状况长期不佳。鲁迅曾说，人一有这病，便容易灰心颓唐。尽管鲁迅对自己的病“采取了蔑视的或漠然不关心的态度”，但“病却总在威胁他。只有从这而来的一个阴影，总在向他窥视，乘他不备而侵袭他的心情。当他愉快地谈着，说他在计划着什么工作的时候，有时忽然脸色会阴沉起来，一会儿不说一句话。……这无疑就是他不提防而意识到那个阴影了”。[2]在鲁迅一生中，疾病和死亡的

1　冯雪峰：《回忆鲁迅》，第 67 页。
2　冯雪峰：《回忆鲁迅》，第 76 页。

"阴影"从来就未曾跟他彻底分离过，因此，鲁迅始终面临着一个从生理的痛苦、心理的重负中解脱出来的问题。这一因素与其他因素交织在一起，就产生了鲁迅时而明朗、时而黯淡的心境。当鲁迅理智地看待这一问题，并尽可能将生理、心理痛苦转化为一种对民族、对人类的悲悯情感时，他能产生一种超然情绪，心理上多少得到一些解脱，当他自觉地将有限的生命，投入到能使人忘记一切自我的斗争中去时，他甚至能产生某种心理上的崇高感，在这种情况下，他的心境相对明朗。而当他陷入这种疾病与死亡的阴影的纠缠之中，而又偏偏遇着不顺心的以及令他难以忍受的现实境况，以至于这种阴影强化时，鲁迅的心理便处于一种因无法承受压力而导致的厌世状态中。许广平曾在一封给友人的信中谈道：女师大事件之后，"周先生病矣，病甚沉重，医生有最后警告，但他本抱厌世，置病不顾，旁人忧之……"。[1]鲁迅自己亦曾谈到过自己"常常想自杀，也常想杀人"。当时曾有这样一件事，鲁迅卧床的褥子下面常放着一把短刀，外面传说这把刀可能为自杀之用，许广平特为此写了一封信给鲁迅，信中含蓄地说:"不必过于欢迎'阎王'！闭了眼睛什么好的把戏也看不见了！幔幕垂下来了！要'捣乱'……""还是设法多住些时好，褥子下明晃晃的钢刀，用以克敌防身是妙的，倘用以……"[2]"用以"

1　鲁迅、许广平:《鲁迅景宋通信集》，第321页。
2　鲁迅:《两地书·二五》,《鲁迅全集》（第十一卷），第82页。

后面的省略号代替了“自杀”二字。许广平之所以相信鲁迅会自杀，是因为她了解鲁迅“本抱厌世”的黯淡心境，“厌世”与“自杀”之间是没有不可逾越的界限的。就在这之后不多几天，鲁迅在给一位朋友的信中曾这样写道：“酒也想喝的，可是不能。因为我近来忽然还想活下去了……我近来的思想，倒比先前乐观些，并不怎么颓唐。”[1]这些话恰恰可以反证出他曾经不想活下去，曾经情绪很颓唐。不能忽视生理因素对鲁迅心境的影响。鲁迅曾描述过自己的心境与身体状况的关系：在病乏之中，“的确什么欲望也没有，似乎一切都和我不相干”；但病情“有了转机之后”，又忽而觉得一切“都和我有关”，“我存在着，我在生活，我将生活下去，我开始觉得自己更切实了，我有了动作的欲望……”。[2]可以说，鲁迅是热爱生活、热爱生命的，只是由于疾病的折磨，他常常陷入厌世的阴暗心理状态中。

当然，鲁迅黯淡的心境还不仅仅是由身体的疾病造成，在他感到孤独与寂寞的时候，有时也会呈现出晦暗的心理。鲁迅的性格确有“内倾”的特点，他不爱“群”而爱孤独。由于对环境压迫的过于敏感，他形成了对“群愚”的恶感，他讨厌一般人的“语言无味”，他慨然于天下浅薄者之多。[3]他公然表示，“我在群集

1 鲁迅：《书信·260617致李秉中》，《鲁迅全集》（第十一卷），第468页。
2 鲁迅：《且介亭杂文末编·“这也是生活”》，《鲁迅全集》（第六卷），第599—691页。
3 鲁迅：《两地书·五四》，《鲁迅全集》（第十一卷），第152页。

里面，是向来坐不久的”，[1]而一旦“离开了那些无聊的人亦不必一同吃饭,听些无聊的话了,这就很舒服”。这种喜孤独而不喜“合群”的性格，一方面表现了鲁迅的独立人格，另一方面也是他出于对环境迫害加以防卫的需要。但在其心态上，这种不合群则常常使他产生一种无法排解的寂寞和无聊。长期处于孤独的生存状态下，处于寂寞感的包围之中，势必会有心理上的忧郁。以忧郁的心理看事物，有时便不免带上阴暗的色调。有研究表明，在鲁迅的所有作品中，所使用的色彩词汇，诸如黑色、墨色、灰色、暗色等占了最高比重。

“明朗”的心境与“黯淡”的心境都包含着人类发展的文化积淀。心境的明朗有益于身心健康，但它所包蕴的文化内容也相对单纯；心境的黯淡不利于人的身心健康，但它所包蕴的文化内容有时却又是深刻而丰富的。具体到鲁迅身上，诚如我们前面所论及的，这种黯淡的心境以及这种心境所包括的全部实质性内容，是具有深刻的文化价值的，尤其是它在一定程度上玉成了鲁迅的文学创作，带来了鲁迅作品的特有艺术魅力。鲁迅曾说过，“人感到寂寞时，会创作，一感到干净时，即无创作”。[2]这正可以看作是鲁迅对自己的创作心态所作的注解。

总之，鲁迅的内心是充满了各种矛盾和冲突的，分析这些心

1　鲁迅:《两地书·八》,《鲁迅全集》(第十一卷)，第30页。
2　鲁迅:《而已集·小杂感》,《鲁迅全集》(第三卷)，第532页。

理矛盾，能给人以诸多启示，我们不仅可以从中窥视文化转换期先驱者的必然的内心痛苦，我们还可以从这些心理冲突中透视整个时代的文化的过渡性特征。这有着极其重要的文化史意义。

结语　鲁迅在中国现代文化史上的意义

一

在中国近现代文化发展史上，也许再也找不到第二个像鲁迅这样具有代表性的人物了。正如任何一个民族的文化伟人一样，鲁迅作为中华民族的文化精英，必然地具有丰富的典型性和“文化史”的意义。可以说，鲁迅的文化思想道路，较为充分地代表了 20 世纪初多数文化人所经历的思想历程。20 世纪初一大批最优秀的知识分子，他们是沿着一条充满了苦闷与追求、彷徨与抉择、前进与倒退的艰难曲折的道路走过来的，他们经受了作为变革时期第一代文化人所必然要经受的痛苦的心灵历程。鲁迅身上具有这一代知识分子所具有的共同特征，研究鲁迅有助于我们了解整整一代文化人。

而且，作为文化现象的鲁迅，其本身所显示的中国新旧文化转换期的一些基本特征，也使得对鲁迅的研究成为把握新旧文化转换期重要标记的有意义的工作。“五四”作为一个文化启蒙运动，是绵延了数千年的中国文化史上的一个伟大的转机，中国现代文化正是从这里开始了破旧立新的重建工程。如同任何一个国家、任何一个文化转换的伟大时代一样，这是一个“需要巨人而且产生了巨人”的时代。鲁迅正是应时代的召唤而产生的，代表中华民族现代文化意识在痛苦中觉醒的、促成民族文化转换的一代巨人中的一个杰出的代表。他以其巨大的思想深度和坚毅的探索精神，以其博学多才和非凡的秉赋，无愧地承担起了这个文化转换时代所赋予他的艰难的历史任务。他不仅在总体上代表了“中华民族新文化的方向”，而且以其杰出的文化业绩和在各具体文化领域中破旧立新的成就，树起了作为文化新与旧分野标记的里程碑。同时，鲁迅主体方面所包蕴的文化内容以及他自身所具有的全部的内在矛盾，也无疑在标示着一个特定的文化时代，昭示着特定历史时代的文化内涵。

与任何一个文化史上的巨人一样，鲁迅的文化意义绝不仅仅属于他所生活的那个时代，而且也属于他以后的时代。鲁迅面对新的历史时代，立足于文化转换期可能达到的历史高度，着眼于未来所提出的诸多文化的基本命题，在其后相当长的历史时期直至当今时代，仍是并未过时的文化革新的重要内容。特别是鲁迅处于文化转换期所表现出的一些基本的文化态度，对于同处于文化转换期的现在，仍有着极具价值的参考意义。正是在这个意义上，我们可以说，鲁迅在中国文化史上的典型意义还在于他对中国文化发展的久远的影响。

二

如何对待中外文化传统，如何从中外文化中汲取养分，这是任何一个处于新旧文化转换期并立志促成这种转换的人都无法绕开的一个问题。

鲁迅这一代人都曾被这一问题困扰过。自 19 世纪 40 年代开始，西方文化在愈来愈大的规模上撞击着中国的大门。但这种撞击不是中华民族自觉自愿地迎来的（不像中国历史上的盛唐时代，盛唐文化曾在强大的国势之下，气度雍容地接受印度佛教文化的撞击，并通过对外来文化的自觉自愿的融合达到自身的超越），而是在丧权辱国的处境中被迫接受的。这一历史的特点在中国人的心灵上投下了浓重的民族危机感和文化危机感的阴影。中国人从“宇宙中心”“老大帝国”的幻梦中被惊醒了，他们忽然发现，自己时时沉醉于其中的对几千年文化的优越感颇有些值得怀疑，在许多文化领域中，中国已远远落后于西方。最先觉醒的知识分子首先表现出了一种对于中国可能面临的亡国灭种的灾难的历史焦灼感，他们继而对民族自身的文化进行严肃的反省。19 世纪末 20 世纪初，在一些爱国的仁人志士的脑中始终萦绕着的问题就是：西方强盛、中国落后的原因是什么？中国应该向西方学习什么？什么是根本的民族复兴之道？这些问题集中到文化方面，人们的思考中心则是如何对民族文化进行现代化改造的问题。

浓重的文化危机阴影使许多知识分子在思考这些问题时常常走向两种极端，一种是对民族文化彻底失却信心，企冀以西方文化取代中国文化；另一种是缺乏对西方文化汲取、融合的能力和信心，试图以排斥外来文化影响来单方面振兴民族文化。这两种设想基本上都是行不通的。一方面，文化系统的形成，根源于特定民族的特定历史过程，文化会随历史的变迁而变迁，但完全以植根于别的区域、别的种族、别的历史过程的文化系统来取而代之，这是根本不可能的。因此，企冀以西方文化完全取代中国文化，其设想有革命性的一面，但实际上却难以实行。另一方面，中国文化在几千年的发展过程中，形成的一种强大的惰性力，使整个文化系统呈现出超稳定结构状态，如果不借助外力的冲击，要想在其自身找寻根本变革的出路，试图排斥外国文化影响，关起门来单方面地振兴民族文化，也是不可能实现的。

在 20 世纪初的人们对西方文化挑战的种种反应中，鲁迅的态度是值得重视的。鲁迅很早就提出了一种充满进取精神的文化构想："外之既不后于世界之思潮，内之仍弗失固有之血脉，取今复古，别立新宗。"[1]这可以看作鲁迅在20世纪初面对西方文化挑战所采取的总体态度和对民族文化进行现代化改造的基本构想。鲁迅认为，对民族文化固有的血脉，在不失其信心的前提下，应加以辨析、扬弃和选择；对世界文化思潮，则在打破闭关锁国状态的基础上，应以积极的态度去占有、挑选和"拿来"；在这两条途径的相辅相成的结合中，去创建中华民族的新文化。从这一基本构想出发，鲁迅形成了贯穿一生的中外文化观：对中华民族优秀文化因素的传承和对外来文化中先进文化因素的"拿来主义"。这里，充分显示出了鲁迅所具有的崇高的情怀和开放的胸襟。鲁迅的这种文化构想在20世纪初有其代表性，正是鲁迅这一代文化人，通过这两条相辅相成的途径，架通了中华民族文化生命与世界文化进步思潮之间的桥梁。

鲁迅在深刻的文化反省中，始终坚持着"全面反传统"的精神；这应该看作他对上述文化构想的合理发展。"全面反传统"在鲁迅那里是一个具有战略性的口号。鲁迅目睹了中华民族两度失去跻身于世界先进行列的机会：一次是戊戌变法失败，失去了走日本明治维新道路的机会；一次是辛亥革命后的政局逆转，失去了走法、美民主共和道路的机会。痛定思痛之后的思考，使他不能

1　鲁迅：《坟·文化偏至论》，《鲁迅全集》（第一卷），第56页。

不提出这样的问题：为什么社会与文化的进步，对于中国来说竟是如此艰难曲折？鲁迅深刻地认识到，衰老的国度“正如人体一样，年事老了，废料愈积愈多，组织间又沉积下矿质，使组织变硬，易就于灭亡”。[1]这种历时数千年的文化沉积，形成了一种可怕的历史惰力，即畸形的民族文化同化力，使得任何先进的东西都或遭拒绝，或被同化，改变成能适应于维系旧事物生命的东西。这种惰性严重阻碍着中国在世界文化交流中取优补劣。因此，鲁迅觉得，只有在整体格局以及整个体系上全面反传统，先进的东西才会被真正接受过来，并充分发挥其效能。当然，鲁迅并非看不到中国文化的长处，但在他看来，多讲本国的优点容易使人陶醉，不思改进；而对弱点的批评，则能促人觉醒，激起人们改变现状的热情。鲁迅并不反对在打破传统文化的整体格局之后，对那些局部的、具体的积极性文化因素进行传承和汲取。这里，正体现了鲁迅民族自强精神与民族自我批判精神的高度统一。

站在文化转换的历史关头的人们，都无疑会遇到如何处置本民族传统文化与外来文化的关系的问题。能否正确处理好这种关系，对于能否推动这种文化转换有着极其重要的意义。鲁迅对于中国文化发展的历史贡献，他所取得的诸多文化业绩，在较大程度上正是取决于他的这种对待中外文化关系的正确态度。这种态

1 鲁迅：《华盖集·十四年的“读经”》，《鲁迅全集》（第三卷），第130页。

度对于同样处于文化变革历史关头的当代中国人来说，其借鉴意义是不言自明的。

三

同样值得注意的，是鲁迅在诸多文化层次中所选择的文化革新的主攻方向。

就鲁迅那一代知识分子而言，他们基本的历史使命是促进中国民族文化向现代化方向的转换。但在广阔的文化领域中，这种转换首先应该从哪里开始呢？在鲁迅之前的一些新派人物中，较为关注的是两个方面，即“物质文化”方面和“制度文化”方面。一部分人认为，西方之所以强盛，乃在于“物质文明”的发达，因此，中国文化的转换，关键也在“物质文化”方面；于是，他们纷纷“竞言武事”，热衷于“制造商估”等（如“洋务运动”的提倡者们，其后出现的“实业救国”论者实亦继承了这一思路）。另一部分人则认为，西方的强盛在于“社会民主政治”，因此中国文化的转换，关键是在“制度文化”方面；于是，他们纷纷“以众治为文明”，热心于“立宪国会之说”等（如主张“维新”，热心“共和”）。然而，鲁迅却提出了与此不同的看法，他明确指出，“欧美之强，……根柢在人”，物质文明、民主政治等等，“此特现象之末”。也就是说，鲁迅认为西方强盛之根本在于人自身，在人自身精神文明的高度发达；至于物质文明和民主制度等等，都是在人自身精神文明发达的基础上才得以产生的。如果片面强调物质文明和民主政治，而忽略人的精神文化的发展这个首要因素，则无异于舍本求末。事实也一直在证明着这一点。高度的物质现代化，如果没有具备高度现代化精神文明的人去掌握，就可能产生两种结果，一是现代化物质文明不能充分发挥其效能，二是高度的物质文明为愚昧所用，助长了野蛮、落后与丑恶。至于民主政治，也必须由具有民主意识的人去掌握，否则所谓民主政治终会落入少数人的掌握之中。鲁迅由此得出结论：中国文化的历史性转换的主攻方向，应该是在主体精神文化方面，即应注重人自身的精神文化变革。用鲁迅的话说，“其首在立人，人立而后凡事举；若道其术，乃必尊个性而张精神”，“国人之自觉至，个性张，沙聚之邦，由是转为人国”。[1]这里所谓“立人”，其内容主要是指人的个性意识的自觉和人的精神的张扬。鲁迅极力倡导这种主体精神文化的建设，主要是从两个方面着眼的。第一，西方文化发展的历程。西方文化的突转性发展，始于人的觉醒；西方近代文化与中世纪专制主义文化的根本对立，就在于对人的价值的肯定还是否定。正如马克思在《〈黑格尔哲学批判〉导言》中所说的，

1　鲁迅:《坟 · 文化偏至论》,《鲁迅全集》(第一卷)，第 56—57 页。

封建专制制度的唯一原则就是轻视人类，使人不成其为人；而使人真正摆脱中世纪桎梏的唯一途径，便是“从宣布人本身是人的最高本质这个理论出发的解放”。[1]如果没有这样的人的解放的运动，没有对主体精神文化建设的高度重视，则很难想象会有后来那样高度发达的“物质文化”和“制度文化”。第二，中国文化的历史现状。在有着几千年封建专制文化传统的中国，对于人的价值的贬抑、个性的压制、思想的束缚，远比欧洲历史上的封建国家为甚。基于以上两个方面，对人的价值的强调，重视人本身精神文化的建设，对于冲破中国封建专制主义对人们的精神束缚，对于唤起民族自觉，对于创建一种迥异于封建旧文化的民族新文化，具有特殊的重要性和迫切性。

与倡导主体精神文化建设相联系，鲁迅以极大的精力关注并思考了“改造国民性”这一历史命题。“改造国民性”命题的提出，对清理封建专制文化在社会心理中的历史沉积，促进人的现代化是具有革命性意义的。改造国民性的思想，几乎贯穿了鲁迅的一生，他在对各具体文化领域进行反省时，都无一例外地涉及“国民性”问题。例如，在伦理文化批判中，鲁迅挖掘了中国人身上专制主义与奴隶主义根性的文化根源；在谈语言文字问题时，鲁迅也未忘记透过语言现象揭示中国人的落后文化心理；在剖析宗

1 ［德］马克思：《〈黑格尔哲学批判〉导言》，《马克思恩格斯全集》（第一卷），第 467 页。

教问题、民俗问题时，鲁迅也总是与揭示中国人性格中潜隐的落后面相联系。这里值得强调的是，鲁迅在这一问题上所显示出的健康的文化态度：敢于直面现实、正视民族弱点，敢于触及为一般人所忌讳的中国人性格中的隐秘之处。鲁迅改造国民性的思想，在中国文化发展史上可以说是光彩夺目的一页。对于现今的中国来说，鲁迅所揭示的种种国民性弱点中的有些方面也许已成为历史，但鲁迅重视主体精神文化建设的做法，对今人却仍有很多启发。历史已经比鲁迅的时代更跨进了一步，我们有时间来从容地、更全面地考虑问题；而鲁迅所提供的历史思考，对我们无疑仍是一份宝贵的精神财富。尤其是当我们反复看到一些诸如高度现代化设备引进后产生不了高效率，先进的物质文明在中国却与传统迷信发生嫁接等社会现象时，我们不能不惊叹于鲁迅将人的现代化作为文化革新主攻方向所具有的文化战略眼光。

四

在鲁迅的文化态度中，他对文化发展始终坚持采用的“全局性”眼光，也应引起我们的重视。鲁迅在各具体文化领域中对传统文化进行反省时也好，在提出建设性主张时也好，他的出发点都在于整体的中国文化的革新和发展。当他从事艺术活动时，他的考虑并非从纯粹的艺术出发，而是从有助于文化的进步着眼，并不惜为之作出种种自觉的牺牲（例如文艺创作中的“非艺术化”倾向）；当他谈论语言问题时，他的思路却并不局限在语言文字本身，而是从文化革新的迫切性出发，甚至喊出了“消灭汉字”的偏激之论；当他涉及伦理文化问题时，他从整体文化进步的需要出发，对传统的伦理道德观念进行了无情的批判；等等。这种对于文化的“全局”眼光，使鲁迅的文化思考真正具有了文化史的价值；离开了文化发展史的尺度，我们往往难以对之作出中肯的评价。人们可以从文学“本体性”的尺度去批评鲁迅的非艺术化倾向，可以从汉语言文字的种种长处去指责鲁迅的偏激，可以从中国家庭所特有的脉脉温情、融融之乐去反驳鲁迅对中国伦理文化的否定，等等；但是，我们却无法否认鲁迅从这些领域出发对中国整体文化进步所作出的杰出贡献。

鲁迅早在《文化偏至论》中就曾对文化的偏至现象作过分析，他指出，在不同的历史阶段，对文化有不同方面、领域的侧重，这种偏至具有不可避免性。其实还不仅如此，从文化发展的历史看，在文化发展的具体阶段上，文化的整体性、全局性的发展，常常会以牺牲一些具体的文化领域为代价，这也算是一种文化的“偏至”。更何况鲁迅处在那个特定的文化转换期，当鲁迅面临的历史任务与具体文化领域的文化价值之间发生矛盾时，他是顺应历史的要求来作出选择的，他不惜放弃在具体文化领域中可能取得的更高成就，放弃对一些具体文化领域中有价值成分的张扬，去促进文化的全局性发展和转换。这种“全局性”眼光是真正的“文化”的眼光。仅仅从单个文化门类的纯领域价值去评判鲁迅的贡献，则可能忽视了鲁迅的真正的文化意义。

鲁迅对于整体文化发展的“全局性”眼光，对当今来说，也并非全无意义。如何正确处理好具体文化领域的价值与整体文化发展的历史任务之间的关系，也许正是当今的文化人所面临的一个难题。那么，鲁迅当年的选择以及做法，最起码为今人提供了一种参照。总结其功过得失，对今人的借鉴作用是不言而喻的。

五

在中国近现代文化发展史上，作为文化现象的鲁迅，其本身就带有新旧文化转换的标记性特征，这对后人研究这个时代的文化思想特点有着极其重要的意义。同时，鲁迅的文化精神与他的文化业绩一道，不仅具有文化史的意义，也有着诸多的现实启迪作用。

时代特点和历史任务的某种同构性，使五四时期文化先驱们对民族文化的反省以及由此留下的思想资料，对于当今来说显得格外宝贵；而作为五四新文化运动重要代表者的鲁迅对中国文化的深刻反思，尤应引起我们的重视。鲁迅对民族文化的反省和思考，几乎涉及了中国精神文化的一切领域，这种反省和思考为今天的文化革新提供了诸多有益的可供借鉴的东西。当然，这种借鉴既包括对鲁迅精神的“拿来”，也包括从对鲁迅思想成果的评价中引发出的新的启示。

鲁迅精神首先体现为清醒的现实主义精神。清醒的现实主义的主要特征是从实际出发，面向现实，实事求是，绝不回避矛盾。鲁迅毫不留情地暴露旧社会的黑暗和虚伪，指出其“陷入瞒和骗的大泽中，甚而至于已经自己不觉得”，“于是无问题，无缺陷，无不平；也就无解决，无改革，无反抗”。他呼吁人们“取下假面，真诚地，深入地，大胆地看取人生”。[1] 正视现实，是进行改革的基础和前提，只有承认矛盾才有可能解决矛盾，因此鲁迅强调“一到不再自欺欺人的时候，也就是到了看见希望的萌芽的时候”。[2] 在强调正视现实的同时，鲁迅还特别重视要努力用行动来改变现实，他指出，“现在的青年最要紧的是‘行’，不是‘言’”。[3] 他强调路是人走出来的，“遇见深林，可以辟成平地的，遇见旷野，可以栽种树木的，遇见沙漠，可以开掘井泉的”。[4] 今天，中国人民正在走着一条适合中国国情的中国式的现代化道路，因而发扬实事求是的清醒的现实主义精神，仍具有十分重要的现实意

1　鲁迅:《坟·论睁了眼看》,《鲁迅全集》(第一卷)，第 238、241 页。
2　鲁迅:《华盖集·补白》,《鲁迅全集》(第三卷)，第 101 页。
3　鲁迅:《华盖集·青年必读书》,《鲁迅全集》(第三卷)，第 12 页。
4　鲁迅:《华盖集·导师》,《鲁迅全集》(第三卷)，第 56 页。

义。坚韧的战斗精神，也是鲁迅精神的重要方面。鲁迅的坚韧战斗精神的主要特征，一是体现为敢于在无路中找寻出路，在几乎无望的环境中找寻和创造希望，在艰难险阻面前显示出不屈不挠的坚韧毅力；二是体现为反对匹夫之勇，坚持智勇结合的、坚实而深沉的理性精神。鲁迅的坚韧战斗精神对于现实中的中国人来说，无疑是有着积极的精神导向作用的。

鲁迅精神有着极其丰富的内涵，它还包括诸如“横眉冷对千夫指，俯首甘为孺子牛”的硬骨头精神和自我牺牲的精神；严于解剖自己往往甚于解剖别人的与民族共忏悔的自我批评精神；时时想到中国、想到中国的未来的强烈的爱国主义精神；等等。这些精神对于每一个中国人来说，都是一笔取之不尽、用之长久的精神财富。发扬鲁迅精神，对于增强民族自信心与民族自尊心，对于重铸民族精神，对于中华民族的伟大崛起，有着深远的历史意义。

至于鲁迅在各个具体精神文化领域中对民族文化所作的深刻反省和思考，则更是直接为当今的精神文化建设提供了诸多思想资料。鲁迅对中国伦理文化所作的深入而系统的批判以及他所提出的新的伦理道德的设想，鲁迅对宗教文化的深刻分析，鲁迅对民俗文化的探讨，鲁迅对国民性的批判和改造国民性的设想，鲁迅对传统文学的解析，鲁迅对语言文化的透视，鲁迅的文学观念，等等，不仅观点精辟，振聋发聩，而且分析透彻、发人深思。这些都无不从思想观念到思想方法等多个方面给今人以启示。

初版后记

这里，想先引录一则我几年前作的短文：

扬沸一时的“方法热”，曾几何时，已被“文化热”所取代。如果我们能面对纷纭迭起又各各消逝的思潮作些冷静的思考，也许我们能使新的“热”在历史上发出更多的光。

“方法热”由盛极一时而又很快归趋为冷落，其原因是很值得深思的。无可否认，“新方法”之成为“热”，的确体现了文化界普遍的知识更新的要求，和冲破文艺理论批评单一思维定式，向多样化方向发展的要求。但“方法热”在一开始就存在着的一系列的潜在危机，使这场颇有声势的热潮未能起到本来可以起到的作用。这里面有可以汲取的教训，尤其是对当前正在兴起的“文化热”来说。

一种刚刚出现的理论或方法，往往是不完备的，对此人们应宽容待之。但如果任其永远不完备下去，其结果则很可能是这种理论或方法的迅速自生自灭。在“新方法”的“热”中，一开始就存在着提倡者多、具体研究者少，甚至很少有人对各种新方法作过认真解释的现象，这种整体的朦胧状态，在其发展过程中一直未能消除。缺少理论的完备性和透明度，是“方法热”迅速冷落下去的主要原因之一。在眼下正兴盛的“文化热”中，我们看到了类似的情况：提倡“文化研究”“文化视角”的人多，而实际进行“文化研究”和采用“文化视角”进行研究的人少。甚至，对于“文化”本身，到目前为止，尚缺少一个较为准确、系统的界定。对“文化学”理论的阐释和介绍，比之那些冠之以“文化”的大小专著和文章来，充其量只是一毛之于九牛。在看似轰轰烈烈的“文化热”背后，充满着真正的“文化”困惑和理论的混沌。有许多文章难避故弄玄虚之嫌，常常将一个简单的问题故意复杂化，以此来显示所谓文化的“深层性”。更有不少文章在使用文化人类学有关概念时，不求甚解，不作界定，“以意为之”。这些，都人为地增加了相互沟通和交流的困难。此种状况不改变，难免不重蹈“方法热”的覆辙。

一种理论或方法，它的生命力在很大程度上取决于它的实践效用。“方法热”的兴起，无疑是起过积极作用的。例如，它对多年来形成的“一法独尊”的理论模式的有力冲击，为理论的多元、方法的丰富多样化发展提供了有利的条件。再如随着“方法热”而来的新概念新名词也为扭转以往理论模式中解释单位的贫乏、单调的状况提供了一种可能。但由于在“新方法”提倡与使用过程中存在着严重的死板、生硬、为方法而方法的倾向，“新方法”的实践效用未能充分发挥出来。从一些使用“新方法”的研究文章来看，方法固然很新，但大多停留在对原来已有的观点进行重新论证上，常常是老材料的重新排列组合，而结论又鲜有新的突破。这样，“新方法”与旧方法充其量也只是“殊途同归”的关系，“新方法”的优势也就无从说起。在有些文章中，所谓“新方法”甚至成了一种外加上去的东西，不仅未起到揭示研究对象特质的作用，反而把一些本来可以让人接受的观点变得令人难以接受。这种实践效用的低下，是新方法“热”难以长久下去的又一重要原因。这个教训对“文化热”也不无启迪。眼下有分量的以“文化学”“文化视角”来切实地对各种“现象”作认真研究，并得出令人信服又令人耳目一新的结论的成果还不多见。如果仅仅满足于大造“文化”声势，而不注意切实的文化研究工作，不能以研究实绩来显示“文化学”“文化视角”

的实践效用，则“文化热”的结局也是不难想象的。

一种理论或方法，以其“新”的、独特的面目而自立，这固然是很重要的，但如果它对以往的旧理论或旧方法中的合理因素缺乏包容性，则也可能因其偏狭性给自身的发展带来潜在的危机。在“方法热”中，许多提倡者为了突出新方法的地位，不是以新方法自身的功用来显示其地位，而是以片面排斥或否定以往一切方法和理论的做法，来为“新方法”占据地盘。这种做法必然超出了“社会心理相容度”，因而引起了不止少数人的反感情绪，这就大大增加了“新方法”被普遍接受和应用的困难。其实，面对丰富多彩的研究对象，其研究角度和研究方法也应该是多种多样的，任何一种理论或方法，都有其不可避免的片面性和不可取代的优势。在这个意义上可以说，新、旧理论和方法永远处于同一起跑线上。旧的经过改造和革新可以获得新的生命；新的若独行其是、缺乏对以往理论和方法中长处的包容性，则也可能因其片面性成为一种新的僵化模式。“方法热”的这些教训对“文化热”是有意义的。我们在热衷于“文化视角”时，千万别忘了，它也只是“视角”之一种，对一些现象来说，它可能是最佳视角，但它不可能是适用于一切研究对象的最佳视角，“文化学”的方法，也绝不是唯一可行的研究方法。如果片面夸大“文化视角”的效用，甚至试图以“文化学”的方法去取代以往一切理论方法，这就不可避免地导致理论与方法的新的单一化、片面化。“文化学”“文化视角”的优越性只能是在运用它们进行实际研究时显示出来。

当然，无论从哪个方面来看，正兴旺的“文化热”在其意义和效果方面都是“方法热”所不能比拟的，因此“文化热”的命运也绝不会像“方法热”那么短暂。唯其如此，我们更应有所珍视，更应尽可能地让它给历史留下更多精彩而有价值的东西。我们需要的是更为切实的工作。“文化热”尚正红火，据说有人已在准备为下一个“热”推波助澜了。是喜是忧？在结束了多年的封闭状态后，中国文化的发展从“二十年等于一天”的“龟行”时期进入了“一天等于二十年”（马克思语，转引自列宁《卡尔·马克思》）的飞速发展时期。在这样的时期，各种文化、思潮、理论的纷至沓来，闪烁般敷演过去，确实具有一种难以避免的历史必然性。但此中也并非没有人为的因素：追赶先进潮流的紧迫感，使人们试图在极短的时间内匆匆完成实际必须在较长时间内才能完成的过程。在这里，过程本身被看成了目的。这是要付出代价的！从历史发展的辩证法来看，这种仓促性也许会在不远的将来，以“二十年等于一天”来作为补偿。

以上这篇题为《从“方法热”到“文化热”》的短文写于1987年（发表于《社科信息》，1988年第6期）。其时，我正在进行本书的撰述工作，该文的内容是我撰述中所想到的一些问题。在写这本书的过程中，我力图避免出现文中所谈到的一些流弊，但由于自己才力不足而难以幸免也未可知。可以用来作自我安慰的是，我写作的自始至终，是将此作为一项非常严肃的文化研究工作来做的。

最早涉及该书内容的研究是在1986年。那年参加为纪念鲁迅逝世五十周年而在北京召开的鲁迅研究国际学术讨论会，我提交的论文是《鲁迅与语言文化》，这就是本书的第三章的雏形。在一些师友们的建议和鼓励之下，我循着这一路子，一个问题一个问题地展开研究，历经数年完成了这部书稿。此后，又以该书主要内容为基干，连续三年四次给本科高年级以及一些研究生开设了选修课，每次授课，常有新得，所以又几易其稿。现在呈现在读者面前的也许是一本并不丰厚的小书，但在劳作者自己，却是花费了不少心血的。

在该书的写作中曾得到钱理群、葛兆光等同志的指点、鼓励或帮助，在此谨致以诚挚的感谢。

1991年2月

补记

《历史转换期文化启示录——文化视角与鲁迅研究》一书1990年完成，1992年8月由辽宁教育出版社正式出版。该书1994年获得江苏省第四届哲学社会科学优秀成果奖。以书中诸章节主要内容为基础，曾整理发表了多篇学术论文：

《鲁迅与语言文化》，《中国现代文学研究丛刊》，1987年第2期。

《鲁迅的文化哲学思想及其文化反省的方法特性》，《鲁迅研究动态》，1989年第10期。

《鲁迅艺术活动的文化目的及其与中国传统文学的关系》，《中国社会科学》，1990年第2期。该文1995年获得江苏省教委高校人文社会科学优秀成果奖二等奖。

《鲁迅的佛教文化观》，《鲁迅研究月刊》，1990年第11期。

《鲁迅的道教文化观》，《鲁迅研究月刊》，1991 年第 3 期。

《文化视角与鲁迅研究》，《中国文化与中国哲学》（1988 年年刊），生活 · 读书 · 新知三联书店，1990 年 12 月出版。

《鲁迅与民俗文化》，《鲁迅研究月刊》，1991 年第 10 期。

《鲁迅的伦理文化观》，《江海学刊》，1992 年第 1 期。

2023 年 10 月补记

鲁迅文学观综论

第一章　社会功利性的价值取向

——鲁迅文学观的独特性

作为文学家的鲁迅，他的历史功绩不仅仅是在于他为新文学提供了大量文学创作的精品，而且还在于为中国现代文学理论批评作出了巨大的贡献。研究鲁迅的文学观，不仅有助于加深对鲁迅思想和作品的理解，而且有助于加深对整个中国现代文学发展的历史的认识。鲁迅的文学观有其自身的独特性。虽然，鲁迅“不是像一个理论家似的常常注意到逻辑的完整性，而是更多地注意实际的用处和更多地受事实的教训所影响”，[1] 但是鲁迅在长期的文学生涯中，一方面以其创作实践昭示了自己的文学观，另一方面又通过概括自己在文学实践和社会实践中积累起来的丰富经验，并融注进所吸取的古今中外文艺理论批评的精华，逐步在大

1　冯雪峰：《回忆鲁迅》，第 155 页。

体上形成了他自己相对完整的文学观的体系。要从鲁迅文学观的独特性去加以研究，从而揭示其独特的价值，而不应将鲁迅的文学观简单地纳入一般的文艺学原理的框架中加以敷衍、比附。近些年来，对鲁迅文学观的研究取得了很多成果，但也应该看到，有为数不少的研究忽略了鲁迅文学观的独特性，而往往是基于同一个先验的、静止的理论框架，进行求同研究，在同一个封闭的理论圈中做文章，因而产生了这样的结果：鲁迅的文学观，包括他对文学问题的论述和他的创作，至多只是充作证明一般文艺原理的材料，所得出的结论，也多是一般的文艺学原理的结论。这种研究，从一般文艺学原理的角度看，虽也不无价值，但从鲁迅文学观研究的角度看，它并没有贴近鲁迅自身，并未充分兼顾鲁迅文学观本身的独特性。这样，就难以揭示鲁迅文学观的独特的意义和贡献。因此，鲁迅文学观的独特性，应是我们研究鲁迅文学观的一个基本的出发点。

一

如何让鲁迅文学观的研究更贴近鲁迅自身呢？鲁迅研究界，曾有一个口号喊了许多年，即“让研究回到鲁迅自身去”。这个口号是基于研究中对鲁迅自身特征的偏离倾向而提出来的，但要将这个口号变为实践，那么首先遇到的就有这样一个问题：鲁迅自身最有意义、最有价值、最本质的特征是什么？这个问题对于把握鲁迅文学观的独特性同样是至关重要的。要了解鲁迅文学观的独特性，就不能不了解鲁迅作为文学家的独特性，乃至了解整个鲁迅的独特性。

史沫特莱在《论鲁迅》一文中认为："在所有的中国的作家中，他恐怕是最和中国历史、文学和文化错综复杂地联络在一起的人了。"这一评价是比较符合实际的。鲁迅作为一代文化巨人，他在从事任何事业时都在实际上与时代赋予他的，以及他自觉承担起的文化思想启蒙的历史任务难以分离开来。鲁迅学习、研究、思考、探索的领域是十分广泛的，是超越于某一具体部门或领域的范围之上的，具有一种博大精深的特点。鲁迅目光所及，几乎渗透了诸如哲学、历史学、伦理学、宗教学、经济学、社会学、人类学、民俗学、语言学、心理学等一切的精神文化领域，这诸多方面交相渗透集于一身，常常是很难相互剥离开来。因此，仅仅就文学论文学家的鲁迅，是无法揭示出鲁迅文学活动的真正根源的。鲁迅不是一个纯粹的文学家，不仅因为他的文学创作的价值并非止于文学自身领域，而且，鲁迅从事文学创作的最初目的就不是纯文学的，甚至可以说是"非文学"的。在鲁迅那里，文学艺术绝不是一个孤立的存在，如果仅把鲁迅的文学艺术活动当作一个封闭的系统来研究，事实上也难以把握其文学活动和文学作品的全部意义和价值。这一点，不仅正在得到国内学者越来越充分的肯定，而且在国外，人们也早已这样认为。早在鲁迅逝世时，埃德加·斯诺就曾说过："我总觉得，鲁迅之于中国，其历史上的重要性更甚于文学上的。"[1] 其实，鲁迅在国外受到关注，常常就是超越纯文学的界限的，外国学者常常是通过鲁迅来了解和分析中国社会和中国文化。例如："一个日本人，他可能不了解中国的文学、历史和哲学，可是，他却知道鲁迅的名字。他常常饶有趣味地阅读鲁迅的作品，通过这些作品，他懂得了中国近代文明与文化的意义。"[2]

无论是从作为文学家的鲁迅的特点来看，还是从鲁迅文学活动的实际意义和价值来看，局限于文学本身来看问题，是很难"贴近"鲁迅自身的。鲁迅一生的道路和事业，都与中国文化的革新分不开。鲁迅对各种问题的思考常常与他自觉反省中国文化，以促使中国文化由旧向新转换这一总目标联系在一起，即如他的文学观也不例外。离开了这一基本点是很难深刻理解鲁迅文学观中的许多问题的。

就鲁迅所处的时代而言，其基本的历史命题是，如何促进中国古老的民族文化，从封闭的僵硬的传统向现代化方向转换。但

1 ［美］埃德加·斯诺《中国的伏尔泰——一个异邦人的赞辞》，《鲁迅先生纪念集·悼文二集》，第63页。
2 严绍璗：《日本鲁迅研究名家名作述评》（一），《中国现代文学研究丛刊》，1981年第3期。

在广阔的文化领域中，这种转换首先应该从哪儿开始呢？自近代以来，许多文化人较为关注的是两个方面，即物质文化方面和制度文化方面。于是纷纷“竞言武事”，热衷于“制造商估”，或纷纷“以众治为文明”，热心于“立宪国会之说”等。鲁迅在确立文化转换的主攻方向时，却有着自己的独特的见解，他很早就明确认为，“欧美之强，……根柢在人”，物质文明，民主政治等等，“此特现象之末”。中国文化要发展、要顺利完成现代化改造的历史任务，“其首在立人”，“人立而凡事举”，“国人之自觉至，个性张，沙聚之邦，由是转为人国”。[1] 这种独特的认识，使鲁迅将改变人的精神，即所谓“立人”，当作了自己为之奋斗的终身目标。由此才生发出了作为鲁迅伟大思想重要组成部分的“改造国民性”的思路。这些，都直接地影响和左右了鲁迅后来的文学活动。鲁迅认为在中国文化的现代化改造和民族的振兴方面，“我们的第一要著，是改变他们（指国民——引者注）的精神，而善于改变精神的是，我那时以为当然要推文艺，于是想提倡文艺运动了”。[2] 很明显，鲁迅从事文艺活动的最初目的就是在于将文艺作为改变人的精神，以促成中国文化转换的一种途径。

不仅鲁迅从事文学活动的初衷与他的明确的文化目的密切相关，而且鲁迅一生的文学观念，都可以看作是他的整体文化观念

1　鲁迅：《坟·文化偏至论》，《鲁迅全集》（第一卷），第56—57页。
2　鲁迅：《呐喊·自序》，《鲁迅全集》（第一卷），第417页。

的一个组成部分。鲁迅是从对国民进行文化思想启蒙的目的出发而走上文学道路的，因此，文学在鲁迅那儿仅仅是找寻思想启蒙工具的一种归宿。这一情况，就直接规定了他对文学功能的看法。虽然，鲁迅在不同时期对文学在整体文化事业中的地位的看法有所不同，如前期看重文学“是国民精神所发的火光，同时也是引导国民精神的前途的灯火”，[1]寄文学以厚望，同时又不免对文学的作用略有夸大；大革命时期则认为，文学之与枪炮相比，对于革命无力；后期则能较辩证地看待文学在文化事业中的应有地位。但是，这种对文学地位的看法的变化丝毫也未影响他自始至终一以贯之地将文学作为思想启蒙和文化批判的武器。将社会功用看作文学的主要功能的认识，是构成鲁迅文学观独特性的最重要的方面。

早在“五四”之前，在鲁迅的文学观中，就包含了社会功利性的认识。鲁迅认为，文艺可以“涵养人之神思”，人们从优秀的文艺作品中可以受到极大的教育，从而增强“自觉勇猛发扬精进”的精神。根据周作人的回忆，鲁迅早在日本留学期间，曾很受梁启超《论小说与群治之关系》的影响，并初步形成了“用后来的熟语来说，可说是属于为人生的艺术这一派”的文学观念，即“主张以文学来感化社会，振兴民族精神”。[2]在“五四”之后，

1　鲁迅：《坟·论睁了眼看》，《鲁迅全集》（第一卷），第240页。

2　周作人：《关于鲁迅》，国家出版事业管理局版本图书馆研究室编：《鲁迅思想研究资料（下）》，内部编印，第316页。

鲁迅依据文化革新的需要，从文化变革的总的历史要求出发，突出发展了他在“五四”之前对文学的社会功用的一些看法，并且在理论上加以深刻的阐发、论述，形成了作为鲁迅文学观念核心的“革命功利性的文学观”。这种文学观的确立，正是他从自己独特的文化目的出发所作的一种具有他的个性特征的文学选择。

五四时期，鲁迅从新文化运动反帝反封建斗争的要求出发，自觉地使自己的文学创作变为“遵奉前驱者的将令”的行动。因此，鲁迅是将新文化运动的需要摆在第一位，而将文学自身的独特的艺术要求摆在第二位的。正因为如此，鲁迅才在《药》的结尾平添了花环，在《故乡》的结尾加上了一段关于“路”的议论，等等。可以说，从一开始，鲁迅就没有从纯粹的艺术美的角度去看待、要求过文学。他说起过自己最初创作的动机，“不过是利用他的力量，来改良社会”“改良这人生”，“揭出病苦，引起疗救的注意”。为此，他不仅不愿将自己的作品抬进“文苑”，而且“深恶”“消闲”文学，反对“为艺术而艺术”的文学。[1]鲁迅的意思很明确，就是要把文学作为“改革社会的器械”。[2]在20年代后期，鲁迅坚持认为，文学的任务首先是在“文明批评”和“社会批评”，而将缺少这两种“批评”看作是中国现今“文坛的状况，实在不佳”

1　鲁迅：《南腔北调集·我怎么做起小说来》，《鲁迅全集》（第四卷），第512页。
2　鲁迅：《且介亭杂文二集·〈中国新文学大系〉小说二集序》，《鲁迅全集》（第六卷），第239页。

的表现。为此，他在自己继续利用文学进行这两种“批评”的同时，还努力想“引些新的这一种批评者来”，用以“继续撕去旧社会的假面”。[1] 到了 30 年代，鲁迅利用文学进行社会批评和文明批评的目的则更为强化，他更为热烈地呼唤文艺去对现实作出及时的反响和抗争。在鲁迅的文学观中，功利性始终占主导地位，正因为如此，鲁迅很称赞那些不管什么“‘文学概论’的规定”，也不希图文学史上的位置的作家，“因为他只知道这样的写起来，于大家有益”。[2] 以今天的眼光来看，上述鲁迅的文学观念不免失之偏颇，尤其是从文学本体性的角度来看，这种文学观念似乎还有一种“非艺术化”的倾向。但这在特定的文化转换的历史过程中，恰恰是一种顺应时代要求和历史潮流的正确观念。这是一个文艺发展的特殊的历史阶段，在这个阶段，文化的、思想的、政治的要求压倒了艺术的内涵，文化的整体的历史转换，必须以牺牲局部的文艺的本体特性为代价。用鲁迅的话说，“现在是多么切迫的时候，作者的任务，是在对于有害的事物，立刻给以反响和抗争，是感应的神经，是攻守的手足。潜心于他的鸿篇巨制，为未来的文化设想，固然是好的，但为现在抗争，却也正是为现在和未来战斗的作者，因为失掉了现在，也就没有了未来”。[3] 死

1 鲁迅:《两地书 · 一七》,《鲁迅全集》(第十一卷)，第 63 页。
2 鲁迅:《且介亭杂文二集 · 徐懋庸作〈打杂集〉序》,《鲁迅全集》(第六卷)，第 291 页。
3 鲁迅:《且介亭杂文 · 序言》,《鲁迅全集》(第六卷)，第 3 页。

抱住“文艺”不放，咬定纯艺术的追求，这从文学这单个领域的局部来看，是合理的，但放到特定历史条件下，却又具有某种局限性、不合理性乃至荒谬性。这就是鲁迅能成为历史上的文化伟人，而那些“为艺术而艺术”的作家却少有能成为文化伟人的道理之所在。普列汉诺夫在《从社会学观点论法国戏剧文学和法国绘画》中谈到法国大革命时期的文学时说：“当时的理想是要求公民为了公共的利益不断地努力工作，以致真正的审美的需要不可能在他们的精神需要总和中占有很大的地位。这个伟大的时代公民最赞美的是行动的诗，是公民的勋业美。这种情况有时候使法国‘爱国者’的审美判断具有相当独特的性质。”“正如当时法国‘爱国者’的美德（vertu）主要是政治的美德，他们的艺术主要是政治的艺术。……这就是说，当时的公民，当然也就是那些不辜负自己这个称号的公民，对于那些不是以他们所珍视的某种政治思想为基础的艺术作品是漠不关心，或者差不多是漠不关心的。”[1]普列汉诺夫的这段话可以部分地移用于评价鲁迅和他的时代的文学。我们也可以说，正是特定的历史条件下普遍的社会的审美要求和鲁迅自觉顺应这种时代要求这两方面的原因，才使鲁迅的“审美判断具有相当独特的性质”。由于鲁迅所独具的文化思想家的性质，他的文学艺术观也可称为“艺术文化观”。

1 ［俄］普列汉诺夫：《从社会学观点论法国戏剧文学和法国绘画》，《普列汉诺夫美学论文集》，人民出版社，1983 年版，第 494—495 页。

二

鲁迅依据文化转换期的历史要求，从明确的文化目的出发，确立了自己以社会功利性为核心的文学观念，正是这种文学观念决定了鲁迅在文学上的价值取向，并由此形成了鲁迅独特审美偏好、文体偏好和文学借鉴的偏好。

在对待“壮美”和“优美”这两种艺术品貌时，鲁迅显示出不同审美偏好，表现出一种扬“壮美”而贬“优美”的倾向。鲁迅认为，艺术品貌也应顺应时代的要求，应与社会的文化时尚相和谐。在“五四”之后的中国社会中，始终交织着新与旧、革新与反动、人性解放的要求与扼杀人性的斗争。对于这样一个斗争的时代来说，鲁迅认为最需要的是能够“呼唤血与火”的文艺，是鼓舞人心的“力之美”的艺术。鲁迅有一段著名的论断：“在风沙扑面，狼虎成群的时候，谁还有这许多闲工夫，来赏玩琥珀扇坠，翡翠戒指呢。他们即使要悦目，所要的也是耸立于风沙中的大建筑，要坚固而伟大，不必怎样精；即使要满意，所要的也是匕首和投枪，要锋利而切实，用不着什么雅。”[1]因此，鲁迅在评价二三十年代的文学作品时，常常就是从这种审美偏好出发的：他高度肯定萧红的《生死场》，是因为它显示出“力之美”，能

1 鲁迅：《南腔北调集·小品文的危机》，《鲁迅全集》（第四卷），第575页。

将“北方人民的对于生的坚强，对于死的挣扎”，“力透纸背”“明丽和新鲜”地展现在读者眼前；[1]鲁迅把白莽的诗比作“东方的微光”“林中的响箭”“冬末的萌芽”等富有生命和躁动之力的东西，虽然白莽的诗在艺术上不免粗疏，但却由于它是“对于前驱者的爱的大纛”“对于摧残者的憎的丰碑”，因此，鲁迅认为，在这样的诗作面前，“一切所谓圆熟简练、静穆幽远之作，都无须来作比方，因为这诗属于别一世界”；[2]鲁迅在与许广平讨论文章风格的取舍时，认为在当时特定历史环境中，应张扬的是既“犀利”而又“沉重”，能“一击”致敌以“致命的重伤”的“男士”的风格，而不是那种“多用好看字样，多讲风景，多怀家庭，见秋花而心伤，对明月而泪下”，“只有小毒而无剧毒”的“女士”风格；[3]这都显示出了鲁迅的这种审美的偏好。不仅限于文学，这种审美偏好也渗透到了鲁迅对一切艺术品的评价方面。为了顺应“力之美”的时代的审美要求，鲁迅曾大力向国人推荐那些带有“力度”的木刻和版画艺术，他给德国女艺术家凯绥·珂勒惠支以很高评价，就是因为她具有“丈夫气概”，在版画中集中了“强韧的力量”，[4]使人愈看“愈觉得有动人之力”。[5]相反，鲁迅对于“优美”，

1　鲁迅：《且介亭杂文二集·萧红作〈生死场〉序》，《鲁迅全集》（第六卷），第408页。
2　鲁迅：《且介亭杂文末编·白莽作〈孩儿塔〉序》，《鲁迅全集》（第六卷），第494页。
3　鲁迅：《两地书·十》，《鲁迅全集》（第十一卷），第40页。
4　鲁迅：《且介亭杂文末编·〈凯绥·珂勒惠支版画选集〉序目》，《鲁迅全集》（第六卷），第471页。
5　鲁迅：《且介事杂文末编·写于深夜里》，《鲁迅全集》（第六卷），第501页。

即阴柔之美这种艺术美的形态，虽不否认其存在的意义和价值，但出于转变社会风尚、顺应文化转换的时代要求的目的，对它却多少采取了贬抑的态度。他说："在方寸的象牙版上刻一篇《兰亭序》，至今还有'艺术品'之称，但倘将这挂在万里长城的墙头，或供在云冈的丈八佛像的足下，它就渺小得看不见了。"[1] 鲁迅还曾对"多是削肩的美人，枯瘦的佛子"的流行装饰画表示不满，[2] 对法国木刻的"多为纤美"也似有微词。[3] 他还说："我最讨厌江南才子，扭扭捏捏，没有人气"，[4] 而唯有"精力弥满的作家和观者，才会生出'力'的艺术来"。[5] 自然，在此问题上鲁迅有时不免显得过于偏激，但对于这种偏激，我们也只有将之摆到特定的文化转换的历史背景之中，摆到鲁迅独特的文学价值体系中才能理解。鲁迅在"壮美"与"优美"这两种艺术美的形态的选择中，强调了前者而贬抑了后者，这是从促进文化变革、促进人的精神的强固，引导国民从怯弱、病态的心境中走出等方面来考虑的。鲁迅认为，对"优美"这种艺术的欣赏，是必须有余裕的，"花呀月呀"不出啼饥号寒者之口，那种心地晶莹的雅致，是必须有相应的好境遇的，身处黑暗社会的压榨之下，哪里还有欣赏纤美艺术的兴趣？况且，这种柔美纤巧的艺术，对于本来就多有柔弱、退让等

1 鲁迅：《南腔北调集·小品文的危机》，《鲁迅全集》（第四卷），第 575 页。
2 鲁迅：《集外集拾遗·〈近代木刻选集〉（2）小引》，《鲁迅全集》（第七卷），第 333 页。
3 鲁迅：《且介亭杂文末编·记苏联版画展览会》，《鲁迅全集》（第六卷），第 483 页。
4 鲁迅：《书信·341226 致萧军、萧红》，《鲁迅全集》（第十二卷），第 620 页。
5 鲁迅：《集外集拾遗·〈近代木刻选集〉（2）小引》，《鲁迅全集》（第七卷），第 333 页。

弊病的国民性格来说，会起到一种产生共鸣后的消沉的文化心态。因此，鲁迅从特定时代要求出发，认为当务之急首先是要使国民奋发昂扬起来，进行坚忍的斗争，去战取新的健康、豪迈的文化新时代。这里体现出的价值取向是再明显不过了：对于不同艺术美的形态，鲁迅主要是视其是否便于发挥文学的社会功用，从而对之作出取舍褒贬的。

在鲁迅一生的文学创作中，虽然几乎所有的文学体裁形式都涉及了，但在这诸多体裁形式的采用上鲁迅并不是平均使力的，鲁迅比较偏爱杂文，尤其是后期，他几乎主要从事杂文写作，这绝不是偶然的，在文体形式的偏好背后，正包含着鲁迅的社会功利性的文学观念。鲁迅认为，文学“种类之别，也仍然与社会条件相关联，则我们只要看有时盛行诗歌，有时大出小说，有时独多短篇的史实便可以知道”。[1] 鲁迅还指出，“五四”以后短篇小说的兴盛，是“由于社会的要求”，[2] 而五四时期“散文小品的成功，几乎在小说戏曲和诗歌之上”，其原因则是在于它“是萌于‘文学革命’以至“思想革命’的”，是为了适应“挣扎与战斗”的时代的。[3]“五四”以后的中国处于一个特定的历史阶段，这一历史阶段的时代特征在文学上的反映不仅仅体现在文学内容和审美

1 鲁迅：《且介亭杂文 · 论“旧形式的采用”》，《鲁迅全集》（第六卷），第 24 页。
2 鲁迅：《且介亭杂文 ·〈草鞋脚〉小引》，《鲁迅全集》（第六卷），第 20 页。
3 鲁迅：《南腔北调集 · 小品文的危机》，《鲁迅全集》（第四卷），第 576 页。

风格上的某种偏至，而且体现在文学种类、文体形式选择上的偏至。鲁迅正是看到了文学种类之别与时代相关，因此，在文体形式的选择这一看似仅仅是艺术形式的问题上，也较多地考虑到了“社会的要求”。鲁迅之偏爱杂文形式，是因为他认为这种形式可直接用于“批评社会现实，尤其是文坛的情形”，[1] 虽然“从高超的学者看来，是渺小，污秽，甚而至于可恶的，但在劳作者自己，却也是一种‘严肃的工作’，和人生有关，并且也不十分容易做”。[2] 鲁迅在谈及自己的杂文时，就明确宣称，虽“不敢说是诗史”，但“其中有着时代的眉目”，他“希望，并且相信有些人会从中寻出合于他的用处的东西”。[3] 虽“为‘文学家’所不屑道，然而这样的文字，现在却也并不多，而且‘拾荒’的人们，也还能从中检出东西来”。[4] 这里，鲁迅突出的是杂文与人生的有关，与时代的相通，对于人们的有“用处”。的确，在对整个文化发展和社会进步所能起到的作用这一方面，与杂文相比，“所谓‘为艺术而艺术”的作品，在相形之下，立刻显出不死不活相”。[5] 在进行社会批评和文明批评方面，作为武器，与小说、诗歌相比，杂文显然有着独到的长处。用冯雪峰的话来说，“杂文对鲁迅来说，确实是最方便的武器。他这样写，那样写，形式不一，把他的感想、思想，对社会

1 鲁迅：《准风月谈·后记》，《鲁迅全集》（第五卷），第 383 页。
2 鲁迅：《集外集拾遗补编·做“杂文”也不易》，《鲁迅全集》（第八卷），第 376 页。
3 鲁迅：《且介亭杂文·序言》，《鲁迅全集》（第六卷），第 4 页。
4 鲁迅：《准风月谈·前记》，《鲁迅全集》（第五卷），第 190 页。
5 鲁迅：《且介亭杂文二集·徐懋庸作〈打杂集〉序》，《鲁迅全集》（第六卷），第 293 页。

的批评、对时事问题的评论都写在杂文中”。[1]如果不从鲁迅的整体文化思考出发，不从鲁迅对于文学的社会功利性的价值取向去看问题，也就很难理解，为什么鲁迅在诸多文学类别中，独独钟爱杂文，而甚至有可能对这一现象作出“鲁迅后期‘写不出’小说诗歌之类的作品”的片面理解。鲁迅的文体偏好还体现在他对30年代流行的小品文的批评上。作为一种文学体裁，“小品文本身本无功过”，小品文的利弊如何，全看人们用它来装载什么内容，追求什么样的文体风格。这一点，鲁迅非常清楚，他之所以批评小品文，“实因过事颂扬”，“装腔作势”，“必欲作飘逸闲放语”。[2]在鲁迅看来，“小品文的生存也只有仗着挣扎和战斗”，因为它“是萌芽于‘文学革命’以至‘思想革命’”的，因此，它“以后的出路，本来明明是更分明的挣扎和战斗”。但30年代流行的小品文却有一种不良趋向，即在文体风格上“特别提倡那和旧文章相合之点，雍容，漂亮，缜密，就是要它成为‘小摆设’，供雅人的摩挲，并且想青年摩挲了这‘小摆设’，由粗暴而变为风雅了”。[3]这样一种“闲适”“飘逸”“雅致”的文体风格，使鲁迅产生了极大的反感。因为强调“闲适”“飘逸”等等，只能让人“变为风雅”，这对读者起到的是“麻醉性”的作用，所以，鲁迅才对之进行了

1　冯雪峰：《鲁迅的政论活动》，《雪峰文集》（第四卷），人民文学出版社，1985年版，第450页。
2　鲁迅：《书信·340602致郑振铎》，《鲁迅全集》（第十二卷），第443页。
3　鲁迅：《南腔北调集·小品文的危机》，《鲁迅全集》（第四卷），第576页。

批评。他所批评的不是体裁本身，而是当时流行的小品文的闲适、飘逸的文体风格。鲁迅还曾特别地从文体风格上对30年代的小品文作了界定："篇幅短并不是小品文的特征。……讲小道理，或没道理，而又不是长篇的，才可谓之小品。至于有骨力的文章，恐不如谓之'短文'，……然而它并不'小'。"[1]这里，鲁迅是将"有骨力的文章"与"小品文"相对立提出来的，由此也可以看出鲁迅所要张扬的是什么样的文体风格。这里再次体现出了鲁迅的一种文体偏好，而且这种偏好也正源于鲁迅的社会功利性的价值取向。鲁迅认为，在这样一个血与火的年代里，文学所需要的，"必须是匕首，是投枪，能和读者一同杀出一条生存的血路的东西"，而"'小摆设'当然不会有大发展"。[2]鲁迅对不同文体风格的褒贬，其出发点，依然是在于文学作为文明批判、社会批判的效能，在于它能否激发人们对旧社会战斗的热情。鲁迅的文体偏好，当然还不仅仅体现在散文体裁（对杂文的偏爱，对小品文的批评）这一领域中，在其他体裁上也有体现。例如在小说领域中，鲁迅之于长篇小说和短篇小说，他的偏爱是在短篇。鲁迅认为短篇比长篇更能较快地反映社会生活，而且，从读者的角度来看，"在现在的环境中，人们忙于生活，无暇来看长篇"。[3]鲁迅是从反映社

1 鲁迅：《且介亭杂文二集·杂谈小品文》，《鲁迅全集》（第六卷），第417页。
2 鲁迅：《南腔北调集·小品文的危机》，《鲁迅全集》（第四卷），第576页。
3 鲁迅：《三闲集·〈近代世界短篇小说集〉小引》，《鲁迅全集》（第四卷），第131页。

会生活的及时性及对读者发生作用等方面去考虑问题，并从而致力于短篇小说创作的，这一现象，同样能说明鲁迅的社会功利性的价值取向。

鲁迅不仅在审美形态、文体形式上有着独特的偏好，在文学借鉴方面，鲁迅也有着明显的偏好。为了促使中国的新文学的发展，鲁迅很重视对中外文学的借鉴，他曾指出，“采用外国的良规，加以发挥，使我们的作品更加丰满是一条路；择取中国的遗产，融合新机，使将来的作品别开生面也是一条路”。[1]这里强调了借鉴的重要，但他同样强调了这种借鉴是“采用”和“择取”，即不是简单的承袭，而是依据需要进行的选择。鲁迅在借鉴中外文学方面也呈现出了某种偏好，而这种偏好正显示出了他独特的选择眼光，以及昭示了对这种选择眼光起规定作用的社会功利性的价值取向。在对外国文学的翻译和借鉴方面是如此，对传统文学的译介和选取方面也是如此。鲁迅曾经说过，他最初从事文学活动时，“也不是自己想创作，注意的倒是在绍介，在翻译，而尤其注意于短篇，特别是被压迫的民族的作家的作品。因为那时正盛行着排满论，有些青年，都引那叫喊和反抗的作者为同调的”。[2]这里明确昭示了他对外国文学译介的目的，这种目的用他自己的话来概括就是，“不过要传播被虐待者的苦痛的呼声和激发国人

1 鲁迅:《且介亭杂文·〈木刻纪程〉小引》,《鲁迅全集》(第六卷)，第48页。
2 鲁迅:《南腔北调集·我怎么做起小说来》,《鲁迅全集》(第四卷)，第511页。

对于强权者的憎恶和愤怒而已”。[1]这一目的，就导致了他译介方面的偏向。早在1909年鲁迅和周作人合译《域外小说集》时，他的眼光即已注意到了当时中国很少有人注意的俄国文学；“五四”以后，直至30年代，鲁迅主要是翻译了大量俄国（苏联）、东欧、巴尔干等国家和地区的一系列作品。这种译介的偏向，与鲁迅的文学价值的取向也无疑有着必然的联系，鲁迅自己就曾讲过，“因为所求的作品是叫喊和反抗，势必至于倾向了东欧，因此所看的俄国、波兰以及巴尔干诸小国作家的东西就特别多”。[2]不仅在译介方面，即使在接受外国文学的影响方面，鲁迅的偏向也是较明显的，他较多地接受了俄罗斯现实主义文学的影响：他从果戈理那里接受了善于从平常的生活小事中提炼“几乎无事的悲剧”的表现方法，接受了果戈理讽刺艺术的影响；从契诃夫那里接受了单纯简练的朴素风格、白描的手法和含泪的微笑的表现方法；还接受了安德烈夫等人小说的象征寓意的手法；等等。这种借鉴的取向、偏好，其原因正与他译介外国文学的偏好相同。

在对待中国传统文学的态度上，鲁迅的偏至是更为明显的。当他抱着一种明确的文化目的去从事文学活动时，他必然而且首先遇到的是如何对待传统文学的问题。由于五四时期的基本的历史主题是思想文化上的反传统和促进整体文化的现代化，因此文

1　鲁迅：《坟・杂忆》，《鲁迅全集》（第一卷），第224页。
2　鲁迅：《南腔北调集・我怎么做起小说来》，《鲁迅全集》（第四卷），第511页。

学上的反传统也就成了一种重要的趋向。鲁迅充分意识到了这一历史内容，因此他在文学上的反传统意识非常明确。他甚至提出了“少读中国书”“菲薄古书”的主张。这种对待传统文学态度上的偏至，也只有放在特定历史时期之下，充分考虑到鲁迅的文学观的价值取向，才能找到较合理的解释。当然，鲁迅在文学上的反传统，并不意味着他在传统文学面前闭上眼睛。出于同样的文化目的，他对传统文学进行了认真的研究，并在实践中对传统文学有着诸多继承和借鉴。出于反传统的需要，必须首先对传统文学进行研究，方能“洞知弊病，能‘以子之矛攻子之盾’”；[1]出于建设新文学的需要，也必须在打破整体的传统文学的格局之后，从中汲取一些具体有益的文学养分，以促成新文学的产生。因此，文学上反传统和从传统中汲取有益因素，这两点看似矛盾，实有内在的统一性。这正是构成鲁迅传统文学观的独特性的主要方面（鲁迅的传统文学观，是鲁迅文学观的重要组成部分，后面将有专章论及）。这里要突出的问题是，鲁迅在借鉴传统文学中有益因素时，也显示出了一种偏好。一般说来，鲁迅对传统文学的借鉴和传承是较全面的，但用鲁迅自己的话说，他是有所“择取”的，这种择取的偏好，仍是昭示了他在文学上的价值取向。鲁迅对魏晋文学的师承，就是很明显的例子。人称鲁迅作品为“魏晋

1　鲁迅:《华盖集续编·古书与白话》,《鲁迅全集》(第三卷)，第214页。

文章”，说明鲁迅的作品与魏晋文学有着特殊的关系。所谓“魏晋文章”不仅是指通常意义上的“文章笔调”，而且是指鲁迅与魏晋文学在精神上和风格上的相通。由于魏晋时代是一个“易代之世”，是“文学的自觉时代”，[1]这在精神特征上与五四时期有着某种相似之处。鲁迅从魏晋文学中能够较多地汲取五四时代所需要的精神传统和文学方法。正因为如此，鲁迅才将向古典文学借鉴的眼光较多地停留在魏晋文学上。在其他方面，鲁迅还较注重从中国小品文传统和中国抒情诗传统中找寻借鉴，但在借鉴中则又有所侧重。在对待古代小品文方面，鲁迅较注意的是中国小品文中的战斗性传统，他盛赞“抗争和愤激之谈”，“并没有忘记天下”的“光彩的锋错”和“有不平，有讽刺，有攻击，有破坏”的“作风”。[2]在对待中国古代抒情诗方面，他较偏爱《诗经》《楚辞》以及陶潜和杜甫等人的诗篇。这是因为，在这些诗中，鲁迅发现了那种敢于指陈时弊，勇于求索，痛时忧国，不与世俗同流合污等伟美的精神和人格，而这也正是鲁迅在当时特定时代环境可以用于自激自勉的精神和人格。总之，无论是鲁迅对整体的传统文学的态度还是他对传统文学中具体有益的因素的继承方面，所表现出的偏至和偏好，其根源也正在于他整体的文学观，在于他的社会功利性的价值取向。

1　鲁迅:《而已集·魏晋风度及文章与药及酒之关系》,《鲁迅全集》(第三卷)，第 504 页。
2　鲁迅:《南腔北调集·小品文的危机》,《鲁迅全集》(第四卷)，第 575—576 页。

综上所述，鲁迅的社会功利性的价值取向，在很大程度上规定了鲁迅的审美偏好、文体偏好和文学借鉴的偏好。所谓的偏好，实际上就是依据某种价值观念所作的选择，这种选择既是一个人个性的充分体现，又是这个人观念形态的现象显现。因此，鲁迅在文学上的一系列偏好，对于理解鲁迅的文学观来说是不可忽略的重要现象，通过这些现象本身所具的特异性，我们不仅可以看到鲁迅的某种文学个性，而且也可以看到鲁迅文学观念的独特性。

三

作为鲁迅文学观核心的社会功利性，不仅左右了他的一系列文学选择、文学偏好，而且还更为直接地影响了他对一系列文学现象和文学命题所作的理解和阐发。作为“文学观”，所包含的内容是较为广泛的，这不仅是指一个作家对于文学本质或文学功能的认识，而且还应包括围绕对于文学本质、文学功能的认识而产生的对于一切文学现象、文学问题的认识。而作为一种自成体系的“文学观”，这二者（对文学本质、功能的认识以及对文学现象、问题的认识）就必然也必须是有着密切的相关性和大致上的统一性的。作为有相对完整的文学观体系的鲁迅来说，当他要发表对文学问题的诸多见解时，他绕不开一些基本的文学命题，例如对

“文学”这一概念作出“界定”，对“悲剧”文学和“喜剧”文学等作出自己独到的阐述，乃至对诸如文学的起源、文学的欣赏、文学的批评等问题发表见解，等等。因此，所谓鲁迅文学观的独特性，还包括他在阐释一系列文学现象和文学问题时显示出来的独特性，以及这种阐释与他一贯的文学功能观之间在相关性和统一性方面所显示出的独特性。

什么叫作文学？作为文字写出的东西，文学和非文学的区别又在哪里？虽然，这是个相对客观的问题：文学有它相对固定的范畴、方式、特性、要求；但是，在对“文学”这一概念作具体界定时，仍会因解释者的认识和出发点的不同而呈现出差异。而在这种差异中，实际上也就昭示了解释者文艺观的某种特点。鲁迅从主体精神文化建设的目的出发，欲以文学来改变人们的精神，以此推动中国文明的发展。这基本的出发点也直接影响着他对“文学”所作的界定。鲁迅认为，所谓文学是将“现在生活的感受，亲身所感到的”，“影印到”作品中去。[1]也就是说，如果没有这种主体精神的投入，即缺乏真实的感受，也就难以从情感上打动别人，从而达不到精神感化的作用，用文学改变人们精神的目的也就难以实现。“只有真的声音，才能感动中国的人和世界的人。”[2]因而，对一个作品是否堪称为“文学”的界定，首先就看它有没

1　鲁迅：《集外集·文艺与政治的歧途》，《鲁迅全集》（第七卷），第115页。
2　鲁迅：《三闲集·无声的中国》，《鲁迅全集》（第四卷），第15页。

有作家的主体精神的投入。据此，鲁迅指出："新闻上的记事，拙劣的小说，那事件，是也有可以写成一部文艺作品的，不过那记事，那小说，却并非文艺。"[1]同样的事件，可以写成文学作品，也可能成不了文学作品，其区分并不在于是否采用了艺术的形式，而在于其中有没有倾注作家的真情实感。也有一些作品，由于其中表达了一种透过一般事物形象所表现出的作者的主观情感，因此即使它没有艺术形式，但仍可作文学作品来看待。鲁迅就曾把《史记》称为"不失史家之绝唱，无韵之《离骚》"，[2]其原因就在于《史记》在形式上虽是史书而非文学，但它乃作者之"郁愤"之作，其中包蕴着作者明显的主体精神的投入，所以也可以作为文学作品来看待。鲁迅的这种对"文学"所作的界定，与他的整体文学观是相统一的。由此可见，即使是对一个基本概念的解释，虽有相当的客观性要求，但仍是包含着解释者的主观动机在内的。

同样的情况，也体现在鲁迅对"悲剧"文学和"喜剧"文学的阐述上。在中国现代作家中，像鲁迅那样给"悲剧"和"喜剧"作过如此明确的定义，作过如此详尽的阐述的，也许没有第二人。定义和阐述的内容，无疑是鲁迅文学观的重要组成部分，而如此重视对"悲剧""喜剧"等文学命题作阐释，这本身也是很独特的，这里也分明地包含了鲁迅对于文学的一些重要认识。

1　鲁迅：《且介亭杂文二集·不应该那么写》，《鲁迅全集》（第六卷），第312页。
2　鲁迅：《汉文学史纲要》，《鲁迅全集》（第九卷），第420页。

一提到“悲剧”，人们往往要征引鲁迅的这段话：“悲剧将人生有价值的东西毁灭给人看。”[1]这几乎成了被多数人认可的悲剧定义。的确，这一句话，既从本质上揭示了悲剧内容的特点，又集中反映了鲁迅的悲剧观。在这里，鲁迅强调了悲剧同社会人生的密切联系，指出悲剧反映内容是实体性的，是人生中有价值的东西，这首先对悲剧的反映对象和内容作出了界定。同时，鲁迅强调了“给人看”，即要将悲剧性的社会人生昭示出来，引起读者的注意，以便产生社会效果。这里，从鲁迅对“悲剧”所下的定义中，我们再次明显地看到了他的社会功利性文学观的投射。而且，鲁迅对“悲剧”问题的重视，也正与他的文学目的紧密相关。鲁迅常为中国人的生存状态感到悲凉，他指出，中国人从来就没有争得做人的地位，几千年中国人的生存历史仅仅是“想做奴隶而不得”和“暂时做稳了奴隶”这两种状况的交叉更替。更为可悲的是，在这种文化的长期浸染下，中国人对自己的生存状态的麻木，使他们几乎失去了对痛苦的感觉。鲁迅曾把整个中国比作一个“铁屋子”，这个屋子“是绝无窗户而万难破毁的，里面有许多熟睡的人们，不久都要闷死了，然而是从昏睡入死灭，并不感到就死的悲哀”。[2]鲁迅对中国人的这种带有荒谬性的生存形式极为愤慨，他迫切希望人们能醒悟过来，捣毁这铁屋子，去创造

1　鲁迅：《坟·再论雷峰塔的倒掉》，《鲁迅全集》（第一卷），第192—193页。
2　鲁迅：《呐喊·自序》，《鲁迅全集》（第一卷），第419页。

一种全新的生存环境。但要人们能醒悟，以至于能自觉地改造自己的生存环境，首先就必须使他们懂得人的价值和尊严，恢复对痛苦的感觉，这样经由痛苦的激发，能生出一种伟大的主观能动力量。鲁迅甚至提出了“人生苦”（或曰“人间苦”）的命题，来恢复中国人对痛苦的感觉。在鲁迅看来，知“苦痛”是人的觉醒的第一步，因为“人若一经走出麻木境界，便即增加苦痛”。[1] 鲁迅的文化反省，在好多情况下就是从人生的残缺中生发出来的，而他的思想启蒙也是从“揭出病苦”开始的。这种认识直接激发了鲁迅文学上的“悲剧意识”。他那么明确地号召作家要“取下假面，真诚地，深入地，大胆地看取人生并且写出他的血和肉来”，[2] 他那么毫不留情地在作品中揭示淋漓的鲜血和惨淡的人生，其目的正在于唤起人们的痛苦感，以引起疗救的注意。也正是基于这样一些思考，鲁迅才在对“悲剧”进行阐述时，强调“人生有价值的东西的毁灭”和强调“给人看”。鲁迅认为，这种悲剧的写出，可以促使人们正视现实生活中的“困苦、饥饿、流离、疾病、死亡”等所造成的一切人生有价值的东西的毁灭，从而激发起人们的“呼号、挣扎、联合和奋起”。[3] 鲁迅对“悲剧”的论述，涉及面是较广的，但其中心均不出上述的基本认识。例如对“团圆主义”

1　鲁迅：《两地书·六》，《鲁迅全集》（第十一卷），第 25 页。
2　鲁迅：《坟·论睁了眼看》，《鲁迅全集》（第一卷），第 241 页。
3　鲁迅：《且介亭杂文末编·〈凯绥·珂勒惠支版画选集〉序目》，《鲁迅全集》（第六卷），第 471—472 页。

的批判，也正是为了促使悲剧创作能敢于直面惨淡的人生，敢于正视淋漓的鲜血。鲁迅曾给予《红楼梦》作者极高的评价，其原因就在于他“比较的敢于实写”，[1]在作品中不加讳饰地描写了“悲凉之雾，遍被华林”的景象，而且构思中的《红楼梦》是“落了片白茫茫大地真干净”的悲剧结局。相形之下，鲁迅认为续作者高鄂的后四十回“虽亦悲凉，而贾氏终于‘兰桂齐芳’，家业复起，殊不类茫茫白地，真成干净者矣”。[2]又如，鲁迅很提倡写几乎无事的悲剧。鲁迅认为，“这些极平常的，或者简直近于没有事情的悲剧，正如无声的言语一样，非由诗人画出它的形象来，是很不容易觉察的”。[3]几乎无事的悲剧，当然也势必包含着人生有价值的东西的毁灭，但这种毁灭却发生在极其平常的事件中，人们在日常生活中司空见惯，习以为常，渐生麻木，习焉不察而将这类悲剧写出，可以振聋发聩，引导人们透过平淡无奇的日常生活去认识有价值的东西遭受毁灭的惊心动魄的事实。又因为这种悲剧过于平常，而“事情越平常，就越普遍”，[4]“和我们更密切，更有大关系”，[5]因此也就更能引起社会的广泛注意。

与鲁迅对悲剧的见解一样，鲁迅所说的“喜剧将那无价值的

1 鲁迅：《坟·论睁了眼看》，《鲁迅全集》（第一卷），第239页。
2 鲁迅：《中国小说史略·第二十四篇》，《鲁迅全集》（第九卷），第237页。
3 鲁迅：《且介亭杂文二集·几乎无事的悲剧》，《鲁迅全集》（第六卷），第371页。
4 鲁迅：《且介亭杂文二集·什么是“讽刺”？》，《鲁迅全集》（第六卷），第329页。
5 鲁迅：《且介亭杂文二集·叶紫作〈丰收〉序》，《鲁迅全集》（第六卷），第220页。

撕破给人看”，[1]这句话也几乎成了许多人认可的喜剧定义。鲁迅在这句定义性的话中，对喜剧的实质作了明确的揭示。鲁迅认为喜剧描写的对象是“无价值”的东西，而作者的主观态度是必须敢于撕破这种“无价值的”东西。目的也就是要通过“给人看”，来发生社会作用。那么，这种“无价值的”东西主要是指什么呢？当然是指那些严重地阻碍了历史前进、社会进步和文化发展的落后因素，即“这事情在那时却已经是不合理，可笑，可鄙，甚而至于可恶”；[2]而且，这种可笑、可鄙、可恶的事情又常常是借助假象来作掩盖，即“把自己的过错加以隐瞒而勉强作出一派正经的面孔”，“不以坏事为坏，不省悟，不认罪，又摆出道理来掩饰过错”，表现为“极为卑鄙的伪善”。[3]鲁迅指出，揭穿“伪善”假象，是喜剧的任务，所谓“撕破”，就是要“刻画伪安”，使其“情伪毕露”。[4]这里，也可以看出鲁迅的喜剧观，与他的悲剧观一样体现了他的社会功利性的价值取向。同样值得注意的是，即使是对喜剧的不同表现形式，如对幽默和讽刺进行具体阐述时，鲁迅论述的详略和褒贬程度也很能说明问题。鲁迅对幽默的论述较少，这是因为他认为，“‘幽默’既非国产，中国人也不是长于‘幽默’的人民，而现在又实在是难以幽默的时候。于是虽幽默也就免不

1　鲁迅：《坟·再论雷峰塔的倒掉》，《鲁迅全集》（第一卷），第193页。
2　鲁迅：《且介亭杂文二集·什么是“讽刺”？》，《鲁迅全集》（第六卷），第328页。
3　鲁迅：《“面子”和“门钱”》，鲁迅研究室编：《鲁迅研究资料》（三），文物出版社，1979年版，第50页。
4　鲁迅：《中国小说史略》，《鲁迅全集》（第九卷），第223页。

了改变样子了，非倾于对社会的讽刺，即堕入传统的‘说笑话’和‘讨便宜’”。[1] 当然，鲁迅并不是反对幽默本身，事实上鲁迅本人不仅能够鉴赏马克·吐温、萧伯纳等杰出的幽默大师的幽默作品，而且他自己的作品中也常常流露出真正的幽默。鲁迅反对的是那种对幽默的歪曲，以及对幽默的不适当推广。鲁迅曾针对30年代流行的所谓“幽默”之风发出这样的感叹：“慨自语堂大师振兴‘幽默’以来，这名词是很通行了。但一普遍，也就伏着危机，正如军人自称佛子，高官忽挂念珠，而佛法就要涅槃一样。倘若油滑，轻薄，猥亵，都蒙‘幽默’之号，则恰如‘新戏’入‘× 世界’，必已成为‘文明戏’也无疑。这危险，就因为中国向来不大有幽默。只是滑稽是有的，但这和幽默还隔着一大段。”[2] 鲁迅反观历史，指出了中国在幽默传统方面的缺乏，他甚至认为，中国传统的所谓“幽默”，只是“将屠户的凶残，使大家化为一笑，收场大吉”，而“这样的东西，和‘幽默’是并无什么瓜葛的”。正因为如此，鲁迅明确宣称：“我不爱‘幽默’，并且以为这是只有爱开圆桌会议的国民才闹出来的玩意儿，在中国，却连意译也办不到。”[3] 而且，更重要的是，鲁迅从中国的现实状况考虑，认为不能“希望那些炸弹满空，河水漫野之处的人们来说‘幽默’”，[4]“在

1 鲁迅：《伪自由书·从讽刺到幽默》，《鲁迅全集》（第五卷），第43页。
2 鲁迅：《准风月谈·“滑稽”例解》，《鲁迅全集》（第五卷），第342页。
3 鲁迅：《南腔北调集·“论语一年”》，《鲁迅全集》（第四卷），第567页。
4 鲁迅：《南腔北调集·“论语一年”》，《鲁迅全集》（第四卷），第570页。

大家都不适意的时候，恐怕终于是‘中国没有幽默’的了”。[1]出于对中国历史和社会现状的深切了解，出于对历史时代要求的呼应，出于批判社会的需要，鲁迅更为强调“对社会的讽刺”，而不主张提倡“幽默”。

鲁迅认为，讽刺是喜剧的重要形式，“是喜剧变简的一支流”。[2]因此，鲁迅的喜剧性主要是体现在他对讽刺的有关论述上的。鲁迅特别强调“讽刺”的社会作用，他认为“讽刺社会的讽刺，却往往仍然会‘悠久得惊人’的”，这是因为，“他所讽刺的是社会，社会不变，这讽刺就跟着存在”，相反，讽刺个人的讽刺，常常是要“落空”的。[3]为了使“讽刺”真正成为社会性的讽刺，鲁迅把写实性和普遍性看成是“讽刺”的重要特性。他指出“非写实决不能成为所谓‘讽刺’；非写实的讽刺，即使能有这样的东西，也不过是造谣和诬蔑而已”。[4]他号召作家去“用了精炼的，或者简直有些夸张的笔墨——但自然也必须是艺术的地——写出或一群人的或一面的真实来”。[5]所谓“写实的讽刺”，“写出或一群人的或一面的真实”，就是强调“‘讽刺’的生命是真实”，虽然所写“不必是曾有的实事，但必须是会有的实情。所以它不是‘捏造’，也不是‘诬蔑’；即不是‘揭发阴私’，又不是专记骇人听

1　鲁迅：《花边文学·玩笑只当它玩笑（下）》，《鲁迅全集》（第五卷），第 526 页。
2　鲁迅：《坟·再论雷峰塔的倒掉》，《鲁迅全集》（第一卷），第 193 页。
3　鲁迅：《伪自由书·从讽刺到幽默》，《鲁迅全集》（第五卷），第 42 页。
4　鲁迅：《且介亭杂文二集·论讽刺》，《鲁迅全集》（第六卷），第 278—279 页。
5　鲁迅：《且介亭杂文二集·什么是“讽刺”？》，《鲁迅全集》（第六卷），第 328 页。

闻的所谓‘奇闻’或‘怪现状’。它所写的事情是必然的，也是常见的，平时是谁都不认为奇的，而且自然是谁都毫不注意的”。但这些事情又恰恰是不合理的，可笑可鄙可恶的。经作者这么“特别一提”，便能引起社会的注意。所以鲁迅一再认为，“在或一时代的社会里，事情越平常，就越普遍，也就愈合于作讽刺”。[1]当然，写出了真实的普遍的社会现象，还不能说就是讽刺。讽刺的独特的社会功用就在于它有刺，通过直刺社会锢弊而获得意义和价值。所以，鲁迅将讽刺的美学特征精确地概括为“笑中有刺”。[2]所谓“笑”，即是指对丑恶的事物进行鞭挞、贬斥是通过“笑”来体现的，“以笑叱正世态”，[3]通过所引起的“笑”来达到批评时弊，发人深思，引起疗救注意的社会效果。但这种“笑”不是为笑而笑，而是笑中必有“刺”，否则“讽刺文学是能死于自身的故意的戏笑的”。[4]要能做到笑中有“刺”，就必须对社会现象有深刻的洞察，能善于发现掩盖在假象之下的“隐情”，剥去“伪装”，揭露“隐重”。这样才能产生深刻的社会讽刺的效果，“不含有隐情便也不至于有深刻”。[5]同时，既然是“刺”，就必须犀利，必须具有尖锐性。不调和，不折中，不遮掩，不姑息，以匕首般的锋利，“撕得鲜

1　鲁迅：《且介亭杂文二集 · 什么是“讽刺”？》，《鲁迅全集》（第六卷），第328—329页。
2　鲁迅：《南腔北调集 · “论语一年”》，《鲁迅全集》（第四卷），第568页。
3　厨川百村：《出了象牙之塔》，《鲁迅译文集》（三），人民文学出版社，1958年版，第233页。
4　鲁迅：《且介亭杂文二集 · 〈中国新文学大系〉小说二集序》，《鲁迅全集》（第六卷），第253页。
5　鲁迅：《译文序跋集 · 〈信州杂记〉译者附记》，《鲁迅全集》（第十卷），第446页。

血淋漓”，“使麒麟皮下露出马脚”，“露出真价值来”。[1]当然，“讽刺”最终仍有一个出发点的问题，鲁迅从他改良社会、改良人生这样一种社会功利性的价值取向出发，指出“讽刺”虽贵在尖锐，但最终的效果必须是能唤起人们从而纠正弊端、扫除丑恶。如果失了这一基本目标，则“讽刺”也就失去了意义。为此，鲁迅特别提醒人们要正确区分“有情的讽刺”与“无情的冷嘲”这二者的界限。鲁迅提倡前者而反对后者。他认为：“讽刺作者虽然大抵为被讽刺者所憎恨，但他却常常是善意的，他的讽刺，在希望他们改善，并非要捺这一群到水底里。”“如果貌似讽刺的作品，而毫无善意，也毫无热情，只使读者觉得一切世事，一无足取，也一无可为，那就并非讽刺了，这便是所谓‘冷嘲’。”[2]很明显，有无“善意”和“热情”是至关重要的。“无情的冷嘲”，是以冷漠的嘲弄态度来对待社会及其锢弊，它虽然也旨在批判和否定“无价值的东西”，但因其冷眼旁观的态度和“无热情”“无善意”，而使人看不到理想和希望，使人产生虚无和绝望之感。而“有情的讽刺”却不一样，它虽然尖锐地揭发了人们身上的丑恶和社会的锢弊，却仍能以作家的理想和热情，给人以希望。鲁迅主张以“哀其不幸，怒其不争”的态度去对待民众的缺点、错误，用这种“含泪的微笑”式的讽刺，去达到对妨害民众前进的“精神不幸”进行针砭，

1 鲁迅：《华盖集续编·我还不能“带住”》，《鲁迅全集》（第三卷），第243页。
2 鲁迅：《且介亭杂文二集·什么是“讽刺”？》，《鲁迅全集》（第六卷），第329—330页。

从而帮助人民前进的目的。而对于敌人，则从爱人民的“善意”出发去憎恨之，爱人民愈烈，恨敌人愈深，这里的“有情”则表现为“憎恶”之情。鲁迅曾把“‘喜笑怒骂’之情多，而共同忏悔之心少”看作是中国谴责小说的通病，可见鲁迅对讽刺中情感态度的看重。鲁迅希望那些真正与人民同命运、与民族共忏悔的讽刺作家，“他得像热烈地主张着所是一样，热烈地攻击着所非，像热烈地拥抱着所爱一样，更热烈地拥抱着所憎”，[1]而决不能置身事外，对社会人生采取消极、恨世的态度。无论是在“幽默”和“讽刺”这两种喜剧形式上显示出的偏向，还是在对“讽刺”的特性和任务方面所作的阐述，我们都可以明显地看到，这里面所体现出的鲁迅文学上的价值取向仍然是侧重于社会功利性方面。

其他诸如对文艺起源问题的解释，对文艺欣赏和文艺批评问题的理解等方面，也都能体现出鲁迅文学观中占主导地位、起核心作用的社会功利性的思考。例如，在对文学起源问题作解释时，鲁迅较早就注意到了诗歌起源与劳动的关系，而到了后来的《门外文谈》一文中，则对文学源于劳动生活与生产斗争的问题作了较系统的论述。而鲁迅论述这一问题的目的，很大程度上是有意识地立足文学的起源问题来批判“为艺术而艺术”的观点，进一

1　鲁迅:《且介亭杂文二集·再论“文人相轻”》,《鲁迅全集》(第六卷)，第336页。

步论证文艺的社会功利性。再如在论及文学欣赏问题时，鲁迅也曾从文艺的大众化要求出发，针对“好的作品永远是少数人的专利”的观点，讽刺道：“倘若说，作品愈高，知音愈少，那么，推论起来，谁也不懂的东西，就是世界上的绝作了。”他非常强调作家应重视大众的欣赏习惯和欣赏要求，“应该多有为大众设想的作家，竭力来作浅显易解的作品，使大家能懂，爱看”。[1]这种认识，显然是出自鲁迅对以文学来启发民众思想觉悟的文学目的。再如在论及文学批评问题时，鲁迅也曾特别强调过，“批评家的职务”是“剪除恶草”“灌溉佳花”，[2]并且曾提出过这样一个批评文学艺术的尺度：“必须用存在于现今想要参与世界上的事业的中国人的心里的尺来量。”[3]这里也显然可以看出鲁迅明确的文学目的。总之，在鲁迅几乎所有的有关文学问题的论述中，在他的文学观的各个方面，都始终贯穿着一个中心点，这就是鲁迅的那种让文学担当起思想启蒙、社会批判和改良人生重任的明确的文学动机。正因为如此，鲁迅文学观的各个侧面都无不显示出一种明确的社会功利性的价值取向。这也正是构成鲁迅文学观的独特性的最重要的方面。

1　鲁迅:《集外集拾遗·文艺的大众化》,《鲁迅全集》(第七卷)，第349页。
2　鲁迅:《华盖集·并非闲话之三》,《鲁迅全集》(第三卷)，第152页。
3　鲁迅:《而已集·当陶元庆君的绘画展览时》,《鲁迅全集》(第三卷)，第550页。

四

当然，在鲁迅文学观体系中，各种因素的组合并非就是如此单纯，其中也有矛盾，也有比较复杂的情况，但在这些矛盾和复杂的情况背后，我们仍会发现，它们在更深层次上显示出了一种深刻的统一性——它们仍然统一于鲁迅文学观中起主导作用的社会功利性的价值取向。

在鲁迅身上，我们总能感觉到，作为文化革新者的高度的时代责任感，与作为艺术家的审美追求，常常处于一种复杂的矛盾中。例如，鲁迅一方面称赞自己的《野草》的“艺术性”，另一方面又表示以后不再写这样的东西；一方面乐意地称《呐喊》是“遵将令之作”，并声称这将会是自己所愿意遵奉的，另一方面他又每每觉得其中的作品“不免空泛”。这里显示出的是他的文艺观念中的一对深刻的矛盾：一方面，鲁迅作为一个真正的文学家，他知道文学自身的艺术规律和艺术要求；另一方面，作为一个承担着重要的文化转换的历史责任的文化思想家，他又难以漠视 20 世纪以来所面临的基本文化任务，他不会也不可能去走“为艺术而艺术”的道路。因此，在鲁迅的文学观中，我们可以清楚地看到，他从来就没有忽略文学的审美特性，但他也从来就没有为了艺术的完善而放弃文学应承担的社会责任。在难以两全的情况下，鲁迅宁可放弃前者而成全后者。这就是鲁迅文学观中常常呈现出某种矛盾性的重要根源之一。这与其说是鲁迅文学观的矛盾，还不如说是特定的文化发展时期所面临的历史任务与具体文化领域的文化价值之间的矛盾。历史的总体发展，常常是以个别领域的牺牲为代价的。难能可贵的是，鲁迅能正视这种矛盾，并能顺应历史的要求作出选择。同时，他又尽可能地让那些即使是注定要被时代作为牺牲的具体文化领域也在最大限度上发挥自己的功能，以为整体文化的进步贡献力量。因此，鲁迅一方面强调“凡有文学，都是宣传”，[1] 文艺可以“用于革命，作为工具的一种”；[2] 另一方面也注意提醒人们：“万不要忘记它是艺术。”[3] 他说：“一切文艺固是宣传，而一切宣传却并非全是文艺。”“革命之所以于口号，标语……之外，要用文艺者，就因为它是文艺。”[4] 鲁迅在这里要人们认清文学这个“工具”与其他“工具”在功能上的区别，其目的仍然是为了使文学更好地为整个文化革新、历史进步服务。鲁迅只是为了使文学这种“工具”更能发挥独特的有效的功能，才特别强调一下“艺术”。尽管如此，鲁迅有时仍不得不在必要时，以牺牲艺术的完整性来达到文化批判的目的。这就是鲁迅文学观中时有出现的“非艺术化”倾向，即他的一些作品中常免不了要发些非形象性的“议论”的原因。鲁迅又何尝不想使自己的创作

1　鲁迅：《书信·350920 致蔡斐君》，《鲁迅全集》（第十三卷），第 220 页。
2　鲁迅：《三闲集·文艺与革命》，《鲁迅全集》（第四卷），第 84 页。
3　鲁迅：《书信·350616 致李桦》，《鲁迅全集》（第十三卷），第 151 页。
4　鲁迅：《三闲集·文艺与革命》，《鲁迅全集》（第四卷），第 84 页。

更艺术性一些，更具有永久的生命力？冯雪峰就曾指出，当鲁迅说着“现在，不会再写那样的东西（《野草》）了”的时候，他是在“为自己不能再写那样的作品而感到可惜”。[1]鲁迅是用“他的艺术的天才在要求发展而又未能尽量发展”的自我克服，来顺应整体文化发展的历史要求。这样一种自觉的牺牲，对作为文学家的鲁迅来说，也许有着某种遗憾，然而它却利在整个民族，利在中国新文化的发展，而且，也正是这种牺牲才玉成了作为文化思想家的鲁迅。

很显然，鲁迅文学观中一些看似矛盾的现象背后，却仍然具有了深刻的统一性。它仍然统一于鲁迅文学上的社会功利性的价值取向。这种情况，还非常突出地体现在鲁迅对文学语言的认识上。文学是语言艺术,因此,鲁迅在对文学问题进行多方面论述时,当然不能不涉及文学语言问题。五四新文学革命是在“反对文言文，提倡白话文”的运动中起步的，现代语言革命对现代文学的发展有着深远的影响和诸多的制约。鲁迅作为这场现代语言革命的积极参加者，他的文学观与他的语言文化观显然也有着某种必然的联系。因此，鲁迅对文学语言的认识，也是鲁迅文学观中的有重要特色的部分。在鲁迅对文学语言的诸多见解中，我们也明显能看出，一些表面上具有某种矛盾性的方面，其背后也同样存

1　冯雪峰:《回忆鲁迅》，第 15 页。

在着内在的统一性，而这种统一性则再次昭示了鲁迅独特的价值取向。

鲁迅曾经是五四白话文运动的积极投入者，他以极大的精力致力于这场语言革命是有着深远的文化考虑的。在鲁迅看来，作为传统语言文字的文言文，具有不确定、不精确的毛病，有许多“含混的地方”。而这种语言方式也必然地带来了中国人思维的模糊性。而语言概念的不精确性和思维的模糊性等等，正是严重阻碍中国人接受进步的科学思维的重要原因之一。由于鲁迅并没有停留在当时一般人的仅从名实相符、形式与内容统一等角度来提倡白话文的认识水平，而是从语言文字与文化发展的关系这一高度来思考的，因此他在白话文运动中的见解是高人一筹的。鲁迅既注意到了语言的达意问题，提出“我们要说现在的，自己的话；用活着的白话，将自己的思想，感情直白地说出来”；[1]同时鲁迅也注意到了语言作为思维的符号系统，对于民族思维方式的发展、智力水平提高的促进作用，这是更具文化意义的认识。“思维的进步取决于符号系统的效能”，[2]当符号系统陈旧，效能低下，以至于阻碍思维的发展时，打破这种语言系统，创造新的语言系统，就成了关系到思维发展、文化进步的历史任务。鲁迅正是基于这一立场来反对文言文的，鲁迅显然是想借助于语言革命这个

1 鲁迅：《三闲集 · 无声的中国》，《鲁迅全集》（第四卷），第 15 页。
2 ［英］L.R. 帕默尔：《语言学概论》，第 142 页。

杠杆，来促进中国文化发生历史性转变。鲁迅始终是站在文化思想家的高度来观察语言问题的，他固然希望以较易掌握的白话文代替繁难的文言文，以便使更多的民众能掌握语言文字，使“文化”回到民众手中，但又绝不仅止于此。鲁迅考虑得更多的是尽快改变中国民族的文化结构，尽快融合先进的科学文化。而要达到此目的，改变中国人的思维方式是很重要的，不从根本上改变中国人的思维方式，就很难将民众的思想彻底引向先进的科学文化潮流，所谓的思想文化启蒙也将成为一句空话。这是因为，思维惯于模糊，惯于感性化，也必然弱于理性素养、逻辑能力和理论兴趣，那么一切理性的教化、思想的启蒙，即使再深刻，再具真理性，也难以被接受、被理解。这就是黑格尔所说的，一个民族，如果沉溺于感性的泥污中而不能自拔，那是绝没有希望的。中国的文言文作为一种有着感性化、不精确性等特点的思维符号，发展到20世纪初，确实也显示出了它对于民族文化发展的阻碍作用。出于对中国旧的语言方式所标示的思维方式与现代科学不相适应的焦虑，出于丰富中国语言的科学思维能力以促进文化发展的思考，鲁迅坚决反对文言文，热情提倡白话文。[1]

一种新的语言方式的确立，常常是必须依赖作为语言艺术的文学来体现的，语言革命的成果，也常常是借助语言艺术的文学

1 朱晓进:《鲁迅与语言文化》,《中国现代文学研究丛刊》，1987 年第 2 期。

来得到巩固的。鲁迅非常明白这一点，因此，在他的文学活动中，也有着与这场语言革命相联系的自觉意识。鲁迅积极翻译介绍外国文学，就也有这样的考虑在内，他说，翻译的目的“不但输入新的内容，也输入新的表现法。中国的文和话，法子实在太不精密了……这语法的不精密，就在证明思路的不精密，换一句话，就是脑筋有一些糊涂。倘若永远用着糊涂话，即使读的时候，滔滔而下，但归根结蒂，所得的还是一个糊涂的影子。要医这病，我以为只好陆续吃一点苦，装进异样的句法去……后来便可以据为己有”。[1]鲁迅是想通过翻译、借鉴外国的精密文法来改进中国语，通过大量引入外语的概念系统以严密国人思维。也正是在这种思考的基础上，才生发出了鲁迅的那种“宁信而不顺”的翻译观。鲁迅在自己的创作中，更是注意新的白话语言方式的创制和运用。他认为，“博采口语”应是“改革文章”的重要途径，并说“以文字论，就不必更在旧书里讨生活，却将活人的唇舌作为源泉，使文章更加接近语言，更加有生气。至于对于现在人民的语言的穷乏欠缺，如何救济，使他丰富起来，那也是一个很大的问题，或者也须在旧文中取得若干资料，以供使役”，但绝不能“在古文，诗词中摘些好看而难懂的字面，作为变戏法的手巾，来装潢自己的作品”。[2]鲁迅还曾强调，应该“从活人的嘴上，采取有

1　鲁迅:《二心集·关于翻译的通信》,《鲁迅全集》(第四卷)，第382页。
2　鲁迅:《坟·写在〈坟〉后面》,《鲁迅全集》(第一卷)，第286—287页。

生命的词汇，搬到纸上来”，即使要采用“旧语”或“方言”，也须有“选择”，要有“确定”的“所含的意义”。[1]这里很明确地表达了鲁迅对新的白话语言方式的追求：一是要接近口语，富有生气；二是要明白易懂；三是要有精确的界定性。这种文学语言的追求，与“反对文言文，提倡白话文”这场语言革命的目标是一致的。

但文学就其本体特性而言，它要求的是情感性、感性化、含蓄性和象征性等等，因此文学语言也有与之相应的特殊要求。强调语言的直语性、精确性、界定性等等，很可能带来文学作品的意蕴性、形象性的丧失。对文学语言的特殊要求，鲁迅并非没有深刻的认识，这在鲁迅对具体的文学样式如诗歌、小说的论述中都有明确的表述。但鲁迅从来就没有表露过要为了文学的特殊的语言要求去牺牲白话语言方式的确立，相反，为了这种新的白话语言方式的确立，鲁迅同样表现了一种自觉的理性的牺牲精神，即不惜以丧失文学的本体性要求来成全语言革命的任务的完成。这正是隐于鲁迅一系列有关文学语言问题的认识背后的一种基本认识。从这个角度出发，我们对鲁迅有关诗歌、小说、杂感文等不同文体形式的一系列见解将会有更深刻的认识，诸如鲁迅对新诗交“倒楣运”的认识、对议论入小说问题的看法、对杂感文文

1　鲁迅：《且介亭杂文二集 · 人生识字胡涂始》，《鲁迅全集》（第六卷），第 296—297 页。

体特点的阐述，甚至对鲁迅在创作实践中的文体偏好、文体选择等现象，都会从一个新的侧面找寻到解释。（由于这方面在过去的鲁迅研究中是多少被忽略了的，因此在后面对鲁迅的文体文学观作专章阐述时将作较为展开的研究。）这里需要强调的是，即使是在文学语言这看似纯为“文学性”的问题上，依然充分地体现出了鲁迅文学观上的社会功利性的价值取向。

总而言之，鲁迅文学观的独特性，首先表现在他文学上的社会功利性的价值取向，这是他文学观中的核心。鲁迅文学观的体系正是围绕这一核心建构的，这也就形成了鲁迅文学观体系的独特性，鲁迅文学观中的一系列独特的见解，鲁迅文学活动中一系列独特的现象，鲁迅文学创作中所显示的一系列独特的审美个性、审美偏好，都不仅可以纳入这一体系而毫无牵强之感，而且还可从中找到合理的解释。事实上，当我们无论涉及鲁迅文学观中的哪一个具体领域，诸如鲁迅的新诗观、鲁迅的小说观、鲁迅的杂文观、鲁迅的文学创作观、鲁迅的文学史观以及鲁迅的文学欣赏观和文学批评观等方面，我们都时时感觉到鲁迅文学观的独特性体系的存在，感觉到鲁迅文学观中社会功利性的价值取向所起到的主导作用。这些，在我们后面的阐述中将会充分显示出来。

第二章　新诗的“倒楣运”

——鲁迅的新诗观

一

与杂文和小说相比，鲁迅的新诗创作是很少的。这当然不能简单归结为鲁迅无意于诗歌这种文体样式，相反，鲁迅最初对诗歌的作用是非常看重的。早在 1907 年他就认为，“盖诗人者，撄人心者也。凡人之心，无不有诗，如诗人作诗，诗不为诗人独有，凡一读其诗，心即会解者，即无不自有诗人之诗。无之何以能解？惟有而未能言，诗人为之语，则握拨一弹，心弦立应，其声澈于灵府，令有情皆举其首，如睹晓日，益为之美伟强力高尚发扬，而污浊之平和，以之将破”。[1] 这里突出了诗歌表达民众心

1　鲁迅：《坟·摩罗诗力说》，《鲁迅全集》（第一卷），第 68 页。

声，感化人心，张扬精神的作用。这一作用，对于鲁迅以文学为启发民智、改良人生的武器的要求，当是适用的。因此，鲁迅在“五四”之初，对于新诗其实是很致力的。鲁迅后来曾说起自己“五四”初期之于新诗的关系：“只因为那时诗坛寂寞，所以打打边鼓，凑些热闹。”[1]这里的所谓“凑些热闹”，起码可以从两个方面来理解，一是就当时正在兴起的“反对文言文，提倡白话文”的运动而言，鲁迅希望能以诗歌助力新的白话语言方式的确立，但苦于当时诗坛的寂寞，所以亲自实践；二是就当时正在开展的新文化运动而言，鲁迅希望新诗也能像小说、杂文等所有的文学样式一样，起到促进新文化发展的作用，因此鲁迅之写新诗既是为白话文运动“凑热闹”，也是为反封建的思想文化运动“凑热闹”。鲁迅初期的白话新诗虽只六首，无论是从内容还是从语言形式来看，均已达到了当时的最高水平。就思想而言，这六首诗表达的对旧传统、旧思想的批判，对新思想、新事物的热烈追求，无疑是体现了当时的时代精神的；而就语言形式而言，它更是以全新的语言方式为白话文体的确立作出了贡献，诚如胡适所说，当时的新诗多像“一个缠过脚后放大了的妇人”[2]，而在“新诗人”中，“会稽周氏兄弟”却是例外。[3]朱自清也认为白话新诗在当时，“多

1　鲁迅：《集外集·序言》，《鲁迅全集》（第七卷），第4页。

2　胡适：《尝试集·四版自序》，上海书店，1982年版，第3页。

3　胡适：《谈新诗》，《中国新文学大系·建设理论集》，上海良友图书印刷公司，1935年版，第300页。

数作家急切里无法甩掉旧诗词的调子……只有鲁迅氏兄弟全然摆脱了旧镣铐”，“他们另走上欧化一路”。[1]由此可见鲁迅在中国白话新诗发展之初所作出的突出贡献。

鲁迅为新诗的确立和发展“打边鼓”“凑热闹”，不仅体现在他的创作实践上，还体现在他对诗歌的一系列论述上。鲁迅对新诗的论述大致可以归纳为三个方面的内容，一是鲁迅为维护新诗的声誉所作的斗争；二是鲁迅从社会功利性的角度对新诗所发表的有关见解；三是鲁迅从新诗的语言形式和新诗自身的艺术要求等方面对新诗历史命运所作的探讨。这三个方面基本构成了鲁迅的新诗观。

鲁迅为维护新诗的声誉一直在作着不懈的斗争。20年代初，当有人指责汪静之《蕙的风》中的爱情诗歌为“堕落轻薄”作品，“有不道德的嫌疑”时，鲁迅专门作《反对“含泪”的批评家》一文给予了有力的回击。而当有人诋毁新诗的成就，将胡适《尝试集》，郭沫若《女神》，康白情《草儿》，俞平伯《冬夜》，徐玉诺《将来之花园》，朱自清、叶绍钧等合著的《雪朝》等八部几乎代表“五四”初期新诗成就的诗作，均冠以“不佳”“不是诗”“未成熟之作品”等语，加以否定时，鲁迅又专门作《“说不出”》一文，给予了尖锐的讽刺。1925年，鲁迅在诗歌专论《诗歌之敌》一文中，

1　朱自清:《导言》,《中国新文学大系·诗集》，上海良友图书印刷公司，1935年版，第3页。

又专门对扼杀诗歌的社会环境作了分析，批判了那些对诗歌横加干涉的道学先生。直到30年代，鲁迅仍在为巩固白话新诗的成果而继续斗争。他坚决反对新诗创作中的复古倾向，曾对新诗创作中出现的“新诗写成方块”和“掇用‘选’字”的现象提出过尖锐的批评。他说，“新诗也写成方块了，除掉做新诗的嗜好之外，简直就如光绪初年的雅人一样，所不同者，缺少辫子和有时穿穿洋服而已”。这正说明“新式青年的躯壳里，大可以埋伏下‘桐城谬种’或‘选学妖孽’的喽罗”。[1]为此，鲁迅希望人们对新诗中的复古倾向保持警惕。鲁迅认为，“现在的白话诗，已有人掇用‘选’字，或每句字必一定，写成一长方块”，这种现象隐伏着新诗的危机，如不加以纠正，则有可能重蹈历史上“特地‘古奥’，令人莫名其妙”的诗歌命运，也就是将要“离断气不远矣”。[2]上述论述，都清楚地说明了鲁迅对促进中国新诗健康发展的尽心尽力。

与整体文学观相一致，鲁迅在有关新诗的论述中也强烈地表现出了社会功利性的主导倾向，例如，鲁迅一直很强调新诗与读者之间的沟通，以便使新诗真正能发生社会作用。他说，“诗歌是可以发抒自己的热情的，发讫即罢；但也愿意有共鸣的心弦”。[3]

1　鲁迅：《准风月谈·重三感旧》，《鲁迅全集》（第五卷），第325页。
2　鲁迅：《书信·340220致姚克》，《鲁迅全集》（第十二卷），第339页。
3　鲁迅：《集外集拾遗·诗歌之敌》，《鲁迅全集》（第七卷），第238页。

正因为如此，当徐志摩作“诗的真妙处不在他的字义里，却在他的不可捉摸的音乐里”等“神秘谈”时，鲁迅给予了尖锐的嘲讽。鲁迅并非简单地否定诗歌形式上的音乐性追求，而是对徐志摩试图以音乐性来取代诗歌得以引起广泛“共鸣”的“宇宙的底质，人生的底质，思想的底质”等一些方面的做法不以为然，[1]所以鲁迅曾明确表示，“我更不喜欢徐志摩那样的诗”。[2]鲁迅在给一些诗人提意见或作序时的褒贬评价，所特别强调的也是诗歌内容的进步性和对于时代要求的意义。如在致王熙之的信中，鲁迅就曾指出王的诗作虽“有几首是很可诵的，但内容似乎旧一点，此种感兴，在这里是已经过去了”；[3]再如在《白莽作〈孩儿塔〉序》一文中，鲁迅高度评价殷夫的诗歌，认为它不是“所谓圆熟简练，静穆幽远之作”，而是追随时代要求的，“属于别一世界”的，“别有一种意义在”的诗歌。[4]相比之下，鲁远对那些充斥着狭隘、萎靡情绪的诗歌，则表示了极大的反感。他曾说起过自己的那首题为《我的失恋》的打油诗的写作目的：“是看见当时‘阿呀阿唷，我要死了’之类的失恋诗盛行，故意做一首用‘由她去罢’收场的东西，开开玩笑的。”[5]他还在另一处说过：“先前虚伪的‘花呀’‘爱呀’的诗，现在是虚伪的‘死呀’‘血呀’的诗。呜呼，

1　鲁迅：《集外集·“音乐”？》，《鲁迅全集》（第七卷），第53—54页。
2　鲁迅：《集外集·序言》，《鲁迅全集》（第七卷），第4页。
3　鲁迅：《书信·331226致王熙之》，《鲁迅全集》（第十二卷），第307页。
4　鲁迅：《且介亭杂文末编·白莽作〈孩儿塔〉序》，《鲁迅全集》（第六卷），第494页。
5　鲁迅：《三闲集·我和〈语丝〉的始终》，《鲁迅全集》（第四卷），第166页。

头痛极了！”[1]很显然，鲁迅所反感的并不是在诗中表达恋情或失恋，而是反感于这些诗歌中的“情”是虚情、矫情。在鲁迅看来，诗歌要能够引起共鸣，能够打动读者的心，首先就必须有自己的真情融注在里面，“呼唤血和火的，咏叹酒和女人的，赏味幽林和秋月的，都要真的神往的心，否则一样是空洞”。[2]从鲁迅的这些论述中我们可以看到，鲁迅在新诗问题上的社会功利性的价值取向也是非常明显的。

在鲁迅所有关于新诗问题的论述中，最多的是他从新诗的语言形式和新诗自身的特殊艺术要求出发的对新诗历史命运的探讨。这一部分论述，是鲁迅新诗观中最丰富、最深刻，也是最有特色的部分。虽不敢说是因为诗歌与小说、杂感文相比，它更有其自身的独特性，它有着更为特殊的文体要求，所以鲁迅认为从新诗的语言形式和新诗自身的艺术要求出发，才更能阐述清楚有关新诗的一些复杂的理论问题；但事实上，从这部分论述中，我们是可以找到对鲁迅诗歌活动中的一些特殊现象作出解释的最重要的依据的。因此，鲁迅这部分论述将是本章阐述的重点。

1　鲁迅:《两地书·三四》,《鲁迅全集》(第十一卷)，第100页。
2　鲁迅:《集外集拾遗·〈十二个〉后记》,《鲁迅全集》(第七卷)，第300页。

二

鲁迅曾指出:“在文艺作品的次序中，恐怕是诗歌在先，小说在后的。”这里的“在先”和“在后”,既是就艺术起源的次序而言，也是就诗歌、小说形式感的强弱而言的，鲁迅强调指出，“诗歌是韵文”，而“小说是散文”。[1]诗歌作为“韵文”，它在文学中是形式感最强的文学品类，从艺术的角度讲，它有着远甚于其他文学品类的苛刻的要求。鲁迅曾反复论及新诗的形式问题,他说:“诗须有形式，要易记，易懂，易唱，动听，但格式不要太严。要有韵，但不必依旧诗韵，只要顺口就好。”[2]“我以为内容且不说，新诗先要有节调，押大致相近的韵，给大家容易记，又顺口，唱得出来。”[3]在鲁迅看来，新诗的形式问题，最基本的方面就在于它的节调和音韵。对于这二者的有意无意的忽略，将会导致新诗的失败，即如鲁迅所说的，“没有节调，没有韵，它唱不来，唱不来就记不住，记不住，就不能在人们的脑子里将旧诗挤出，占了它的地位。……新诗直到现在，还是在交倒楣运”。[4]鲁迅的这段话具有深刻而丰富的内容。首先，我们可以看出，鲁迅关注诗歌的通言形式，其出发点，仍是为了使新诗能够确立，为了使新诗能够取代旧诗的

1　鲁迅:《中国小说的历史的变迁》,《鲁迅全集》(第九卷)，第303页。
2　鲁迅:《书信·350920致蔡斐君》,《鲁迅全集》(第十三卷)，第220页。
3　鲁迅:《书信·341101致窦隐夫》,《鲁迅全集》(第十二卷)，第556页。
4　鲁迅:《书信·341101致窦隐夫》,《鲁迅全集》(第十二卷)，第556页。

位置；而更应引起重视的是，鲁迅从诗歌的语言形式的特殊要求出发，提出的新诗的“倒楣运”的问题。

鲁迅所谓的“新诗直到现在，还是在交倒楣运”，其实是提出了一个关系到整个新诗发展的大局的深刻的命题。中国新诗在七十多年的发展中，取得了相当大的成就，但新诗在发展过程中也留下了诸多遗憾。尤其是当我们将新诗的成就与中国现代小说等其他文体相比时，其不尽如人意之处便显得突出了。在鲁迅指出新诗交“倒楣运”的状况之后，一直有不少著名的作家、诗人、评论家以不同的方式表述了类似的意思，例如萧三在1939年也曾指出：“中国的新诗直到现在还没有‘成形’——这是无可讳言的。”[1]冯雪峰在1951年又曾指出：“我们的新诗还没有完全胜利，新诗的历变上还包含着若干的错误和失败。”[2]何其芳在1954年也曾提出“为什么我们今天的诗歌还不能像古代那些最好的诗歌那样令人百读不厌”的疑问，其中分明包含着对新诗成绩的不满。[3]直至60年代，毛泽东也曾更直截了当地指出：“用白话写诗，几十年来，迄无成功。”[4]这些对新诗不成功的指陈，其意思与鲁迅所道的“交倒楣运”颇为类同。应该说，“新诗交倒楣运”这一命题的提出，正是鲁迅正视中国新诗发展历程的艰难，洞悉中国

1 萧三：《论诗歌的民族形式》，《文艺战线》，1939年11月16日，1卷5号。
2 冯雪峰：《我对于新诗的意见》，《雪峰文集》（第二卷），人民文学出版社，1983年版，第248页。
3 何其芳：《关于现代格律诗》，《关于写诗和读诗》，作家出版社，1956年版，第54页。
4 毛泽东：《致陈毅信》，《诗刊》，1978年第1期。

新诗必然命运的结果。对这一问题的探讨，鲁迅不仅提出较早，更为重要的是，鲁迅已经将对这一问题的探讨与诗歌的语言形式联系起来考虑，这给人很深刻的启发。

新诗的形式，是一个长期困扰着中国新诗发展的大问题。纵观中国新诗发展的历史，对诗歌形式（节调、音韵等）的探索始终是一个沉重的任务，在这方面的探索中所出现的种种反复，正标示了中国新诗发展的艰难。早在“五四”白话诗刚刚兴起之时，作为白话新诗的首倡和最先尝试者的胡适，在他那篇题为《谈新诗》的文章中，中心意旨虽是在谈新诗诗体的解放，但谈论的角度却不出“文的形式”。为了给新诗正名，他竭力从“新诗的音节”（音：声调，平仄，用韵；节：顿挫，段落）方面为新诗找立足的理由。[1]几乎是同时，俞平伯在《社会上对于新诗的各种心理观》一文中，探讨“社会不能容纳新文艺”，新诗“不受欢迎”的“原故”时，也首先关注到了新诗的形式问题，认为“是因为新诗句法韵脚皆很自由，绝不适宜‘颠头播脑’，‘慷慨悲歌’的。所以社会上很觉得它不是一个诗”。[2]这可以看出，在白话新诗初起之时，新诗的倡导者和尝试者们尽管力图打破格律，寻求诗体的彻底自由与彻底解放，但他们事实上却避不开诗歌的节调、音韵等起码的形式问题，他们在这一问题上所遇到的麻烦，多少预示了新诗

1 胡适：《谈新诗》，《中国新文学大系 · 建设理论集》，第 302 页。
2 俞平伯：《社会上对于新诗的各种心理观》，《新潮》，1919 年 10 月，2 卷 1 号。

的某种命运。且不说此后新月派诸多诗人在这方面倾注了很大气力，而终于未能取得突破性的进展。直至40年代甚至50、60年代，这个问题依然在困扰着诗人和批评家们。例如，李广田1943年曾指出，在读有些新诗时，“时常为诗人觉得可惜”，为这些诗歌缺乏“更完美的形式”“更好的章法和句法”“最好的格式与声调”而遗憾。这些新诗“甚至作用到我们的视觉，使我们看了那一堆未曾好好调整凝炼的东西而觉得不很愉快，至于听觉，那更不必说了，对于现在的新诗，听觉已几乎没有它的用处了”。[1]这里无非也是从形式方面，或者更具体地说是从节调、声韵等方面指出了新诗的缺憾。何其芳1944年也指出：“中国的新诗我觉得还有一个形式问题尚未解决。”他甚至说：“从前，我是主张自由诗的，因为那可以最自由地表达我自己所要表达的东西，但是现在，我动摇了。因为我感到今日中国的广大群众还不习惯于这种形式，不大容易接受这种形式。而且自由诗的形式本身也有其弱点，最易流于散文化。”[2]这里也是将形式问题作为新诗的缺憾提出来的。其后40、50、60年代文艺界又进行过一系列有关诗歌形式问题的讨论。这么多诗人、批评家对新诗的节调、音韵等形式问题提出的批评，其实都正说明了中国的新诗的发展在形式问题上所陷入的困境，同时也在证明着鲁迅早就提出的中国新诗“交倒楣运”

1　李广田：《论新诗的内容和形式》，《诗的艺术》，开明书店，1943年版，第3页。
2　何其芳：《谈写诗》，《何其芳文集》，人民文学出版社，1983年版，第62页。

这一命题的正确性。

那么，中国新诗形式问题难以解决的症结在哪里呢？仍然是鲁迅的话点到了要害:“白话文要押韵而又自然, 是颇不容易的。”[1]既然新诗的形式问题大致上可具体化为节调和音韵问题，而白话押韵又不容易，那么以白话为工具的新诗在形式上就具有了先天的不足之处。由此看来，新诗的“交倒楣运”，也就不是十分偶然的事了。

诗歌的诸如节调、音韵等形式问题，说到底是一个语言问题。冯雪峰曾“根据关心新诗问题的大多数人的意见”，“得出一个结论，就是：现在新诗的各种各样的形式是都还不能满意的，而那最中心的问题是语言问题”。[2]卞之琳也曾说过, 要解决格律、节调、音韵等诗歌的形式问题，“首先得解决诗的语言问题”。[3]很明显，白话新诗形式上存在的问题，实际的根源正在用来作诗的白话上，用萧三的话说就是，“自从‘白话’战胜‘文言’以来，作新诗的一下子从古诗的各种形式和体裁‘解放’了出来, 于是绝对‘自由’……结果，弄得毫无‘章法’”。加之，“从古文下面‘解放’出来了的作者”，在“拒绝”“鄙视”旧诗形式的同时，又因未能创起新的形式而“一时无所适从”。因此，“自从白话文盛行以来，

1　鲁迅:《书信 · 341101 致窦隐夫》,《鲁迅全集》(第十二卷)，第 556 页。
2　冯雪峰:《我对于新诗的意见》,《雪峰文集》(第二卷)，第 251 页。
3　卞之琳:《哼唱型节奏（吟调）和说话型节奏（诵调）》,《作家通讯》，1954 年第 9 期。

散文的文艺作品有《呐喊》《彷徨》《子夜》……许多杰出的小说”；而新诗却“至今还很少‘脍炙人口’的作品”。[1]如果换种说法，就是“新诗运动的起来，侧重白话一方面，未曾注意到新诗的艺术和原理一方面”，人们“注重的是‘白话’，不是‘诗’”，新诗普遍缺乏“音节”，“读起来不顺口”，虽然“有人能把诗写得很整齐，例如十个字一行，八个字一行，但是读时仍无相当的抑扬顿挫”。[2]正因为白话给新诗形式创制带来不便，所以最初用白话作诗的尝试者，也不具有绝对的自信。用俞平伯的话来说，“从新诗一面看来，白话虽有比较的便利，缺点也还不少，他们大胆用白话做诗，好比小孩学步一般，是没有一定把握”。他甚至认为“中国现行的白话，不是做诗的绝对适宜的工具”，因此，“总时时感到现今白话做诗的苦痛”。[3]说这话时，是1919年，俞平伯正作为白话诗的实践者之一在新诗这块处女地上苦苦耕耘着。而鲁迅，在“五四”初期曾作过新诗，为新诗的诞生和发展打过“边鼓”，壮过声威，但也尝到过白话作诗的甘苦，如押韵“颇不容易”等等。所以，鲁迅曾反复表示，“自己实在不会做”新诗，[4]“我对于诗是外行”，[5]“我自己是不会做诗的”，[6]“我其实是不

1 萧三:《论诗歌的民族形式》,《文艺战线》，1939年11月16日，1卷5号。
2 梁实秋:《新诗的格调及其他》,《诗刊》，1931年1月20日，创刊号。
3 俞平伯:《社会上对于新诗的各种心理观》,《新潮》，1919年10月，2卷1号。
4 鲁迅:《书信·341101致窦隐夫》,《鲁迅全集》(第十二卷)，第556页。
5 鲁迅:《书信·350920致蔡斐君》,《鲁迅全集》(第十三卷)，第220页。
6 鲁迅:《两地书·三二》,《鲁迅全集》(第十一卷)，第97页。

喜欢做新诗的”，[1]等等。说不会作新诗，虽带有不少谦虚的成分，因为他在“五四”初期就写过六首新诗；但反复表示自己不喜欢或不会作新诗，这其中也多少包含了鲁迅对新诗形式的难以把握而持的一种谨慎的态度。这里。鲁迅把新诗“倒楣运”的原因探讨引向了作新诗所用的白话，这无疑是发人深思的。

三

“真正的诗歌史是语言的变化史，诗歌正是从这种不断变化的语言中产生的，而语言的变化是社会和文化的各种倾向产生的压力造成的。”[2] 这句话对于考察中国新诗的产生和发展是有意义的。新诗产生于以反对文言文、提倡白话文为重要内容的文学革命之中，五四时期的这场语言革命对新诗形式的产生和发展也必然起着决定性的影响作用。白话给新诗形式带来的难题还仅仅是一个方面，但远不止这一个方面。因此，鲁迅对白话语言与新诗命运之间的关系的思考也是更为广泛的。在鲁迅看来，白话不仅带来了新诗的形式问题，而且还带来了新诗“蕴含”的欠缺，即

1　鲁迅:《集外集·序言》,《鲁迅全集》(第七卷)，第 4 页。
2　[美] 韦勒克、沃伦:《文学理论》，刘象愚、邢培明、陈圣生、李哲明译，生活·读书·新知三联书店，1984 年版，第 186 页。

缺乏鲁迅所谓之“诗美”。

发端于“五四”之初的白话文运动，是顺应社会进步、文化发展的历史要求而兴起的。在这场运动中，以鲁迅为代表的先驱者们所特别关注的一个重要方面是，以文言文为代表的旧语言文字在其模糊、含混、不精确等方面的弊端，他们认为这种不精确必然带来中国人思维的模糊。在近代被看作是科学发展的重要精神动力的演绎推论，是以概念的精确为前提的。对于科学的思维，文言文所代表的中国语言文字不是一种完善的媒介。出于文化进步考虑，鲁迅等先驱者们以极大的热情反对文言文，提倡白话文。而提倡白话文的目的，正在于丰富中国语言的科学思维能力，使中国人“可以发表更明白的意思，同时也可以明白更精确的意义”。[1]毫无疑问，这场语言革命对于推动中国文化由旧向新转换，促进中国文化的整体性发展有着不可磨灭的历史功绩。中国白话新诗作为这场意义深远的语言革命的具体实践，其历史贡献也是不言自明的。语言革命的成果常常是必须依赖作为语言艺术的文学来得到巩固的。新诗对代表着旧的语言方式的古典诗词的冲决，这对于新的白话语言方式的确立有着特殊作用。因此，中国新诗的产生，其意义首先不在诗歌自身，而在那场反对文言文、提倡白话文的语言革命，乃至在整体文化由旧向新转换的历史时代。

1　鲁迅:《且介亭杂文·答曹聚仁先生信》,《鲁迅全集》(第六卷)，第 77 页。

但是，也必须看到，中国语言在“五四”初期的这场革命后，就步入了一种“两难”的境地：为了适应科学发展的要求，语言必须追求精确性、界定性，而这又必须以丧失中国传统语言方式所具有的隐喻性、模糊性等带着文学色彩的风格为代价；而要保存中国语言方式中的被西方人称为“诗”的风格，[1]则又难以使中国语言适应科学思维的要求。五四时期的语言革命在科学与文学之间的选择中，无疑是倾向于科学的，这与五四时期所面临的文化发展的历史任务密切相关。当时以“文学”二字为目标的“文学革命”，其目的并不在文学自身，不在文学的本体特性，而在于借用文学为整个文化革命和新文化的发展服务。在五四时期的许多文化人眼中，科学和文学确实难以两全。李大钊在《东西文明之根本异点》一文中就曾把东、西文化的区别归结为“一为艺术的，一为科学的”。当五四新文化运动的天平倾斜于西方、倾斜于科学时，文学性自然地会受到忽略。语言目的的选择正体现了这一文化发展的趋向。因此，诗歌作为这场语言革命的产物，也坚然地要承担语言革命的“非文学”的后果。

文学语言有着特殊的要求，如语义的多层次性、情绪性、含蓄性、感受性、暗示性等等，这与科学语言确实相去甚远。用J. 浮

1　[挪威]J. 加尔通、[日]西村文子在《结构、文化和语言——印欧语系语言、汉语、日语比较研究》（关山译，刊载于《国外社会科学》，1985年第8期）一文中说：“使用欧洲民族的语言可以得出精确的结论，对这一结论可以进行验证、证伪。……中、日文具有一种隐喻的带文学色彩的风格，这种风格在西方往往被称为是‘诗的’风格，对此有许多人作了说明。……”

尔兹的话说就是："科学——就其字面意义而言，是不惜任何代价的精确，诗歌——则是不惜任何代价的包揽。"[1] 鲁迅在《诗歌之敌》一文中也曾指出，"诗歌不能凭仗了哲学和智力来认识"，"于诗美也一点不懂"的"科学底人们"往往会忽略这一点。[2] 这里也道出了"科学"与"诗美"的冲突。由于五四时期过分强调语言的界定性、明确性，促进了科学的发展，推动了文化在整体上的转换，但这对文学这一具体领域而言，带来的损失也是不言自明的。文化的整体性历史转换，似乎是以牺牲局部的文艺的本体特性为其代价的。尤其是那些最具文学性的文学门类（如诗歌），所受的损失要更大一些。诚如冯雪峰所说，"语言问题，是整个新文学的问题，但对于新诗的关系是更显著和更大。因为诗，是语言艺术的文学中更为语言艺术的东西。"[3] 相比较而言，小说、杂文等文学门类要幸运一些：语言的精确性要求，在某种程度上或许可以说是玉成了以陈述为主要语言特征的小说（增加了叙事的通晰度）和以说理为其语言特征的杂文（增强了说理的逻辑性）；而以含蓄、寓义、多义、暗示、抒情为语言特征的诗歌，则不能不"交倒楣运"。而且，即使在诗歌领域中，语言的精确化、理性化又使得叙事诗、哲理诗的境况要好于抒情诗。鲁迅早

---

1 ［英］J. 浮尔兹：《亚里斯托斯》，《英国作家论文学》，汪培基等译，生活·读书·新知三联书店，1985 年版，第 560 页。

2 鲁迅：《集外集拾遗·诗歌之敌》，《鲁迅全集》（第七卷），第 236 页。

3 冯雪峰：《我对于新诗的意见》，《雪峰文集》（第二卷），第 251—252 页。

在 1919 年曾指出的“《新潮》里的诗写景叙事的多，抒情的少”这一现象，[1]其实也正可用来说明五四时期所使用的白话语言对诗歌（尤其是抒情诗）的某种制约作用。

鲁迅曾就许广平的一首关于五卅惨案的诗作过这样的评论：“那一首诗，意气也未尝不盛，但此种猛烈的攻击，只宜用散文，如‘杂感’之类，而造语还须曲折，否，即容易引起反感。诗歌较有永久性，所以不甚合于做这样题目。”[2]这里，鲁迅是将诗歌语言的含蓄性要求摆在一个较重要的位置上的。鲁迅还曾就诗歌用词的含蓄性要求举过这样一个例子：“唐人早就知道，穷措大想做富贵诗，多用些‘金’、‘玉’、‘锦’、‘绮’字面，自以为豪华，而不知道适见其寒蠢。真会写富贵景象的，有道：‘笙歌归院落，灯火下楼台’，全不用那些字。”[3]这个例子是很能说明问题的：诗歌贵在形象和含蓄而忌抽象和直语。诗人艾青曾经说过，“诗是借助于语言以表现比较集中的思想感情的艺术”。因此，“无论诗人采取什么体裁写诗，都必须在语言上有两种加工：一种是形象的加工，一种是声音的加工”。[4]所谓“声音的加工”，就是我们前文所说的诗歌的“节调”“音韵”等，而所谓“形象的加工”，即是指以形象、含蓄的语言创造出诗的意境和诗美。抽象和直语，

1　鲁迅：《集外集拾遗 · 对于〈新潮〉一部分的意见》，《鲁迅全集》（第七卷），第 225 页。
2　鲁迅：《两地书 · 三二》，《鲁迅全集》（第十一卷），第 97 页。
3　鲁迅：《而已集 · 革命文学》，《鲁迅全集》（第三卷），第 544 页。
4　艾青：《诗的形式》，《人民文学》，1954 年 3 月号。

是“形象的加工”所忌避的。诗歌语言一旦因过于明确而失去其含蓄，因界定性过强而失去暗示性，因抽象化而失去具体可感性，则“诗美”也就会大为减色。然而，白话作诗的难处也正在这里，艾青认为许多新诗的弊病也正出在这个方面：“缺少感情，语言也不和谐，也没有什么形象。”其原因是“没有很好地选择和使用语言，也没有考虑到诗之作为艺术所必备的条件”，没有认识到“诗的语言比散文语言更纯粹，更集中，因而概括力更高，表现力更强，更能感动人”。[1] 这里指出了诗歌缺少诗美的原因是语言使用上的失当，这是很有见地的。但如果不追溯到新诗所使用的白话语言自身的不足，仅责备作诗者，似乎又有欠全面。俞平伯曾说过，“白话诗的难处，正在它的自由上面”，因为“它是赤裸裸的”，使诗或为“专说白话”而缺乏“诗美”。俞平伯所谓的“中国现行的白话，不是做诗的绝对适宜的工具”，既是指白话给新诗形式的确定和形成带来困难，又是指白话缺少诗的蕴含，即“缺乏美术的”，“往往容易有干枯浅露的毛病”。[2] 这一分析与鲁迅的见解大致相近。

只要稍稍注意一下鲁迅的诗歌创作，我们不难发现一个奇特的现象，即鲁迅所写新诗数量很少，且主要集中于“五四”初期那一段时间，而此前此后在诗歌创作方面，鲁迅均以写旧体诗为主。鲁迅不仅旧体诗写作的数量远远超出他的白话新诗，而且就

1　艾青：《诗的形式》，《人民文学》，1954 年 3 月号。
2　俞平伯：《社会上对于新诗的各种心理观》，《新潮》，1919 年 10 月，2 卷 1 号。

艺术性而言，也是旧体诗中脍炙人口之作偏多。鲁迅最终放弃新诗的写作，固然也可以用鲁迅自己的话来解释，即“其实是不喜欢做新诗”，只是为了打破“诗坛的寂寞”，才“打打边鼓”“凑些热闹”，而“待到称为诗人的一出现，就洗手不作”。[1]但鲁迅为什么不喜欢写新诗呢？而且，鲁迅也曾说过自己“也不喜欢做古诗”，可为什么却始终未放弃古诗的写作呢？这根本的原因恐怕还是与鲁迅对以白话写新诗的看法有关。萧三曾对此作过解释，他认为，由于中国新诗在诗的形式和诗的内蕴等方面的问题未能得到很好的解决，“因此，许多的天才文人或非职业的诗人文人，遇有真情实感，想寄之于诗时，还是写旧诗，而且写得非常好”。鲁迅就是属于这种情况，他自己“虽自谦说他不懂诗，但你只要读读他的发表不多的旧诗，你只要去读一读他伤悼柔石、殷夫几个青年作家惨死的诗，你会大大地深深地感动，你会想到柳亚子先生讲鲁迅先生的诗所说的‘郁怒情深，兼而有之’这句话极其正确”。[2]诗歌的破与立，远较其他文学样式更复杂得多。鲁迅白话小说的成就一下子就超越了自己的旧体小说（《怀旧》），而他写的新诗却很难说有哪一首在艺术成就上超越了他自己的那些脍炙人口的旧体诗。此中原因也许可以从诗歌语言方面去找寻。在形式上，由于“白话要押韵而又自然，是颇不容易的”，这先就

1　鲁迅:《集外集·序言》,《鲁迅全集》(第七卷)，第4页。
2　萧三:《论诗歌的民族形式》,《文艺战线》，1939年11月16日，1卷5号。

给写好白话新诗带来了一重困难；而趋向于精确化、理性化的白话，在诗的内蕴上又逊一筹；在一定意义上可以说，白话便于传达思想、分析和论证问题，但许多文言所能表达的诗境，白话却是无法表达的，用白话写诗，很难保证新诗能像古典诗词那样蕴藉深厚。卞之琳曾从形式和内蕴两个方面将新诗与旧体诗作过对比，他指出："今日新诗的主要体裁是自由体和一种所谓'半格律体'……这样子写成的诗，撇开无法'吟咏'（严格说是'哼'，还不是'唱'）这一点不谈，即使用朗诵的标准来衡量，在声音效果上当然远逊于古典诗歌和民歌……""对中国古典诗歌稍有认识的人总以为诗的语言必须极其精炼，少用连接词，意象丰富而紧密，色泽层叠而浓淡入微，重暗示而忌说明，言有尽而意无穷。凡此种种正是传统诗的一种特色，也形成了传统诗艺一种必备的要素。今日的新诗却普遍地缺乏这些特质。反之，白话诗大都枝蔓、懒散，纵然不是满纸标语和滥调，也充斥着钝化、老化的比喻和象征。"而"上述两个缺点"正是"新诗不能回避"的"问题症结所在"。[1]也许，正是出于这些方面的思考，鲁迅才在欲寄情于诗歌时，往往选择旧体诗的形式。这在中国新文学史上，鲁迅绝不是一个孤立的存在，早在30年代末就有人指出，"更有趣味的是，许多一向写新诗的诗人，或则现在都作起旧诗来了，或则在

1　卞之琳：《今日新诗面临的艺术问题》，《诗探索》，1981年第3期。

写新诗之余，间或写几首旧诗，而这很少的旧诗每每比他自己所写过的很多新诗好”。[1] 这样的例子可以举出许多。新诗史上首屈一指的郭沫若，其出版于 1938 年的《战声集》中，就收入旧诗若干首，到了《蜩螗集》中，旧体诗词则已近半数，越到后来，郭沫若所作旧体诗词越发多起来，以至于在数量和质量上均压倒他的新诗创作。初期白话诗人康白情、沈尹默等在短暂的新诗创作生涯之后，纷纷向旧体诗词回归。曾致力于新诗格律化尝试，并在新诗创作方面取得突出成就的闻一多，在废旧诗六年后，又“复理铅椠”，“唐贤读破三千纸，勒马回缰做旧诗”。臧克家也曾以新旧诗并成为自豪——“新诗旧诗我都爱”。九叶诗人郑敏在从事新诗写作和外国文学翻译大半辈子之后，也曾表示自己“崇尚中国古典诗中的‘灵’”，“要重新从中挖掘出它真正的内在精神来”，也就是说，“她正回头走向中国古典诗词”。[2] 如此等等，不一而足。包括鲁迅在内的一大批诗人对于旧体诗词的依恋，正从一个侧面昭示了新诗的“倒楣运”。臧克家的话也许有助于我们理解这一现象：“我个人认为，不精炼或不够精炼，确是新诗写作上的一个大问题。新诗运用口语（所谓‘白话’）来写作，打破旧格律，这是五四文学革命的胜利成果之一。……但运用口语（或接近口语的语言）而不流于松懈、散漫、啰唆，对于诗人来说却

1　萧三：《论诗歌的民族形式》，《文艺战线》，1939 年 11 月 16 日，1 卷 5 号。
2　《回头走向中国古典诗词——访诗人翻译家郑敏教授》，《文艺报》，1990 年 2 月 10 日，第 4 版。

是一个相当严重的考验。……可是从‘五四’到目前，也有不少作品没能够顺利地通过这一关。”[1]似乎可以这样说，正是白话写诗这一关难以通过，才致使许多诗人产生了对旧体诗词的依恋。

鲁迅在30年代从语言角度探讨中国新诗的命运问题，这对中国新诗的发展有着非常深刻的意义。白话新诗最初是作为“五四”初期的那场语言革命的一种实践出现的，它主要的任务似乎还不在自身艺术品性的完备，而在于助力新的语言方式的确立，因此诗歌体式的解放、诗歌语言与白话口语的一致性等，是当时最主要的要求。在白话文的提倡者中，多数人都从事这白话诗的尝试，他们的目的显然不是在诗歌本身，即如鲁迅所谓之“打边鼓”，并非要做一个诗人，他们是为了向文言文挑战、示威，用以证明文言文之所长者白话文未必做不到。总之，白话新诗的产生首先就扮演了语言革命的实践者和语言革命成果的巩固者的角色。只有随着时间的推移，在白话语言已经得到普遍的确认，新的语言方式已经真正确立之后，新诗作为文学之一种，其自身的文体完善的要求才会相应被提到重要位置上来，“诗的语言”才“可以和口语的基本要素有较大的距离”，[2]以便使新诗的语言能完成对白话口语的升华。而在时机成熟之前，新诗也就只能处在“倒楣运”中。鲁迅从语言角度提出了新诗“交倒楣运”的问题，

1 臧克家：《精炼·大体整齐·押韵》，《学诗断想》，四川人民出版社，1979年版，第33页。
2 茅盾：《漫谈文学的民族形式》，《人民日报》，1959年2月24日。

正充分地体现出了鲁迅的鲜明的“文体意识”，体现了鲁迅作为文学家的真知灼见，同时也体现了鲁迅作为文化思想家从文化发展的全局来思考问题的深邃的眼光。

四

与鲁迅分析任何艺术问题都是将之与时代条件、文化背景联系在一起一样，鲁迅分析新诗“交倒楣运”的原因时，也未忽略新诗所赖以生存的社会环境。语言形式问题固然是新诗命运多蹇的重要原因，但绝不是唯一的原因。鲁迅指出：“但就立有了新形式罢，当然不会就是很高的艺术。艺术的前进，还要有别的文化工作的协助。”[1] 文体的盛衰，显然有着深刻的社会原因，即鲁迅所谓的“文学‘种类之别’，也仍然与社会条件相关联”。[2] 白话新诗找寻借鉴的困难就是一例。新文学是受外国文学的影响而产生发展起来的。小说、散文、戏剧的翻译相对容易，而诗歌在本质上是不可翻译的。鲁迅曾反复指出：“翻译外国的诗歌也是一件要事，可惜这事很不容易。”[3]“可惜翻译最不易，……诗是只能

1 鲁迅：《且介亭杂文 · 论“旧形式的采用”》，《鲁迅全集》（第六卷），第 24 页。
2 鲁迅：《且介亭杂文 · 论“旧形式的采用”》，《鲁迅全集》（第六卷），第 24 页。
3 鲁迅：《集外集拾遗 · 对于〈新潮〉一部分的意见》，《鲁迅全集》（第七卷），第 225—226 页。

有一篇的，即使俄文改写俄文，尚且决不可能，更何况用了另一国的文字。”[1]这种诗歌翻译的相对困难，好多人都曾指出过，茅盾也说过：“任何民族的文学作品翻译为其他语言的时候，或多或少总不免要丧失它的民族风格。比较接近的两种语言在互译时或者还能多保存一些，但译诗还是比散文为难。”[2]这种翻译的不易，就使得新诗与其他新文学体裁相比，可资借鉴的方面更为缺少。的确，这也是一个不利的条件。中国白话诗的传统太贫乏，如果说小说、戏剧尚有白话传统，则白话诗歌就几乎是白手起家了；而外国诗的难以翻译，又使新诗不能像小说、散文、戏剧那样尽情地汲取异域的养分来发达自身。这也许是新诗形式较之小说、散文、戏剧更难确立的又一原因。难怪在“五四”初期就有白话诗人发出这样的慨叹：白话作新诗“是没有一定把握”，因为“死文言的作品，可以供我们采取的很少，西洋诗呢，又有许多地方因为东西言语思想隔阂太远了，纯粹的欧化诗，决不为一般社会所容纳。我们到了这个地位，只能凭自己的脑力去和困难搏战，若要想即刻主义和艺术有一致的完美，就是绝顶的天才也有点为难……”[3]

鲁迅所谓的社会条件当然不仅是指新诗找寻借鉴的困难，而

1　鲁迅：《集外集拾遗·〈十二个〉后记》，《鲁迅全集》（第七卷），第301页。
2　茅盾：《漫谈文学的民族形式》，《人民日报》，1959年2月24日。
3　俞平伯：《社会上对于新诗的各种心理观》，《新潮》，1919年10月，2卷1号。

更主要的是指社会环境这种条件。鲁迅充分认识到，“五四”以后的中国社会的状况和迫切的历史任务，即鲁迅所谓的“现在是多么切迫的时候，作者的任务，是在对于有害的事物立刻给以反响或抗争”。[1]在这样的时候，人们无暇“来赏玩琥珀扇坠，翡翠戒指”之类的精、雅的艺术品，而需要的是“锋利而切实”的“匕首和投枪”[2]作为“较有永久性”[3]的精、雅的诗歌，在这样一个特定的历史时代中必然会遭逢一种尴尬境遇。鲁迅曾在大革命兴起时说过这样的话：“中国现在的社会情状，止有实地的革命战争，一首诗吓不走孙传芳，一炮就把孙传芳轰走了。”[4]这里，鲁迅是指出了诗歌之于革命时代，其作用、价值的微不足道。而且，革命时代常常就是一个非诗歌的时代，鲁迅曾说过，“做文学的人总得闲定一点”，“正在革命，那有功夫做诗”。[5]不仅是“没有功夫做诗”，连欣赏诗歌的条件也不充裕：欣赏诗歌必须有精力的余裕，必须有一群高水平的欣赏主体。而在一个忙于革命的时代，在一个民生凋敝的环境下，即使有人写出好诗来，也难以有广泛的能欣赏的读者群。鲁迅曾就这个意思作过形象的表达：“有好茶喝，会喝好茶，是一种‘清福’。不过要享这‘清福’，首先就必须有工夫，其次是练习出来的特别的感觉。由这一极琐屑的经

1　鲁迅：《且介亭杂文·序言》，《鲁迅全集》（第六卷），第3页。
2　鲁迅：《南腔北调集·小品文的危机》，《鲁迅全集》（第四卷），第575页。
3　鲁迅：《两地书·三二》，《鲁迅全集》（第十一卷），第97页。
4　鲁迅：《而已集·革命时代的文学》，《鲁迅全集》（第三卷），第423页。
5　鲁迅：《集外集·文艺与政治的歧途》，《鲁迅全集》（第七卷），第117页。

验，我想，假使是一个使用筋力的工人，在喉干欲裂的时候，那么，即使给他龙井芽茶、珠兰窨片，恐怕他喝起来也未必觉得和热水有什么大区别罢。所谓‘秋思’，其实也是这样的，骚人墨客，会觉得什么‘悲哉秋之为气也’，风雨阴晴，都给他一种刺戟，一方面也就是一种‘清福’，但在老农，却只知道每年的此际，就要割稻而已。”[1]特定时代、特定社会条件下的读者的欣赏偏向，无疑会左右着文学种类的盛衰，新诗集出版的困难就是一个明证。朱自清在《新诗的进步》一文中就曾说到读新诗的人不多，“而书店老板也不欢迎新诗集”的情况。鲁迅自己也曾有这样的经验：“至于诗稿，却实在无法售去，……自己出版，本以为可以避开编辑和书店的束缚的了，但我试过好几回，无不失败。”[2]在这样一个时代条件下，诗歌真可谓是“生不逢时”了。

不仅如此，时代的条件，还分明在较大程度上限制着诗歌这一文学种类自身艺术目的的实现。这个时代对文学的需要既然是对时代的“感应的神经”“攻守的手足”，[3]而诗歌则因“较有永久性”，不宜用于“猛烈的攻击”，[4]那么，新诗有所作为的天地便很窄了。鲁迅曾强调：“感情正烈的时候，不宜做诗，否则锋铓太露，能将‘诗美’杀掉。”鲁迅对那些在感情正烈的时候写下的一些

1　鲁迅：《准风月谈 · 喝茶》，《鲁迅全集》（第五卷），第313页。
2　鲁迅：《书信 · 350920致蔡斐君》，《鲁迅全集》（第十三卷），第220页。
3　鲁迅：《且介亭杂文 · 序言》，《鲁迅全集》（第六卷），第3页。
4　鲁迅：《两地书 · 三二》，《鲁迅全集》（第十一卷），第97页。

诗歌颇有微词:“沪案以后,周刊上常有极锋利肃杀的诗,其实是没有意思的,情随事迁,即味如嚼蜡。”[1]然而,这又恰恰是一个感情剧烈的时代,激烈的斗争,血与火的拼搏,常常不允人们在感情上冷静下来,除非有意识地与现实保持了相当的距离,否则一写诗就难免要“锋利”,要“意气太盛”,难免要“直说”。而一旦真的与现实保持了相当的距离,即使写出了很有“诗美”的诗,又往往会因与现实的距离而造成与最广大的读者层的距离。新诗就这样处在一个“两难”的境地之中。李广田曾对特定社会条件下诗歌文体的局限发过这样的感叹:“我们所处的社会……不能不承认它是复杂的。……一切都是复杂的,现实本身是复杂的,生命是复杂的,感情是复杂的,……我们的诗人之不能在形式上多多用心,就应该是当然的情形。”勉为其难就会产生“那些以诗的名义而存在然而又是那样的散文化的东西”。[2]鲁迅终而放弃新诗的创作,并提出新诗正“交倒楣运”的命题,大概也正包含了他对新诗在特定社会条件下所处的“两难”困境的思考吧。

1　鲁迅:《两地书·三二》,《鲁迅全集》(第十一卷),第97页。
2　李广田:《论新诗的内容和形式》,《诗的艺术》,第5页。

五

鲁迅有关新诗"交倒楣运"的论述，从一个独特的角度揭示了中国新诗的特定历史阶段中的必然命运，这对我们正确认识中国新诗的发展历程，以及正确评价新诗的得失，总结新诗发展中的经验教训等都有着深刻的启迪意义。同时，这也从一个重要的方面昭示了鲁迅新诗观乃至整个文学观的特点。

鲁迅是从新诗自身的艺术要求与时代的整体文化目的的制约之间的矛盾冲突来解释中国新诗的命运的。这与鲁迅在分析任何一个文学现象或文学问题时的眼光是一致的，即鲁迅既不脱离文学自身的规律和特点，又能超越于具体的文学问题，从更高的历史时代的文化要求着眼。因此，新诗"交倒楣运"的结论，看似仅仅是对一种诗歌现象的认识，而实际上所能说明的问题却是非常丰富的。鲁迅从艺术的角度去阐述新诗对语言形式以及情感表达方式等方面的特殊要求，这显示了一种明确的文体意识、一种对文学自身特性的真知灼见；同时，鲁迅注意将新诗自身的艺术要求摆在特定的时代条件下加以考察，指出了新诗所必然遭遇的艰难处境，这显示了一种深邃的历史的、文化的眼光；而上述两个方面却较好地统一于鲁迅为最大限度地顺应时代的整体文化发展的要求而作出的抉择上：在新诗自身的艺术要求与特定时代文化的整体性进步相冲突时，不惜牺牲新诗的艺术性来成全历史的文化使命，而不是在难以两全的情况下置时代要求于不顾，一味追求诗歌自身艺术要求的完满实现。这里所显示出的，正是鲁迅文学观中占主导地位的社会功能性的价值取向。

我们从鲁迅对待新诗的一些“矛盾性”现象中可以更清楚地了解到这一点。鲁迅强调新诗的节调、押韵等形式问题的重要，并且对“白话要押韵而又自然”的“颇不容易”发过慨叹；但鲁迅不管在任何情况下都丝毫没有流露过要为了新诗形式上的完善而暂挂白话的意思，相反，鲁迅曾以最大的热情提倡白话文，甚至不惜“要上下四方寻求，得到一种最黑，最黑，最黑的咒文，先来诅咒一切反对白话，妨害白话者”。[1] 鲁迅曾从诗歌的音乐性要求出发，指出“诗歌虽有眼看的和嘴唱的两种，也究以后一种为好”，并慨叹“可惜中国的新诗大概是前一种”；[2] 但鲁迅对新月诗人的有关音乐性的探求又未予认同，他甚至对徐志摩夸大诗歌音乐性的作用，忽略作品内容的形式主义追求表示了极大的反感，并撰文加以讽刺。鲁迅论及过诗歌语言的含蓄性、暗示性要求，并认为过于直露的语言不宜用于写诗歌；但鲁迅为了使中国语言跟随世界科学文化发展的步伐，在强调白话文的精确性要求时比任何人分析得都更透彻，批判传统语言的模糊性时比任何人都更深刻。鲁迅曾批评过一些新诗过于锋利、肃杀，意气太盛、感情

1　鲁迅：《朝花夕拾·〈二十四孝图〉》，《鲁迅全集》（第二卷），第251页。
2　鲁迅：《书信·341101致窦隐夫》，《鲁迅全集》（第十二卷），第556页。

太烈，认为这样写难成好诗；但又恰恰是鲁迅一再强调，文学必须是对于现实的“感应的神经”“攻守的手足”，必须是“匕首和投枪”、并且明确反对“把和平静穆看作诗的极境”，[1]认为“超出于世”的诗人和“诗文”完全超越于政治的所谓“田园诗人”“山林诗人”，历来都是不存在的。[2]在上述这些看似矛盾的现象中，我们其实并不难看出其内在的统一性。鲁迅曾讲过，文学可以“用于革命，作为工具的一种”，[3]诗歌当然也不例外。但诗歌要能充分发挥其区别于其他工具的独特的功能，就也必须同时强调诗歌自身的艺术性要求。但这里的主导性倾向是历史时代的要求，在可能要被时代作为某种牺牲的诗歌的艺术要求面前，鲁迅的态度是明确的：一方面是自觉地认同这种牺牲，另一方面又尽可能地让即使是注定要被时代作为牺牲的艺术种类在最大限度上发挥自己的功能，以贡献一份哪怕是微薄的力量于文化的进步。鲁迅所谓的“口号是口号，诗是诗，如果用进去还是好诗，用亦可，倘是坏诗，即和用不用都无关”[4]正包含着这层意思。可以说，鲁迅在新诗问题上的看似矛盾的观点，其实正显示着鲁迅文学观的丰富性，同时，也在证明着鲁迅文学观的主导倾向。

还应该强调的是，鲁迅对新诗为时代所作牺牲的认同，并不

1 鲁迅：《且介亭杂文二集·“题未定”草（六至九）》，《鲁迅全集》（第六卷），第427页。
2 鲁迅：《而已集·魏晋风度及文章与药及酒之关系》，《鲁迅全集》（第三卷），第516页。
3 鲁迅：《三闲集·文艺与革命》，《鲁迅全集》（第四卷），第84页。
4 鲁迅：《书信·350920致蔡斐君》，《鲁迅全集》（第十三卷），第220页。

意味着他对新诗的任何意义上的否定。虽然，鲁迅在欲寄情于诗歌时往往选择旧体诗的形式，并且终其一生，旧体诗的创作在质和量上远远超出新诗的创作，但鲁迅对白话新诗的诞生和发展未尝不用力。诚如本章开头部分所述，虽然他本人并不喜欢写新诗，但无论是在提倡还是在创作上，鲁迅都为冲破诗坛寂寞打过边鼓，壮过声威，且为维护新声誉进行过一系列不懈斗争。可以说，提倡新诗也好，仍写旧诗也好，在鲁迅那里，目的都是一致的：提倡新诗，是为了助白话语言方式的确立，最终还是为了文化的进步；仍写旧诗，一方面也许是碍于新诗语言形式的难以把握，但同时也有可能是为了驾轻就熟地运用旧诗作为斗争的武器。事实上，旧体诗在鲁迅的文化斗争中亦有不可忽略的贡献。鲁迅曾在谈及自己的《集外集》时，这样说起过自己的旧体诗的遭遇："这里的出版，一榻胡涂，有些'文学家'做了检查官，简直是胡闹。去年年底，有一个朋友收集我的旧文字，在印出的集子里所遗漏或删去的，钞了一本，名《集外集》，送去审查。结果有十篇不准印。最奇怪的是其中几篇系十年前的通信，那时不但并无现在之'国民政府'，而且文字和政治也毫不相关。但有几首颇激烈的旧诗，他们却并不删去。"[1] 从这里也可以看出，旧体诗不仅可以被鲁迅用来表达"激烈"的思想，而且用它来作为斗争武器时还有一定

1　鲁迅：《书信·350207 致曹靖华》，《鲁迅全集》（第十三卷），第 47 页。

的隐蔽性，可以骗过检查官们的耳目。这也许是鲁迅一直不放弃写旧体诗的又一原因。总之，鲁迅在新诗、旧体诗问题上的“矛盾”观点，其实也有其内在的统一性，它们统一于鲁迅的社会功利性的文学观念，这是的确无疑的。

综上所述，特定历史时期的整体性文化任务，特定的时代条件，为中国新诗规定了一条艰难曲折的发展道路。鲁迅关于新诗“交倒楣运”问题的提出，说明了鲁迅对新诗发展曲折性的深刻认识。但鲁迅似乎并未就如何改变这种状况作出论述或尝试，相反，他在理性上认同了这种“倒楣运”。也许，作为一个有着强烈的社会责任感的作家，作为一个持社会功利性文学观念的文学家，鲁迅别无选择。一方面，他虽然知道艺术首先是艺术，必须尊重艺术的自身要求；但另一方面，出于他最根本的文学目的，他又根本不可能漠视 20 世纪以来文学所面临的基本历史任务而去走“为艺术而艺术”的道路。这的确是一种理性的自觉牺牲精神。说这是一种自觉的牺牲，是因为鲁迅并非不懂真正的艺术，相反，他是属于那种最具艺术造诣、最具文学修养和最精通文学自身规律的天才诗人、作家。毫无疑问，鲁迅的这种理性的自觉的牺牲精神玉成了中国的整体文化的进步。诚然，就具体诗歌领域而言，是不无遗憾的。但也正如鲁迅所曾说过的：“艺术的前进，还要别的文化工作的协助，某一文化部门，要某一专家唱独脚戏来提得特别高，是不妨空谈，却难做到的事，所以专责个人，那立论的偏颇和偏重环境的是一样的。”[1]既然特定的历史条件为新诗安排了一条艰难曲折的道路，那么，我们也就不必为新诗而遗憾，不必为鲁迅没有在新诗创作上下更多的气力，没有创作出更多的新诗作品而感到遗憾，无论是最初的“打边鼓”写新诗，还是后来放弃新诗的写作，在鲁迅那里，其出发点都是在于他文学观中社会功利性价值取向。他对新诗的一系列论述，他在诗歌观方面的种种“矛盾”观点，在体现出他文学观的丰富性的同时，也在显示着他文学观的主导倾向。即使是在论述新诗语言形式、诗美等纯属“艺术”方面的问题时，也不例外。

1　鲁迅:《且介亭杂文·论“旧形式的采用”》,《鲁迅全集》(第六卷)，第24页。

第三章 “并不是为了当时的文学家之所谓艺术”

——鲁迅的小说观

鲁迅作为文学家，最初以小说出名。鲁迅的小说创作在中国现代文学史上具有奠基的意义；鲁迅对小说问题的诸多论述，也无疑是中国现代小说理论的瑰宝。要探讨和研究鲁迅的文学观，鲁迅的小说创作实践和鲁迅对于小说的诸多论述自然也是一个不容忽略的方面。在深入到鲁迅的小说创作和小说论述中时，我们发现，在鲁迅的小说活动中有许多特异的现象。例如，他以小说为自己文学活动之始，但终而放弃小说创作而专事于杂感文的写作；他写小说数量不多，且都是短篇小说，从未涉猎长篇小说；他的小说中采用了独特的笔致，多少存在着一种“杂感化”的倾向；等等。按照马克思主义的观点，“在社会历史领域内进行活动的，全是具有意识的、经过思虑或凭激情行动的、追求某种目的的人；任何事情的发生都不是没有自觉的意图，没有预期的目的的。……

表面上是偶然性在起作用的地方。这种偶然性始终是受内部的隐蔽着的规律支配的；而问题只是在于发现这些规律”，[1]同样，鲁迅小说活动中出现的许多特异现象，也完全可以作为我们了解鲁迅小说观的重要契机，因为在这些现象的背后分明包蕴着鲁迅的带有根本性的小说观念。结合鲁迅的论述，认真分析这些现象，我们不仅可以清楚地看到鲁迅之创作小说的最根本的“自觉的意图”和“预期的目的”，可以看到鲁迅在这种明确的小说目的的支配或影响之下的一系列对于小说功能、小说文体、小说艺术性等方面的独到见解，而且，通过这一切，我们也能从一个较重要的文体侧面来理解和把握鲁迅整体文学观的特点。

一

鲁迅是因找寻思想启蒙的工具而走上文学道路的，他为要改变国民的精神，并且确认文学很可以用来作为改变精神的工具，才选择了文学事业。这种明确的“自觉意图”首先是从他的小说活动方面体现出来的。鲁迅在《我怎么做起小说来》一文中就曾明确地讲过，“说到‘为什么’做小说罢，我仍抱着十多年前的

1 ［德］恩格斯:《路德维希·费尔巴哈和德国古典哲学的终结》,《马克思恩格斯选集》(第四卷)，第 243 页。

‘启蒙主义’，以为必须是‘为人生’而且要改良这人生”。还说，“当我留心文学的时候，情形和现在很不同：在中国，小说不算文学，做小说的也决不能称之为文学家，所以并没有人想在这一条道路上出世。我也并没有要将小说抬进‘文苑’里的意思，不过想利用他的力量，来改良社会”。[1]很清楚，鲁迅之于小说，其出发点并不在文学自身，他写小说并非想做一个纯文学意义上的“小说家”，而是另有更明确的“预期目的”，就是“利用”小说，来改良社会、改良人生，对民众进行思想启蒙。因为鲁迅抱定了这样一种“预期目的”，所以他才在谈及自己的小说创作时，反复表白自己与“艺术”的无缘。他反复说，自己写小说“并不是为了当时的文学家之所谓艺术”；[2]“我深恶先前的称小说为‘闲书’，而且将‘为艺术的艺术’，看作不过是‘消闲’的新式的别号。所以我的取材，多采自病态社会的不幸的人们中，意思是在揭出病苦，引起疗救的注意”；[3]“我的小说和艺术的距离之远，也就可想而知了，然而到今日还能蒙着小说的名”；[4]等等，正表明了他在从事小说创作时的动机的相对单纯而集中，这种小说动机的相对单纯而集中，为我们解释鲁迅小说创作中的一系列现象提供了一种便利。虽然任何一种现象的根源都不可能是单一的，但

1　鲁迅：《南腔北调集·我怎么做起小说来》，《鲁迅全集》（第四卷），第511页。
2　鲁迅：《集外集拾遗·英译本〈短篇小说选集〉自序》，《鲁迅全集》（第七卷），第389页。
3　鲁迅：《南腔北调集·我怎么做起小说来》，《鲁迅全集》（第四卷），第512页。
4　鲁迅：《呐喊·自序》，《鲁迅全集》（第一卷），第420页。

对人文现象来说，其背后的人的主观动机无疑应是现象形成的重要的原因。从鲁迅小说创作的“自觉意图”和“预期目的”中，我们是可以从一个重要的方面找到对鲁迅一系列小说创作现象的解释的。

鲁迅之写小说，“是开手于1918年，《新青年》上提倡‘文学革命’的时候”，虽然鲁迅声称自己“那时对于‘文学革命’，其实并没有怎样的热情”，但由于他从中看到了某种希望——“将旧社会的病根暴露出来，催人留心，设法加以疗治的希望”，[1]因此，他在“偶然得到一个可写文章的机会”时，“便将所谓上流社会的堕落和下层社会的不幸，陆续用短篇小说的形式表现出来。其原意其实只不过想将这示给读者，提出一些问题而已”。[2]所谓“对‘文学革命’，其实并没有怎样的热情”，这正说明，他之写小说，首先不是从文学发展的角度来考虑问题的，虽然他的小说事实上为中国文学的发展作出了巨大的贡献。鲁迅之于小说，从一开始的出发点，似乎仅在“揭出病苦”“引起疗救”等非艺术方面的考虑。

那么，鲁迅又为什么一开始便选中了小说而不是其他文学形式作为自己文学活动的起点呢？这大概仍需从他的小说动机中去找寻答案。

鲁迅最初选择小说形式，这从表面看来似乎只是一个偶然的

1　鲁迅:《南腔北调集·〈自选集〉自序》,《鲁迅全集》(第四卷)，第455页。
2　鲁迅:《集外集拾遗·英译本〈短篇小说选集〉自序》,《鲁迅全集》(第七卷)，第389页。

机会。鲁迅就曾说起过，他的文学创作，缘起于一位《新青年》朋友的来访、约稿，于是便产生了最初的一篇小说《狂人日记》，并且“从此以后，便一发而不可收”。[1]鲁迅甚至这样说过：“但我的做起小说，也并非自以为有做小说的才能，只因为那时是住在北京的会馆里的，要做论文罢，没有参考书，要翻译罢，没有底本，就只好做一点小说模样的东西塞责，这就是《狂人日记》。大约所仰仗的全在先前看过的百来篇外国作品和一点医学上的知识，此外的准备，一点也没有。”[2]鲁迅的这些自述，都是实情，但据此就认为鲁迅之于小说形式，纯属偶然机遇下的被动选择，那就太浮泛化了。

鲁迅与小说的关系远远早于“文学革命”的开始。在他留心文学之初，首先接触的就是小说，在 1908 年他就曾与周作人翻译了许多外国短篇小说，合编为《城外小说集》（两册），而他创作第一篇文言小说《怀旧》，也早在 1912 年。从这一情况看，鲁迅选择小说的形式就不是偶然的，正如他后来说，“我看到一些外国的小说，尤其是俄国，波兰和巴尔干诸小国的，才明白了世界上也有这许多和我们的劳苦大众同一命运的人，而有些作家正在为此而呼号，而战斗。而历来所见的农村之类的景况，也更加分明地再现于我的眼前”。正因为这一前因，才有了在“偶然得

1　鲁迅：《呐喊·自序》，《鲁迅全集》（第一卷），第 419 页。
2　鲁迅：《南腔北调集·我怎么做起小说来》，《鲁迅全集》（第四卷），第 512 页。

到一个写文章的机会”时，便“用短篇小说的形式”将自己的所见所想“发表出来”的结果。[1]可以说，鲁迅是从小说这一形式上看到了实行自己疗救社会、启蒙人生的可利用性。从这个意义上看，鲁迅之最初首先选择小说形式就带有某种必然性。

上述观点从鲁迅对小说这一形式的一系列见解中可以得到进一步的确认。在鲁迅看来，小说有着特殊的功效。从历史上看，小说“乃录自里巷，为国人所白心；出于造作，则思士之结想。心行曼衍，自生此品，其在文林，有如舜华，足以丽尔文明，点缀幽独……”。[2]也就是说小说在某种程度上能反映人民的思想感情，它作为文艺之一种，有助于丰富人们的精神生活，促进人类文明的进步。从现实情况来看，好的作品，能写出“人的灵魂的深”的作品，更有着感化人心、改变精神的作用，即“一读那作品，就令人发生精神的变化”。[3]而从小说的起源来看，它是“起于休息的”,“到休息时,亦必要寻一种事情以消遣闲暇。这种事情，就是彼此谈论故事，而这谈论故事，正就是小说的起源”，[4]从小说的起源正可以看出小说与一般平民的日常生活的关系。历代“一般士大夫，虽然都……鄙视小说，而一般人民，是仍要娱乐的”，[5]所以“穷人们也爱小说，他们不识字，就到茶馆里去听‘说书’，

1 鲁迅:《集外集拾遗·英译本〈短篇小说选集〉自序》,《鲁迅全集》(第七卷)，第389页。
2 鲁迅:《古籍序跋集·〈古小说钩沉〉序》,《鲁迅全集》(第十卷)，第3页。
3 鲁迅:《集外集·〈穷人〉小引》,《鲁迅全集》(第七卷)，第103页。
4 鲁迅:《中国小说的历史的变迁》,《鲁迅全集》(第九卷)，第302—303页。
5 鲁迅:《中国小说的历史的变迁》,《鲁迅全集》(第九卷)，第320页。

百来回的大部书，也要每天一点一点的听下去”。[1]由于小说与一般平民的生活有关，由于它有很广的读者面，由于它能作用于人们的精神，等等，因此，用它来作为对民众进行思想启蒙的工具，显然是可用的。鲁迅早在1903年就曾明确讲过：“盖胪陈科学，常人厌之，阅不终篇，辄欲睡去，强人所难，势必然矣。惟假小说之能力，被优孟之衣冠，则虽析理谭玄，亦能浸淫脑筋，不生厌倦。……故摄取学理，去庄而谐，使读者触目会心，不劳思索，则必能于不知不觉间，获一斑之智识，破遗传之迷信，改良思想，补助文明，势力之伟，有如此者。”[2]

可见，鲁迅对小说这一文学样式的独特功效的认识，由来已久。因此他之选择小说作为自己文学活动的开端，实有深因。不仅如此，从文学样式的发展历史来看，小说自“五四”之后已越来越成为受到作者和读者重视的文学种类。“在中国，小说是向来不算文学的。在轻视的眼光下，自十八世纪末的《红楼梦》以后，实在也没有产生什么较伟大的作品。”但五四文学革命之后，小说便逐步“侵入文坛”。而这种小说身份的变化，“一方面是由于社会要求的，一方面则是受西洋文学的影响”。[3]所谓“社会的要求”者，是指由于小说的职能在“十九世纪的后半世纪”发生

1　鲁迅：《南腔北调集，〈总退却〉序》，《鲁迅全集》（第四卷），第621页。
2　鲁迅：《译文序跋集·〈月界旅行〉辨言》，《鲁迅全集》（第十卷），第152页。
3　鲁迅：《且介亭杂文·〈草鞋脚〉小引》，《鲁迅全集》（第六卷），第20页。

了变化，“完全变成了和人生问题发生密切关系”，小说“就在写我们自己的社会”，人们“在小说里可以发现我们自己”，“连自己也烧在这里面，自己一定深深感觉到；一到自己感觉到，一定要参加到社会去！”。[1]这样，顺应“五四”历史转换期社会变革的要求，人们对小说职能有了新的认识，作者之作小说，读者之读小说的普遍社会要求也就日益高涨。从这种社会要求出发，鲁迅涉足文艺之时采用小说形式，当然也就不能归为偶然机遇下的被动选择了。因此，可以说，鲁迅之最先选择小说形式作为自己文学活动的起点，这绝不是偶然的现象，这正是他疗救社会、启蒙人生的强烈的文学动机的一种体现、一种结果。当然，这里也分明包含着鲁迅对小说功效和小说在20世纪所承担的职能的深刻认识。

不仅如此，从鲁迅取用的小说样式来看，还有一个突出的现象是，他从未写过长篇小说，而仅限于短篇的制作。这固然是由多方面的原因造成的，但其中一个不容忽视的重要原因是，鲁迅认为短篇小说因其篇幅短，更能适应现代生活节奏。避开“作者的才力不能构成巨制”“便捷、易成、取巧”等不谈，短篇小说在“五四”以后得以兴盛实有深因。鲁迅曾谈道：“在现在的环境中，人们忙于生活，无暇来看长篇，自然也是短篇小说的繁生的很大原因之一。”[2]“小说之在欧美，先前何尝不这样。后来生活艰

1　鲁迅：《集外集·文艺与政治的歧途》，《鲁迅全集》（第七卷），第118页。
2　鲁迅：《三闲集·〈近代世界短篇小说集〉小引》，《鲁迅全集》（第四卷），第131页。

难起来了，为了维持，就缺少余暇，不再那么悠悠忽忽。只是偶然也还想借书来休息一下精神，而又耐不住唠叨不已，破费工夫，于是就使短篇小说交了桃花运。这一种洋文坛上的趋势，也跟着古人之所谓‘欧风美雨’，冲进中国来，所以‘文学革命’以后，所产生的小说，几乎以短篇为限。”[1] 无论是“现在的环境”的原因，还是受“洋文坛上的趋势”的影响，就短篇小说这种形式自身而言，鲁迅发现了它与现代人的生活特点之间的某种必然联系。鲁迅要以小说作为思想启蒙、改良社会人生的工具，对长篇或短篇小说哪一种更适应于现代人生活特点的问题就不能不作考虑。正因为如此，鲁迅才热心于短篇的创作而放弃了长篇的创作。当然，鲁迅也并非不知道长篇巨制之于文坛地位的重要，他就曾说过：“一时代的纪念碑底的文章，文坛上不常有；即有之，也什九是大部的著作。以一篇短的小说而成为时代精神所居的大宫阙者，是极其少见的。”[2] 但鲁迅看重的似乎并非能否为自己树立什么“纪念碑”，而是在于它对启蒙对象所能起的作用。鲁迅所谓“潜心于他的鸿篇巨制，为未来的文化设想，固然是很好的，但为现在抗争，却也正是为现在和未来的战斗的作者，因为失掉了现在，也就没有了未来”，[3] 这段话，正可用来对他在长短篇小说形式选择上的

1　鲁迅：《南腔北调集·〈总退却〉序》，《鲁迅全集》（第四卷），第621页。
2　鲁迅：《三闲集·〈近代世界短篇小说集〉小引》，《鲁迅全集》（第四卷），第131页。
3　鲁迅：《且介亭杂文·序言》，《鲁迅全集》（第六卷），第3页。

行为作注解。鲁迅认为，在人们无暇来看长篇的情况下，短篇易于被读者接受，所以，使用短篇形式就更便于实现自己一以贯之的文学目的。为此，鲁迅竭力为短篇小说争一席之地：虽然短篇难以成为“纪念碑”式的东西，“但至今，在巍峨灿烂的巨大的纪念碑底的文学之旁，短篇小说也依然有着存在的立足的权利。不但巨细高低，相依为命，也譬如身入大伽蓝中，但见全体非常宏丽，眩人眼睛，令观者心神飞越，而细看一雕阑一画础，虽然细小，所得却更为分明，再以此推及全体，感受遂愈加切实，因此那些终于为人所注重了”。[1]不仅如此，鲁迅还大力强调短篇小说的长处：读者读短篇小说，“只倾刻间，而仍可借一斑略知全豹，以一目尽传精神，用数倾刻，遂知种种作风，种种作者，种种所写的人和物和事状，所得也颇不少的”。[2]可以这么认为，鲁迅在小说形式上选择短篇而未作长篇，尽管有多种多样的原因，但他对短篇小说的独特功效的认识无疑是一个起决定作用的因素。短篇小说更能适应现代人的生活，因而也更能被读者阅读这一现实状况，就决定了它比长篇小说更宜于用来进行较为广泛的思想启蒙。既然鲁迅之于小说不是为了所谓的艺术，而是借用作思想启蒙的工具，那么他的选择短篇小说而不是长篇小说，也就是理所当然的事了。

1　鲁迅:《三闲集·〈近代世界短篇小说集〉小引》,《鲁迅全集》(第四卷)，第131页。
2　鲁迅:《三闲集·〈近代世界短篇小说集〉小引》,《鲁迅全集》(第四卷)，第131页。

二

由于小说的形式源于休息，并且在长期的发展过程中一直有“消闲”的特性，这就不能不引起鲁迅的注意。他认为：“从五四运动后，新文学家很提倡小说；其故由当时提倡文学的人看见西洋文学中小说地位甚高，和诗歌相仿佛；所以弄得像不看小说就不是人似的。但依我们中国的老眼睛看起来，小说是给人消闲的，是为酒余茶后之用。”因此，从这消极的一面看，小说在现在就未必不会堕入“帮闲文学”的老路。[1]鲁迅对小说中“消闲”的传统品性保持着警觉，他常能从现代小说中发现小说传统的某些阴影，例如，他曾指出，“古之小说，主角是勇将策士，侠盗赃官，妖怪神仙，佳人才子，后来则有妓女嫖客，无赖汉奴才之流。五四以后的短篇里却大抵是新的智识者登了场，因为他们是首先觉到了在‘欧风美雨’中的飘摇的，然而总还不脱古之英雄和才子气”。[2]如果这还仅仅是小说人物塑造方面残存旧小说痕迹的问题，那么鲁迅对“五四”以后的小说创作中的“为艺术而艺术”的倾向，则毫不客气地“看作只不过是‘消闲’的新式的别号”。[3]与“为艺术而艺术”的小说追求相反，鲁迅试图通过强调小说的

1　鲁迅：《集外集拾遗·帮忙文学与帮闲文学》，《鲁迅全集》（第七卷），第382页。
2　鲁迅：《南腔北调集·〈总退却〉序》，《鲁迅全集》（第四卷），第621页。
3　鲁迅：《南腔北调集，我怎么做起小说来》，《鲁迅全集》（第四卷），第512页。

社会功用，来发扬小说的战斗的品格。鲁迅认为，“对于中国，现在也还是战斗的作品更为紧要”。[1]为此，他在评价一些小说作家时，往往注意突出他们这一方面的长处。例如在评价《新潮》小说家的创作时就曾指出，他们的创作虽不免幼稚，“然而又有一种共同前进的趋向，是这时的作者们，没有一个以为小说是脱俗的文学，除了为艺术之外，一无所为的。他们每作一篇，都是‘有所为’而发，是在用改革社会的器械——虽然也没有设定终极的目标”。[2]在评价20年代乡土作家台静农的小说时，重点也在赞扬他不去“争写恋爱的悲欢，都会的明暗”，而勤于“将乡间的死生，泥土的气息，移在纸上”的长处。[3]在评价30年代小说家叶紫时，更是重在充分肯定他不“为艺术而艺术”，努力“尽了当前的任务”，以其坚实的创作宣告“文学是战斗的！”。[4]这种评价标准不仅体现在对国内作家的评价上，在译介外国文学时，鲁迅也常常是选择那些具有“战斗性”的小说来介绍给国人，他充分肯定《毁灭》《铁流》的价值就是明显的例子。他认为，这两部小说“虽然粗制，却并非滥造，铁的人物和血的战斗，实在够使描写多愁善病的才子和千娇百媚的佳人的所谓‘美文’，在这面前淡到毫无影踪”。[5]

---

1 鲁迅：《且介亭杂文·答国际文学社问》，《鲁迅全集》（第六卷），第19页。

2 鲁迅：《且介亭杂文二集·〈中国新文学大系〉小说二集序》，《鲁迅全集》（第六卷），第239页。

3 鲁迅：《且介亭杂文二集·〈中国新文学大系〉小说二集序》，《鲁迅全集》（第六卷），第255页。

4 鲁迅：《且介亭杂文二集·叶紫作〈丰收〉序》，《鲁迅全集》（第六卷），第220页。

5 鲁迅：《二心集·关于翻译的通信》，《鲁迅全集》（第四卷），第383页。

这里突出的也是“铁的人物和血的战斗”。在鲁迅看来，中国新小说的主流就是以“战斗”为其特征的；它的生存，“却总在不断的战斗中”。从“文学革命”要求“人性的解放”“扫荡旧的成法”，到“革命文学者”“阶级意识觉醒了起来”，成为“前进的作家”，这之中，新小说虽遭“压迫”和“迫害”，但它始终以战斗的姿态，“恰如压在大石下面的植物一般，虽然不繁荣，它却在曲曲折折地生长”。[1]这种对小说的战斗品格的强调，其实也正是鲁迅改良社会、改良人生的小说动机的一种更为激进的表述方式。

上述对于小说的认识，可以作为我们理解鲁迅小说创作中一些特异现象的钥匙。例如，鲁迅曾反复谈起过他的最初的小说是“呐喊”之作。这种“呐喊”的特点也正是与他的小说动机紧密联系在一起的。鲁迅在谈起自己的小说《阿Q正传》时曾说：“单是这篇东西的成因，说起来就很费功夫了。我常常说，我的文章不是涌出来的，是挤出来的。听的人往往误解为谦逊，其实是真情。我没有什么话要说，也没有什么文章要做，但有一种自害的脾气，是有时不免要呐喊几声，想给人们去添点热闹。”[2]这里说得很明确，他写小说并非像有些艺术家所强调的那样，是什么灵感的冲动，而是“挤出来”的，是一种近于理性化的过程。作者是为了以自己的“呐喊”之声去打破人们死一般沉寂的生活气氛，即所

1 鲁迅：《且介亭杂文·〈草鞋脚〉小引》，《鲁迅全集》（第六卷），第20页。
2 鲁迅：《华盖集续编·〈阿Q正传〉的成因》，《鲁迅全集》（第三卷），第376页。

谓“添点热闹”。不仅《阿Q正传》是如此，整个《呐喊》中的小说都带有这种特点。在《呐喊·自序》中，鲁迅就曾说过，他写小说，一个重要原因，是因为“还未能忘怀于当日自己的寂寞的悲哀，所以有时候仍不免呐喊几声，聊以慰藉那在寂寞时奔驰的猛士，使他不惮于前驱”。在《南腔北调集·〈自选集〉自序》中也说到自己“提笔”写作的原因是为“在寂寞中”的“战士”“也来喊几声助助威”。与这“呐喊”的特点相伴而来的另一最明显的特点就是鲁迅所谓的“亮色”。他说:“既然是呐喊，则当然须听将令的了，所以我往往不恤用了曲笔，在《药》的瑜儿的坟上平空添上一个花环，在《明天》里也不叙单四嫂子竟没有做到看见儿子的梦，因为那时的主将是不主张消极的，至于自己，却也并不愿将自以为苦的寂寞，再来传染给也如我那青年时候的正做着好梦的青年。”[1]说得更明确一些就是，要“呐喊”，就“必须与前驱者取同一的步调”，“于是删削些黑暗，装点些欢容，使作品比较的显出若干亮色”。[2]这种“亮色”，也正是适应了“文学是战斗”的需要的，它能使战斗者“不惮于前驱”，它能使青年不至于在“消极”中沉落。“呐喊”也好，“亮色”也好，其出发点都并非出自小说“艺术”自身的要求，因而它们给小说所带来的，往往与小说的既有结构和艺术自身完整性等不太和谐，关于这一点我们后

1 鲁迅:《呐喊·自序》,《鲁迅全集》(第一卷)，第419—420页。
2 鲁迅:《南腔北调集·〈自选集〉自序》,《鲁迅全集》(第四卷)，第455—456页。

面还要专门论及，但这里所要强调的是，这些特点形成的原因，正是鲁迅的思想启蒙和改良社会的小说目的。

再如，鲁迅曾反复强调自己小说中取用模特儿的有关特点。他曾说过，“作家的取人为模特儿，有两法。一是专用一个人，言谈举动，不必说了，连微细的癖性，衣服的式样，也不加改变。……二是杂取种种人，合成一个，从和作者有关的人们里去找，是不能发见切合的了。……我是一向取后一法的，……况且这方法也和中国人的习惯相合，例如画家的画人物，也是静观默察，烂熟于心，然后凝神结想，一挥而就，向来不用一个单独的模特儿的”。[1] 又说：“人物的模特儿也一样，没有专用过一个人，往往嘴在浙江，脸在北京，衣服在山西，是一个拼凑起来的脚色。”[2] 这看似一个单纯的“艺术”问题，甚至仅仅是“技巧”问题，但其背后所隐含的仍然是鲁迅的那种明确的“自觉意图”，即更好地发挥小说批判社会、改良人生的作用。鲁迅取用模特儿的特点，最起码包含了作者三个方面的自觉的考虑：第一，为了使小说更适应于社会的阅读心理，鲁迅曾指出：“现在可又不同了，大家都已感到飘摇，不再要听一个特别人的命运。某英雄在柏林拊髀看天，某天才在泰山捶胸泣血，还有谁会转过脸去呢？他们要知道，

1　鲁迅：《且介亭杂文末编·〈出关〉的“关”》，《鲁迅全集》(第六卷)，第518—519页。
2　鲁迅：《南腔北调集·我怎么做起小说来》，《鲁迅全集》(第四卷)，第513页。

感觉得更广大，更深邃了。”[1]为了顺应“要知道，感觉得更广大，更深邃”的普遍的阅读心理，鲁迅在取用模特儿时就自然不会去专用一个人，而是尽可能地合成更多的人的特点，以表现“更广大”的范围、“更深邃”的思想。第二，为了使小说所揭出的“病苦”引起更广泛的“疗救的注意”，使小说所进行的社会批评引起更广泛的社会反省，鲁迅曾明确说起过自己之所以采用“杂取种种人”的方法，是“因为‘杂取种种人’，一部分相像的人也就更其多数，更能招致广大的惶怒”。[2]“我的方法是在使读者摸不着在写自己以外的谁，一下子就推诿掉，变成旁观者，而疑心到像是写自己，又像是写一切人，由此开出反省的道路。”鲁迅甚至为“历来的批评家，是没有一个注意到这一点”而感到遗憾。[3]第三，“目的是在消灭各种无聊的副作用，使作品的力量较能集中，发挥得更强烈”。[4]鲁迅曾指出，中国有一种“视小说为非斥人则自况的老看法”，这实在是一种“弊病”。[5]鲁迅对此早有防备，他在写完《孔乙己》之后，特在《附记》中声明：“这一篇很拙的小说，还是去年冬天做成的。那时的意思，单在描写社会上的或一种生活，请读者看看，并没有别的深意。但用活字排印了发表，却已在这时候，——便是忽然有人用了小说盛行人身攻击的时候。

1　鲁迅：《南腔北调集·〈总退却〉序》，《鲁迅全集》（第四卷），第622页。
2　鲁迅：《且介亭杂文末编·〈出关〉的“关”》，《鲁迅全集》（第六卷），第519页。
3　鲁迅：《且介亭杂文·答〈戏〉周刊编者信》，《鲁迅全集》（第六卷），第146页。
4　鲁迅：《且介亭杂文·答〈戏〉周刊编者信》，《鲁迅全集》（第六卷），第145页。
5　鲁迅：《书信·360221致徐懋庸》，《鲁迅全集》（第十三卷），第317—318页。

大抵著者走入暗路，——每每能引读者的思想跟他堕落：以为小说是一种泼秽水的器具，里面糟蹋的是谁。这实在是一件极可叹可怜的事。所以我在此声明，免得发生猜度，害了读者的人格。”[1]尽管鲁迅想避免这类无聊的副作用，但事实上这类无聊的纠缠却总还是常会找上门来。例如，鲁迅就曾多次谈到过《阿Q正传》发表后所引起的一些人以为是在骂自己的怀疑，尤令鲁迅感到愤怒的是：“直到这一篇收在《呐喊》里，也还有人问我：你实在是在骂谁和谁呢？我只能悲愤，自恨不能使人看得我不至于如此下劣。”[2]不仅是《阿Q正传》，鲁迅还曾在一封给友人的信中谈及《伤逝》的相同遭遇：“我还听到一种传说，说《伤逝》是我自己的事，因为没有经验，是写不出这样的小说的。哈哈，做人真愈做愈难了。”[3]正是鉴于对视小说为泼秽水的器具的弊病的清醒认识和深恶痛绝，鲁迅为了去除不必要的无聊的副作用，使作品能发挥更强烈、集中的力量，所以才特别地强调小说用模特儿的“杂取种种”的方法。与这种方法相关的是，鲁迅在作品的地点、人名等许多方面也都注意到了“杂取种种”。他曾说：“我的一切小说中，指明某处的却少得很。……那时我想，假如写一篇荒唐小说，指定事情是出在某处的罢，那么，某处人恨得不共戴天，非某处人

1　鲁迅：《呐喊·〈孔乙己〉附记》，《鲁迅全集》（第一卷），第438页。
2　鲁迅：《华盖集续编·〈阿Q正传〉的成因》，《鲁迅全集》（第三卷），第379页。
3　鲁迅：《书信·261229致韦素园》，《鲁迅全集》（第十一卷），第520页。

却无异隔岸观火，彼此都不反省，一班人咬牙切齿，一班人却飘飘然，不但作品的意义和作用完全失掉了，还要由此生出无聊的枝节来，……人名也一样，古今文坛消息家，往往以为有些小说的根本是在报私仇，所以一定要穿凿书上的谁，就是实际上的谁。为免除这些才子学者们的白费心思，另生枝节起见，我就用'赵太爷'，'钱太爷'，是《百家姓》上最初的两个字；至于阿Q的姓呢，谁也不十分了然。……还有排行，因为我是长男，下有两个兄弟，为豫防谣言家的毒舌起见，我的作品中的坏脚色，是没有一个不是老大，或老四，老五的。"[1]

又如，鲁迅曾这样谈起过自己小说的取材特点："只取一点因由，随意点染，铺成一篇。"[2]"所写的事迹，大抵有一点见过或听到过的缘由，但决不全用这事实，只是采取一端，加以改造，或生发开去，到足以几乎完全发表我的意思为止。"[3]这就是说，鲁迅写作品时的取材有某种随机性，其依据仅在能否完全表达自己的"意思"这一中心点。也就是说，鲁迅的小说创作，其实都有明确的观念前提，作品所写，实际上都是形象地敷演这一观念的。鲁迅就曾讲过《狂人日记》的产生，是"后以偶阅《通鉴》，乃悟中国人尚是食人民族，因成此篇。此种发现，关系亦甚大，而

1　鲁迅:《且介亭杂文·答〈戏〉周刊编者信》,《鲁迅全集》(第六卷)，第145页。
2　鲁迅:《故事新编·序言》,《鲁迅全集》(第二卷)，第342页。
3　鲁迅:《南腔北调集·我怎么做起小说来》,《鲁迅全集》(第四卷)，第513页。

知者尚寥寥也”。[1]《狂人日记》只是借狂人形象，发表了作者的这一“发现”。这一以“发表意思”为中心，取材带有随机性的特点，也常给鲁迅写作小说时带来“困难”，即“就是令人难以放下笔。一气写下去，这人物就逐渐活动起来，尽了他的任务。但倘有什么分心的事情来一打岔，放下许久之后再来写，性格也许就变了样，情景也会和先前所豫想的不同起来”。[2]《不周山》的创作情况就是如此，鲁迅说，他写《不周山》的原意是“解释创造——人和文学的——的缘起。不记得怎么一来，中途停了笔，去看日报了，不幸正看见了谁……的对于汪静之君的《蕙的风》的批评，他说要含泪哀求，请青年不要再写这样的文字。这可怜的阴险使我感到滑稽，当再写小说时，就无论如何，止不住有一个古衣冠的小丈夫，在女娲的两腿之间出现了”。[3]虽然鲁迅也知道，这“不但不必有，且将结构的宏大毁坏了”，[4]但他仍是这么写了，这种“随意”外加上的内容，显然是受自己临时急于要发表的“意思”支配的。为了要表达的某种观念，可以不惜忽略作品结构的完整性，这正是强烈的“预期目的”左右着鲁迅小说创作特点的又一体现。

鲁迅在小说创作过程中的自觉“呐喊”、自觉“增添亮色”也好，

1 鲁迅:《书信·180820 致许寿裳》,《鲁迅全集》(第十一卷)，第 353 页。
2 鲁迅:《南腔北调集·我怎么做起小说来》,《鲁迅全集》(第四卷)，第 513 页。
3 鲁迅:《故事新编·序言》,《鲁迅全集》(第二卷)，第 341 页。
4 鲁迅:《南腔北调集·我怎么做起小说来》,《鲁迅全集》(第四卷)，第 513 页。

取模特儿有意识地“杂取种种”也好，取材时为表达“意思”而具随机性也好，这些特点其实都体现了一种理性化的趋向。也就是说，鲁迅创作小说，并非如一般文学家所谓的有什么灵感作用的“创作冲动”，而是凭借着一种理性的精神，借用小说形式来发表自己对于社会人生的看法，目的不在艺术，而仅在思想的启蒙。关于这一点，鲁迅自己就曾明确讲过：“我何尝有什么白刃在前，烈火在后，还是钉住书桌，非写不可的‘创作冲动’；虽然明知道这种冲动是纯洁，高尚，可贵的，然而其如没有何。……至于已经印过的那些，那是被挤出来的。”[1]鲁迅这里说的是自己所有的创作，当然也包括他的小说创作。所谓“挤出来”，正是理性化而非情绪化的特征。鲁迅还曾针对有人说他的小说有些近于左拉的看法，明确指出：“那是不确的，我的作品比较的严肃，不及他的快活。”[2]这里的“严肃”二字，其实也正包含着一种严谨的理性态度在内。正因为鲁迅小说中有一种理性化的趋向，这使他的作品中的人物和事件往往有着较重的承载，即人物、事件中均有着较为深刻的思想内蕴。这样，在理解鲁迅作品时，如果停留于外在形象上，不作更深层次的挖掘，便很容易流于肤浅。鲁迅曾针对有人要将《阿Q正传》搬上舞台的做法表示过疑虑，他说：“我的意见，以为《阿Q正传》，实无改编剧本及电影的要素，

1　鲁迅：《华盖集·并非闲话（三）》，《鲁迅全集》（第三卷），第148页。
2　鲁迅：《书信·350325致萧军》，《鲁迅全集》（第十三卷），第93—94页。

因为一上演台，将只剩下了滑稽，而我之作此篇，实不以滑稽或哀怜为目的，其中情景，恐中国此刻的‘明星’是无法表现的。”[1]这里包含着多层含义，所谓此刻的“明星”无法表现，当是指这些明星对于阿Q的生活环境、生存状况缺少真实的体验；但所谓“无改编剧本及电影的要素”，则无疑是告诉人们，阿Q性格中有较多的理性承载，仅靠演台上的外在形象的披露，难以展现其深刻的思想内涵，弄不好就会流于表面的滑稽。这就是说，鲁迅小说的理性化趋向，导致了他作品中人物的深刻性，而同时这种深刻性又不是外在形象完全可以呈示出来的。对于鲁迅小说中的理性化趋向，以及这种理性化的诸如“呐喊”、“杂取种种”、为“意思”而随机取材等的表现形式，要作出合理的解释，当然仍是离不开鲁迅创作小说的主观动机。就现象谈论现象，或仅仅从“艺术”的角度去加以分析，都难以准确地说清问题。这说明，在鲁迅小说创作问题上，许多问题和现象，首先不是艺术自身的问题。的确，鲁迅创作小说“并不是为了当时的文学家之所谓艺术”，上述所有问题正好证明了这一点。

1 鲁迅:《书信·301013致王乔南》,《鲁迅全集》(第十二卷)，第26页。

三

鲁迅写小说并非“为了当时的文学家之所谓艺术”，这还可以从他小说的一些最明显的文体特征上得到进一步的证明。

鲁迅曾说过：“我做完之后，总要看两遍，自己觉得拗口的，就增删几个字，一定要它读得顺口；没有相宜的白话，宁可引古语，希望总有人会懂。只有自己懂得或连自己也不懂的生造出来的字句，是不大用的。这一节，许多批评家之中，只有一个人看出来了，但他称我为Stylist。”[1]这段话可以证明，鲁迅有着很自觉的文体意识，在文学语言上有着自觉的追求。对文学语言的创制，这当然是属于“艺术”的问题，但我们从鲁迅这段话中所看到的依然不仅仅是“艺术”的问题。这里有两点是值得注意的：第一，鲁迅很注重对白话语言的提炼和加工；第二，鲁迅很强调“读得顺口”“希望总有人会懂”。这两点正与他从事小说创作的初衷是紧密相联的。鲁迅的现代白话小说创作起步于“五四”“文学革命”之中，作为“文学革命”内容之一的“反对文言文、提倡白话文”也就当然不可能在鲁迅从事小说创作时被忽略，这只要从鲁迅在这场语言革命中对文言的大张挞伐、对白话文的竭力提倡来看，就不是很难理解。鲁迅注重语言的提炼加工，实际上

1　鲁迅：《南腔北调集·我怎么做起小说来》，《鲁迅全集》（第四卷），第515页。Stylist，意为“文体家”，鲁迅这里所指似为黎锦明。

正包含了鲁迅助力白话方式的确立，以至于使白话在表现力上能与旧语言方式抗衡的目的。鲁迅所谓“采说书而去其油滑，听闲谈而去其散漫，博取民众的口语而存其比较的大家能懂的字句，成为四不像的白话”，[1] 正可看出他对白话语言的创制和完善所作的探索。借小说来完成语言革命的任务，这在鲁迅的小说观念中也是一个不容忽略的方面。鲁迅曾高度赞扬宋代出现的平民小说，其肯定的角度落实在“体裁（鲁迅在三十年代运用‘体裁’这一概念时，多是指文章的语言问题——引者注）的不同，文章上也起了改革，用的是白话”这一方面。正是从语言的角度出发，鲁迅认为宋代平民小说“实在是小说史上的一大变迁”。[2] 鲁迅还很明确地提出过，应通过文学作品来达到净化语言的目的，例如，他对在一些小说中写人物对话时“写上许多骂语去”的“坏脾气”提出过批评，认为小说等文学作品的任务之一是纯化语言，而对有碍于此的做法，“作者应由文艺加以纠正，万不可再来展开”等等。[3] 所有这些，都可看作鲁迅对新的白话语言形式的创制和完善所作的努力。因此，他小说中表现出来的强烈的文体意识，首先体现了他用小说来达到以实绩去巩固“五四”语言革命成果、助力白话方式确立的目的，而绝不在追求文体风格本身。而且，

1　鲁迅：《二心集·关于翻译的通信》，《鲁迅全集》（第四卷），第 384 页。
2　鲁迅：《中国小说的历史的变迁》，《鲁迅全集》（第九卷），第 319 页。
3　鲁迅：《南腔北调集·辱骂和恐吓决不是战斗》，《鲁迅全集》（第四卷），第 452 页。

强调“读得顺口”，能“让人懂”，则更是明确了鲁迅从读者角度所作的考虑。鲁迅既然要以小说作为改良社会、启蒙人生的工具，自然就要尽可能争取广泛的读者，而正是为了做到这一点，他才将小说语言的顺口、易懂提到了相当重要的位置。文学是语言的艺术，因此，文体问题理应是最“文学性”的问题，但鲁迅的文体追求的诸多特点却仍不仅仅是就文学性本身能解释清楚的：鲁迅的文体风格固然是一个“艺术”性问题，但这种风格追求的最初动因和实际效果，显然不是为了“文学家之所谓艺术”。

语言无非是一种表达思想的工具，而为了用好这种工具，语言的加工提炼就是必不可少的。因此在鲁迅创作小说时，对于语言的使用是极其慎重的。他曾说过，自己“写完后至少看两遍，竭力将可有可无的字，句，段删去，毫不可惜”，“不生造除自己之外，谁也不懂的形容词之类”。[1]“极省俭的画出一个人的特点”，“可省的处所，我决不硬添”。[2]这形成了鲁迅小说语言风格的一个重要特点：简练、精确。鲁迅不仅在自己的创作中体现了对这种简练的语言的追求，而且还努力加以提倡。例如，他就曾在给叶紫的信中建议他将《夜哨线》“减少字数，也就是用几句较简的话，来包括了几行的原文”。[3]在给叶永蓁的《小小十年》作序

1　鲁迅：《二心集·答北斗杂志社问》，《鲁迅全集》（第四卷），第 364 页。
2　鲁迅：《南腔北调集·我怎么做起小说来》，《鲁迅全集》（第四卷），第 513—514 页。
3　鲁迅：《书信·341021 致叶紫》，《鲁迅全集》（第十二卷），第 542 页。

时，鲁迅甚至认为该书的“语汇不丰”，“好像缺点而其实是优长之处”，因为“新文学兴起以来”，仍存在“常用成语”和“故意作怪而乱用谁也不懂的生语”的现象，这“使文艺和大众隔离”，而“这部书却加以扫荡了，使读者可以更易于了解”。[1]这里，鲁迅批评的尺度是简练，只要达到简练，能使人看懂，则“语汇不丰”便也是“长处”。这也可以看出，鲁迅之强调语言的简练、精确，其实也正与他要借小说更好地传达思想的目的相联系。鲁迅对此是有过非常鲜明的表述的，他说：“我力避行文的唠叨，只要觉得够将意思传给别人了，就宁可什么陪衬拖带也没有。……所以我不去描写风月，对话也决不说到一大篇。”没有陪衬拖带、力避行文唠叨，不描写风月，不写长段对话，其目的都只是出于“够将意思传给别人”。而这意思是什么呢？在这段话的前面鲁迅就点明了：“我的取材，多采自病态社会的不幸的人们中，意思是在揭出病苦，引起疗救的注意。”[2]再明确不够了，鲁迅小说文体特点的形成，即如简练、精确这一特点，就首先根源于他创作小说的疗救社会、启蒙人生的动机。

鲁迅小说的另一突出的文体特点，是在他的小说中多有议论性笔调，尤其是在他最初的小说创作中，这种议论性笔调比较明显。例如，《狂人日记》中，几乎通篇都是狂人对历史和现实中

1　鲁迅：《三闲集·叶永蓁作〈小小十年〉小引》，《鲁迅全集》（第四卷），第148页。
2　鲁迅：《南腔北调集·我怎么做起小说来》，《鲁迅全集》（第四卷），第512页。

“吃人”现象的直语式的抨击；《阿Q正传》第一章《序》中用讥讽的语言对国粹派发出风趣、诙谐的嘲笑；《端午节》中方玄绰对“索薪”“亲领”的大段牢骚性议论；《兔和猫》中对造物主的“将生命造得太滥，毁得太滥”的责备性议论；尤其是《头发的故事》，全篇都是借N先生之口直接发议论，而小说末尾更有一大段“改革么，武器在哪里？工读么，工厂在哪里？”的议论，其中并无多少艺术形象性。可以说，《呐喊》中的作品，在语言运用方面，具有议论性的特点，而且这种议论具有直语性和逻辑性特点，这在他《彷徨》以后的小说中是不多见的。当然，《彷徨》中的作品依然常采用议论，如《祝福》中对祥林嫂之死的思考及引出的魂灵有无的议论，《肥皂》《高老夫子》《孤独者》《伤逝》等作品中人物对话或人物独白中夹杂的大段议论，但已不像《呐喊》作品中议论那样具有直语性，而更多是纳入了情节、细节之中，成为艺术形象的有机部分。不管怎么说，鲁迅小说，尤其是最初的小说中的议论性特点是非常明显的。对此，作者自己也从不讳言，甚至多次表示，这些议论是自己有意识的追求，例如他就曾说过：“就是我的小说，也是论文；我不过采用了短篇小说的体裁罢了。”[1]这种自觉地引议论入小说的出发点，当然也是很明显的，鲁迅这样说起自己小说中“愤激言辞”的由来：“我在先前，本来

1 转引自冯雪峰：《鲁迅先生计划而未完成的著作》，《雪峰文集》（第四卷），第18页。

也还无须卖文糊口的，拿笔的开始，是在应朋友的要求。不过大约心里原也藏着一点不平。因此动起笔来，每不免露些愤言激语，近于鼓动青年的样子。”[1] 也就是说，鲁迅写小说时心中的那点不平造成了语言愤激，不免发议论的文体特点。鲁迅并非不知道这种愤激的议论对于小说这种文学形式并不适宜，但鲁迅根本就不是为小说而小说，只不过借小说写“论文”，强烈的主观动机的驱使，使他不可能完全放弃这种引议论入小说的做法。鲁迅曾在给日本友人的信中这样表示过:“我写的小说极为幼稚，只因哀本国如同隆冬，没有歌唱，也没有花朵，为冲破这寂寞才写的。……今后写是还要写的，但前途暗淡，处此境遇，也许会更陷于讽刺和诅咒罢。”[2] 在鲁迅看来，小说中采用议论并不是缺点。在某种意义上，有议论，有辩解，却是一种直抒己见的真诚的表达方式。他曾从这个角度肯定了叶永蓁的小说《小小十年》:“并无遮瞒，也不装点，虽然间或有若干辩解，而这些辩解，却又正是脱去了自己的衣裳。至少，将为现在作一面明镜，为将来留一种记录，是无疑的罢。……中国如果还会有文艺，当然先要以这样直说自己所本有的内容的著作，来打退骗局以后的空虚。因为文艺家至少须有直抒己见的诚心和勇气的，倘不肯吐露本心，就更谈不到

1 鲁迅:《三闲集 · 通信》,《鲁迅全集》(第四卷)，第96页。
2 鲁迅:《书信 · 201214致青木正儿》,《鲁迅全集》(第十三卷)，第454页。

什么意识。”[1]这段话其实也正昭示了鲁迅自己的观点，因此可以见出，鲁迅采议论入小说，常用直语的方式表达出自己的思考，并不是他一时的意气用事，而是包含着他对小说表达方式的深思熟虑，包蕴着他以小说来鼓动青年、诅咒黑暗、发泄不平的强烈的主观动机。

作为语言艺术的文学，其文体特征按理应是文学中最“艺术”的因素，但毫无疑问，即使是鲁迅小说的文体特征，也分明深烙着他以小说作为改良社会、启蒙人生的武器这一观念的印记。由此更能说明，在鲁迅的小说创作中，事实上不存在纯艺术的因素。

四

鲁迅小说的理性化趋向也好，小说语言的简练精确和议论性笔调的采用也好，这其实都体现了一种杂感化的倾向。鲁迅的杂感文的主要特点正是在于论辩的理性化和逻辑性，笔锋的简洁、犀利，议论的纵横捭阖、任意而谈，等等。鲁迅小说中体现出杂感化倾向，这也不足为奇，诚如冯雪峰所说：“由于鲁迅对于他的小说，尤其对于《狂人日记》和《阿Q正传》等篇，也和对于他

1　鲁迅:《三闲集·叶永蓁作〈小小十年〉小引》,《鲁迅全集》(第四卷)，第147页。

的杂文一样，是从一个政论家，一个战斗启蒙主义者出发的；他给予他的小说的任务，是和他给予他的杂文的任务是一样的，是火热的战斗与批判！”[1]

但从文学形式的独特要求来看，小说毕竟区别于杂文。小说这种形式自身的特点正在于，它主要应是以塑造形象来表达思想观念的，“倾向应当从场面和情节中自然而然地流露出来，而不应当特别把它指点出来”。[2]因此，小说这种体裁形式，在本质上是忌直说、忌议论的。对于这一点，鲁迅并非不知道。无论怎么说，鲁迅毕竟还是一个造诣很深的文学家，他对不同文学样式、文体形式的不同要求有着精到的理解。即如小说，在这方面他就有过许多精辟的见解。例如，他在批评《官场现形记》艺术上的不足时，主要是指出了它的“辞气浮露，笔无藏锋，甚至过甚其辞，以合时人嗜好”的缺点；[3]在批评《二十年目睹之怪现状》艺术上的不足时，也主要是指出了它的“描写失之张皇，时或伤于溢恶，言违真实，则感人之力顿微”的特点。[4]这里所谓的“辞气浮露，笔无藏锋”和“伤于溢恶”，都指出了这些小说过于直说，过多议论，而少形象和含蓄的弊病。鲁迅曾高度赞扬《儒林外史》在“指摘时弊”方面的成就，而鲁迅尤为称道的是，这部作品虽是“指

1　冯雪峰：《论〈阿Q正传〉》，《雪峰文集》（第四卷），第110页。
2　［德］恩格斯：《致敏·考茨基（1885年11月26日）》，《马克思恩格斯选集》（第四卷），第454页。
3　鲁迅：《中国小说史略》，《鲁迅全集》（第九卷），第282页。
4　鲁迅：《中国小说史略》，《鲁迅全集》（第九卷），第286页。

摘时弊”，但却避免了直说、议论等小说之大忌：“无一贬词，而情伪毕露，诚微辞之妙选，亦狙击之辣手矣。”[1]在评价宋代传奇小说时，鲁迅更是从小说这一文学形式自身的艺术要求出发，认定“传奇小说，到唐之时就绝了”。这倒不是宋代没有人作传奇，而是因为宋代的传奇与小说自身的艺术要求相去甚远：“唐人小说少教训；而宋时则讳忌渐多，所以文人便设法回避，去讲古事。加以宋时理学极盛一时，因之把小说也多理学化了，以为小说非含有教训，便不足道。但文艺之所以为文艺，并不贵在教训，若把小说变成修身教科书，还说什么文艺。宋人虽然还作传奇，而我说传奇是绝了，也就是这意思。”[2]鲁迅对小说这一文学形式自身艺术要求的深刻理解当然并不仅仅表现在评价历史上的小说作品上，例如，鲁迅曾这样评价过叶永蓁《小小十年》：“技术，是未曾矫揉造作的。……我所感到累赘的只是说理之处过于多，校读时删节了一点……”[3]鲁迅在给萧军的信中，对其小说《八月的乡村》也曾提过这样的修改意见：“《八月》上我主张删去的，是说明而非描写的地方，作者的说明，以少为是。”[4]从鲁迅的上述有关论述中，我们可以看出鲁迅对小说这一体裁形式的自身的艺术要求是有着真正的理解的。

1　鲁迅：《中国小说史略》，《鲁迅全集》（第九卷），第223页。
2　鲁迅：《中国小说的历史的变迁》，《鲁迅全集》（第九卷），第319页。
3　鲁迅：《三闲集·叶永蓁作〈小小十年〉小引》，《鲁迅全集》（第四卷），第147页。
4　鲁迅：《书信·350412致萧军》，《鲁迅全集》（第十三卷），第110页。

鲁迅明知小说自身的文体要求是什么，但他为什么还要在小说创作中体现出文体形式上的非小说化倾向呢？这只能理解成是鲁迅的一种对于艺术的自觉的牺牲。鲁迅反复讲自己并不是为了文学家所谓的“艺术”，并不想将小说抬进“文苑”，等等，正表明了他的这种自觉牺牲的意识。为了完成借小说的力量来改良社会的目的，为了能在小说中充分发挥自己对社会、人生的批判，为了对广大民众进行思想启蒙，鲁迅有时是不得不以牺牲小说自身艺术的完整性为代价的。他所谓的为了表达义愤不惜破坏结构的宏大而外加某些情节，为了“遵前驱者将令”甘冒损害艺术基调和谐的风险而平添一些亮色，为了打破死一般沉寂的社会环境，不惜陷于讽刺和诅咒而在作品中采用议论，等等，都只不过是这种艺术牺牲的具体表现。也许正是出于这一原因，鲁迅在论及自己的小说时，从来未将之当作纯粹的艺术品看待，他甚至不以自己的小说为严格意义上的小说，而只认为是“蒙着小说的名”。鲁迅曾几次说起自己只是“做一点小说模样的东西塞责”[1]“每写些小说模样的文章，以敷衍朋友的嘱托”[2]等等，他不直截了当地将自己的作品称为小说，而只称作是“小说模样”的东西或文章，这就表明了他对自己小说的看法。而且，鲁迅一再声称，他“不

1　鲁迅：《南腔北调集·我怎么做起小说来》，《鲁迅全集》（第四卷），第512页。
2　鲁迅：《呐喊·自序》，《鲁迅全集》（第一卷），第419页。

相信‘小说作法’之类的话”，[1]“‘小说作法’之类，我一部都没有看过”，[2]等等，这也正好说明他从来就未想着要按照既成概念的小说的体裁规范去写小说，他需要的是用作武器的方便，为了这种方便，就必须打破小说体裁的局限，为了更自由地表达自己的思想，他的小说才有了诸多“越轨”的笔致。

鲁迅小说的杂感化倾向或非小说化倾向，主要是体现在《呐喊》中。鲁迅早在《狂人日记》发表后不久，就曾说过：“《狂人日记》很幼稚，而且太逼促，照艺术上说，是不应该的。……我自己知道实在不是作家，现在的乱嚷，是想闹出几个新的创作家来，——我想中国总该有天才，被社会挤倒在底下，——破破中国的寂寞。”[3]这里点明了《狂人日记》艺术上的不足是“幼稚”“太逼促”，这种“太逼促”与下文的“乱嚷”联系起来，也许正是指这篇小说的杂感化色彩。而且，鲁迅在这里表明了自己写小说只是“想闹出几个新的创作家来”，“破破中国的寂寞”，而他自己并不想成为作家。这层意思，正与他说自己写诗歌是为了“打打边鼓”，以待真正的诗人出现，是一样的。这里也透露出一种信息：鲁迅从写作小说开始就隐含了他放弃小说创作的可能性。在多年以后，鲁迅回顾《呐喊》中的作品时，也曾从议论过多等

1　鲁迅：《二心集·答北斗杂志社问》，《鲁迅全集》（第四卷），第364页。
2　鲁迅：《南腔北调集·我怎么做起小说来》，《鲁迅全集》（第四卷），第511页。
3　鲁迅：《集外集拾遗·对于〈新潮〉一部分的意见》，《鲁迅全集》（第七卷），第225页。

非小说化倾向的角度指出其在艺术上的不足，例如他就曾说过："总而言之，现在倘再发些四平八稳'救救孩子'似的议论，连我自己听去，也觉得空空洞洞了。"[1]但鲁迅又很明白，虽然《呐喊》有艺术上的不足，然而它的读者却很多，即所谓"悬揣人间暂时还有读者"。[2]《呐喊》中的最初的几篇小说发表后，就曾"因那时的认为'表现的深切和格式的特别'，颇激动了一部分青年读者的心"。[3]鲁迅很清楚，《呐喊》能争得读者的真正原因，一方面是"向来怠慢了绍介欧洲大陆文学的缘故"，但更主要的是它的批判旧社会的呐喊之声。鲁迅说过："其实《呐喊》并不风行，其所以略略流行于新人物间者，因为其中的讽刺在表面上似乎大抵针对旧社会的缘故。"[4]所以当鲁迅的"小说销到上万"时，他是"想也没有想到的"。[5]这种效果是与他写作小说的初衷相一致的，也就是说，《呐喊》中的作品虽然有艺术上的不足，但这样写来，他的文学目的却能最大限度地得到实现。而《彷徨》中的作品，虽仍多少保留了议论等特点，但情况已大有不同，《呐喊》中那种对社会现状作直语式诅咒、评述的写法在《彷徨》中已不多见，即使是有议论色彩的文字也是去其锋芒，转归含蓄，

1 鲁迅：《而已集·答有恒先生》，《鲁迅全集》（第三卷），第456页。
2 鲁迅：《呐喊·自序》，《鲁迅全集》（第一卷），第420页。
3 鲁迅：《且介亭杂文二集·〈中国新文学大系〉小说二集序》，《鲁迅全集》（第六卷），第238页。
4 鲁迅：《集外集·咬嚼之余》，《鲁迅全集》（第七卷），第60页。
5 鲁迅：《三闲集·通信》，《鲁迅全集》（第四卷），第97页。

并且更多地是与形象的再现较紧密地联系在一起的，用鲁迅的话说，是“技巧稍为圆熟，刻划也稍加深切，如《肥皂》，《离婚》等，但一面也减少了热情，不为读者们所注意了”。[1]鲁迅还在另一处说过类似的话，“只因为成了游勇，布不成阵了，所以技术虽然比先前好一些，思路也似乎较无拘束，而战斗的意气却冷得不少”。[2]艺术上圆熟，但因战斗的意气的减少而不为读者所注意，这很难说是得还是失。鲁迅是在“布不成阵”的情况下，才转而增加在艺术上的追求，这从艺术的角度看，是一种得，但不为读者所注意，他写作小说的初衷——以小说作为改良社会人生、进行思想启蒙的工具的目的的实现就要受到限制，这又不能不说是一种失。冯雪峰曾说过一句耐人寻味的话，他认为，鲁迅“越是像他对付杂文一样，以一个政论家的态度，战斗的启蒙主义者的态度，去对付他的小说，则他的小说也就越杰出，越辉煌。否则，就要因为不能高度地显示出鲁迅自己的这种特色，而那作品在鲁迅自己的作品里面也就要显得比较地逊色了。这只要拿他的《呐喊》中的主要的作品和他的《彷徨》中的作品，加以比较，就能够显然判明的”。[3]冯雪峰从杂文体裁的艺术要求来比照小说，其结论便是《呐喊》成就高于《彷徨》，这当然失之偏颇。但这段

1　鲁迅：《且介亭杂文二集·〈中国新文学大系〉小说二集序》，《鲁迅全集》（第六卷），第239页。
2　鲁迅：《南腔北调集·〈自选集〉自序》，《鲁迅全集》（第四卷），第456页。
3　冯雪峰：《论〈阿Q正传〉》，《雪峰文集》（第四卷），第110页。

话也多少揭示出了这样一个事实:《呐喊》更多杂感化倾向,而《彷徨》则较少。如果仅从鲁迅写作小说的初衷的实现,和鲁迅小说在当时的实际影响这个角度来看,冯雪峰的这段话又有它的合理性。鲁迅写作小说的时代是一个“不是死,就是生”的“大时代”,作家不能“使自己逃出文艺,或者从文艺推出人生”,[1]而读者也无暇欣赏那些太艺术化的精品,普遍的社会欣赏心理是,对于作品中的社会人生内容、政治思想蕴含的要求压倒了对于艺术内涵的追寻。也就是说,为适应当时的读者的需要,第一位的是它能在多大程度上反映时代的巨大的历史内容,而且这种反映还须直剖明示才能更易于被理解,至于艺术性,可能倒在其次。面对《呐喊》与《彷徨》在读者反响上的不同遭遇,鲁迅其实是难以回避一种选择的“二难”局面的:继续像《呐喊》那样,用一种带有杂感化的倾向,带有抨击、诅咒的锋芒去写小说,使其保持振聋发聩的批判力量,这固然能继续引起较广大的读者层的关注,但这“照艺术上说,是不应该的”,而且老是发议论,连作者本人也要不免觉得“空空洞洞”的;而追求艺术的圆熟,如《彷徨》那样注重技巧,注重艺术的内涵,注意运用曲笔来含蓄地表达,又易被读者所忽略。这种选择的“二难”状况,在很大程度上是由小说这种体裁形式自身的文体要求造成的。尽管鲁迅在主观上

1　鲁迅:《而已集·〈尘影〉题辞》,《鲁迅全集》(第三卷),第547页。

“不过采用短篇小说的体裁”来写“论文”，但小说作为一种独立的体裁形式，毕竟有许多自身的文体规定，这对鲁迅借小说发议论的目的的实现必然带来拘限。这里就可以看出，鲁迅最终放弃小说创作而专事于杂感创作的某种必然性。

当然，我们必须承认，鲁迅最终放弃小说创作是由于多种原因造成的，但我们又必须看到，最根本的原因是在小说体裁的文体要求上——是鲁迅的小说创作动机与小说体裁的文体拘限的冲突导致了这一结果。虽然，鲁迅也曾这样说起过放弃小说创作的缘由:“新作小说则不能，这并非没有工夫，却是没有本领，多年和社会隔绝了，自己不在旋涡的中心，所感觉到的总不免肤泛，写出来也不会好的。”[1]鲁迅还曾说过:“我也久没有做短篇小说了。现在的人民更加困苦，我的意思也和以前有些不同，又看见了新的文学的潮流，在这景况中，写新的不能，写旧的又不愿。”[2]鲁迅这里所列举的原因尽管是很复杂的，但其中仍然是包含着小说体裁的文体要求的原因的。社会的变动，自己的思想感情发生了变化，但由于自己不在旋涡的中心，相应的生活体验难以跟随变动的社会生活和更加进步了的思想意识，这就给写小说带来困难，因为小说这种体裁要求在作品中所表达的思想与相应的生活体验同步，从而才能做到以形象塑造和情节场面的营构来自然地表达

1　鲁迅:《书信 · 331105 致姚克》,《鲁迅全集》(第十二卷)，第 256 页。
2　鲁迅:《集外集拾遗 · 英译本〈短篇小说选集〉自序》,《鲁迅全集》(第七卷)，第 390 页。

思想倾向。因为缺少这种同步，鲁迅才不再去写小说。但杂感文这种体裁的文体要求却不同，它以议论为主要特征，思想倾向的表达更趋于直剖明示。因此，鲁迅最终几乎以杂感文作为自己文学创作的唯一样式，无疑是有着对不同体裁的不同文体要求的考虑在内的。

总之，鲁迅从事小说创作，其目的不是为了“艺术”，而是借小说作为改良社会的器械，为了这器械使用的方便，他甚至不惜超越小说体裁的文体规范；而当他意识到了小说体裁的文体要求毕竟有所拘限时，又毅然放弃了小说这种体裁形式。这里所昭示的鲁迅的小说观念是非常丰富而深刻的：它包含鲁迅的小说创作动机、鲁迅对小说功能的独特认识、鲁迅对小说体裁的文体要求的精到理解等多方面的内容。诚然，鲁迅放弃小说创作，这对于中国现代小说这一具体领域而言，是一种遗憾，但从鲁迅自身来看，就很难说是遗憾。既然鲁迅给小说所规定的任务是与杂感文一样的，那么使用哪一种文学形式，就很难从形式本身来论高低，只能从完成任务的效果去加以评价；既然运用杂感文来完成这种任务有着直截、便利等长处，且不至于损害杂感文自身的文体要求，那么，鲁迅在杂感文这一体裁形式上倒是能够达到社会目的与艺术完善这双重价值的实现。因此，鲁迅最终专一于杂感文的创作，从成就鲁迅之所以为鲁迅这一点上，却不能不说是一种明智的选择。

五

以上所述，主要是试图厘清鲁迅小说观的脉络，并试图解释鲁迅小说观和小说创作方面的诸多特异现象。这里丝毫没有贬低鲁迅小说创作的艺术价值的意思，而且也并不是强调鲁迅对小说的艺术性故意忽略，而只是要强调一下，无论是从鲁迅对“为艺术而艺术”的厌恶，还是从鲁迅小说创作的实际情况来看，以纯艺术的角度来评价鲁迅的小说活动都是不合适的。事实上，鲁迅作为社会改革者的高度的时代责任感，与他作为艺术家的审美追求，是常常处于一种复杂的矛盾之中的，但要对之作出解释，也不是仅从“艺术”这一头就可以完成的。鲁迅强调小说的社会功能，要借小说来作为改良社会人生、进行思想启蒙的工具，这是他小说观的主要方面；但另一方面，鲁迅也曾强调提高艺术性以增强艺术的感染力，以便使这种工具能在最大限度上发挥独特的功效。尽管如此，鲁迅有时仍不得不在必要时，以牺牲艺术的完整性来达到社会批判的目的。这正是鲁迅小说观丰富性、复杂性的所在。这也决定了鲁迅所作的任何一篇小说作品都不是“随便”之作。

鲁迅曾在30年代中期这样评价过五四时期的小说成就：“这是新的小说的开始时候。技术是不能和现在的好作家相比较的，但把时代记在心里，就知道那时倒很少有随随便便的作品。内容当然更和现在不同了。但奇怪的是二十年后的现在的有些作品，却仍然赶不上那时候的。后来，小说的地位提高了，作品也大进步，只是同时也孪生了一个兄弟，叫作‘滥造’。”[1]这里是将“把时代记在心里”与“很少随随便便”联系在一起的，因此这“很少随随便便”便起码包含了两层意思，一是指使作品顺应时代要求的严肃态度，二是指为使作品能完成时代赋予的任务，就必须在艺术上尽可能严格要求，即不要“滥造”。这段话其实用来评价鲁迅的小说创作也是很适用的：鲁迅的小说创作主要是在五四时期，而他的小说创作所取得的成就却是后来的多数小说创作难以企及的，这与鲁迅的“很少有随随便便的作品”是有很大关系的。我们前述的大量内容均能说明他“把时代记在心里”的严肃态度，这里不再赘述。而鲁迅对自己的小说在艺术上的严格要求也是非常明确的。例如，鲁迅曾反复讲过，他作小说时，是“宁可将可作小说的材料缩成 Sketch，决不将 Sketch 材料拉成小说”。[2]他还曾说过，当他“有了小感触，就写些短文”，而只有当“得到较整齐的材料，则还是做短篇小说”。[3]他在评价一些作品时，也将那些“局面小，描写也还简略”的作品，宁可“作为一篇随笔看”，而认为“不能算作短篇小说”。[4]这都能说明鲁迅在小说创作方面

1　鲁迅：《集外集拾遗补编·〈中国新文学大系〉小说二集编选感想》，《鲁迅全集》（第八卷），第 383 页。

2　鲁迅：《二心集·答北斗杂志社问》，《鲁迅全集》（第四卷），第 364 页。Sketch，意为“速写”。

3　鲁迅：《南腔北调集·〈自选集〉自序》，《鲁迅全集》（第四卷），第 456 页。

4　鲁迅：《书信·330813 致董永舒》，《鲁迅全集》（第十二卷），第 212 页。

的“不随便”的态度。这种“不随便”的态度还体现为鲁迅在小说创作的一些具体问题上的严格要求。例如，鲁迅曾说到当他“做《阿Q正传》到阿Q被捉时，做不下去了，曾想装作酒醉去打巡警，得一点牢监的经验”。[1]如此等等，都可以证明鲁迅在小说的艺术性上的确是很有追求的。当然，这种艺术性的追求，最终的归结仍是在于使小说作为“武器”“工具”能够更加精良。鲁迅就曾这样评价过一位作家的作品：“尚钺的创作，也是意在讥刺，而且暴露，搏击的，小说集《斧背》之名，便是自提的纲要。他创作的态度，比朋其严肃，取材也较为广泛，时时描写着风气未开之处——河南信阳——的人民。可惜的是为才能所限，那斧背就太轻小了，使他为公和为私的打击的效力，大抵失在由于器械不良，手段生涩的不中里。”[2]在鲁迅看来，小说之作为改良人生、批判社会的武器，这是必须加以肯定的，但如果写小说者才能太缺乏，手段太拙劣，则这武器就会失去效力。正是在这个意义上，鲁迅对小说的艺术性仍是加以强调的。因此，在鲁迅那儿，对小说艺术性的强调与他有时对小说自身艺术要求的自觉背离，这二者看似矛盾，但其实有着内在的统一性。

这一思路，还可以用来解释鲁迅小说观中的许多矛盾现象。

1　鲁迅：《书信·270808致章廷谦》，《鲁迅全集》（第十一卷），第569页。
2　鲁迅：《且介亭杂文二集·〈中国新文学大系〉小说二集序》，《鲁迅全集》（第六卷），第253页。

例如，鲁迅反对游戏、消闲的小说观念，但他有时却又并不反对小说应给人以娱乐性：他曾要求小说尽可能将人物、事件写得“活跃”“紧张”“生动”；[1]要求小说能写得让人“不费心思”地阅读下去，“看下去很畅快”等等。[2]反对消闲与提倡趣味似乎也是一对矛盾现象，但二者却能统一于鲁迅的小说目的上：反对消闲是为了强调小说改良社会、人生的功能，使小说更好地被用来作思想启蒙的工具；而主张趣味、生动、顺畅，则是为了让小说所要表现的思想启蒙、改良社会的内容能在读者的非排斥性阅读心态下被接受。总之，要对鲁迅小说创作中任何特异现象作出合理的解释，事实上都离不开在他小说观中起主导作用的社会功利观。当然，起主导作用，并不意味着全部。即以鲁迅对小说形式的取舍而论，他之取用小说形式，是欲借小说作为思想启蒙和社会批判的武器；他之终而放弃小说形式，也同样是想为完成思想启蒙和社会批判的任务找寻更合适的武器（如杂感文），但在这取舍之内，又分明深浸着鲁迅对于小说体裁的文体规范和小说自身的艺术要求的精到理解。可以说，鲁迅的小说观的内容是丰富的，又是复杂的，而同时这之中，又分明有着一种贯穿始终的统一的东西在起着支配作用。通过上述分析，我们是能够得出这样的看法的。

1　鲁迅：《书信·341021 致叶紫》，《鲁迅全集》（第十二卷），第 542 页。
2　鲁迅：《书信·290322 致韦素园》，《鲁迅全集》（第十一卷），第 660 页。

第四章 “我还要杂感杂感下去”

——鲁迅的杂文观

杂感文最明显地昭示了鲁迅文学观的主导方面的特征。[1]鲁迅曾在 1935 年底对自己所作的杂感文数量作了一个“核算”:“从在《新青年》上写《随感录》起,到写这集子(《且介亭杂文二集》)里的最末一篇止，共历十八年，单是杂感，约八十万字。后九年中所写，比前九年多两倍；而这后九年中，近三年所写的字数，等于前六年。”[2]这一统计的结果，起码说明了两个问题：一是鲁迅创作中杂感文数量的巨大，二是鲁迅创作杂感文的量在其文学

---

1 学术界对“杂文”这一概念的理解有分歧。我同意这样一种观点，即杂文有广义和狭义之分。在鲁迅那里，广义的杂文是指除《呐喊》《彷徨》《野草》《朝花夕拾》《故事新编》之外的一切文字，即如鲁迅所说的“不管文体，各种都夹在一处，于是成了‘杂’”(《且介亭杂文·序言》)。而狭义的杂文则是指鲁迅所常说的“杂感”“短评”“随笔”一类篇幅短小的带议论性质的文章，不包括他的散文、论文、散文诗、书信、日记等文体的文字。作为一种独立的文学体裁，本文是在狭义的意义上使用“杂文”这一概念的，为此，文中有时也使用“杂感文”一词。

2 鲁迅:《且介亭杂文二集·后记》,《鲁迅全集》(第六卷)，第 451 页。

生涯中，是按一定比例增长的。毫无疑问，鲁迅对杂感文创作之勤奋，以及愈到后来愈加重视的程度是其他体裁的创作所难以相比的。进而言之，可以认为，离开了对杂感文的考察，也就无异于无视作为伟大的文学家的鲁迅的存在。诚如李广田早在四十多年前所说的那样："假设鲁迅没有他的杂文，鲁迅也就不成其为鲁迅，就只'鲁迅'这两个字，今日之所以启示了那么多的意义，主要的还是由于他的杂文。"[1]鲁迅不仅创作了大量的杂感文，而且，鲁迅在创作杂感文的同时，也曾陆续地对杂感文发表了诸多见解。既然是杂感文成就了鲁迅，那么无论是杂感文创作，还是针对杂感文本身所作的论述，都无疑是我们理解和把握鲁迅的重要途径。同时，要全面地、准确地把握鲁迅的文学观，也势必不能避开鲁迅杂感文创作和杂感文论述的研究。

鲁迅在从事文学创作活动之初，涉及了大多数的文学门类。诗歌、小说、散文、杂感文等形式在鲁迅那儿都无一例外地被采用过。但何以鲁迅对杂感文这种文学样式特别钟爱——不仅创作数量在一开始就遥居各类创作之首，而且鲁迅最终几乎舍弃了其他文学样式，使杂感文的写作成为他创作活动的唯一内容？这种文学样式的偏爱，绝不是一种偶然的现象，此中正包蕴着鲁迅深层的文化意识和文学观念。鲁迅对文学样式的独特选择，似乎正

1　李广田：《鲁迅的杂文》，《文艺复兴》，1946 年 10 月，第 2 卷第 3 期。

可以作为我们研究的切入口，使我们可以通过鲁迅与杂感文这一文体形式的关系来揭示其中所包蕴的鲁迅文学观的重要方面。

一

鲁迅曾说过，“到五四运动的时候”，“散文小品的成功，几乎在小说戏曲和诗歌之上。这之中自然包蕴着挣扎和战斗，但因为常常取法于英国的随笔（Essay)。所以也带一点幽默和雍容；写法也有漂亮和缜密的，这是为了对于旧文学的示威，在表示旧文学之自以为特长者，白话文学也并非做不到。以后的路，本来明明是更分明的挣扎和战斗，因为这原是萌芽于‘文学革命’以至‘思想革命’的”。[1] 这段话揭示了一个重要的文学史现象，即五四时期散文小品这种文学体裁在所有的文学体裁的创作中是最成功最有成就的，而在这些成功的散文小品中虽也有“带一点幽默和雍容”的小品以及写法“漂亮和缜密”的美文，但其主要作用是在“对于旧文学的示威，在表示旧文学之自以为特长者，白话文学也并非做不到”。而作为散文小品的主流以及代表其发展方向的应该是“萌芽于‘文学革命’以至‘思想革命’的”“挣

1　鲁迅:《南腔北调集 · 小品文的危机》,《鲁迅全集》(第四卷)，第 575 页。

扎和战斗”的杂感文。由此看来，鲁迅对于杂感文的偏爱，首先是一种顺应文学样式发展趋向的选择。但值得注意的是，鲁迅并不是被动地接受这一文学发展史的结果，鲁迅是从自己的更为深刻的文化目的出发，依据自己对于时代与文学关系的独到理解，以其理论倡导和创作实践，在促成着杂感文这一文学样式的成熟和完善。诚如茅盾早就指出的那样，杂感文“这一新的形式，是他（鲁迅）所发明，所创造，而且由他发展到最高阶段”。[1]这是问题的两个方面，一方面，作家对于文学样式的选择，固然离不开时代的制约，但另一方面作家在多大程度上意识到了这种时代的要求，在多大程度上自觉地顺应这种时代的要求以作出自己的选择，却是更为重要的。而后者正是把握一个作家文艺观的独特性的更为重要的方面。

瞿秋白在《鲁迅杂感选集·序言》中的一段话曾反复被人们引证：“谁要是想一想这将近二十年的情形，他就懂得这种文体发生的原因，急遽的剧烈的社会斗争，使作家不能从容地把他的思想和感情熔铸到创作里去，表现在具体的形象和典型里；同时，残酷的强暴的压力，又不容许作家言论采取通常的形式。作家的幽默才能就帮助他用艺术的形式表现他的政治立场，他的深刻的对于社会的观察，他的强烈的对于民众斗争的同情。不但这样，

1　转引自田仲济：《鲁迅的杂文观》，《文讯月刊》，1948 年 1 月 15 日，第 8 卷第 1 期。

这里反映着五四以来中国的思想斗争的历史。”[1]引证者常常用这段话来代替对鲁迅选择、偏爱、致力杂感文形式的原因的探讨。但这也容易产生某种误解，即似乎鲁迅最终选择了杂感文形式是由于在客观条件制约下的迫不得已的行为。这势必带来人们对鲁迅不得已地放弃小说、诗歌的创作而专门致力于杂感文创作的某种遗憾，而且也势必带来对鲁迅文学活动的评价的消极后果——将杂感文摆在极其次要的位置上，忽略了赖以支撑起作为文化伟人、文学伟人的鲁迅的杂感文的重要性。

毫无疑问，鲁迅之选择和偏爱杂感文形式，是一种有意识的追求。这种追求分明是鲁迅文学观中“功能意识”、“文体意识”和“个性意识”在起着支配作用的结果。

鲁迅充分意识到自己所处的是一个特殊的时代，是一个“风沙扑面，狼虎成群的时候”，因此，他明确认识到时代要求作者的是“对于有害的事物立刻给以反响和抗争”；时代要求于文学的则是“感应的神经，是攻守的手足”；[2]而从这个时代的审美特征、读者的审美要求而言，人们“即使要悦目，所要的也是耸立于风沙中的大建筑，要坚固而伟大，不必怎样精；即使要满意，所要的也是匕首和投枪，要锋利而切实，用不着什么雅”。[3]正因为鲁

1　何凝（瞿秋白）：《鲁迅杂感选集·序言》，《鲁迅杂感选集》，上海青光书局，1933年版，第2页。

2　鲁迅：《且介亭杂文·序言》，《鲁迅全集》（第六卷），第3页。

3　鲁迅：《南腔北调集·小品文的危机》，《鲁迅全集》（第四卷），第575页。

迅是充分意识到了历史的巨大内容和时代的审美要求，因此，他才始终努力使自己的文学活动服务于时代文化变革的需要，始终抱定革命的功利主义文学观。但就其文学自身而言，由于不同文学样式、文体形式的具体要求的制约，并非任何文学样式都适用于表现“挣扎和战斗”的时代的伟美精神，适用“对于有害的事物立刻给以反响和抗争”。这样，对鲁迅来说，就面临着一个文学样式和文体形式的选择的问题。

应该说，鲁迅的选择是慎重的。在鲁迅登上文坛之始，多种文学样式都曾被尝试过，但他终于发现，杂感文可以“任意而谈，无所顾忌”，用于“催促新的产生”，用于对“有害于新的旧物”，“竭力加以排击”是很合适的。[1]因此，他便逐渐自觉地放弃了诗歌、小说等文学样式，而专一于杂感文的创作。这一点，早就有人看出来了，例如锡金就曾指出：鲁迅“这样的热烈地号召了诗歌”，“但是鲁迅先生后来是常常讳言他的诗歌的”，这是因为“他自己的工作是并未放置在诗歌上的，一面要战斗，一面要磨练武器，虽然这武器可能成为非常锋利的，但他是来不及了，杂文成了他有力的投枪，于是他勇往地用来战斗，在忙迫中，诗歌是不得不放下的了”。[2]这里，锡金明确地揭示了鲁迅从号召诗歌到讳言自己诗歌的转变，以及这种转变的客观原因。但同时还必须

1　鲁迅:《三闲集 · 我和〈语丝〉的始终》,《鲁迅全集》(第四卷)，第 167 页。
2　锡金:《鲁迅与诗歌》,《鲁迅创作方法及其他》，读书出版社，1942 年版，第 81—82 页。

看到，鲁迅从事文学活动的最初动机，很大程度上是以文学为武器，来促进中国文化的变革，文学本身，并不是鲁迅的目的。因此，在文学范围内做文学样式、文体形式的选择也就是顺理成章的事。在比较和选择中，放弃某种文学样式，专事于某种文学样式，只要是与鲁迅最初从事文学活动的文化目的更相符，就不存在什么“不得已”的问题。甚至可以说，从鲁迅从事文学活动的最初动机来看，放弃诗歌创作的可能性是在他从事诗歌创作的一开始就存在着的，并不是后来的“迫不得已”。鲁迅曾这样说过自己在新诗之初所抱定的不彻底介入的态度：“我其实是不喜欢做新诗的——但也不喜欢做旧诗——只因为那时诗坛寂寞，所以打打边鼓，凑些热闹，待到称为新诗人的一出现，就洗手不作了。”[1]这多少揭示了他后来在文学样式和文体形式选择方面的某种趋向。

鲁迅是在比较了各种文学样式和文体形式在助力文化革新和社会进步方面的长处之后选定了杂感文这种形式的。鲁迅针对一首关于五卅惨案的诗所作的评论是很能说明他对文学样式和文体形式的看法的：“那一首诗，意气也未尝不盛，但此种猛烈的攻击，只宜用散文，如‘杂感’之类，而造语还须曲折，否，即容易引起反感。诗歌较有永久性，所以不甚合于做这样题目。”[2]既然诗歌“较有永久性”，不宜用于“猛烈的攻击”，那么诗歌之于鲁迅

1　鲁迅：《集外集·序言》，《鲁迅全集》(第七卷)，第4页。
2　鲁迅：《两地书·三二》，《鲁迅全集》(第十一卷)，第97页。

以文学为武器投身社会革命、文化革新运动的初衷就相去甚远；既然“猛烈的攻击”适宜用于“‘杂感’之类”，那么“杂感”就势必成为鲁迅找寻武器的文体归宿。正如徐懋庸所说，“鲁迅一生大半的精力用于写‘杂文’，并不是没出息，也并不是患了欲罢不能的‘死症’，他是，实在从‘杂文’这种作品里发见了‘扫荡秽丑’的力量，而有意提倡，实践的”。[1]

与诗歌相比，小说的情况有所不同。鲁迅的小说创作前后持续了十多年时间，不过，篇幅限于短篇，且篇数也不算多。鲁迅从事小说创作的目的是很明确的。他“并没有要将小说抬进‘文苑’里的意思，不过想利用他的力量，来改良社会”。[2]也就是说，鲁迅写小说也主要是将之作为武器之一种，用来为改良社会、改良人生服务。但由于小说这种文学样式的文体特点，即小说的形象化要求、表达思想的间接性特征，常常限制了鲁迅的社会批判的充分实现。为此，鲁迅在小说创作过程中常常超出小说文体的规范，不惜忽略小说形象的完整性而插入议论性文字和杂感式笔调。例如，在《故乡》的结尾所增加的关于“路”的一段议论，在《祝福》中插入的有关灵魂有无的议论及其由此引申开的议论，等等；而在《故事新编》各篇中所加入的多少游离于主体形象的“油滑”

1　徐懋庸：《鲁迅的杂文》，《六十年来鲁迅研究论文选》（上），中国社会科学出版社，1982年版，第207页。

2　鲁迅：《南腔北调集·我怎么做起小说来》，《鲁迅全集》（第四卷），第511页。

性对话等等，简直就与鲁迅杂感文惯常的笔调相类似。鲁迅这种文学样式和文体形式的“越轨”，应该是不难理解的，诚如冯雪峰指出的那样：“政论活动是鲁迅全部工作的主要部分和主要特色，这是他终身从事革命活动、思想活动和文学活动的最主要的部分。”因此“在他的二十多本著作中”，除“《呐喊》、《彷徨》、《野草》、《朝花夕拾》和《故事新编》”之外，“其他都是杂文”，而且“就是他写小说，其目的也是和写政论一样”。[1]其实，鲁迅自己也曾经讲过：“就是我的小说，也是论文；我不过采用了短篇小说的体裁罢了。”[2]可见鲁迅并不想走单纯的小说家的道路，他写小说，其目的不过是想向读者“提出一些问题而已，并不是为了当时的文学家之所谓艺术”。[3]因此在写作小说的过程中，自然会有许多“论”的成分融注进来。但小说毕竟是小说，鲁迅不可能不感觉到，要“论”起来，小说当然还不如杂感文来得痛快。因此，鲁迅“又常常痛惜他的小说和他的文章中的曲笔常被一般读者误解，而且这是很明白的事实；所以，在艺术服从于社会目的的原则下”，“鲁迅先生更倾向于直剖明示的尖利的批判武器的创造”。[4]鲁迅没有写过长篇小说，也似乎无意于写长篇小说。这一事实，也能进一步证明鲁迅在文学样式选择上的考虑。鲁迅曾指出：“潜心于他的

1　冯雪峰：《鲁迅的政论活动》，《雪峰文集》（第四卷），第450页。
2　转引自冯雪峰：《鲁迅先生计划而未完成的著作》，《雪峰文集》（第四卷），第18页。
3　鲁迅：《集外集拾遗·英译本〈短篇小说选集〉自序》，《鲁迅全集》（第七卷），第389页。
4　冯雪峰：《鲁迅先生计划而未完成的著作》，《雪峰文集》（第四卷），第18页。

鸿篇巨制，为未来的文化设想，固然是很好的，但为现在抗争，却也正是为现在和未来的战斗的作者，因为失掉了现在，也就没有了未来。”[1]这种认识落实到具体文学样式的选择上，其结果当然是不言而喻的。在创作长篇小说与写作杂感文之间，鲁迅的选择是非常明确的，他说：“我一个人不能样样都做到；在文化的意义上，长篇巨制自然重要的，但还有别人在；我是斩除荆棘的人，我还要杂感杂感下去。”[2]因此，尽管鲁迅在小说创作方面有着巨大的才能，但我们依然没有必要为鲁迅放弃小说的创作而感到遗憾。李广田说得好：“有人以为鲁迅不写小说，而只写杂文是一种可惜的事。事实这却不见得。因为鲁迅的杂文是应了那时社会的需要而产生的，他的杂文，在时代的意义上说，实在比小说更重要。”[3]不仅是就社会需要而言，就是从鲁迅自身价值的实现而言，也无任何遗憾可言。冯雪峰认为：“在中国，鲁迅作为一个艺术家是伟大的存在，在现在，中国还没有一个作家能在艺术的地位上及得上他的。但作为一个思想家及社会批评家的地位，在中国，在鲁迅自己，都比艺术家的地位伟大得多。这是鲁迅的特点。……鲁迅的巨大的艺术天才，显然担得起世界上最著名最伟大的那些创作长篇巨制的作者的荣誉；但社会和时代使他的艺术才能取另一种形态发展，……他的十余本杂感集，对于中国社会和文化，

1 鲁迅：《且介亭杂文·序言》，《鲁迅全集》（第六卷），第3页。
2 转引自冯雪峰：《鲁迅先生计划而未完成的著作》，《雪峰文集》（第四卷），第18页。
3 李广田：《鲁迅的杂文》，《文艺复兴》，1946年10月，第2卷第3期。

比十余卷的长篇巨制也许更有价值,实际上是更为大众所重视。”[1]既然鲁迅的艺术才能在杂感文这一文体形式中同样得到了充分的施展，既然鲁迅能在这种文学样式中最大限度地实现了自己的价值，那么就应该毫无疑问地对鲁迅的这种文体选择给予充分肯定和高度评价。人为地区分文学样式、文体形式的价值高低，并以此来判定鲁迅文体选择的行为和结果，显然都是不合理的。

在鲁迅对文学样式和文体形式的选择中,鲁迅文学观中的“功能意识”最充分地显示出来了。鲁迅是在找寻社会批判、文化革新的武器时选择文学事业的，同样，鲁迅是在比较了“武器”的优劣后选择了杂感文这种文体形式。因此，在鲁迅那儿，文学样式、文体形式的选择首先就是一种“武器”的选择。这种选择武器的意识，在鲁迅那儿是极其明确而又十分强烈的。我们前面所引的鲁迅所谓的“长篇巨制自然重要的，但还有别人在”，“我还要杂感杂感下去”，正是揭示了鲁迅文学观的独特之处，证明了他选择武器的明确意识。类似的意思，鲁迅曾作过反复的表述，并且还表示了希望有更多的人来运用这一武器的愿望。例如他曾说过:“然而只恨我的眼界小，……我早就很希望中国的青年站出来，对于中国的社会，文明，都毫无忌惮地加以批评，因此曾编印《莽原周刊》，作为发言之地，可惜来说话的竟很少。”[2]“中国

1　冯雪峰:《过来的时代·关于鲁迅在文学上的地位》,《雪峰文集》(第四卷)，第23—24页。
2　鲁迅:《华盖集·题记》,《鲁迅全集》(第三卷)，第4页。

现今文坛的状况，实在不佳，但究竟做诗及小说者尚有人。最缺少的是‘文明批评’和‘社会批评’，我之以《莽原》起哄，大半也就为了想由此引出些新的这一种批评者来，虽在割去敝舌之后，也还有人说话，继续撕去旧社会的假面。可惜所收的至今为止的稿子，也还是小说多。”[1]鲁迅慨叹批评性文字之少，小说之多，此中深意令人回味。当时新文学刚刚起步，小说创作尚不可言多。因此，鲁迅并不是厌恶小说创作，也并不是认为当时中国文学创作中小说太多。关键的问题是，在鲁迅的观念中，杂感文一类的用于直接“社会批评”“文明批评”的文字，因为是适应当时的历史时代更迫切的要求的，必须大力提倡；而至于小说之类的文字即使用于“文明批评”“社会批评”也具有相当的间接性，故而多一些少一些则问题并不十分紧要。如果仅从文学自身的立场来看待，鲁迅站在选择、运用“武器”的角度所发的感慨就将变得难以理解，从而也难以作出正确的评价。

二

的确，鲁迅对于杂感文这一文学样式、文体形式的选择，首

1　鲁迅：《两地书·一七》，《鲁迅全集》（第十一卷），第63页。

先是从找寻武器的目的和要求出发的。然而，仅仅从找寻武器的角度去分析鲁迅的文学样式和文体形式的选择，又是远远不够的，这容易忽略作为伟大的文学家的鲁迅的存在。杂感文这种文学样式，也有自身的文体要求，有自身的艺术规定。即使从艺术的角度来看，杂感文与小说诗歌相比，也并没有价值的高下之分，仅仅是种类的不同而已。鲁迅就曾很“同意对于他的杂感散文在思想意义之外又是很高的而且独创的艺术作品的评价”。[1]因此，还应该从鲁迅的“文体意识”来分析他对于杂感文形式的选择。

众所周知，中国现代文学的发端源于“五四”初期的白话文运动。这场白话文运动不仅对中国文化的发展有着深远的影响，而且对于中国文学的发展也具有着不可低估的意义。文学是语言的艺术，因此语言的变革对文学的发展更具有直接性的影响。探讨中国现代文学的发展，尤其是文学样式、文体形式的发展和变迁问题，如果离开了五四初期这场语言革命带来的影响，有许多问题就难以找到圆满的解答。

鲁迅投身新文学活动正是从参与对白话的提倡、对文言文的反对开始的。在这场语言革命中，鲁迅紧扣中国旧有文言文的模糊、含混、不精确、非科学化的弊病，对文言文进行了最猛烈的攻击。鲁迅从语言适应科学性思维的要求出发，竭力提倡语言的

1　冯雪峰:《关于鲁迅在文学史上的地位》,《雪峰文集》(第四卷)，第26页。

界定性、精确化。但鲁迅并非不清楚，这种语言的界定性、精确化要求给文学发展所带来的不利因素。因为文学语言的多层次性、情绪性、含蓄性、感受性等要求与科学文化语言相去较远，那些最具文学性的文学样式如诗歌等，在这种语言发展趋向之下，其自身的艺术特点、艺术价值常常难以圆满实现。鲁迅不能不面对这样的问题：一方面，为了使语言适应科学性思维的需要，进而促使文化的整体性发展，就必须毫不犹豫地坚持语言精确化发展的方向；另一方面，又要使承担这场语言革命后果而遭受一定影响的文学在尽可能的范围内发挥自己即使服务于社会革命、文化革新，也有别一般的口号、标语等其他形式的独特的功能。能否在二者之间找到一条相对折中可行的道路，即能否既保证语言朝着界定性、精确化方向健康地发展，而同时又兼顾到文学的语言要求？可以说，鲁迅对杂感文这一文学样式、文体形式的选择，正包含他对这方面的考虑。

杂感文这一文学样式、文体形式对于语言的要求显然不同于诗歌。瞿秋白认为："鲁迅的杂感其实是一种'社会论文'——战斗的'阜利通'（Feuilleton）。"[1] 这里实际上指出了杂感文的重要文体特点——以"论"，或曰"议论"为主要特征。从文学的角度看，杂感文虽然也有着一般文学作品所具有的客观形象的再

1 何凝（瞿秋白）：《鲁迅杂感选集·序言》，《鲁迅杂感选集》，第 2 页。

现和主观情感的表达，但与诗歌、小说相比有所不同，杂感文在再现客观形象时，常具有单一化、概括化特点，而且对具体事实和客观现象的描述，目的也主要是为了发议论。诚如有些学者所指出的那样："本质上是一种议论文的杂文，却是可以离开形象而存在的。事实上，它也最容易流于抽象地说理。"而"一篇议论文的一个最起码的要求，就是条理清楚，层次分明；要有严密的逻辑性。缺乏逻辑性，或是逻辑性不强的议论文，观点再正确、理由再充足，也不会有多大的说服力的"。[1]也就是说，创造有文学价值的形象并不是杂感文的任务，具体形象的介入杂感文，主要是说理、议论的需要。这与小说创造典型形象和诗歌创造抒情主人公的形象是不同的。而至于主观情感的表达方式，杂感文也有不同于其他文学样式的特点。固然杂感文中也常有寓情感于客观形象的描述之中的时候，但作为其主要的方式，在更多的场合下，却是以议论表达出情感判断。而且严格地说来，情感多是化为一种理性的思考，即不是像直抒胸臆的诗歌那样，以情感形态直接呈现出来，而是以将情感化为"理趣"的形态呈现出来的。朱自清就曾这样评价过鲁迅的杂感："鲁迅先生的《随感录》先是出现在《新青年》上后来收进《热风》里的，还有一些'杂感'，在笔者也是'百读不厌'的。这里吸引我的，一方面固然也是幽

1　钱谷融：《鲁迅杂文的特色》，《六十年来鲁迅研究论文选》（下），第352、361页。

默，一方面却是有分别的，就是那传统的称为‘理趣’，现在我们可以说是‘理智的结晶’的。”[1]对于杂感文的理性化、直语性、逻辑性等特点，鲁迅自己也曾有过诸多的论述。他曾说过，“自己并非创作者”，“凡有所说所写，只是就平日见闻的事里面，取一点心以为然的道理”。[2]这里所谓“并非创作者”，无非是将写杂感文与创作其他形式感较强、更具文学性的文学样式区别开来，并突出了杂感文的“理趣”的特征——“取一点心以为然的道理”。鲁迅曾说起过自己杂感文的特点，“是在论时事不留面子，砭锢弊常取类型”。而“写类型者，于坏处，恰如病理学上的图，假如是疮疽，则这图便是一切某疮某疽的标本，或和某甲的疮有些相像，或和某乙的疽有点相同”。[3]鲁迅甚至还曾说过，自己的杂文有时确很像一种小小的显微镜的工作，也照秽水，也看脓汁，有时研究淋菌，有时解剖苍蝇”。[4]鲁迅所谓的“论时事不留面子”，体现在文体特征上，实际上就是直语、直说，即不在语言上蒙上面纱，用具有相当界定性、清晰度的语言直接揭示出问题的实质。所谓像“显微镜的工作”，“照”“看”“研究”“解剖”等等，则更标明了杂感文的“科学化”倾向，即要求以科学性、理性化思维为其指导。这落实到语言上，也就是要求具有严密的逻辑性。

---

1 朱自清：《鲁迅先生的杂感》，《知识与生活》，1948年5月6日，第26期。

2 鲁迅：《坟·我们现在怎样做父亲》，《鲁迅全集》（第一卷），第130页。

3 鲁迅：《伪自由书·前记》，《鲁迅全集》（第五卷），第4页。

4 鲁迅：《集外集拾遗补编·做“杂文”也不易》，《鲁迅全集》（第八卷），第376页。

而所谓“常取类型”者，与其说是像小说那样通过典型化过程来塑造形象，不如说是更像科学的图示，只是这种图示所选的“标本”较具类型化特征而已，这体现在语言上，便要求概括性、明示性，而非具象化、感性化。在有些研究文章中，为了证明鲁迅杂文的艺术价值，拼命找寻其形象塑造的特点，并引鲁迅的“我的杂文，所写的常常是一鼻，一嘴，一毛，但合起来，已几乎是或一形象的全体，不加什么原也过得去了”[1]这段话，作为证据。但这里所说明的问题恰恰相反，鲁迅这里所谓的“形象的全体”不是在一篇作品中由作者通过取一鼻、一嘴、一毛等通过杂糅、综合再以一完整的创造性形象再现出来的，而是每个单篇中仅是形象的一个侧面，整体形象必须由读者在读过数篇杂文后组合起来。这一过程正类似于在看了主视图、左视图、俯视图等各个侧面后合成一个立体的物件形象。这种图示式的方法与鲁迅创作小说时采取的“杂取种种人，合成一个”，[2]“嘴在浙江，脸在北京，衣服在山西”，“拼凑起”“脚色”[3]的方法显然完全不是一码事。总之，由于杂感文是以其“议论”为主要特征，注重的是“理趣”，是思维的理性化、陈述的直接性和行文的逻辑性等等，这些文体特征要求用于杂感文的语言，也必须相应地具有直语性、精确性、明示性、界定性，

1　鲁迅：《准风月谈·后记》，《鲁迅全集》（第五卷），第382—383页。
2　鲁迅：《且介亭杂文末编·〈出关〉的“关”》，《鲁迅全集》（第六卷），第519页。
3　鲁迅：《南腔北调集·我怎么做起小说来》，《鲁迅全集》（第四卷），第513页。

尤其是与小说、诗歌相比，这种直语性、精确性、明示性、界定性要求是更为突出的。

从杂感文对于语言的特殊要求来看，杂感文这种文学样式、文体形式与“五四”初期的那场语言革命的目标有着诸多一致性，或者最起码可以说，杂感文的语言要求之于“五四”白话语言发展的要求不像诗歌的语言要求之于白话那样具有较明显的冲突。如果说，五四时期过分强调的语言的明确性、精确化多少给新诗发展带来了“倒楣运”；那么，对于杂感文来说，则相对幸运一些。语言的明确性、精确化可以说是在某种程度上玉成了以议论、说理为其语言特征的杂感文，它增加了议论的直接性、说理的逻辑性和陈述的明示性。或许正是以此为重要原因之一，杂感文在“五四”以后便特别地发达起来。茅盾曾指出，“每一时代产生了它的特性的文学”，“杂文和速写都是变动得很快的社会中文化斗争的利器。刻刻在变化的现实要求着斗争意识强烈的作家们采取最快的手法和最直接的方式来加以反映和批判”。[1] 茅盾这里指出的“每一时代产生了它的特性的文学”，实际上是在说每一时代都有其特别发达的某种文学样式和文体形式，这无疑是精辟之论，中国文学史上的唐之诗、宋之词、元之曲、明清之小说等等，就是最有力的证据。茅盾这里分析其原因时突出了时代的变动，这

1 茅盾：《关于“报告文学”》，《时代报告》，1980 年第 1 期。

也是颇有见地的。但对“时代的变动”的解释绝不能仅仅局限于时事的变迁和制约，而应同时考虑到对文体起着直接制约作用的语言的变迁。在某种意义上可以说，文体的变迁史也蕴含着语言的变迁史，不同文体的盛衰常常是由不断变化的语言所造成的，而语言的变化是社会和文化的各种倾向产生的压力所造成的，因此，“时代的变动”对于文体发展的影响，理应包含语言变化所给予文体发展的诸多制约。杂感文这种文学样式、文体形式的发达，正可视为“五四”初期这场语言革命的结果。

鲁迅对杂感文这一文学样式、文体形式的选择，正包含了上述的清醒认识。杂感文形式成了他在洞悉“时代的变动”——时事的变化和语言的变迁——的基础上，努力追寻时代与文学双重价值实现的一条通道。这是找寻语言革命之后，作为语言艺术的文学的出路的有益而且卓有成效的尝试：杂感文这一文体形式既有助于巩固“五四”初期语言革命的成果，又在最大限度上避免了因强调语言的明确性而给文学带来的不利影响。这里正体现了鲁迅文学观的基本思想：为了顺应时代的要求，为了促进文化的历史性发展，即使危及文学自身艺术价值的实现也在所不惜；但同时，又尽可能让注定要为时代作牺牲的文学在最大限度上发挥自己的功能，发挥文学作为用于革命的工具的独特作用。因此，杂感文形式的选择，应看作是鲁迅追求时代性与文学性相统一的必然结果，是鲁迅作为文学家与作为战士相一致的必然产物。没有一种明确的“文体意识”，便很难想象鲁迅何以逐步放弃了新诗与小说的创作，何以倾注如此巨大的精力和热情鼓吹杂感文这一文体形式，何以能在创作实践中将这一文体形式发展到如此炉火纯青的地步！正是在这个意义上，我们不仅理应承认，是鲁迅独创了杂感文这一文体形式，即如瞿秋白所谓的，“杂感这种文体，将要因为鲁迅而变成文艺性的论文（‘阜利通’——feuilleton）的代名词”；[1]而且，我们也理应会更清楚地了解鲁迅创造的杂感文形式在中国现代文学史上的意义，从而更充分地估价它的文学史价值。

三

别林斯基曾经说过：“文体——这是才能本身，思想本身。文体是思想的浮雕性，可感触性；在文体里表现着整个的人；文体和个性、性格一样，永远是独创的。因此，任何伟大的作家都有自己的文体。”[2]这里所谓的“文体”有两层含义，一是指作家特别擅长的某种文体形式，二是指体现在作家创作的文学作品中

1　何凝（瞿秋白）:《鲁迅杂感选集·序言》,《鲁迅杂感选集》，第 2 页。
2　别林斯基:《一八四三年的俄国文学》,《别林斯基选集》(第二卷)，时代出版社，1952 年版，第 118 页。

的语言风格。但不管在哪一层含义上的“文体”，都无疑体现着作家的“个性、性格”乃至“整个的人”。以此来看鲁迅之于杂感文，正可以帮助我们从更广泛的方面来理解鲁迅与杂感文的关系。鲁迅在《华盖集·题记》中这样说：“现在是一年的尽头的深夜，深得这夜将尽了，我的生命，至少是一部分的生命，已经耗费在写这些无聊的东西中，而我所获得的，乃是我自己的灵魂的荒凉和粗糙。但是我并不惧惮这些，也不想遮盖这些，而且实在有些爱他们了，因为这是我转辗而生活于风沙中的瘢痕。凡有自己也觉得在风沙中转辗而生活着的，会知道这意思。”[1] 从这段话可以看出，鲁迅在杂感文中是怎样倾注了自己的生命和灵魂，因此，在杂感文这种文体里，也正表现着鲁迅整个的人。而对杂感文的“实在有些爱他们”的溢于言表，与鲁迅对诗歌的态度——“不喜欢做新诗”“也不喜欢做旧诗”相比，其文体的偏爱，不也正昭示了作者的“个性和性格”吗？鲁迅其实自己也曾经说过，“我是散文式的人”，这里也是相对诗歌而言的，从这种“散文式”的偏好出发，他表示，“任何中国诗人的诗，都不喜欢”。[2] 这里再清楚不过地说明了他在不同文体形式偏好方面的个性特点。因此，鲁迅对于杂感文体的选择乃至独创，除了可以从“时代的变动”——时事的变化和语言的变迁——中找寻原因外，鲁迅的“个

1 鲁迅：《华盖集·题记》，《鲁迅全集》（第三卷），第4—5页。
2 鲁迅：《书信·350117 致山本初枝》，《鲁迅全集》（第十三卷），第612页。

性和性格”也是不可忽视的重要方面。

鲁迅曾说他自己的杂文“不过是，将我所遇到的，所想到的，所要说的，一任它怎样浅薄，怎样偏激，有时便都用笔写了下来。说得自夸一点，就如悲喜时节的歌哭一般，那时无非借此来释愤抒情”。[1]这是再清楚不过地说明了鲁迅的个性和性格乃至整个的人格在杂感文中是怎样地得到了充分的张扬。曹聚仁曾在《鲁迅的性格》一文中说:“鲁迅先生则有点近于伊尹式的‘圣之任’。”所谓“圣之任”，也就是孟子所谓的“以道觉斯民，自任以天下之重”；曹聚仁还指出鲁迅与胡适性格的最大分野是在于:“胡适先生爱以他的学问地位‘待价而沽’，鲁迅先生则爱受穷困的磨折，并不曾改变他的节操过。”[2]鲁迅的这种性格特点在对待杂感文的态度上也有较充分的体现。鲁迅曾说他的杂感文“不敢说是诗史,其中有着时代的眉目”,而他写作“杂感文”也只不过是“在深夜的街头摆着一个地摊，所有的无非几个小钉，几个瓦碟，但也希望，并且相信有些人会从中寻出合于他的用处的东西”。[3]所谓“时代的眉目”体现的正是“自任以天下之重”的特点，而让人“从中寻出合于他的用处的东西”则颇有“以道觉斯民”的目的在。鲁迅写杂感文，从来不为名利，他所谓的“别的奢望，并

1　鲁迅:《华盖集续编·小引》,《鲁迅全集》(第三卷)，第183页。
2　曹聚仁:《鲁迅的性格》,《六十年来鲁迅研究论文选》(上)，第215页。
3　鲁迅:《且介亭杂文·序言》,《鲁迅全集》(第六卷)，第4页。

没有什么；至多，但愿这本书能够暂时躺在书摊上的书堆里，正如博厚的大地，不至于容不下一点小土块”，[1]这正显示出他区别于胡适“待价而沽”的甘守“穷困的磨折”的节操。

鲁迅一生率性任真，这是他个性和性格中的突出方面。而这种率性任真的个性和性格，唯有在杂感文这种文体形式中，才能够不受拘束地加以表现，这就是鲁迅所说的可以“借此来释愤抒情”。鲁迅向来主张在创作过程中，能写什么，就写什么，想怎么写，就怎么写，即如鲁迅所谓的“乐则大笑，悲则大叫，愤则大骂”，[2]而不愿受制于某种外在形式，使自己的观点不能充分地表达。正是出于这种考虑，鲁迅才努力追寻一种能够便于自己自由表达思想的文体形式。选择、采用乃至创造杂感文这种可以“任意而谈，无所顾忌”的文体形式，正是鲁迅这种自觉追寻的结果。只要稍微读一点鲁迅的杂感文，就能充分感觉到鲁迅的个性、性格是怎样地洋溢在字里行间，仅从鲁迅杂感文中随处可见的“我看”“我想”“我觉得”“我希望”“我以为”等句式中亦可略见其主体性、个性充分张扬的状况。相反，鲁迅则很不愿意让外在的限制束缚自己的个性，也正因为如此，鲁迅曾针对一些限制太多的稿约，表示了自己的难以应命。他曾在给一位约稿人的信中说：“所说的稿子（据受信人回忆，约请鲁迅所写的稿，是要求其虽

1　鲁迅：《坟·题记》，《鲁迅全集》（第一卷），第4页。
2　鲁迅：《华盖集·题记》，《鲁迅全集》（第三卷），第4页。

有进步内容但须少些政治锋芒——引者注），我看是做不起来的，这些条件，就等于不许跑，却要走得快。现在上海出版界所要求的，也是这一种文章。”[1]鲁迅追求的是一种“释愤抒情”的文体，而隐去锋芒，则与其追求的文体大相反背，也与他一贯的率性任真的个性和性格不合，因此鲁迅拒绝写这样的东西。虽然，由于形势所迫，鲁迅在写作中也不免“含胡”其辞，但对这种“含胡”，从鲁迅的个性和性格而言，他是并不满意的，他将之称为“带着枷锁的跳舞”“只足发笑”。[2]而有时外界限制太多时，鲁迅则宁可暂停写作，这就是他所慨叹的“文网日益，虽有所感，也不能和读者相见”。[3]但即使在这种情况下，他也绝不自灭锋芒去屈就。相反，鲁迅在更多的情况下，是顺应自己的个性，顶住外界压力，以保证杂感文体的锋芒。例如，他就曾这样说起过自己编杂感集的动机：“为赌气计，要于日内编印杂感，以破重压，此事不了，心气不平。”[4]他甚至明确地表示过：“你要那样，我偏要这样是有的；偏不遵命，偏不磕头是有的；偏要在庄严高尚的假面上拨它一拨也是有的，此外却毫无什么大举。名副其实，‘杂感’而已。”[5]这里体现出的是一种“斗士”的品格，而斗士品格正是率性任真的个性和性格的某些方面发展到一种极致的表现。从这里也可以

1　鲁迅：《书信·350118 致王志之》，《鲁迅全集》（第十三卷），第 21 页。
2　鲁迅：《且介亭杂文二集·后记》，《鲁迅全集》（第六卷），第 464 页。
3　鲁迅：《书信·360219 致夏传经》，《鲁迅全集》（第十三卷），第 314—315 页。
4　鲁迅：《书信·340224 致郑振铎》，《鲁迅全集》（第十二卷），第 343 页。
5　鲁迅：《华盖集续编·小引》，《鲁迅全集》（第三卷），第 183 页。

看出，鲁迅所追求的杂感文的文体特点，与他的个性和性格特点的密切关系。鲁迅作为一名与黑暗势力顽强战斗的坚强的战士，他有着“直抒己见的诚心和勇气”，[1]但如果不采用相应的文体形式，则很可能让文体销蚀掉自己的棱角，致使写出的东西像温吞水似的。鲁迅之喜爱杂感文，正因这种文体犀利、有棱角，用他自己的话说是杂感文能使“‘为艺术而艺术’的作品，在相形之下，立刻显出不死不活相”。[2]这种文体确实是便于鲁迅施展他自己的个性和性格的。鲁迅曾多次这样谈起自己的性格与所写的杂文的关系：“我的杂感常不免于骂”，“但‘江山好改，本性难移’，也许后来还要开开口”。[3]“我有时泛论一般现状，而无意中触着了别人的伤疤，实在是非常抱歉的事。但这也是没法补救，除非我真去读书养气，一共廿年，被人们骗得老死牖下；或者自己甘心倒掉；或者遭了阴谋。”[4]“我之所以投稿，一是为了朋友的交情，一则在给寂寞者以呐喊，也还是由于自己的老脾气。”[5]这时所谓的“骂”“泛论”“触着了别人的伤疤”“呐喊”等等，正是杂感文这种文体形式所提供的方便，也正是在这种文体提供的方便中，作者的“本性”、“老脾气”以及全无“读书养气”之温雅的习性才得以施展。

1　鲁迅：《三闲集·叶永蓁作〈小小十年〉小引》，《鲁迅全集》（第四卷），第147页。
2　鲁迅：《且介亭杂文二集·徐懋庸作〈打杂集〉序》，《鲁迅全集》（第六卷），第293页。
3　鲁迅：《而已集·“意表之外”》，《鲁迅全集》（第三卷），第496页。
4　鲁迅：《华盖集续编·不是信》，《鲁迅全集》（第三卷），第224页。
5　鲁迅：《伪自由书·前记》，《鲁迅全集》（第五卷），第4页。

鲁迅执着于创造和采用杂感这种文体形式，在许多人那里是颇不被理解的，当时就有许多人劝鲁迅不作或少作杂感。这种劝阻有来自朋友的不理解，也有来自论敌的不怀好意，但这些劝人不写或少写杂感文的理由却是大致相同的："说这是作者的堕落的表现，因为既非诗歌小说，又非戏剧，所以不入文艺之林。"[1]然而，在鲁迅看来，这些劝阻无论出于什么动机，他都是不屑一顾的，因为在鲁迅的个性和性格中，原来就有着顺其本真、蔑视一切名号的特点。鲁迅曾在《华盖集·题记》中这样说过："也有人劝我不要做这样的短评。那好意，我是很感激的，而且也并非不知道创作之可贵。然而要做这样的东西的时候，恐怕也还要做这样的东西，我以为如果艺术之宫里有这么多麻烦的禁令，倒不如不进去；还是站在沙漠上，看飞沙走石，乐则大笑，悲则大叫，愤则大骂，即使被沙砾打得遍身粗糙，头破血流，而时时抚摩自己的凝血，觉得若有花纹，也未必不及跟着中国的文士们去陪莎士比亚吃黄油面包之有趣。"[2]这里说得再清楚不过了，杂感文能充分张扬自己的个性，能表现真实的人生，因此，鲁迅宁可不进"艺术之宫"，"也还要做这样的东西"。对于来自朋友的这种不理解，鲁迅曾多次借用各种机会来表明过自己的态度："我们试查一通美国的'文学概论'，或中国什么大学的讲义，的确，总不能发见

1　鲁迅:《且介亭杂文二集·徐懋庸作〈打杂集〉序》,《鲁迅全集》(第六卷)，第290页。
2　鲁迅:《华盖集·题记》,《鲁迅全集》(第三卷)，第4页。

一种叫作 Tsa-wen 的东西。这真要使有志于成为伟大的文学家的青年，见杂文而心灰意懒：原来这并不是爬进高尚的文学楼台去的梯子。……但我知道中国这几年的杂文作者，他的作文，却没有一个想到‘文学概论’的规定，或者希图文学史上的位置的，他以为非这样写不可，他就这样写，因为他只知道这样的写起来，于大家有益。”[1]这里的“杂文作者”，当然包括鲁迅本人在内。因此这段话更可看作夫子自道。非常明确，鲁迅写杂文，正与他不图虚名，蔑视名号，只想脚踏实地做“于大家有益”的事的性格是完全一致的。正因为如此，鲁迅才明确宣称：“‘杂感’之于我，有些人固然看作‘死症’，我自己确也因此很吃过一点苦，但编集是还想编集的。”[2]当然，对于来自论敌的不怀好意的所谓“劝阻”，鲁迅则首先是揭开这“劝阻”的实质性含义。他曾说过：“就我自己说起来，是早就有人劝我不要发议论，不要做杂感，你还是创作去吧！因为做了创作在世界上有名字，做杂感是没有名字的。其实就是我不做杂感，世界史上，还是没有名字的，这得声明一句，是：这些劝我做创作，不要写杂感的人们之中，有几个是别有用意，是被我骂过的，所以要我不再做杂感。但是我不听他。”[3]“不听他”，表明了鲁迅面对不怀好意的“劝阻”而采取的“我

1 鲁迅：《且介亭杂文二集·徐懋庸作〈打杂集〉序》，《鲁迅全集》（第六卷），第 291 页。
2 鲁迅：《三闲集·序言》，《鲁迅全集》（第四卷），第 3 页。
3 鲁迅：《集外集拾遗补编·关于知识阶级》，《鲁迅全集》（第八卷），第 192—193 页。

行我素”的态度。不仅如此，鲁迅还分明从论敌的“劝阻”中反而更清楚地看到了杂感的真正价值：“这两位，一位比我为老丑的女人，一位愿我有‘伟大的著作’，说法不同，目的却一致的，就是讨厌我‘对于这样又有感想，对于那样又有感想’，于是而时时有‘杂文’。这的确令人讨厌的，但因此也更见其要紧，因为‘中国的大众的灵魂’现在是反映在我的杂文里了。”[1]这种从反面得来的认识，更坚定了鲁迅创作杂感文的信念。所以鲁迅一再表示，他写杂感文，就是要“使偏爱我的文字的主顾得到一点喜欢；憎恶我的文字的东西得到一点呕吐，——我自己知道，我并不大度，那些东西因我的文字而呕吐，我也高兴”。[2]

从上述分析中可以看出，鲁迅选择、采用杂感文这种文体形式，的确也有他个性和性格方面的原因。当然，我们不能将这种个性和性格方面的原因过于夸大，但如果完全对这方面的原因视而不见，则也难以全面分析和把握鲁迅与杂感文文体的关系。正是因为鲁迅在杂感文这种文体中倾注了自己的心血、自己的生命，杂感文也分明映照着鲁迅的个性和性格，因此，在中国现代文学史上，杂感文这种文体形式总是与鲁迅的名字难以分离开来。如果我们再进一步从鲁迅式杂感文的文体风格来加以考察，便能够更清楚地了解杂感文体与鲁迅个性和性格的密切关系。

1　鲁迅：《准风月谈·后记》，《鲁迅全集》（第五卷），第403页。
2　鲁迅：《坟·写在〈坟〉后面》，《鲁迅全集》（第一卷），第283页。

鲁迅曾经指出,“篇幅短并不是小品文的特征。……讲小道理,或没道理，而又不是长篇的，才可谓之小品。至于有骨力的文章，恐不如谓之‘短文’”,“短当然不及长，寥寥几句，也说不尽森罗万象，然而它并不‘小’”。[1]鲁迅这里的“短文”，显然是指杂感文,因为鲁迅曾在多处将自己的杂感文称为“短文”“短评”“短论”等，鲁迅在这里努力将“小品”与杂感文区别开来，是因为鲁迅要突出杂感文的“有骨力”的特点。“有骨力”当是杂感文与后来发展到以追求“闲适”“雍容”“缜密”为特征的“小品文”分野的标记。正如鲁迅所指出的“在五四运动的时候”,“带一点幽默和雍容”的“随笔”,“漂亮和缜密”的美文与“挣扎和战斗”的杂感文都归属于“散文小品”，但后来的“趋势”是“萌芽于‘文学革命’以至‘思想革命’的”“挣扎和战斗”的杂感文与“特别提倡那和旧文章相合之点，雍容，漂亮，缜密”的小品文分离了。鲁迅认为,后来的小品文的某种提倡,“是要它成为‘小摆设’，供雅人的摩挲，并且想青年摩挲了这‘小摆设’，由粗暴而变为风雅了”,因此“‘小摆设’当然不会有大发展”。[2]而杂感文应该“有骨力”,必须“和现在贴切,而且生动,讽刺,有益”。[3]鲁迅曾指出，人的审美偏好，有时因人的个性而异:“世上爱牡丹的或者是最

1 鲁迅:《且介亭杂文二集·杂谈小品文》,《鲁迅全集》(第六卷)，第417页。
2 鲁迅:《南腔北调集·小品文的危机》,《鲁迅全集》(第四卷)，第576页。
3 鲁迅:《且介亭杂文二集·徐懋庸作〈打杂集〉序》,《鲁迅全集》(第六卷)，第292页。

多，但也有喜欢曼陀罗花或无名小草的，朋其还特将霸王鞭种在茶壶里当盆景哩。”[1]这种“有骨力”的杂感文特点，正与鲁迅“韧性战斗”的精神人格具有一致之处，鲁迅之所以对后来那些以追求闲适、雍容、缜密的小品文多有微词，而对从事杂感文创作的作家却给予热烈支持，并对其作品给予较高评价，其中自然包含了鲁迅自己的个性追求在内。鲁迅明确讲过：“文章的看法，也是因人不同的，我因为自己好作短文，好用反语，每遇辩论，辄不管三七二十一，就迎头一击，所以每见和我的办法不同者便以为缺点。”[2]这里一方面道出了自己杂感文的文体特点是：好作短文、好用反语、喜迎头一击等，另一方面也表明自己易将与此办法不同者视为缺点的文体偏爱。好作短文、好用反语、喜迎头一击等，这其实都是鲁迅率性任真、斗士品格、韧性战斗等个性、性格和精神人格的体现。

鲁迅曾与许广平有过一段关于文体风格的“男士式”和“女士式”的讨论，这是很耐人寻味的。先是鲁迅在给许广平的信中说：“你投稿虽不写什么‘女士’，我写信也改称为‘兄’，但看那文章，总带些女性。我虽然没有细研究过，但大略看来，似乎‘女士’的说话的句子排列法，就与‘男士’不同，所以写在纸上，

1 鲁迅：《华盖集续编 · 厦门通信》，《鲁迅全集》（第三卷），第370页。
2 鲁迅：《两地书 · 一二》，《鲁迅全集》（第十一卷），第47页。

一见可辨。”[1]接着，是许广平在信中请教鲁迅：“言语是表示内心的符号，一个人写出，说出来的，总带着这人的个性，但因环境的熏染，耳目所接触，于是‘说话的句子排列法’，就自然‘女士’与‘男士’有多少不同。我以为词句末节，倒似乎并无多大关系，只很愿意放大眼光，开拓心胸，免掉‘女士式’的说话法，还乞吾师教之。又‘女士式’的文章的异点，是在好用唉，呀，哟……的字眼，还是太带诗词的句法而无清晰的主脑命意呢？希先生揭示出来，以便改善。”[2]鲁迅回信答道：“我所谓的‘女性’的文章，倒不专在‘唉，呀，哟……’之多，就是在抒情文，则多用好看字样，多讲风景，多怀家庭，见秋花而心伤，对明月而泪下之类。一到辩论之文，尤易看出特别。即历举对手之语，从头至尾，逐一驳去，虽然犀利，而不沉重，且罕有正对‘论敌’之要害，仅以一击给与致命的重伤者。总之是只有小毒而无剧毒，好作长文而不善短文。”[3]这段讨论，充分显示了鲁迅的非常明确的文体意识，而且表明了鲁迅自己文体追求的主要特征。如果再结合他的其他有关论述来看，这种文体追求的特点是更明显的。他说自己的杂感文是“用了精炼，或者简直有些夸张的笔墨”；[4]并说：“殊不知我这些文章虽然短，是绞了许多脑汁，把它锻炼成极精锐的

1 鲁迅：《两地书·八》，《鲁迅全集》（第十一卷），第32页。
2 鲁迅：《两地书·九》，《鲁迅全集》（第十一卷），第37页。
3 鲁迅：《两地书·十》，《鲁迅全集》（第十一卷），第40页。
4 鲁迅：《且介亭杂文二集·什么是“讽刺”？》，《鲁迅全集》（第六卷），第328页。

一击。”[1]鲁迅宣称：“我自己也知道，在中国，我的笔要算较为尖刻的，说话有时也不留情面。……尤其是用于使麒麟皮下露出马脚。”[2]这些论述，都无不表明，鲁迅追求和心以为然的文体风格，正是精练、尖锐、深刻等“男士”风格。这种“男士”的文体风格，不独对了解鲁迅的个性、性格、精神人格有意义，而且这种追求从美学的角度，从中国现代文学发展史的角度来看，其意义都是不可低估的。而我们以往的研究对鲁迅这种自觉的文体意识指导下的文体风格的追求，无论是对其文体风格特征的揭示，还是对其文体风格的美学价值和文学史意义的研究，都是很不够的。恩格斯在评价德国诗人阿伦特时，就是首先指出了阿伦特对“男性的严峻”的文体风格的追求，认为“从美学方面来说……是有意思的现象之一”，恩格斯说：“在我们的文学中，我们有很久没有听到这样强烈的、意义深长的语言了，这种语言对于我们青年一代的许多代表人物是一定有着长久的影响的。严峻总比软弱无力好些！要知道有些作者，他们认为现代文体的实质是在于把语言的一切锋芒、它的一切筋络，都给罩上一层漂亮的、柔和的形式，甚至不顾有陷入‘女人气’的危险。不，阿伦特文体的那种男性的严峻也比某些‘现代’文体家的模棱两可的情况要好得多了！”[3]

---

1 转引自许广平：《鲁迅先生的写作生活》，《欣慰的纪念》，第 78 页。

2 鲁迅：《华盖集续编·我还不能“带住”》，《鲁迅全集》（第三卷），第 244 页。

3 ［德］恩格斯：《艾恩斯特·莫里茨·阿伦特》，《马克思恩格斯论艺术》（四），人民文学出版社，1966 年版，第 312 页。

恩格斯的这段话，其实也可以用来评价鲁迅。鲁迅对杂感文这一文体形式的选择，鲁迅对“男性化”文体风格的追求，“从美学方面来说”，也正是中国现代文学史上“最有意思的现象之一”；他杂感文的精练、尖锐、深刻等所体现出的“男性的严峻”的语言特征，在当时的确要比那些雍容、缜密、闲适的文章更能振聋发聩；鲁迅也正是以其“强烈的，意义深长的语言”产生了“长久的影响”，开创了被称为“鲁迅风”的一代文风。以此来看鲁迅的文体意识和对文体风格的追求以及对文体形式的选择，将会在鲁迅文艺观的研究方面有新的收获。而且，这也的确是全面评价鲁迅文学活动的美学价值和文学史价值的不可或缺的方面。

四

通过以上分析，我们可以更清楚地看到，正是出于自觉的“功能意识”、“文体意识”和“个性意识”，鲁迅才在提倡杂感文方面倾注了巨大的热情，才在创作杂感文方面投入了巨大的精力，才对那些贬低杂感文意义和价值的言论表现出了强烈的憎恶。当然，进一步展示鲁迅在提倡、创作杂感文以及在驳斥一些贬低杂感文言论等方面的有关论述，也将会加深我们对鲁迅“功能意识”、“文体意识”和“个性意识”的更加具体的感受和理解。

鲁迅对杂感文的提倡和张扬的热烈程度，是其他任何一种文学样式和文体形式都难以比拟的。鲁迅曾利用一切机会，旗帜鲜明地反复宣称自己对杂感文的喜爱。例如他曾在给一位青年作家的杂感文集子写序时说:“我是喜读杂文的一个人，而且知道爱读杂文的还不只我一个，因为它‘言之有物’。我还更乐观于杂文的开展，日见其斑斓。第一是使中国的著作界热闹，活泼；第二是使不是东西之流缩头；第三是使所谓‘为艺术而艺术’的作品，在相形之下，立刻显出不死不活相。我所以极高兴为这本集子作序，并且借此发表意见。”[1]这里既有鲁迅对杂感文的偏爱，又有他对杂感文作家的扶植，而且还有着对杂感文远大前途的信心。这种态度，与他对新诗这一文体形式的“交倒楣运”的看法形成鲜明的对照。早在20年代中期，鲁迅就预料包括随笔在内的杂感文将会成为很受欢迎的文体形式之一，因此他劝一位朋友将对宗教的研究改为作文学，并且提议在文学样式中可选择随笔:“中国此刻还不能看戏曲，他们莫名其妙。以现状而论，还是小说。还有，大约渐要有一种新的要求，是关于文艺或思想的Essye（随笔——引者注）。……我想先生最好弄这些。”[2]出于这种对杂感文前途的自信，鲁迅早就扶植杂感文这种文体形式，并想着手培养起一支创作的队伍。鲁迅就曾说过，他编《莽原》，“所

1　鲁迅:《且介亭杂文二集·徐懋庸作〈打杂集〉序》,《鲁迅全集》(第六卷)，第293页。
2　鲁迅:《书信·271120致江绍原》,《鲁迅全集》(第十一卷)，第597页。

多登的是议论，而寄来的偏多小说，诗……所以倘有近于议论的文章，即易登出”，[1] 并表示“我现在还要找寻生力军，加多破坏论者”。[2] 正如徐懋庸所说的那样:“为‘讽刺’，为‘攻击’，为‘破坏’，总而言之，为了‘扫荡秽丑’。鲁迅创作了他的杂文，并且促进了中国的杂文创作。他知道自己的一把扫帚不够，所以他用了种种方法，教会多数的青年们，大家都使用‘杂文’的扫帚。”[3] 越到后来，鲁迅对杂感文这种文体形式的提倡和张扬就越加努力。他除了给一些青年杂感文作者写序，给予支持和鼓励之外，还试图从多方面来阐述杂感文的地位和前途。例如，他就曾“以古例今”，举出“中国向来看作邪宗的”“小说和戏曲”，终于被“引为正宗”，“《红楼梦》《西厢记》之类在文学史上竟和《诗经》《离骚》并列”，以及“卑微”的“寓言和演说”终因“伊索和契开罗”而“坐在希腊罗马文学史上”等中外文学史的例证，来说明“杂文发起来……大约也未必没有扰乱文苑的危险”，从而得出了“杂文这东西，我却恐怕要侵入高尚的文学楼台去的”结论。[4] 在今天看来，鲁迅的这些阐述和预测，无疑是已被中国现代文学发展的历史所证明了的。

在大力提倡和张扬杂感文的同时，鲁迅对那些不怀好意地贬

1 鲁迅:《两地书 · 三四》，《鲁迅全集》（第十一卷），第 100 页。
2 鲁迅:《两地书 · 八》，《鲁迅全集》（第十一卷），第 31 页。
3 徐懋庸:《鲁迅的杂文》，《六十年来鲁迅研究论文选》（上），第 208 页。
4 鲁迅:《且介亭杂文二集 · 徐懋庸作〈打杂集〉序》，《鲁迅全集》（第六卷），第 291 页。

低杂感文的意义和价值的言论也进行了猛烈的抨击和尖锐的批评。这种抨击和批判在上一部分，我们就曾列举了一些，但远不是全部。其实，这方面的论述，在鲁迅那里是大量的。这更能证明鲁迅为维护杂感文的声誉，进行了怎样艰辛的斗争。例如，鲁迅曾给那些轻蔑杂感文的人以尖锐的嘲讽，他说："真的'各以所长，相轻所短'的能有多少呢！我们在近几年所遇见的，有的人'以其所短，轻人所短'。……有的简直是'以其所短，轻人所长'了。例如轻蔑'杂文'的人，不但他们所用的也是'杂文'，而他的'杂文'，比起他所轻蔑的别的'杂文'来，还拙劣到不能相提并论。那些高谈阔论，不过是契诃夫所指出的登了不识羞的顶巅，傲视着一切，被轻者是无福和他们比较的，更从什么地方'相'起？现在谓之'相'，其实是给他们一扬，靠了这'相'，也是'文人'了。然而，'所长'呢？"[1]这里是以嘲讽的口吻，揭露了轻蔑"杂文"者的低劣。鲁迅还直接将那些"慨叹于杂文的泛滥"的言论斥为"一种胡说八道"，认为一些"疾首蹙额"于杂文者是"在恐怕中国有一点生气"，并将这种慨叹比作"虎伥"。[2]在更多的场合，鲁迅是以正面扬杂感文之长来回击攻击杂感文者的言论的。例如针对陈西滢攻击鲁迅的杂感"除《热风》中二三篇外，实在没有一读之价值"的言论，鲁迅以"然则'实在没有一读之价值'

1　鲁迅：《且介亭杂文二集 · 再论"文人相轻"》，《鲁迅全集》（第六卷），第335页。
2　鲁迅：《且介亭杂文二集 · 徐懋庸作〈打杂集〉序》，《鲁迅全集》（第六卷），第292页。

的杂感，也许还要存在”的坚信给予了有力的回击。[1]针对邵洵美等人加给杂感文的种种“罪状”，鲁迅指出：“近几年来，所谓‘杂文’的产生，比先前多，也比先前更受着攻击。例如自称‘诗人’的邵洵美，前‘第三种人’施蛰存和杜衡即苏汶，还不到一知半解程度的大学生林希隽之流，就都和杂文有切骨之仇，给了种种罪状的。然而没有效，作者多起来，读者也多起来了。”[2]这里所谓“还要存在”“作者多起来”“读者也多起来”等语，固然是用来回击反对杂感文者的言论的，但这些话又不是随便说说的，我们结合鲁迅的其他有关论述，便会感到它们的分量。鲁迅曾指出：“我以为凡对于时弊的攻击，文字须与时弊同时灭亡，因为这正如白血轮之酿成疮疖一般，倘非自身也被排除，则当他的生命的存留中，也即证明着病菌尚在。”[3]因而鲁迅曾“诚恳地希望他（指杂感文——引者注）不至于适用到十年二十年之后。倘这样，中国可就要完了”。[4]并表示：“我所怕的，倒是我的杂文还好像说着现在或甚而至于明年。”[5]但现实却是无情的，事实却偏偏在证明着：“去年说的，今年还适用，恐怕明年也还适用。”[6]这些，就是鲁迅所谓的“还要存在”的沉重的分量。鲁迅以“还要存在”一

1 鲁迅：《华盖集续编·无花的蔷薇之三》，《鲁迅全集》（第三卷），第296页。
2 鲁迅：《且介亭杂文·序言》，《鲁迅全集》（第六卷），第3页。
3 鲁迅：《热风·题记》，《鲁迅全集》（第一卷），第292页。
4 鲁迅：《而已集·“公理”之所在》，《鲁迅全集》（第三卷），第492页。
5 鲁迅：《准风月谈·后记》，《鲁迅全集》（第五卷），第382页。
6 鲁迅：《而已集·“公理”之所在》，《鲁迅全集》（第三卷），第492页。

句，实际上是指出了攻击杂感文者的不看杂感文产生的时代环境，并进而揭露了在时弊尚存的时候就想反对杂感文者，实际上是站在了维护时弊的立场上。至于“作者多起来”“读者也多起来”，鲁迅也正是想从时代的欣赏要求的角度来批判反对杂感文者的对于时代要求的一无所知的行为。鲁迅曾在许多场合说到杂感文的作者和读者的“多起来”。在给一位青年作家的杂感集所写的序中鲁迅曾讲道，“作杂文的人比先前多几个，却是真的”；[1]在一封书信中，鲁迅也曾认为“读者的眼光，却究竟有进步”。[2]作者和读者的“多起来”，其直接的结果就是杂感集的销售量大大增加，这与鲁迅所谓的“至于诗稿，却实在无法售出”的情形正好相反。鲁迅曾在一封给友人的信中谈到自己杂感集的售出情况：“《南北集》翻本，……是照相石印的，所以略无错字，纸虽坏，定价却廉，当此书不易买之时，对于读者也是一种功德，而且足见有些文字，是不能用强力遏止的。”[3]这里指的是《南腔北调集》出版后供不应求，以至于有人照相石印的事，这里可见出杂感文之受读者欢迎的程度。除《南腔北调集》外，其他杂感集也有类似情况。例如鲁迅就曾在给友人的信中反复谈起过《准风月谈》的销售与再版情况：“我的那一本，是几个书店小伙计私印的，现一千本已将

1　鲁迅：《且介亭杂文二集·徐懋庸作〈打杂集〉序》，《鲁迅全集》（第六卷），第292页。
2　鲁迅：《书信·360405致王冶秋》，《鲁迅全集》（第十三卷），第350页。
3　鲁迅：《书信·340619致曹靖华》，《鲁迅全集》（第十二卷），第460—461页。

卖完，不会折本。”[1]“新出的一本，在书店的已售完，来问者尚多，未知再版何时可出？”[2]“《准风月谈》已经卖完了，再版三四天内可以印好。”[3]如此等等，不一而足。这些情况正从一个侧面证明了鲁迅的论断：虽然那些所谓高超的艺术家“很少有肯低下他仰视莎士比亚，托尔斯泰的尊脸来，看看暗中，写它几句的作者”，但杂感文毕竟“在围剿中更加生长起来了”。[4]

鲁迅不仅在杂感文的提倡方面倾注了巨大的热情，在杂感文的创作上也可谓是付出了巨大精力。鲁迅曾说过：“从高超的学者看来，是渺小，污秽，甚而至于可恶的，但在劳作者自己，却也是一种‘严肃的工作’，和人生有关，并且也不十分容易做。”[5]这里，“严肃的工作”“和人生有关”，道出了鲁迅写作杂感文的动机和态度；“不容易做”，则道出了鲁迅创作杂感文的艰辛。鲁迅针对“杂感文用力极少”的说法，严肃地指出：“‘杂文’很短，……用力极少，是一点也不错的。不过也要有一点常识，用一点苦工，要不然，就是‘杂文’也不免要更进一步的‘粗制滥造’，只剩下笑柄。”[6]鲁迅的这些话可谓是他切身的体验。鲁迅曾说起自己写杂感文的甘苦：“殊不知我这些文章虽然短，是绞了许多脑汁，把它锻炼成

1　鲁迅：《书信·350126致曹靖华》，《鲁迅全集》（第十三卷），第32页。
2　鲁迅：《书信·350312致费慎祥》，《鲁迅全集》（第十三卷），第77页。
3　鲁迅：《书信·350319致萧军》，《鲁迅全集》（第十三卷），第86页。
4　鲁迅：《准风月谈·后记》，《鲁迅全集》（第五卷），第411页。
5　鲁迅：《集外集拾遗补编·做“杂文”也不易》，《鲁迅全集》（第八卷），第376页。
6　鲁迅：《花边文学·商贾的批评》，《鲁迅全集》（第五卷），第562页。

极精锐的一击，又看过了许多书，这些购买参考书的物力，和自己的精力加起来，是并不随便的。”[1]许广平也曾这样回忆鲁迅创作杂感文的情况：“至于创作，更是加倍当心，就算三五百字的短评，也不是摊开纸就动手。那张躺椅是他构思的好所在，那早饭前晚饭后的休息，就是他一语不发，在躺椅上先把所要写的大纲起腹稿的时候。每每文债愈多，腹稿愈忙，饭前饭后脑筋愈不得休息，更影响到他的胃纳不佳，食欲不振，这都是互相有关系的。就这样磨掉了他的生命。”[2]可见，鲁迅创作杂感文，不仅投入了巨大的精力，而且简直就是融入了自己的生命！正是有了鲁迅的大力提倡和致力创作，杂感文这一文体样式才成为一种引人注目的文学史的存在。关于这一点，即使是当时那些“讨伐”杂感文的人也无法否认。鲁迅曾在《准风月谈·后记》中附录了一篇登载于当时《中央日报》的题为《杂感》的讨伐文章，该文章中说：“近来有许多杂志上都提倡小文章。《申报月刊》、《东方杂志》以及《现代》上，都有杂感随笔这一栏。好像1933年真要变成一个小文章年头了。目下中国杂感家之多，远胜于昔，大概此亦鲁迅先生一人之功也。中国杂感家老牌，自然要推鲁迅。”[3]虽然该文章全文是在骂杂感文，但这段话倒也多少披露了当时杂感文的盛况和鲁迅之于杂感文的创导作用。

1　转引自许广平：《鲁迅先生的写作生活》，《欣慰的纪念》，第78页。
2　许广平：《鲁迅先生的写作生活》，《欣慰的纪念》，第77页。
3　转引自鲁迅：《准风月谈·后记》，《鲁迅全集》（第五卷），第400页。

总而言之，无论是从杂感文之于鲁迅，还是从鲁迅之于杂感文这两个方面来看，我们都无异会有重要的收获。杂感文之于鲁迅的意义无疑是重要的，因为“杂文是鲁迅用来斗争的主要武器；同时又是鲁迅的很深广的思想的主要记录”，[1]因此，透过鲁迅的杂感文，可以较全面地理解鲁迅的思想、精神、人格，甚至读杂感文还“能帮助你更明白”他的其他作品（如小说）的意义；[2]通过分析杂感文这种文体形式的特征，分析鲁迅杂感的文体风格，我们也可以从更为广阔的范围探讨鲁迅的文艺思想。同样，鲁迅之于杂感文的意义也不可忽略，因为是“鲁迅先生，以其战斗的需要，才独创了这在其本身是非常完整的，而且由鲁迅先生自己达到了那高峰的”杂感文形式；[3]“配合着时代的要求，‘杂文’于是乎成了大家都能用，尖利而又方便的武器了。这个创造是值得纪念的；虽然我们损失了一些诗，但是这是个更需要杂文的时代”。[4]不仅如此，通过分析鲁迅之所以会选择、采用乃至创造杂感文这一文体形式，鲁迅之所以会对提倡和创作杂感文倾注如此巨大的热情和精力，鲁迅之所以会在自己的杂感文中追求一种“男性”的风格，等等，我们还将能够从一个较深的侧面去把握作为鲁迅文艺观中重要方面的“功能意识”、“文体意识”和“个性意识”。

---

1 冯雪峰：《怎样读鲁迅的杂文》，《雪峰文集》（第四卷），第123页。
2 茅盾：《鲁迅论》，《茅盾论鲁迅》，山东人民出版社，1982年版，第26页。
3 冯雪峰：《过来的时代·鲁迅论》，《雪峰文集》（第四卷），第13页。
4 朱自清：《鲁迅先生的杂感》，《知识与生活》，1948年5月6日，第26期。

第五章 “创作抒写自己的心”

——鲁迅的文学创作观

鲁迅自己是一个作家，他的创作实践本身就在最大限度上昭示了他的文学观。不仅如此，鲁迅事实上对文学创作问题发表过许多见解，这些见解既有来自鲁迅自身创作实践的体会、总结，也有直接就文学创作的有关理论问题进行的探讨。这些论述所体现的文学创作思想，就是我们所谓的文学创作观。鲁迅论及创作问题或谈及自己的创作体会的言论是非常丰富的，从其表面看，似乎还多少显得零碎、分散，但在这些零散的论述背后，事实上又有着鲁迅一以贯之的文学创作思想。这里，我们就是试图从鲁迅的诸多论述中理出一条贯穿的线索，着重从鲁迅论述较多的有关文学创作的特性、过程、规律、方法乃至技巧等方面入手，努力找寻这些方面的内在联系，并由此来揭示鲁迅文学创作观的特点。

一

鲁迅对文学创作活动的独特性的认识，是鲁迅文学创作观的核心。鲁迅就曾指出:“教书和创作，是不能并立的……”[1]这里，鲁迅是想尽力将文学的创作活动与其他的同属于精神领域的工作区分开来。那么，文学创作的独特性在哪里呢？鲁迅还曾说过这样的话:“做文章呢，还是教书？因为这两件事，是势不两立的：作文要热情，教书要冷静。兼做两样的，倘不认真，便两面都油滑浅薄，倘都认真，则一时沸腾，一时心平气和，精神便不胜困惫，结果也还是两面不讨好。看外国，兼做教授的文学家，是从来很少有的。”[2]这里，鲁迅已经点出了文学创作活动的独特性是在于它的情感性，在于它必须具备的特有的热情。在《而已集·读书杂谈》一文中，鲁迅还曾更为明确地指出:“研究要用理智，要冷静的，而创作须情感，至少总得发点热。”[3]这里更是明确地将文学创作的独特性归结为情感性。可以说，在鲁迅看来，文学创作活动主要体现为一种情感活动，因此，情感活动的规律在文学创作活动中起着某种主导的或决定性的作用。这是因为，创作活动是人这个主体的精神活动，作家在创作中并不是对生活现象作直

1　鲁迅:《两地书·八六》，《鲁迅全集》（第十一卷），第228页。
2　鲁迅:《两地书·六六》，《鲁迅全集》（第十一卷），第184页。
3　鲁迅:《而已集·读书杂谈》，《鲁迅全集》（第三卷），第441页。

观的反映，而是对生活现象进行了“人化”，即在反映社会生活现象的同时，也熔铸进作家自己的心血、生命和情感。而且，对情感常常较一般人更为丰富的作家来说，要在创作中排除情感的决定作用似乎是完全不可能的，诚如鲁迅所指出的：“既然是人，他心里就仍然有是非，有爱憎；但又因为是文人，他的是非就愈分明，爱憎也愈热烈。”[1]正是这种热烈的爱憎情感催促作家们去从事创作，也正是因为融入了这种作家们的爱憎情感，其作品具有了感人的力量。作品中熔铸的作家的真实感情越丰富，作品的艺术价值便越高。反之，没有真心，没有激情，不管写什么，都难成好作品，这就是鲁迅所谓的“呼唤血和火的，咏叹酒和女人的，赏味幽林和秋月的，都要真的神往的心，否则一样是空洞”。[2]

鲁迅特别地将“情感”问题提出来，将之作为文学创作的重要标志和特点，以之区别于诸如研究等其他创造活动，这反映了鲁迅对文学创作的独特性的认识，同时也分明昭示了他的整体的文学观念。强调文学的情感性特征，是与鲁迅对文学功用的认识相一致的。鲁迅认为：“文学和学说不同，学说所以启人思，文学所以增人感。”[3]鲁迅从事文学活动的目的是在于以文学来改变人们的精神，但鲁迅又十分清楚，这种改变精神的方式，不是在于

1 鲁迅：《且介亭杂文二集 · 再论“文人相轻”》，《鲁迅全集》（第六卷），第335页。
2 鲁迅：《集外集拾遗 · 〈十二个〉后记》，《鲁迅全集》（第七卷），第300页。
3 转引自许寿裳：《亡友鲁迅印象记》，第25页。

思想的赤裸裸的教化，“文艺之所以为文艺，并不贵在教训”，[1]而在于从情感的角度进行精神的感化和启悟。以无“情”之语，欲感动人是很困难的。正因为如此，鲁迅将能否具备“共鸣的心弦”[2]看作文学作品是否成功的重要标准之一，并为了这“共鸣的心弦”而强调作家的热情，强调文学创作中作家的主体精神的投入。

鲁迅所谓的“创作抒写自己的心”，[3]正可看作是他对文学创作独特性的最好的概括。这里所谓的“心”当然包括思想在内，但文学创作活动更主要体现为情感的活动，思想是化为情感表达出来的。情感活动的规律在文艺创作中起着主要的或决定性的作用。鲁迅就曾说过，“创作总根于爱”，“人感到寂寞时，会创作；一感到干净时，即无创作，他已经一无所爱”。[4]即使是像杂感文这样的议论性散文，其创作也同样离不开情感活动的驱导规律。鲁迅曾在《华盖集续编·小引》中说，他的杂感文，“不过是，将我所遇到的，所想到的，所要说的，……用笔写了下来。说得自夸一点，就如悲喜时节的歌哭一般，那时无非借此来释愤抒情”。[5]寂寞、苦闷、爱、愤等等，都是主观情感的东西，鲁迅强调文学创作中的情感作用，正是为了突出文学创作的独特性。这与“文学是社会生活的反映”这一命题并不矛盾。鲁迅并未否定社会生

1 鲁迅：《中国小说的历史的变迁》，《鲁迅全集》（第九卷），第 319 页。
2 鲁迅：《集外集拾遗·诗歌之敌》，《鲁迅全集》（第七卷），第 238 页。
3 鲁迅：《而已集·小杂感》，《鲁迅全集》（第三卷），第 532 页。
4 鲁迅：《而已集·小杂感》，《鲁迅全集》（第三卷），第 532 页。
5 鲁迅：《华盖集续编·小引》，《鲁迅全集》（第三卷），第 183 页。

活作为文学艺术的终极根源的意义，相反，鲁迅十分强调文学创作与社会生活的关系，他认为："文学与社会之关系，先是它敏感的描写社会生活，倘有力，便又一转而影响社会，使有变革。这正如芝麻油原从芝麻打出，取以浸芝麻，就使它更油一样。"[1]这里，鲁迅把文学与社会生活比喻为芝麻与芝麻油的关系，用以肯定社会生活作为文学根源的重要意义。当然，文学创作活动离不开创作者情感的驱导作用，但人的感情不是无本之木、无源之水，人的感情仍是来自社会生活。鲁迅曾这样分析过人的压抑情感的由来："人为什么被压抑的呢？这就和社会制度，习惯之类连结了起来……"[2]鲁迅这里实际上是指出了情感得以产生的社会生活的根源。鲁迅认为，作家的情感的产生，仍须社会生活的激发，他曾多次谈起自己在厦门那段时间较少文学创作的原因，他说："文章……我自然想做，但二十开学，要忙起来，伏处孤岛，又无刺激，竟什么意思也没有……"[3]又说："我竟什么也做不出。一者这学校孤立海滨，和社会隔离，一点刺激也没有；二者我因为编讲义，天天看中国旧书，弄得什么思想也没有了……"[4]在这里，鲁迅所谓的"意思""思想"，结合前面我们所引的鲁迅关于"编讲义"与"创作"的区别的论述，显然包括创作的情感。鲁迅一方面讲

1　鲁迅：《书信·331220 致徐懋庸》，《鲁迅文集》（第十二卷），第 302 页。
2　鲁迅：《南腔北调集·听说梦》，《鲁迅文集》（第四卷），第 469 页。
3　鲁迅：《书信·260916 致韦素园》，《鲁迅文集》（第十一卷），第 481 页。
4　鲁迅：《书信·261004 致韦素园、韦丛芜、李霁野》，《鲁迅文集》（第十一卷），第 483 页。

述了自己因为“编讲义”“看旧书”,而沉入“冷静”的理性思维中,使创作的热情和冲动多少减弱，另一方面也谈到了是因为缺少社会生活的刺激，从而难以产生创作的热情和冲动。显然，创作所需的情感，仍是根源于社会，这是无疑的。因此，鲁迅从来就没有否认过文学创作之于社会生活的联系。但是，值得注意的是，鲁迅在肯定文学创作的终极根源是社会生活的同时，又特别地关注到了社会生活与文学创作的独特的关联方式：文学创作与社会生活之间必不可少的中介环节是创作者的主体的情感活动。鲁迅对此曾作了这样的表述:“我以为文艺大概由于现在生活的感受,亲身所感到的,便影印到文艺中去。”[1]很明确,影印到文艺中去的,不是原本的社会生活，而是作家艺术家在生活中的感受。离开了作家情感活动结果的感受，也就谈不上文学创作，如果简单地强调“文学是社会生活的反映”，而忽视文学反映社会生活的方式，忽略文学与社会生活二者之间作为中介环节的作家的情感作用，则有可能陷入机械唯物论的泥坑。马克思就曾在《关于费尔巴哈的提纲》一文中这样批评过机械唯物论的片面性，认为其“主要缺点是：对事物、现实、感情,只是从客体的或直观的形式去理解,而不是把它们当作人的感性活动，当作实践去理解，不是从主体方面去理解”。[2]文学创作活动是人的活动，离开了人的主体方面

1　鲁迅:《集外集·文艺与政治的歧途》,《鲁迅全集》(第七卷)，第115页。
2　[德]马克思:《关于费尔巴哈的提纲》,《马克思恩格斯选集》(第一卷)，第16页。

的因素，当然也无法对之作出合理的解释。鲁迅注重人的情感在文学创作中的作用，应该说，是从一个较为本质的角度抓住了文学创作活动的关键。

鲁迅这样谈到自己的创作："所写的事迹，大抵有一点见过或听过的缘由，但决不全用这事实，只是采取一端，加以改造，或生发开去，到足以完全发表我的意思为止。"[1]这段话说得很明白，为表达自己的"意思"的需要去取舍生活，甚至对生活现象加以生发改造。这里的"意思"当然并不仅仅是指"情感"，但文学创作过程中，情感作用肯定是一个重要的决定因素，文学创作必须遵循情感活动的规律。社会生活作为一种原生态的东西，它本身是没有什么明确的"主题"的，一切都掺混在一起，深刻的与浅薄的，伟大的与渺小的，悲惨的与欣喜的，一无规则地杂陈在人们面前。文学创作的任务就是"用那富有创造的感情补足他抓住的那一刹那的连惯性，在自己的心灵中把一些局部的现象概括起来"。[2]文学作品，是依据作家情感表达的需要而构筑起来的独特的世界，在这里，各种社会生活现象都依据作家情感作用的方向而组合成一个有序的统一体。在这个统一体中，情感活动的规律在起着决定的作用，起着对生活的取舍、对生活的"加以改造，

1　鲁迅:《南腔北调集·我怎么做起小说来》,《鲁迅全集》(第四卷)，第513页。
2　[俄]杜勃罗留波夫:《杜勃罗留波夫选集》(第二卷)，辛未艾译，上海文艺出版社，1959年版，第454页。

或生发开去”的驱导作用。鲁迅的《阿Q正传》发表后，曾有人嫌“阿Q之收局太匆促”，怪鲁迅“如此随便给他一个‘大团圆’”。鲁迅解释说：“其实‘大团圆’倒不是‘随意’给他的；至于初写时可曾料到，那倒确乎也是一个疑问。我仿佛记得：没有料到。不过这也无法。”[1]这说明，阿Q的命运、阿Q形象的发展，不是作者事先凭理性有意设定的，而是依据作者对阿Q这个人物的“哀其不幸，怒其不争”的情感态度，在阿Q形象的创造过程中，不自觉地、自然而然地发挥着作用，最后导致了这样一个始所未料的结局。这也正好说明了情感活动的规律在文学创作中的不可忽略的决定作用，如果忽视情感活动的规律，人为地按照观念去进行创作，其作品则可能会变得生硬、造作、缺少魅力。

总之，鲁迅认为，文学创作的独特性就在于它的情感性，创作的动力是作家的情感冲动，是有感而发的欲望；而创作过程也是作家的情感活动的规律在起着支配的作用。这种认识，是鲁迅文学创作观的核心。而这种对情感性的重视，又恰恰是与鲁迅的社会功利性的文学观相一致的。

1　鲁迅：《华盖集续编·〈阿Q正传〉的成因》，《鲁迅全集》（第三卷），第376页。

二

鲁迅在文学创作问题上论述得最多的大概要算是文学创作中的真实性问题了。鲁迅常常是就具体问题站在不同的层次上来讲文学创作的真实性，例如，有时是就作品人物的真实性而言，有时是讲作家对待现实的真实的情感态度，有时则又是论述作品情节、细节的真实，而有时又是在谈作品的真实性意义和效果。如何从一个相对统一的角度来把握鲁迅的创作真实观呢？上述鲁迅对文学创作独特性的论述，为我们提供了可作依据的线索。前面我们曾引过鲁迅这么一段话：“文艺大概由于现在生活的感受，亲身所感到的，便影印到文艺中去。”[1]这实际上明确阐述了文学创作的两个阶段：第一阶段是作家艺术家在现实的审美关系中去获得“现在生活的感受”；第二阶段是作家将这种感受“影印到文艺中去”。那么，所谓文学创作的真实性，实际上应是体现在这两个创作阶段上的，表现为两个不同层面的真实性要求。第一层面的真实性，是指作家在生活中获得感受的真实性，即这种感受所包含的作家对现实的审美情感态度是否真实。第二层面的真实性，则是指作家为了将自己的感受影印到文艺中去所找寻的情感的载体（包括作品的人物、情节、细节、意象等等）是否真实。

1　鲁迅：《集外集 · 文艺与政治的歧途》，《鲁迅全集》（第七卷），第 115 页。

因此，我们正可以从文学创作的这两个不同层面来较为系统化地理解鲁迅有关文学创作真实性的论述。

文学创作的真实性，首先应是表现为作家情感、感受的真实。这就是说，在创作中，作家必须是表达自己的真情实感，而忌虚情、矫情和造作。鲁迅向来反对没有真情的创作，认为“无真情，亦无真相也”。[1]所谓“真相”，当是指作为情感载体的生活具象（包括通常所谓的人物、情节、细节、意象等等）。鲁迅指出“无真情，亦无真相”，实际上是强调了情感真实在文学创作中的重要性，它对另一层面的真实性，即作为情感载体的生活具象有着制约的作用。那么何为真情呢？这首先就是指作品中所要表达的情感必须是作家自己从现实生活中亲身感受到的情感体验，而不是转达的他人的情感体验。缺少这种亲身感受的情感体验，作家也就“无法表现，假使以意为之，那就决不能真切，深刻，也就不成为艺术”。[2]而转达并非自己体验到的他人的感受，则无疑是一种“依傍或模仿”，这样去从事创作，也“决不能产生真艺术”。[3]鲁迅自己的创作，可以说都是从自己亲身感受到的情感体验出发的，这也正是鲁迅作品获得成功的一个重要方面。鲁迅曾这样谈起过自己对《阿 Q 正传》的写作：“我也只得依了自己的觉察，

1　鲁迅：《书信・340430 致曹聚仁》，《鲁迅全集》（第十二卷），第 397 页。
2　鲁迅：《书信・350204 致李桦》，《鲁迅全集》（第十三卷），第 45 页。
3　鲁迅：《且介亭杂文末编・记苏联版画展览会》，《鲁迅全集》（第六卷），第 482 页。

孤寂地姑且将这些写出，作为我的眼所经过的中国的人生。”[1]可以想见，如果没有对中国人生的深切感受，鲁迅不会写出《阿Q正传》这样的真正的艺术品来。1932年前后，曾有人劝鲁迅写一些反映红军艰苦斗争的小说或报告，他自己也曾热忱地收集了一些材料，但终于没有写成，其原因，用鲁迅的话说是“因为我不在革命的旋涡中心，而且久不能到各处去考察，所以我大约仍然只能暴露旧社会的坏处”。[2]也就是说，鲁迅虽然可以收集到一些相关材料，但缺少在实际的革命旋涡中心的切身感受，因而难以从事创作。此例足以说明，鲁迅对文学创作中表现作家切身感受到的情感体验，是十分重视的。他坚持从真实的情感体验出发去从事创作，当还缺少这种切身感受到的情感体验时，则尽管已收集到了相关材料，也宁可不作。鲁迅还曾谈起过自己想写关于唐朝小说的一段经历：“五六年前我为了写关于唐朝的小说，去过长安。到那里一看，想不到连天空都不像唐朝的天空，费尽心机用幻想描绘出的计划完全被打破了，至今一个字也未能写出。”[3]此例也很能说明问题。鲁迅创作历史题材小说也不例外，为了获得某种情感体验，鲁迅特地到历史遗址去感受一下，但由于未能感受到他所以为然的情绪氛围（所谓“连天空都不像唐朝的天

1　鲁迅：《集外集·俄文译本〈阿Q正传〉序及著者自叙传略》，《鲁迅全集》（第七卷），第82页。
2　鲁迅：《且介亭杂文·答国际文学社问》，《鲁迅全集》（第六卷），第18页。
3　鲁迅：《书信·340111致山本初枝》，《鲁迅全集》（第十三卷），第556页。

空”），未能获得可用于创作的情感体验，因此竟没有写成。不仅小说创作中的真实的情感体验至关重要，诗歌、杂文也是如此。鲁迅曾对一些诗歌中缺乏诗人真实的情感体验，而喊些“阿呀阿唷，我要死了”之类的矫情、虚情之语的现象提出过批评。在杂感文的创作中，鲁迅则强调“有感而发”，要有“个人的感触”，[1]要能融入作家自己的情感经验和生命体验，即“如悲喜时节的歌哭一般”，表达出自己的“愤”和“情”。[2]总之，在鲁迅看来，文学创作中必须具备作家亲身感受到的情感体验，这是所谓情感真实的首要的内容。

当然，切身的情感体验的获得，并非就是说凡作品所写之事都要自己亲历。鲁迅认为：“作者写出创作来，对于其中的事情，虽不必亲历过，最好是经历过。诘难者问：那么，写杀人最好是自己杀过人，写妓女还得去卖淫么？答曰：不然。我所谓经历，是所遇，所见，所闻，并不一定是所作。但所作自然也可以包含在里面。天才们无论怎样说大话，归根结蒂，还是不能凭空创造。”[3]这就是说，作家要获得切身的情感体验，并不一定要凡事都是亲自所作所为，通过所见、所遇、所闻，也能产生情感体验。作家对所写事物，不管是所作所为，还是所遇、所见、所闻，都必须

1　鲁迅：《伪自由书·前记》，《鲁迅全集》（第五卷），第4页。
2　鲁迅：《华盖集续编·小引》，《鲁迅全集》（第三卷），第183页。
3　鲁迅：《且介亭杂文二集·叶紫作〈丰收〉序》，《鲁迅全集》（第六卷），第219页。

是由之产生了自己独到的情感体验，否则一切事物之于他都不能成为艺术表现的对象。其实就生活经历来说，每个人都具备，因为每个人都在“生活”着，但并非每个人都能在生活经历中产生独到的感受和情感，因而也不是每个人都能成为作家，创作出文学作品来的。作家只有在创作中表现自己感动过、产生过审美情感的事物，才能以感情呼唤读者，从而引起共鸣。正如鲁迅所说：“只有真的声音，才能感动中国的人和世界的人。”[1]鲁迅早在《摩罗诗力说》中，就曾在肯定和宣扬那些摩罗诗人的成就时，将他们在作品中发出了“至诚之声”作为一个很重要的方面来加以赞扬。[2]由此也能看出，鲁迅对文学中表现作家的真实情感是一贯非常强调和重视的。在鲁迅看来，这甚至是衡量一部文学作品是否堪称艺术的最起码的标准。鲁迅曾指出：“新闻上的记事，拙劣的小说，那事件，是也有可以写成一部文艺作品的，不过那记事，那小说，却并非文艺。”[3]这就是说，是否能写成文艺作品，并不取决于所写的事件，而取决于在事件的表现过程中，有无作家主观情感的投入，有无作家从事件中所产生的独特的情感体验。同样的事件，可以写成文艺作品，也可能成不了文艺作品，这里的分别甚至并不在于是否是采用了艺术的形式。如果缺少作家的真

---

1 鲁迅：《三闲集 · 无声的中国》，《鲁迅全集》（第四卷），第15页。
2 鲁迅：《坟 · 摩罗诗力说》，《鲁迅全集》（第一卷），第100页。
3 鲁迅：《且介亭杂文二集 · 不应该那么写》，《鲁迅全集》（第六卷），第312页。

实情感,即使采取了诸如“小说”等的形式,但充其量也只是“拙劣”的小说，与简单的新闻记事没有两样。而在一些非艺术形式的作品中，若能融注进写作者的切身的情感体验，融入写作者的主观的情感判断,那么倒也有成为“文艺作品”的可能,如司马迁的《史记》,虽是史书,但由于其中表达了作者真诚的和鲜明的情感体验,作者对史实的取舍和评价都包蕴了自己的情感态度，堪称“郁愤之作”。因此,它常被人们当作文学作品来读,鲁迅就称《史记》“不失为史家之绝唱，无韵之《离骚》”。[1]

作家获得了从亲身体验产生的真情实感，还要敢于将这种情感大胆表现出来。鲁迅认为:“文艺家至少是须有直抒己见的诚心和勇气。”[2]作家如果缺少这种敢于表达自己独特的真情实感的“诚心和勇气”，那么文学创作中的情感真实也仍然是一句空话。然而要做到这一点却并非易事，鲁迅就曾指出:“中国人向来因为不敢正视人生，只好瞒和骗。由此也生出瞒和骗的文艺来，由这文艺更令中国人更深地陷入瞒和骗的大泽中，甚而至于已经自己不觉得。”鲁迅真切愿挚地呼吁:“世界日日改变，我们的作家取下假面，真诚地，深入地，大胆地看取人生并写出他的血和肉来的时候早到了；早就应该有一片崭新的文场，早就应该有几个凶猛的闯将！”[3]鲁迅自己在这方面堪称表率，他“论时事不留面子”,

1　鲁迅:《汉文学史纲要》,《鲁迅全集》(第九卷)，第420页。
2　鲁迅:《三闲集·叶永蓁作〈小小十年〉小引》,《鲁迅全集》(第四卷)，第147页。
3　鲁迅:《坟·论睁了眼看》,《鲁迅全集》(第一卷)，第241页。

有正视现实的“勇猛和毅力”，在他的创作中也真正体现了“有真意，去粉饰，少做作，勿卖弄”的原则。[1]所谓“有直抒己见的诚心和勇气”，也就是指作家在创作中能坚持从自己独特的感受出发，而不是见风使舵，人云亦云。鲁迅曾指出:“诗歌小说虽有人说同是天才即不妨所见略同，所作相像，但我以为究竟以独创为贵。”[2]而要使作品具有这种独创性，最根本的还是在于作家要敢于坚持己见，敢于表达自己独特的情感体验。

那么,如何才能够使作家保持“直抒己见的诚心和勇气”呢?这从作家方面来说，鲁迅认为，最起码必须具备的条件是，作家必须有进步的思想和高尚的人格。鲁迅早在五四时期就指出:“美术家固然必须有精熟的技工，但尤须有进步的思想和高尚的人格。他的制作，表面上是一张画或一个雕像，其实是他的思想与人格的表现。”[3]文学事业是一种探究人的灵魂的高尚的事业，同时它也必然是艰难的事业，作家如果没有高尚的人格，是很难取得成功的。可以说，在文学事业的竞争与发展中，首先被淘汰的，必定是那些为名利所诱的，缺少高尚人格的人。鲁迅所谓的“昔之诗人，本为梦者，今谈世事，遂如狂醒；诗人原宜热中，然神驰宦海，则溺矣”，[4]也就是这个意思。鲁迅在文学创作方面获得巨

1 鲁迅:《南腔北调集·作文秘诀》,《鲁迅全集》(第四卷)，第614页。
2 鲁迅:《华盖集续编·不是信》,《鲁迅全集》(第三卷)，第230页。
3 鲁迅:《热风·随感录四十三》,《鲁迅全集》(第一卷)，第330页。
4 鲁迅:《书信·330628致台静农》,《鲁迅全集》(第十二卷)，第192页。

大成功，其重要原因其实也正在于此。鲁迅一生保持着高尚的气节和雄伟的人格力量，他敢于坚持己见，始终为真理而战，他所赞美的屈原的“放言无惮”也正是他自己的写照。他曾说过：“个人的生命是可贵的，但一代的真理更可宝贵，生命牺牲了而真理昭然于天下，这死是值得的。”[1]这里包含了鲁迅在文学事业上取得成功的宝贵的经验。当然，鲁迅强调直抒己见，却并不反对作家适应时代的要求，遵奉“革命的前驱者的将令”去从事创作，但鲁迅强调指出，那也必须是“自己愿意遵奉的命令”，而且首先自己在情感态度上“必须与前驱者取同一的步调”，[2]发自本心地站在革命的前列，“至少是必须和革命共同着生命，或深切地感受着革命的脉搏的”。[3]否则，便也可能会因为缺少一种切身的情感体验而写出公式化概念化的作品来。

作家在创作中表达自己的真情实感的同时，也要再现出作为这种情感载体的生活具象，即通常被称为作品的描写对象的人、事、物。文学创作的真实性当然也包括这种生活具象——描写对象——的真实性。但由于在创作中所采取的艺术形式和表现技巧尤其是创作方法的不同，其作品对描写对象的真实性也有着不尽相同的要求。不过，有一点是基本一致的，这就是在每一部具体

1　鲁迅：《且介亭杂文·附记》，《鲁迅全集》（第六卷），第209页。
2　鲁迅：《南腔北调集·〈自选集〉自序》，《鲁迅全集》（第四卷），第455页。
3　鲁迅：《二心集·上海文艺之一瞥》，《鲁迅全集》（第四卷），第300页。

的作品所规定的艺术情境（依据不同创作方法写出的作品）中，作品所再现和描写的对象都必须是为了表达出作者的思想情感而塑造的，这种再现和描写的对象必须与作品所要表达的作家的情感构成一个和谐的整体。因此，作家的真实情感的表达，始终是文学创作中最根本的起决定作用的方面。

三

论及文学创作，自然避不开创作方法的问题。关于创作方法，应分清在不同层次上的含义。当我们高度评价和肯定鲁迅的“清醒的现实主义”时，这实际上是在使用一种哲学意义上的“现实主义”概念，这主要是指鲁迅的观照现实的一种态度。而当鲁迅敢于直面现实人生，并从中获得真切的感受和情感体验之后，用什么方法将之表达出来，这才是文学创作领域内的所谓创作方法的问题。在鲁迅的文学创作观范围内，所谓的创作方法主要是指一种艺术表现的方法，它是连接作家审美情感层面和作为情感载体的生活具象层面这二者的纽带。也就是说，在文学创作活动中，创作方法实质上是一种为表现作家审美情感找寻合适载体的手段。鲁迅论述过多种创作方法，也在创作中尝试过多种创作方法，他对创作方法的态度体现出了广泛吸收、多方借鉴的特点。但是，鲁迅不管在创作中采用何种创作方法，其出发点都是表达作家审美情感的需要。鲁迅对各种创作方法的论述，也多是围绕表达作家审美情感这一核心来展开的。

鲁迅论述得最多的是现实主义问题。早在《拟播布美术意见书》等文章中，鲁迅就曾阐述过现实主义创作方法的特点，他认为，艺术品是人“受”了生活之后的“作”，而现实主义的“作”的特点,是偏重于按照生活的本来面目“再现”生活；但即使是“再现”，也必须根据情感表达的需要加以改造，必须经过一个由“天物”到“思理”和“美化”的过程。正因为鲁迅突出强调了情感的中心作用，反对缺乏创造的“模仿之忠”，从而一开始就划清了现实主义与自然主义和客观主义的界限。随着鲁迅对现实主义创作方法认识的深化，作者情感的作用得到了更多的重视。在写于 1926 年的《〈穷人〉小引》一文中，鲁迅发挥了陀思妥耶夫斯基“显示灵魂的深”“是在高的意义上的写实主义者”这一命题。鲁迅认为，现实主义的深度，关键是在于作家情感体验的深度，因为能否写出“灵魂的深”，主要还是取决于作家在现实的审美关系中获得审美感受的程度。因此，鲁迅指出，作家必须“是人的灵魂的伟大的审问者，同时也是伟大的犯人。审问者在堂上举劾着他的恶，犯人在阶下陈述他自己的善；审问者在灵魂中揭发污秽，犯人在所揭发的污秽中阐明那埋藏的光耀”。这就是说，作家只有抱着对人类的深沉、挚烈的“同情”和“爱”，才能在现实的审美关系中获得深切的感受，也才能够去写出所谓“灵魂的深”，从而达到“高的意义上的写实主义”。[1]

在鲁迅的创作实践中，采用较多的是现实主义的创作方法。当他要较为直接地表达从现实中获得的情感、感受时，通常是取生活本来的形式，在对现实生活具象的选取和再现中渗透进自己的情感态度。但当现实生活中固有的形式难以表达内心充裕、激越或高度升华了的思想情感时，找寻新的情感载体就成了一种必要，于是便也有了现实主义之外的诸如浪漫主义、象征主义等创作方法的运用。在鲁迅的创作论及创作实践中，不同的创作方法绝无质的高下之分，而仅仅只是情感表达方式的不同——为情感表达所找寻的不同载体而已。鲁迅被称为浪漫主义杰作的《奔月》《铸剑》，就是为了表达一种升华了的孤独情绪——复仇、反抗的情绪，而选取了一些非现实的奇特怪诞的情节，采用了飞跃神思、驰骋想象、虚构幻化的方法，塑造出了具有冷隽孤独性格的浪漫主义英雄人物。鲁迅被称为采用了象征主义方法的《野草》，也正是在情感充分蕴积，以至于现实的生活具象无法承载的情况下，才以奇特的想象构织成一种意境，来隐喻自己的情感体验。

由不同的创作方法构成的不同的艺术情境，从艺术真实性的角度来看，它们有着共同的情感真实性的要求，而对于作为情感

1　鲁迅:《集外集·〈穷人〉小引》,《鲁迅全集》(第七卷)，第 103 页。

载体的描写对象的真实性，则有着不同的要求。在现实主义作品中，一般要求取生活本来的形式，要求人物、情节、细节的真实。鲁迅很反对在写实的作品中，对生活现象作不必要的夸张。例如，鲁迅曾就绘画中刻画劳动者的形象发表了这样的见解：“我以为画普罗列塔利亚应该是写实的，照工人原来的面貌，并不须画得拳头比脑袋还要大”，[1]“刻劳动者而头小臂粗”，易“使看者有‘畸形’之感”。[2]要在写实的作品中真实地再现生活现象，作家对于生活的实际经验和准确把握是十分重要的。鲁迅曾这样称赞《毁灭》一书中真实的人物、情节和细节描写，认为这是“非身历者不能描写，即开枪和调马之术，书中但以烘托美谛克的受窘者，也都是得于实际的经验，决非幻想的文人所能著笔的”。[3]当然，对写实作品中描写对象的真实性不可机械地理解，它不是简单的照像式的酷似，作者可以根据作品所要表达的情感的需要，抽取、缀合各种分散的不相关的众多社会生活现象，然后写出。用鲁迅的话说是，“只要逼真，不必实有其事也”。相反，依靠对事实的酷似来获得的真实性，反而也容易失去，即“一与事实相左，那真实性也随即灭亡”。[4]追求这种酷似实物的真实性，会给读者带来失望也是必然的，因为任何高明的艺术描写也不可能穷尽客观事

1　鲁迅：《二心集·上海文艺之一瞥》，《鲁迅全集》（第四卷），第293页。
2　鲁迅：《书信·340405致陈烟桥》，《鲁迅全集》（第十二卷），第375页。
3　鲁迅：《译文序跋集·〈毁灭〉后记》，《鲁迅全集》（第十卷），第331页。
4　鲁迅：《三闲集·怎么写》，《鲁迅全集》（第四卷），第23页。

物的各个方面。鲁迅曾以绘画为例来说明这一问题，他指出：“艺术上的真，倘如实物之真，则人物只有二三寸，就不真了，而没有和地球一样大小的纸张，地球便无法绘画。”[1]同样，对于读者和批评者也是如此，他不应当要求作品的描写都完完全全符合事实，如果只求符合具体事实，“只求没有破绽，那就以看新闻记事为宜”，而他要看文学，则“活该幻灭”。这种“幻灭”的性质，与“查不出大观园的遗迹，而不满于《红楼梦》者”一样可笑。[2]说到底，文学是以表现作家的情感为目的的，描写对象常常要依据所表达的情感的需要而加以取舍、改造、糅合。即使在写实的作品中，所描写的事物一方面要尽可能取生活本来的形式，力求人物、情节、细节的真实，同时这种真实又绝不是酷似的真实，而是要在规定的艺术情境中合乎情理，所描写的“不必是曾有的实事，但必须是会有的实情”。[3]

至于非现实主义的作品，所描写的对象则可以不必取生活本身的形式。作者为把自己的情感用特殊的方式表达出来，他可以幻想、虚构一些现实中并不存在的事物。如何来判断非写实作品中描写对象的真实性呢？鲁迅认为，非写实性作品中的描写对象虽然“可以专靠了神思，所谓‘天马行空’似的挥写”，但它最

1　鲁迅：《且介亭杂文·连环图画琐谈》，《鲁迅全集》（第六卷），第 28 页。
2　鲁迅：《三闲集·怎么写》，《鲁迅全集》（第四卷），第 23 页。
3　鲁迅：《且介亭杂文二集·什么是“讽刺”？》，《鲁迅全集》（第六卷），第 328 页。

终必须是为表达作家的情感服务的，而且，所写的东西仍须在其精神特质上与现实中的某一类人相像。也就是说，尽管作品所写题材是非人间的，但精神却必须是人间的。例如，鲁迅写狗的“驳诘”，实际是借狗来暗喻人；而写人死后有“思想”，则也是把对活人“思想”的合理推断，借“死人”表达出来。这就是说，在现实的人中可以找到这类“狗”和“死人”的影子。因此，非写实性作品中描写对象的真实性，说到底是取决于它是否具有现实精神，它是否是以社会人性、人的情感为基础的。鲁迅曾给予《西游记》和《聊斋志异》以很高评价，其出发点也就在此。他认为，《西游记》中“讲妖怪的喜、怒、哀、乐，都近于人情”；《聊斋志异》虽“出于幻域”，却能“顿入人间”，能“使花妖狐魅，多具人情，和易可亲，忘为异类”。[1]这里的“人情”“人间”都再清楚不过地说明了以社会人性、人的情感为基础的重要性。鲁迅曾这样评价《西游记》中所描写的对象：“纵使写的是妖怪，孙悟空一个筋斗十万八千里，猪八戒高老庄招亲，在人类中也未必没有谁和他们精神上相像。”[2]在谈到高尔基的童话时，鲁迅也曾说过：“这种童话里所写的都全不像真的人，所以也不像事实，然而这是呼吸，是痱子，是疮疽，都是人所必有的，或者是会有的。”[3]这里的“与

1 鲁迅：《中国小说史略》，《鲁迅全集》（第九卷），第209页。
2 鲁迅：《中国小说史略》，《鲁迅全集》（第九卷），第518页。
3 鲁迅：《集外集拾遗补编·〈俄罗斯的童话〉》，《鲁迅全集》（第八卷），第457页。

人相通”，“人所必有”，或人所“会有”等等，都说明了描写对象与人的相关性。正是描写对象根基于社会人性和人的情感，才具有真实感。相反，如果离开了这一基本点，忽略了描写对象与社会人性和人的情感的相关性，一味追求奇幻，瞎编乱造，为夸张而夸张，则会影响文学作品的艺术真实性。例如“描画鬼神”，虽可以驰骋想象，使之奇幻异常，但如果既不为表现社会人性，不为暗喻现实人生，也不为传达作者的情感体验，那么，尽管写出来，最多“也不过是”向人们展示些“三只眼，长颈子”之类的东西，无非“就是在常见的人体上，增加了眼睛一只，增长了颈子二三尺而已”，鲁迅认为这算不了“什么本领”“什么创造”。[1] 鲁迅对《封神演义》评价甚低，其原因也就是因为它“似志在于演史，而侈谈神怪，什九虚造，实不过假商、周之争，自写幻想，较《水浒》固失之架空，方《西游》又逊其雄肆”。[2]

总之，所谓创作方法，在创作过程中是起着这样一种作用：根据作者所要表达的程度、性质不同的思想情感，去选取合适的情感载体，这种选择本身就为作品规定了一种艺术情境，情感表达和情感载体（描写对象）的再现等等，都将受这一艺术情境的制约。综上所述，我们也基本上可以大体看出鲁迅所勾勒出的文学创作的过程：作家在现实生活中获得生活感受，这种感受是作

1　鲁迅：《且介亭杂文二集·叶紫作〈丰收〉序》，《鲁迅全集》（第六卷），第219页。
2　鲁迅：《中国小说史略》，《鲁迅全集》（第九卷），第170页。

家亲身体验到的并伴随着作家的强烈的情感活动的；作家勇于将这种感受、情感表达出来；为表达这种情感和感受选取相应的情感表达的方式；根据这种情感表达方式的要求（作品规定的艺术情境）找寻相应的情感载体（描写对象）。说到底，文学创作的基本的要素就是作家情感和情感表达的方式以及情感载体，而所谓文学创作活动，主要也就是将三者协调组合的过程。毫无疑问，其中的作家情感是文学创作的核心，一切都是围绕这个核心而展开的。这里，鲁迅通过对文学创作过程的揭示，再次强调了文学创作中的情感作用。

四

鲁迅除了对以上一些有关文学创作的总体性问题作了阐述外，还就创作中的众多具体的问题发表了意见。这些意见涉及面较为广泛，但就其主要部分而言，大致可以归纳为“写什么”和“怎样写”的问题。而这些众多就具体问题所作的论述，也是鲁迅文学创作观的重要组成部分，它们同样体现出了鲁迅文学创作观中所包蕴的鲁迅的社会功利性文学观念。

写什么的问题，说到底就是文艺创作题材的问题。鲁迅认为，作者只要是按照创作规律写作，创作题材的问题实际上“倒也不成什么问题”，[1]因为他只能是去写有利于表达自己情感体验的东西。因此，鲁迅特别强调，作家应就自己所熟悉的，有过切身的情感体验的东西去写作，“能写什么，就写什么，不必趋时”。[2]1931年末，当有两位青年作者就小说题材问题向鲁迅请教时，鲁迅明确指出，与其去写自己不熟悉的、缺少情感体验的“大时代冲击圈内”的生活，“把一些虚构的人物使其翻一个身就革起命来”，还不如就写自己所“熟悉的小资产阶级的青年”的生活，揭示小资产阶级青年“在现时代所显现和潜伏的一般弱点”，对于大时代同样是重要的，而且由熟悉者来揭示，“当比不熟悉此中情形者更加有力”。[3]这是鲁迅的一贯思想，鲁迅向来主张，文学创作不必硬去写作家并不太了然的所谓“大事”或“冠冕堂皇”的所谓“公理”，而应从自己所熟悉的、真正能够把握的“小事”写起。他认为，如果“身历其境的小事，尚且参不透，说不清”，“更何况那些高尚伟大，不甚了然的事业”？[4]所以，鲁迅强调，应当从作家独特的生活积累、社会经历和艺术表现能力的现状出发，去确定描写题材。尤其不能强求那些熟悉旧生活的人一下子丢开自己所熟悉的东西，立即去写并不熟悉的新的生活。因为这些人“生长在旧社会里，熟悉了旧社会的情形，看惯了旧社会的人物”，“对

1　鲁迅：《三闲集·怎么写》，《鲁迅全集》（第四卷），第20页。
2　鲁迅：《二心集·关于小说题材的通信》，《鲁迅全集》（第四卷），第369页。
3　鲁迅：《二心集·关于小说题材的通信》，《鲁迅全集》（第四卷），第368页。
4　鲁迅：《华盖集续编·记“发薪”》，《鲁迅全集》（第三卷），第350页。

于和他向来没有关系的无产阶级的情形和人物，他就会无能，或者弄成错误的描写”，[1]如果让其勉为其难，就难以写出“可以成为艺术品的东西”。[2]

鲁迅还指出，写作家自己所熟悉的生活，能写什么就写什么，这与文艺作品反映时代风貌并不矛盾，因为时代风貌可以从不同侧面、不同角度去加以反映，写时代重大题材以及取重大社会矛盾加以直接表现，这并不是反映时代的唯一途径。例如，30 年代中期，由于日本帝国主义的入侵，民族矛盾上升为主要矛盾，有不少人提出，文学要表现抗战，就应该反映“义勇军打仗，学生请愿示威”等等，鲁迅认为，“这当然是最好的”，但作为具体作品的题材，却“不应是这样狭窄”，而应该更“广泛得多，广泛到包括描写现在中国各种生活和斗争的意识”。[3]鲁迅坚持认为，应该看各个作家的具体条件，作家“倘不在什么旋涡中，那么，只表现些所见的平常的社会状态也好”，[4]“其实只要写出真情，即于中国有益”。[5]而且，并非“日常的社会状态”，都一律是“琐屑的没有意思的”，[6]有时反而“因为极平常，所以和我们更密切，更有大关系”。[7]即使是写战士，也可以写他们极平常的一面，因

1 鲁迅：《二心集 · 上海文艺之一瞥》，《鲁迅全集》（第四卷）。，第 300 页
2 鲁迅：《二心集 · 关于小说题材的通信》，《鲁迅全集》（第四卷），第 367 页。
3 鲁迅：《且介亭杂文末编 · 论现在我们的文学运动》，《鲁迅全集》（第六卷），第 591 页。
4 鲁迅：《书信 · 350204 致李桦》，《鲁迅全集》（第十三卷），第 45 页。
5 鲁迅：《书信 · 340125 致姚克》，《鲁迅全集》（第十二卷），第 328 页。
6 鲁迅：《二心集 · 关于小说题材的通信》，《鲁迅全集》（第四卷），第 368 页。
7 鲁迅：《且介亭杂文二集 · 叶紫作〈丰收〉序》，《鲁迅全集》（第六卷），第 220 页。

为“战士的日常生活，是并不全部可歌可泣的，然而又无不和可歌可泣之部相关联”。[1] 有些生活现象，看起来似乎很普通，但此中却也蕴含着某些深刻的东西，退一步说，对于普通事件的反映，它起码也可以使人“能够很明白的知道社会上的一部分现象”。[2] 将这些普通事件“随时记载下来，至少也可以作这一时代的记录。所以对于现在以及将来，还是都有意义的”。[3] 总之，一切从作者自己的实际情况出发，有时限于作者的实践经验，虽然“无力表现”“太伟大的变动”，“不过这也无须悲观，我们即使不能表现它的全盘，我们可以表现它的一角，巨大的建筑，总是一木一石叠起来的”，作家“何妨做做这一木一石”。[4] 倘能在作品中成功地表现其“一木一石”，也能够达到从某一侧面展示“伟大的变动”的目的。

鲁迅强调作家写“熟悉”的生活，关键是因为在这种“熟悉”的生活中才能生发出作家亲历的情感体验。但鲁迅同时又指出，“不过即使‘熟悉’却未必便是‘正确’”。[5] 在这里，鲁迅把问题引向了更为深刻的方面。作家要写出能称为“艺术品”的东西，当然首先要有自己从所熟悉生活中生发出的情感体验，但这种亲历的情感体验即使是非常真诚、真实的，它也仍然还有一个正确

1 鲁迅:《且介亭杂文末编·“这也是生活”……》,《鲁迅全集》(第六卷)，第 603 页。
2 鲁迅:《二心集·上海文艺之一瞥》,《鲁迅全集》(第四卷)，第 303 页。
3 鲁迅:《二心集·关于小说题材的通信》,《鲁迅全集》(第四卷)，第 368 页。
4 鲁迅:《书信·350629 致赖少麒》,《鲁迅全集》(第十三卷)，第 162 页。
5 鲁迅:《二心集·关于小说题材的通信》,《鲁迅全集》(第四卷)，第 368 页。

与否的问题。这就又把问题回归到鲁迅一贯强调的文学的社会功利性的观点上了。鲁迅认为，不管写什么，作家仍须有正确的思想意识，否则“倘写下层人物”，“所谓客观其实是楼上的冷眼，所谓同情也不过是空虚的布施”。[1] 没有明确的进步的社会功利目的，即使写了自己“熟悉”的生活，即使写出了自己亲历的情感体验，作品仍难以成为具有较高价值的“艺术品”。

而且，鲁迅提出“能写什么，就写什么”，这还仅仅是对文学创作中“写什么”的基本要求，鲁迅认为这是创作的第一步，他同时又提出更高的要求：任何作者“不可安于这一点，没有改革，以致沉没了自己”，而应该“逐步克服自己的生活和意识，看见新路”。[2] 尤其是“如果社会状态不同了，那自然也就不固定在一点上”。[3] 所以鲁迅一方面指出，写旧有的生活，包括写自己熟悉的小资产阶级青年的生活，“对于目前的时代，还是有意义的”；另一方面鲁迅又指出，“然而假使永远是这样的脾气，却是不妥当的”，因为“这样写去，到一个时候，我料想必将觉得写完”。[4] 出于丰富文学创作的内容的考虑，鲁迅认为文学创作的题材应该是多种多样的；从社会欣赏的要求看，鲁迅也认为题材切忌单调。鲁迅甚至将题材的单一化视为文学的“自杀政策”。[5] 以欣赏花草

1　鲁迅:《二心集 · 关于小说题材的通信》,《鲁迅全集》(第四卷)，第 368 页。
2　鲁迅:《二心集 · 关于小说题材的通信》,《鲁迅全集》(第四卷)，第 368 页。
3　鲁迅:《书信 · 350204 致李桦》,《鲁迅全集》(第十三卷)，第 45 页。
4　鲁迅:《二心集 · 关于小说题材的通信》,《鲁迅全集》(第四卷)，第 368 页。
5　鲁迅:《书信 · 340419 致陈烟桥》,《鲁迅全集》(第十二卷)，第 391 页。

为例，“世上爱牡丹的或者是最多，但也有喜欢曼陀罗花或无名小草的”，“如果四时皆春，一年到头请你看桃花，你想够多么乏味？即使那桃花有车轮般大，也只能在初上去的时候，暂时吃惊，决不会每天做一首‘桃之夭夭’的”。[1]因此，鲁迅认为，作者除了一方面写自己已经熟悉的生活，另一方面还应尽可能扩大视野，不断熟悉新的生活，开拓新的题材领域，以便能够从多个侧面乃至正面去反映时代风貌，从而发挥文学“对时代的助力和贡献”，同时也能够适应社会的丰富多样的欣赏要求。

至于“怎样写”的问题，最重要的是在于对表现对象有“明确的判断力和表现的才能”。[2]所谓“明确的判断力”，是指作家对表现对象进行准确观察和研究之后作出透彻理解和中肯评判的能力。鲁迅一再强调，作家“对于任何事物，必须观察准确、透彻，才好下笔”。[3]“不要看了就写，观察了又观察，研究了又研究，精益求精，哪怕是最平凡的事物也能创造出它的生命力来。”[4]只有善于观察和研究事物，才会获得“明确的判断力”，从而真正把握自己在作品中所要表现的对象。所谓“表现的才能”，是指作家将自己的观察研究所得、自己在现实中所获得的切身感受等表现出来的能力。“表现的才能”的获得，主要应从学习中得

1　鲁迅：《华盖集续编·厦门通信（二）》，《鲁迅全集》（第三卷），第374页。
2　鲁迅：《且介亭杂文二集·五论“文人相轻”——明术》，《鲁迅全集》（第六卷），第383页。
3　参见陈烟桥：《鲁迅与木刻》，开明书店，1940年版。
4　转引自陈广：《记鲁迅先生的一次讲话》，《回忆伟大的鲁迅》，新文艺出版社，1958年版，第190页。

来，按鲁迅自己的体会，“是由于多看和练习，此外并无心得或方法的”。[1]“凡是已有定评的大作家，他的作品，全部就说明着‘应该怎么写’”，[2]从成功的作品中学习和借鉴，是丰富自己创作的表现力的重要手段之一。但更重要的是，作家都必须经过自己的实践和锻炼，并从中总结和积累经验，最终形成自己独特的表现技巧。鲁迅自己的创作实践就最能说明这一问题：在最初的创作中，他的作品多少受外国作家的影响，但随着不断的创作实践，他便逐步“脱离了外国作家的影响，技巧稍为圆熟，刻划也稍加深切”。[3]

“怎样写”的问题虽然涉及的方面较多，但在某种意义讲比较重要，同时也能够具体化一些的，是写作的技巧的问题。鲁迅很重视文学创作中的技巧问题，他曾指出，对于技巧，“许多青年艺术家，往往忽略了这一点，所以他的作品，表现不出所要表现的内容来。正如作文的人，因为不能修辞，于是也就不能达意”。当然，鲁迅同时也指出，“如果内容的充实，不与技巧并进，是很容易陷入徒然玩弄技巧的深坑里去的”。[4]鲁迅没有将技巧问题孤立起来谈论，而是将技巧问题与内容的充实同时提出，这显示了鲁迅对“技巧”问题的辩证态度。

关于具体创作技巧，所包含的内容是丰富而复杂的。鲁迅基

1　鲁迅：《书信·350629 致赖少麒》，《鲁迅全集》（第十三卷），第 162 页。

2　鲁迅：《且介亭杂文二集·不应该那么写》，《鲁迅全集》（第六卷），第 311 页。

3　鲁迅：《且介亭杂文二集·〈中国新文学大系〉小说二集序》，《鲁迅全集》（第六卷），第 239 页。

4　鲁迅：《书信·350204 致李桦》，《鲁迅全集》（第十三卷），第 45 页。

本上是在总体原则上肯定创作技巧的重要，而并未就其具体的技巧问题作详尽的、系统的阐述。这是因为：鲁迅一向反对所谓“小说作法”“创作指南”之类的东西，他认为，具体的写作技巧，要靠作者自己从优秀作品中去体会借鉴，要通过自己在实践中摸索，关键的问题是在于找到一整套适合于自己使用的，能够较完善地表达自己独到的审美情感的技巧。

不过，鲁迅也还是结合自己的创作实践，谈到过一些创作中的具体技巧问题，其中有关文学创作中的语言运用技巧和有关人物塑造等技巧就是鲁迅相对集中地给予较多论述的问题。通过这些有关技巧的论述，我们也正可以看出，鲁迅即使是谈技巧，其目的仍不在技巧自身，而在如何将自己的审美情感真正表达出来。例如，在谈到创作中使用语言问题时，鲁迅说他自己是“写完后至少看两遍，竭力将可有可无的字，句，段删去，毫不可惜。宁可将可作小说的材料缩成 Sketch，决不将 Sketch 材料拉成小说”，“不生造除自己之外，谁也不懂的形容词之类”。[1]鲁迅还说：“我力避行文的唠叨，只要觉得够将意思传给别人了，就宁可什么陪衬拖带也没有。”[2]这些话所强调的一个重要方面，就是要求文学创作使用的语言要简洁、精练、朴素、自然，一切以能表达清自己的“意思”为限。“达意”是鲁迅对文学语言的最基本的

1　鲁迅：《二心集 · 答北斗杂志社问》，《鲁迅全集》（第四卷），第 364 页。
2　鲁迅：《南腔北调集 · 我怎么做起小说来》，《鲁迅全集》（第四卷），第 512 页。

要求。鲁迅甚至视“用字要平常,作文要明白”为“作者的本分”。[1]如何做到“明白”易懂、“平常”达意呢?鲁迅指出:“倘要明白,我以为第一是在作者先把似识非识的字放弃,从活人的嘴上,采取有生命的词汇,搬到纸上来;也就是学学孩子,只说些自己的确能懂的话。”[2]当然,鲁迅强调文学语言的明白、平常等等,绝不是要作家简单地袭用口语,而是要在口语基础上作文学的“加工”。鲁迅曾对高尔基所谓的“大众语是毛胚,加了工的是文学”的话很赞同,[3]他认为,即使是使用方言土语,也仍然要“将语法和词汇,更加精炼,使他们发达上去”,而不能“仅用泛泛的话头”。[4]这里可以看出,鲁迅论述文学语言,并非止于语言技巧本身,因此他对此也并无成规成见,采口语也好,作“加工”也好,目的只有一个:如何有利于“达意”就如何办。这里再次体现出了鲁迅文学创作观的中心意识所起的支配作用:一切都必须是以表达作家的审美情感为转移,语言的使用技巧也不例外。

有关塑造人物的技巧,鲁迅似乎论述得更为详尽一些,这从鲁迅创作活动的目的来考察是不难理解的:鲁迅以文学为思想启蒙的武器,启蒙的对象是“人”,文学表现的对象也是人,因此“写人”的技巧在文学创作技巧中就无疑是一个特别重要的内容。鲁

1 鲁迅:《花边文学·“彻底”的底子》,《鲁迅全集》(第五卷),第510页。
2 鲁迅:《且介亭杂文二集·人生识字胡涂始》,《鲁迅全集》(第六卷),第296—297页。
3 鲁迅:《花边文学·做文章》,《鲁迅全集》(第五卷),第529页。
4 鲁迅:《且介亭杂文·门外文谈》,《鲁迅全集》(第六卷),第97页。

迅有关人物塑造技巧的论述较多，这里择其要略作介绍。

其一，鲁迅认为，写好人物的一个重要条件，是作品中写出的人物，必须是作者在心目中充分酝酿的结果。鲁迅指出："作者用对话表现人物的时候，恐怕在他自己的心目中，是存在着这人物的模样的，于是传给读者，使读者的心目中也形成这人物的模样。"[1]这就是说，作者对所要写出的人物，必须先在自己心目中充分酝酿，就好比"画家的画人物"，对生活中的人物"静观默察，烂熟于心"，然后便能"凝神结想，一挥而就"。[2]鲁迅塑造阿Q这一人物形象时就有这样一个过程，他说："阿Q的影像，在我心目中似乎确已有好几年。"[3]也就是说，是经过在心目中多年的酝酿，鲁迅才得以成功地塑造出这么成功的人物形象。这种酝酿是很重要的，正是在这个意义上，鲁迅主张"写不出的时候不硬写"。[4]因为"硬写"出的人物常易流于苍白枯燥以及脸谱化、公式化，缺少生气。这样"硬写"出的人物，很难在读者心目中形成具体可感的"人物的模样"，这样的作品最终也就难以打动读者。

其二，鲁迅认为，要把人物真正写活，应强调写出人物的灵魂，要"显示灵魂的深"。如何显示人物"灵魂的深"呢？鲁迅谈论和使用较多的手法有三种：第一，画眼睛。鲁迅认为，"要

1　鲁迅：《花边文学·看书琐记》，《鲁迅全集》（第五卷），第530页。
2　鲁迅：《且介亭杂文末编·〈出关〉的"关"》，《鲁迅全集》（第六卷），第519页。
3　鲁迅：《华盖集续编·〈阿Q正传〉的成因》，《鲁迅全集》（第三卷），第378页。
4　鲁迅：《二心集·答北斗杂志社问》，《鲁迅全集》（第四卷），第364页。

极省俭的画出一个人的特点，最好是画他的眼睛”，“倘若画了全副的头发，即使细得逼真，也毫无意思”，[1]因为眼睛是心灵的窗户，从它可以透视人物灵魂的深处。这里的画“眼睛”是一个形象的说法，实际上是指抓住人物最能传神的因素，以形写神，达到揭示人物灵魂的目的。第二，直接揭开人物心灵的秘密。关于这一手法，鲁迅虽没有直接论述过，但在他的创作中却屡屡被采用着。例如，《阿Q正传》第七章，写了阿Q的“革命狂想曲”，作品借人物由幻想形成的幻觉，直接揭示了阿Q的病态心理和偏狭的“革命”目的。第三，用个性化的人物语言来揭示人物的内心世界。鲁迅曾提及，“高尔基很惊服巴尔扎克小说里的对话的巧妙，以为并不描写人物的模样，却能使读者看了对话，便好像目睹了说话的那些人”。[2]鲁迅还曾这样称赞陀思妥耶夫斯基作品对人物“灵魂的深”的揭示，认为“他写人物，几乎无须描写外貌，只要以语气，声音，就不独将他们的思想和感情，便是面目和身体也表示着”。[3]而鲁迅在自己的作品中运用人物的个性化语言来显示人物“灵魂的深”的例子更是不胜枚举。

其三，鲁迅还较多地论述了创作中写人物取用模特儿的问题。鲁迅认为“作家的取人为模特儿，有两法”，“一是专用一个人，

1 鲁迅：《南腔北调集·我怎么做起小说来》，《鲁迅全集》（第四卷），第513页。
2 鲁迅：《花边文学·看书琐记》，《鲁迅全集》（第五卷），第530页。
3 鲁迅：《集外集·〈穷人〉小引》，《鲁迅全集》（第七卷），第103页。

言谈举动，不必说了，连微细的癖性，衣服的式样，也不加改变”，“二是杂取种种人，合成一个”。[1]鲁迅自己大都采取后一种办法。他曾这样说起过自己的创作：“有模特儿，我从来不用某一整个”；[2]“模特儿不用一个一定的人，看得多了，凑合起来的”；[3]“往往嘴在浙江，脸在北京，衣服在山西，是一个拼凑起来的脚色”。[4]这里讲的“杂取”“合成”“凑合”“拼凑”等等，实际上就是指对生活中的原型进行一定的艺术集中和概括，这样，虽然写出的只是一个，概括进去的却是一群，所写出的人物所包蕴的社会意义也更广泛，更能在读者心目中产生广泛的反响。因为是广收博取，“一部分相像的人也就更其多数，更能招致广大的惶怒”。[5]从而让现实中的人们“疑心到像是写自己，又像是写一切人，由此开出反省的道路”。[6]这里又使我们可以很明确地看到，鲁迅谈写人物的技巧，出发点却远非止于技巧自身。鲁迅讲述自己的创作技巧，其目的显然并非是要别人起而效仿，因为鲁迅向来主张，文学创作“究竟也以独创为贵”。[7]从鲁迅对技巧问题的论述中，我们固然可以感觉到鲁迅对技巧问题的强调，但同时，我们更能感觉到，他更主要的目的似乎正是为了时时提醒人们，技巧的采

1 鲁迅：《且介亭杂文末编·〈出关〉的“关”》，《鲁迅全集》（第六卷），第518—519页。
2 鲁迅：《书信·360221致徐懋庸》，《鲁迅全集》（第十三卷），第318页。
3 鲁迅：《二心集·答北斗杂志社问》，《鲁迅全集》（第四卷），第364页。
4 鲁迅：《南腔北调集·我怎么做起小说来》，《鲁迅全集》（第四卷），第513页。
5 鲁迅：《且介亭杂文末编·〈出关〉的“关”》，《鲁迅全集》（第六卷），第519页。
6 鲁迅：《且介亭杂文·答〈戏〉周刊编者信》，《鲁迅全集》（第六卷），第145页。
7 鲁迅：《华盖集续编·不是信》，《鲁迅全集》（第三卷），第230页。

用必须与内容表达“同步”。鲁迅对创作技巧的论述，再次鲜明地显示出了他整体文学观中的社会功利性的价值取向。

总之，从以上陈述中，我们可以看出，鲁迅的文艺创作观是有其内在的统一性的，这种统一不是人为地外加上去的，而是出自鲁迅自己对于文学创作问题的系统思考。文学的社会功利性的价值取向，形成了鲁迅文学创作论的核心——对文学创作独特性的认识。鲁迅从事文学创作的目的是作思想、精神的启蒙，而要真正能实现这一目的，文学就必须能在精神上触及人的灵魂，因此作品的情感表达就变得十分重要，无情之语难以动人，也就更谈不上触及灵魂，完成思想精神启蒙的任务。围绕情感表达这一核心，鲁迅对文学创作的真实性、文学创作的方法特性、文学创作中作为情感载体的生活具象的特征以及文学创作中更为具体的“写什么”和“怎样写”等问题作了较为系统的论述。这些对具体问题的论述看似零散，但在其背后却有着一条贯穿的中心线索，各种论述、各个问题之间事实上有一种有机的联系。它们相互间构成的一个有序的整体，一方面显示出了鲁迅的文学创作观念的种种特点，同时，也从一个重要的侧面暗示了鲁迅的整体的文学观念。

第六章 “取今复古，别立新宗”

——鲁迅的传统文学观

这里所谓的“传统文学观”，主要是指鲁迅的文学观在他与传统文学关系上的具体体现。鲁迅一生对中国传统文学进行过大量的系统研究，这也是他文学活动的一个重要组成部分，鲁迅研究传统文学，不是为研究而研究，他的这种研究与他从事其他所有文学活动的目的是相一致的，因此，可以说，在鲁迅对传统文学的研究中所体现出的一系列的精神、原则，与鲁迅的整体文学观也必然是一致的。除了鲁迅对传统文学的直接研究之外，在鲁迅的文学创作中，事实上对中国传统文学也有着诸多的继承和借鉴。在这种继承、借鉴中所体现出的选择趋向和褒贬态度，也同样昭示出了鲁迅文学观的一些重要特点。我们这里并不是具体评述鲁迅对传统文学诸多具体问题的研究和评价，也不是全面介绍鲁迅创作活动、鲁迅作品与中国传统文学的具体关系，而是着重揭示鲁迅与传统文学的关系中所体现出的文学观念。这与研究鲁迅的新诗观、小说观、杂感观等方面一样，是为了从一个侧面来揭示或论证鲁迅文学观的重要特征。

一

当鲁迅带着一种深刻的文化目的去从事文学活动时，他不可能绕开如何对待传统文学的问题。五四时期是一个新旧文化更替的历史转换期，思想文化上的反传统和促进整体文化的现代化成为历史的主潮。“五四”文化革新所选取的突破口是文学这一领域，五四新文化运动最终几乎归结为文学革命运动。而当文学被选择为文化革新的突破口时，文学上的反传统和现代化也就成了势所必然的历史要求。鲁迅充分意识到这一历史的任务和要求，这应看作是鲁迅对待和研究传统文学的主要的精神动力。鲁迅在文学上的反传统意识是非常明确的，这与他的整体文化观正好是相一致的。鲁迅认识到，中国现有的传统文学不是一个现成的可以用来为改良社会、改良人生，为思想启蒙，乃至为整体文化革新服务的工具，因为它在机制上体现为载封建思想之“道”的功能特征，而且作为封建旧文化的重要组成部分，传统文学自身也首先是文化革命的对象。因此，在鲁迅的文学活动中理应存在着这样一个必然的逻辑程序：以文学为手段完成其文化目的——改良社会、改良人生和进行思想启蒙，同时，为了使文学真正能担当起这一任务，又必须改造旧有文学，创造新的文学。也许，从这一逻辑关系入手，能有助于我们合理地理解鲁迅对待传统文学的一些基本的态度，乃至一些偏激之论和看似自相矛盾的见解。

人们不难发现，鲁迅对待中国传统文学的态度所具有的矛盾性：一方面，鲁迅几乎带着决绝的态度来看待传统文学，将之统称为“瞒和骗的文艺”，[1]甚至宣称：“我以为要少——或者竟不——看中国书，多看外国书”；[2]另一方面，鲁迅对于中国传统文学的研究又几乎是与他创作新文学作品同步进行的，甚至对于中国传统文学的致力，还可以追溯到 1912 年辑录的《古小说钩沉》；而鲁迅的创作与中国传统文学的历史联系又是那么明显，以至于人们难以理解鲁迅这样的论断：“新文学是在外国文学潮流的推动下发生的，从中国古代文学方面，几乎一点遗产也没有摄取。”[3]对于这种矛盾性现象，如果我们止于表面现象本身，所得结论就会非常浮泛、肤浅，而如果据守一端，则又易导致结论的片面性。

其实，问题远非这么简单。如果我们进一步穿透这些表面现象，就会发现，在看似矛盾的现象背后，却有着深刻的内在同一性。

1　鲁迅：《坟 · 论睁了眼看》，《鲁迅全集》（第一卷），第 240 页。
2　鲁迅：《华盖集 · 青年必读书》，《鲁迅全集》（第三卷），第 12 页。
3　鲁迅：《集外集拾遗补编 · “中国杰作小说” 小引》，《鲁迅全集》（第八卷），第 399 页。

这里有一个鲁迅所说的“时候和环境”的问题。[1] 在特定的历史转折时期，没有“调和派”的位置，在新与旧之间的选择，必须是单向的：要么是依附传统，要么是彻底的反叛。当鲁迅思考重建中国新文学时，他首先面临的是彻底否定阻碍新文学产生的传统文学这一历史交给的艰巨任务。因此，在鲁迅那里，对于整体意义上的“传统文学”的态度是非常明确的，这就是彻底的否定。“菲薄古书”成了鲁迅在特定的文化转换期一以贯之的自觉意识，这不仅是鲁迅那些彻底否定传统文学的偏激之论得以产生的思想根源，而且也是鲁迅在行为上一度热衷于传统文学研究的重要思想根源。用鲁迅自己的话来说，就是“菲薄古书者，惟读过古书者最有力，这是的确的。因为他洞知弊病，能以子之矛，攻子之盾”。[2] 事实上，鲁迅在反传统的斗争中，正是常常得力于他对传统的深入了解和研究，即如他所认为的，“因为从旧垒中来，情形看得较为分明，反戈一击，易制强敌的死命”。[3] 对传统文学的深入了解和研究，使鲁迅在与国粹主义者的斗争中能够一针见血地指出对手们的“于旧学并无门径，并主张也还不配”的尴尬地位，[4] 并从而获得一种自信：那些故弄玄虚的复古主义者“大概不及我读过一些古文者的深切地看透作者的居心”。[5] 因此，可以这

1　鲁迅：《准风月谈·答“兼示”》，《鲁迅全集》（第五卷），第 359 页。
2　鲁迅：《华盖集续编·古书与白话》，《鲁迅全集》（第三卷），第 214 页。
3　鲁迅：《坟·写在〈坟〉后面》，《鲁迅全集》（第一卷），第 286 页。
4　鲁迅：《热风·估〈学衡〉》，《鲁迅全集》（第一卷），第 379 页。
5　鲁迅：《坟·寡妇主义》，《鲁迅全集》（第一卷），第 266 页。

样说，鲁迅菲薄传统文学的态度与他致力于传统文学的研究这二者之间并无矛盾。研究传统文学的重要目的之一，似乎也正是在于更加有力、有效地批判传统文学。正是在这一点上，二者无疑有着内在的统一性。

五四新文学之“新”，最根本的一点在于它必须建立起有别于旧文学的全新的文学观念。对此，鲁迅有清醒的认识，他清楚地意识到，这种全新的文学观念，显然不可能由旧文学观念蜕变而成，相反，旧文学还会在实际上以种种方式影响着人们的观念，从而起着阻碍新文学产生的作用。正因为如此，中国新文学只能是在以反对传统文学为主要内容的“文学革命”中才会产生。如果从这个方面着眼，我们不仅会承认，鲁迅所谓中国新文学的产生几乎未从传统文学中摄取一点遗产的结论，是完全正确的；我们还会发现，鲁迅对整体的传统文学的否定，也几乎主要是集中于对其文学观念——儒家“诗教”——的否定上。早在《摩罗诗力说》中，鲁迅就对统治中国文坛两千多年的儒家“诗教”进行了尖锐的批判。鲁迅认为,“诗教”说乃是对文学的“设范以囚之”；“强人以无邪”则更是“非人志”的束缚自由的“羁縻”。这种以载封建之“道”为目的文学观念实际上是窒息了文学，不冲破这种“诗教”的藩篱，“立意在反抗，指归在动作”的助力文化革新成功的新文学就难以产生。在批判传统文学观念方面，鲁迅对于传统文学的决绝态度与他对于传统文学的热衷研究的态度再一次显示出了同一性。鲁迅对于传统文学的“诗教”观的详细解剖和分析以及深入批判，恰恰是在他大量的研究传统文学的成果中体现出来的。当我们翻开鲁迅的诸如《中国小说史略》《中国小说的历史的变迁》《汉文学史纲要》《门外文谈》《魏晋风度及文章与药及酒之关系》等一系列研究传统文学的著述时，我们会立即感觉到这种研究中饱蕴着的革命的批判精神。且不说对传统文学的表现内容，诸如孔孟之道、封建礼教、宋明理学、佛家因果报应、道教方士迷信等方面的尖锐批判，仅从文学角度看，那种冲决儒家“诗教”束缚的气势，那种对传统文艺观的挑战，都无不显示出一种决绝的反传统精神。鲁迅在对一系列文学现象进行具体研究和评价时，常常以直截、鲜明的态度批判了传统文学的“诗教”观念。鲁迅认为，“思无邪”是束缚文学发展、禁锢诗人思想感情的教条，因此，鲁迅对于历史上史家据“诗教”评判一切文学的做法给予有力的抨击。无论是“局踏于诗教”，贬抑《离骚》《史记》的东汉“二班”，还是“提挈经训，诛锄美辞”的宋元理学家，均无一例外地遭到了鲁迅的嘲讽。[1]为了彻底否定儒家的“诗教”观念，鲁迅还努力从传统文学自身去找寻那些与封建文学观念并不和谐的，甚至相违背的文学现象，即从传统中发掘反传统的因素，用以说明“诗教”观也并不具有“从来如此”的“正确

1　鲁迅：《汉文学史纲要》，《鲁迅全集》（第九卷），第346页。

性”。例如，鲁迅就曾通过对《诗经》的分析，告诉人们：从《诗经》起，其主要倾向就不是温柔敦厚的，其中不乏“怨愤责数”“甚激切者”。[1]而鲁迅给予《儒林外史》《红楼梦》等古典文学作品以高度评价，其主要原因也是在于它们所具有的反传统特性。鲁迅认为，《儒林外史》的精髓是在它能“指摘时弊”“抨击习俗”“且洞见所谓儒者之心肝”，而作者“虽束身名教之内”，但能突破思想的限制，有独立的是非见解；[2]至于《红楼梦》，则更是具有“在中国底小说中”“不可多得的”“价值”，这是因为它“敢于如实描写，并无讳饰，和从前小说叙好人全好，坏人全坏的，大不相同”，“自有《红楼梦》出来以后，传统的思想和写法都打破了”。[3]鲁迅在传统文学中挖掘反传统文学观念的因素，一方面是从中汲取反传统的精神养料，另一方面也是为了以此为武器，彻底否定传统文学观念的合理性。

从传统文学中挖掘反传统文学观念的因素，这里包含着一个比较深刻的理论问题，这就是说，鲁迅对整体的传统文学的彻底否定，并不妨碍鲁迅对传统文学中一些具体的合理因素的汲取。鲁迅对待传统文学的态度与他对待整个传统文化的态度是一致的，他特别注意将旧传统的整体构架以及由这种结构生成的整

1　鲁迅：《汉文学史纲要》，《鲁迅全集》（第九卷），第354页。
2　鲁迅：《中国小说史略》，《鲁迅全集》（第九卷），第224页。
3　鲁迅：《中国小说的历史的变迁》，《鲁迅全集》（第九卷），第338页。

体功能与传统内部的具体因素区别开来，这就如同在有害的分子结构中可以分解出有益的个体元素一样，脱离开整体构架的具体因素，将在功能上不再等同于整体结构。因此，一些具体的有益的“文学传统”与整体意义上的“传统文学”在其哲学内涵上不再是同一回事。正因为如此，鲁迅从彻底否定传统旧文学的目的出发，汲取了传统文学中的反传统因素；同时，他从建设新文学的目的出发，又汲取了一切有益于新文学建设的进步的文学传统。我们从鲁迅的新文学创作中所见到的所谓“历史的联系”，并非是对整体的传统文学的继承，而是对一些具体有益的文学传统的继承，这种继承与鲁迅冲决“诗教”藩篱、“菲薄古书”的整体反传统精神不但不相矛盾，而且是相统一的，它们正是建设新文学所不可或缺的相辅相成的两个方面。从这二者的统一性中，我们再次看到了鲁迅文学观中社会功利性价值取向的主导作用。只有从鲁迅的彻底的反传统精神与鲁迅对具体有益的文学传统的继承这两个方面着眼，我们才能够比较客观而全面地理解鲁迅的传统文学观。

二

鲁迅的这种传统文学观，在他的文学史研究的实践中体现得最为直接。鲁迅曾指出:“我们有艺术史，而且生在中国，即必须翻开中国的艺术史来。”[1]这就是说，应该正视历史，研究历史。也正是在这种思想指导下，鲁迅写出了大量的文学史研究的著述。从鲁迅已经完成的一系列文学史研究的著述来看，鲁迅无疑是为中国文学史的研究提供了丰富翔实的材料和精彩独到的观点、见解，这无疑应视为鲁迅对中国文化建设的杰出贡献。但更其值得注意的是，鲁迅通过他自己的文学史研究的实践所体现出的文学史研究的一些原则和精神，正是这种原则和精神使鲁迅的文学史研究有了自己的特色和独到的价值。而这些原则和精神，也最能体现出他的带有社会功利性倾向的文学观。

在鲁迅的文学史研究著述中，人们不难发现其中所充满着的强烈的现代意识。鲁迅的文学史研究，与五四新文化运动的需要显然是有着某种必然联系的。鲁迅一方面在研究中批判封建思想文化，其锋芒，涉及哲学、宗教、伦理、文艺等许多方面，这几乎可以视为鲁迅在借文学史研究来完成五四新文化运动批判封建思想文化的任务。另一方面，鲁迅又在研究中，在最大限度上弘扬了那些五四时代所需要的精神传统。或者换句话说，鲁迅研究的虽然是历史，但其中却到处闪烁着五四时代精神。例如，在《汉文学史纲要》中，鲁迅在评论《诗经》时，强调的是“激楚之言，

1　鲁迅:《且介亭杂文 · 论“旧形式的采用”》,《鲁迅全集》(第六卷)，第 23 页。

奔放之词”，“怨愤责数”的“呐喊”之声。评价屈原时，强调的是屈原的“呵而问之”的“愤懑”，是他“曦怀宗国，终于宁死而不忍去”的爱国热忱和“九死未悔”的高贵气节。评价李斯，鲁迅着重的是“斯虽出荀卿之门，而不师儒者之道”，有吾爱吾师但更爱真理的反潮流勇气。评论两司马时，鲁迅特别指出司马相如不甘居弄臣地位的志向，“不慕官爵，亦往往托辞讽谏”；强调司马迁“恨为弄臣，寄心楮墨”，“发愤著书，意旨自激”的进取精神。可以看出，鲁迅的研究，不再是释古或述古，而是以一种五四时期所特有的现代意识融注其中，借古代以阐明现在。从中我们可以看到，那种反抗一切、重新估价一切、追求真理、敢于反潮流、爱国进取、个性主义等可以称为五四时代精神的一些基本内容，鲁迅都在对古代文学史的研究中作了挖掘。这种强烈的现代意识在《中国小说史略》、《中国小说的历史的变迁》和《魏晋风度及文章与药及酒之关系》等论著中也有较突出的体现。如在后一篇文章中，鲁迅就是一方面从建安文学中挖掘着五四时代所特别需要的敢于面对现实、敢于同情下层人民疾苦、敢于解放思想等精神传统，另一方面又从这些方面给予建安文学以较多的评价。正因为鲁迅以现代意识去研究中国文学史，这就使他站在一个前人所无从企及的历史高度，从而避免了使这种研究沦为钻故纸堆，而使这种研究具备了“现代性”的品格，具有了现实的意义和价值。

文学史研究的对象，自然是历史上出现的文学现象、文学作家和文学作品，但它是以现代人的眼光去阐释历史，因此，就文学史研究性质而言，它不是历史文化的组成部分，而是现代文化。它是研究者的主体参与了的历史，是研究者眼中的笔下的历史。尽管其记述的对象、内容都有其历史的客观性，但在其思维方式、研究方法的选择、评判角度和评判结论等方面都充分昭示着研究者所处时代的文化氛围的特点以及研究者个人的文学观念和独特的个性特征。从鲁迅的文学史研究中，我们尤其能感觉到这一点。鲁迅的文学史研究，不是单纯地为了释古和述古，而是为了从历史中找寻借鉴，因此，鲁迅在文学史研究中特别强调其“史”的研究的特性，即注意对“史”的规律的探讨和据“史识”对作史作出评价。鲁迅曾在《中国小说的历史的变迁》中讲到，他在研究中国文学的发展时，尽可能“从倒行的杂乱的作品里寻出一条进行的线索来”。也就是说，在研究中，不是就作家论作家，就作品论作品，而是注意对文学起源、文学派别和文学的变迁以及种种文学现象作历史的考察，注意历史的“演进之迹”。例如，在《中国小说史略》中，鲁迅特别注重从纷纭复杂的小说历史中，从历代形形色色的小说创作中，总结小说发展的规律。鲁迅深刻而具体地向人们说明了中国小说发展过程的全貌：从神话传说、志怪小说，到唐代传奇、宋元话本，再到明清小说，其间所经历的漫长的发生、发展、成熟、兴盛的过程，以及该过程所显示的中国小说自身的特殊规律。鲁迅一方面从一个个作家、作品、流派、现象的纵横联系里去概括小说历史的发展规律，另一方面又注重从整个文学历史发展规律的高度，去观察、评价一个个具体的作家、作品、流派。这使他的小说研究显得特别深刻，也特别具有鲜明的“史”的特点。鲁迅曾说过：“讲文学的著作，如果是所谓‘史’的，当然该以时代来区分，‘什么是文学’之类，那是文学概论的范围，万不能牵进去。”[1]这里提供了一种文学史研究的原则，即文学史研究不是一般地解释文学理论问题，而是从文学历史的演进之迹中总结、概括其发展规律，因此，“时代的区分”是其基本的要求。这样找寻和确定或一时代中最能起代表性作用的作家、作品、现象就非常重要，这关系到能否正确演示历史线索，并从而概括出发展的规律。鲁迅的《中国小说史略》就首先以时代的发展为顺序，即从汉、六朝、唐、宋、宋元、元明、明清等时代一一写来，“史”的线索很分明。为了突出不同时代小说的不同特征，鲁迅特别注意选取最能代表或一时代的作品来加以论述，而不是面面俱到。如六朝讲志怪小说和《世说新语》等；唐突出了传奇、杂俎；宋分为志怪、传奇、话本，其中以话本为主；宋元讲拟话本；元明着重讲“讲史”；明代讲神魔小说、人情小说；等等。鲁迅既注意到了大的时代顺序，又从时代发展中概括出小

1 鲁迅：《书信集·351105致王冶秋》，《鲁迅全集》（第十三卷），第243页。

说性质的变化和小说形式及内容的演变，在分类概括中显示了自己的真知灼见。鲁迅注重探讨规律和揭示“史”的线索，并加以独特的分类概括，使文学史的研究更多地体现了五四时代的科学性研究的特征：在其方法上摆脱了中国传统的评点式评议和清末以后的考据式研究的窠臼，从而结束了中国文学史研究的零星分散的局面，使其进入了有完整科学体系的系统研究的新阶段。鲁迅为中国文学史研究开辟了一条新的广阔道路。如果说按“时代的区分”还比较容易办到，那么鲁迅的研究中更具价值的是他对重点的有代表性的现象的选择、把握和分类概括所依据的一种真正的“史识”。没有“史识”的历史研究，只能是“死”的研究。鲁迅的研究目的是从传统中挖掘有益的因素，因而，他总是能依据卓越的“史识”，正确区分中国文学的精华与糟粕，并对之作出实事求是的价值评判，从而真正能够张扬对五四新文学发展有用的积极因素，抨击那些不利于新文学发展的古旧的鬼魂。鲁迅特别强调文学史研究中这种“史识”的重要。他曾对郑振铎所作《中国文学史》中的小说部分，作过这样的评价：“郑君所作《中国文学史》，顷已在上海豫约出版，我曾于《小说月报》上见其关于小说者数章，诚哉滔滔不已，然此乃文学史资料长编，非‘史’也。但倘有具史识者，资以为史，亦可用耳。”[1]这里，鲁迅实际上是

1　鲁迅：《书信集·320815 致台静农》，《鲁迅全集》（第十二卷），第 102—103 页。

提出了文学史研究必须以“史识”来驾驭史料的问题。重视“史识”，也许正是鲁迅文学史研究的重要特色之一。鲁迅认为，自己的文学史研究之法，与胡适等“往往恃孤本秘笈，为惊人之具”的做法“不同”，他不以“孤本秘笈居奇”，“凡所泛览，皆通行之本，易得之书”，而鲁迅的研究价值也不是在于“炫耀人目”，“为学子所珍赏”，而是为了发表自己的独到的见解。[1]当有人诬鲁迅的《中国小说史略》是以日本学者盐谷温的《支那文学概论讲话》为蓝本时，鲁迅严正指出，自己的著述中虽有个别章节参考了盐谷温的书，“但不过是大意，次序和意见就很不同”。而绝大部分“都有我独立的准备，证据是和他所说还时常相反”。鲁迅认为，文学史研究的对象“都是以中国史实为‘蓝本’”，所以大家的研究“固然不当偷成书，但也不必全两样”，[2]关键是要有自己的见解。对此，胡适曾发表意见，明确肯定了鲁迅《中国小说史略》的独特价值，称之为“上等的工作”，并认为“说鲁迅抄袭盐谷温，真是万分冤枉”。[3]郑振铎也曾指出，《中国小说史略》“是一部奠基的大著作。从这部大著作出版了以后，研究中国古小说的人才能够有确切可据的基础。许多问题，在那里都大部分被解决了，许多过去模糊影响的见解和似是而非的议论，在那里都被廓清了。近三十

1 鲁迅：《书信集 · 320815 致台静农》，《鲁迅全集》（第十二卷），第 102 页。
2 鲁迅：《华盖集续编 · 不是信》，《鲁迅全集》（第三卷），第 230 页。
3 胡适：《关于当前文化动态的讨论》，《奔涛》创刊号，1931 年 3 月 1 日。

年来研究中国古小说的人很多，但像鲁迅先生那样气吞全牛，一举而奠定了研究的总方向，有了那么伟大而正确的指示的，还不曾有过第二人”。[1]郑振铎也正是从正确的见解、伟大的指示、解决文学史实际问题等“史识”方面，即从鲁迅对“史”的独到的真知灼见方面高度评价鲁迅的文学史研究的。鲁迅在一系列文学研究著述中，不囿于传统的偏见，不满足于大量史料的陈述、堆积，而是重视对史料作科学分析，从而作出种种深刻的价值评判和得出精到的结论。这种对价值评判的重视，是与鲁迅社会功利性的价值取向相一致的。鲁迅正是要在价值评判中完成对传统文学的取舍、褒贬，以使这种对传统文学的研究与现代文学的发展生出干系来，真正为新文学的发展服务。也正因为如此，鲁迅才对文学史研究中的“史识”问题给予特别的重视。

与鲁迅社会功利性文学观相一致，鲁迅在文学史研究中还特别注意作家、作品、文学现象得以产生的社会条件，特别强调把作家作品和文学现象摆到特定的历史背景之下去考察，从影响文学发展的诸多时代因素中去揭示其特点形成的根源。鲁迅曾指出：“我们想研究某一时代的文学，至少要知道作者的环境，经历和著作。”[2]这里所谓的“环境”，即是时代背景，主要是指当时对作者的生平、思想和创作产生了影响的政治、经济、文化、思想、

1　郑振铎：《中国小说史家的鲁迅》，《人民文学》第1卷第1期。
2　鲁迅：《而已集 · 魏晋风度及文章与药及酒之关系》，《鲁迅全集》（第三卷），第501页。

社会心理和风土习俗等状况。通过对这些社会状况与当时文学的关系以及它们影响文学的方式方法的考察，可以发现一些在纯文学研究中难以发现的文学的深刻根源和规律。例如，在《中国小说史略》中，鲁迅指出，六朝小说多志鬼怪，其原因在于“中国本信巫，秦汉以来，神仙之说盛行，汉末又大畅巫风，而鬼道愈炽；会小乘佛教亦入中土，渐见流传，凡此，皆张皇鬼神，称道灵异，故自晋讫隋，特多鬼神志怪之书”。[1]魏晋小说中的清谈，除了与老庄思想有关外，还由于魏晋时期是四海骚然的篡夺时代，名士议论政事，往往遭到执政者的杀害，遂一变而谈玄理，于是有《世说新语》一类作品。宋元小说与崇儒、并容释道、信仰巫鬼有关，加之宋代文人害怕触犯忌讳，便设法回避，所以宋人传奇不触及时事。明代小说与归佛、崇道、重视方士之术有关，明代的几个皇帝，重用方士，这类人常聚致通显，因而“小说多神魔之谈，且每叙床笫之事”。[2]清代游民常以从军得功名，为人们所慕，所以侠义小说产生。清嘉庆以来，中国“屡挫于外敌”，有识者翻然思改革，于是有谴责小说。《汉文学史纲要》也是如此，例如鲁迅在分析东周时诗亡而散文发达的原因时指出，这与周室衰落，《诗》失去了政治上的作用有很大关系：“周室既衰，聘问歌咏，不行于列国”，于是“风人辍采”；而在当时国家分裂，社会

1　鲁迅：《中国小说史略》，《鲁迅全集》（第九卷），第 43 页。
2　鲁迅：《中国小说史略》，《鲁迅全集》（第九卷），第 183 页。

动荡，战乱频繁，民心不定的情况下，“志士欲救世弊，则穷竭神虑，举其知闻。而诸侯又方并争，厚招游学之士；或将取合世主，起行其言，乃复力斥异家，以自所执持者为要道，骋辩腾说，著作云起矣”。[1]这使春秋战国时百家争鸣，文章替代诗歌这一现象的形成得到了令人信服的解释。这样精彩的分析不胜枚举。正因为鲁迅注重把文学作为一种社会存在，并将之摆到各种社会存在的关系中加以考察，因此，他分析和得出的结论常常较一般人更深刻，而且也更接近历史的真实。同时，通过这种研究，也更进一步证明了文艺与社会、与时代的密切关系，使鲁迅一贯所持的“完全超于政治”“完全超出于人间世”的文学是不存在的这一观点得到了历史的证明。[2]

总之，鲁迅在文学史研究的实践中所体现出的一些基本的精神和原则，也明显地显示出了一种社会功利性的价值取向，因此，可以说，即使是在鲁迅对传统文学的研究中，仍是那么鲜明地昭示了鲁迅一以贯之的社会功利性的文学观念。

1 鲁迅:《汉文学史纲要》,《鲁迅全集》(第九卷)，第362页。
2 鲁迅:《而已集·魏晋风度及文章与药及酒之关系》,《鲁迅全集》(第三卷)，第516页。

三

鲁迅从传统文学中发掘反传统因素的传统文学观，不仅直接地由他的文学史研究实践体现出来，而且也分明渗透在他的其他文学活动，包括文学创作当中。

并非如有些学者所认为的那样，鲁迅在文学上的反传统是高度自觉的，而继承传统则是非自觉的。事实上，鲁迅对传统文学的继承是有着明确的认识和自觉的意识的。当然，这种继承的前提条件是对传统文学整体结构的否定，是对整体性传统内部的具体优化因素的继承。

鲁迅曾指出，“因为新的阶级及其文化，并非突然从天而降，大抵是发达于对于旧支配者及其文化的反抗中，亦即发达于和旧者的对立中，所以新文化仍然有所承传，于旧文化也仍然有所择取”。[1] 具体到文学领域，也是如此。文学艺术上的反传统，并不意味着在传统面前闭上眼睛，对一切都视而不见。鲁迅有一段著名的话：“没有拿来的，文艺不能自成为新文艺。”[2] 这里的“拿来”，既包括对外国文学养料的汲取，也包括对中国有益文学传统的继承。从外国文艺中汲取新因素，助力中国新文学的产生，这一点比较好理解；而从“旧”文学中继承有益传统，促“新”文学的

1 鲁迅：《集外集拾遗·〈浮士德与城〉后记》，《鲁迅全集》（第七卷），第355页。
2 鲁迅：《且介亭杂文·拿来主义》，《鲁迅全集》（第六卷），第40页。

发展，这之间的关系却是比较复杂的。为此，鲁迅以历史的辩证的观点对之作了明晰的阐述。鲁迅认为:"'新文学'和'旧文学'这中间不能有截然的分界。"[1]这是因为，"新的艺术，没有一种是无根无蒂，突然发生的，总承受着先前的遗产"。[2]当然，"新文学"与"旧文学"之间的历史联系，绝不是一条直线，而是"有蜕变，有比较的偏向"。[3]"有蜕变"，就是指"新文学"并非"旧文学"的简单演化，而是抛弃旧有的总体格局，汲取有益因素，重新建构在其功能上完全区别于"旧文学"的全新的文学;"有比较"，则是指"新文学"在对"旧文学"的"承受"中，必须有所区别，有所选择，抛开传统文学的整体结构功能不谈，即使是构成传统文学的各种具体因素，也是呈良莠杂陈的状况，这就要求"承受"者能以敏锐的识见，抑止、抛弃消极因素，择取、发扬其积极因素，从而使这种"承受"真正有助于"新文学"产生和发展。由此看来，鲁迅对待传统文学的态度是非常明确的：对"旧文学"的继承、拿来是必然的，也是必须的，关键的问题是如何继承、如何拿来，这对于能否从"旧"之中产生"新"，或以"旧"助其"新"的产生、发展，是至关重要的。

从鲁迅的文学活动和文学创作中，我们能非常明确地指出鲁

1　鲁迅:《准风月谈·〈感旧〉以后（上）》,《鲁迅全集》(第五卷)，第329页。
2　鲁迅:《书信·340409致魏猛克》,《鲁迅全集》(第十二卷)，第381页。
3　鲁迅:《准风月谈·〈感旧〉以后（上）》,《鲁迅全集》(第五卷)，第329页。

迅与中国传统文学中有益的因素的继承关系。鲁迅曾极其神往于汉唐艺术，他说过：“遥想汉人多少闳放，新来的动植物，即毫不拘忌，来充装饰的花纹。唐人也还不算弱，例如汉人墓前石兽，多是羊，虎，天禄，辟邪，而长安的昭陵上，却刻着带箭的骏马，还有一匹鸵鸟，则办法简直前无古人。”[1] 当我们高度评价作为新文学建设者的鲁迅所具有的恢宏的气度、开放的意识、多方面汲取艺术养分的勇气等时，我们理应看到，鲁迅这种建构新文学时所特有的“艺术精神”，与中国文学艺术史上的优良传统的确有着某种必然的联系。在鲁迅那里，对于传统文学的“拿来”，首先就表现为对有益的文学精神的发掘和继承。鲁迅在评价中国小品文的源流时曾指出：“晋朝的清言，早和它的朝代一同消歇了。唐末诗风衰落，而小品放了光辉。但罗隐的《谗书》，几乎全部是抗争和愤激之谈；皮日休和陆龟蒙自以为隐士，别人也称之为隐士，而看他们在《皮子文薮》和《笠泽丛书》中的小品文，并没有忘记天下，正是一塌胡涂的泥塘里的光彩和锋铓。明末的小品虽然比较的颓放，却并非全是吟风弄月，其中有不平，有讽刺，有攻击，有破坏。这种作风，也触着了满洲君臣的心病，费去许多助虐的武将的刀锋，帮闲的文臣的笔锋，直到乾隆年间，这才压制下去了。”[2] 这里，鲁迅充分突出和强调了小品文发展中的抗

1　鲁迅：《坟·看镜有感》，《鲁迅全集》（第一卷），第 197 页。
2　鲁迅：《南腔北调集·小品文的危机》，《鲁迅全集》（第四卷），第 575—576 页。

争、愤怒、不忘天下、有攻击锋铠等精神传统。新文学应该有怎样的“文学精神”，从中正可以获得有益的启示。即如鲁迅，我们正可以从他犀利、泼辣和富有战斗性的文学风格中，找到这种传统文学中有益“文学精神”的痕迹。

鲁迅与中国传统文学的历史联系，还不仅仅体现为有益的文学精神的继承，在文学内容方面的借鉴也是很明显的。用鲁迅的话说，“取古代的事实，注进新的生命去”，从而“与现代人生出干系来”。[1]他的《故事新编》的创作和他的杂文中大量引入的古例等，都是最好的说明。当然，在更多场合中，鲁迅对于中国传统文学，是在艺术上的“拿来”。如果说，在文学观念上，文学内容上的“拿来”，还必须持特别审慎的态度的话，那么，在艺术上的汲取范围则是非常广泛的。鲁迅曾指出:“古典的，反动的，观念形态已经很不同的作品，大抵即不能打动新的青年的心(但自然也要有正确的指示)，倒反可以从中学学描写的本领，作者的努力。”[2]在鲁迅看来，不仅具有进步性因素的传统文学作品，其艺术上的可供借鉴，是毋庸置疑的，而且那些在思想上落后的反动的作品，也仍可在艺术上汲取有益的东西。例如，鲁迅曾坚决反对一般青年无批判地读《庄子》与《文选》之类的东西，他还曾对《庄子》中的消极因素给予过尖锐的批判；但鲁迅却仍然

1　鲁迅:《译文序跋集·〈罗生门〉译者附记》,《鲁迅全集》(第十卷)，第227页。
2　鲁迅:《准风月谈·关于翻译(上)》,《鲁迅全集》(第五卷)，第296页。

在艺术上高度评价了《庄子》。他称赞《庄子》“其文则汪洋辟阖，仪态万方，晚周诸子之作，莫能先也”。[1]而且，鲁迅本人的文章也深受《庄子》影响。对中国传统文学的艺术、技巧等方面的借鉴，在鲁迅那里几乎是涉及各个方面的，其中既有体裁、文体、风格的传承，又有表现方法、描写手法的吸收。就体裁、文体而言，不仅表现为鲁迅有大量的诗歌是直接采用旧体诗形式创作的，就鲁迅创作中占最大比重的杂文，其文体形式，也有着对传统文学的继承，诚如鲁迅自己所说，“其实‘杂文’也不是现在的新货色，是‘古已有之’的”。[2]再就风格而言，巴人曾作过这样的评价：“在白话里，鲁迅先生所要求的是‘读得顺口’，但接受了古文的简劲等等的风格。我们试读鲁迅先生所选的唐宋传奇，和鲁迅先生的创作小说，终觉其间的风格有一脉相通之处。”[3]其实与传统文学风格上的“相通”还不只限于唐宋传奇。至于在表现方法和描写手段、艺术技巧方面，鲁迅对传统文学的吸收，其实例更是不胜枚举。例如，对于鲁迅小说的表现方法，早就有人指出过：“鲁迅好用中国旧小说的笔法……他不唯在事项进行紧张时，完全利用旧小说笔法，寻常叙事时，旧小说笔法也占十分之七八，但他在安排组织方面，运用一点神通，便能给读者以‘新’的感觉了。”[4]

1　鲁迅：《汉文学史纲要》，《鲁迅全集》（第九卷），第 364 页。
2　鲁迅：《且介亭杂文 · 序言》，《鲁迅全集》（第六卷），第 3 页。
3　巴人：《鲁迅的创作方法》，《新中国文艺丛刊》，1942 年第 3 期。
4　苏雪林：《〈阿 Q 正传〉及鲁迅创作的艺术》，《国闻周报》，1934 年 11 月 5 日，第 11 卷第 44 期。

这段评论是很符合鲁迅小说的创作实际的。鲁迅自己也说过，他写小说常常是“采说书而去其油滑，听闲谈而去其散漫……”，这里“采说书”，正是吸收传统小说的表现方法和语言等等。再如，说起鲁迅作品在描写手法上的特点，人们会不约而同地指出“白描”手法，即鲁迅自己所谓的“力避行文的唠叨，只要觉得够将意思传给别人了，就宁可什么陪衬拖带也没有”。[1]这种所谓的“白描”手法，恰恰也是鲁迅从中国传统艺术吸收而来的。如此等等，不一而足。

总之，对于传统文学中的有益因素的传承，不仅是鲁迅所竭力提倡的，而且也是鲁迅在新文学活动中努力实践的。但这里要特别指出的是，鲁迅在对传统文学中有益因素作借鉴时，也分明显示出了强烈的社会功利性的价值取向。

在汲取传统文学的有益养分时，鲁迅特别注意自己所处的时代的特征。因此，历史上与当今时代具有某种“同构性”特征的文学，便特别受到鲁迅的重视。鲁迅对魏晋文学的师承，就是一个突出的例子。刘半农曾赠送过鲁迅先生一副联语：“托尼学说，魏晋文章。”“当时的友朋都认为这副联语很恰当，鲁迅先生自己也不加反对。”[2]所谓“魏晋文章”，当然绝不仅是指通常意义上的“文章笔调”，而是指鲁迅文章与魏晋文学在精神上和风格上的

1　鲁迅:《南腔北调集・我怎么做起小说来》,《鲁迅全集》(第四卷)，第512页。
2　孙伏园:《鲁迅先生二三事》，湖南人民出版社，1980年版，第46页。

相通。

鲁迅认为，魏晋时期是一个“易代之世”，“这个时代是很重要的时代”，文化的各个方面都处于转折时期，“在文学方面”也“起一个重大的变化”，是“文学的自觉时代”，[1]这在精神特征上与五四时期有着某种相似之处。因此鲁迅从中能够较多地汲取五四时代所需要的精神传统和文学方法。在魏晋文学作家中，鲁迅特别喜欢孔融和嵇康，这不仅是因为他们作品的文采，更是因为他们的思想行为和精神人格。诚如许寿裳所说：“鲁迅的性质，……很有一部分和孔、嵇二人相类似。”[2]鲁迅曾指出，孔融在建安七子中最值得称道的是，他“专喜和曹操捣乱”，“喜用讥嘲的笔调”。鲁迅甚至“曾以孔融的态度和遭遇自比”。[3]至于嵇康，鲁迅则十分推重他的敢于反传统的精神：嵇康“往往与古时旧说反对”。“孔子说：‘学而时习之，不亦说乎？’嵇康做的《难自然好学论》，却道，人是并不好学的，……还有管叔蔡叔，……一向公认为坏人的。而嵇康做的《管蔡论》，就也反对历代传下来的意思。”“但最引起许多人的注意，而且于生命有危险的，是《与山巨源绝交书》中的‘非汤武而薄周孔’。”孔子称“郑声淫”，而“嵇康曰：‘若夫郑声，是音声之至妙……’”。[4]鲁迅不仅称赞嵇康那种敢于

---

1 鲁迅：《而已集·魏晋风度及文章与药及酒之关系》，《鲁迅全集》（第三卷），第 504 页。
2 许寿裳：《亡友鲁迅印象记·整理古籍和古碑》，第 39 页。
3 冯雪峰：《过来的时代·鲁迅论》，《雪峰文集》（第四卷），第 9 页。
4 鲁迅：《而已集·魏晋风度及文章与药及酒之关系》，《鲁迅全集》（第三卷），第 512 页。

反对旧说的精神，对于他那种敢于蔑视权威，不阿附流俗的人格更是给予高度评价，并引为同调。我们从鲁迅那种“横眉冷对千夫指，俯首甘为孺子牛”的人格特征中，可以看到他与嵇康的某种内在联系。鲁迅推崇孔融的“违天反道”、嵇康的“反对旧说”，称赞他们的精神人格，是具有深刻的历史时代的意义的。鲁迅所处的痛苦的历史转折时代，赋予他特别艰巨的任务，面对依然强大的旧制度、旧势力，要想有所作为，唯有“敢说、敢笑、敢哭、敢怒、敢骂、敢打”，才有可能“在这可诅咒的地方击退了可诅咒的时代”。[1] 因此，在有着某种相类似的魏晋时代所产生的诸如孔融、嵇康等人的率性任真、争天抗俗的精神人格便理所当然地被鲁迅作为一种宝贵的精神传统，拿来服务于同样需要这种精神人格的五四时代。

当然，鲁迅从魏晋文学中所作的汲取是多方面的，在创作方法、表现手法和艺术风格等方面，我们也可以非常明显地找到鲁迅的创作与魏晋文学的种种历史联系。魏晋文学在中国文学发展史上曾产生了深远的影响，一个重要的方面是在于魏晋文学把现实主义发展到一个新的高度。魏晋作家由于生活在激烈的现实矛盾中，强烈的社会责任感使他们始终关注着现实，并自觉不自觉地把反映现实作为文学活动的重要任务。鲁迅所面临的也是一个

1　鲁迅:《华盖集·忽然想到（五）》,《鲁迅全集》（第三卷），第43页。

充满着各种现实矛盾的混乱的年代，同样是出于强烈的社会责任感，他自觉地以文学为武器，反映社会现实，投身现实社会斗争。这种时代特征和作家主观意图的“同构性”，使鲁迅特别欣赏魏晋文学的现实主义特质，因此，鲁迅对魏晋文学创作方法上的借鉴和汲取就显得非常突出。鲁迅作品中的讽刺手法的运用，也在较大程度上得益于魏晋文学。鲁迅曾称赞孔融“喜用讥嘲的笔调”，说他的讽刺有针对性、不留情面等等；[1]而鲁迅自己的杂文的重要特点之一，也正是“好用反语，每遇辩论，辄不管三七二十一，就迎头一击”，[2]“论时事不留面子，砭锢弊常取类型”。[3]这种文章表现手法的类似性，恰可看出鲁迅对魏晋文章的相承之处。这种相承性，在文章的总体风格上，也可以明显见出。鲁迅曾把“汉末魏初的文章”风格概括为“清峻，通脱”，并继而解释说：“清峻的风格——就是文章要简约严明的意思”，“通脱即随便之意”。[4]这种风格，在鲁迅的杂文中最大限度地得到了继承和发展。鲁迅曾说过，在论战性杂文中，“历举对手之语，从头至尾，逐一驳去”，“虽然犀利，而不沉重”，他所采用的方式是“正对‘论敌’之要害，仅以一击给与致命的重伤”。[5]这种以简约明快的三言两语，直截明确地击中事物要害的方式，正是所谓“简约严明”的文章风格

1 鲁迅：《而已集·魏晋风度及文章与药及酒之关系》，《鲁迅全集》（第三卷），第505页。
2 鲁迅：《两地书·一二》，《鲁迅全集》（第十一卷），第47页。
3 鲁迅：《伪自由书·前记》，《鲁迅全集》（第五卷），第4页。
4 鲁迅：《而已集·魏普风度及文章与药及酒之关系》，《鲁迅全集》（第三卷），第503页。
5 鲁迅：《两地书·十》，《鲁迅全集》（第十一卷），第40页。

的体现。鲁迅在写杂文时，时而旁征博引，时而在阐述甲事物时给乙事物以顺手顺便的一刺，时而论古，时而证今，而这正是“想说什么便说什么”的“尚通脱”的风格体现。总之，魏晋文学对鲁迅有着极为深刻的影响，尤其是鲁迅的杂文，无论在艺术方法、表现手法还是文体风格方面，都对魏晋文章有较多的汲取。

同样值得注意的是，鲁迅还非常重视对中国传统文学中的“抒情诗”传统的继承。如果说，对“魏晋文章”的借鉴使鲁迅杂文在深刻性和思辩性等方面大受其益，那么，对“抒情诗”传统的汲取则强化了鲁迅作品的审美效果。中国传统文学是以抒情诗为代表的，因此中国传统文学的一个重要表现特点就是抒情性。鲁迅很重视中国传统文学的“抒情性”传统，这既表现为他对以“诗骚”为代表的中国抒情诗的推重，也表现为他在创作中对这种传统的自觉继承。

鲁迅曾称颂《诗经》“是伟大的文学作品”，[1]赞《离骚》为“逸响伟辞，卓绝一世”。[2]尤其是对《离骚》，鲁迅显示了特别的偏爱，早在留学日本时，他就随身携带线装本《离骚》；他在《彷徨》题辞中引《离骚》“路漫漫其修远兮，吾将上下而求索”的诗句来自况当时的心境；他将《离骚》诗句“望崦嵫而勿迫，恐鹈鴂之先鸣”写成对联，挂于壁上以自励。鲁迅还深深喜爱着同属于

1　鲁迅：《且介亭杂文二集·从帮忙到扯淡》，《鲁迅全集》（第六卷），第 344 页。
2　鲁迅：《汉文学史纲要》，《鲁迅全集》（第九卷），第 370 页。

抒情诗人系列的陶潜和杜甫等。鲁迅不仅曾多次赞扬这些诗人及其诗作，而且深受他们作品的影响。《离骚》中“九死未悔”的追求真理的精神，杜诗中痛时忧国的深沉情怀，陶潜不与世俗同流合污的高尚旨趣，等等，都深受鲁迅景仰，在鲁迅的内在人格中，我们可以看到这些精神传统的发扬光大。诚如冯雪峰早就指出的那样：“鲁迅是和中国文学史上的壮烈不朽的屈原、陶潜、杜甫等连成一个精神上的系统。这些大诗人，都是有着伟大的人格和深刻的社会热情的人，鲁迅在思想上当然是新的，不同的，但作为一个中国文学者，在对于社会的热情，及其不屈不挠的精神，显示了中国民族与文化的可尊敬一面，鲁迅是继承了他们的一脉的。”[1]不仅如此，鲁迅推重这些抒情诗人及其诗作，除了他与这些诗人在人格上的相通之外，还在于鲁迅在这些诗人及其作品中发现了一种“伟美”的抒情精神。这种抒情精神的可贵性是在于，使抒情者自己内心的追求和奋斗精神得到充分的张扬，以至于在任何险恶的客观环境下都能保持饱满的战斗热情。这正是鲁迅在当时特定的时代环境下所需要的。以这种抒情精神所进行的文学创作，必然也充满了诗的内蕴，产生由浓郁情感的抒发而带来的特有艺术魅力，这也恰恰是鲁迅创作的主要特色之一。

在鲁迅的许多脍炙人口的诗篇中，我们不仅可以从一些外在

1　冯雪峰：《关于鲁迅在文学上的地位》，《雪峰文集》（第四卷），第24—25页。

意象上明显地看到它们与中国传统诗歌的继承之处，而且可以发现它们在一种抒情精神上的深刻内在联系。例如鲁迅那首可以看作是以身许国的标志的《自题小像》，不仅如一些研究者所指出的那样：“寄意寒星荃不察”一句采用了《离骚》中“荃不察余之中情兮”的典故，“风雨如磐暗故园”一句与《离骚》中“路幽昧以险隘”的意境偶合；更其重要的是，鲁迅在诗中所表达的对于时世的忧虑感和对于民族前途的忧患意识，以及浓郁的抒情色彩和极为复杂的心理状态，甚至是感情表达方式等都与《离骚》有着明显的相通之处。

鲁迅对中国传统文学中抒情诗传统的继承，并不只是体现在他的诗歌创作上，而且贯穿于创作的各个方面。他的《野草》和许多杂文都包蕴了这种浓郁的抒情精神。即使是以叙事为主的小说，也不例外。正是这种抒情精神的贯注，使鲁迅的作品，即使是叙事性作品，也具有一种潜在的诗意，从而形成一种极其感人的、动人以情的艺术效果。例如，就曾有人将鲁迅的小说分为两类，一类如《阿Q正传》《风波》《离婚》《肥皂》等，是基本采用客观冷静的描写所写成的；另一类如《伤逝》《故乡》《祝福》《在酒楼上》《孤独者》等则是具有浓郁的抒情气氛的作品。[1] 的确是如此，就拿《伤逝》来说，不仅外在形式上，是通过涓生的抒情

1　王瑶：《论鲁迅作品与中国文学的历史联系》，《鲁迅作品论集》，人民文学出版社，1984年版，第31页。

式的独白写出来的，而且，整个作品充满了内在的诗意，作品以青年知识分子追求、探索、痛苦、迷茫、奋起的心曲为主旋律，构成一种起伏的情绪流，作品的抒情特色是非常明显的。诚如法捷耶夫在《论鲁迅》中所指出的那样:“如果说《阿Q正传》中，鲁迅是一个表面上好像是无情地叙述事件的作家，那么在《伤逝》中，他就是一个触动心弦的深刻的抒情的作家。”[1]不只是《伤逝》，但凡是用第一人称“我”的经历和感受写出来的作品，都带有浓郁的抒情色彩。在这些小说中，鲁迅借鉴了中国传统的抒情诗的写法：大量夹杂了诗一样的语句，通过自然景物创造一种气氛或意境，甚至在作品中对作者主观心理的感受作直接的抒发。这些都在较大程度上增强了作品的艺术感染力。毫无疑问，鲁迅对中国“抒情诗”传统的汲取和继承是有着积极意义的，这不仅因为它是构成了鲁迅作品的艺术魅力的重要根源之一，而且从其结果来看，更有着十分重要的文学史的价值。正是鲁迅将“抒情诗”传统引入小说，才使中国现代文学中产生了一种可以称之为“抒情诗体”的小说品种：在鲁迅之后，出现了一大批抒情诗体小说的作者，如郁达夫、废名、艾芜、沈从文、萧红、孙犁等人，他们的作品在中国现代文学史上形成一个抒情诗体小说的发展系列。

总之，从鲁迅对魏晋文章和抒情诗传统的特殊关系，我们可

1　引自《人民日报》，1949年10月19日。

以明显地看出鲁迅在向传统文学借鉴方面所持的价值取向。这里同样最充分地体现出了鲁迅社会功利文学观的重要方面。

四

鲁迅与中国传统文学的关系是极其复杂的，任何简单化的倾向都可能导致理解上的片面性，从上述各方面的分析中，我们可以明显看到，鲁迅作为新文化和新文学的代表人物，他与旧文学的联系是一种对抗性联系，而非简单的因果承袭性的联系。鲁迅是在对整体格局进行否定、批判的基础上，对旧文学进行“传承”和“择取”的，因此，他吸收的对象是传统文学中具体的有益的因素，而不是整个传统文学。而且在诸多有益因素中，鲁迅首先看重的，是那些有助于文化革新、有助于新文学的产生和发展的更具有现实意义和价值的那些方面。这里充分显示出了鲁迅借鉴文学遗产的独特的眼光。这种眼光是极其重要的，鲁迅早就提出过对传统文学借鉴时必须有相当的鉴别能力的问题，他说：“关于取用文学遗产的问题，潦倒而至于昏聩的人，凡是好的，他总归得不到。”[1] 当然，这种鉴别能力并不仅仅是一种单纯的“能力”，

1　鲁迅：《且介亭杂文二集 · “题未定”草（六）》，《鲁迅全集》（第六卷），第 422—423 页。

而且是包含着借鉴者自身所持的借鉴目的的正确与否。鲁迅的独特的借鉴眼光固然也来自鲁迅对传统文学的深刻研究以及由之产生的鉴别优劣的“能力”，但更重要的是由于鲁迅抱定一种明确的借鉴目的，以及由这种目的所决定的价值尺度，他对传统文学的借鉴可谓是目标明确，评价有度，取用有益。在鲁迅那里，借鉴传统文学，只是一种手段而已，更为重要的是，在对有益因素进行择取之后，必须有所创造，择取、借鉴必须是为创造新文化、新文学服务。鲁迅所谓的“外之即不后于世界之思潮，内之仍弗失固有之血脉，取今复古，别立新宗”，[1]可谓是至理名言。“取今复古”是手段，“别立新宗”才是最终的目的。没有这种最终的目的，为借鉴而借鉴，是很可能会走入歧途的。对此，鲁迅也曾反复加以阐述，其用心是要引起人们对这一问题的重视。

在借鉴传统文学的问题上，鲁迅引出了“采用”与“模仿”这一对概念。鲁迅认为，决不能“将‘采用’与‘模仿’并为一谈”。[2]所谓“采用”，是一种创造性的利用。鲁迅曾明确指出，“这些采取，并非断片的古董的杂陈，必须溶化于新作品中，那是不必赘说的事，恰如吃用牛羊，弃去蹄毛，留其精粹，以滋养及发达新的生体，决不因此就会‘类乎’牛羊的”。[3]吸收的目的在于滋养“新的生

1　鲁迅：《坟·文化偏至论》，《鲁迅全集》（第一卷），第56页。
2　鲁迅：《书信·340409致魏猛克》，《鲁迅全集》（第十二卷），第381页。
3　鲁迅：《且介亭杂文·论“旧形式的采用”》，《鲁迅全集》（第六卷），第23页。

体”，在于“再造”一种完全不同于吸收对象的新的东西。而“模仿”则不同，它是一种简单承袭、照搬，是“要再回到旧日的桎梏里”。[1]对此，鲁迅明确指出，“依傍和模仿，决不能产生真艺术”，[2]他甚至把那些不加批判地“接受一切，欣欣然的”“大吸剩下的鸦片”的人称为“废物”，[3]其用心就在于要求人们能在吸取旧遗产时要有所批判，有所创新，能够“时时自出新裁”。[4]不仅在文学的内容上当是如此，即使在纯艺术形式方面也应是如此，即如鲁迅所说，“旧形式的采取，必有所删除，既有删除，必有所增益，这结果是新形式的出现，也就是变革”。[5]

以“采用”为契机，进而达到新的创造，这正是鲁迅汲取中国传统文学中有益的文学传统的重要特点。他的汲取是广泛的，但他摒弃模仿，勇于超越，终而至于成为一位伟大的新文学的开创者。在“五四”这样的一个伟大的文化转换期，如何处理历史与现实乃至未来的关系，将成为能否促其转换顺利完成的重要条件。谁正确把握了这种关系，谁就能为推动历史前进作出贡献。具体到文学领域也是如此。鲁迅能为中国新文学的产生和发展作出如此杰出的贡献，在较大程度上正得力于他对中国传统文学关系的正确处置。这种处置的态度和方式必将与他的文学成就一道，

1　鲁迅：《而已集·当陶元庆君的绘画展览时》，《鲁迅全集》（第三卷），第549页。
2　鲁迅：《且介亭杂文末编·记苏联版画展览会》，《鲁迅全集》（第六卷），第482页。
3　鲁迅：《且介亭杂文·拿来主义》，《鲁迅全集》（第六卷），第39页。
4　鲁迅：《坟·看镜有感》，《鲁迅全集》（第一卷），第200页。
5　鲁迅：《且介亭杂文·论“旧形式的采用”》，《鲁迅全集》（第六卷），第24页。

作为一种精神遗产，给后人以诸多启示。他的这种传统文学观，也必将作为他的文学观的一个重要组成部分，在中国现代文艺思想发展中占有重要的地位。在全面考察了鲁迅的传统文学观和他与中国传统文学的历史联系之后，我们不能不惊服于鲁迅这段预言的准确性：

“将来的光明，必将证明我们不但是文艺上的遗产的保存者，而且也是开拓者和建设者。”[1]

1　鲁迅：《集外集拾遗·〈引玉集〉后记》，《鲁迅全集》（第七卷），第418—419页。

第七章 “愿意有共鸣的心弦”

——鲁迅的文学欣赏观

一

鲁迅很重视文学欣赏问题。他曾指出，“创作虽说抒写自己的心，但总愿意有人看”，[1]“也愿意有共鸣的心弦”。[2]也就是说，作者写出作品，目的是要给人看，是试图通过作品与读者进行情感的交流。而这种交流正是通过文学欣赏活动来达到的，只有通过欣赏活动，才能使文学作品的价值得以真正实现。文学作品一经写出，它的价值当然就成了一种客观存在，但在作品还未获得读者时，这种客观价值还只表现为一种潜在价值；而只有当作品“有人看”，引起了“共鸣的心弦”时，这种客观价值才表现为现

1 鲁迅:《而已集·小杂感》,《鲁迅全集》(第三卷)，第532页。
2 鲁迅:《集外集拾遗·诗歌之敌》,《鲁迅全集》(第七卷)，第238页。

实价值。

要使文学作品的潜在价值变为现实价值，必须经过读者的阅读和欣赏。因此，作者在创作文学作品时，就不能不受到读者的阅读和欣赏要求的制约。作者必须时时想到读者，因为没有读者，作家的工作就失去了服务对象，在服务对象消失的情况下，作品的价值的实现也就根本无从谈起。正是在这个意义上，鲁迅提出了“作者和读者互相为因果”的命题。[1] 所谓作者与读者互为因果，在某种意义上可以说，读者的一方更为重要，它往往能起到左右文学发展的作用。鲁迅曾分析过木刻艺术的发展与鉴赏者的关系问题，他认为，木刻“在中国，大约难以发达，因为没有鉴赏者”。[2] 因此，要使木刻艺术在中国有所发展，首先就应该设法使之获得鉴赏者。他还在给一位友人的信中这样表示了自己的主张：“木刻还未大发展，所以我的意见，现在首先是在引起一般读书界的注意，看重，于是得到鉴赏，采用，就是将那条路开拓起来，路开拓了，那活动力也就增大。”[3] 这虽然是就木刻艺术而言的，但实际上对各类艺术的发展具有普遍意义。任何艺术作品，一旦离开了鉴赏者，它就只能是自生自灭，难以存活，更不用谈什么艺术价值的实现了。重视鉴赏者，重视读者之于艺术品、文学作

1　鲁迅：《坟 · 未有天才之前》，《鲁迅全集》（第一卷），第 168 页。
2　鲁迅：《书信 · 350204 致李桦》，《鲁迅全集》（第十三卷），第 45 页。
3　鲁迅：《书信 · 340419 致陈烟桥》，《鲁迅全集》（第十二卷），第 391 页。

品的作用和意义，这在鲁迅的文学欣赏观中是一以贯之的。早在20年代初，他就曾以泥土和好花、乔木的形象比喻来说明作者与读者的互为因果的关系，他说："想有乔木，想看好花，一定要有好土；没有土，便没有乔木了；所以土实在较花木还重要。"如果说，广大的读者层的民众是这种泥土的话，那么天才的文学家和好的文学作品就是生长在泥土中的乔木和好花，一旦失去泥土也就"长不出好花和乔木来"。[1]

可以说，重视读者，是鲁迅文学欣赏观的核心。这与鲁迅的整体文学观是相一致的。既然鲁迅要以文学作为思想启蒙的工具，要以文学作为改良社会改良人生的利器，那么他就不可能忽略文学价值的实现问题；既然文学作品价值的实现是必须通过读者的欣赏活动来完成的，那么读者之于文学的意义理所当然应受到高度重视。鲁迅的社会功利性文学观，决定了鲁迅势必重视读者的阅读和欣赏问题，同时也决定了鲁迅之重视读者的一些具体行为方式。重视读者，在鲁迅那里，最突出的表现是对读者负责。鲁迅曾反复批评那种忽视广大的读者层、不为读者的利益考虑的种种言行。例如，有人说："诗人要做诗，就如植物要开花，因为他非开不可的缘故。如果你摘去吃了，即使中了毒，也是你自己的错。"对此，鲁迅一针见血地指出："诗人毕竟不是一株草，还是

1　鲁迅：《坟·未有天才之前》，《鲁迅全集》（第一卷），第168页。

社会里的一个人；况且诗集是卖钱的，何尝可以自摘。”[1]这里批评了对读者不负责任的态度。鲁迅自己创作时，是时时注意从读者的角度去考虑问题的。他曾说过：“我就怕我未熟的果实偏偏毒死了偏爱我的果实的人”，“因此作文就时常更谨慎，更踌躇。有人以为我信笔写来，直抒胸臆，其实是不尽然的”。[2]当然，读者是各种各样的，不能一概而论，但鲁迅所谓重视读者主要是指应为读者的大多数着想。文学作品的读者面越宽，社会效果越好，文学价值实现的程度就越高。所以，鲁迅从来就不认为文学艺术的鉴赏只是少数人的专利，他指出：“文艺本应该并非只有少数的优秀者才能够鉴赏，而是只有少数的先天的低能者所不能鉴赏的东西。”针对“作品愈高，知者愈少”的谬论，鲁迅讽刺道：“那么，推论起来，谁也不懂的东西，就是世界上的绝作了。”因此，鲁迅强调：“在现下的教育不平等的社会里，仍当有种种难易不同的文艺，以应各种程度的读者之需。不过应该多有为大众设想的作家，竭力来作浅显易解的作品，使大家能懂、爱看，挤掉一些陈腐的劳什子。”[3]可以看出，在鲁迅的文学欣赏观中也带有社会功利性的倾向。

鲁迅重视文学欣赏问题，重点是落实在对读者的重视上，因

1　鲁迅：《花边文学·看书琐记（三）》，《鲁迅全集》（第五卷），第550页。
2　鲁迅：《坟·写在〈坟〉后面》，《鲁迅全集》（第一卷），第284页。
3　鲁迅：《集外集拾遗·文学的大众化》，《鲁迅全集》（第七卷），第349页。

为读者是文学欣赏的主体。通过研究读者，事实上可以更好地理解许多仅从作家作品方面所不能得到圆满回答的文学问题。文学的发展、文学作品的流行，其实正包含着许多非文学性的因素，这其中一个非常重要的方面，就是读者。不仅一些作品能否流行的关键取决于读者的能否欣赏，而且普遍的读者的欣赏要求和审美趣味往往就能左右文学的发展方向和发展进程。因此，鲁迅在从事文学创作时，在许多方面，常常是依据普遍的读者的审美要求作相应的调整，例如在审美风格的选择乃至文体形式的选择等方面就是如此。诚如我们在前几章所论及的，鲁迅在 30 年代，之所以更自觉地追求壮美的风格，扬杂感文而贬小品文等等，其重要的原因之一就在于他充分地考虑了在当时特定历史条件下，社会环境中普遍的读者的审美需求。这就是鲁迅所谓的："在风沙扑面，虎狼成群的时候，谁还有这许多闲工夫，来赏玩琥珀扇坠，翡翠戒指呢。他们即使要悦目，所要的也是耸立于风沙中的大建筑，要坚固而伟大，不必怎样精；即使要满意，所要的也是匕首和投枪，要锋利而切实，用不着什么雅。"[1] 总之，鲁迅的文学欣赏观，集中体现为对作为欣赏主体的读者的重视和尊重。而这种重视和尊重读者的最终目的，仍是在于使文学作品更好地为最广大的读者群服务，以便使文学作品真正成为作家和读者进行情感

1　鲁迅:《南腔北调集 · 小品文的危机》,《鲁迅全集》(第四卷)，第 575 页。

交流的渠道，使文学的价值得以充分实现。

二

欣赏是读者自愿的心灵的活动，使读者进入欣赏状态的是“趣味”，不能诉诸读者“趣味”的作品，很难引起读者的共鸣。尊重读者，首先就应是尊重他们的自愿意志，而不是将文学作品强加给读者。对此，鲁迅有着较为详尽的论述。

鲁迅曾把读者分为两种：“一是职业的读书，一是嗜好的读书。所谓职业的读书者，譬如学生因升学，教员因为要讲功课，不翻翻书，就有些危险的就是”；“嗜好的读书”，“那是出于自感，全不勉强，离开了利害关系的”。“凡嗜好的读书”，“他在每一叶每一叶里，都得着深厚的趣味”。[1]而所谓欣赏，正是这种“得着深厚的趣味”的阅读。鲁迅认为，谈欣赏，必须理直气壮地讲“趣味”。他对那种抹杀趣味的做法很不以为然，他说：“说到‘趣味’，那是现在确已算一种罪名了，但无论人类底也罢，阶级底也罢，我还希望总有一日弛禁，讲文艺不必定要‘没趣味’。”[2]欣赏活动是一种心灵活动，它不是因外在的强迫而进行的，是出自欣赏者自

1　鲁迅：《而已集·读书杂谈》，《鲁迅全集》（第三卷），第439页。
2　鲁迅：《集外集·〈奔流〉编校后记（五）》，《鲁迅全集》（第七卷），第168页。

愿的内在要求，因此，要引导读者进入这种自愿的心灵活动中去，就首先必须使他们感到有趣味。

鲁迅曾这样谈到《堂·吉诃德》的流行："《堂·吉诃德传》中的主角，就是以那时的人，偏要行古代游侠之道，执迷不悟，终于困苦而死的资格，赢得许多读者的开心，因而爱读，传布的。"[1]这里突出讲了《堂·吉诃德》让读者爱读的原因在于"赢得许多读者的开心"，而这种赢得读者的开心，也正是指作品能首先诉诸读者的趣味，引起了读者的阅读和欣赏的兴趣。

作者尊重读者，首先应是尊重读者的趣味，而不能采用任何强制性的方法让读者去接受其作品。鲁迅指出："看客的取舍，是没法强制的，他若不要看，连拖也无益。"[2]忽略读者的趣味，以枯燥的说教面对读者，这其实也是采用强制性方法让读者接受作品的一种表现。鲁迅曾这样谈起自己的阅读体验："我一向有一种偏见，凡书面上画着这样的兵士和手捏铁锄的农工的刊物，是不大去涉略的，因为我总疑心它是宣传品。"意图宣传，而又不首先以趣味去吸引读者的作品，往往是会受读者冷落的。相反，"发抒自己的意见，结果养成带些宣传气味的伊孛生等辈的作品，我看了倒并不烦"，[3]这是因为，它诉诸读者的方式不是说教，而首

1　鲁迅：《集外集拾遗·〈解放了的堂·吉诃德〉后记》，《鲁迅全集》（第七卷），第397页。
2　鲁迅：《准风月谈·偶成》，《鲁迅全集》（第五卷），第200页。
3　鲁迅：《三闲集·怎么写》，《鲁迅全集》（第四卷），第20页。

先是以抒发自己的情感去打动读者。鲁迅从这里引发出一种“宣传的艺术”，他告诉人们，文学是有“社会性的”，[1]“只要你一给人看”，“一写出”，就“有宣传的可能”，[2]因此，宣传之于文学作品，并非缺点。但不管你是有意识地以宣传为目的也好，还是虽无初衷而结果变成了带宣传意味的也好，都有一个先决条件，这就是要能先让读者自觉自愿地去阅读，以期引起共鸣，否则就不能使文学作品发生作用，“宣传”也就成了一句空话。鲁迅认为，任何一部好的文学作品，都应该是，“令我们看了，不但欢喜赏玩，尤能发生感动，造成精神上的影响”。[3]鲁迅这里提出的好作品的标准当然主要是指文学作品影响人们的精神的功用，但鲁迅并没有忽视好作品能让人“欢喜赏玩”这一特点。其实这二者是有关系的，好作品影响人们精神的功用常常是通过人们的“欢喜赏玩”来实现的。鲁迅曾对那些较少说教气、能在较为平等的诉述中让读者在不知不觉中受到教育的作品给予过较好的评价，例如在《〈中国新文学大系〉小说二集序》中，鲁迅就曾这样评价过向培良的小说，认为它摒弃了“矫揉造作，只如熟人相对，娓娓而谈，使我们在不甚操心的倾听中，感到一种生活的色相”。[4]总之，从欣赏活动是读者自愿的心灵活动这一特点出发，创作者应特别重

1　鲁迅：《而已集·小杂感》，《鲁迅全集》（第三卷），第 532 页。
2　鲁迅：《三闲集·文艺与革命》，《鲁迅全集》（第四卷），第 84 页。
3　鲁迅：《热风·随感录四十三》，《鲁迅全集》（第一卷），第 330 页。
4　鲁迅：《且介亭杂文二集·〈中国新文学大系〉小说二集序》，《鲁迅全集》（第六卷），第 253 页。

视和研究读者的审美趣味，尽可能使读者从文学作品中获得较多的审美的愉悦，并进而完成对读者精神上的影响。

重视读者的审美趣味，使读者在阅读作品时感到有趣味，这当然不是一件很容易的事，因为读者的趣味常常是千差万别的。鲁迅就曾指出："读者是种种不同的，有的爱读《江赋》和《海赋》，有的欣赏《小园》或《枯树》。"[1]"世上爱牡丹的或者是最多，但也有喜欢曼陀罗花或无名小草的，朋其还特将霸王鞭种在茶壶里当盆景哩。"[2]因此，作家创作时，当然也应考虑到这种读者趣味的差异性。鲁迅曾把作家与读者的关系比作厨司和食客的关系，厨司应考虑食客的口味和偏好，"或者他是否广东人想吃蛇肉；是四川人，还要辣椒"，[3]作家也应考虑到读者的欣赏趣味和偏好。当然鲁迅并非一定要让作者去对每个人的千差万别的具体的趣味和偏好负责，而是由此指出，作者的创作应力避单一、单调，应尽可能地使文学作品多样化，以调动起更多的读者的阅读、欣赏兴趣。

为了提高读者阅读和欣赏的兴趣，鲁迅还充分注意到了欣赏兴趣的消解问题。有的文学作品虽然在最初出现时，很能引发读者的兴趣，但当类似的作品反复出现后，能激起读者阅读、欣赏

1　鲁迅：《且介亭杂文二集·"题未定"草》，《鲁迅全集》（第六卷），第426页。
2　鲁迅：《华盖集续编·厦门通信》，《鲁迅全集》（第三卷），第370页。
3　鲁迅：《花边文学·看书琐记（三）》，《鲁迅全集》（第五卷），第551页。

兴趣的因素也许就会逐渐消失。这用鲁迅的话来说，是因为读者都是“喜新好异的”，[1]当读者反复阅读和欣赏内容、形式雷同的作品时，即使这种作品就本身而言并不差，但也仍然由于失去新异之感而难以引起读者的兴趣。对此，鲁迅曾有过更为形象的阐述，他说：“四时皆春，一年到头请你看桃花，你想够多么乏味？即使那桃花有车轮般大，也只能在初上去的时候，暂时吃惊，决不会每天做一首‘桃之夭夭’的。”[2]也就是说，欣赏任何事物，都切忌单调，再好的事物，再优美的风景，看得久了，也会乏味的。鲁迅对此是深有体会的，他曾在给友人的信中多次谈起过自己到厦门后观感：“此地初见虽然像有趣，而其实却很单调，永是这样的山，这样的海。便是天气，也永是这样暖和；树和花草，也永是这样开着，绿着。”[3]“此地虽是海滨，背山面水，而少住几日，即觉单调。”[4]欣赏自然景色是如此，欣赏艺术、文学作品也是如此。例如看戏，鲁迅就曾指出，倘若在舞台上“讲来讲去总是这几套”，观众“纵使记性坏，多听了也会烦厌的”，弄不好就要“台下走散”，要“想继续”，就“应该换一出戏来叫座”。[5]再如读小说，鲁迅曾在《中国小说的历史的变迁》中从这一角度分析过晚清武侠小说流行的原因。他指出，像《三侠五义》之类的武侠小说虽“大

1　鲁迅：《书信·350118 致段干青》，《鲁迅全集》（第十三卷），第 24 页。
2　鲁迅：《华盖集续编·厦门通信（二）》，《鲁迅全集》（第三卷），第 374 页。
3　鲁迅：《书信·261004 致韦素园、韦丛芜、李霁野》，《鲁迅全集》（第十一卷），第 484 页。
4　鲁迅：《书信·261004 致许寿裳》，《鲁迅全集》（第十一卷），第 484 页。
5　鲁迅：《准风月谈·归厚》，《鲁迅全集》（第五卷），第 369 页。

抵千篇一律，语多不通”，但却颇得读者欢迎，这是因为“当时底小说，有《红楼梦》等专讲柔情，《西游记》一派，又专讲妖怪，人们大概也很觉得厌气了，而《三侠五义》则别开生面，很是新奇，所以流行也就能特别快，特别盛”。[1]这一分析从反面说明了在读者阅读和欣赏中普遍存在的“喜新好异”的心理特点。要使文学作品真正诉诸读者的趣味，当然也就不能忽略引发读者趣味的因素的变化。

当然，鲁迅重视读者的趣味，其出发点是为了使文学的社会效果更加强烈，为了让文学作品能被最广大的读者层所接受，从而使其价值得到更充分的实现。为此，鲁迅才主张文学作品要讲趣味，要研究读者趣味的差异和趣味的消解等问题，但这并不意味着去一味迎合读者的无论什么样的趣味。鲁迅指出：“为流行计，特别取了低级趣味之点，那不消说是不对的。”“必须令人能懂，而又有益，也还是艺术，才对。”[2]这就是说，讲“趣味”也有一个度，能诉诸读者的趣味固然重要，但必须是健康的趣味。而读者之于文学作品，并不总是一种正确的欣赏关系，其趣味也并非总很健康。所以，鲁迅同时强调指出，“迎合大众，媚悦大众”是“不会于大众有益”的，[3]尤其是对一些不正确的欣赏态度和不健康的

1 鲁迅：《中国小说的历史的变迁》，《鲁迅全集》（第九卷），第339页。
2 鲁迅：《书信·340409致魏猛克》，《鲁迅全集》（第十二卷），第381页。
3 鲁迅：《集外集拾遗·文艺的大众化》，《鲁迅全集》（第七卷），第349页。

欣赏趣味，不但作家不能迎合，而且应对之开展批评和引导。鲁迅指出，有些读者缺少选择的眼光，对不管什么作品都是“随手拈来，大口吞下”，以至于常常误吞了“红纸包里的烂肉”，直“吃得胸口痒痒的，好象要呕吐”。[1]更有一些读者，在阅读欣赏文艺作品时，专对一些“裸体大写真”之类的东西抱有特别的兴趣，争着看“赤条条的”“洋小姐的曲线美”等等。对此，鲁迅认为，作家应该担负起自己的责任来。一方面，在创作中应以健康的趣味来养成读者的高雅情趣，而让那些有“嗜痂之癖”者无痂可嗜。同时，“不能听大众的自然”，而应“给他们随时拣选”，以避免他们“误拿了无益的，甚至有害的东西”。[2]应该给读者“相当的指点”，使他们能正确区分美丑，而不至于误吸了“鸦片或吗啡”。[3]

三

读者在对文学作品进行欣赏时，常常是带着某种参与意识的。在欣赏过程中，欣赏者不仅是积极地进入作品所提供的场景，身临其境地与作品中的人物共呼吸、同悲欢，去体验作者曾经体验

1　鲁迅：《二心集 · 我们要批评家》，《鲁迅全集》（第四卷），第 240 页。
2　鲁迅：《且介亭杂文 · 门外文谈（十一）》，《鲁迅全集》（第六卷），第 102 页。
3　鲁迅：《准风月谈 · 关于翻译（上）》，《鲁迅全集》（第五卷），第 295 页。

过的情感和思想，而且常常以自己的生活经验去充实、补足作者所没有写明的部分，甚至对作者的意图进行某种发挥性想象，即对作品进行“再创造”。鲁迅就曾指出过，文学欣赏中常常有这种情况，读者从作品中“所推见的人物，却并不一定和作者所设想的相同，巴尔扎克的小胡须的清瘦的老人，到了高尔基的头里，也许变成了粗蛮壮大的络腮胡子”。[1]鲁迅认为，应该正视文学欣赏活动中读者的艺术“再创造”，因为欣赏者正是在这种“再创造”中感受到艺术欣赏的乐趣，与作者“一样的受到创作的欢喜”。[2]因此，尊重读者、重视读者，实际上也应该包括对读者欣赏过程中的艺术再创作的能力的尊重和重视。创作者应该在文学作品中尽可能地调动读者的想象与联想，尽可能地留给读者想象和“再创造”的余地，而忌过直，将话说尽，从而堵塞了欣赏者的思路，使欣赏者难以获得艺术“再创造”的“欢喜”。

所谓让读者与作者“一样的受到创作的欢喜”，说到底，是指读者所获得的参与作品创造的喜悦。能否较大程度上满足读者的参与意识，这也是关系到文学作品价值实现的一个重要方面。鲁迅所谓“愿意有共鸣的心弦”，实际上也就是指希望文学作品能引发读者的参与意识，激起读者的情感介入。这就需要作品所写的生活经验、情感体验和思想经验必须尽可能地与读者相贴近，

1　鲁迅:《花边文学·看书琐记》,《鲁迅全集》(第五卷)，第530页。
2　鲁迅:《南腔北调集·〈木刻创作法〉序》,《鲁迅全集》(第四卷)，第609页。

否则，读者的艺术“再创造”就失却根柢和依据，读者的参与意识也就难以实现，“共鸣的心弦”当然也就难以求得。鲁迅曾经指出：“看别人的作品，也很有难处，就是经验不同，即不能心心相印。所以常有极要紧，极精采处，而读者不能想到，后来自己经验了类似的事，这才了然起来。”[1]这里一方面强调了读者阅读作品时各种经验的重要，但另一方面也启示作者：如果作品中的经验不能与读者相贴近，则作品中的许多“极要紧，极精采处”就会被读者忽略，求得读者“共鸣”的程度也就要大受影响。为此，鲁迅很强调文学作品在“经验”上与读者的贴近。鲁迅讲过这样的话：“凡作者，和读者因缘愈远的，那作品就于读者愈无害。古典的，反动的，观念形态已经很不相同的作品，大抵即不能打动新的青年的心……”[2]这段话虽然主要不是直接针对阅读和欣赏问题而言的，但却也包含了文学欣赏的有关道理，即文学作品离读者愈远，则愈不能打动读者的心。鲁迅对许多文学作品的评价，也是从这一角度切入的。例如，在评价叶紫的小说《丰收》时，鲁迅特别指出这些小说中所写都是“极平常的事情。因为极平常，所以和我们更密切，更有大关系”。[3]这里，鲁迅就是从作品内容与多数读者的贴近这个角度来给予评价的。显然，作品的

1 鲁迅：《书信・330813 致董永舒》，《鲁迅全集》（第十二卷），第 212—213 页。
2 鲁迅：《准风月谈・关于翻译（上）》，《鲁迅全集》（第五卷），第 296 页。
3 鲁迅：《且介亭杂文二集・叶紫作〈丰收〉序》，《鲁迅全集》（第六卷），第 220 页。

内容与读者的生活越贴近，就越容易引起读者的欢迎与共鸣，诚如鲁迅所说的:“看一位不死不活的天女或林妹妹，我想，大多数人是倒不如看一个漂亮活动的村女的，她和我们相近。”[1]鲁迅在分析一些作家作品得以流行的原因时，都很明确地指出了这一点。例如清末的谴责小说，诸如《官场现形记》《二十年目睹之怪现状》等等，虽然与《儒林外史》相比“差得远了”，这些作品“辞气浮露，笔无藏锋，甚且过甚其辞”，“言违真实，则感人之力顿微”，“殊不足望文木老人后尘”；但由于这些谴责小说在其内容上是揭露官场黑暗和统治者腐败的，它反映了人们的某种不满情绪，所以“合时人嗜好”，“特缘时事要求，得此为快”，“乃骤享大名”。[2]一些外国文学的作家作品，之所以能在中国盛行一时，也可以从这方面找到原因，例如对拜伦、密茨凯维支、裴多菲等诗人，鲁迅就曾作过这样的分析:“有人说 G.Byron 的诗多为青年所爱读，我觉得这话有几分真。就自己而论，也还记得怎样读了他的诗，而心神俱旺；尤其是看见他那花布裹头，去助希腊独立时候的肖像。”“真实，那时 Byron 之所以比较为中国人所知，还有别一原因，就是他的助希腊独立。时当清的末年，在一部分中国青年的心中，革命思潮正盛，凡有叫喊复仇和反抗的，便容易惹起感应。那时我记得的人，还有波兰的复仇诗人 Adam Mickiewicz；匈牙利

1　鲁迅:《花边文学 · 略论梅兰芳及其他（上）》，《鲁迅全集》（第五卷），第 580 页。
2　鲁迅:《中国小说史略》，《鲁迅全集》（第九卷），第 282、284 页。

的复国诗人 Petoti Sandor；……”[1]“Mickiewicz 是波兰在异民族压迫下的时代的诗人，所鼓吹的是复仇，所希求的是解放，在二三十年前，是很足以招致中国青年的共鸣的。”而裴多菲也“是我那时所敬仰的诗人。在满洲政府之下的人，共鸣于反抗俄皇的英雄，也是自然的事”。[2]由此可见，文学作品之能引起读者的阅读关心和欣赏注意，首先必须在情感经验、生活经验和思想经验上与读者有相通之处，否则，就难以进入读者的欣赏视野，文学作品价值的实现也就会受到妨碍。鲁迅强调文学作品与读者的贴近，强调文学作品能引发读者的参与意识，等等，其目的就是希望文学作品能更好地与读者建立起密切的关系，这样，以文学为改良社会、改良人生的利器也好，以文学为思想启蒙的工具也好，也才能真正发挥出应有的效力。可以说，鲁迅对文学欣赏问题所发的见解，依然是明显地打上了他的社会功利性的价值观的印记。

同时应该强调的是，鲁迅希望文学作品能贴近读者，能引发读者的参与意识，但却很反对读者对作品过于“钻入”。所谓“钻入”，与参与作品的艺术“再创造”完全不同，而是一种缺乏“赏鉴的态度”的病态的阅读倾向。鲁迅认为，欣赏文学作品固然要有读者的情感投入和艺术再创造的参与意识，但读者与作品之间又应适当地保持一种欣赏距离，读者要认识到“小说乃是写的人

1　鲁迅：《坟 · 杂忆》，《鲁迅全集》（第一卷），第 221 页。
2　鲁迅：《集外集 ·〈奔流〉编校后记（十二）》，《鲁迅全集》（第七卷），第 189 页。

生，非真的人生。故看小说第一不应自己跑入小说里面”。鲁迅还说：“看小说犹之看铁槛中的狮虎，有槛才可以细细地看，由细看推知其在山中生活情况。故文艺者，乃借小说——槛——以理会人生也。槛中的狮虎，非其全部状貌，但乃狮虎状貌之一片断。小说中的人生，亦一片断，故看小说看人生都应站立在槛外地位，切不可钻入，一钻入就要生病了。”[1] 鲁迅讲这些话，一方面是提醒读者在阅读、欣赏文学作品时，能保持清醒的态度，以免被作品牵着鼻子走，尤其是在面对不太健康的文学作品时；另一方面，是希望读者在文学的欣赏过程中杜绝过于“钻入”的庸俗阅读倾向，其目的，也正是为了使文学作品通过正确的阅读欣赏途径从而发挥其应有的社会功用。鲁迅曾列举过种种过于“钻入”的表现，概其要，有三个方面。其一，自充作品中的角色。即对文学作品“不能用鉴赏的态度去欣赏它，却自己钻入书中，硬去充一个其中的脚色。所以青年看《红楼梦》，便以宝玉、黛玉自居；而年老人看去，又多占据了贾政管束宝玉的身分，满心是利害的打算，别的什么也看不见了”。[2] 其二，按图索骥，视文学作品为实录。一些读者在阅读时，不是将文学作品作为作家的艺术创造来看待，不是在整体上把握作品的精神，而只是满足于将作品中的具体人事与现实作庸俗的对比、对应。对此，鲁迅指出：“只求没有破绽，那就

1 许广平：《鲁迅回忆录（节选）》，《许广平忆鲁迅》，广东人民出版社，1979 年版，第 609 页。
2 鲁迅：《中国小说的历史的变迁》，《鲁迅全集》（第九卷），第 338 页。

以看新闻记事为宜，对于文艺，活该幻灭。而其幻灭也不足惜，因为这不是真的幻灭，正如查不出大观园的遗迹而不满足于《红楼梦》相同。”[1]其三，视文学作品为泼秽水的器具。鲁迅曾指出，在阅读和欣赏中，有一种“视小说为非斥人则自况的”“弊病”。[2]为此，鲁迅在作完《孔乙己》这篇作品后，便特作《附记》来加以声明:“以为小说是一种泼秽水的器具，里面糟蹋的是谁。这实在是一件极可叹可怜的事。所以我在此声明，免得发生猜度，害了读者的人格。”[3]鲁迅的《阿Q正传》就曾被一些人怀疑为是在写自己，鲁迅曾就此说过这样的话，“直到这一篇收在《呐喊》里，也还有人问我：你实在是在骂谁和谁呢？我只能悲愤，自恨不能使人看得我不至于如此下劣。”[4]不管是自充角色，按图索骥，还是视文学为泼秽水的器具，这些都是对文学作品过于“钻入”的病态的阅读倾向，这种倾向，无疑会产生种种无聊的副作用，有损于文学作品的真正价值的实现，所以鲁迅对此给予了批评。鲁迅认为文学欣赏要尽可能发挥文学作品的社会功用，就必须努力抑止欣赏中负效应的产生，这也再次昭示了鲁迅文学欣赏观与他的整体的社会功利性文学观的同一性。

1　鲁迅:《三闲集·怎么写》,《鲁迅全集》(第四卷)，第23页。
2　鲁迅:《书信·360221致徐懋庸》,《鲁迅全集》(第十三卷)，第317页。
3　鲁迅:《呐喊·〈孔乙己〉附记》,《鲁迅全集》(第一卷)，第438页。
4　鲁迅:《华盖集续编·〈阿Q正传〉的成因》,《鲁迅全集》(第三卷)，第379页。

四

既然文学欣赏在某种意义上是读者的艺术“再创造”的活动，那么在对具体文学作品的欣赏中，也常常会出现仁者见仁、智者见智的复杂性和差异性。鲁迅指出：“看人生是因作者而不同，看作品又因读者而不同。”[1]例如，对《红楼梦》，“单是立意，就因读者的眼光而有种种：经学家看见《易》，道学家看见淫，革命家看见排满，流言家看见宫闱秘事”。[2]又如对《西游记》的主题也历来是众说纷纭，“或云劝学，或云谈禅，或云讲道”，还有认为作者“实出于游戏，并非语道”的。[3]所以鲁迅说：“文学虽然有普遍性，但因读者的体验的不同而有变化，读者倘没有类似的体验，它也就失去了效力。”[4]这种“体验的不同”，正是产生文学欣赏的复杂性和差异性的主要原因。

不同时代的读者，各根据在自己的时代所获得的生活体验去欣赏文学作品，自然会产生欣赏效果的差异。“譬如我们看《红楼梦》，从文字上推见了林黛玉这一个”，“恐怕会想到剪头发，穿印度绸衫，清瘦，寂寞的摩登女郎”，“或者别的什么模样”，“但试去和三四十年前出版的《红楼梦图咏》之类里面的画像比一比

1　鲁迅：《集外集·俄文译本〈阿Q正传〉序及著者自叙传略》，《鲁迅全集》（第七卷），第82页。
2　鲁迅：《集外集拾遗补编·〈绛洞花主〉小引》，《鲁迅全集》（第八卷），第145页。
3　鲁迅：《中国小说史略》，《鲁迅全集》（第九卷），第166页。
4　鲁迅：《花边文学·看书琐记》，《鲁迅全集》（第五卷），第531页。

罢，一定是截然两样的，那上面所画的是那时的读者心目中的林黛玉”。[1] 鲁迅曾谈到自己拟编的一本集子，“其文章的策略和用意……等，大约于后来的读者，也许不无益处”。但又认为，这种益处“恐怕也不多”，“因为自己或同时人，较知底细，所以容易了然，后人则未曾身历其境，即如隔鞋搔痒”。[2] 这里所说的，都是因时代的不同，读者的体验便有所变化，因此对同样的文学作品也会产生不同的欣赏效果。

即使是同一时代的读者，“因环境之异，而思想感觉，遂彼此不同”，这也会产生欣赏效果的差异。因为对有些作品的理解，是“非身历其境，不易推想”的。[3] 例如，对法捷耶夫的《毁灭》，“倘要十分了解，恐怕就非实际的革命者不可，至少，是懂些革命的意义，于社会有广大的了解”。[4] 这种“因环境之异”造成的欣赏效果的差异，最集中地体现在不同国度的读者之间。鲁迅早在翻译《域外小说集》中的作品时，就明确地意识到了这一点。他在《域外小说集》再版的序中说：“这三十多篇短篇，所描写的事物，在中国大半免不得很隔膜；至于迦尔洵作中的人物，恐怕几于极无，所以更不容易理会。同是人类，本来决不至于不能互相了解；但时代国土习惯成见，都能够遮蔽人的心思，所以往往不能镜一般

1 鲁迅：《花边文学 · 看书琐记》，《鲁迅全集》（第五卷），第 531 页。
2 鲁迅：《书信 · 3405015 致杨霁云》，《鲁迅全集》（第十二卷），第 410 页。
3 鲁迅：《书信 · 340504 致林语堂》，《鲁迅全集》（第十二卷），第 400—401 页。
4 鲁迅：《译文序跋集 ·〈溃灭〉第二部一至三章译者附记》，《鲁迅全集》（第十卷），第 337 页。

明，照见别人的心了。”[1]这种“国土习惯成见”的差异所造成的阅读欣赏中的“隔膜”，有时会达到相当大的程度。例如“北极的遏斯吉摩人和非洲腹地的黑人”，“是不会懂得‘林黛玉型’的；健全而合理的好社会中人，也将不能懂得，他们大约要比我们的听讲始皇焚书，黄巢杀人更其隔膜”。[2]不同国度的“环境之异”，主要是文化背景的差异，鲁迅就曾谈起过自己读陀思妥耶夫斯基的印象：“不过作为中国的读者的我，却还不能熟悉陀思妥夫斯基式的忍从——对于横逆之来的真正的忍从。在中国，没有俄国的基督。在中国，君临的是‘礼’，不是神。百分之百的忍从，在未嫁就死了定婚的丈夫，坚苦的一直硬活到八十岁的所谓节妇身上，也许可以偶然发现罢，但在一般的人们，却没有。”[3]在《〈小彼得〉译本序》中鲁迅也曾指出：“作者的本意，是写给劳动者的孩子们看的，但输入中国，结果却又不如此。首先的缘故，是劳动者的孩子们轮不到受教育，不能认识这四方形的字和格子布模样的文章，所以在他们，和这是毫无关系，……但是，即使在受过教育的孩子们的眼中，那结果也还是和别国不一样。”“总而言之，这作品一经搬家，效果已大不如作者的意料。”[4]作品一经搬家，效果就会发生变化，其原因，就在文化背景的差异，这不仅体现

1　鲁迅：《译文序跋集·〈域外小说集〉序》，《鲁迅全集》（第十卷），第 163 页。
2　鲁迅：《花边文学·看书琐记》，《鲁迅全集》（第五卷），第 531 页。
3　鲁迅：《且介亭杂文二集·陀思妥夫斯基的事》，《鲁迅全集》（第六卷），第 412 页。
4　鲁迅：《三闲集·〈小彼得〉译本序》，《鲁迅全集》（第四卷），第 153 页。

在外国文学作品之传入中国时，而且也同样体现在中国文学作品被介绍到国外时。当鲁迅为俄文译本《阿Q正传》作序时，也曾充分地估计到这一点。他认为:“这一篇在毫无‘我们的传统思想’的俄国读者眼中，也许又会照见别样的情景的罢，这实在是使我觉得很有意味的。”[1]

当然，“环境之异”，不仅仅是指国别的差异，即使是同一国别的读者，对同样的作品，也会因读者身份、经历的不同，而产生不同的欣赏效果。鲁迅在论及这方面的情况时，特别地强调了读者阶级性差异所带来的欣赏效果的差异:“例如描写饥饿罢，富人是无论如何都不会懂的，如果饿他几天，他就明白那好处。”[2]这就是说，由阶级地位所造成的生存环境的不同，所产生的不同体验，会直接影响到对文学作品欣赏的效果。鲁迅所谓:“饥区的灾民，大约总不去种兰花，像阔人的老太爷一样，贾府上的焦大，也不爱林妹妹的。”[3]这实在是一种非常形象生动的比喻。鲁迅还曾从自己切身的感受来说明过这一问题:“当我在家乡的村子里看中国旧戏的时候，是还未被教育成‘读书人’的时候，小朋友大抵是农民。爱看的是翻筋斗，跳老虎，一把烟焰，现出一个妖精来；对于剧情，似乎都不大和我们有关系。大面和老生的争夺城

1　鲁迅:《集外集·俄文译本〈阿Q正传〉序及著者自序传略》,《鲁迅全集》(第七卷)，第82页。

2　鲁迅:《书信·330813致董永舒》,《鲁迅全集》(第十二卷)，第213页。

3　鲁迅:《二心集·“硬译”与“文学的阶级性”》,《鲁迅全集》(第四卷)，第204页。

池，小生和正旦的离合悲欢，全是他们的事，提锄头柄人家的孩子，自己知道是决不会登坛拜将，或上京赴考的。”[1]读者欣赏的偏好，多与自身的经历和地位有关，因此，从作家作品的内容可以推知其主要的读者对象层次，而从不同读者的喜好程度，亦可推知文学作品的审美倾向。鲁迅就曾从这一角度来分析不少阅读和欣赏现象。例如萧伯纳的作品，由于使上等人登场，“撕掉了假面具，阔衣装，终于拉住耳朵，指给大家道，‘看哪，这是蛆虫！’连磋商的工夫，掩饰的法子也不给人有一点。这时候，能笑的就只有并无他所指责的病痛的下等人了”。[2]再如高尔基的作品，在中国二三十年代，“当屠格涅夫，柴霍夫这些作家大为中国读书界所称颂的时候，高尔基是不很有人注意的”。鲁迅认为：“这原因，现在明白了：因为他是‘底层’的代表者，是无产阶级的作家。对于他的作品，中国的旧的知识阶级不能共鸣，正是当然的事。”[3]

文学欣赏活动中，欣赏效果的差异，不但体现在不同的读者之间，有时还会体现在同一读者之于同一作品上。在不同的心境、不同的思想认识水平和不同的年龄层次上，即使是对同一作者，也可能会产生不同的欣赏效果。即如鲁迅所说，欣赏效果“不但因人而异，而且因事而异，因时而异”。[4]鲁迅就曾有过这样的体验：

1　鲁迅：《准风月谈·电影的教训》，《鲁迅全集》（第五卷），第292页。
2　鲁迅：《南腔北调集·“论语一年”》，《鲁迅全集》（第四卷），第568页。
3　鲁迅：《集外集拾遗·译本高尔基〈一月九日〉小引》，《鲁迅全集》（第七卷），第395页。
4　鲁迅：《准风月谈·难得糊涂》，《鲁迅全集》（第五卷），第372页。

他“先前读但丁的《神曲》，到《地狱》篇，就惊异于这作者设想的残酷，但到现在，阅历加多，才知道他还是仁厚的了：他还没有想出一个现在已极平常的惨苦到谁也看不见的地狱来”。[1]

总之，由于读者所处的时代、环境、地位的不同，以及由于读者经历、心境、欣赏习惯、艺术偏好、审美趣味等的不同，便会形成欣赏效果的差异。差异性是欣赏活动中普遍存在的现象。指出这差异性，首先对创作者有很重要的指导意义。针对这种差异，一方面，创作者要认识到，任何创作，事实上都不可能适应所有读者的欣赏要求；因此，创作者不必以断送创作个性为代价，去“媚悦”“迎合”所有的读者；事实上，要想写一部“随时随地，无不可用”的作品，“其实是不可能的”。[2]另一方面，创作者又必须认识到读者欣赏效果差异的各种原因，应研究不同层次读者的不同欣赏要求，努力创作出“以应各种程度的读者之需”的作品，[3]以便尽可能地获得较多的读者。尤其是那些致力于为现代的、中国的大众而创作的作家，更应清楚地理解时代、环境、生存境况等制约下的一般大众读者的欣赏要求，以便创造出能为他们所接受，能引起他们共鸣的文学作品来。

鲁迅指出欣赏活动的复杂性和差异性，这首先是为了让作者

1　鲁迅:《且介亭杂文末编 · 写于深夜里》,《鲁迅全集》(第六卷)，第502页。
2　鲁迅:《且介亭杂文 · 答〈戏〉周刊编者信》,《鲁迅全集》(第六卷)，第147页。
3　鲁迅:《集外集拾遗 · 文艺的大众化》,《鲁迅全集》(第七卷)，第349页。

能针对不同的读者层次，写出“种种难易不同的文艺”，但同时，鲁迅也认为，应该正确分析读者欣赏效果差异的原因，从而创造条件，让更多的读者能够欣赏真正的艺术。为此，鲁迅也向读者提出了相应的要求。因为欣赏活动的主体是读者，读者并不是被动接受作品，作家在提供作为欣赏对象的文学作品时，固然要充分照顾到读者的欣赏要求和欣赏条件，但读者自身也必须具备相应的条件，否则，读者是难以进入文学欣赏的状态中去的。即如鲁迅所说，如果作家是想通过作品去点燃读者的心火，那么就要求读者“有精神上的燃料，才会着火”；如果作者要想拨动读者的心弦，那么读者的“心上也须有弦索，才会出声”；如果作者要想使自己发出的声音得到回应，那么读者“也必须是发声器，才会共鸣”。[1]对读者的相应的要求，说得具体一些，实际上也就是指读者必须具备相应的生活经历、思想情感和文化修养等等。读者的生活体验对他理解事物（包括文学作品）的程度有着决定作用。对此，鲁迅曾举例加以说明:“譬如小孩子，未曾被火所灼，你若告诉他火灼是怎样的感觉，他到底莫名其妙。”[2]再譬如“热带人未见冰前，为之语冰，虽喻以物理生理二学，而不知水之能凝，冰之为冷如故”。[3]鲁迅曾谈到自己文章的遭遇，他说:“我的文章，

1　鲁迅:《热风·随感录五十九》,《鲁迅全集》(第一卷)，第354页。
2　鲁迅:《书信·340515致杨霁云》,《鲁迅全集》(第十二卷)，第410页。
3　鲁迅:《坟·摩罗诗力说》,《鲁迅全集》(第一卷)，第72页。

未有阅历的人实在不见得看得懂，而中国的读书人，又是不注意世事的居多，所以真是无法可想。”[1]这里都是在讲，读者的相应的生活经历、社会阅历等对于欣赏文学作品的重要性。所谓的“体验”，当然不仅是指读者的生活经历，而且也是指读者的思想情感的体验。如果读者根本就没有体验过作品中“写出的性情，作者的思想”，那么他对作品就“不会了解，不会同情，不会感应；甚至彼我间的爱憎，也免不了得到一个相反的结果”。[2]当然，思想情感与文化修养也有联系，因此，用鲁迅的话说，对于文化修养，“读者也应该有相当的程度。首先是识字，其次是有普通的大体的知识，而思想和情感，也须大抵达到相当的水平线。否则，和文艺即不能发生关系”。[3]鲁迅在谈到两部翻译作品时，都曾论及文化修养与欣赏的关系。在为潘菲洛夫等人的报告文学《枯煤，人们和耐火砖》写译后记时，鲁迅就曾指出这部作品“也许不适宜于中国的若干的读者，因为倘不知道一点地质，炼煤，开矿的大略，读起来很无兴味的”。[4]在为至尔·妙伦的童话《小彼得》写译本序时，鲁迅也曾指出：“这故事前四篇所用的背景，是：煤矿，森林，玻璃厂，染色厂；读者恐怕大多数都未曾亲历，那么印象也当然不能怎样地分明。”[5]这里都指出了读者的相应的文化

1　鲁迅：《书信 · 360405 致王冶秋》，《鲁迅全集》（第十三卷），第 350 页。
2　鲁迅：《热风 · 随感录五十九》，《鲁迅全集》（第一卷），第 354 页。
3　鲁迅：《集外集拾遗 · 文艺的大众化》，《鲁迅全集》（第七卷），第 349 页。
4　鲁迅：《译文序跋集 ·〈一天的工作〉后记》，《鲁迅全集》（第十卷），第 374 页。
5　鲁迅：《三闲集 ·〈小彼得〉译本序》，《鲁迅全集》（第四卷），第 152 页。

修养之于阅读和欣赏文学作品的重要。

鲁迅希望作者尽可能适应不同层次读者的欣赏要求也好，希望读者能提高自身的文化素养，增长自己社会阅历，扩大自己的生活视野也好，其目的都是一样的，这就是如何使文学作品更好地发挥“效力”。

总之，从鲁迅对文学欣赏问题所发表的一系列见解中我们可以看出，鲁迅不仅较深入地揭示了文学欣赏的特点，而且特别注重从特点出发，进而向作者和读者都提出相应的要求。鲁迅的兴趣显然不是在为研究欣赏而研究欣赏，鲁迅的目的是在通过研究文学作品的传播方式和传播效果，以促使文学作品的价值得以充分实现。由于鲁迅有着明确的借文学启蒙民众的社会功利性目的，因而他对作为欣赏主体的读者给予了高度的重视，他的文学欣赏研究，更多地是以为读者设想，争取更广大的读者层为出发点的。因此，鲁迅的文学欣赏观无疑也是他的社会功利性的整体文学观的具体显现。

第八章　“必须更有真切的批评”

——鲁迅的文学批评观

鲁迅从事文学活动的重要目的之一，就是以文学为武器来进行“文明批评”和“社会批评”，因此，他的大多数文学作品都可以被视为广义的批评文字。鲁迅的文学批评观，无疑是与他的广义的批评活动相联系的，因此，在鲁迅的文学批评观中，也同样显示了一种社会功利性的价值取向。文学批评的对象具体为文学作品，因而文学批评并不等同于广泛的社会批评，但鲁迅对文学批评的提倡，对文学批评诸多问题的论述和阐释，都明显地蕴含了他为使文学更健康地发展，为使文学更好地承担起文明批评和社会批评任务的目的。当然，作为独特领域的文学批评，又具有相对独立的文学性的价值，即对于文学发展所起的作用还不仅仅是对文学承载的内容作出评判、引导，而且还包括对文学作品艺术美点的评价和张扬，等等。鲁迅的文学批评观从总的方面来说，较系统地包含了对文学批评的作用、任务，文学批评家的态度，以及文学批评的标准、方法等方面较为全面而深刻的认识。

一

鲁迅十分重视文学批评的作用，他认为，“文艺必须有批评”，[1]“必须更有真切的批评，这才有真的新文艺和新批评的产生希望”。[2]这里，鲁迅是把文艺批评与文艺创作摆在同等重要的地位来看待的。对于读者来说，“真切的”文学批评是不可缺少的。文学批评对端正读者的欣赏态度，培养读者健康的欣赏趣味和鉴别香花毒草的能力，负有重要的责任。摆在读者面前的文学作品并非总是有益的，面对五花八门、良莠杂陈的作品，鲁迅认为一方面应该“要读者有选择的眼光”，但另一方面“也希望识者给相当的指点”。[3]而这识者的指点，就是所谓文学批评的内容之一。鲁迅认为，文学批评可以帮助读者去进行选择，还可以帮助读者深入理解那些有益的文学作品的思想意义和艺术价值。例如，对将要呈现在读者面前的作品，先由批评家“略述作者的生涯，思

1　鲁迅：《花边文学 · 看书琐记（三）》，《鲁迅全集》（第五卷），第 551 页。
2　鲁迅：《译文序跋集 ·〈文艺与批评〉译者附记》，《鲁迅全集》（第十卷），第 302 页。
3　鲁迅：《且介亭杂文二集 · 杂谈小品文》，《鲁迅全集》（第六卷），第 418 页。

想，主张，或本书中所含的要义，一定于读者便益得多”。[1]文学作品的价值是通过读者的阅读、欣赏来实现的，而读者领会越深入，作品价值的实现就越充分。既然文学批评可以通过“指点”，使读者更好、更“便益”地领会、理解作品，那么，文学批评的重要性，自是不言而喻的了。

不仅如此，鲁迅还进而指出，对于文学作品，“加上了分析和严正的批评，好在那里，坏在那里，……那么，不但读者的见解，可以一天一天的分明起来，就是新的创作家，也得了正确的师范了”。[2]这就是说，文学批评不仅对于读者来说是重要的，对于作家来说也是必不可少的。好的文学批评之于作家，是“很有可以借镜之处”的。[3]“作家和批评家的关系颇有些像厨司和食客”，二者缺一不可，“厨司做出一味食品来，食客就要说话，或是好，或是歹”，一概拒绝“食客”的批评，“厨司”的技术也许很难长进。同样，作家如果拒绝一切批评，批评家也“一律掩住嘴”，这看似“文坛已经干净”，然而文学的发展，“所得的结果倒是要相反的”。[4]

文学批评之于文学的发展的意义是体现在各个方面的，不仅仅文学作品的内容的好坏，需要有正确的真切的批评来加以匡正、提倡、引导，而且文学的“形式的探求”除“必须艺术学徒的努

1　鲁迅:《译文序跋集·〈文艺与批评〉译者附记》,《鲁迅全集》(第十卷)，第298页。
2　鲁迅:《二心集·关于翻译的通信》,《鲁迅全集》(第四卷)，第386页。
3　鲁迅:《南腔北调集·我怎么做起小说来》,《鲁迅全集》(第四卷)，第514页。
4　鲁迅:《花边文学·看书琐记(三)》,《鲁迅全集》(第五卷)，第551页。

力的实践”外，“理论家或批评家是同有指导、评论、商量的责任的”。[1]对于文学翻译工作也是如此。鲁迅曾对一段时期翻译作品质量不高的现象作过分析，他认为，这除了翻译工作者本身应负责任外，“读书界和出版界，尤其是批评家，也应分负若干的责任。要救治这颓运，必须有正确的批评”，[2]“翻译的路要放宽，批评的工作要着重”。[3]翻译虽不同于创作，但在这块“空地”上，也“会生长荆棘或雀麦”，因此同样需要“有人来处理，或者培植，或者删除，使翻译界略免于芜杂。这就是批评”。[4]总之，凡有文学的地方，凡与文学相关的问题，都必须有文学的批评。文学批评对文学发展的各个方面都是必不可少的。

那么，文学批评的具体任务又是什么呢？鲁迅曾说过，他“所希望于批评家的，实在有三点：一、指出坏的；二、奖励好的；三、倘没有，则较好的也可以”。[5]鲁迅这里所谈及的，其实正是文学批评的任务。类似的意思，鲁迅还曾作过较为形象的表述：“批评家的职务不但是剪除恶草，还得灌溉佳花，——佳花的苗。”[6]说到底，文学批评的任务就是通过揭示文学作品的美点和缺点，从而达到促进文学健康发展的目的。肯定好的和比较好的作品，

1　鲁迅：《且介亭杂文·论“旧形式的采用”》，《鲁迅全集》（第六卷），第23页。
2　鲁迅：《准风月谈·为翻译辩护》，《鲁迅全集》（第五卷），第259页。
3　鲁迅：《花边文学·再论重译》，《鲁迅全集》（第五卷），第508页。
4　鲁迅：《花边文学·再论重译》，《鲁迅全集》（第五卷），第507页。
5　鲁迅：《准风月谈，关于翻译（下）》，《鲁迅全集》（第五卷），第298页。
6　鲁迅：《华盖集·并非闲话（三）》，《鲁迅全集》（第三卷），第152页。

是为了“催促新的产生”，[1]使佳花得以更好地生长，使美得到张扬。因此，鲁迅指出，对文学作品，“取其有意义之点，指示出来，使那意义格外分明、扩大，那是正确的批评家的任务”。[2]而所谓“指出坏的”，一方面是为了“对于有害于新的旧物”，“竭力加以排击”，[3]从而为新文学的健康发展扫除障碍；另一方面，又是为了化“恶草”为肥料，滋养佳花，使新文学在总结经验教训中得到提高。或用鲁迅的话说就是，“批评家”是“有害文学的铁栅”，[4]对有害的文学，文学批评起了限制其危害的作用。

文学批评的任务不仅是指批评家对作家作品的批评，它还应包括作家的“反批评”。鲁迅指出：“批评者有从作品来批评作者的权利，作者也有从批评来批判批评者的权利。”[5]“批评如果不对了，就用批评来抗争，这才能够使文艺和批评一同前进。”[6]这种“反批评”，在特殊的历史时期是特别重要的。用鲁迅的话来说：“因为那时中国的创作界固然幼稚，批评界更幼稚，不是举之上天，就是按之入地；倘将这些放在眼里，就要自命不凡，或觉得非自杀不足以谢天下的。”所以鲁迅称自己“每当写作，一律抹杀各种的批评”。[7]鲁迅还指出：“读者渴望批评，于是批评家也便应运

1 鲁迅：《三闲集·我和〈语丝〉的始终》，《鲁迅全集》（第四卷），第167页。
2 鲁迅：《二心集·关于小说题材的通信》，《鲁迅全集》（第四卷），第368页。
3 鲁迅：《三闲集·我和〈语丝〉的始终》，《鲁迅全集》（第四卷），第167页。
4 鲁迅：《准风月谈·关于翻译（上）》，《鲁迅全集》（第五卷），第297页。
5 鲁迅：《且介亭杂文末编·〈出关〉的“关”》，《鲁迅全集》（第六卷），第517页。
6 鲁迅：《花边文学·看书琐记（三）》，《鲁迅全集》（第五卷），第551页。
7 鲁迅：《南腔北调集·我怎么做起小说来》，《鲁迅全集》（第四卷），第514页。

而起。批评这东西，对于读者，至少对于和这批评家趣旨相近的读者，是有用的，但中国现在，似乎应该暂作别论，……凡中国的批评文字，我总是越看越胡涂，如果当真，就要无路可走。”[1]所以他一再表示，自己“不相信中国的所谓‘批评家’之类的话，而看看可靠的外国批评家的评论”。[2]这里显示出的正是鲁迅的一种“反批评”的精神。一方面，鲁迅认识到批评之于读者，之于文学发展的重要，另一方面他也看到，当时中国文坛上文学批评的幼稚。那些幼稚的、不确切的批评，有时不仅无助于文学的发展，反而会起到相反的作用。因此，文学有时为了自身的发展，也就需要有适当的反批评，文学和文学批评，正是在这种批评和反批评的充分开展中明辨是非，从而得以发展的。

二

鲁迅充分意识到文学批评的重要性，同时又分明看到了文学批评现状的不尽如人意，因此，鲁迅才大力提倡“更有真切的批评”。也就是说，文学批评要能担负起引导读者、为作者提供借镜、促进文学健康发展的任务，“真切”二字，是这批评所不可缺少的。

1　鲁迅:《而已集·读书杂谈》,《鲁迅全集》(第三卷)，第442页。
2　鲁迅:《二心集·答北斗杂志社问》,《鲁迅全集》(第四卷)，第364—365页。

所谓“真切的批评”，从批评家的角度而言，首先指批评家应抱的实事求是的科学的批评态度。

鲁迅指出：“正确的文艺观是不骗人的，凡所指摘，自有他们自己来证明。”[1] 这是指持正确文艺观的批评，一定会与批评对象相契合。相反，如果在文学批评中，“不负责任的，不能照办的教训多，则相信的人少；利己损人的教训多，则相信的人更少”。[2]“论客的自私的曲说”，不但“掩蔽”不了文学作品的真正长处，而且还会因为与“读者大众的共鸣和热爱”相违背，因而失去多数的读者。[3] 因此，鲁迅坚决主张，文学批评中必须坚持实事求是的态度。

什么是文学批评中的实事求是呢？用鲁迅的话来概括，就是“批评必须坏处说坏，好处说好”。[4] 要能够正确地指出文学作品“好在那里，坏在那里，”[5] 首先要求批评家抱着严肃认真的态度，在其主观上“一定得有明确的是非，有热烈的好恶”。[6] 也就是说，批评家要有独立的自主意识，要敢于说真话，“遇见所是和所爱的，他就拥抱，遇见所非和所憎的，他就反拨”。[7] 鲁迅最不赞成那种“不关痛痒的文章”，因为这样的批评文章，其“特色是在令人从

---

1 鲁迅：《集外集拾遗补编·势所必至，理有固然》，《鲁迅全集》（第八卷），第 380 页。
2 鲁迅：《且介亭杂文·难行和不信》，《鲁迅全集》（第六卷），第 51 页。
3 鲁迅：《南腔北调集·祝中俄文字之交》，《鲁迅全集》（第四卷），第 461 页。
4 鲁迅：《南腔北调集·我怎么做起小说来》，《鲁迅全集》（第四卷），第 514 页。
5 鲁迅：《二心集·关于翻译的通信》，《鲁迅全集》（第四卷），第 386 页。
6 鲁迅：《且介亭杂文二集·“文人相轻”》，《鲁迅全集》（第六卷），第 299 页。
7 鲁迅：《且介亭杂文二集·再论“文人相轻”》，《鲁迅全集》（第六卷），第 335—336 页。

头到尾，终于等于不看”。[1]如果无论面对什么作品，“都无不‘彼亦一是非，此亦一是非’，一律拱手低眉，不敢说或不屑说，那么，这是怎样的批评家或文人呢？——他先就被‘轻’不可的！”。[2]当有人“不满于批评家的批评”，视批评家为“好‘漫骂’”时，鲁迅曾竭力为明辨是非的文学批评正名，他指出：“现在要问的是怎样的是‘漫骂’。假如指着一个人，说道：这是婊子！如果她是良家，那就是漫骂；倘使她实在是做卖笑生涯的，就并不是漫骂，倒是说的真实。”“漫骂固然冤屈了许多好人，但含含胡胡的扑灭‘漫骂’却包庇了一切坏种。”[3]

为了明辨是非，有时不免要有“笔战”，这是正常现象，鲁迅对那种“一见笔战，便是什么‘文坛的悲观’呀，‘文人相轻’呀，甚至于不问是非，统谓之‘互骂’，指为‘漆黑一团糟’”的做法颇为不满。[4]因此，鲁迅强调指出，“应该注重于‘论争’”。当然，这种“论争”“必须止于嘲笑，止于热骂，而且要‘喜笑怒骂，皆成文章’，使敌人因此受伤或致死，而自己并无卑劣的行为，观者也不以为污秽，这才是战斗的作者的本领”。[5]鲁迅在提倡论争的同时，也提出了论争中批评家应实事求是，“并无卑劣”行为的问题。敢于批评，这固然是批评家应抱的态度，但这种批

1　鲁迅：《二心集·上海文艺之一瞥》，《鲁迅全集》（第四卷），第302页。
2　鲁迅：《且介亭杂文二集·“文人相轻”》，《鲁迅全集》（第六卷），第299页。
3　鲁迅：《花边文学·漫骂》，《鲁迅全集》（第五卷），第431页。
4　鲁迅：《花边文学·看书琐记（三）》，《鲁迅全集》（第五卷），第551页。
5　鲁迅：《南腔北调集·辱骂和恐吓决不是战斗》，《鲁迅全集》（第四卷），第453页。

评应是出于公心，否则，也是很容易将批评引向歧路的。鲁迅坚决反对将“妇姑勃豀叔嫂斗法的手段，移到文坛上”，反对在文学批评中“喊喊嚓嚓，招是生非，搬弄口舌”，“决不在大处着眼”的态度和做法。[1] 在这方面，鲁迅身体力行，他曾反复讲到自己的那些批评性文字“实为公仇，决非私怨”；[2] 即如他和“茅盾、郭沫若两位，或相识，或未尝一面，或未冲突，或曾用笔墨相讥，但大战斗却都为着同一的目标，决不日夜记着个人的恩怨”。[3] 唯有出于公心，不计个人恩怨，才能够真正持实事求是的批评态度。因此，文学批评的文品，实际上也映照出批评家的人品。鲁迅在批评一些“以马克思主义文艺批评家自命的批评家”时，就曾指出他们“在所写的判决书中，同时也一并告发了自己”。[4] 为此，鲁迅希望批评家能努力提高自身的素质，端正批评的态度，最好“于解剖裁判别人的作品之前，先将自己的精神来解剖裁判一回，看本身有无浅薄卑劣荒谬之处”。[5]

鲁迅曾批评过种种“浅薄卑劣荒谬”的批评态度，其中最为突出的是乱捧和乱骂式的批评。鲁迅既反对无原则的乱捧式的批评，也反对吹毛求疵的乱骂式批评，因为“乱骂与乱捧”都会使

1　鲁迅：《且介亭杂文末编·答徐懋庸并关于抗日统一战线问题》，《鲁迅全集》（第六卷），第537页。

2　鲁迅：《书信·340522致杨霁云》，《鲁迅全集》（第十二卷），第423页。

3　鲁迅：《且介亭杂文末编·答徐懋庸并关于抗日统一战线问题》，《鲁迅全集》（第六卷），第537页。

4　鲁迅：《译文序跋集·〈文艺与批评〉译者附记》，《鲁迅全集》（第十卷），第302页。

5　鲁迅：《热风·对于批评家的希望》，《鲁迅全集》（第一卷），第401页。

批评“失了威力”。“正确的批评”与“乱捧乱骂”之间，是有明确的界限的，鲁迅指出:“指英雄为英雄，说娼妇为娼妇，表面上虽像捧与骂，实则说得刚刚合式，不能责备批评家的。批评家的错误是在乱骂与乱捧，倒如说英雄是娼妇，举娼妇为英雄。”“批评的失了威力，由于‘乱’，甚而至于‘乱’到和事实相反，这底细一被大家看出，那效果有时也就相反了。”“骂”与“捧”的文学批评是十分有害的，它有可能使一些作家或忘乎所以，骄傲狂妄，不求进取，或变得毫无自信地“萎死”下去，这也就是作家的被“捧杀”与“骂杀”，其结果，便是“文坛的荒凉”。[1]

鲁迅在分析这种“捧”与“骂”的批评态度产生的根源时，将之与中国人传统的落后文化心态联系了起来，他指出:“中国的人们，遇见带有会使自己不安的朕兆的人物，向来就用两样法:将他压下去，或将他捧起来。”[2]“有什么稍稍显得突出，就有人拿刀来削平它”，“自然，也有例外，是捧了起来。但这捧了起来，却不过是为了接着摔得粉碎”。[3]这种文化心态反映在文学批评领域，也就是“乱捧”与“乱骂”。这种“乱捧”与“乱骂”式批评，虽然有时也会蒙骗人一时，但却是不会长久的，它最终只能是暴露出批评者本人的丑恶和无知。即如鲁迅所说，“辩论事情，

1　鲁迅:《花边文学·骂杀与捧杀》,《鲁迅全集》(第五卷)，第585页。
2　鲁迅:《华盖集·这个与那个》,《鲁迅全集》(第三卷)，第140页。
3　鲁迅:《且介亭杂文二集·徐懋庸作〈打杂集〉序》,《鲁迅全集》(第六卷)，第290页。

威吓和诬谄，是没有用处的”。[1]“如果自造一点丑恶，来证明他的敌对的不行，那只是他从隐蔽处挖出来的自己的丑恶，不能使大众羞，只能使大众笑。”[2]这是“乱骂”。“乱捧”也是如此，鲁迅指出：“无缘无故的将所攻击或暴露的对象画作一头驴，恰如拍马家将所拍的对象做成一个神一样，是毫无效果的，假如那对象其实并无驴气息或神气息。”[3]“以学者或诗人的招牌，来批评或介绍一个作者，开初是很能够蒙混旁人的”，“如果没有旁人来指明真相呢，这作家就从此被捧杀，不知道要多少年后才翻身”。“但待到旁人看清了这作者的真相的时候，却只剩了他自己的不诚恳，或学识的不够了。”[4]总之，“乱骂”式批评也好，“乱捧”式批评也好，都偏离了“真切的批评”的轨道。这样的批评，“观察不精，因而品题也不确”，“即使用尽死劲，流完大汗，写了出去，也还是和对方不相干，就是用浆糊粘在他身上，不久也就脱落了”。[5]既然与批评对象毫不相干，这样的批评当然也就毫无意义和价值。

鲁迅尤其痛恨的是那些“在嫩苗的地上驰马”的“恶意的批评家”，[6]这种“恶意的批评家”也应属于“乱骂”者之列，甚至简直就属于“乱打”“乱踢”的打手了。鲁迅认为，新文学的发展，

---

1 鲁迅：《花边文学 · 康伯度答文公直》，《鲁迅全集》（第五卷），第523页。
2 鲁迅：《花边文学 · “大雪纷飞”》，《鲁迅全集》（第五卷），第553页。
3 鲁迅：《且介亭杂文二集 · 漫谈“漫画”》，《鲁迅全集》（第六卷），第233页。
4 鲁迅：《花边文学 · 骂杀与捧杀》，《鲁迅全集》（第五卷），第586页。
5 鲁迅：《且介亭杂文二集 · 五论“文人相轻”——明术》，《鲁迅全集》（第六卷），第383页。
6 鲁迅：《坟 · 未有天才之前》，《鲁迅全集》（第一卷），第168页。

尤其是尚处于“幼稚的时候”，特别需要“发掘美点”，以便“扇起文艺的火焰来”。[1]然而，鲁迅眼见的批评现状是怎样的呢？一些人“一做批评家，眼界便高卓，所以我只见对于青年作家的迎头痛击，冷笑，抹杀，却很少见诱掖奖劝的意思的批评”。[2]对于青年作家，“惟恐他还有活气，一定要弄到此后一声不响，这才算天下太平，文坛万岁”。[3]这些人就是“恶意的批评家”。他们根本“不像批评家，作品才到面前，便恨恨地磨墨，立刻写出很高明的结论，‘唉，幼稚得很，中国要天才！’”。鲁迅为此指出，“其实即使天才，在生下来的时候的第一声啼哭，也和平常的儿童一样，决不会就是一首好诗。因为幼稚，当头加以戕贼，也可以萎死的。我亲见几个作者，都被他们骂得寒噤了”。[4]鲁迅出于对文学发展的长远考虑，特别提倡对文学新人的扶植，他说：“我唯希望就是在文艺界，也有许多新的青年起来。”[5]而文学新人的成长，需要一个好的文艺气氛，正好像要长出“好花和乔木来”，需要好的“泥土”一样。鲁迅称赞那些甘作护花泥土的批评家为“不容易做”的“坚苦卓绝者”。[6]鲁迅主张，对文学新人的新作，批评家应尽可能持宽容的态度，批评家应该看到，“时代是在不息

1 鲁迅：《热风 · 对于批评家的希望》，《鲁迅全集》（第一卷），第 401 页。
2 鲁迅：《华盖集 · 并非闲话（三）》，《鲁迅全集》（第三卷），第 152 页。
3 鲁迅：《且介亭杂文末编 ·〈出关〉的“关”》，《鲁迅全集》（第六卷），第 517 页。
4 鲁迅：《坟 · 未有天才之前》，《鲁迅全集》（第一卷），第 168 页。
5 鲁迅：《书信 · 300920 致曹靖华》，《鲁迅全集》（第十二卷），第 24 页。
6 鲁迅：《坟 · 未有天才之前》，《鲁迅全集》（第一卷），第 169 页。

地进行，现在新的，年青的，没有名的作家的作品……露出了日见生长的建壮的新芽。自然，这，是很幼小的。但是，惟其幼小，所以希望就正在这一面”。[1]在培养文学新人方面，鲁迅一方面亲自做大量的工作，“自甘这样用去若干生命”去扶植、培育文学新人，而且“毫不希望一点报尝”；[2]另一方面，也希望广大文学批评家能有实事求是的批评态度，希望文学批评能够起到助文学新人成长、发展的作用。

三

文学批评必须好处说好，坏处说坏。那么，从批评家来说，如何来判定好与坏呢？这里就有一个批评标准的问题。鲁迅曾针对当时的文艺界状况指出，“我们的批评常流于标准太狭窄，看法太肤浅”，[3]他要求“把限度放得更宽些”。[4]但放宽标准并非不要标准。事实上，任何一种文学批评都是依据一定的标准来进行的，这就是鲁迅所谓的“圈子”。鲁迅指出：“我们曾经在文艺批评史上见过没有一定圈子的批评家吗？都有的，或者是美的

1　鲁迅：《二心集 · 一八艺社习作展览会小引》，《鲁迅全集》（第四卷），第 308 页。
2　鲁迅：《集外集拾遗补编 · 新的世故》，《鲁迅全集》（第八卷），第 152 页。
3　鲁迅：《且介亭杂文末编 · 论现在我们的文学运动》，《鲁迅全集》（第六卷），第 591 页。
4　鲁迅：《且介亭杂文末编 · 答徐懋庸并关于抗日统一战线问题》，《鲁迅全集》（第六卷），第 531 页。

圈，或者是真实的圈，或者是前进的圈。没有一定的圈子的批评家，那才是怪汉子呢。……我们不能责备他有圈子，我们只能批评他的圈子对不对。”[1] 这里，鲁迅着重强调了两点：一是强调文学批评必须依据一定的标准；二是强调文学批评的标准的正确性要求。

凡文学批评当然都是有一定标准的，只不过有的明显，有的隐蔽而已。即如选本，虽是选别人的作品，并无评价，但“殊不知却被选者缩小了眼界”，“选本既经选者过滤过，就总只能吃他所给与的糟与醨。况且有时还加以批评，提醒了他之以为然，而默杀了他之以为不然处。纵使选者非常胡涂，如《儒林外史》所写的马二先生，游西湖漫无准备，须问路人，吃点心不知选择，要每样都买一点，由此可见其衡文之毫无把握罢，然而他是处州人，一定要吃‘处片’，又可见虽是马二先生，也自有其‘处片’式的标准了”。[2] 虽然如此，鲁迅所希望的是，文学批评必须自觉地依据一定的标准，而不是那种无定见的不是标准的标准。鲁迅最反对“不施考察，不加批评，但用‘彼亦一是非，此亦一是非’的论调”。[3] 鲁迅甚至说：“无论古今，凡是没有一定的理论，或主张的变化并无线索可寻，而随时拿了各种各派的理论来作武器的

1　鲁迅：《花边文学 · 批评家的批评家》，《鲁迅全集》（第五卷），第 428—429 页。
2　鲁迅：《集外集 · 选本》，《鲁迅全集》（第七卷），第 137 页。
3　鲁迅：《准风月谈 · “中国文坛的悲观”》，《鲁迅全集》（第五卷），第 247 页。

人，都可以称之为流氓。”鲁迅还作比喻说：“上海的流氓，看见一男一女的乡下人在走路，他就说，‘喂，你们这样子，有伤风化，你们犯了法了！’他用的是中国法。倘看见一个乡下人在路旁小便呢，他就说，‘喂，这是不准的，你犯了法，该捉到捕房去！’这时所用的又是外国法。但结果是无所谓法不法，只要被他敲去了几个钱就都完事。”[1]文学批评中也有与此类似的“流氓”行为。一些人“现为批评家而说话的时候，就随便捞到一种东西以驳诘相反的东西。要驳互助说时用争存说，驳争存说时用互助说；反对和平论时用阶级争斗说，反对斗争时就主张人类之爱。论敌是唯心论者呢，他的立场是唯物论，待到和唯物论者相辩难，他却又化为唯心论者了。要之，是用英尺来量俄里，又用法尺来量密达，而发见无一相合的人。因为别的一切，无一相合，于是永远觉得自己是‘允执厥中’，永远得到自己满足”。[2]针对这种无定见无恒定标准的批评，鲁迅指出：“在文艺批评上要比眼力，也总得先有那块扁额挂起来才行。空空洞洞的争，实在只有两面自己心里明白。”[3]没有明确的标准，毫无自己的主张，搞起文学批评来当然也就难以中肯。没有标准不行，标准太滥、太泛、太杂也不行，多标准即无标准。鲁迅认为，这种标准太滥、太杂的现象，在当

1 鲁迅：《二心集·上海文艺之一瞥》，《鲁迅全集》（第四卷），第297—298页。
2 鲁迅：《二心集·非革命的急进革命论者》，《鲁迅全集》（第四卷），第228页。
3 鲁迅：《三闲集·扁》，《鲁迅全集》（第四卷），第87页。

时的批评界并不少见:“就耳目所及,只觉得各专家所用的尺度非常多,有英国美国尺,有德国尺,有俄国尺,有日本尺,自然又有中国尺,或者兼用各种尺。有的说要真正,有的说要斗争,有的说要超时代,有的躲在人背后说几句短短的冷话。”[1]这种各式的尺度,使文学批评的信度大受损害。因此,在论及文艺批评标准时,鲁迅首先强调的就是批评家的定见和批评标准的明晰性、确定性。

尽管不同的批评家依据自己的定见,采用相应的批评标准,都是无可厚非的,但标准与标准之间也有正确与否的区别,标准使用得是否得当也还是有高下之分的。为此,鲁迅还就批评标准或曰尺度的正确使用问题发表了不少见解。在鲁迅看来,能否正确使用批评标准,起码可以从两个方面来考察:一是看使用标准的批评家本身的素质如何,他是否有锐利的眼光,是否有使用该标准所相应要求的修养;二是看使用的标准与批评对象是否契合。有些批评家固然也持有一定的批评的标准,但由于自己缺少独特的、敏锐的眼光,甚至缺乏一些基本的必要的修养,所以常有滥用或错用了批评标准的情况。例如,“感情已经冰结的思想家,即对于诗人往往有谬误的判断和隔膜的揶揄”;[2]再如,缺少起码的“常识”的批评家,会错误地混淆“裸体画和春画的区别,

---

1 鲁迅:《三闲集·文艺与革命》,《鲁迅全集》(第四卷),第 83 页。
2 鲁迅:《集外集拾遗·诗歌之敌》,《鲁迅全集》(第七卷),第 236 页。

接吻和性交的区别，尸体解剖和戮尸的区别”。[1] 因此，要准确地把握批评的标准，首先对于批评家自身有较多的要求，诚如鲁迅所指出的，“独靠了一两本‘西方’的旧批评论，或则捞一点头脑板滞的先生们的唾余，或则仗着中国固有的什么天经地义之类的，也到文坛上来践踏，则我以为委实太滥用了批评的权威”。[2] 这就是说，文学作品不同于物质产品，因此用来衡量作品的标准也绝不是一些可以任意取用的死板的条条框框。批评标准的把握在很大程度上取决于批评家的眼光和修养，因此，仅搬用一些批评论的教条，是无法真正承担起文学批评的任务的。另外，批评标准的取用，与批评对象是否相契合，这也是一个不容忽略的问题。有些批评，就其使用的批评标准本身孤立地看，似乎也无所谓对与错，但当这种标准与批评对象联系在一起时，对错立即分明。例如我们前面述及的“用英尺来量俄里”，“用法尺来量密达”，“英尺”“法尺”本身并无所谓错，但用它们来量“俄里”“密达”时，由于这种尺度与对象的不相契合，便显示出了使用标准（或曰尺度）的谬误。鲁迅在评价陶元庆的艺术时曾说过这样的话：“他并非‘之乎者也’，因为用的是新的形和新的色；而又不是‘Yes’‘No’，因为他究竟是中国人。所以，用密达尺来量，是不对的，但也不能用什么汉朝的虑傂尺或清朝的营造尺，因为他

1　鲁迅：《热风·对于批评家的希望》，《鲁迅全集》（第一卷），第 401—402 页。
2　鲁迅：《热风·对于批评家的希望》，《鲁迅全集》（第一卷），第 401 页。

又已经是现今的人。我想，必须用存在于现今想要参与世界的事业的中国人的心里的尺来量，这才懂得他的艺术。”[1]这段话再清楚不过地说明了依据批评对象取用合适的批评尺度的问题。只有当批评尺度与批评对象相契合，才能真正理解和正确阐释、解析出作品的艺术真谛，其评价也才会中肯、准确。

四

要搞好文学批评，批评家正确的批评态度和对批评标准的准确把握都是不可缺少的，同时，文学批评的方法也是一个重要的方面。鲁迅很重视文学批评的方法问题，希望批评家能以科学的方法去进行批评。他曾明确指出，中国文坛“现在所首先需要的也还是——几个坚实的、明白的，真懂得社会科学及其文艺理论的批评家”。[2]这里的所谓的“真懂得社会科学”，显然是特指的。他曾说过，“以史底惟物论批评文艺的书，我也曾看了一点，以为那是极直捷爽快的，有许多昧暧难解的问题，都可说明”。[3]可见，鲁迅心目中的“真懂得社会科学”，主要是指懂得历史唯物

1　鲁迅：《而已集·当陶元庆君的绘画展览时》，《鲁迅全集》（第三卷），第550页。
2　鲁迅：《二心集·我们要批评家》，《鲁迅全集》（第四卷），第240页。
3　鲁迅：《书信·280722致韦素园》，《鲁迅全集》（第十一卷），第629页。

主义的方法。鲁迅越到后期，越自觉地以马克思主义的辩证唯物主义和历史唯物主义的方法为武器，去从事文艺批评。他甚至直截了当地呼唤着“能操马克斯主义批评的枪法”的批评家出现。[1]因此，在鲁迅的许多有关文学批评方法的论述和见解中，马克思主义方法论的指导作用也是较明显的。这里取其主要方面略作陈述。

第一，鲁迅主张全面地看问题。他曾经指出：“倘要论文，最好是顾及全篇，并且顾及作者的全人，以及他所处的社会状态，这才较为确凿。要不然，是很容易近乎说梦的。”[2]这就是所谓的“知人论世”。鲁迅在谈及“选本”问题时曾指出过“选本”之于研究作家的局限性：“如果随便玩玩，那是什么选本都可以的，《文选》好，《古文观止》也可以。不过倘要研究文学或某一作家，所谓‘知人论世’，那么，足以应用的选本就很难得。选本所显示出来的，往往并非作者的特色，倒是选者的眼光。眼光愈锐利，见识愈深广，选本固然愈准确，但可惜大抵眼光如豆，抹杀了作者真相的居多，这才是一个‘文人的浩劫’。”[3]鲁迅指出“选本”的局限性，正是为了强调全面了解作家、作品的重要性。鲁迅特别反对那些以片面代全体的“就事论事”式和“摘句”式的批评。所谓“就事论

1　鲁迅：《二心集·对于左翼作家联盟的意见》，《鲁迅全集》（第四卷），第236页。
2　鲁迅：《且介亭杂文二集·“题未定”草（七）》，《鲁迅全集》（第六卷），第430页。
3　鲁迅：《且介亭杂文二集·“题未定”草（六）》，《鲁迅全集》（第六卷），第422页。

事”式批评，是指“批评者的眼界是小的，所以他不能在大处落墨”。[1]鲁迅批评说，“这些批评家之病亦难治。他们斥小说家写‘身边琐事’，而不悟自己在做‘身边批评’，较远之大敌，不看见，不提起的”。[2]所谓“摘句”式批评，就是仅从作品中摘出一两句，“而踢开他的全篇，又用这两句概括作者的全人”，这就“不免抹杀了作者的真相”。这就好比“是衣裳上撕下来的一块绣衣，经摘取者一吹嘘或附会，说是怎样超然物外，与尘浊无干，读者没见过全体，便也被他弄得迷离惝恍”，这不仅使作者做了“冤屈的牺牲”，而且也“最能引读者入于迷途”。[3]鲁迅曾列举过许多例子来证明“就事论事”式和“摘句”式批评的片面性。譬如，“一向被我们看作恋爱诗人的海纳，还有革命底一面”。[4]再如，“被论客赞赏着‘采菊东篱下，悠然见南山’的陶潜先生，……除论客所佩服的‘悠然见南山’之外，也还有‘精卫衔微木，将以填沧海，刑天舞干戚，猛志固常在’之类的‘金刚怒目’式，在证明着他并非整天整夜的飘飘然”。鲁迅还进而阐发道：“这‘猛志固常在’和‘悠然见南山’的是一个人，倘有取舍，即非全人，再加抑扬，更离真实。譬如勇士，也战斗，也休息，也饮食，自然也性交，如果只取他末一点，画起像来，挂在妓院里，尊为性

1　鲁迅：《书信 · 340621 致郑振铎》，《鲁迅全集》（第十二卷），第 463 页。
2　鲁迅：《书信 · 340621 致郑振铎》，《鲁迅全集》（第十二卷），第 456 页。
3　鲁迅：《且介亭杂文二集 · “题未定”草（七）》，《鲁迅全集》（第六卷），第 425 页。
4　鲁迅：《译文序跋集 · 〈海纳与革命〉译者附记》，《鲁迅全集》（第十卷），第 432 页。

交大师，那当然也不能说是毫无根据的，然而，岂不冤哉！”[1]像陶潜等是“被选文家和摘句家所缩小了，凌迟了”，因此，鲁迅认为，要真正认识一位作家，还是应该“自己放出眼光看过较多的作品”。[2]可以说，“知人论世”，全面地、整体地、多方位地看问题，是鲁迅在论及批评方法时强调较多的方面。

第二，鲁迅主张历史地看问题。他指出，“想研究某一时代的文学，至少要知道作者的环境”，[3]要了解作者“所处的社会状态”，[4]还要“从文学史上看看他在史上的位置”。[5]这就是说，批评作家和作品，一定要注意历史的联系，一定要将之摆到他们所赖以产生的历史环境和社会条件中去加以考察，因为“一切事总免不掉环境的影响。文学——在中国的所谓新文学，所谓革命文学，也是如此”。[6]只有注重历史环境对作家和文学作品的影响，才能够真正理解和评价他们所反映的社会生活内容的真实性和深刻程度。而且，也只有从文学发展的历史中来考察作品的成就，看他们到底为文学发展提供了哪些前人所没有提供的新东西，以及他们在同时代文学的发展中有什么独特的贡献，也才能真正作出合理的评价。鲁迅最反对割断历史联系，抛开历史环境去孤立

1　鲁迅：《且介亭杂文二集·“题未定”草（六）》，《鲁迅全集》（第六卷），第422页。
2　鲁迅：《且介亭杂文二集·“题未定”草（七）》，《鲁迅全集》（第六卷），第430页。
3　鲁迅：《而已集·魏晋风度及文章与药及酒之关系》，《鲁迅全集》（第三卷），第501页。
4　鲁迅：《且介亭杂文二集·“题未定”草（七）》，《鲁迅全集》（第六卷），第430页。
5　鲁迅：《而已集·读书杂谈》，《鲁迅全集》（第三卷），第442页。
6　鲁迅：《三闲集·现今的新文学的概观》，《鲁迅全集》（第四卷），第133页。

地评价作家的作品。他曾对许多文学批评者忽略作家作品产生的历史环境表示过遗憾。例如，针对一些“前进的青年”“可惜”鲁迅一段时间的“不大写文章”，“并声明他们的失望”，鲁迅指出，“这些前进的青年，似乎谁都没有注意到现在的对于言论的迫压，也很令人觉得诧异的。我以为要论作家的作品，必须兼想到周围的情形”。[1] 再如，针对历代批评家对论战性文字的评价往往过低的现象，鲁迅曾提出以收录敌对文章编集子的方式，尽可能多地保存历史原貌，以防后人评价上的偏误。他说：“如果多少和社会有些关系的文字，我以为都应该集印的，其中当然夹杂着许多废料，所谓‘榛楛弗剪’，然而这才是深山大泽。”“倘使这作者是身在人间，带些战斗性的，那么，他在社会上一定有敌对”，而如果“编集子的人又不屑收录，于是到得后来，就只剩了一面的文章了，无可对比，当时的抗战之作，就都好像无的放矢，独个人在向着空中发疯。我尝见人评古人的文章，说谁是‘锋棱太露’，谁又是‘剑拔弩张’，就因为对面的文章，完全消灭了的缘故，倘在，是也许可以减去评论家几分懵懂的。所以我以为此后该有博采种种所谓无价值的别人的文章，作为附录的集子”。[2] 主张批评家注重历史环境对作家作品的影响，主张文学批评应是显示出历史的真实，这实际上是为科学地评价作家和作品找寻到了一种较为客

1 鲁迅：《且介亭杂文二集·后记》，《鲁迅全集》（第六卷），第 451—452 页。
2 鲁迅：《且介亭杂文二集·“题未定”草（八）》，《鲁迅全集》（第六卷），第 432 页。

观的坐标，这可以减少文学批评中的盲目性和主观随意性。

第三，鲁迅主张辩证地看问题。他指出：“倘要完全的书，天下可读的书怕要绝无，倘要完全的人，天下配活的人也就有限，每一本书，从每一个人看来，有是处，也有错处，在现今的时候是一定难免的。”[1]所以文学批评对于作家和作品不能“求全责备”。对于基本成功的作品，文学批评首先应该“取其大，略其细”，[2]即肯定其基本的主流方面，尽量发掘其优点和成就，绝不能只因个别的缺点，而否定了它的全部。这丝毫不意味着只见成绩不见缺点，关键的问题是，如何辩证地去看问题，如何正确看待缺点在整体性成就中所占的比重。鲁迅说：“作品，总是有缺点的。亚波里奈尔咏孔雀，说它翘起尾巴，光辉灿烂，但后面的屁股眼也露了出来了。所以批评家的指摘是要的。”但不能因此而只见屁股眼，不见它正面还有“光辉灿烂的羽毛”。当然，这是对基本成功作品而言的，至于对本身就不算成功的作品，那又另当别论，因为“倘使并非孔雀，仅仅是鹅鸭之流”，即使也“翘起尾巴来，露出的只是些什么”，也可想而知的。[3]鲁迅认为，无论是对作家还是作品，都不能求全责备。对作家如果“求全责备，则有些人便远避了，坏一点的就来迎合，作违心之论，这样，就不但不会

1　鲁迅：《译文序跋集·〈思想·山水·人物〉题记》，《鲁迅全集》（第十卷），第243页。
2　鲁迅：《且介亭杂文二集·“文人相轻”》，《鲁迅全集》（第六卷），第299页。
3　鲁迅：《花边文学·商贾的批评》，《鲁迅全集》（第五卷），第563页。

有好文章，而且也是假朋友了”。[1]“首饰要‘足赤’，人物要‘完人’。一有缺点，有时就全部都不要了”，这是万万要不得的“脾气”。[2]对于作品，则也应多一些宽容的态度，“一道浊流，固然不如一杯清水干净而澄明，但蒸馏了浊流的一部分，却就有许多杯净水在”。[3]批评家对于作品，旨在“指出坏的，奖励好的”，但倘没有好的，“则较好的也可以”，如果“连较好的也没有”，则仍可以在指出坏的“之后”，“并且指明其中哪些地方还可以于读者有益处”。为此，鲁迅希望“批评家用吃烂苹果的方法”：“我们先前的批评法，是说，这苹果有烂疤了，要不得，一下子抛掉。然而买者的金钱有限，岂不是大冤枉，而况此后还要穷下去。所以，此后似乎最好还是添几句，倘不是穿心烂，就说：这苹果有着烂疤了，然而这几处没有烂，还可以吃得。”以此方法来批评作品，则作品的“好坏是明白了，而读者的损失也可以小一点”。鲁迅号召：“刻苦的批评家来做剜烂苹果的工作。”[4]反对求全责备，显示出了鲁迅文学批评观的辩证性特点。

第四，鲁迅还主张有比较地看问题。他认为，“比较是最好的事情”，“只要一比较，许多事便明白”。[5]采用比较的方法，有

1　鲁迅：《书信·330510 致王志之》，《鲁迅全集》（第十二卷），第 176—177 页。
2　鲁迅：《准风月谈·关于翻译（下）》，《鲁迅全集》（第五卷），第 299 页。
3　鲁迅：《准风月谈·由聋而哑》，《鲁迅全集》（第五卷），第 278 页。
4　鲁迅：《准风月谈·关于翻译（下）》，《鲁迅全集》（第五卷），第 299 页。
5　鲁迅：《集外集拾遗补编·致〈近代美术史潮论〉的读者诸君》，《鲁迅全集》（第八卷），第 272 页。

助于人们在文学批评中更好地明辨是非，更为恰当地对文学作品作出褒贬评价。鲁迅曾以识别金子为例，他说，有人“常常误认一种硫化铜为金矿，空口是和他说不明白的，或者还会赶紧藏起，疑心你要白骗他的宝贝。但如果遇到一点真的金矿，只要用手掂一掂轻重，他就死心塌地：明白了”。评价文学作品也是如此，孤立地看一个作家和作品，常常容易限制住批评家的眼光，使他们难以作出客观的评价。而一旦将之与其他作品加以比较，则优劣自然显示出来。因此，鲁迅主张多读些各种各样的作品，多读了“就有比较，比较是医治受骗的好方子”。[1] 鲁迅举了两种比较的方法，一是取公认的、经过历史检验过的优秀的作品，作为自己所要批评的作品的参照系，这种方法比较“明白”“简单”。当然，这就要求批评家首先必须是读过较多优秀作品，即“看过真金”的，而“一识得真金，一面也就真的识得了硫化铜”，可以“免得受硫化铜的欺骗”。另一种是取其他一般的作品为参照系，即“用各种别的矿石来比的方法”。这种方法“很费事，没有用真的金矿来比的明白，简单”，但在暂时找不到“金子”的情况下，仍不失为一种可行的较好的方法，最起码，这可以帮助批评家去分析作品各自的独特意义。[2] 鲁迅在译介苏联革命时期的文艺评论集《文艺政策》时就曾讲到，他译介的目的是在于“使大家看看

1　鲁迅:《且介亭杂文·随便翻翻》,《鲁迅全集》(第六卷)，第 138 页。
2　鲁迅:《且介亭杂文·随便翻翻》,《鲁迅全集》(第六卷)，第 138 页。

各种议论，可以和中国的新的批评家的批评和主张相比较”。[1]总之，用比较的方法去看问题，可以避免孤立地看问题所带来的偏狭性。

综上所述，鲁迅从文学批评的作用、任务，批评家的态度和文学批评的标准、方法等方面所作的较为系统的阐述，其实都是围绕如何使中国新文坛“更有真切的批评”来展开的。这“真切”二字，体现在文学批评承担的任务上，就是“灌溉佳花，剪除恶草”；体现在批评家的态度上就是实事求是；体现在批评标准的正确把握上，就是明确的理论指导、锐利的批评眼光和批评家相应的修养，以及批评标准与批评对象的统一；体现在批评方法上，则是科学的辩证唯物主义和历史唯物主义思想方法的采用。从这里，也不难看出，鲁迅的文学批评观与他的整体的社会功利性文学观有相一致的地方。

1　鲁迅：《集外集·〈奔流〉编校后记（九）》，《鲁迅全集》（第七卷），第180页。

初版后记

有关鲁迅文学观的研究，在此之前已有许多前辈专家的大量成果，但这一研究专题对于我竟依然具有一种挡不住的诱惑，我确信该论题本身的巨大内蕴仍未被研究者所穷尽。我试图从鲁迅独特的功能意识、文体意识和个性意识等角度去揭示鲁迅文学观的独特意义和价值，并且在主观上总还想说出一些别人所没有涉略的问题，总还希望这本书能在众多的有关鲁迅文学观研究的成果中保留一点自己的面影。也许，这只是一种奢求。其实，就此研究专题，自己想要发表的意见，都已写在书中了。书一经写出，自己再讲什么已属多余，还是留待专家学者们去作评判。

早在青年时代，我就产生了对鲁迅的强烈兴趣，这与我的老师们的影响是分不开的。读大学本科时，“中国现代文学史”和“鲁迅研究”等课程是我最喜欢的课程，读研究生期间，我的导师以及我接触较多的老师们中多有鲁迅研究的著名专家，这使我在请教有关鲁迅研究的问题时，有了得天独厚的条件。正式进行鲁迅文学观专题的研究，是在自己站在大学讲堂上开设“鲁迅研究”选修课以后。既是选修课，总该多少有一点讲授者自己独特而系统的研究在内，我是试图这样要求自己的。于是，日积月累，竟也有了几十万字。虽然，其中一些章节曾作为单篇论文在学术刊物上发表过，并曾受到过有关前辈专家的鼓励，但惧于鲁迅研究著述出版的困难，自己终未敢想将这几十万字整理成书稿去出版。非常感谢一直关心我的学业进步的袁良骏先生，是在他的指导、鼓励、帮助和敦促之下，我对原稿作了认真删改，有些章节重新写过，才营构成这本十几万字的小书。非常感谢陕西人民教育出版社给了我出版此书的机会。感谢陈绪万先生和本书的责任编辑王志章先生为本书的出版所付出的艰辛的劳动。

谨以此书献给在学业上关心、鼓励、帮助过我的老师、前辈和同辈专家学者们。

朱晓进

1992年6月

补记

我曾在1990年完成了一本鲁迅研究的小书，书名为《历史转换期文化启示录——文化视角与鲁迅研究》，该书主要研究鲁迅的文化观。鲁迅文学观无疑是鲁迅文化观的重要组成部分。在那本书的研究中，原本也是准备将鲁迅文学观列入书中作为一章。但在具体研究中，我体会到，鲁迅文学观思想的深刻性、内涵的丰富性、内容的体系性，是我那本小书之一章的篇幅所难以容纳的。所以想到要对鲁迅文学观作专题研究。我在那本小书中涉及鲁迅文学观仅用《鲁迅文艺活动的文化目的》一章（参见辽宁教育出版社，1992年版），总体论述了鲁迅文艺观的文化意义。而对鲁迅文学观的专门而具体的研究则由这本《鲁迅文学观综论》来呈现。

在这本“鲁迅文学观”的专题研究中，我力图全面梳理鲁迅的文学思想，对鲁迅的新诗观、小说观、杂文观、文学创作观、传统文学观、文学欣赏观、文学批评观等鲁迅文学观的方方面面都立有专章一一论述，同时又以鲁迅独特的功能意识、文体意识和个性意识等为中心线索结构全书，以揭示鲁迅文学观的独特意义和价值。有关鲁迅文学观的研究，在此之前虽已有许多前辈专家们的大量的研究成果，但我确信该论题本身的巨大内蕴仍未被研究者所穷尽。在研究中我努力提出一些别人所没有涉略的问题，尽力谈出一些自己的新的发现，我奢望这本书能在众多的有关鲁迅文学观研究的成果中保留一点自己的面影。

该书当时得以出版，要感谢当时著名鲁迅研究专家袁良骏先生。其时，袁先生正组织在全国遴选十五部鲁迅研究著作，出版一套“鲁迅研究书系”。袁先生注意到了我对鲁迅的研究，来信让我将书稿寄给他看看。书稿寄出不到一个月，他来信告诉我，该书“注重论述鲁迅的文化背景，研究鲁迅文学思想表现了较强的理论概括性，编委会同意列入‘鲁迅研究书系’出版”。

《鲁迅文学观综论》1991 年完成，1996 年列入“鲁迅研究书系”由陕西人民教育出版社正式出版。1999 年获得江苏省教委高校人文社会科学研究优秀成果奖。以书中诸章节主要内容为基础，曾整理发表了多篇学术论文：

《鲁迅文艺创作论体系和核心》，《清华大学学报》，1988 年第 3 期。

《新诗的“倒楣运”》，《文艺研究辑刊》第 2 辑，1992 年 10 月出版。

《杂感文：鲁迅文体选择的归宿》，《中国文学研究》，1993 年第 1 期。

《鲁迅对杂感文体的偏爱及其原因》，《南京师范大学学报》，1993 年第 4 期。

《鲁迅小说的杂感化倾向》,《鲁迅研究月刊》, 1993 年第 10 期。

《愿意有共鸣的心弦——鲁迅的文学接受观》，《南京师范大学学报》，1996 年第 1 期。

《鲁迅的文体意识及其文体选择》，《文艺研究》，1996 年第 6 期。

《必须有真切的批评——鲁迅的文学批评观》，《世纪之交论鲁迅》，江苏教育出版社 1999 年 12 月出版。

《文学抒写自己的心——鲁迅的文学创作观》，《南京师范大学文学院学报》，2000 年第 3 期。

朱晓进

2023 年 10 月补记